李天道
李玉芝 著

明代文艺美学思想及其审美诉求

中国社会科学出版社

六　率真抒情:真诗在民间 …………………………………………… (85)
　　七　对"主情"说的批判 ………………………………………………… (87)
　第二节　"主情尚趣":审美诉求的转变 ………………………………… (87)
　　一　以情论文 …………………………………………………………… (88)
　　二　日用伦理之情 ……………………………………………………… (89)
　　三　重视审美情感的个体特质 ………………………………………… (90)
　　四　尚趣,重视审美愉悦 ……………………………………………… (92)
　第三节　文心匠意:审美意趣的流变 …………………………………… (95)
　　一　文心自然 …………………………………………………………… (97)
　　二　细腻含蓄 …………………………………………………………… (98)
　　三　生机感与抒情性 …………………………………………………… (99)
　　四　意境构筑 …………………………………………………………… (100)
　第四节　雅俗交融:审美风尚的变迁 …………………………………… (102)
　　一　雅的俗化和俗的雅化 ……………………………………………… (102)
　　二　审美趣味的多元融合 ……………………………………………… (106)
　第五节　传承新变:审美意趣的承传 …………………………………… (107)
　　一　价值观的更迭与审美观的新变 …………………………………… (108)
　　二　传统艺术的完备与市民文化的兴起 ……………………………… (109)
　　三　明代散曲的新生要素 ……………………………………………… (110)

第二章　明代戏曲中的审美诉求 …………………………………………… (112)
　第一节　明代"传奇"的演变与戏曲美学思想的发展 ………………… (113)
　　一　戏曲发展的分期 …………………………………………………… (114)
　　二　戏曲的审美特征 …………………………………………………… (118)
　第二节　汤显祖与明传奇:以情破理 …………………………………… (121)
　　一　汤显祖的"唯情论" ……………………………………………… (126)
　　二　"千古一梦"——《牡丹亭》 …………………………………… (135)
　第三节　明传奇的舞台美术:虚实相生 ………………………………… (138)
　　一　"出之贵实""用之贵虚" ………………………………………… (138)
　　二　戏剧作为一种舞台艺术和表演艺术的美学本质 ………………… (139)
　　三　游目骋怀——舞台独特的时空结构 ……………………………… (142)

四　独特的舞台美术布景 …………………………………………… (145)
　　　五　写意似的舞美设计 ……………………………………………… (147)
　第四节　徐渭与明杂剧："以喜显悲" ……………………………………… (150)
　　　一　明代杂剧的发展状况 …………………………………………… (150)
　　　二　明代杂剧的审美风格——"亦喜亦悲,悲中显喜" …………… (151)
　　　三　徐渭及其杂剧创作 ……………………………………………… (158)
　第五节　"本色"自然的审美取向 ………………………………………… (163)
　　　一　质朴自然的审美语言 …………………………………………… (163)
　　　二　天然本色的审美风格 …………………………………………… (166)
　　　三　自然真实的审美心态 …………………………………………… (168)

第三章　明代小说中的审美诉求 ……………………………………… (171)
　第一节　古代小说的发展与成熟 ………………………………………… (171)
　　　一　明代古代小说的成熟 …………………………………………… (172)
　　　二　明代小说成熟的社会文化背景 ………………………………… (173)
　　　三　明代对小说审美本质的认识 …………………………………… (176)
　　　四　明代小说审美形态的流变 ……………………………………… (179)
　第二节　"四大奇书"：历史真实与浪漫情怀 …………………………… (185)
　　　一　明代"四大奇书"的提出 ……………………………………… (185)
　　　二　罗贯中与《三国演义》 ………………………………………… (186)
　　　三　《水浒传》——忠义传奇 ……………………………………… (192)
　　　四　《西游记》——天上人间话神魔 ……………………………… (200)
　　　五　《金瓶梅》——飞入寻常百姓家 ……………………………… (204)
　第三节　"三言二拍"：世态人情 ………………………………………… (209)
　　　一　"三言二拍" …………………………………………………… (210)
　　　二　描摹世态,尽其情伪——市井生活面面观 …………………… (211)

第四章　明代诗文中的审美诉求 ……………………………………… (218)
　第一节　风姿多彩的明代诗文创作 ……………………………………… (219)
　　　一　粉饰太平,冲和雅淡 …………………………………………… (219)
　　　二　反求吾心,抒发性情 …………………………………………… (223)

第二节　明代诗文创作的审美诉求 …… (226)
　一　典雅尊严的审美风格 …… (226)
　二　本真质朴的审美追求 …… (231)
　三　独抒性灵的审美诉求 …… (235)
　四　清雅闲适的审美情调 …… (245)

第五章　明代绘画中的审美诉求 …… (250)
第一节　明代绘画的承继与分期 …… (250)
　一　明代绘画的承继 …… (251)
　二　明代绘画的分期 …… (252)
　三　明代绘画的审美风格 …… (255)
第二节　"御用"画家与平民品位 …… (257)
　一　宫廷"院体"画：歌舞升平 …… (257)
　二　宫廷"院体"画：政教功能 …… (258)
　三　另类画作：大众审美诉求的生动体现 …… (261)
第三节　"浙派"绘画：文人写意 …… (262)
　一　造型准确，笔简意赅 …… (263)
　二　文人写意 …… (265)
第四节　吴门绘画：文人化与世俗化 …… (266)
　一　"吴门"画派 …… (266)
　二　"吴门四家" …… (266)
　三　文人化与世俗化 …… (268)
第五节　董其昌与"松江派"：高标士气 …… (269)
　一　"松江派" …… (269)
　二　董其昌及其代表作 …… (270)
　三　高标士气 …… (271)
第六节　小说戏曲插图版画：精巧细腻 …… (273)
　一　明代小说戏曲插图版画的发展背景 …… (273)
　二　明代小说插画版画的繁荣 …… (274)
　三　明代戏曲版画的发展 …… (275)

第六章　明代书法中的审美诉求 (277)

第一节　文化背景、变革与审美特征 (277)
  一　明代书法发展的社会文化背景 (277)
  二　明代书风的变革 (279)
  三　明代书法的审美特征 (279)

第二节　"台阁体"：端庄华美 (281)
  一　"台阁体"的流行与衰微 (281)
  二　端庄华美的艺术风格 (283)
  三　"台阁体"的代表人物——沈度 (286)

第七章　明代器物中的审美意识 (288)

第一节　器物艺术整体审美风貌的呈现 (290)
  一　格物至玩物 (290)
  二　奢华精致，富丽热烈的审美风格 (292)
  三　审美趣味上的通俗化与浅近化 (293)
  四　审美风格上的整体感和生动、活泼的自然意趣 (294)
  五　明代器物文化形成独特审美特征的主要原因 (295)

第二节　明式家具：简练质朴 (298)
  一　明代家具的兴盛 (298)
  二　风格简洁明快 (299)
  三　自然天然的审美理念 (300)
  四　装饰雅致明快 (300)
  五　中和之美的审美文化蕴藉 (301)

第三节　景德镇青花瓷：晶莹明快 (302)
  一　青花瓷及其流变 (302)
  二　明代青花瓷的发展 (303)
  三　明代青花瓷的功能演变 (304)
  四　明代青花瓷的取材 (305)
  五　明代青花瓷的审美风格 (305)

第四节　景泰蓝：繁缛多姿 (309)
  一　景泰蓝的得名与兴起 (309)

二　明代景泰蓝的发展 …………………………………（311）
　　三　繁缛多姿的审美风格 ………………………………（312）
第五节　文房清玩：小巧雅致 ……………………………（315）
　　一　明代清赏之风的盛行 ………………………………（315）
　　二　雅俗之辨 ……………………………………………（316）
　　三　对闲雅生活的追逐 …………………………………（318）

参考文献 …………………………………………………（322）

索引 ………………………………………………………（326）

后记 ………………………………………………………（339）

绪 论

明代文艺美学思想的学理渊源与文化背景

　　文随世变，与时因革，体以代出，时进既殊，新裁斯出，事际一变，文成一体，不同时代、社会有着不同的审美时尚与诉求，任何一种审美诉求的生成，都与特定的时代特色、地理环境、气候条件、资源禀赋、生产生活方式息息相关。有明一代，文艺美学思想丰富，特别是中晚期，思想活跃、审美诉求多元，在各个方面，无论是诗文创作还是绘画与书法，都取得了多姿多彩的成就，呈现出鲜明的时代风采，成绩斐然。

　　应该说，文与政通，明代文艺美学创作实践与思想理论方面所取得的成就必然与明统治者实施的一系列政策密切相关。明代统治者借鉴前几代治理国家的经验，总结其成败得失。同时，针对时代的需要，结合时代特点，大力加强专制主义的中央集权，建立了一套严密的、自上而下的管理体系。推进皇权极端化，加强"吏治"，在立法、司法、监察、职前培训以及官吏选拔、考核方面制定了大量的措施，以严防官吏职务犯罪，并且健全选官任官制度，建立完善的考核制度和监督机制，并最终形成了一整套预防机制，为整饬吏治、营造清正廉洁的政治局面提供了必要的保证。加上明初统治者励精图治，从而政治稳定，吏治清明，经济繁荣，社会发展昌盛，有力地保障了文化教育事业的发展。本着"治国以教化为先"①的治国理念，明统治者广设学校，大兴科举，将"教化"与"致治"结合起来，主张通过思想教化，倡导封建礼义，以移风易俗。重视教育对人的教化意义，认为通过教育可以使人成材。同时，要求文人士大夫尊孔读

---

① 张廷玉等：《明史·选举志一》卷3、卷69，中华书局1974年版。

经，独尊"程朱理学"，并制定一系列文化教育方针政策，崇尚儒学，极力提倡"程朱理学"，并通过科举制度，导引士人，招揽人才，改变社会风气。在文艺美学方面，则更加强调"文"与"道"的结合，推崇偏重社会伦理内容的审美价值观，加强对文艺美学思想的控制，加大对文艺美学人才的利用。强调必须以"厚人伦、敦行义"为文艺审美创作的主导，加强对思想的掌控与禁锢。鼓励"文为世用""文为时用"。在宗教信仰方面，明代统治者一方面采取比较宽容的政策，实行多种宗教都加以鼓励的政策，允许各种宗教并存，内地佛教、藏传佛教、道教、伊斯兰教、天主教、基督教，在明代都是合法的，都获得了相当程度的发展。这种宗教政策使宗教信仰自由得以实现，这对转移民众注意力，稳定社会、发展经济、实施文化教育等发挥了非常大的作用。另一方面，则坚决查禁结党结社，杜绝民间团体的出现，一旦发现，就实行严厉打击，以防患于未然。在文化与艺术传播方面，明代统治者极为重视对历史经验的总结，注重"修史"，即史书方面的编修工作；强调史书对文化与艺术的传播作用，因为史书本身就是一种文化与艺术传播经验的积累与借鉴，从中能够获得参考资料，以更好地制定各项文化与艺术传播政策。而且其中有不少文化与艺术传播经验可供借鉴，可以用来进行文化教育，实行思想上的控制，稳固现行政权。从相关史书的记载中不难发现，当时，统治者委任大量史官，以掌修国史。所发生的一切，"皆籍而记之，以备实录"[①]。所谓"掌修国史"的史官，其所负责的，就是编修先前那些朝代的"实录"，即"前代史"。其中，还应该包括对本朝史志的撰修以及经传文字的编撰等。与此同时，明统治者还通过编纂一系列经典书籍，以传播"程朱理学"，确立其正统文化的地位。如永乐年间，在明成祖亲自主持下，以程朱思想为准的，修撰了三"大全"[②]，并且下诏，颁发于天下，以之作为科举考

[①] 张廷玉等：《明史·职官志二》卷73，中华书局1974年版，第86页。
[②] 即永乐帝朱棣诏令儒臣胡广、杨荣、金幼孜等纂修而成的《四书大全》《五经大全》《性理大全》。朱棣诏修三部"大全"颁行天下，既以之为学的，更将之作为人们思想和行为的准则。这标志着程朱理学一元化思想统治地位在明代的真正确立，程朱理学自此达到思想统治如日中天的地步。或用朱棣的话来说，是要通过三部"大全"的颁行，"使人狄曙经书之全，探见圣贤之蕴，由是穷理以明道、立诚以达本，修之于身、行之于家、用之于国而达之于天下。使家不异政、国不殊俗，大回淳古之风，以绍先王之统，以成熙雍之治"。（参见《明太宗实录》卷一六八。）

试的准绳与评定天下学术是非的官方标准，为文人习举业，走仕途必须修习的经典著作。同时，明统治者还加强对外文化交流，编纂了大量的外文学习书籍，鼓励对外族及外国语言的学习，以此推进相互间的文化交流。一方面选派优秀的文人担任外交官员，另一方面，对那些来京的外国使臣以礼相待，多方面、多渠道地进行诗文、典籍方面的对外交流。对外来文化持开放心态，海纳百川，取其精华，极大地推动了不同文化之间的交流与互动。在文化与艺术传播上，明统治者从经营、营销、接受与消费等方面进行引导，并且，制定相关政策，运用商税征收的手段，以进一步规范和控制文化与艺术的传播，以充分体现文化与艺术传播中的国家意志。相关策略的制定与施行，体现了其时社会经济和宗法专制文化的发展状况。明代在文化教育与文艺美学管理方面的策略既显示出一种超乎以往的专制性，又体现出一种独到与创新。应该说，正是这种独到与创新对有明一代的文艺审美创作活动产生了催化作用，在促使其发展的同时致使其时多种多样的审美意识得以深化与发展，并滋生了新的审美诉求。

总的说来，明代文化教化策略与其在文艺美学创作方面相关规则的施行，对当时文化与文艺审美创作活动的发展产生了一定的积极作用，同时也促进了其时文艺美学理论的探讨，致使新的审美诉求与审美意识产生与形成。

具体说来，从文化思想视角看，明代初年，正是统治者的竭力提倡致使"程朱理学"成为官方话语，也成为代表官方的主流思想形态。其时，文化的发展与广为传播，促进了刊刻业的繁荣兴盛，而刊刻传播业的繁荣又从侧面带动了文化的发展。通过传播，时尚审美意识得到及时流行，社会的审美意趣与时新的审美诉求加快流行并且于流行中得到进一步拓展。这一状况同样影响到思想方面的传播。如明代中期，"阳明心学"兴起，强调"心"就是"理"，"心"外无"理"。一反"程朱理学"的传统，"阳明心学"在整个文人间迅速传播，从而致使处于正统地位的"程朱理学"受到冲击，思想家开始对其产生怀疑，进而展开质疑，并最终动摇了其主流地位。

其时，受"阳明心学"思想的影响，作为"左派王学"的"泰州学派"的领袖人物王畿与"程朱理学"针锋相对，对朱熹提出的"存天理，灭人欲"的主张极为不满，强调指出，"天理"就是"人欲"，反对禁欲主义，倡导个性解放。这一理念被引入文艺美学思想，促进了文艺美学思想的转变，其思想观念的变革影响了戏剧小说、书法绘画、手工工艺、音乐舞蹈、园林景观、室内装饰等文艺美学的各个层面，并形成新的时尚需求。"个性"张扬，注重感性体验，具有颠覆意义的新的审美诉求与审美价值的提出使得多年来决定人们审美趣味的思想观念发生转变，个性解放思潮兴起，促使情性抒发的要求更加强烈。在文艺美学方面这突出地表现为占主导地位的诗文创作让位于大众文艺，如市民所乐见的小说、戏曲，从而促进了新生受众群体的产生和扩大。市民文化的发展促使并且催化了市民时尚的兴起，思想中性情的自由宣泄，市民文化的催化作用改变着人们对文艺审美创作活动娱乐化的需求，追求物质享受、消遣之风盛行。而处于此时的审美诉求受这一历史阶段思想的影响，则进一步加剧其向多样和多元的转变，传统的、以"程朱理学"为代表的儒家伦理审美诉求倾向得以颠覆，而一直存在于士大夫文人心理底层中的娱乐化审美诉求则得到加强，最终与市民阶层的大众审美意趣交相融合，成为社会审美意趣的主流，决定着其时的审美时尚。

第一节　从"程朱理学"到"阳明心学"

明代的文艺美学思想史有其自身的特色。其思想来源于北宋时期的"程朱理学"与明朝的"阳明心学"。明初，"程朱理学"地位特殊，主导着当时的经世思潮，展现和延续着儒家思想的经世传统。"致君泽民"的观念对明朝的士大夫文人有着巨大的吸引力，所以他们往往极力灌输这一正统思想，并影响了其时的文艺美学思想，强调"文以载道"。明代中后期是中国古代思想史上最为活跃的时期之一。王阳明在继承朱熹、陆九渊等前人思想的基础上，建立了"心学"。所以，有学者认为，有明一代，"学术之分，自王阳明、陈白沙始"，但白沙之学，"孤行独旨，其传不远"[①]。而"阳明心学"因其适应社会发展的需求，在其门徒的传播下成为明中叶以后文化思想的主流。"宗守仁者曰姚江之学，别立宗旨，显与朱子背驰，门徒遍天下，流传逾百年；……嘉、隆以后，笃信程、朱，

[①]　张廷玉等：《明史·儒林传》，中华书局1974年版，第7222页。

不迁异说者，无复几人矣。"①"阳明心学"强调自尊独立的自我意识，给明代的学术界带来一股个性解放的思潮，在思想界产生了极其广泛的影响，并形成一股重个体、崇自我的美学思潮。从时间上看，这股思潮至万历末年才消歇，前后持续近百年。这股思潮逐渐由哲学领域进入文艺美学领域，对当时的文艺美学思想产生了深远的影响。如明中后期一些著名的文艺美学思想家，如李贽、徐渭、"三袁"等都深受其影响。应该说，如李贽提出的"童心"说、徐渭的"尚真""任情"观、"公安派"的"性灵"说、唐宋派的"本色"论、汤显祖和冯梦龙的"主情"说等，都是在王门心学的作用下提出的。

一 程朱理学

"程朱理学"是宋明时期的主要学术派别之一，在学术界往往又被称为"程朱学派""程朱道学"，其与"心学"相对应，又被简称为"理学"。可以说，"程朱理学"是"理学"各派中对后世影响最为深远的学派之一。

作为宋明时期新儒学的一个流派，"程朱理学"是由北宋时期的儒家学者程颢、程颐、朱熹等人提倡并发展起来的。在"程朱理学"看来，宇宙间万事万物的生成原初域为"理"。"理"是形上与形下的统一，是抽象与具象共存、合而一体。就形上意义看，"理"无所不在，"理"不生不灭、不常不断、不一不异、不来不出。并且，"理"就是"善"的，人生成于"理"，"理"即"善"，即人之本性。就社会人生而言，"理"即"善"，"善"即"礼"，即人与人之间应该遵循的规范和准则。人在自我与万物、与社会生活、与他者、与自身等各种各样、繁富复杂、纷扰交错的关系中生存，极容易迷失自己"善"的本性，由此而失"礼"，偏离了"天理"，从而迷失于人世间，所以人应该修身养性，以归返于"善"，也即原初生成域"理"。因此，人应该收敛私心欲望的膨胀，敞亮"理"所赋予的本性，"存天理，灭人欲"②融入"天理"之中，以达成"仁"之境域，即"天人一体"之境域。

---

① 张廷玉等：《明史·儒林传》，中华书局1974年版，第7222页。
② 黎靖德：《朱子语类》十八卷，中华书局1986年版。

"程朱理学"认为，人与天地万物都生成于"理"，"理"即"道"。就"理"的意义而言，天人相类，人与"物我一体"。天与人都生成于"理"，通过"理"而天人一致，进而天人相应，天人相通。整个宇宙，犹如一个生命体，人与万物都是这个大生命体的一部分。按照天然本性，它们既是一体，又各有其分，依此而形成整体的和谐与秩序。人的天性灵明能觉，其原因就在于能够去蔽，维护通贯和谐之生命运行。与这大生命一体流行，参加、赞助这大生命的有序运行，德其所德，序其所序，明其所明，然其所然，就是"天人一体"之域的生动呈现。所谓"为仁由己"，能否达成"仁"之域，不依靠他者，完全是由人自身所决定的。同时，"程朱理学"认为，个人主观上达到"仁"之域，也即达成"天人一体"之域。但"程朱理学"同时主张人绝不止于个人主观上达到"仁"之域，还要追求天下一体同仁。"为仁由己"的"天人一体"之域界与"必也圣乎"的"天人一体"之域界，乃是一致的。后者以前者为前提，实际上前者也内在地包含着后者。换言之，"物我一体"的审美诉求必然内在地包含着使自身外在化的倾向，不然就不是"程朱理学"所谓的"仁"与"圣域"。"天人一体""物我一体"，必须建立在万物自身在本质上是一体相关的认识基础上。在"程朱理学"看来，"天人一体"的自然属性是永恒不变、不会泯灭、不会消失的。其生动呈现便是圣人的"一体之仁"。因此就美学意义看，"一体之仁"也是一种审美诉求。所以"程朱理学"的"天人一体"之域乃是"物我一体"审美追求，是"物我一体"审美效果的体现。这种"一体"也可称为"内圣外王"。

同时，所谓的"天人一体"之域，按照"程朱理学"的理解，并不是静态的、既成的、既定的东西，而是生成的，具有境域构成的当下性。只有人的意识活动本身能够德其所德，序其所序，明其所明，然其所然，才能够达成并且还原到"天人一体"之审美域。所以，这一审美境域的达成是"活泼泼的""生生不息的"充满活力的。并且，"天人一体"之域只能"自得""自证"。显而易见，这种"天人一体"之域超越了个体存在，超越了个体间的对立，是一种视他人、他物如己身，视天下为一体的审美诉求，是审美活动中真正达成"感同身受"，做到"感而遂通天下"[1]的审美

---

[1] 王弼撰，楼宇烈释：《周易注校释·系辞上》，中华书局2012年版。

超越。

就"程朱理学"而言,"万物皆只是一个天理";同时"程朱理学"又认为,"理只是人理,甚分明"①。"理"是生成包括"人"在内的宇宙万物的原初域,为自然万物"之所以然",万事万物之中必然蕴藉着"理"的元素。同时这一所谓的"理"又绝非纯粹的,而是心境、内听、内视和内象世界与种种美妙奇特的诸法实相和外在绚丽斑斓的世界的合一,是精骛八极、思游万仞的灵境与具体色相的统一,也是形下与形上、个性与共性、现象与本质、具体与抽象的同一。因此,要体悟"理",必须通过推究,这就是"格物";体悟到"理",就是"致知"。"格物"以穷"理"是不已的、动态的流程。在"致知"的心态问题上,程颢主"静",强调"正心诚意";程颐则主"敬";朱熹是兼而有之。在"程朱理学"看来,人生的意义就在于"居敬穷理"。要"穷理",要在审美活动中达成"理"之审美域,则必须保持内心的清虚灵明,着物不迹,"主一无适",以达致"敬"的心境。应该说,就审美活动中审美心境所营构的意义来看,"正心诚意"与"敬"的审美旨意是一致的。

在"程朱理学"看来,一般的活动属于"见闻之知",对宇宙生命意义的体验则是"德性所知"。要在审美活动中达成"天人一体"之域,需要的乃是"德性"。所谓"德性",应该是本心本性,也即诚心诚性。尽心尽性,是"德性",即诚心诚性的自我呈现,也就是"天心"与"人心"的一体。因此,"德性所知",也就是"大其心"与"合内外之心"所达成的境域,由此,则能体天下之物。在"程朱理学"看来,宇宙天地的存在意义在人个体生命的本身,因此,人是"欣然有此身",人自身有觉而心灵不昧。作为个体生命的存在者,有其自身内在的尊严与生命之力,炯明光辉、饱满丰沛,充实刚健,不是执着拘滞于一己之私的"我",而是诚而明、明而诚的"我",是天道人道契合无间、相续相生的"我",即生生不息的"大我",是与天地合其德的"大人"。作为"视天下无一物非我",人即天,天即人,"以天地万物为一体""浑然与物同体"的人,是通过去蔽存真,超越私欲和无明、达成"圣"与"仁"境域的"人"。"程朱理学"认为,天人原本一体、人的身心原本也是一体

---

① 朱熹、吕祖谦编选:《近思录》,上海古籍出版社2010年版。

的。后来，由于人有了私欲、私意，遮蔽了本心本性，使原本一体的天人、身心发生了间隙、分离，所以，人应该"大其心""大著心肠""唤醒"并还原到原初。即如朱熹所指出的："天只是一个大底物，须是大著心肠看他。"①"为仁由己"，人尽心尽性，推己及人，"从身上理会"，向四处推扩充溢，使此心此身破除身心之分、内外之隔与自私之执，克服私欲的膨胀，还原到原初的本心本性，使一体之身心充塞于天地，"诚明之光"敞亮，遍照天下万物，天地间又无一物非"我""由己""大心"而至宇宙天地，而与自然万物交融一体，自然呈现为"大"。可见，"大心"以"体物"之"心"就是"无内无外"、无物无我之"心""无内无外"之心不是以宇宙间自然万物为"心外"之物，而是"己物"，即"天人一体"之物。这种"天人一体"之物，无一物非我。显然，这种"无内外"之心应该是生命意义上的一体相关的关系。

"大其心"与"合内外之心"就是"体物"之心，这种"心"是情与"理"的合一。其中既有"德性"，又有"知性"，是"道德境界"或"天地境界"的融合，亦即感性与理性、"美"与"善"的合一。离开"德性所知""见闻之知"于审美活动不仅无益，而且有害。因为"德性所知"的对象，即生成宇宙间包括人在内的万事万物是普遍与特殊的统一、形上与形下的统一，既存在于见闻的对象中，又存在于人的"灵明"之中。用朱熹的话说，就是"一草一木，亦皆有理"②。应该说，正是基于此，"程朱理学"才对形上实体与万物之关系进行了深入探讨，提出了理气、道器、形而上下、体用、理一分殊、气一分殊等重要范畴和原理。并且试图由此建构一个完整充实的宇宙天地图景，并形成其充盈圆满的宇宙意识。

理学的直接目的在"人"，在于"内圣"以成就个人。而"内圣"的意义则是为了实现"外王"，即重建合理的社会秩序与道德规范。因此，如何通过教育，以教化人，提升人的境域，则成为"程朱理学"关注的重要问题。因此"程朱理学"必然要将主要的精力投入对人的研究之中。其研究的内容与兴趣涉及理气、性气与性情以及"天地之性"与

---

① 黎靖德：《朱子语类》卷一，中华书局1986年版。
② 黎靖德：《朱子语类》卷十八。

"气质之性",包括"五性"与"七情",以及人的身心、身心的内容与结构、身心间的关系等,力图揭示其规律性,以作为施行教育的依据。同时,对人的种种探讨又直接影响着每个人对自己和对他人的意识,因此,其揭示的说明必须是符合理想要求的,以有利于启发人们的向善之心,并确立与坚定向善的信心。"程朱理学"认为"善"为本性,是真心,作为个体,每一个人都可以为善人。

"程朱理学"认为,"天命之谓性",人生的价值乃在于真实求理、真实求做圣贤,在见理、合理、与理为一的治学修为过程中所发生的态度体验。这种感情是以生活感情为基础的,是从生活感情中培养出来的。生活中常人的感情都是由具体事物对自己的关联作用而引发的,具有功利的特点,或者说,这种感情是伴随着对事物的功利判断而发生的。了解万物的本性,是为了使人的精神从有限的事物中,从功利关系中超拔出来,从而摆脱冲突和对抗,摆脱痛苦,达成与世界万物的和谐相处,维护世界的和谐与秩序。理学境域中的感情因素,就是系于万物之"理",系于"天理",系于万物一体、天人一体观念的感情活动。因此,人应该通情达理,情理兼顾,情理交融。情理交融的表现首先在于把理性渗透到感情中,用理性规范感情,使感情活动逐步达到自然符合理性规范,这就是喜怒哀乐"发而中节",这就是精神的"中和"境界。在整个精神世界面,理智、情感、意志是一体相关的。古人是靠"一"与"万"的概念,靠"万物一体""万理归一""道通为一""一以贯之"这样的逻辑来把意识中所知的万物整理成一个有序的宇宙图的。其所构造的图如何,关键在于那个"一"。换言之,就看他用来作为普遍原则的东西,在广度上和深度上是否真正具有普遍适用性。众所周知,在古人关于对象的思考中,普遍与特殊,一般与个别,不仅有形式上的关联,而且有内容上的关联。从内容方面看,普遍原则乃是来自特殊知识的。所以一个人关于特殊事物的认识的多寡,直接影响他所建立的普遍原则的可靠性,甚至影响他进行由特殊到普遍,由普遍到特殊的思辨思维能力。

"程朱理学"对中国文化的影响是复杂的,积极中交织着消极元素。如其对人性矫饰和扭曲的消极影响是不可低估的。在"程朱理学"看来,人类社会的等级制度及与之相适应的社会道德规范,是"天理"在人世社会的具体表现,"人之所以为人者,以有天理也,天理之不存,则与禽兽何异矣"①?"理"不仅是宇宙原初域,万物主导,也是社会道德的源泉,是至高无上的、绝对的。"宇宙之间,一理而已,天得之而为天,地得之而为地,而凡生于天地之间者,又各得之以为性,其张之为三纲,其纪之为五常,盖此理之流行,无所适而不在。"② 因而,穷究"天理"是为了"性"与"命"。"程朱理学"认为,"性即是理""性与天道,一也。天道降而在人,故谓之性。性者,生生之所固有也"③。这就是说,"性"是天理在人心物中的显现。"理"下降于人身就成了"性",抽象的"理"也就在具体的人身上找到了安顿之处。关于"性"的具体内涵,程朱归结为"仁、义、礼、智、信"等道德品性,也就是上引朱熹所说的,"其张之为三纲,其纪之为五常"。这是人的"天命之性",或称"天地之性""义理之性"。显然,"程朱理学"是一种先验的伦理学原初域论。"性"是"天理"在人身上的折射,因而是至善的;对于抽象的"天理"来说,人性又是活生生的,有情绪、有欲望。出于人的本性的喜、怒、哀、乐等情感总是要表现出来的,只要合乎节度规范,则仍然能保持"性"的至善。正如二程所说:"天下之理,原其所自,未有不善。喜怒哀乐未发,何尝不善?发而中节,则无往而不善。"④ 关于"性"与"情"的关系,朱熹进一步认为:"原初域是性,动是情""静是性,动是情""性安然不动,情则因物而感"⑤。"情"是人们的情感,是"性"在人身上的表现形态。"情"本是善的,但若不"中节""不从本性发来",便会流于不善,也就是"恶"。在"程朱理学"那里,人性中的善是"天理"的本质特征,恶则是人不合节度的情感和欲望,即"私欲"。程颐认为:"纵其情而至于邪僻,梏其性而亡之。"结果便是"情其性"而流于恶。他要求人们"约其情使合于中,正其心,养其性",也就是要"约情归性"⑥。二程强调存理灭欲,直至人的正常声、色、香、味之娱,也被

---

① 程颢、程颐:《二程粹言》卷二。
② 《朱文公文集》卷十七《读大纪》。
③ 程颢、程颐:《二程集》,王孝鱼点校,中华书局2004年版。
④ 程颢、程颐:《二程遗书》卷二十二。
⑤ 黎靖德:《朱子语类》卷一零一,第98页。
⑥ 程颢、程颐:《二程集》,中华书局1981年版,第577页。

列为"人欲"而加以排斥:"人之为不善,欲诱之也。诱之而弗知,则至于天理灭而不知反。故目则欲色,耳则欲声,以至鼻则欲香,口则欲味,体则欲安,此皆有以使之。"① 朱熹对于人们正当的生活要求和欲望并不简单地加以否定:"若是饥而欲食,渴而欲饮,则此欲亦岂能无?"② 他甚至把延续生存条件的物质欲望说成是"天理":"问:'饮食之间,孰为天理?孰为人欲?'曰:'饮食者,天理也;要求美味,人欲也。'"③ 由此,他讽刺佛教"无欲"的主张:"终日吃饭,却道不曾咬着一粒米;满身着衣,却道不曾挂着一条丝。"④ 但是,朱熹对二程"人欲"说的修正,并不是对存理灭欲观的否定,天理与人欲虽相互联系,"有个天理,便有个人欲""人欲中自有天理",但二者的对立是上要的,"不容并立""天理存则人欲亡,人欲胜则天理灭"⑤。朱熹在解说《尚书》中"人心惟危"一段经文时,同样将其归结为"圣贤千言万语,只是教人明天理,灭人欲"⑥,对不"中节"、无休止的欲望是否定的。那么,什么才是"中节"、适度呢?在道学家看来,所谓"中节",就是要求人们的行为举止时时处处合乎封建道德伦理规范,凡是不合封建礼教的要求和欲望都是应该坚决加以摒弃和遏制的。在"程朱理学"看来:"礼即天之理也,非礼则己私也""礼者,理也。亦言礼之属于天理,以对己之属乎人欲。"⑦ 因此,人必须克服、战胜自身"私欲",恢复"天理",也就是"克己得礼"。"复礼",也就能"复理""存理灭欲""克己复礼"论遵奉的是道德的自我内省和超越。与之相适应,理学家提出所谓"持敬"的修养工夫,要求人们在道德的自我完善过程中,排除杂念,保持一种稳定的"敬"心"诚"意。二程说:"学者不必远求,近取诸身,只明人理,敬而已矣,便是约处。"⑧ 朱熹说得更具体:"持敬之说,不必多言,但熟味整齐严肃,严威俨恪,动容貌,整思虑,正衣冠,尊瞻视,此等数语,而

---

① 程颢、程颐:《二程遗书》卷二十五。
② 黎靖德:《朱子语类》卷九十四。
③ 黎靖德:《朱子语类》卷十三。
④ 黎靖德:《朱子语类》卷一二六。
⑤ 黎靖德:《朱子语类》卷十三。
⑥ 《朱文公文集》卷十七《读大纪》。
⑦ 同上。
⑧ 程颢、程颐:《二程遗书》卷二。

实加功焉。……身心肃然，表里如一矣。"① 应该说，"程朱理学"宣扬"存天理灭人欲"，具有十分消极的影响。它在与封建君主专制主义相结合时，便成为上层建筑实行政治和文化专制主义的理论根据；它要求人的一切思想、情感、言行"皆合规矩准绳"，甚至连外貌与内心都要做到表里如一的整齐严肃，道貌岸然，不苟言笑，恭恭敬敬，畏畏谨谨，收敛身心，禁锢人性，其结果只能是扭曲人性，不近人情；窒息生命，木雕无能；甚至走向它的反面：矫情饰性，表里不一，违背人情物理，日用常行，张大虚声，名过于实，结果只能是欺世盗名，伪道学、伪君子猖獗横行罢了。这时的理学更丧失了它的创始奠基人的初衷，本身也走上了"伪学"之路，带有浓厚的禁欲主义色彩。二程说："大抵人有身，便有自私之理，宜其与道难一。"并称："无人欲即皆天理。"② 朱熹用饮食为例阐述："饮食者，天理也，要求美味，人欲也。"③，受此影响，宋代以后，再也看不到像李白这样"我本楚狂人"的诗人了。在妇女贞操方面，"程朱理学"主张妇女"从一而终"、压抑"人欲"。

"程朱理学"的"理"，既指具象世界，又可以理解为抽象世界，意指宇宙间万事万物生成的内在规定性。对于"人"而言，就前者看，所谓"理"，即"人"自身的"理"，是"人"的本质规定性，应该就是"人"的原初心性，可以看做"道理""天理"。而"人"后天的道德文化与审美意识的构建，是一种流程。这个"理"应该是"义理"，或为"人理"。就实质上看，"程朱理学"所谓的"理"应该兼有"道理"和"义理""天理"和"人理"之义。"程朱理学"的代表人物朱熹认为，天地万有都以"理"为原初生成域，同时也是"人"道德意识与审美意识生成的原初域。"程朱理学"之所以在明代会成为统治阶层所尊奉的指导思想，是因为其思想内核有着维护封建统治秩序的要素，非常符合维护社会稳定的需要，这是其成为主流意识的重要原因。"理一分殊"思想是朱熹天理论极其重要的组成部分。"理一分殊"是由程颐提出，朱熹加以进一步论述的，属于"程朱理学"中的核心思想，源于唐代华严宗和禅

---

① 《朱文公文集》卷四十五《答杨子直》。
② 程颢、程颐：《二程遗书》卷三。
③ 黎靖德：《朱子语类》卷十三。

宗，所阐述的是"一理"与"万物"的关系问题。朱熹认为，总合天地万物的理，只是一个理，分开来，每个事物都各自有一个理。实质上，所谓理一分殊，也就是"一"与"多"的关系。"体统是一太极，然一物又各具一太极"，因此，"万个是一个，一个是万个"。宇宙间的万事万物都自然存在，完全俱足，既非自生，也非他生；现象是自然存在，完全俱足的，既非自生，也非他生；现象不仅自然存在，而且不是单一的、个别的、孤立的存在，而是以相互依存、互相联系的整体方式存在的；一切现象，或者说是所有的事物，尽管各个不同，其呈现的样态千差万别，但都是"理"的显现，即所谓"道"的"实相"。每个事物既然是具体的，它们的存在形式、运动法则就不可能完全一样，各自的"理"不同，这就是"分殊"；但这不同的"理"，又都可以还原为一个"理"。

"程朱理学""理一分殊"之所谓"理一"，是指天地间万事万物的原初生成域都是同一的，为"一"；而"分殊"就是区分、区别，就是分开来说，事物间各个不同，各有差异，相互之间具有不同的特殊性和具象性。当然，"理一分殊"说的这种完善有一个过程，从二程到朱熹，二程提出的"理一分殊"还限于社会道德意识层面，朱熹则对之有了更为深刻的认识，致使其含义进一步扩展，已经不再仅仅意指社会伦理，还包括天地间万事万物都可以运用"理一分殊"来进行言说。在朱熹看来，天地万物本身是和熙圆融的整体。所谓"太极""道"，即"理"，就是天地万物的原初生成域。在这一原初域中，人与万物是混沌一体的。就此意义来看，"太极"或"道"，就是"至理"，就是"理一"，也就是"理"。"理一"，就是所谓"道生一"的"道"，就是生成"两仪"的"太极"。"理一"就是"天理"，或者说，就是"理"。万事万物通过从"理一"到"分殊"的周流运转，最终回归"天理"，即天地万物生成的原初域。作为生成天地万物的原初域，"天理"与"道"，即"太极"相印证，从而还原到"天理"，与"天理"为"一"，也就是与"道"同一。

"理"，或谓"理一"，又是"天理"与"义理""人理"的合一。因此，作为"天理"与"义理""人理"的合一，朱熹"理一"而"分殊"说当然具有天地自然与社会伦理道德两个层面的义域，或者说，"程朱理学"所建构的社会伦理道德思想体系，其学理渊源也与"理一分殊"分不开。就语义域看，"分殊"之"分"，意指区分、划分。而"殊"，则意指差别、不同。"理一分殊"的思维方式运用到社会生活层面,"君"为"一",就是"理",是"理"的生动体现。而《大学》所谓的"为人君止于仁,为人臣止于敬,为人子止于孝,为人父止于慈,与国人交止于信"中的君臣、父子则为"分",是"殊"的体现。正是"分"与"殊",表征着社会间的上下、尊卑、显隐、贵贱等。只有"分"与"殊",社会生活中的"人"才能各守其职,各安其位,各尽其能,各努其力,从而达成社会安定,生产繁荣。"分殊"是一种暗示,以表明社会生活中的"人",各有其身份与地位,这种身份与地位是有等级与差别的,其定位的安排必须符合统治阶层的利益。

具有浓重的封建社会时代色彩是"程朱理学"在明代前期成为官方主流思想的前提。或者更为准确地说,为了更好地维护自身的利益,统治阶层在一定程度上对"程朱理学"思想中的现实意义大加推崇。明统治者在建国之初就明确公告全国,以"程朱理学"为主流思想,以之控制和统一人们的思想,在文化教育方面,提出旗帜鲜明的明教化、行先圣之道的要求。于是,"程朱理学"所提出的"道者文之根本,文者道之枝叶"则成为其时的文化政策。"程朱理学"所倡导的文艺审美创作纯然是"道"的体现,或者直截了当地说"文便是道",诗文创作"皆是从道中流出"等观点则成为明初的主流思想。应该说,"文与道同"是其时占主导地位的审美旨向。

就文艺美学思想看,"程朱理学"以建立人文品格为其审美诉求定位,认为"至善"即为美,推崇美与善的统一,伦理诉求和审美诉求的统一,突出地体现出其美学思想的伦理性内核。在他们看来,文艺审美创作者的人文品格及其诗文作品所呈现出来的艺术品位与品貌是相一致的。他们以"至善"为美,把"以美引善、美善不分、化育人心"作为文艺审美创作的最高追求,以"文道合一""文皆从道出"为其理论基础。这里的"道",应该偏重于社会人生之"道",即"人道""义理""人理",包括一切人伦道德观念和行为规范,即所谓仁义礼智之性理,而这里所谓"文",是由"人道""义理"所表征出来的形式。在"程朱理学"看来,"文"是"气化"的表征,由"气"的阴阳清浊、上下氤氲的作用而化生化合之流转变化而生成的形态。"文"与"道"之间的关系是相依相成的。在"程朱理学"看来,"道"与"文"两者具有同一性,难舍难分,不可割离，这是一个方面。同时，"道"又是首要的，是生成"文"的前提，对"文"具有决定意义；而"文"则处于次要的地位，由"道"所制约和生成。并且，"文以载道"的提倡应该立足于非功利性的思想。文艺审美创作活动的原初生成应该是娱乐性的、抒情性的和审美化的。并且，"程朱理学"认为，文艺审美创作活动的开展，其根本的意义在于令人愉悦、消解烦恼与苦闷，从中获得一种审美的、心灵的情感体验，以超越人世的烦恼，通过深心的自得，以消解人与社会、人与他人、人与自我间的矛盾而达到人的精神自由，进而达到自得自主、自由自然的审美境域。在此境域里，"心"与"理"一，"情"与"性"一，"心"与"体"浑然，显然，这实际上是一种具有审美意义的情感体验境域。这种能够获得审美意义的境域虽然不具有纯粹意味，但却具有一种深刻的人文关怀精神的审美旨趣。因此，"程朱理学"所提倡的审美境域应该是一种人文审美境域，往往把人文化的道德情感熔铸、提升为审美情感，在"程朱理学"看来，原初的"本心本性"即"仁心仁性"是审美评价的唯一标准。"合内外之心""顺于自然"①，就是以"本心本性"即"仁心仁性"为内在的整体，其和熙圆融表征于外则为和合之审美域。"和熙圆融"则是自然、平淡、含蓄、拙实、雄浑、从容、通贯的完美结合。从文艺审美境域来论，朱熹所崇尚的"和熙圆融"的艺术境界，主要有三层内涵：一是意蕴的"浑厚深沉"；二是表现的"自然天成"；三是整体的浑然一体。概言之，"程朱理学"是以内在的"本心本性"即"仁心仁性"为人文品格精神的，这种精神与外在的艺术要素浑然一体为其最高审美诉求。就文艺审美创作而言，在审美表达与审美意蕴方面，"程朱理学"在强调审美意蕴的同时，非常重视审美表达的样式以及外观呈现之美。在"程朱理学"看来，文艺审美创作的要义在于"真有而力究"，在于"深得其味"。这里所谓的"味"应该偏重于旨味、品味、意味，就审美体验而言，则要求有能够切入人的身心的深层体味，和有益于人的身心涵养方面的韵味、滋味，审美的滋味与韵味会浸润"人"的心田。"程朱理学"极为推重那些"有其中而形于外"的审美旨意浓厚、意味深长、发人深思，具有充实刚健之审美风貌的佳作，丝毫也看不起那些缺乏

---

① 黎靖德：《朱子语类》卷二十二。

"德行之实"、一味"空言"的作品。应该说,"程朱理学"的审美旨趣与审美诉求就是要通过"美"的形式对人们性情的感化教育,使社会伦理规范及其实践成为社会个体的自觉要求。应该说,正是基于此,明太祖特别重视"程朱理学",推举其为代表主流意识的理论思想,并且为进一步钳制思想,严格规定科举考试内容必须恪守儒家经典。在文化思想方面实施专制,从而致使由科举而入仕为官的途径相对狭窄,不少文人转而投身翰墨,借诗文创作来抒发与彰显自己的人生理念、社会抱负以及人格追求等精神价值和审美意趣。这自然给文艺美学创作活动带来了新的活力,给文艺审美创作活动的传播与发展带来了深刻的影响。"阳明心学"的兴起则把新儒学思想推向高峰,这自然影响了审美诉求的改变,影响了文艺美学的创作与传播,促使其内容发生巨大变化。

应该说,就有明一代来看,其前期的文艺审美创作活动与其美学思想的发展是一个循序渐进的过程,之间略有波澜起伏,特别是明中叶以后,"阳明心学"的兴起所带来的个性解放与张扬个性的启蒙思潮以及对"程朱理学"传统的颠覆性冲击,经历了从文艺审美创作观念的转变到逐渐发展壮大的过程。所以,明前期文艺审美创作及其美学主导思想应该是对宋元两代诗文作风的直接继承和发扬光大。

到了中晚明时期,文艺审美活动的社会需求增大,尤其是文艺审美创作活动为大众所带来的娱乐与享受方面的审美效用。文艺审美创作与传播活动极为活跃,传统的"程朱理学"所推崇的那种只言道德修养、强调心性提升的主流的审美价值观遭到颠覆性的打击,市井间一般民众的审美需求成为社会审美时尚,这就使得通俗类的、大众化的、娱乐化的文艺审美创作活动发展迅猛。在这样的新旧审美意识交替、冲突、碰撞时期,由"程朱理学"式微所引发的是传统儒家伦理美学思想、主流审美文化同大众审美需求之间的矛盾与冲突。就美学思想史的发展进程看,明朝中叶,传统的伦理美学思想还具有一定的市场,一直到王"阳明心学"兴起,其盛行之风才有所减弱。明代中后期,李贽启蒙思想与追求个性解放思潮的兴起,对文艺美学思想的发展产生了极为重要的影响,促使文艺审美创作活动包括文艺审美创作表达形式,产生了改革,导致审美创作者的美学思想和审美价值诉求以及市民阶层中大众审美鉴赏者群体进一步扩大。

二 阳明心学

"阳明心学"是明代儒家学者王阳明发起与倡导的学术派别,通常又称做"心学"。阳明继承宋代陆九渊提出的"心即是理"的观点,主张"心外无物,心外无事,心外无理,心外无义"①,把"心"作为生成万物的原初,认为"理"是不需外求的,人生来就具备。"理"不需外求,自身即可得到,原本一切自身皆具备,人人都可以通过对自身的内省而得以证悟或者确认。由"阳明心学"所推崇与倡导的这种"心"即"理"的观点为其学生们所光大,加以进一步阐释、解读,深化了其思想内核,并以"讲会"的形式,即学术论辩的集会,传播到各地。其中,所谓"心学传人"中又以"泰州学派"最为突出。"泰州学派"又被称做"左派"阳明心学"。他们发扬了"阳明心学""心""理"同一的思想,指出"心"既是形上的又是形下的,既抽象又具象,既在场又不在场,因此,"心"就是"理"。认为"理"存在于"心"中,而"人"的本心本性是相同的,因此"人人可以成尧舜"②,即使是平民百姓、推车卖浆者之流,都可以通过身心的修养而还原自身原初的心性,达成"圣人"之域。

应该说,与"理学"以及"其他儒学"相比,"心学"的最大不同就在于其对活泼泼生命的强调,与对"灵明体验"的推崇,因此,当代学者陈复③认为,"心学"是"心灵儒学"。"阳明心学"所推崇的"心",既是形上的又是形下的,既抽象又具象,既在场又不在场,因此,"心"就是"理"。同时,"阳明心学"认为"良知"就是人的"本心本性",为人"心"之原初。本心本性纯然超然、无美无丑,是没有为尘世杂念、私心物欲所遮蔽之"心",是处于未发之中的"天理"。"人"的本心是纯真单一、无事无非、无善无恶的,也是审美活动所希望达成与还原的原初域。既然是"本心本性""未发之中",是原初域,所以就没有善恶之分,无正无邪、无美无丑、无真无假、无好无坏。当"人"有了意识活

---

① 《王文成公全书》之《与王纯甫书之二》。
② 同上。
③ 陈复,台湾学者,心学网创办人,长期致力于心学研究,有《狂飙的思想》《生命的学问》《心学工夫论》《心履经》与《德性君王论》等著作。

动,原初的心性便会被遮蔽,并且会把自己被遮蔽的意识加在事物之上,这种意识就呈现了好恶、善恶、美丑的差别,这样的态势可以说是"已发"。从这样的立场来看,人的心性与事物本身就存在"发"与"未发""中"和"不中",符合"天理"和不符合"天理"的态势,"中"者就是"善","不中"者就是"恶";"人"的本心本性,即原初的"良知"尽管本然澄澈、无事无非、无善无恶,但却自在地知是知非、趋美避丑、为善去恶,这是"良知"的澄明态势;所有的知识、智慧、修养,归结起来,就是要知是知非、趋美避丑、为善去恶,即以"良知"为生成"美"的纯粹原初域,遵照自己的"良知",致使其敞亮,去揭蔽与解蔽。无善无恶、无事无非之"心",就是没有尘世杂念、利害得失与私心物欲的遮蔽的"心",也是作为"天理"的本心本性,在"未发之中"是无事无非、无善无恶的,是人生所努力追求的生命域,也是在审美活动中所渴望达成的审美域。但是由于"人"的抛入性的影响,后天与"常人"一道的随波逐流所带来的沉沦,必然使本心本性被遮蔽,进而致使"人"的判断出现被遮蔽的现象,会犯错误,也就是"发之中""意之动"中出现了错误,即不能正确地分辨善和恶,把恶当做善,把善当做恶,那么他的"良知"也就由于被遮蔽而出现错误,从而格物也会误入歧途。之所以如此,是因为此时的心已经被私心和物欲遮蔽了,呈现出来的不再是本心本性,不是"天理",这时就要返璞归真、反身而诚、反诸求己。努力使自己被遮蔽的"心"去蔽揭蔽,以回归到"本心",回复到无所谓美丑、善恶、是非的原初域,保持原初态。只有回归原初"心性",回复到无是无非、无善无恶的原初域,保持原初态势,"致良知",才能有正确的"良知",才能正确格物。什么是有"理",只要"格物致知"以"致良知",回归本心本性,达成一颗原初的、没有私心物欲的"心",与"心"同一的"理",其实也就是生成世间万物的"理",也即"良知"之域。

必须指出,"阳明心学"强调"心即是理""心外无理""致良知",其核心仍然是"内圣"之学。"天理"不是靠空谈的,必须通过"格物"以"致知"。靠"致知"活动,靠"良知"的自我敞亮、自我澄明而获得本心本性的回归。显然,这也就是"知行合一"。"心"中"天理"敞亮,通过解蔽揭蔽,去除私心杂念,就有如社会有游戏规则,有规则才能维持社会稳定。"天理""义理""人理"就在人的"心"中。从表面上看，规则的实施好像是对社会发展起作用，其实是对人自己的"本心"起敞亮的作用，万物皆在"本心"。这个需要遵循的规则，即"天理""义理""人理"并不是在社会稳定中得到的，而是纯粹发乎"人"，发乎人人原初本有的"心性"，即没有被遮蔽的，去除私心物欲的"良知"。"良知"永远在场，绝不会因为时过境迁而不在。

"阳明心学"这种"心即是理"的观点，深刻地影响了明中晚期的社会审美诉求，颠覆了"程朱理学"所提出的"存天理，灭人欲"说中对于"情欲"的观点和看法。由于"心"即"理"，以"理"为相同相通的因子、元素、元气、元神，"天理"与"义理""人理"相通同一，因此"人欲"与"天理"是相互为一的，相依相成，不再如朱熹所认为的那样对立。

要深刻认识"阳明心学"对有关"人欲"与"天理"间关系的看法，必须厘清"阳明心学"。由此，首先必须讨论清楚朱熹与陆九渊对"理""气""心"等概念的理解。"理"是世界万物生成的原初域，对此，朱熹与"心学"之先驱陆九渊的看法相同。但不同之处在于，陆九渊从儒学"天人一体"的思维模式出发，指出"心即理"，万事万物皆由"心"而生发。他说："宇宙便是吾心，吾心便是宇宙。"[①] 又说："人皆有是心，心皆具是理，心即理也。"[②] "理"与"心"既然是完全同一的，那么宇宙万事万物之"理"，就是每个人心中之"理"。就人而言，人同此"心"，心同此"理"。"理"必须通过人"心"来证明，人心之理是宇宙之理最完满的体现。因此，陆九渊哲学思想以"发明本心"为宗旨。他说："万物森然于方寸之间，满心而发，充塞宇宙，无非此理。"[③] 推崇反省内求的"简易""直捷"的方法。他认为，"理"就在每个人的心中，"明理"用不着探求外物。"此理本天所以与我，非由外铄。明得此理，即是主导。"[④] "此心本灵，此理本明""自昭明德"[⑤]，人孰无心，道

---

① 陆九渊：《自杂谈》。
② 《象山全集》卷十一《与李宰书》。
③ 《象山全集》卷三十四。
④ 《象山全集》卷十一。
⑤ 《周易》《晋》卦《象》曰："明出地上"，晋。君子以自昭明德。以顺著明，自显之道。

不外索，患在戕贼之耳，放失之耳。古人教人，不过存心养心求放心。此心之良，人所固有。所以他不赞成朱熹"即物穷理"的方法，认为"明理"就是"存心""养心""求其放心"的自得自明的活动。他说："收拾精神，自作主导，万物皆备于我，有何欠阙？当恻隐时，自然恻隐；当羞恶时，自然羞恶；当宽裕温柔时，自然宽裕温柔；当发强刚毅时，自然发强刚毅。"[①] 自得自明的途径就是向内用力，切己自反，剥落物欲，改过迁善。陆九渊认为天理并非是脱离人心而自主地存在于形而上的世界的，这是与"程朱理学"的根本区别所在。

显然，陆九渊"心即理"的"理"与朱熹所说的"理"不一样。在朱熹看来，作为生成天地万物的原初，"理"是先于万物的，是先验存在的。由此，朱熹认为应该由"道"，即由"理"，求学、入学、问学，格物致知，由外到内，"穷理明心"。陆九渊则强调"明心穷理"，主张由内到外，强调为学的目的是实现伦理道德域的提升与升华，而"人"之"本心"就是仁、义、礼、智、信等伦理道德域的原初，因此只要致使原初的"仁心诚意"域自立、自明、自呈、自成，人之本心本性的心结构就能增进道德属性，并达成"穷理""至理"之域。

同时，陆九渊在其心学思想中，还提出"气"与"气质"等概念。陆九渊认为，所谓"气"就是"气质"。因此，在他这里，作为"气质"的"气"还没有上升到形上与抽象的层面，只是一个生理、心理意义上的概念，意指"人"的一种心理或生理状态。由此出发，陆九渊认为，受"气"，或者"气质"的作用，"人"所先天禀赋的这种生理要素与心理品性是有差异的，影响了"人"的社会行为，也表现出各各的不同，有刚有柔，有的外向，有的内向。这之间虽然与"气"相关，有一定的联系，但并不是必然的、唯一的关系，即人禀受之"气"与"气质"并不能决定人的善恶贤愚，后天之"学"能变化人的"气质"。到朱熹这里，所谓"气"则是和"理"既有联系、相互同一，又有所不同、相互区别的一个概念。在朱熹看来，所谓"气"既形上又形下，即抽象又具体。既意指天地万物与宇宙自然生成的原初域，又为构成万物自然的物质材料，同时又指作用于"人"而致使其呈现出善恶贤愚之别的内在因素。

[①] 《象山全集》卷三十五。

并且，朱熹认为，"理"分为"天理""义理"与"人理"，而所谓"心"是可以分为"人心"与"道心"的，"道心"是"天理"的体现，是"原于性命之王"，而"义理"之"心"，即"人理"之"心"；"人心"受"天理"与"道心"的制约，此即"心统性情"。陆九渊则认为"人心""道心"只是从不同方面描述"心"的性质状态，如果将二者对立起来，则分明是"裂天人为二""心"是生成"人""伦理道德意识"的原初。在朱熹这里，形而上心为"道心"，形而下则为"人心"，其本质还是"天理"，"天理"决定"气"；陆九渊则认为"心"就是"理"，"理"就是"心"。

应该说，"阳明心学"是继承了陆九渊"心即理"的思想，并且在此基础上建立起来的。因此，在"阳明心学"看来，"天理""人理""物理"只在"心"之中，"人"之"心"是同一的，而"心"则与"理"同。无论后天的道德理论意识还是审美意识的确立，都是"本心"的"发明"，不必外求。"阳明心学"提倡"心外无物""心外无理""心"为所有一切的"主导"，眼睛之所以能够看见，耳朵之所以能够听到，"口与四肢虽言动而所以言动者"，都是由于"心"的作用，所以说，"凡知觉处便是心"[①]。"心"就是"人"的"灵明""人"的"灵明"是认识"天地鬼神"的"主导"，离开"人"的"灵明"，就"没有天地鬼神万物"[②]。"位天地，育万物"，天地万有，自然万物，一切的一切尽皆"出于吾心"[③]。一次，王阳明到"南镇"游玩，一个朋友指着一株长在岩中的花树问他，说："天下无心外之物，如此花树在深山中自开自落，于我心亦何关？"他回答说："你未看此花时，此花与汝心同归于寂；你来看此花时，则此花颜色一时明白起来，便知此花不在你的心外。"[④] 因此说，"万事万物之理不外于吾心"，没有"心"外之"理"。所谓"心明便是天理""意在于事亲，即事亲便是一物；意在于事听言动，即事听言动便是一物。所以某说无心外之理，无心外之物"[⑤]，包括仁、义、礼、

---

① 王阳明：《传习录》下。
② 同上。
③ 《王文成公全书》卷三《紫阳书院集序》。
④ 《王文成公全书》卷三。
⑤ 王阳明：《传习录》上。

智、信,"都只在此心,心即理也"①。"心"不仅是生成万事万物的原初域,也是生成伦理道德意识与审美意识的原初域。

"阳明心学"所涉及的内容极为宽泛,其中最为重要的就是"致良知"说。"阳明心学"充分肯定"心",认为"心"就是"良知",就是内在的本心本性,是本真、真实的存在。"心"与"理"是一体的。而朱熹的"性即理"之说则有把"人"的心性与"理"二元对立的意味,从而造成"心"与"理"之间的相互分离。因此,"阳明心学"主张道德理论意识活动与审美意识活动必须回归、还原本心本性,回复到"心""理"一体的原初态。基于此,"阳明心学"特别强调"致良知"。应该说"致良知"就是还原本心本性,是审美活动的极致。

在明代中后期,社会矛盾日益尖锐,宦官专权,政治腐败,各种利益集团之间的斗争日趋激化,统治阶层的控制显得无力和软散。基于此,"阳明心学"在提出"致良知"说的同时,还强调"知行合一"。这里所谓的"知",应该是作为"心"的"灵明"。在"阳明心学"看来,"知",即"心"之"灵明",和作为"工夫"的"行"在实质上前者应该是"体",而后者则是"用",两者之间是相互依存、相互结合的关系。"知"与"行"缺一不可,地位同等重要。这样就使得对"人"的道德约束不是外力使然,而是本心本性的澄明,是"心"之"灵明"与"行"的互动互引,来自于人自我心性的自明自发,依赖内部的心性自觉。而"致良知"说则是在"知行合一"基础上进一步强调个体自我意识的作用。王阳明最为在意此说,曾经强调指出,自己一辈子的学问,"只是致良知三字"②。所谓"良知",先前是由孟子提出来的。孟子指出,"人"不能够通过学习而"能者",是"良能"。而"所不虑而知者,其良知也"。有如小孩"无不爱其亲者",到长大后,"无不知敬其兄也"③。而"致知"的提出则见于《大学》,王阳明把"致知"与"良知"结合起来,提出了"致良知"的思想。应该说,孟子所谓的"良知",乃是人的本然之心,是指作为原初域之"心"的自发与自明。而"阳明心

---

① 王阳明:《传习录》下。
② 吴光等编校:《王阳明全集》,上海古籍出版社1992年版。
③ 朱熹:《四书集注·孟子》,上海古籍出版社2007年版,第87页。

学"则对"良知"加以提升,以表征本心,即孟子所谓的包括"恻隐之心""羞恶之心""辞让之心""是非之心"在内的"四端"之"心"。"良知"是原初就有的、现成的、本真的,人人皆有,而由于后天的"沉沦"与习染,此"良知"往往受到私欲与杂念的遮蔽,使得原初的、本真的"良知"无法呈现,所以要去蔽,以"致良知",促使本心本性的敞亮与澄明,达到人自身"灵明"之光的闪耀。

朱熹说"知先行后",而王阳明则说:"致良知,不假外求。"他强调指出:"心虽主于一身,而实管乎天下之理;理虽散在万事,而实不外于一人之心。"又强调指出:"外心以求理,此知行之所以二也。求理于吾心,此圣门知行合一之教,吾子又何疑乎?"[①] 在他看来,天地万物本吾一体,"心"外无理,只有从"人"的本心本性中去发明"理","理"全在人"心","理"生成与化生宇宙天地万物,人秉其秀气,故"人心"自秉"理",而不需外求。明"本心"则明"天理"。正如不可以"心"外求"仁",不可外"心"以求"义"一样,明"理"于吾"心",这也就是"知行合一"。所以,他又指出:"所谓致知格物者,致吾心之良知于事事物物也。吾心之良知,即所谓天理也。致吾心良知之天理于事事物物,则事事物物皆得其理矣。致吾心之良知者,致知也;事事物物皆得其理者,格物也。是合心与理而为一者也。"[②] "知"与"行"原本为一,天命之性,人心之原初,自然诚明,不需外求。"致良知"应该是对人本心本性的肯定,是对独立意志、独立人格的肯定,同时,也是对圣人权威的动摇。在"阳明心学"看来,得之于心,求之于心,则能"穷理",所以"虽其言出之于孔子,不敢以为是也,而况其未及孔子者乎? 求之于心而是也,虽其言之出于庸常,不敢以为非也,而况其出于孔子者乎"[③]? 任何人通过得之于心,求之于心,则能"穷理",所以,人人都能够成为"圣人""满街都是圣人"。

"致良知"的作用无疑是自发的,既是道德情感自我约束又是作为审美意识的本心本性的自行显现。而"致良知"说的提出所强调的是促使

---

① 王阳明:《传习录》中。
② 《王文成公全书·答顾东桥书》。
③ 王阳明:《传习录》中。

"人"的道德意识与审美意识回归、还原原初心性,返朴归淳,回复到一种本然状态,进而更好地解蔽去蔽,求得自然本真的生存。同时,"良知"说也唤醒与催化了日常生活中人的个体意识,特别是在明代晚期。"天理"不再约束"人欲","人欲"是为人所本然就有的,"人欲"即"天理","天理"就在"人欲"之中。这对于明代晚期思想、文化、文艺美学各个领域均产生了深远的影响。

王阳明死后不久,其学说开始分化为左派和右派,并逐渐向下层转移。右派是广布于"南方"的王阳明门人一派,该学派认为"心"即"良知"。"万物皆具于心。"①"天地万象,吾心之糟粕也。""心外无理,心外无物。所谓心者,非今一团血肉之具也,乃指其至灵至明能作能知,此所谓良知也。"② 在该派学者看来,"良知与知识不同。良知是天命之性,至善者也。知识是良知之用,有善有恶者也"。所谓天命之性,能生万物。而"天命之性"却又不与万物匹比,所以叫做"独",这就是"心之灵""此心之灵,天理人欲,毫忽莫掩,又谓之独知"。又认为循"天理",去"习气所蔽"即"致良知"。"慎独即是良知。""不为习气所蔽,即是致良知。"

还有闽粤王门学派,代表人物有方献夫、薛侃,主要学者还有杨骥、周坦等。这派学者坚持"心"就是生成天地自然的原初域的主张。指出:"天由心明,地由心察,物由心造。"③ 又强调指出,对"人"的认知应从"可见可闻"入手。在他们看来:"世儒只在可见可闻、有思有为上寻学,舍之,便昏愦无用力处。"④ 他们认为,所谓"道",原本像"家常茶饭,无甚奇异""世人好怪,忽近就远,舍易就难,故君子之道鲜矣"⑤。强调自得自明,与触目道存。

"泰州学派"是阳明后学中最为重要的一派,创始人是王艮。因为其思想极为激进,所以又被称为"左派'阳明心学'"⑥。其学说的特点是

---

① 薛应旂:《薛方山纪述》。
② 朱得之:《语录》。
③ 薛侃:《语录》。
④ 同上。
⑤ 同上。
⑥ 李贽:《明灯道古录》。

简单易行,易于启发市井小民、贩夫走卒,极具平民色彩,故流传甚远。泰州学派以"百姓日用即道"为标揭,阐述"满街都是圣人""人人君子""尧舜与途人一,圣人与凡人一"①"圣人不曾高,众人不曾低"②"庶人非下,侯王非高"③。虽被斥为异端,却道出小市民的心声。其门下有朱恕、颜钧、王襞、罗汝芳、何心隐、李贽、焦竑、周汝登等人。何心隐是泰州学派的杰出代表之一,他反对"无欲",主张"寡欲",与百姓同欲,张扬"个性"。

三 顺应自然

所谓"顺应自然",即强调在审美活动中,必须效法自然,自然无为,与自然浑然一体,采取老子所谓的道法自然、无为而为、淡泊恬静的审美态势,在齐物顺性、物我同一中泯灭彼此的对峙,自然无为,主客体之间显现出相亲相和、休戚与共的关系。同时,保持自由自在的心境,让心灵自由徜徉,人对外部世界,对自然万物,始终保持着一种精神上的自由,在创作者个体虚静空明的审美心境中,自然万物与人自由地认同,人自由地驾驭、吐纳万物自然。

如前所说,在这一问题上,无论是"程朱理学"还是"阳明心学",在审美活动中,在审美域达成的过程中都主张"顺应自然"。

具体说来,"程朱理学"之美学思想应该有两种构成:一种为纯粹美学思想,另一种则为社会美学,或者为社会伦理美学思想。前者建构于其"天理"之说,后者即建构于其"义理"之说。在"程朱理学"看来,宇宙间万事万物的生成原初域为"理"。"理"是形上与形下共存,合而一体。就形上意义看,"理"无所不在,不生不灭,不常不断,不一不异,不来不出。人与天地万物都生成于"理","理"即"道"。应该说,这种"理"就是"天理",也即"天道",为自然而然、本然天然的存在法则。就"天理"的意义而言,天人相类,人与"物"原本一体,自己如此,自身原来就是一体相合的。因为"天"与"人"都生成于"理",

---

① 李贽:《焚书》。
② 同上。
③ 李贽:《李氏丛书·老子解下篇》。

通过"理"而天人一致，进而天人相应，天人相通。所以，整个宇宙，犹如一个生命体，人与万物都是这个大生命体的一部分。同时，遵循天然本性，包括人在内的自然万物既是一体，又各有呈现、各有其分，依此而构成与表征为整体的和谐与秩序。人的天性灵明能觉，其原因就在于能够去蔽，是其所是，存其所存，以维护通贯一体和谐之生命运行。与这大生命一体流行，参加、赞助这大生命的有序运行，德其所德，序其所序，明其所明，然其所然，这就是"天人合一""天人一体"之域的生动呈现。

因此，"程朱理学"认为"为仁由己"。所谓"为仁由己"，即能否达成"仁"之域，不依靠他者，完全是由人自身决定的，是自其所自。同时，"程朱理学"认为，个人主观上达到"仁"之域，也即达成"天人合一"之域。但同时"程朱理学"主张人绝不止于个人主观上达到"仁"之域，还要追求与还原到"天下一体"之域。

在审美价值诉求上，"程朱理学""居敬穷理""与理为一"，[①] 人生追求的最高境界是自我的人格修养与道德修养的完善。在这种审美价值观念的影响下，宋代的作家多以平和理性的态度应世待物，"不以物喜，不以己悲"[②]，在文艺美学创作中呈现出冷静与理智的势态。这种审美价值观念体现在审美创作上，则继承了韩愈"文以载道"的传统，多以弘扬"道统"为己任。如朱熹就认为："道者，文之根本。文者，道之枝叶。惟其根本乎道，所以发之于文，皆道也。三代圣贤文章，皆从此心写出，文便是道。"[③] 呈现出"宋人好言理"的倾向，形成了"以文学为诗，以才学为诗，以议论为诗"的审美特点。

到了明代，"心学"思潮的兴起必将导致审美价值体系与审美价值观念的重构，以引起文艺美学思潮的重大变革。在"阳明心学"看来，"天地万物"因人的"灵明"而存在，人的"灵明"主导"天地万物"，基于此，王阳明提出了"自明本心"和"反身而诚"的审美方式。他说："君子之学，以明其心，其心本无昧也，而欲为之蔽，习为之害，故去其蔽与害而明复，非自外得也。心犹水也，污入之而流浊；犹鉴也，垢积之

[①] 黎靖德：《朱子语类》卷八。
[②] 范仲淹：《岳阳楼记》。
[③] 黎靖德：《朱子语类》卷一三九。

而光昧。孔子告颜渊克己复礼为仁，孟轲氏谓万物皆备于我，反身而诚。夫己克而诚，固无待乎其外也。"① 在他看来，"良知"是人本身先天固有的主观伦理意识和"非自外得"的"至善"的"天命之性"。那么，"致良知"，实现道德修养的唯一途径，自然是以"反身而诚"的自省和"以明其心"的体悟，保持或恢复"良知"的纯洁，以自省本心固有的"良知"的方式"去人欲，存天理"，以达到伦理人格的自我完善。这里体现出对人向往自由审美诉求的高度强调和个体意识的充分张扬，实现了对"程朱理学"的批判与反拨。要求个性解放，主张人格独立，重视人的价值，推崇"人性"的自然，强调人的尊严成为一股强有力的美学思潮。这种思潮在文艺美学思想相关领域的讨论中得到了充分的体现。"人者天地万物之心"②，在心学家看来，"是心也，万事之所从出，万化之所由行者也"③，万事万物是由"心"所创造的，宇宙的千变万化由"心"所操控，"人"自然是宇宙万物的主导，从而在天人关系上，大大提升了人在宇宙天地间的地位，弘扬了个体意识。王阳明认为，"良知良能，愚夫愚妇与圣人同"④，主张圣愚平等。王艮则在此基础上进一步认为，人的平等不应该仅仅基于人性的意义，更应该体现在人格意义上。他强调指出："夫子亦人也，我亦人也。"⑤ 在他看来，即使是孔子，在人格意义上，与常人是相同的、平等的。王艮认为，人与人之间是平等的，应该互爱互信。只有友爱他人，才能得到他人的友爱；只有信任他人，才能得到他人的信任。他发展了王阳明所提出的"良知"人性说，认为"良知"应该是自然人性，"良知之体，与鸢鱼同一活泼泼地。当思则思，思则通己"⑥。在他看来，所谓"良知"，就是"自然天则，不着人力安排"⑦。他强调指出："人性上，不可添一物。"⑧ "人心妙万物而不测者也！性如明珠，原无尘染，有何睹闻？著何戒惧？平时只是率性所行，纯任自然，

---

① 《王阳明全集》卷七《文录四》，上海古籍出版社 1992 年版，第 233 页。
② 《阳明全书》卷六《答季明德》。
③ 同上。
④ 王阳明：《传习录中》。
⑤ 黄宗羲：《明儒学案》卷三十二《泰州学案》。
⑥ 王艮：《王心斋先生遗集》卷一《语录》。
⑦ 同上。
⑧ 同上。

便谓之道。及时有放逸,然后戒慎恐惧以修之。凡儒先见闻,道理格式,皆足以障道。"① "纯任自然,便谓之道"②,强调人性自然,这是"阳明心学"及其后学的重要思想。《中庸》云:"天命之谓性。""人性"源于天,失去"人性",就不再是人。所以,"人性"蕴藉于生命之中,存在着却不外露。"人性"自于天命,是不证自明的;"性"外露为"情",人的情感是不一样的;端正心志可以控制"情",使其适度,这就是"和"。对此,罗汝芳曾经在《近溪语录》中提出"赤子之心"并且加以解释,说:"《中庸》性道,首之天命,故曰:道之太原出于天。又曰:圣希天。夫天则莫之为而为,莫之致而至者也。圣则不思而得,不勉而中者也。欲求希圣希天,不寻思自己有甚东西可与他打得对同,不差毫发,却如何希圣得他?天初生我,只是个赤子。赤子之心,浑然天理。细看其知不必虑,能不必学,果然与莫之为而为,莫之致而至的,体段浑然,打得对同过。然则圣人之为圣人,只是把自己不虑不学的见在,对同莫为莫致的源头,久久便自然成个不思不勉而从容中道的圣人也。赤子出胎,最初啼叫一声。想其叫时,只是爱恋母亲的怀抱。却指着这个爱根而名为仁,推充这个爱根以来做人。合而言之,曰仁者人也,亲亲为大,若做人的常自亲亲,则爱深而其气自和,气和而其容自婉,一些不忍恶人,一些不敢慢人。所以时时中庸,其气象出之自然,其功化成浑然也。"③ 所谓"赤子之心",即"天初生我"的本心。"赤子之心""不思而得,不勉而中",是人的自然本性。"赤子之心""其气象出之自然"。就像孟子所说的"良能良知"是"不学而能""不虑而知"一样,"赤子之心"也是"知不必虑,能不必学""莫之为而为,莫之致而至""赤子之心"以"仁"为"爱根"。赤子初生时的一声啼叫,表示对母亲怀抱的爱恋,这个"爱根"就是"仁"。故曰:"仁者人也,亲亲为大。"由此看来,所谓"赤子之心"就是"天初生我"的自然人性。而学问的宗旨就在于保持这种"赤子之心"。在罗汝芳看来,"外求愈多,中怀愈苦",因为"赤子之心"本来就是"知不必虑,能不必学""莫之为而为,莫之致而至",

---

① 黄宗羲:《明儒学案》卷三十二《泰州学案》。
② 同上。
③ 黄宗羲:《明儒学案》卷三十四《泰州学案·罗汝芳传》。

如果"驰求外物以图安乐",其结果必然是"愁苦难当",适得其反,反对以"外求"的方式通过外在束缚保持"赤子之心"。也正是因为"大道只在此身""知能本非学虑",保持"赤子之心"的方式,应该是"身心一体",任其自然,以自然之性行自然之事。"不须把持,不须接续""解缆放船,顺风张棹"。受罗汝芳论"赤子之心"的启迪,李贽鲜明响亮地提出"童心说"。推重"人"纯然本然的真心、纯洁真诚之心,注重个体,崇尚自然,要求解除羁绊,挣脱束缚,还原原初自然的本心本性。这种对还原自然本然原初心性的极力倡导,导致了嘉靖万历时期的个性解放思潮。在王学诸子中,这种个性解放思潮突出地体现为对"狂者"人格的追求。据《传习录下》载,王阳明就以"狂者"自居,说:"我在南都以前,尚有些子乡愿的意思在。我今信得这良知真是真非,信手行去,更不着些子复藏。我今才做得个狂者的胸次,使天下之人都说我行不掩言也罢。"这种"狂者胸次"为王学诸子所继承,王畿在《与梅纯甫问答》中明辨狂、狷、乡愿:"古今人品不同,如九牛毛。孔子不得中行而思及于狂,又思及于狷。若乡愿则恶绝之甚,以为德之贼,何啻九牛毛而已乎?狂者之意,只要做圣人,其行有不掩,自是受病处,然其心思光明超脱,不作些子盖藏回护,亦便是得力处。若能克念,时时严密得来,即为中行矣。狷者虽能谨守,未辨得必做圣人之志。以其知耻不苟,可使激发开展以入于道;若夫乡愿,不狂不狷,初间亦是要学圣人。只管学成毂套,居之行之,像了圣人忠信廉洁,同流合污,不与世间立异,像了圣人混俗包荒。圣人则善者好之,不善者恶之,尚有可非可刺,乡愿之善既足以媚君子,好合同处又足以媚小人,比之圣人更完全无破绽。譬如紫色之夺朱,郑声之乱雅,更觉光彩艳丽。苟非心灵开霁,天聪明以尽者,无以发其神奸之所由伏也。夫圣人所以为圣,精神命脉,全体内用,不求知于人,故常常自见己过,不自满假,日进于无疆,乡愿惟以媚世为心,全体精神尽从外面照管,故自以为是,而不可与入尧舜之道。学术邪正路头,分决在此。自圣学不明,世鲜中行,不狂不狷之习沦决人之心髓。吾人学圣人者,不从精神命脉寻讨根究,只管取皮毛支节,趋避形迹,免予非刺,以求媚于世,方且傲然自以为是,陷于乡愿之似而不知,其亦可哀也已!所幸吾人学取圣人毂套尚有未全,未做成真乡愿,犹人可救可变之机。苟能自返,一念知耻即可以入于狷,一念知克即可以入于狂,一念随时即可以入于中行。入者主之,出者奴之,势使然也。顾乃不知抉择,而安于其所恶者,不安于其所思者,亦独何心哉?"这里就推崇蔑视权威,反叛传统,有着高远的志向和独立的人格。只是要做圣人,志向高远,不屑弥缝格套以求容于世,不墨守成规,按传统方式和权威范式亦步亦趋,"而从精神命脉寻讨根究"。主张真率自然,保持强烈的个体意识和个性特征。主张真诚自然,"广节而疏目,旨高而韵远",个性鲜明,不拘细节,"其心事光明超脱,不作些子盖藏回护",光明磊落,率性而行。反对"趋避行迹,免于非刺,求媚于世",掩饰自己的个性以趋势好名,"像了圣人忠信廉洁,同流合污",虚伪媚俗,体现出一种强烈的蔑视权威、冲破世俗、张扬个性、率真任性的思想倾向与审美诉求。

应该说,"阳明心学"提出的"心即理""心外无理",在客观上为"人性"与"人欲"的本然存在说提供了理论基础。正是在这个基础之上,阳明后学提出"著衣吃饭,即是尽心至命之功",主张在日常生活中"尽心至命",认为"百姓日用是道"。王艮说:"圣人之道,无异于百姓日用。凡有异者,皆谓之异端。百姓日用条理处,即是圣人之条理处。"①一般民众、普通百姓每天的生活就是"道","道"具有一种泛性和隐秘性。王襞也认为,"吃饭穿衣"与"今日之学"相同,说:"大凡学者用处皆是,……以舜之事亲,孔之曲当,一切皆出于自心之妙用耳。与饥来吃饭,倦来眠,同一妙用也,今日之学,不在世界一切上,不在书册道理上,不在言语思量上,直从这里转机。……穿衣吃饭,接人待物,分清理白,项项不昧的,参来参去,自有个入处。"② 在他们看来,"道"不远人,应该包含"百姓日用""穿衣吃饭"这些最一般的、日常生活。"道"不必远求,就在身边、当下,事事都是,处处都是,一切都是"道"。"饥来吃饭,倦来眠"这些属于人自然而然、天然本然的、为人生存的合理欲望都是"道"。在"阳明心学"诸子中,充分肯定人欲,并提出"寡欲"和"育欲"的人是何心隐。他认为,"人欲"是一种自然而然的存在,具有存在的合理性。他指出:"性而味,性而色,性而声,性而安佚,性也。"从"人性"为人的本然、自然出发,他充分肯定"人

---

① 王艮:《语录》,《明儒王心斋先生遗集》卷一。
② 何心隐:《何心隐集》,中华书局1960年版。

欲"存在的合理性。指出:"欲鱼欲熊掌,欲也。""欲生欲义,欲也。""欲货色,欲也。欲聚和,欲也。"因为"心不能以无欲也"。

的确,"人性""人欲"乃是一种本然、天然,是"自身如此"或"自己而然",可以说,"人性"与"人欲"就是"人道"。就"道"的立场看,"人道"与"天道"相同。"人道"与"天道"即"道",亦即包括人在内的宇宙万物"自身生成变化"之"道"。而"道"就是"理",就是"天理""义理""人理",在"阳明心学"里,即"心"。本心本性,即本然之心,本然之"理",即天地万物自身生成变化的本来状态即自由伸展的存在状态,即本然、天然、自然而然地发生于构成态势。"天道"自然,"天理"本然,就是自己如此,不加以干涉,让物其所物,自其所自,然其所然,顺任自然。

"理生于心"是自然而然的。"理"即"道","道"的本性是自然无为,天地自然无为,"理"也应该如此,其"生于心"就是自然而然地发生的。体悟"道"与"理"之无为自然的生命属性,并以之作为"人"的生存规则,以及文艺审美创作活动的规则,回归本心本性,还原到原初,自其所自,然其所然,纯任自然,去蔽揭蔽,超越尘世,不孜孜汲汲,为蜗角虚名、蝇头微利、利害得失而锱铢计较、终日奔劳。显然,要进入审美创作活动,必须澄心净意、顺应自然,只有心地空明虚静,本然真诚,不依赖外力,致使本心澄明,包括人在内的自然生命才能是其所是,道其所道,获得自由的、本真的生存。这是顺势而为,无为而为,不得不然。"欲"是"人情""人性",是"自然而然"的、天然的,天生如此的。一般人的"性"就是所谓"食色",即人们通常所说的饮食男女,这应该属于人的"天性"。同时,在儒家学者看来,包括恻隐、羞恶、恭敬、是非等"人皆有之"的"仁义礼智"之"心""诚"的本性,"至诚"之心,成己成物的"仁心",都是"人"的原初本性。因此,去蔽"至诚",就能够达成"成己成物","人道"与"天道"同一的审美域。由此也可以说,所谓"适性"之"性",即"人"的原初"心性",而所谓"适",即自适。这样"适性"即意指悠然闲适,自得其乐,自适其适,怡然自适,各随其便,顺其自然,张扬个性。引入文艺审美创作活动中,"适性"也可以理解为"本心本性"的自然呈现,为创作者自我的"个性""本性""真性"的呈现。人人之"性"相同,都是天然如此,不能改变的，天性所受，各有本分的，而"自适""适性""率性"即每个个体的"人"自然本性的率真显现，"本心本性"是其生成变化的终极动因。正是在这一思想基础之上，中国美学认为"适性""自适""率性"就是"逍遥"，就是"自然"。在这种规定性之内，审美活动中的任何有为都是"适性"的表现，如果反性违情，就是一种"非本真"的生存，就是不逍遥，不自然。既然"适性""自适""顺应自然"就是"逍遥"，那么，"逍遥"也就不是什么难以达到的境域。即使凡夫俗子，普通百姓，只要顺应自己的自然本性，表达出自我的个性，也能达到"逍遥"的境域。这里的"逍遥"为"现实"生活中可见可行的"逍遥"。体现于创作活动中的所谓"逍遥"，则强调以个性自然为本，并且呈现出一种"随心任意""率性直往""任性而为""率性自然""率性而动"，也就是文艺审美创作活动中所谓的独立意识与个性自由的生动体现。

"人"的"致知"活动，尤其是包含于其中的"率性直往""率性自然"的审美活动，都必须符合"天理"，顺应自然，遵循天地万物的本然属性，是其所是、然其所然、自其所自、道其所道，从而致使自然本性得以敞亮、外化和自明。当然，既然涉及"顺应""遵循"，就有属于"人"的立场，"人"对自然万物的态度问题，而并非只是消极的"顺应""遵循"。在审美活动中，要消解"人"的中心意识、创作者个体意识，以尽可能地致使人本心本性的呈现，敞亮本然自然的心性，就应该将创作看做"自然"的，而非中心意识、创作者个体意识的。因此，"适性"即"逍遥"，不但肯定"人"顺应自然而进行的审美活动，而且还对"人"的审美活动必须突出自然性作出了解释，反对"人为"。"自然"即本然，是包括"人"在内的天地万物本来的属性。这是"人"或者说是"阳明心学"所谓的"心"所无法变更的。所以说，"适性即自然"。"心"与"理"同一、本一。而"理一"就是"心""理"的同一。同时，所谓"理至"应该就是"心"与"理"的同一，"心""理"的同一，即"至理""至理"即"理一"。由此可以说"理一""至理"就是"自然"，"自然"即"本然"，也就是"理"。天地间万事万物只有顺应这种作为"自然"的"理"，达成然其所然之域，才能"适性"而"逍遥"了。"理"即"自然之理"，只有"顺"之或"适"之，才能达到与"自然"，即"理"冥然为一之境域。"自然"与"至理"虽为最高之境域，但并不在万事万物之外，而就在万事万物的自身之内。可以说，正由于此，中国古代文艺美学具有浓重的重自我、重内心的特征。无论是对本心本性的强调，还是推崇为仁由己、求仁得仁、诚者自成，无论重视自然天然、任性放达、自得自主，还是强调抒发真情；无论要求率真写真，还是传达气韵神韵、注重任心表意等，都是对日常生活与"个性"张扬的注重。符合人的自然本性的文艺审美创作活动也就是中国美学所标举的"率性"的、"逍遥"的、"适性"的、"潇洒"的审美域。在文艺审美创作活动如何处理"自然"与"人为"的关系上，如何通过文艺审美创作活动真正释放"人性"与"人欲"，显现原初"自然"的本心本性，实现心灵的"自由"，也就成为中国美学所努力追求的文艺创作的审美之维。

第二节 个性解放思潮

明代审美诉求的独特性与其时所发生的个性解放思潮的影响分不开。中晚明时期，在"阳明心学"注重个体精神、推崇自我意识思潮的作用下，整个文艺美学思想发生了变化，兴起了一种主旨在于弘扬人的创作者个体意识，追求作为个体的人的尊严，主张人的自由，强调人的自主性和独立性，肯定人的欲望，以调动人的积极性，发挥人的创造性，提倡个性解放、自主自尊，要求把人从专制制度与陈腐的思想观念、愚昧迷信的意识中释放出来，推崇个性化、自主化、自为化的艺术审美思潮。正是在这个意义上，有学者把这一时期称为古代中国"人的发现"的时代，并且把其时出现的心学思潮以及在这种思潮影响下所形成的张扬个性、崇尚自我的思潮统称为晚明美学思潮。据史书记载："宗守仁者曰姚江之学，别立宗旨，显与朱子背驰，门徒遍天下，流传逾百年；……嘉、隆而后，笃信程、朱，不迁异说者，无复凡人矣。"[①] 由此也不难看出，在明代嘉靖年间，"阳明心学"产生了极为广泛的社会影响，并推而广之，成为一种声势浩大的社会思潮，影响了其时文艺美学思想与审美取向的变易。

---

① 《明史》卷二百八十二之《儒林》。

一 "与理为一"到"以明其心"

晚明个性解放思潮的兴起与对"程朱理学"的叛逆与颠覆分不开。就人生价值观看,"程朱理学"提倡"居敬穷理""与理为一""体用一源、显微无间"和"下学上达"①,强调居敬,即要求"心""主一""专一",涵养原初心性,注重德性培养,激发儒家伦理道德的自觉意识,进而"自作主宰",使自己原初本有的"天命之性"得以澄明于"心",深切感受、体会自身所应承担的社会责任,并对之形成无限的敬畏心态,由此获得自主自由精神,达成心地的敞亮明澈、自然纯一之域。要达成这样的纯真本然之域,必须超越私欲。在"程朱理学"看来,人所追求的自然纯一境域应该通过自我人格修养与道德修养的完善来达成,因此,需要超越尘世杂念。受这种审美诉求的作用,其时的文艺美学家多以平和的心态与理性的态度应世待物,"不以物喜,不以己悲",看风云变幻,自云淡风清,无论人之外的自然万物与社会人事有何变化,也不管人自我遭遇任何艰难困苦、坎坷曲折,都要淡定,以豁达大度、宽宏开通、坦然淡然的心胸去面对。这种坦然淡定的胸怀呈现于审美活动中,则为"大其心"与回复、还原到本心本性,敞亮"良知"的纯真明洁,以自省本心固有的"良知"的方式"去人欲",以达成伦理人格的自我完善。表现在文艺美学作品中,则表征为静谧与然其所然、道其所道的审美态势与审美风貌,"道心"与"人心"一体相通,相交相融。即如朱熹所指出的:"人自有人心道心,一个生于血气,一个生于义理。"② 即如钱穆所指出的,这里所谓的"心""亦非两体对立,仍属一体两分"。在朱熹看来,"心"是形上与形下、体与用的同一。所以说"心"是"气"之"精爽""心有体用""心统性情"。作为"道心",乃超越之心、本体之心,也就是理,而作为"人心",则是形而下者,为感知觉之心,运动之心。也就是说"心统性情"中所谓的"性"为"义理",所谓的"情"则为"血气",正因为此,所以说"心"既是"体用"之同,又是"性情"之合,无论"体用",还是"性情",都通过"心"相通相同。"理"为"天

---

① 《论语·宪问》云:"子曰:不怨天,不尤人,下学而上达。"
② 黎靖德:《朱子语类》卷八。

理","天理"为形上的、普遍的、先验的,"情"为形下的、个别的、经验的。但就朱熹而言,"心"又有主宰意,这不仅仅是从认知功能而言的,主要是从本体论存在论意义上说的,即不是"心"主宰"天理",而是"心"以其包含"天理"而为主宰。所以,朱熹说:"心固是主宰底意,然所谓主宰者即是理也,不是心外别有个理,理外别有个心。"① 由此,具体而言,"人心只是那边利害情欲之私,道心只是这边道理之公"②,所以,应该"存天理"而"灭人欲"。在这种价值观念的作用下,明代初期的文艺美学思想又继承了唐以来"文以载道"的传统,多以弘扬"道统"为己任,认为"文便是道"③。影响及文艺美学创作活动,则致使其时强调审美教化作用,推崇"致君泽民"的审美价值观,要求"文以载道",突出体现了一种重视文艺审美创作社会效益的审美取向与价值诉求。到了明中叶以后,伴随着"阳明心学"思潮的兴起,"程朱理学"发生了裂变与分化。在"阳明心学"看来,宇宙间的万事万物都生成于"心""心即理也"。宇宙天地间绝对不存在"心外之事,心外之理"④"天理在人心"⑤,良知人人皆有。"吾心之良知即所谓天理""程朱理学"的"天理",在"阳明心学"里则成了主观精神的"良知",从而充分肯定了人的个体意识和独立人格,要求个性解放,主张人格独立,重视人的价值,强调人的尊严,强调自尊独立的自我意识,尚真任情,从而导致审美价值取向与审美诉求的重建,引起了个性解放思潮,并导致其时文艺美学思想的重大变革。

在王阳明看来,"心"为生成万物的原初。宇宙万物都不过是由精神本体和主观意识派生的产物。"人是天地的心","心""只是一个灵明"。"天地万物"因"人"的"灵明"而存在,"人"的"灵明"主宰"天地万物",因此,"心"就是"理"。作为宇宙万物生存的原初,"心"体现在人类社会和人际关系上,就构成规范人们行为的道德原则。有什么样的"心",便有什么样的"理"。在王阳明看来,人要"致良知",实现

---

① 黎靖德:《朱子语类》卷一。
② 黎靖德:《朱子语类》卷七十八。
③ 黎靖德:《朱子语类》卷一三九。
④ 《王阳明全集》,第2页。
⑤ 同上书,第110页。

道德修养上的人格完善，不能依靠外力，即不能依靠"他者"，必须通过"自明本心"和"反身而诚"的"自澄明"过程。人的本来之"心"是"无昧"的，由于后天的"欲"与"习"，而"为之蔽""为之害""非自外得"，所以只有通过"自明"。"良知"就是人的"灵明"，就是人的"本心"，是人本身先天固有的本性，是"非自外得"的"天命之性"。那么，"致良知"，实现"本心"的"自明""本心"的"澄明"，其唯一途径自然是通过"反身而诚""去其蔽与害"和"以明其心"的体悟，保持或恢复"良知"的纯洁，以自省本心所固有的"良知"的方式"去人欲，存天理"，以达到个人文化品格的自我提升与自我完善。正是从这一意义来看，阳明"心学"的美学价值，就在于其针对个体审美素质问题，强调从人自身做起，通过"良知"的去蔽，本心本性的澄明，以呈现人的个体性与自我价值，进而完善自我，达成"并重"审美域。应该说，"致良知"的美学意义就在于对人的自我意识、自我张扬的强调与对弘扬人个体意识的重视。也正由于此，"阳明心学"实现了对"程朱理学"的颠覆。

"程朱理学"主张严守"理欲之辨"，强调"存天理，灭人欲"，认为人之一心，天理存则人欲亡；人欲胜则天理灭。认同"天理"，体认"天理"，躬行"天理"，就是引人向善，提高自我品性，完善自我人格，确证自我尊严，展现自我价值的必由路径，同时，也是人生最高的生命境域。于是，"天理"属性成为人原本就有的，具有本质意义的属性，而"存理去欲"则成了人生最高的审美价值取向，"理欲之辨"成为审美价值判断的基本准则。人的个体意识和独立人格因之而消解，人的正常情欲因之而失去了合理生存的天地。

而在"阳明心学"看来，"心"就是"理"，"心"以外无所谓"理"，作为人原初的"本心本性"，即"吾心之良知"就是"所谓天理"[①]。可以说，"程朱理学"是以"性"为原初、为基元的，因而在天人之学上，着力于在"人"这一生存创作者个体之外又立一恒常的"理"。王阳明则与其不同，他摒弃了"程朱理学"将"理"抽象为外在的道德法则与规范的做法，而是在尊重和关注个体生命的基础上提出

---

① 王阳明：《传习录》。

"良知"与"致良知"的学说,以"心"为万事万物生成的原初,从而将"成圣"与"成己"的过程统一起来。"程朱理学"把"天理"作为形上的、普遍的、一般的客观精神,并进而将之引申为社会生活与宇宙自然间永恒不变的伦理法则。如朱熹就指出:"天理只是仁、义、礼、智之总名,仁、义、礼、智便是天理之件数。"①"阳明心学"改变了这一认识,认为所谓"天理"即"心",也就是作为人个体精神的"本心",即所谓"良知"。由于"阳明心学"把"良知"作为本原,作为生成宇宙间万事万物的原初域,从而所谓"良知"也自然取代了"天理",颠覆了"天理"主宰一切的传统认识,成为其时哲学与美学思想的最高范畴。并且不难发现,"吾心之良知"就是"所谓天理"思想的深层,具有对"人",对人的个体意识和独立人格的高度肯定。这中间也不难看出儒家美学从主张"为仁由己""求仁得仁""反身而诚""诚者自成"到"省察克治""自明本心"的自明性"本真"生存论思想的发展轨迹。应该说,"阳明心学"的"致良知"说所强调的就是在"存理去欲"的审美取向上强调通过自省、自呈、自澄明的方式达成个体人文品格的自我完善,从而打破了"程朱理学""格物穷理""存理去欲"的伦理思想对人性的强制,肯定了人在道德完善进程中的主观能动作用。还由于王阳明把"吾心良知"作为"圣人"与"愚夫愚妇"所共有的普遍人性,认为"良知良能,愚夫愚妇与圣人同""良知之在人心,无间于圣愚"②"满街都是圣人"③,主张在"良知"面前人人平等,事实上打破了由传统"礼仪"而建立的等级森严的社会身份认定格局。作为"人"的心性,原本是无所谓等级区别的,"良知"人人都有,原本无所谓"圣愚",其思想的美学意义就在于还原了"愚夫愚妇"的人格地位。应该说,社会、社会群体本身就是由无数个具有平等权利的个体人所构成的。一个社会如果漠视个体人的基本权利,则不可能做到以人为本。个体人对于社会整体来说,具有前提性的意义。即如马克思所指出的:"对于各个个人来说,出发点总是他们自己,当然是在一定历史条件和关系中的个人,而不是思想

---

① 《答何叔京》之二八。
② 王阳明:《传习录》,《王阳明全集》,上海古籍出版社1997年版。
③ 同上。

家们所理解的'纯粹的'个人。"① 个体人的基本特征在于"自我意识"的具备和基本权利的拥有。个体人的自我意识主要表现在独立的自我选择意识和自我的责任能力方面。"阳明心学"认为,"良知良能,愚夫愚妇与圣人同""良知之在人心,无间于圣愚",这样个体与群体、个体意识和群体意识、个体人格和群体人格在此"圣愚""无间"的意义上获得同一,个体人的独立的存在价值和个体意识也在此"圣愚""无间"的意义上得到充分的肯定。显而易见,这种观点事实上扩大了个体意识和个体人格的合理存在与充分发展的空间。

二 直心以动,无不是"道"

关于"良知"的澄明,"阳明心学"认为,必须"本于归寂"而"始得";这种促使"良知"澄明的过程,"如镜之照物,明体寂然,而妍媸自辨,滞于照明则反眩矣。有谓良知无现成,由于修证而始全"②。良知是从己发而立,良知本来无欲,直心以动,无不是道。

个性解放思潮倡导个体意识的高度弘扬。"心即理"以对人的个体意识的高度弘扬,打破了"程朱理学"中"天理"主宰一切的格局,使"天理"一降而为"良知"的附庸。"吾心者,所以造日月与天地万物者也",强调了个体意识的作用。人的个体的道德修养和人格的完善方式不在于对外在的"天理"的体认,而应该是"反身而诚",因而"理"即"实心"。在"程朱理学"中超脱于人的个体之外,又能支配万物及人生的"天理"因而失去了主宰一切的作用,而人在道德完善和伦理修养过程中的主观能动作用因之得到充分的肯定,人的个体意识因之得到高度的弘扬。人的个体意识的弘扬还引发了天人关系的思考。"天地万物本吾一体者也"③ "人者,天地万物之心也;心者,天地万物之主者也。"④ 人"自我"是自身存在的依据和自然宇宙的原初,"自我"以外的世界实体是"自我"创造的"非我","心"与"天"通,"心即是道","心外无余道","心"自然包蕴天地万物,是天地万物的主宰。"赤子之心"是

---

① 《马克思恩格斯全集》第 3 卷,人民出版社 1980 年版,第 86 页。
② 黄宗羲:《明儒学案》卷十二《拟岘山云悟》。
③ 王阳明:《传习录》,《王阳明全集》,上海古籍出版社 1997 年版。
④ 同上。

"天初生我"的本心。"赤子之心""不思而得,不勉而中",是人的自然本性。保持这种"赤子之心",方信大道只在此身,此身浑是赤子,赤子浑解知能,知能本非学虑。至是,精神自来体贴,方寸顿觉虚明,天心道脉,信为洁净精微也已。保持"赤子之心"正是因为"大道只在此身""知能本非学虑",保持"赤子之心"的方式,应该是"身心一体",任其自然,以自然之性行自然之事。晚明时期,在个性解放思潮的影响之下,士大夫文人重视独立意志,珍惜个体生命,强调自尊自信,凡事要求赤身承当,自信自重,品格追求磊磊落落,轻视婷婀媚世之态,认为"体仁之妙,即在放心",只有"放心",即超越尘世俗见,澄明原初纯真之本心本性,随心任性,顺应自然,才能达成"本真"审美域。即如王畿所云:"贤者自信本心,是是非非,一毫不从人转换。"① 因此,无论其生存境域还是生命品格,都以"真"为最高诉求。追求所谓"真体""真志""真修""真性""真知""真好""真得""真君子""真自然"等,推重"狂者",认为"狂者"蔑视权威,反叛传统,有着高远的志向和独立的生命品格。"狂者""只是要做圣人",志向高远,却"不屑弥缝格套以求容于世"②,不愿墨守成规,按传统方式和权威范式亦步亦趋,"而从精神命脉寻讨根究"。而"乡愿"虽然"亦是要学圣人",但"只管学成榖套",墨守成规,"同流合污,不与世间立异""圣人则善者好之,不善者恶之",外表比圣人还要圣人,实质上是内伏"神奸",虚伪之极。"狂者"真率自然,率性而行,有着强烈的人的个体意识和个性特征。"狂者""行有不掩",真诚自然,"广节而疏目,旨高而韵远"③,个性鲜明,不拘细节,"其心事光明超脱,不作些子盖藏回护",光明磊落,率性而行;而"乡愿"则"趋避行迹,免于非刺,求媚于世",掩饰自己的个性以趋势好名,"像了圣人忠信廉洁,同流合污",虚伪媚俗,"乡愿之善既足以媚君子,好合同处又足以媚小人"④。对"乡愿"的批判,表达了对虚伪媚俗的伪道学的深刻揭露;而对"狂者"的赞美,则表现出对个性解放的热情呼唤。晚明主张个性解放的文人不但在理论上标榜"狂者"

---

① 王畿:《龙溪王先生全集》卷十《与阳和张子问答》,(台北)广文书局1975年版。
② 王畿:《龙溪王先生全集》卷五,(台北)广文书局1975年版。
③ 王畿:《龙溪王先生全集》卷十《与阳和张子问答》。
④ 黄宗羲:《明儒学案》卷三二《泰州学案》。

人格，而且在实际生活中率性而行，真实应世，以"狂者"自居，表现出一种张扬个性的"狂者"风范。无论是王畿、王艮、何心隐，还是颜山农、邓豁渠、李贽都体现出蔑视权威、冲破世俗、张扬个性、率真任性的"狂者"风范。同时，晚明个性解放思潮还大胆正视人情物欲。主张在日常生活中"尽心至命"；认为"百姓日用是道"①。在传统儒学中，所谓"道"主要是指伦理精神和道德规范。而这里所说的"道"应该是形上与形下的同一，既有普遍与抽象意义，还具有个别与具体的意义，包容性极大。就具体意义看，"百姓日用""挑水打柴""穿衣吃饭"这些起码的物质生活要求都包含在"道"中，都是"道"的一种呈现。即如禅宗所谓的"饥来吃饭，倦来眠"，所有人的活动，所有的维持人类生存的因子都应该得到充分的肯定。作为阳明后学，王艮、颜山农、李贽等学者充分地、鲜明地肯定人欲，并提出"寡欲"和"育欲"，肯定人欲的事实存在及其存在的合理性。从自然人性出发，肯定了"人欲"存在的合理性，认为"心不能以无欲也""无欲"的本身也就是一种"欲"。当然，他们一方面充分肯定"人"不能无欲，坚持人欲存在的合理性；另一方面，他们也认为"人"是社会性的存在，个体欲望的张扬不能影响他人的生存，由此他们又主张基于"和谐共处"的审美法则，对个人的"欲"进行适当的引导，使其在正视个体自身情欲的同时，不妨害他人，尊重他人的生活权利与生活欲望。他们所谓的"寡欲"和"育欲"观点的提出，就是为了达到这一目的。所谓"寡欲"，是指有选择地对"欲"进行调节与控制，以达到"性命"的和谐。

三 "心外无理"与"文章本色"

强调"人欲"存在的合理性与晚明出现的消费主义和享乐主义分不开，既张扬了"人性"，同时也表现出注重现世生活的审美倾向，体现出一种世俗化特色。同时，这种世俗化也表明了对传统伦理思想以及对其信仰力量的消解。因此可以说，世俗化就是肯定现世生活，肯定官能享受，肯定个体生命的存在与个人意识在社会生活中的地位与作用，表现出一种对个体利益的追求和以个体感官享受为满足、以眼前利益为目标的审美价

---

① 《王心斋先生遗集》卷一《语录》。

值取向。由此可见,"个性"张扬、个体解放与世俗化的核心就是对传统"权威"的消解以及对现世生活和"自然本性"的认同,"一言以蔽之,世俗化就是将人由神圣之奴仆变为自由创作者个体的同时,完全承认人的世俗愿望与世俗追求的合法性"[①]。对应晚明时期思想的动荡以及社会生活方面对"享乐化""个性化""实用化""平民化""商品化"等的诉求,正是"个性"解放趋势的最好体现。就晚明文化思想而论,应该说社会生活各方面"世俗化""享乐化"的泛滥为"个性"张扬提供了契机,上至天子,下到文人百姓,"世俗化"云兴霞蔚、蔚然成风。但在晚明,这股"世俗化"没有取代"正统"的地位,没有完成西方"启蒙"思潮所导致的社会"近代化"的转型,最终只以"世俗化"的形态出现。晚明的"个性"解放具备了"个性"解放的诸多因素但没有"化"之。的确,晚明时期,社会生活发生了惊人的变化,经历了前期的节俭和中期的政治、思想领域的各种变化后,在政治、思想上借中期变化之势,更加蔓延了诸种"异端",商品贸易、文化的交流使晚明社会变得更加纷繁复杂。就"个性"解放而言,晚明的这种社会变化是其"世俗化"特征产生的基础,加之其本身的变革,从思想、社会面貌等方面促成了晚明"个性"解放的"世俗化"。就思想之源来看,其时,"越礼逾制"与"自然本性"张扬的提倡为晚明个性解放提供了思想基础。所谓"越礼逾制",即突破传统礼制的等级名分之大防,这在明代中后期已经成为社会生活的一种潮流。人的个体意识的觉醒,对"人"的肯定,尤其是对"人欲"的充分肯定,导致"情欲"观和婚姻观念的突破,以及人生价值观的位移,这使得整个社会"靡然向奢",为"个性"解放提供了思想之源。

应该说,晚明个性解放思潮张扬"人"的个性,重视生命个体的存在,强调人的个体意识的自明性、自觉性,这对于长期以来在思想上一直受"程朱理学"负面影响的士人而言显然具有巨大的冲击作用。如前所说,一些具有启蒙意识的思想家挺身而出,站在时代的前列,大声疾呼,强调人自然本性的醒悟,宣扬离经叛道,要求人性解放,反对封建礼教,要求行为自由。他们在对心性空谈的批判中,在对晚明社会弊病的探寻中,在对国计民生实际社会问题的研究中,提出一些超越儒学传统观念的

[①] 蒋国保:《儒学的世俗化与大众化》,《中国美术馆》2006年第3期。

具有启蒙性质的新的思想,兴起了晚明时期重要的个性解放思潮。他们认为凡是脱离百姓日用的玄谈就是"异端",肯定饮食男女是"自然法则",认为人欲就是天理,"天理者,天然自有之理也"。其所体现的个性解放精神,正好迎合了晚明锐意求变的社会心理,因而具有极为突出的时代色彩。这一思潮的兴起颠覆了"程朱理学"在思想界的统治地位,很快便取得思想上的引导地位,并影响了其时的文艺审美创作。如以唐顺之为首的唐宋派,就是晚明时期将表现个性解放精神作为审美创作的内核,以之为审美取向的一个文艺创作流派。

必须指出,晚明文人大多数都是王阳明的学生,深受"阳明心学"的影响,心学造诣极深,故其体现个性解放精神的文艺美学理论尤为系统、深刻。他们将"阳明心学"所主张的"一切以'吾心'出发,以'吾心'判断是非标准",即"吾心"就是"理"等所具有的个性解放精神引入文艺美学理论,强调文艺创作要重真感情,要求真本色的呈现,强调文艺创作既要得古人风神脉理,又要自出机杼。他们以"心"本体论为"自出机杼"说的学理依据,认为我"心"即真。所涉及的有关文艺美学的本真问题、创作者的智能结构问题,一律以"阳明心学"为指导思想。例如唐顺之指出:"好文字与好诗,亦正在胸中流出,有见者与人自别,正不资借此零星簿子也。"① 杰出的文艺审美创作,即所谓的"好文""好诗"必须从创作者自己"胸中流出"。对此,王慎中也强调指出:"发而为文皆以道其中之所欲言,非掠取于外。"② 所谓"道其中之所欲言",即必须是内心真情实感的表现。归有光也指出:"文字又不是无本源,胸中尽有,不待安排。"③ 显然,"胸中"就是"心中",强调诗文创作必须发自于"心",必须以"心"为诗文旨出的本源。因此,他们极力反对秦汉派,认为其诗文创作缺乏自我情感的表现,只是一味地模拟、剽窃,尖锐地指责其诗文作品乃是"耳剽目采",不屑与其为伍。

在"阳明心学"看来,说"心""原是明莹无滞的",天地自然原本是自在的,作为自在之物,其往往呈现为原始的混沌,亦无本来意义上的

---

① 唐顺之:《与莫子良主事书》。
② 见王慎中《奇道原弟书(十六)》《与项瓯东》《与李中溪书(一)》《与陆贞山》《与张考堂》《与华鸿山》《与唐荆川》,《遵岩集》,《四库全书》本。
③ 归有光:《与沈敬甫》。

天地之分。天地之作为"天地",其意义只是对"人"才敞开;就此而言,也可以说,没有"人"的意识及其活动,也就无所谓天地,或者换言之,即"天地"不可能以"天地"等形式呈现出来。按照"阳明心学"的这种观点,"人"只能敞亮"本心",以"人"自身的存在来澄明天地,也即宇宙自然的意义,而不可能在自身存在之外去追问超验的对象;质言之,人应当在自身存在与世界的关系之中,而不是在关系之外来体认宇宙自然。由此也可以说,"阳明心学"的"致良知"说,显然是强调"良知"具有一种自明性、敞亮性,或者说是澄明性。"良知""明体寂然而妍媸自辨,滞于照则明反眩矣""良知无见成""良知是从己发立教"[①],因此"直心以动,无不是道",所谓"仁义之心本来完具,感触神应,不学而能也""致良知"的途径是自明自得,是然其所然、自其所自,此即所谓"良知原是未发之中,无知而无不知"[②]。所谓"良知",即"心",原本就是"体用一原""始终一贯"的,因此"良知由修而后全",其结果将会"挠其体"。若欲真正把握良知之实,便要即体即用,体用不分,道其所道,成其所成,体用不二,动静无间,"无中生有",而"无知而无不知"[③]。所谓"虚寂者心之本体,良知知是知非,原只无是无非,无即虚寂之谓也。即明而虚存焉,虚而明也,即感而寂存焉,寂而感也;即知是知非而虚寂行乎其间;即体即用,无知而无不知,合内外之道也。若曰本于虚寂而后有知是知非本体之流行,终成二见,二则息矣"[④]。"人者天地之心,万物之宰,藐然以一身处乎其间,与万物相为应感,虚以动而出不穷,自然之机也。"[⑤] 要求具备一种开放的胸襟,以便与万物相感通。"自然之觉即是虚,即是寂,即是无形、无声,即是虚明不动之体。"[⑥]一任其自然而又不违良知天则,用王畿的话说叫做"见在一念,无将迎,无住著,天机常活"[⑦]。或者叫做"直心以动,自见天则"[⑧]。王畿称此为

---

① 王畿:《龙溪王先生全集》卷一《抚州拟砚台会语》。
② 黄宗羲:《明儒学案》卷十二《拟岘山会语》。
③ 黄宗羲:《明儒学案》卷二《滁阳会语》。
④ 王畿:《龙溪王先生全集》卷十六《别赠见台漫语摘略》。
⑤ 王畿:《龙溪王先生全集》卷十七《虚谷说》。
⑥ 黄宗羲:《明儒学案》卷十二《致知议辩》。
⑦ 王畿:《龙溪王先生全集》卷十七《水西别言》。
⑧ 王畿:《龙溪王先生全集》卷十七《万履庵漫语》。

"自然良知",此处的自然包括了天然现成之本原与自然无碍之感应两个方面,所以王畿说:"乃天所为自然之良知也。惟其自然之良,不待学虑,故爱亲敬兄,触机而发,神感神应;惟其触机而发,神感神应,然后为不学不虑,自然之良也。"① 此情形犹如珠之走盘,珠在盘中自然而动,自由而走,无外力之限制与自身之胶滞,然又决不会走出盘外而中止,用孔子的话说即"随心所欲不逾矩"而要达到自明与感应之自然,而必须代之以"悟"。自然之良知,必须通过悟方可达此目的。"人心本体原是明莹无滞的,原是个未发之中。利根之人一悟本体即是功夫,人己内外一齐透了。其次不免有习心在,本体受蔽,故且教在意念上实落为善去恶功夫,熟后渣滓去得尽时,本体亦明尽了。"② "良知",即"心"原本是自生、自主、自足、自知的,乃自然圆成,明莹无滞,因此周遍一切、滋生所有,也正因为此,所以说"心即理也"。又说:"此心无私欲之蔽,即是天理,不须外面添一分。"③ 又说:"人心是天渊,心之一体无所不该,原是一个天,……心之理无穷尽,原是一个渊。"④ 又说:"良知是造化的精灵,生天生地,成鬼成帝,皆从此出,真是与物无对。"⑤ 这样就将"阳明心学"这种强调"良知",即"心"的自明性、自生性引入文艺美学思想之中,那么,就文艺审美创作活动的生成与开展而言,"心"也应该是生成与开展审美创作活动之本源。所谓说"诗、书、六艺皆天理之发见,文章都包在其中"⑥。这里所谓的"天理之发见",就是"致良知",就是自明、自得。也可以说是明其所明、得其所得。需要强调指出的是,把传统儒家经义作为"良知上自然的条理",这也是"阳明心学""良知"说与"心"体论的重要内容,因此,依照这种观点,晚明时期的文艺美学家一方面以"心"作为文艺审美创作的原初生成域,另一方面又强调对唐宋古文运动精神的吸收与发扬,坚持宗经原道的传统文艺美学思想观。

从"阳明心学""良知"乃自然圆成、明莹无滞的思想出发,晚明时

---

① 王畿:《龙溪王先生全集》卷十七《致知议略》。
② 王阳明:《传习录》,《王阳明全集》卷三,上海古籍出版社1997年版。
③ 同上。
④ 同上。
⑤ 同上。
⑥ 同上。

期的文人极为推崇"本色"说，认为文艺审美创作成就之高下与否主要取决于创作者的人文品格。人文品格高，作品自然会表征出来，达成一种"本色"风貌。例如，唐顺之就指出，"本色"高妙的创作者往往为心地超然、淡然之人，"本色"卑下者则往往为世俗中人。创作者的"本色"决定着作品"本色"的程度。人品即文品，要在审美创作活动中取得极高的成就，达成自然"本色"之域，创作者本身在情性、神气上必须保持"本色"自然，心地超然，而在审美创作活动中就要"洗涤心源"。所谓"洗涤心源"，就是要通过去蔽，消净在尘世中沾染的名利之欲、争竞之心，也就是唐顺之所指出的，去掉"自私自利之根"或"识得无欲种子"①，澄明"良知"，还原到原初的本心本性，使"心"回复到纯净无瑕的"初心"状态。这在唐顺之看来，就是"一洗其蚁膻腐鼠争势竞利之心，而还其青天白日、不欲不为之初心"②，也就是唐顺之所谓的通过"撞击、刮洗"，进而"使尘肠腻脏荡涤无余"，以达成"真气再生，丹气复返""得见大明中天"之域③。

应该说，这里所提出的"洗涤心源"说，就是对"阳明心学""致良知"说的一种生动贴切的阐释与应用。即如王阳明所指出的："良知自明。气质不美者，渣滓多，障蔽厚，不易开明；质美者，渣滓原少，无多障蔽，略加致知之功，此良知便自莹彻。""良知"原本是圆成周遍、自明自足的，要致使"良知""开明"、去蔽澄明，其途径必须去"渣滓"，清"障蔽"，让原本的"气质"之"美"得以敞亮。同时，还需要"克己"。对此，王阳明指出："若不用克己工夫，终日只是说话而已，天理终不可见，私欲亦终不自见，……且等克得自己无私可克，方愁不能尽知。"④"致良知"是"良知""自莹彻"的审美境域。这种"自莹彻"境域也就是圣人境域，"圣人"的"良知"有如"青天白日"⑤，临空朗照。作为一般的人，其"良知"原本"与圣人一般"，如果能够达成与自身的

---

① 唐顺之：《答昌沃洲御史书》。
② 唐顺之：《寄黄士尚辽东书》。
③ 王慎中：《与张考堂》。
④ 王阳明：《传习录》，《王阳明全集》，上海古籍出版社1997年版。
⑤ 同上。

"良知"相体认之域，使得"自己良知明白，即圣人气象不在圣人而在我矣"①。不难看出，在"阳明心学"里，所谓"致良知"，就是要恢复与还原到原初的本心本性，通过内省体认，去蔽"克己"，去欲去障，以返还人自身本然天然之"良知"。"人"原初之本心本性，即所谓"良知"，原本所呈现的就是自有的、"精精明明、无纤介染着"的、光明透彻"皎如白日"的清纯、明洁状态，由于后天的尘世污染，遮蔽了原初的澄澈、空明，要在审美创作活动中，呈现原初的本心本性，达成"本色"之域，恢复其"虚灵明觉""活泼泼地"审美态势和"生生不息""当下具足"的原初本真状态，必须通过去蔽揭蔽，去"渣滓"，清"障蔽"，"洗涤""心源"。显然，晚明时期的文人提出"洗涤心源"说，强调回复审美创作者的"本色"，其学理依据应该来源于"阳明心学"的"致良知"说。

并且，晚明时期的文人所提倡的"自得"与"独见"之说，其学理依据也与"阳明心学"分不开。就文艺审美创作活动而言，晚明时期的文人强调诗文创作必须"有见"。所谓"有见"，就是要有真知灼见，即见解透彻而深刻，乃"真精神"，以及"千古不可磨灭"的见解、认识与体验，这样的"有见"又是经由创作者自己胸中流出，与人不同，"聊发其所见"②；此即王慎中所谓的"非掠取于外"，乃"胸中尽有，不待安排"。真正"出于中之所欲言"的"独得之见""独见""真识""直识"，乃是自生自足不须仰仗外物，"本具于吾心"，自明"自得"的。即如陈献章所谓的"宗自然而归于自得"③"自得"之见为"其胸臆之见"，所以天然自足、不假外求而能生生不息。"良知"原本明澈澄清、自然圆莹、"活泼泼地""流行不息"，因此，审美者必须"顺其天机自然之妙，而不容纤毫人力掺乎其间"，促成"胸中尽有，不待安排"的"良知"自明，自其所自地"发于天机之自然""依本直说""顺其天机之妙"，依其"天然之度"，而达成本色自然之审美域。

可见，正是受"良知"说的影响，晚明文人强调审美创作要"有独得之见"，要于"恳挚处发乎本心，绵远处纯以自然"，不假外力，不强

---

① 王阳明：《传习录》，《王阳明全集》，上海古籍出版社1997年版。
② 归有光：《震川先生集》，上海古籍出版社1981年版。
③ 黄宗羲：《明儒学案·师说》，中华书局1985年版。

以求之。所以说，审美创作者原本具有"聪明绝世之姿"，那么在审美创作活动中"必独有所见"①。有了独到之见，在审美创作活动中，才能够"决古人所未决之疑，而开今人所不敢开之口"②。因此，晚明时期文艺美学家特别推举"自得之说"与"独得之见"。认为学有独见，诗文创作才可能有真识。显然，这都与"阳明心学"以"我"为主的"心"本体论密切相关，其学理依据则是"致良知"说所谓的"良知"自生自足，自然圆成，不假外求的思想。

"自得"说最初是由孟子提出来的。《孟子·离娄》云："君子深造之以道，欲其自得之也。"③ 只有真正"自得"，不需也不强求外界过分干预，才能"左右逢其源"。晚明文人陈献章发扬孟子的思想，强调在文艺创作活动中，审美创作者智能结构的培养必须以自己为主，要有独到的见识，要有批判精神，自身要有新的发明，"务求自得"。王阳明则从陈献章的学生湛若水那里接受了"自得"说，并且加以重新阐释，将"求以自得"的学风引进文艺美学理论，认为诗文创作乃"精神心术之所寓，有足以发用于后者"④。他强调指出，"自得"除了见解独到外，还应该意指自信自主、自尊自重，具有摆脱传统"程朱理学"思想的束缚和对"个性"的张扬。通过"阳明心学"的着重提倡，在晚明时期，"自得"说的影响非常大。在很多地方，王阳明都强调"自得"在文艺审美创作活动中的重要意义。他称赞他人的文艺审美创作，总是以见识超卓为美。言己之作"盖不必尽合乎先贤，聊写其胸臆之见"⑤。晚明文人在品评文艺创作时，特别重视有无独到见解，强调士必须有"真识""凡事须先从识上起"，以"平生亦颇能自为主张，不敢跟人哭笑"自负⑥，认为王阳明之文"卓见于圣人之微""颇有感发人处"⑦，皆与"阳明心学"观念一致。唐顺之则举例说，"老、墨、名、法、杂家之说"之所以千古"犹传"，就是由于其乃"各自有本色而鸣之""莫不皆有一段千古不可磨灭

---

① 归有光：《震川先生集》，上海古籍出版社1981年版。
② 唐顺之：《与季彭山》。
③ 孟子：《孟子·离娄》。
④ 王阳明：《罗履素诗集序》。
⑤ 王阳明：《五经臆说序》。
⑥ 唐顺之：《与王尧衢编修书》。
⑦ 归有光：《文章体则》。

之见"。因此在他看来，文艺创作的审美之维就在于通过此以抒发创作者独到的见解。而"独到"之见也正是文艺作品之美学精神。

"良知"自然圆莹、活泼泼地，"与他川水一般"①。其澄明乃是"天机"自发。所谓"天机"又为"灵机"，"灵机"就是"良知"，也就是天性。所以说，"天机尽是圆活，性地尽是洒落""见天机者尤为率易""造性地者之尤为无拘束"②。因此在文艺审美创作活动中，必须发于天机之自然。晚明文人的文艺美学思想有对"阳明心学"个性解放精神的自觉接受，因此其文艺美学思想既重视义理的表达和"布置"方法，又提倡心性的呈现和文风的"洒落""率易"、不受"拘束"。强调创作者个体精神的重要，着力突出个人的独创性，推崇审美创作必须超越传统、独辟蹊径。显然，这种审美创作主张突出地体现出晚明时期士大夫文人个体意识的觉醒和个性解放的时代特征。

晚明文人这种对个性解放精神的张扬，还具体地体现在其作品中。袁宏道曾经指出，其派主张，虽然被李攀龙、王世贞所摈斥，但是其识见、议论卓有可观，"一时文人望之不见其崖际者，武进唐荆川是也。文词虽不甚奥古，然自辟户牖，亦能言所欲言者，昆山归震川是也"③。应该说，就诗文创作而言，唐顺之所表达的审美意旨，多为"阳明心学"所推重的自由意志与个性解放精神；而归有光所抒写的意蕴则多为其时所流行的市民审美意趣与审美时尚。

四　张扬个性、崇尚自然

明代个性解放思潮突出地表现为对个性的张扬，主张自其所自、道其所道、成其所成。即使涉及"圣人"，也不能盲从。达成"圣人"之域，并不是无事不知，无事不晓，反对神化圣人。其时，在阳明"心学"的影响下，一大批文人对正统的儒家思想，即"程朱理学"产生了怀疑，由此在一定程度上凝聚成一种反叛精神。这在文艺美学思想上则追求"自得""自主"、自由、自然，强调文艺审美创作必须与"我"相关，

---

① 王阳明：《传习录》，《王阳明全集》，上海古籍出版社1997年版。
② 唐顺之：《与陈两湖主事书》。
③ 袁宏道：《叙姜陆二公同适稿》。

反对"言假言""事假事",强调对"人"自然本性的回归,只信自己的心,我行我素,独断独行,自作主张。审美创作必须从"吾心"出发,要有"深情""真气"。要放达而不拘小节、追求本真,真实而不作伪,反对伪道学、口是心非者。主张我"心"即真的美学意义,在于蕴藉于中的"个性"解放精神,赋予文艺审美创作更多的想象与发挥空间,在思想上破除了"程朱理学"僵化的教条主义。对"真"的文艺审美创作思想的提倡,推崇张扬"个性"的思想倾向,极大地促进了晚明文艺审美创作的转变。所谓人性皆真,即如李贽所强调指出的:"性本真,任性而行,自然而然为率。性因率真而自然而然地表现出来,故曰'真'。自己率性而行,又能使天下人率性而行,则为道。"这也就是说,人原初的本心本性是最为真实、最为自然的,而文艺审美创作的要旨就是致使本心本性的呈现,自其所自,然其所然,道其所道,依照天然自然的本心本性的澄明而去蔽解蔽,以达成"致良知"之审美域。基于这一审美价值取向,晚明文人崇尚自然真实,坚决反对一切假道学和伪君子作风,认为人人都是圣人,满街都是圣人。日常生活即为"道"。反对"程朱理学"的"心""理"二分,认为"心""理"本自同一,心外无理。他们认为"求之于心而非也"。所以,尽管其言出自于孔子,也不敢贸然以之为是。[①]他们强调指出,尽管"其言""出于孔子",也应该加以判断,而不应该轻易"以为是",尽管"其言""出于庸常",也不应该轻易否定,必须经过认真考察。不难看出,这其中极为重视一种个体精神,强调不要盲从,必须要有自己的主见,要独立思考,要有"贵得之心"。文艺审美活动中则应该以生命体验和精神翱翔、个性张扬来实现生命的自由,达成"本真"审美域。

具体说来,晚明个性解放思潮与"人性"解放思想主要体现在以下几个方面:

第一,继承要有选择。对传统思想应该吸取其"千古不变之精神",要通过认真、深刻的体会,独立思考,得之于心,不能盲从,不能人云亦云。不要随波逐流,与世沉浮,把个体的命运完全交付时遇,丧失自我,毫无主见,不敢直面人生,碰到坎坷曲折,不能正视,或忧时叹命,怨天

[①] 《王阳明全集》卷二《传习录中·答罗整庵少宰书》。

尤人，或自甘沉沦，颓废不振。这种人毫无个性，只知逆来顺受，自觉接受传统观念的束缚，没有独立意志，也没有自主性，没有判断能力，因循保守，没有创新精神，没有个性。人之为人，必须要有尊严，要有个性，要坚持自身的存在价值，要有自主性、独立性，要消除攀缘性、依附性。晚明时期，那些主张个性解放的思想家、文人，迫切地向往自由，希望能够解除种种精神上的束缚，获得个性解放。如李贽就直言不讳地指责那些一味攀附之人，说："今之人，皆庇于人者也，初不知有庇人事也。居家则庇于父母，居官则庇于官长。立朝则求庇于宰臣，为边帅则求庇于中官，为圣贤则求庇于孔孟，为文章则求庇于班马。种种自视，莫不皆自以为男儿，而其实则皆孩子而不知也。"① 他对那些事事"求庇于人"之人极为轻视，认为这些人尽管"自以为男儿，而其实则皆孩子而不知也"，强调人应该有独立自主精神，不要事事求庇于人。尽管是求庇于圣人，也应该有自己的主见。强调个体独立、个性解放，追求人格尊严。

第二，圣人也是人。晚明思想家认为不能神化圣人，主张将"圣人"还原到原初本来的面貌，因为在他们看来，"圣人"原本也是一般平常之人，只是后来被人"神化"了。"圣人"的原初也是凡夫，"圣人"的"仁心"与恻隐之心是其本心本性的呈现，也是人人所固有的。不管社会生活之途平坦与坎坷，也不管穷达与贵贱，不管处境如何变迁，原初的本心本性仍然如一，平凡与伟大不会从根本上改变其原初心性。孟子说得好："舜之饭糗茹草也，若将终身焉；及其为天子也，被袗衣，鼓琴，二女果，若固有之。"② 舜的"仁"来自于本心本性，不由外铄，为原初心性的呈现，因此，安详平和、本自俱足，绝不会因为外在的地位、身份的改变而有所变化。所以，甘心功成身退再做凡夫而视弃天下若脱屣然。所以说，"圣人"也是"常人"，其要义在于"安心者也"；而"常人"则不同，会随着社会身份的改变而"不安心者也"。由此也可以说，"圣人"应该是指一种"本真"生存域，或者可以看做一种审美域，在中国古代，尧舜以后，像后来的渭水钓徒姜子牙、南阳耕夫诸葛亮等所提倡的澹泊明志，宁静致远，心态淡定、安闲的生存域一样，不以外在的功名利诱乱其

---

① 李贽：《续焚书》卷一《别刘尚甫》，中华书局1959年版。
② 《孟子·尽心上》。

心志。所谓"君子安其身而后动",身也者,天地万物之大本也;功名事业者,安身立命之余末也。身未安则本不立,本乱而末治者,否矣。所以做圣人并不意味着与平凡决裂,相反,他首先必须安安生生做一个纯粹的凡夫。纯粹的凡夫就是真正的圣人。人之所以不能够成为圣人,正是因为他不能坦然地面对自己的平凡。在平凡面前失去了这份坦然平和的心态,他就不是纯粹的凡夫,更不可能是真正的圣人,他已然迷失了自我。其实每个人都会不同程度地迷失自我,在各自的"梦境"中梦游。梦游并不可悲,可悲的是不知道自己是在梦游,而把梦幻当做真实。孔子曾经指出:"君子之道四,丘未能一焉。所求乎子,以事父未能也;所求乎臣,以事君未能也;所求乎弟,以事兄未能也;所求乎朋友,先施之未能也。庸德之行,庸言之谨,有所不足,不敢不勉,有余不敢尽,言顾行,行顾言,君子胡不慥慥尔。"① 这里,孔子反省自身,认为自己的一生也存在诸多的不足之处,例如在"子、臣、弟、友"等人伦关系的处理方面,无论德行,还是言语,都存在不周全的地方。应该说,这是肺腑之言,真实自然,是本心本性的自然呈现,因此,孔子是真圣人。"圣人"也不可能事事周备。对此,李贽强调指出:"天下之人,本与仁者一般,圣人不曾高,众人不曾低。"②"圣人"也不能事事臻于完美,而就原初"心性"来看,一般之人不比"圣人"低,所以说,"人人皆是圣贤",但必须要有自主自立的意识,人贵自立,不可依附。人,特别是人的品格、人的尊严、人的独立自主的精神,原本不受约束,后天也不应该受到束缚,尽管是来自圣人的,也应该解除!

第三,崇尚自然。在"心学"思想的影响下,晚明时期的一大批文人对正统儒家思想产生了抵触情绪,并且在一定程度上形成了一种反叛精神,体现在文艺审美创作方面,则强调文艺审美创作必须自然本色,自其所自,然其所然,同时,要求情感真实自然,要与"我"相关,反对"言假言""事假事",强调对人自然本性的回归,只信自己的心,我行我素,独断独行,自作主张。审美创作必须从"吾心"出发,要有"深情""真气"。要放达而不拘小节、追求本真,真实而不作伪,反对伪道学、

---

① 见《中庸》十五章。
② 李贽:《焚书》卷一《复京中友朋》。

口是心非者。主张我"心"即真的美学意义,在于蕴藉于中的"个性"解放精神,这赋予了文艺审美创作更多的想象与发挥空间,在思想上破除了"程朱理学"僵化的教条主义。对"真"的文艺审美创作思想的提倡,推崇张扬"个性"的思想倾向,极大地促进了晚明文艺审美创作的转变。所谓人性皆真,即如李贽所强调指出的:"性本真,任性而行,自然而然为率。性因率真而自然而然地表现出来,故曰'真'。自己率性而行,又能使天下人率性而行,则为道。"这也就是说,人原初的本心本性是最为真实、最为自然的,而文艺审美创作的要旨就是使本心本性呈现,是其所是,道其所道,依照天然自然的本心本性的澄明而去蔽解蔽,以达成"致良知"之审美域。真实敏事之人,自然会奔走四方,就有道而求正,好学而自有得。审美创作必须遵循自然,发乎情性。在主张"个性"张扬的晚明文人看来,"情性"即"礼义""情性"之外无"礼义";同时"情性"原本"自然",所以,"礼义"也应该"自然"。任何矫揉造作、牵强附会、虚情假意、刻意做作、晦涩不明,都是违背自然的。从推崇自然出发,晚明文人极力反对假道学与伪学者。掊击道学,抉摘情伪,使天下之为伪学者,莫不胆张心动。如在李贽看来,各种各样的日用活动,都是为自己身家计虑。这是正常的,是人的正常行为。但那些假道学家,"一旦开口谈学,便说尔为自己,我为他人;尔为自私,我欲利他。所讲者未必公是自身之所行,所行者又不讲。虚伪巧诈、心口不一、表里不一,反而不如市井小夫,做什么就说什么,老老实实,言行一致。"晚明时期主张个性解放的文人对那些表面上看似道学,其实质则是为荣华富贵,表面上温文儒雅,骨子里对蝇营狗苟的行为是不屑一顾、深以为耻的,对此,李贽就曾经猛烈地抨击说:"世之好名者必讲道学,以道学之能起名也。无用者必讲道学,以道学之足以济用也。欺天罔人者必讲道学,以道学之足以售其欺阁之谋也。"[1] 又说:"无才无学,无为无识,而欲致大富贵者,断断乎不可以不讲道学矣!"[2] 又说:"夫唯无才无学,若不以讲圣人道学之名要之,则终身贫且贱焉,耻矣,此所以必讲道学以为

---

[1] 李贽:《初潭集》卷十一《师友一》。
[2] 李贽:《初潭集》卷十一《释教》。

取富贵之资也。"① 这些话生动鲜明地流露了李贽对那些无才无用之人为了沽名钓誉,假借"道学"之名,猎取功名利禄,虚伪矫饰行为的深恶痛绝和厌恶至极之情。

在文艺美学发展观方面,晚明文艺理论家主张个性解放,力主"自得""独见",反对一味复古。在这些注重个性解放的文人看来:所谓传统经典,未必一定是万世不变之至理名言,"江山代有才人出,各领风骚数百年",一代有一代之文,不可以时势先后来看。在文艺美学创作方面,李贽提出"童心说"。童心,就是原初的本心本性,也就是真心。"夫童心者,绝假纯真,最初一念之本心也。若失却童心,便失却真心;失却真心,便失却真人。"② 他认为后天的尘世习俗会造成对原初"童心"的遮蔽,就会言语不由衷,政事无根柢,文辞不通达;内不含美,外不生辉。因此,文艺审美创作活动之初必须通过去蔽,致使"童心"敞亮。用是否为"童心"的澄明来评价文艺作品,就是强调真实与自然。"传奇""杂剧"如《西厢》《水浒》是"天下之至文",因为是"童心"的呈现,真实而自然。反之,出自虚矫造作,无病呻吟的,就是假人的假文。"文非感时发已,或出自家经画康济,千古难易者,皆是无病呻吟,不能工。"③ "古之贤圣,不愤则不作矣。不愤而作,譬如不寒而颤,不病而呻吟也,虽作何观乎!"④ 文章既然出自童心,贵乎自然,就不应该有意为文,不应该刻意求工,正如"天之所生,地之所长,百卉俱在,人见而爱之矣,至觅其工,了不可得"⑤。李贽基于崇尚自然、反对虚伪、追求个性解放的人生哲学思想所倡导的文艺美学思想对晚明时期的文艺美学界,产生了直接而深刻的影响,并作用于其时的审美价值观和审美诉求。

明代晚期个性解放新思潮的代表文人是李贽、徐渭、汤显祖等,其中,李贽的作用尤为明显,他是这个异端新思潮的最重要的精神领袖。晚明个性解放新思潮及其思想在中国古代文艺美学思想史上具有重大意义。其中特别体现出来的追求个性解放的精神,无论在文艺美学思想上,还是

---

① 李贽:《续焚书》卷二《三教归儒说》。
② 李贽:《焚书》卷三《杂述》。
③ 李贽:《复焦漪园书》。
④ 李贽:《忠义水浒传序》。
⑤ 李贽:《焚书》卷三《杂述》。

在创作实践方面，都具有极为重要的开创性和对传统的超越性。

第三节 市民意识的觉醒

　　市民意识的觉醒是影响明代审美意识变化的又一重要原因。所谓市民意识是指社会中的个人自觉意识到自己乃是独立的、自由的、平等的社会创作者个体，具有自己独立的价值追求和在私人领域不受国家和他人非法干涉和侵害的观念体系。在中国古代，一种说法是，所谓市民只不过意味着居住在城市里的人。一般老百姓，居住在乡里则为乡民，居住在城里，则为城市之民，也就是市民。另外一种说法是，所谓"市民"，欧洲中世纪指城市居民，因商品交换的迅速发展和城市的出现而形成，包括手工业者和商人等，他们反对封建领主，要求改革社会经济制度。中国封建社会后期的市民，主要指手工业者、商人及艺人等。应该说，在以农业为主的古代中国，所谓市民是没有市民意识的。《说文》云："民，众萌也。氓，民也。读若盲。"又云："萌，草木芽也，从草明声。""民"为"众萌也"，"萌"为"草芽也"。民的本义，为众草之萌，假借为民众之"民"。这样，众多的稚嫩的草，是需要人去管理、养育的，所以在古代，管理民众被称为"牧民"，如同知县被称为"父母官"一样。"父母官"之下是"子民"，"子民"被牧，如同牧牛、牧羊一样。由此出发，民众，无论市民还是乡民，都必须听任统治者的宰割，更不要说是管理市乡与国家之政了。

　　认真说来，市民意识的最初觉醒应该是明代中叶以后的事。明代初期，为了巩固政权，强化中央集权，统治者对中原地区采取了更加严密的掌控措施，同时，对老百姓则减轻徭役，减少赋税，减轻刑罚，宽政安民，轻徭薄赋，以休养生息，恢复经济，巩固政权，使社会生产力得以提升。到明代中叶，随着社会日趋稳定，国家实力得以进一步加强，生产繁荣，社会经济的发展，致使国力强盛。与此同时，商品生产与营销活动也日趋活跃。由此带来的是城市建设的加快。不少代表着新的文化要求的城市文化群体的加入，致使市民阶层得到进一步发展和扩大，并且催生了新的审美诉求。在这样的时代下兴盛起来的市民阶层与先前不同，已经成为明代社会最富有影响力的阶层。在市民阶层中，市民意识开始觉醒，并已经形成一股对由"程朱理学"所维护的封建宗法伦理秩序和价值体系的强大的消解力量,对有明一代的政治经济基础、社会意识、民风民俗以及社会生活的方方面面,包括文化教育、学术思想、艺术创作与欣赏,以及由此所形成的社会审美取向、审美意趣、审美时尚等在内,都产生了极为重要的影响与推动作用。在这种市民意识的作用之下,封建文化内部进行了一场深刻的自我批判,如其时活跃于当时思想文化界的,以何心隐、颜山农、李贽为代表的泰州后学,及其所倡导的异端审美思潮便是明证。他们倡导自由精神,以王阳明"人人心中皆有良知""只信自家良知"为思想武器,标举"狂者胸次",对礼教之虚伪,道学之隐私进行了极为辛辣的批判。如何心隐以自由精神讲学议政,李贽则以"人之是非,初无定质"[①]来反对正统理学的经学独断论,在他看来,人生下来只是一个"赤子",作为"赤子",其本心原本纯洁无邪,不为尘世所染,纯然浑然,天然自然。何心隐、颜山农、李贽等人思想活跃,其个性品格"非名教所能羁络"[②]。与此同时,在文艺美学界则兴起了以袁宏道、汤显祖、冯梦龙为代表的市民审美思潮。袁宏道的"性灵说"和汤显祖的"至情论"主张不拘一格,独抒灵性,反对伪饰,尊尚至情。这种新的审美意识和美学价值观以自然人性论对抗"天理"霸权和伦理异化,以个体感性原则抗议绝对伦理原则对人性的扭曲压抑。这两种审美思潮的实质都是一种为"阳明心学"思想作用所产生的人文精神,其发动标志着文学艺术领域中新的审美意识的觉醒,即以人的自然权利为核心,具体表现为在理欲观、情理观、义利观、男女观等方面大胆议论,以及冲破因缚,用异端的形式表示出来的对传统道德人本主义审美价值的反叛。

一 市镇繁荣,商业发达

应该说,市民以及市民阶层的形成和发展必须同古代城市的出现与变迁密切相关。有城市,才有城市居民,由此也才可能有市民阶层的形成。就文献记载和考古发现来看,中国古代城市的出现应该在上古时的夏商周时期。如辽西地区的夏家店发掘出来的大量考古资料就表明,大概在公元

[①] 李贽:《藏书》,中华书局1974年版。
[②] 黄宗羲:《明儒学案》之《泰州学案》。

前 2300 年至前 1600 年，在中原的夏王朝统治时期，作为夏家店下层文化的部族，其经济形态以农业生产为主，已经过着定居的生活，这应该就是原始城市的雏形。到秦汉时期，国家大一统局面的出现，促进了生产力的提升与商品经济的发展，民众的生活日趋稳定，中国古代城市建设的规模也随之不断扩展。到了隋唐时期，城市发展与建设得到进一步完善，城市经济与商贸生活也得到进一步繁荣与兴盛，现代意义的市民得以产生。应该说，在中国古代，市民的出现比较早。但是作为阶层，即市民阶层的形成则应该是隋唐与两宋时期的事。同时，就城市市民而言，也只有作为一个阶层存在时，才可能形成稳定的市民群体，并且才可能形成表征其审美风尚与审美取向的社会时尚。

北宋朝廷的成立，结束了五代十国的战乱，中国再度进入大一统时期。其时，统治者为了巩固政权，采取了一系列休养生息、发展经济的策略，社会稳定，民众安居乐业，经济生产得到了恢复和发展，出现了不少工商业发达的大中城市。而沿海一带经贸发达的区域，也形成了不少中小城镇。加上乡村集市的活跃，因战乱而一度萧条的商业活动逐渐繁荣与兴旺起来。伴随着商品贸易活动的兴盛，城市商业化、都市化日益加剧，从而推进并且促使新的社会阶层崛起，出现了"坊廊户"。

所谓"坊廊户"，就是城市居民。其出现正式标志着城市社会分工和阶层的分化已经达到前所未有的细化程度，也为市民阶层的形成打下了基础，进一步为市民阶层的出现提供了良好的生态环境和自由发展的空间。市民阶层的构成也较以前有了新的变化，其成员更加多元，由原先的手工业者与一般的小商小贩等逐渐发展为以手工业者与经商人士为主，吸纳不少新的如来到城市务工的农民、梨园子弟、未能入仕的士大夫文人以及社会闲散人员等成员的共同体。到了元代，蒙古族入主中原，统治者一开始就废除科举考试，实行自己选拔人才的制度。之后，一直到元仁宗皇庆二年（1313），才重新开科考试。此一举措大大地挫伤了文人读书、应考、做官的热情，并且致使文人失去了入仕为官的途径，无所事事，只好从书斋中走出来，或投身商贸，或流落社会，进入热闹纷繁、喧嚣沸腾的市井生活之中。由此，市民阶层有了新的成员，提升了市民阶层这一共同体的质量，扩大了队伍。

明王朝建立以后，随着生产力的提高，城市化进程得以加速。不少在宋代就已经商业化了的市镇的发展越加迅猛。到明中叶以后，特别是江南一带，市镇繁荣。其时，市民的待遇也得到提高，取消了以前的诸多限制，在从事工业制造、经商和演艺等方面享受着空前的自由，在城市内几乎不受时间和空间的限制。由此也造成了城乡之间的差异。同时，在广大农村，由于耕地的开拓和新技术的应用，生产率得到提升，加上土地市场的形成，导致农地的兼并和大庄园的出现。不少农民因此失去土地，被迫流入城市，进入工、商及服务性行业，从而加快了非农经济和城市化的发展。

有明一代，江南市镇的蓬勃发展，创造了辉煌的经济、文化业绩，成为其时的一抹亮色，至今仍留下深深的印迹。如南浔镇、周庄镇、同里镇、乌镇、西塘镇、朱家角镇、角直镇、七宝镇等作为历史文化遗产，备受世人瞩目。当时，它们是充满经济活力的工商业中心，吸引着大江南北的富商大贾，包括徽州商人、陕西商人、闽粤商人，在这里进行丝绸、棉布等本地名牌产品的商业贸易活动。据史书记载，其时，这些地方拥有几百家店铺、牙行、作坊、茶楼、酒肆，居民数千户乃至上万户，热闹非凡，属于"地方小都市"。

江南地区市镇商业文化的出现，应该是长期开发与传统社会变革的结果。明代社会经济高度成长，最先显示出传统社会正在发生的变革，社会转型初露端倪。农家经营的商品化程度日益提高，以农民家庭手工业为基础的乡村工业化，在丝织业、棉织业领域达到了世界先进水平，工艺精湛的生丝、丝绸、棉布不仅畅销于全国各地，而且远销海外各国，海外的白银货币源源不断地流入中国。就此意义上讲，江南市镇已经领先一步进入了"外向型"经济的新阶段。

当然，江南市镇的繁荣还与其时世界进入"地球大发现"时代分不开。15世纪末至16世纪初，随着"地理大发现"时代，或者说"大航海时代"的到来，葡萄牙人从大西洋经过非洲好望角，进入印度洋，然后来到中国东南沿海。西班牙人也不甘其后，在哥伦布发现"新大陆"之后，从美洲的南端进入太平洋，来到中国沿海。这两个国家的商人都把与中国贸易当做首要任务，或者说看做牟取巨额利润的重要渠道。这样就促使中国的商业活动进入了全球贸易的网络之中。

葡萄牙人以澳门为中心，为了把中国商品运往各国，构建了几条国际贸易航线。在这些航线上,通过大帆船,把中国的特产,如丝绸、棉布、生丝、瓷器等运往欧洲各国。葡萄牙人以澳门为中心安排远东贸易,乘坐大帆船,顺着夏季的西南季风,把印度生产的胡椒、苏木、象牙、檀香等以及原产于美洲的白银货币运往澳门。在澳门将以上商品与白银脱手,再交换成中国的货物,主要的如生丝、丝绸等,再加上铅、水银、麝香、茯苓、棉纱、棉布、糖与黄金一类的东西,然后将其运入日本长崎,以高价卖出,再返回澳门。再用日本白银购买中国的货物,然后返回。据日本学者的相关考察,其时日本所需要的大量的中国生丝,几乎完全靠葡萄牙商人从中国运去。而西班牙商人则把福建的商品运往美洲的墨西哥、秘鲁、巴拿马、智利。在这些地方,中国价廉物美的生丝、丝绸深受欢迎,十分畅销。据严中平考察,西班牙占领菲律宾以后,从中国运去的棉布很快就成为当地土著居民的生活必需品。至迟在17世纪80年代,中国丝绸就已威胁到西班牙产品在美洲的销路。17世纪初,墨西哥人穿丝绸多于穿棉布。墨西哥的丝织业都以中国丝为原料,墨西哥本土蚕丝基本上被中国丝取代了。邻近墨西哥的秘鲁也是中国丝绸的巨大市场。[①]

"中国贸易"造成的经济和金融后果是,中国凭借在丝绸、瓷器等方面无与匹敌的制造业和出口,与任何国家进行贸易都是顺差。因此,印度总是短缺白银,而中国则是最重要的白银净进口国,用进口美洲的白银来满足它的通货需求。美洲白银或者通过欧洲、西亚、印度、东南亚输入中国,或者用从阿卡普尔科出发的马尼拉大帆船直接运往中国。[②] 其时中国的明廷则采取开放政策,始终坚持派遣人员到海外经商与务工,可以说,其时,来自中国的工匠、商人和货物遍及南洋群岛。

应该说,除了政策许可外,海外贸易的这种盛况还与江南市镇工商业的繁荣密切相关。其时,太湖流域的丝绸业生产兴盛,其市镇生产的生丝、丝绸畅销海内外。正如著名的中国经济史研究专家全汉升所指出的:"中国丝绸工业具有长期发展的历史,技术比较进步,成本比较低廉,产量比较丰富,所以中国产品能够远渡太平洋,在西属美洲市场上大量廉价出售,连原来独霸该地市场的西班牙丝织品也大受威胁。由此可知,在近

---

① 参见严中平《丝绸流向菲律宾,白银流向中国》,《近代史研究》1981年第1期。
② 参见樊树志《"全球化"视野下的晚明》,《复旦学报》2003年第1期。

代西方工业化成功以前,中国工业的发展,就其使中国产品在国际市场上具有强大竞争力来说,显然曾经有过一页光荣的历史。中国蚕丝生产遍于各地,而以江苏和浙江之间的太湖流域最重要。"① 海外市场对中国生产的丝与丝绸的需求量非常大,所以,这又刺激了这个地区蚕丝生产的发展,也使当地的民众有了就业机会,收入所得自然大量增加。所谓"蚕丝生产遍于各地,而以江苏和浙江之间的太湖流域最重要"中的"江苏和浙江之间的太湖流域",指的就是江南市镇集中的区域,这些区域的市镇,自古以来就以出产优质生丝与丝绸而扬名海内外,在国际市场上享有极高的声誉。这样的外贸形势自然刺激了江南市镇的蚕桑丝织业的蓬勃发展,使其进入"外向型"经济轨道。

晚明时期,中国棉布已经畅销海外。这种畅销海外的中国棉布主要来自江南市镇。明代江南市镇及其四乡生产的生丝、丝绸、棉纱、棉布,不仅行销全国,而且行销海外,在全球化贸易中遍及亚洲、欧洲、美洲。这种盛况是汉唐盛世的"丝绸之路"所望尘莫及的。连续几个世纪,数量巨大的货源,从江南市镇流向海外,刺激了江南市镇的繁荣昌盛。

商业的发展,市镇的繁荣,随之而来的则是市民阶层的出现与城镇生活的变革。商业生产的繁荣,带来市民在数量上的激增,自然也给人们的城镇生活带来了新时空、生活方式的新感受,出现了通宵达旦、灯火彻夜的城镇生活情景。同时,士大夫文人加入市民阶层,又从"质"的层面给市民阶层带来了显著变化。其时,市民阶层的成员组成较前代更为复杂,"包括商人、作坊主、手工业工人、自由手工业者、艺人、妓女、隶役、各类城市贫民和一般的文人士子等"② 都加入市民阶层中。其中,商人是最活跃的一群。随着商人地位的大大提高,"弃儒就贾""士商合流"成为当时突出的社会现象,"士"与"商"的界限已经模糊,儒生大量从商,生员中亦有不少来自于商人子弟。对此,余英时先生也指出,当时"一方面是儒生大批地参加了商人的行列,另一方面则是商人通过财富也可以跑进儒生的阵营"③。这样,再加上"阳明心学"在思想上的启蒙,

---

① 全汉升:《自明季至清中叶西属美洲的中国丝货贸易》,《中国经济史论丛》第一册,新亚研究所1972年版。
② 袁行霈主编,黄霖撰:《中国文学史》第四册,高等教育出版社1999年版,第5页。
③ 余英时:《士与中国文化》,上海人民出版社2003年版,第531页。

其时的市民阶层在某些方面已经表现出一种近代气息。尤其是明中叶以后，伴随着中外商贸活动的繁荣，商业资本逐渐进入并占据市场，在其干预与左右下，土地买卖兴盛，对土地的兼并也日渐加强，私人地产业增多，土地进一步商业化。在此过程中，封建的地主庄园制遭到沉重打击，代之而起的是新兴的工商地主。工商地主的大量加入，使新兴的市民阶层具有更为强大的经济实力，其中的富豪集团为巩固既得利益并进一步获取更加丰厚的经济收入，要求取得较高的政治和经济权利，从而形成了对封建君主制的冲击。同时，这也给新兴的市民阶层带来了威胁。在这样的形势下，在经济权利没有任何保障的情况下，市民阶层中的各个集团从自身利益出发，采取不同于以往农民暴动的形式，与封建特权展开了斗争，他们提出自己的政治主张。这种斗争不是直接以更替政权为目的，但却带有更加强烈的政治意图，希望通过一种改良方式来维护市民阶层的利益，表现为市民意识的觉醒。

二 争取权利，工商皆本

明代中叶及以后，伴随着市民阶层的激增与市民意识的觉醒，浙东地区的"阳明心学"后学的一些学者，领天下风气之先，反对传统的以农为本，重农轻商的思想意识，提出了农商应该并重，"义利"应该兼得，"工商皆本"的"治生"思想，在思想界走在时代潮流的前列。

"工商皆本"是明代黄宗羲鉴于社会的变动，面对现实而提出的观点。这一观念直接肯定了工商业在社会财富增值过程中具有与农业同样重要的地位，使全社会达到货物畅其流。并且，这一观念在当时还具有解构传统农业社会"重农抑商"的价值观念的意义，在文化意识形态方面为手工商业者发展自己的事业提供了新的哲学思想。"工商皆本"思想的提出也表明长达数千年的中国古代商业经济，经历了从"重农抑商"的古代"四民"社会，向"工商皆本"的"工商社会"的转型。

当然，追溯起来，在中国古代经济思想史上最早提出"四民皆本"思想的应该是北宋年间的天台县令郑至道。据南宋《嘉定赤城志》载，时任天台县令的郑至道曾在其《刘阮洞记》与《谕俗七篇》中强调指出："古有四民：曰士、曰农、曰工、曰商。士勤于学业，则可以即爵禄。农勤于田亩，则可以聚稼穑。工勤于技巧，则可以易衣食。商勤于贸易，则可以积财货。此四者,皆百姓之本业。自生民以来,未有能易之者也。"这里就讲古论今,对传统的"士农工商"四民的划分提出异议,反对以"士"为首,以"商"为末,认为"四民"都是社会结构中的重要组成,相赖相助、相依相成,无分贵贱、尊卑。

应该说,就思想渊源看,郑至道"四民皆本"说的提出与儒道释三教合一,特别是与天台宗佛教伦理"治生即道"思想的"入世"精神的影响分不开的。"治生即道",这里所谓的"治生",泛指商业经营。在传统的独尊儒术的"礼法"社会中,只有"士""知书""识礼"。因此,中国古代素有"君子谋道不谋食"和"君子忧道不忧贫"的传统,"士"阶层独占文化和教育资源,集教化、伦理、法规、祭祀、宗族等一切社会职责与权力为一体,因而成为乡土社会的实际权威,"居四民之首"。对有如贩运有无、求田问舍等属于农商之类的"治生"谋利,历来为封建社会以"士"为首的主流意识所鄙薄,这也正是数千年来"重农抑商"思想的社会基础。而所谓"治生即道",则是对传统以"农"为本,"重农抑商"观念的反叛。

所谓"治生即道"说,最早是由 1400 多年前中国佛教天台宗创始人智者大师提出来的。他在《法华经》中针对当时传统的社会结构划分指出:"一切治生产业,皆与实相不相违背。"这里所谓的"实相",即"佛法",而"治生产业"就是日常生活。在智者大师看来,"治生产业"就是"佛法",所以说"治生即道"。对此,台湾出版的《佛光大辞典》对"治生即道"的解释也说:"指世俗之日常生活及生计职业等俗事,均与佛教正道相契合。此即禅林中以搬柴运木等日常生活为佛道修行之一。""佛教正道"就是"世俗之日常生活及生计职业等俗事"。不难看出,智者大师"治生即道"观念,其内涵已经由传统儒家轻视商业经营,延展到世俗社会的日常生产与日常生活上。其源本于佛教天台宗的根本经典,后被誉为"经王"的《法华经》指出:"诸所说法,随其义趣,皆与实相不相违背。若说俗间经书,治世语言,资生业等,皆顺正法。"在智者看来,佛性为人之本性,人人都具有,因此并不是非要"出世"修行,在世间,在人世之中亦可成道。他在《摩诃止观》卷一中举例说:"如佛世时,在家之人,带妻挟子,官方俗务,皆能得道。"所谓"如佛世时",即在释迦牟尼时。应该说,正是依据这种"在家之人,带妻挟子,官方俗务,皆能得道""治生即道"的观念,智者大师以"三谛圆融"的"入世"也可修行原则,融合"尊贵"与"世俗",打通"佛""儒""道"三教教义,使佛法从天上回到人间,认为"一色一香,无非中道",人世间的道义"即是佛法"。智者大师本人恪守"治生即道"的佛法大义,在天台山"种苣拾橡",农禅并举,凭借陈隋王朝的支持、发展佛教经济,为创立第一个中国化的佛教宗派天台宗,奠定了坚实的思想与经济基础。基于"世法即是佛法",他还将"公平买卖,诚信交易"的商贸规则运用到佛法之中,强调济世度人有如买卖公平,"今以众生譬买,如来譬卖""若一欲卖,一不欲买,则不相主对;若买卖两和,则贸易交决,贵贱无悔"①。其法理依据就是一切治生产业,皆与佛法不相违背的"治生即道"思想。

　　智者的"治生即道"思想,对后世产生了深远的影响。所谓"人间佛教"的学理渊源就与此观念的作用分不开。从禅宗六祖慧能提出来的"日用禅",到20世纪初由太虚大师提出来的"人间佛教"中都可以看到"治生即道"思想的踪迹,应该是对其加以进一步的延伸与深化。而明代中晚期泰州学派"日用即道"思想的提出更与"治生即道"的影响相关。作为"阳明心学"后来的发展,泰州学派代表人物王艮、李贽等,有鉴于阳明后学逐渐流于空谈的弊端,强调指出"日用即道"。对此,王阳明原本就有"心本理""理""不离日用常行内,直造先天未画前"的观点。王艮则加以进一步发挥,明确提出"百姓日用即道",强调指出,所谓"圣人之道"就在普通老百姓的日常生活之中。在他看来,"圣人之道"不过要人人能知能行,不是故为高深玄妙,将一般的百姓排斥在外。如果将一般的百姓排斥在外,就不是圣人之学,而是异端。基于此,王艮将他的学说普及到陶匠、樵夫、田夫以及下层社会的任侠之士。他强调指出,即使像僮仆的视听言动,不假安排,不用勉强,也体现了至道。饥食渴饮,夏单冬棉,孝顺父母,友爱兄弟,都是"圣人之道",即"至道"。李贽更是以"真情"来批判"伪理",强调指出:"凡世间一切治生产业等事,皆其所共好而共习,共知而共言者,是真迩言也。"②反对封建理

---

① 《妙法莲华经玄义》卷第六。
② 李贽:《焚书》,中华书局1975年版。

学对人性的压抑,并以民众日用作为道德的价值取向。从中亦不难看出,"日用即道"由智者"治生即道"发展而来的思想轨迹。

应该说,"本末"是中国传统哲学中的一对范畴,前者为体,后者为用。就"四民皆本""工商皆本"以及王阳明的"四民同道"来看,其思想深处都具有强烈的个性解放、自由平等的启蒙意识。

这一思想的提出说明资本主义萌芽开始出现,从实际出发,有利于当时经济的发展。从事商业活动原本为人所看不起,但到这时,社会观念发生了转变,"四民同道""工商皆本",社会生活的地位和身份是一样的,无可厚非,无所谓贵贱。于是,不但一般的平民百姓视经商为正当职业,而且一些由于各种原因而没能够入仕的文人和士族家族的成员也加入了经商的队伍。应该说,中国古代的士大夫文人受过正统的儒家思想教育,是具有最浓厚的传统意识因子的一群。但是,他们中的绝大多数处于社会的下层,坎坷的生活,贫乏的物质,精神的悒郁等种种原因很容易激起他们对现实生活的不满,与新的社会思想产生共鸣。因此,明代中晚期的士大夫文人的思想往往是极为复杂的,一般既具有与市民社会相融的新思想,又具有传统的儒家正统思想,这种选择的艰难必然使得明代中晚期的士大夫文人表现出各种复杂的心态,不少人,由于"科举仕途日窄,促使一些生员在仕进无门的窘况下,又不得不选择经商而维持生计"[1]。不过,弃儒从商成功的下层士人毕竟是少数,而大部分下层士人既不能金榜题名,又不能纵横于商海,甚至为从商如风的现实所抛弃,成为现实中落魄的一群。这些落魄的士人无法适应商业游戏规则,面对"每年放浪江湖"的富足商人,他们只能望"商"兴叹,哀叹自身处境的艰难。当然,士大夫文人"从商如风",是与当时的社会思想意识的转变有关。经商致富再也不是低贱的作为,而是一种普遍的营生。由于社会观念的转变,这之中还有不少一贯风流儒雅的士大夫文人也喜好与经商之人交往。这些人虽是士大夫之后代,但他们不避讳工商业,不以经商为耻,而是将工商业看成与农业同等重要的行业。食盐、竹木、珠玉、犀象、玳瑁、果品、棉布以至于餐饮,总之根据市场需求他们无所不经营;天下都市繁华所在,无处没有他们的身影。他们当中有不少人在商场成为叱咤风云的领袖人物。

---

[1] 陈宝良:《明代社会生活史》,中国社会科学出版社2004年版,第117页。

这些人不但一反传统的商人处在社会地位的最末,尽管有钱财,但却地位卑微的观念,而且以经商为荣,有了钱便兴学,让子弟读书,由此代代相传,发扬光大。同时,尽管经商,却心怀天下,始终关注着天下的格局。他们诚实守信,肯吃苦,勇于探索并有创新精神,其家族一般都重文化教育,高薪聘用教师,佣人也要学习,不能只认钱,贾而好儒。如明代徽州地区的商人一般都有一定的文化根底,所以经商之余,有的借书抒怀,有的吟诗作文,有的浸淫音律,有的以画绘意,雅然情趣,乐不可言。传统的儒家思想所坚守的伦理道德,自然就成为这些儒商处身行事、从事商业活动的准则。在经商中,大多数商人总是坚守信誉,强调忠诚立质,诚信为本,仁心济世,礼让待人,主张由道取财,以义为利,表现出一种儒道本色、人皆嘉许的商业道德。在促进商业发达的同时,这些商贾同样也参与和促进了学术文化的建设和发展。他们推崇为儒之道,追求传统文化精神。下自工商百姓,上同官僚士大夫,无所不交,为人处世好义乐善,而且喜欢以诗文歌赋予文人士大夫交际。他们聚会交游,一般有诗酒唱和、论书议画的时尚。若然想得到他们的青睐,这人必然是博学深究之人,有时还要有发人深省之见。正由于文化功底深厚,他们才赢得士人的青睐,甚至获得文人领袖的热情赞誉。他们认识到经济与文化的互动关系,意识到文化素质同商业经营关系的密切,于是注意吸收文学、艺术、地理、舆图、交通、气象、物产、会计、民俗、历史等方面的知识,并推动其对文化建设的投入。由此,其商业实践活动又衍生出独特的商业文化,这种商业文化随徽商的经营活动而流播四方,在一定程度上促进了明代文化的发展,从而丰富了传统文化的内容。因此,其时"以贾代耕""寄命于商"的商贾很多,贾与儒密切联结,造就了传统世代的儒化商人,一方面促进了儒学的新走向与昌盛,另一方面又借助于儒学增进了商业经营活动的规范化、民族化,对地域化、中国化的传统商业经营活动的形成产生了深刻的影响。显然,这在当时应该是社会思想观念与审美价值取向的一种极大转向。

明代中晚期这种"工商皆本"思想意识深刻体现出一种新的文化话语的出现。传统的"学而优则仕"受到一定程度的颠覆,通过科考以"入仕"为官不再是士大夫文人唯一的出路,"万般皆下品,唯有读书高"的观念也遭到前所未有的冲击,不再是读书人所奉行的金科玉律。以强大的商品经济为基础而兴起的市民意识带来了社会生活的改变。商品经济的繁荣致使市镇街道增加了商业贸易、娱乐交际等新的功能,进而成为"雅俗熙熙物态妍"的喧嚣热闹的场所,开启了新的市民阶层追求金钱和享受的公共空间。在娱乐方式、生活方式、价值取向上,由商贾人士加入的新兴市民阶层日益成为举足轻重的群体。尽管其崛起不一定构成真正的政治势力,但是他们却以强有力的物质生产和文化消费的参与方式介入了整个市镇生活,甚至从城市叙述话语层面加入改变并且颠覆了传统城市日常生活的方式和向度。因此,一种新的城市文化话语方式的建构在明中叶以后出现是一个必然的趋势。这不仅代表了新兴的市民阶层的精神诉求和话语表达,而且以其世俗化、平民化的言说方式和审美价值取向参与了明代中叶以后新的城市文化建构。这种追求金钱和享受话语诉求具体体现在社会生活的方方面面。以李贽为代表的主张"百姓日用即道"的思想家也直言不讳地言"私"言"利",反对陈腐的"程朱理学",认为"好货好色"是人的本性,为人生的自然追求。当时因新兴的市民阶层要求参政议政,要求对上层建筑及意识形态进行变革,在这种思潮的影响下,他们在大学说中反对理学思想禁锢,提倡自由的风气,广泛传播土地平均思想。这些都是明代市民阶层自由主义倾向在思想意识形态方面的表现。

晚明时期,受以上思想的影响,作为市民阶层以工商地主为代表的上流团体的代言人,一些进步的思想家提倡自由讲学,自由结社。要求肃清吏治,限制最为反动的上层官僚和宦官的特权,从而为市民阶层争取权利的斗争起到了重要作用,也为中国社会走向近代化起到了重要的推动作用。

三 钦羡商贾,张扬情欲

主张个性解放、自然独立的观念必然会影响时人的审美诉求。就诗文创作看,明代以"贾客"或"估客"为题的诗歌创作,就应该是受世俗化、平民化言说方式和审美价值取向的影响,这些诗歌书写了商贾生活的乐趣。如胡奎、李攀龙、王世贞、梁辰鱼、胡应麟等都写过《估客乐》,而高启则写过《估客词》,徐祯卿写过《贾客词》,以及徐贲的《贾客行》、孙蕡的《云南乐》、唐寅的《阊门即事》、李攀龙的《襄阳乐》和《三洲歌》、梁辰鱼的《襄阳乐》等。这些都是以商家生活为内容的,一反传统的精英化、士大夫文人化审美取向，体现了一种世俗化、平民化的价值诉求，极言商贾生活的放浪与享乐，对之充满了羡慕与向往。例如明初张羽的《贾客乐》就写道："长年何曾在乡国，心性由来好为客。只将生事寄江湖，利市何愁远行役。烧钱酿酒晓祈风，逐侣悠悠西复东。浮家泛宅无牵挂，姓名不系官籍中。嵯峨大舶夹双橹，大妇能歌小妇舞。旗亭美酒日日沽，不识人间离别苦。长江屏岸娼楼多，千门万户恣经过。人生何如贾客乐，除却风波奈若何。"所谓"嵯峨大舶夹双橹，大妇能歌小妇舞。旗亭美酒日日沽，不识人间离别苦"，生动地展现了其时的世俗生活，描绘了情色感官刺激和放浪无度的场景，揭示了男欢女爱的商品交换关系，同时也表现了诗人对商贾那种"逐侣悠悠西复东""浮家泛宅无牵挂"的自由自在、安享快乐的生活方式的向往之情，从内心深处呈现出与商贾之心的契合。袁宏道曾用"实录"二字来评价唐寅的《阊门即事》诗。既然称之为"实录"，显然表明评论者自身对其时苏州一带商贾云集、市场繁荣情景的了解，也表达了评论者对诗人情感的认同。阊门是当时苏州的商业中心，作为商人子弟，唐寅生于斯长于斯，对其地有着深切的了解和深厚的感情，所以用"世间乐土是吴中，中有阊门更擅雄"等诗句加以描绘，真实地表现了作者的快乐与自信。而作为世家子弟的袁宏道能够感同身受，可见其时商贾生活的深入人心。

应该特别指出的是，在自由自在、舒适惬意、红粉相尤、醉倚芳姿、快乐安逸、自甘沉溺的生活画面中，不少诗人都与商贾有身份的认同和心灵的感应。如徐渭的祖上就曾经经商，其伯兄徐淮也从事过商业活动，他自己也和长子徐枚在京城从事过商贸营销一类的活动，因此，他写作了不少有关商贸活动的诗。其中《赋得贾客船随返照来二首》之二云："千金不惜买鸣筝，万斛鱼盐水上行。几度烟波愁日暮，半程风物趁天晴。西郊鹳鹤摩云入，东道舻舳晚饭迎。笑指红霞如有意，乾衣骑马广陵城。"形象生动的话语，展现与表现了商运旅程中的所见所感，写烟波浩渺、红霞映日，借景生情，体现了经商之人苦心经营，既得利又自得的情感与风貌。

明代中叶的大诗人王世贞与商贾的交往最多。王世贞的家就在苏州府太仓，深受徽商的影响，他们的情感有着深深的契合之处，对其游闲生活，如日驰章台傍，挈琴，揄袂，跕屣，陆博，从耳目，畅心志，衡施舍，盖期年而橐中千金装行尽乃归等既经商又不忘娱乐、享受的日子有深切的感受。因此他在张扬情欲、畅舒心志、安享快乐等方面与商贾是认同的。这种认同往往体现在他的诗歌创作中，如其《估客乐》"醉后美人舞，落花江上席。不是此地堪，何缘作估客"就真切地表达了对商贾生活的艳羡。应该说，明中叶诗人在张扬情欲、安享快乐等层面上向往商贾生活，既表现出对商贾的某些生活情趣的认同，又体现了其时商业活动的兴盛和社会心态对传统精英意识的颠覆。并且，这种士大夫文人与商贾之人在心灵上契合的审美取向，通过文人创作，形成一种时尚，进而汇成一股张扬情欲、畅舒心志、自适快乐的思潮，成为晚明个性解放与思想自由的导向。至晚明，这成为主要的审美诉求。其时，追求瞬间的快感，以声色享乐为尚代表了新的都市文化群体的文化诉求。这种诉求"大得声称于世"，并且不断地在社会日常生活中渗透与播散，日益由边缘影响中心，构成了明代中叶都市文化不可忽略的世俗潮流。即如袁宏道所表述的：其时之人"真乐有五，不可不知。目极世间之色，耳极世间之声，身极世间之鲜，口极世间之谭，一快活也。堂前列鼎，堂后度曲，宾客满席，男女交舄，烛气薰天，珠翠委地，金钱不足，继以田土，二快活也。箧中藏万卷书，书皆珍异。宅畔置一馆，馆中约真正同心友十余人，人中立一识见极高，如司马迁、罗贯中、关汉卿者为主，分曹部署，各成一书，远文唐、宋酸儒之陋，近完一代未竟之篇，三快活也。千金买一舟，舟中置鼓吹一部，妓妾数人，游闲数人，泛家浮宅，不知老之将至，四快活也。然人生受用至此，不及十年，家资田地荡尽矣。然后一身狼狈，朝不谋夕，托钵歌妓之院，分餐孤老之盘，往来乡亲，恬不知耻，五快活也。"① 端的是声色犬马，及时行乐，醉生梦死。文中，将士大夫文人与商贾之人交往契合中的张扬情欲、适世快乐的享乐心态抒写得绘声绘色，其厌恶之情也抒发得淋漓尽致。当然，这种时尚追求也体现出一种对传统士大夫主流精英价值取向的解构和挑战，从而激发了个性解放与自由精神的产生，在审美创作方面，引发了袁宏道等人"独抒性灵，不拘格套"诗学思潮的兴起，有力地冲击了多年以来的封建专制制度和禁锢人们思想的"程朱理学"。因此必须指出，明中叶后那些抒写商贾生活的诗作之所

---

① 袁宏道：《龚惟长先生》。

以在自由自在、安享快乐及张扬情欲、舒展性灵等方面具有一种"士商"心态的契合，就因为其诗作在深层意蕴上呈现了当时市民阶层的一种文化精神，标志着近代审美意识的开启。

就思想意识层面看，其时"四民异业而同道"①"虽终日做买卖，不害其为圣为贤"②的观念，极大地提升了商贾的社会地位。同时，也影响了当时社会的审美价值诉求，一批文士为商贾撰写了大量的墓志铭及传记。而冯梦龙在其所编的短篇白话小说集"三言"中则塑造了一批颇有时代特色的商贾形象。长篇小说《金瓶梅》、汤显祖的传奇剧本《牡丹亭》等，都表现出对封建礼教的强烈抨击和对个性解放精神的热烈追求。同时必须说，相比较而言，明中叶涉及商人生活的文艺审美创作较先前已经有了根本性的转变，较早地显示出近世文学的主要特征。如徐渭的《葡萄》诗云："半生落魄已成翁，独立书斋啸晚风。笔底明珠无处卖，闲抛闲掷野藤中。"显然，这首咏葡萄诗是诗人自我形象生动的写照，诗人咏物抒怀，借物言志。诗人自比"明珠"，然而无人识得，被"闲抛闲掷野藤中"，体现了迥然自立、任其野性的精神，意蕴丰富，不仅是针对朝廷命官、文坛盟主，还有蔑视权贵、愤世嫉俗的情绪，生动地呈现了诗人的情怀，强烈地体现出一种卓尔不群、毅然决然的自由精神。加上他在科举中八试不中等原因，诗人铸造形成了自己的独特性格。他在《自为墓志铭》中表述道："为人度于义无所关时，辄疏纵不为儒缚，一涉义所否，干耻诉，介秒廉，虽断头不可夺。"③只要涉及"义"，即使"断头"，也在所不惜，强烈浓重的反叛时俗精神跃然文中。

综上，明中叶以后受市民意识影响所形成的新的审美意识的特征如下：

1. "以俗为雅"的审美趣味。作为市民阶层共有的审美趣味，世俗化、平民化特色凭借其特有的审美风貌突出地体现在其时大量的具有"以俗为雅""化俗为雅"的审美取向与审美趣味的文艺作品中。就明代市民文艺创作的现象来看，既有民间广为流传的故事，又有市井生活的生

---

① 《王阳明全集》卷二十五，上海古籍出版社1997年版。
② 同上。
③ 徐渭：《自为墓志铭》。

动场景，内容多样，意蕴丰富，风格多姿，特色纷呈，绘声绘色，都是平民百姓耳熟能详、喜闻乐见的生活样态，寄托着市民的希冀和期望；表达形式通俗易懂；出现了由文言文向半白话文、白话文及向口语化、方言化的转变，或者以俗为雅，或者化雅为俗。其审美意旨与审美诉求更加符合新兴市民阶层的审美意识，表征着其审美需求。

2. 个性张扬的审美诉求。作为中国走向近代社会的推动力量，明代市民阶层的出现正是中国近代启蒙思想生成的时期。在这样一个特殊时期里，为表述新的市民阶层审美意愿、审美价值所创作的大量文艺作品自然鲜明、突出地体现出人们对自由精神与独立意志的向往，以及对颠覆传统封建专制制度的要求和对解放个性、张扬个性的强烈追求。这些植根于市井文化的市民文艺创作，通过新的话语的建构和流变过程，鲜明地表述了市民追求个性解放的审美意识。如汤显祖的《牡丹亭》就是其代表之作。在《牡丹亭》这部长剧中，杜丽娘为情而死，又为情而生，对自由爱情的大胆追求，具有"情"对"理"的颠覆意义，从中不难感受到人们对个性解放的向往。杜丽娘"酸酸楚楚无人愿"的情感诉求，正是那一时代市民审美意识的曲折体现，与当时市民阶层要求自由平等的意愿，以及文人士大夫主张个性解放的呼声是一致的。此外，明代后期那些具有启蒙思想的传奇剧作家在他们的作品中塑造了大量有血有肉、个性突出的人物形象，并通过这些个性张扬的人物形象，或鞭笞丑恶现象，揭露黑暗，反对暴虐；或歌颂功臣，反对奸臣；或主张个性解放，反对封建礼教，对批判社会的黑暗都具有积极的意义，也反映出市民阶层的共同心愿。

3. 尚俗迎俗的审美心态。这种审美心态有消极与积极之分。就前者看，明代中后期，经济的增长带来物质生产的丰富和城市的繁荣，市民有了新的城市生活空间，文化消费欲望极度扩张，致使传统的主流的审美价值观被消解，奢靡、享乐之风盛行，明初的简朴作风被彻底颠覆。由酒楼、歌馆、市肆组合而成的新的城市空间，以及游走其中的世俗饮食男女，作为新的市镇标志和市民阶层反对禁欲主义，由此形成激进的思想家反对"程朱理学"的说教，经由恋世、玩世、适世等生活心态而生成的时下的审美意识与话语言说是感官刺激、情欲诉求。体现在饮食、起居、家具、服饰、器具、出行等日常生活方面，则是追求刺激，尽极奢华，满足感官需求。从豪门望族到平民小户，追求时尚成为一时的社会风气。奢靡之风的流行致使人欲横流，个人私欲不再是被遮盖起来的丑陋之物。社会风气的转变成为不可规避的现实。就后者看，在实现自我价值，争取自由平等、个性解放的过程中，也催化了人性情欲的极端发展，这对明代尚俗迎俗审美心态特点的形成产生了深远影响。受尚俗迎俗审美心态的影响，在思想界，明末思想家则反对禁欲主义，提倡人性解放。应该说，正是受这种尚俗迎俗审美心态的影响，主盟明代中叶复古文坛的巨子王世贞在文学观念上才表现为由复古转而趋新，由崇雅转而尚俗，由恪守格调转而"务谐俚俗"、抒发性灵。

第一章

明代审美诉求的总体特征

明代是中国封建社会发展极为成熟,甚至在某些地区已出现资本主义萌芽的一个时代,尤其是明代中晚期,希望冲破传统"理学"束缚,渴望个性解放,重建新的人生观和价值观的"阳明心学"思潮,对明代新的审美趣味的建立有着巨大的推动作用。明代审美意识在文学、艺术、工艺美术以至于哲学、美学思想上都呈现出新景观。它体现了传统的文人士大夫阶层和新兴的市民阶层在审美情趣上的彼此选择,双向交融。正是以往这两种截然不同的审美趣味之间的相互融合、取长补短,造就了有明一代审美诉求的复杂性与丰富性。如果说这以前文人、手工艺人、市民、平民还是站在各自的审美立场上,以单一的审美诉求进行着各自的审美活动的话,那么,从明代开始审美领域出现了新的审美格局与新的面貌。

第一节 审美意识的深化

应该说,明代统治者对"程朱理学"的推崇,影响了其时文艺审美创作活动的旨趣,并决定着审美意识的总体特征。如其所谓的天地间无一物非"我","由己""大心"而至宇宙天地,与自然万物交融一体,自然呈现为"大"的观点就直接影响了有明一代自然审美意识的发展和深化。

具体说来,明代美学思想的发展大致可分为前后两个大的时期:第一个时期,从洪武到隆庆;第二个时期,从万历到明灭亡。明代审美意识的具体呈现则可以分为初、中期和晚期。明代初、中期应该是中国古代文艺美学思想发展成熟的阶段,中国古代文人的审美意识趋于老成,如果说在此之前美学思想的重点在于对"意境"与"韵味"的探索,那么这一时期则突出地体现为对主"情"主"理"与抒写"性灵"的深思。有明一代,美学思想具有以下几点重要取向。

一 儒道释的融合

明代,儒道释合一的思想贯穿始终,"三教同源"或"三教合一"。其时,如果"儒"不通释典,不研老庄;"释"不通孔孟,不晓经史;"道"不了性命,又不明治世的道理,那就叫做"固陋",强调以佛治心,以道治身,以儒治世。认为,圣人同其性,则广为道德,人能同诚其心,同斋戒其力,同推于人,则可以福五亲,可以资吾君之安天下。老子"道"与佛教的"真如""佛性"和理学家的"天理""良知"相似,都具有形上的意味,应该说,正是在此意义上,儒道释并行而不相悖。

儒道释的融合,决定了作为中国古代文艺美学思想史后期的明代美学的基本诉求。这一时期,庄园土地所有制终于排挤了国家土地所有制而居统治地位,整个古代社会进入发展的后期,而反映在统治思想上则是儒道释的合一。思想上的儒道释合一决定了宋明时期审美意识上的基本特点和典型的古代文人审美观的出现。它不仅在总体上突出地显示出不同于西方古代时期的中国审美特色,而且在看来相同或相似的侧面上也有着与西方相异的固有本色;不仅在典型的古代文人的审美观上突出了中国特色,而且在非典型的各种形态的审美意识上,也同样表现出民族所特有的习性。宋明之时,不论是寓意于物的观点,还是对平淡、意趣的追求;不论是融以往各种对立美学思想于一体的认识,还是表现为以某种思想为主的流派,都在不同程度上打上了儒道释合一的深刻烙印。

在此基础上,文艺审美思想进一步冲破了儒家传统观念的束缚,"美"的相对独立性在理论上得到承认。人们对"文"与"道"关系认识的变化,体现了美在文艺审美中地位的变化和人们对艺术本质,艺术与政治伦理关系认识的转变。这些关系的变化集中地反映为从"文道合一"到"文道两元"的思想发展,即"文"从包涵、束缚于"道"至脱离于"道"而具有相对的独立性。应该说,"文"与"道"关系的变化,在中国古代始终是同儒家思想、儒家之"道"的意蕴变化及其在统治思想和文艺思想中的地位密切联系在一起的,并和道家等不同思想对儒家"文道"观念的冲击有关,"文道"的内涵及其关系的变化具有时代性意义。这种变化最初应该是从中唐以后开始的,大体上完成于北宋。北宋年间,以欧阳修为代表的诗文家发起诗文革新运动,反对怪奇与浅俗鄙俚的文风,强调文章写作应该追求质朴、平易、简洁与返璞归真,要求诗文创作必须平易舒畅、浅显易懂;意象营构应平易明晓,自然稳顺,化用典故必须不露痕迹,推崇言外之意,要求含蓄蕴藉,意境隽永,意味无穷。在"文"与"道"的关系上,则认为"道不远人"与"文""必与道具",重"道"而不轻"文"。到苏轼则从理论与诗文创作实践中加以进一步强调,最终实现了诗文创作的这一变革。苏轼不仅从文艺实践上改变了以往儒家传统的"文"与"道"的关系,而且从理论上明确将"文"与"道"分成两个本源。"文"与"道"两元的出现,说明"文"终于摆脱了儒家传统之"道"的直接束缚,走向与政治伦理间接联系的独立之路。在宋代,与此有关的认识还有"无美不传,与情理无关"等思想,它们从不同的角度阐明了文艺审美中美的相对独立性。

二 从意境到韵味

宋元时期的审美重点在于"韵味",其主要原因有以下几点。一是从"意境"到"韵味"是审美意识发展的必然。随着"意境"探索的深入,人们感到仅仅从创作者的主与客、心与物的关系进行研究是不够的,还必须进一步从欣赏者的角度,从观赏与创作相应和的角度去探索,即将文艺的作与观、生成与反响结合起来。在唐末已明显地表现了这种趋势,到了北宋则继续发展,并进行了理论上的概括。二是韵味的产生与发展,这与唐末至宋元明重"枯淡""自然"密不可分。"枯淡""自然"的"意境",大多兴平而曲长,少激荡之情而多摇曳不尽之意,因此,就一般而言,大多数诗文家对"韵味"的追求与提倡往往着眼于"平淡"与"自然",而忽略了"平淡"与"自然"中必须具有浓厚、隽永的意味;只有达成神理无声,言辞无迹,意在言外,无痕有味,才是气韵生动,"韵味"十足,意味深长,意旨高远的不朽之作。三是"韵味"的出现与创作者对传达过程中技巧与手法的巧妙运用以及认识的深化有关。这是因为传达与表现手法的了无痕迹与创作者炉火纯青的技巧,在作品中往往表现为由最初的刻意雕琢到后来的自然而然的过程,在风格上则趋于平淡、趋于自如。与此同时,伴之而来的则是隽永的、无穷的"韵味"。四是儒道释的合一。这应该是"韵味"得以发展的哲学思想基础。道家思想对文艺创作与欣赏的渗入,削弱了儒家之道对文艺的束缚,对自然含蓄风格,朴素清新"意境"的探索和追求起了巨大的推动作用;禅宗思想的渗入,禅学与诗画等艺术的内在结合,对物、心、手关系认识的影响,使"韵味"成了儒道释相融的审美意识中不可缺少的内容。从钟嵘、司空图、苏轼、严羽等人所阐述的有关韵趣、兴味内容的变化中,我们可以看到儒道释相融合的过程。五是对审美创作构思活动规律认识的深化。宋代儒道释的结合在直接影响"意境""韵味"美学思想深入与发展的同时,也进一步促进了文艺创作思维活动认识的深入。这种促进主要体现在"观"与"悟"两方面,即"观物"说与"妙悟"说。观物说不仅表现在道学家们的哲学思想中,也反映在诗画家们的艺术思维中。后者不仅把一定的"观物"说和重视艺术作品的审美价值,推崇气韵天成、韵味清高、超然清润、无迹可求的审美诉求具体地结合起来,把其看做审美创作构思流程的一个不可或缺的环节,而且把相互对立的"以我""以物"和"以理"等审美活动中的"观物"相互融合。宋代的"以牛观牛""身与竹化""于动静中观种种相",既把握了"百物之一性",又看到了"一物之百形";"莫先求理""理不必求于形似之间""于物无相""泉石在胸""随机制造""随遇成形"等观点,都在不同程度上受到观物说的影响。至于"妙悟"说,主要受到禅宗的影响,它深化了"师心"认识,同时也带有一定的消极因素。六是自然审美意识的深入。中国古代文人自然审美意识自春秋至宋元明凡经三变,即比德—畅情—情理相融。情理相融是中国古代自然审美意识生成与深化的结晶,也是中国古代社会文化的产物。其核心以儒家自然审美意识为精髓,吸收了道释有关审美意识,进一步将政忙与心闲、出世与入世、山林之乐与富贵之乐汇成一体,熔铸成一种融情于景、寓意于物而又不留意于物的审美心态和自然审美意识,并突出地体现在文艺审美创作活动与文艺审美意识之中。游历山川与闲居庄园园林的结合是古代末期自然审美的又一特点。它使士大夫不离都市或住地而能享受自然之美,使追求自然之乐与享受富贵、维持忠孝的心理矛盾得到一定的缓解。

　　同时,明代自然审美意识的进一步深化还与其时山水画的发展关系密切。就整个中国文艺美学史看,自从山水画出现以后,其发展过程及其状况就一直是考察人与自然山水间关系以及自然审美意识的一个重要参照对象。应该说,明代之前,唐宋时期,中国古代的山水画就已经发展到兴盛阶段,如明代以后的绘画美学家大多数都推举王维为水墨山水画之祖。其实盛唐时期的吴道子就已经确立了水墨山水画的艺术形式。《历代名画记》记载,吴道子"因写蜀道山水,始创山水之体,自为一家"。而唐初的山水画家李思训则有"金碧山水"。可以说,山水画的审美创作与审美鉴赏活动一直就是古代文人借以表现其自然审美意识的一门艺术,优秀的山水画作品往往或萧疏淡远,山谷郁盘,云水飞动,或"意境"幽深,天趣自呈,令人回味无尽,显示了中国古代自然审美意识的成熟。当然,宋元明时期,尤其是有明一代,自然审美意识和艺术审美意识相互作用、相互影响,除表现于山水绘画以外,还表现于诗、文、小说等文学领域,其美学思想深受自然审美意识的影响。除此之外,以怪奇为美认识的空前深入也是这一时期自然审美意识发展的一个特点。在宋元明各代,许多古代文人不仅明确地把怪奇的自然审美与一定的政治、心理、情操相联系,而且初步形成了一定的理性认识。

三 "师物"与"师心"

明代的一些文艺美学思想家在不同程度上吸取先前审美观念的基础上,进一步丰富与深化了以往师造化,师自心以及二者相统一的认识。徐渭一方面强调外见,重力行,另一方面要求"内有",重"忿郁",在这种外内结合的基础上,将"阳明心学"思想进行了改造,使审美创作从偏于"师心"走向"师物"与"师心"的统一,从而深化了有关意境、韵味的认识,诗文创作思想上"师心"与"师物"的争论也得到沿革,并进一步向"师心"的深处发展。诗文家从文或诗等不同的角度,在不同程度上体现了"师心"与"师物"的相异之见,就其主要倾向而言,主要表现为"师心"之论。这种"师心"倾向部分地、深入地发展了有关审美创作构思中"意境""韵味"营造的认识,从而充分发展了古代美学思想。但这种倾向反对"师物",夸大"心"的作用,甚至将"心"看做创作之源,以及面向过去推崇"遵古""复古""拟古",以古为准,忽视对真情实感表达的审美实践,反对非中和的审美意识,强调"养气"

在于内等，则明显地表现了偏激的一面。

明代后期是中国古代文艺美学又一次大发展大变化时期，也是其概括总结的时期。中国古代文艺美学思想之所以在晚明时期打破了南宋以来发展缓慢甚至局部倒退的局面，就是因为于时代的经济和政治的变化。这种变化与春秋战国时期的变化遥相呼应，一始一末，有类似之处。由于此时出现了资本主义经济的萌芽，加之明代理学、吏法的严酷统治，民族的危亡和清朝贵族的统治，以及哲学、艺术等文化背景的不同，这次巨变又带有不同于以往的特殊色彩。这一时期，古代非中和的审美观点发展到了顶峰。这不仅表现在与中和明确对立的理论概括以及把时运兴衰与矛盾激化联系在一起的认识上，也反映在一改以往个人失意的哀怨为整个时代、整个阶层的怒吼上。随着时局的动荡，其反映之激烈超过以往任何时期，并带有浓厚而鲜明的人文主义色彩。这一时期，不能自已、不顾一切的哀怨、呼叫、恸哭之音上升为审美诉求的主调。在这个时期里，创作中突出地强调"情至"，欣赏中尤其重视"动人""情至"即合礼义，"动人"即为兴观群怨。其基础建立在对情性，美感的普遍性认识之上，这些观点反过来又深化了这种认识。如果说，春秋战国时期对美感普遍性的认识和俗乐的发展密切相关，那么，这个时期的认识则和小说戏曲审美发展中的雅俗结合密切相关。这种雅俗结合的发展是对艺术创作与欣赏中仅为少数文人韵士所占有状况的一次巨大的冲击。与时代特点相呼应，在明末清初以"动人"为审美评价的主要尺度中，曾经出现了"惊心动魄"等警悟型的美感类型。在这个时期，人们对形象思堆的特点意蕴有了空前深刻的认识。其突出成就主要表现在情与景、情与理的关系和作品中人物个性的塑造上。前者经过以往长时期的曲折发展，至清初形成了比较全面深入的认识，大大提高了人们对艺术、艺术美、意境、韵味的见解。与此同时，随着小说欣赏与批评的开展，人们对作品人物典型化认识有了十分明显的深入，从而充实了中国古代形象思维的理性认识。就审美创作者个体而言，主要有两方面的意蕴：一是作家创作应具备的精神条件，二是对创作中"自我"的独立自由的强调。这种强调是时代的要求，也是文艺发展的要求。它与主情说密切相连，成为主情说的核心意蕴。"宁为狂狷，不为中行""我之为我"，不为古、法、物所役而"兼并古人"等呼声此起彼伏，激荡于晚明的天空中。随着审美认识的发展，这种认识的基础就由

"师心"或偏于"师心"的倾向进而走向"师心"与"师物"的高度统一，在全面深刻地理解物我关系中突出了作者自由独立的审美意识。与此相联系，有关创作过程中形象思维的认识及其表现技巧手法也得到了空前丰富的发展。这个时期，真、趣、幻、奇成为时代的审美要求，它们相互关联，从不同的角度突出了主情说的特点在于"幻""奇"的反常，受这种文艺美学思想的支配，则是对真情抒发的要求与强调。创作者的怨忿之情发泄无遗，以及对现实黑暗的揭露与批判，二者交汇在一起形成一股潮流。这个时期，一方面是哲学方面"理学"与"心学"思想在发展中相互吸收，另一方面是美学史上各种对立思想，如"师物"与"师心"、中和与非中和、重情与重理、雅与俗等的相互渗透，这为古代文艺美学思想的总结，提供了进一步发展的思想基础。

四 主"情"尚"理"

明代初期，从社会底层打拼出来的朱元璋强化中央集权制，尊奉"程朱理学"，以之为占有主导地位的官方思想，以六经为本，训导文化教化方面的事务。受此制约，在文艺创作方面，坚持"文以载道""借物明道"[1]，这一台阁风气窒息着士人们的艺术创造精神，人人以议论为诗，用韵语直论义理构成了明初一个特殊的文艺审美创作现象。诗文创作以有"理趣"为美，绘画创作则以"深造理窟"[2]为荣，诗人与画家都推举"借物明道"，以之为审美诉求。在这种风气的熏陶下，即使是诗文大家、文坛巨匠，也不能脱俗。当然，其审美风尚也表现出和以前有所不同的地方。比如，就普遍现象来看，一般的文艺理论家与诗文家对理学思想的奉行已经没有那样自觉，以"理"入诗的创作现象也不再是主流。不少诗文家提出"主情""贵情"，并且对以"理"入诗的宋诗传统进行了严厉的抨击。"主情""贵情"的审美诉求逐渐成为主流，占了上风。当然，这中间有一个从"明道"到"主情""贵情"的过程。

大体上看，明代初年"明道"的诗文创作思想占主导地位。如"明

---

[1] 罗大经：《鹤林玉露》甲编卷六。
[2] 《宣和画谱》卷十四评张南本之语。"理窟"一词，为理学语，意指义理的渊薮，富于才学。张载著有《经学理窟》一书。

初三子"之一的宋濂就认为,"诗乃吟咏性情之具",主张诗文审美创作应该师心自任,"出于吾之一心",同时又强调指出,"文之至者,文外无道,道外无文",主张诗文创作必须"明道",认为"大抵为文者,欲其辞达而道明耳"①。他在其时的诗文界处于领袖地位,因此他所提倡的诗文审美创作思想具有极为重要的作用,主导着诗文创作的审美时尚。他的学生方孝孺就坚决奉行其诗文创作思想,并且加以广大和弘扬,提倡"明道"观点,说:"凡文之为用,明道、立政二端而已。"又说:"师其道而于文者,善学文者也;袭其辞而忘道者,不足与论也。"② 在他看来,缺乏"明道"精神,不能经世致用的诗文创作是"不足与论"的。这以后一直到明代前后七子倡导"主情""贵情"说,"明道"诗文观才受到冲击。就诗文美学思想看,前后七子在"主情"与"尚理"的问题上也显得有些纠结,有些摇摆不定,其状态比较矛盾,既"主情",同时,其内核又有着崇"理"的倾向。不过,一般而言,在古代文艺美学思想史上,都认为前后七子属于"主情"与"贵情"派。从其主导诗文界近百年的历史中,几乎没有人再提倡以"理"入诗的情况也反映了其诗文观的倾向性。当时,只有不在主流话语之中的杨慎还坚持"尚理",并敢于开诚布公地宣称自己的诗文美学思想属于"尚理"一派,提倡"人人有诗,代代有诗"论。在《升庵诗话》卷四中,杨慎曾经针对诗歌创作史说:"唐人诗主情""宋人诗主理"。在他看来,不少以"理"入诗的诗句,情理兼备,意蕴深长,一点也不比主"情"诗差。如他在"刘原父《喜雨》诗"条下评论云:"此诗无愧唐人,不可云宋无诗也。"又如他评论文与可的八首诗,对其赞不绝口,强调指出:"今曰'宋无诗',岂其然乎?"表现了他自己既"尚理"又"主情"的诗文审美创作观。应该说,杨慎这种对"唐诗主情""宋诗主理"的不偏不颇、兼容并包的诗意化态度,体现了明代文艺美学理论家思想观念的某种进步。

应该说,就有明一代的文艺美学思想看,从"前七子"李梦阳、徐祯卿,"后七子"谢榛、王世贞,提倡"因格立情""因情立格",再到"发之性灵"的公安三袁,才确立了"主情""贵情"的主导地位。三袁

---

① 宋濂:《徐教授文集序》《文原》。
② 方孝孺:《与郭士渊论文》《刘氏诗序》《张彦辉文集序》。

中的袁宏道成就最为杰出,思想激进。他抨击"复古"派食古不化、句拟字摹,"剽窃成风,众口一响""不在模拟,而在无识"。他推重"独抒性灵,不拘格套"之作,主张诗文创作应该表现个性和呈现真情,认为"出自性灵者为真诗",而"性之所安,殆不可强,率性所行,是谓真人"①,是"真人",才可能创作出"真诗",不是从自己胸臆中流出,则不要创作。在"公安派"看来,"情"必须"真","真者精诚之至。不精不诚,不能动人"。同时诗文创作必须要有创新精神,应当"言人之所欲言,言人之所不能言,言人之所不敢言"②,诗文创作,是"灵窍于心,寓于境。境有所触,心能摄之;心欲所吐,腕能运之""以心摄境,以腕运心,则性灵无不毕达"③。只要"天下之慧人才士,始知心灵无涯,搜之愈出,相与各呈其奇,而互穷其变,然后人人有一段真面目溢露于楮墨之间"④。"人人有一段真面目溢露于楮墨之间"是其文艺美学思想的精要所在。他们从反对前后七子复古模拟之风的立场出发,主张诗文创作的创新性。对此,他们旗帜鲜明,立场坚定,力挺"宋元"诗文,说:"世人卑宋黜元,仆则曰诗文在宋元诸大家。昔老子欲死圣人,庄生讥毁孔子,然至今其书不废;荀卿言性恶,亦得与孟子同传。何者?见从己出,不曾依傍半个古人,所以他顶天立地。今人虽讥讪得,却是废他不得。"⑤"见从己出",所以"顶天立地"。这种对"宋元"诗文创作的肯定,已包含着对"宋元"诗人以哲理为诗、以议论为诗的肯定。这看似有些过激,但就提倡学习古人"真法"而言,特别是将宋元诗看做一种"见从己出,不曾依傍半个古人"的独创,乃是相当明慧的。

五　出于真情则工

在主"情"尚"理"的同时,明代诗文家特别推崇"真情",要求诗文创作必须要有真情实意,发自内心,力求自得,"见从己出",没有任何外力的作用,不着痕迹,给人"色里胶青水中味"之感。意蕴蕴藉,

---

① 袁宏道:《识张幼于箴铭后》。
② 雷思霈:《潇碧堂集序》。
③ 江盈科:《敝箧集序》。
④ 袁中道:《中郎先生全集序》。
⑤ 袁宏道:《与张幼于》。

含蓄隽永，意在言外，"诗外之旨""句中之禅"，耐人寻味，本于自然。所谓寓情入景，情景相融，诗禅相契，提倡"味外之味"，大美无言，大象无形，随缘任运，寓目辄书，提倡"真法""真精神"，强调本心本性的呈现，独抒性灵，强调审美活动中人的自然性情的抒发。如薛瑄云："男女之欲，天下之至情；圣人能通其情，故家道正而人伦明。"① 直接肯定"男女之欲"，认为男女之情是"天下之至情"的体现，"圣人"就极为重视这种发自自然人性之"情"，注重这种"情"的宣泄，尊重自然人性，因此才政通人和。在《读书录》中，薛瑄还论及诗文创作中的"真情"。他强调指出："凡诗文出于真情则工，昔人所谓出于肺腑者也。如《三百篇》、《楚词》、武侯《出师表》、李令伯《陈情表》、陶靖节诗、韩文公《祭兄子老成文》、欧阳公《泷冈阡表》，皆所谓出于肺腑者也，故皆不求工而自工。故凡作诗文皆以真情为主。"② 只有"真精神"与"真情"的流露，才"工""出于肺腑者"，才"不求工而自工"，这乃是诗文审美创作的最高境域。为了加深自己的观点，他还列举了诗文审美创作实践史上的经典名篇以印证诗文工拙及艺术水平高下皆系于"真情"。前后"七子"与"公安派"都主"情"，主张重视情感，强调"因情立格"。如"前七子"之一王廷相标举"元气"一元论。他在《雅述》上篇称："元气之上无物，无道，无理。"③ "物""道""理"尽皆生成于"元气"。针对"理气"二元论，他指出："理根于气，不能独存也。"④ 可以说，在他看来，"理"就是"气"，不能二分。"程朱理学"依据"天理"规定"人性"，将道德法则与"人"的自然生命分开来看，认为前者在后者之上，而王廷相的"气"一元论则肯定生命之气与"道德法则"是一体的，"气"具有根本的、基础性的地位，换言之，"伦理道德之性"就是"气质之性"，就是"自然性情"，由此为"七子派"与"公安派"以及李贽和袁宏道的思想奠定了哲学基础。

杨慎也力主"真情"。在文艺美学思想方面，杨慎受李东阳的影响很深。并且，在贬谪云南之前，他与何景明有很好的交情，交往比较多，经

---

① 薛瑄：《读书录》卷八，文渊阁《四库全书》本。
② 薛瑄：《读书录》卷七。
③ 《王廷相集》，中华书局1989年版。
④ 同上。

常与之一起谈论有关诗文创作方面的问题。但杨慎对李东阳、何景明等人的观点有赞同也有反对。他不主张专崇盛唐，而提倡上溯汉魏六朝及初唐，从中吸收精华。推崇自然清丽之风，独标一帜。杨慎曾经写过《性情说》和《广性情说》倡导"性情"，依据《易》与《书》的理义为"性情"作申辩，以为"性"与"情""合之则双美，离之则两伤""举性而遗情，何如曰死灰；触情而亡性，何如曰禽兽"①。尽管是"程朱理学"传统哲学命题的延伸，其中还有对男女情欲的警戒之心，但从中仍然感受到对"情感""情性""情欲"的张扬。应该说，这种张扬正好是"七子派""真情"诗文观的思想基础。以李梦阳、何景明为代表的"前七子"的兴起，与其时诗文界兴起的反对"台阁体"和"性气诗"之风密切相关，可以说，"台阁体"所倡导与实行的"四平八稳""雍容富贵"的诗文创作，正好成为触发注重"真情"诗文创作思想的现实契机。

　　薛瑄等人提倡"真情"，以是否表现"真情实意"为诗文创作杰出与否的前提，与此相应，"七子派"在设定诗学审美价值时也将"情"，即有无"真情"流露作为重要因素。如果说"高格"为"七子派"的诗学审美价值之维，那么"情以发之"则被视为首要前提。李梦阳《潜虬山人记》云："夫诗有七难：格古、调逸、气舒、句浑、音圆、思冲、情以发之。"② 这里所标示的"七难"作为典型的格调论诗学理想观点被经常引述，从中亦可以看出格调论与主情论的统一。除了对高逸之格调的追求外，七子派也把情感饱满的率真之作视为最有格调者，而否定那些以理为主、出之有意的创作。李梦阳将重情诗观作为格调论的一部分，可以看作对前期理学家重情思想的诗学转换。这方面的代表性论述是他的《梅月先生诗序》："情者动乎遇者也。幽岩寂滨，深野旷林，百卉既痱，乃有缟焉之英，媚枯、缀疏、横斜、欹崎、清浅之区，则何遇之不动矣。是故雪益之，色动，色则雪；风阐之，香动，香则风；日助之，颜动，颜则日；云增之，韵动，韵则云；月与之，神动，神则月。故遇者物也，动者情也。情动则会，心会则契，神契则音，所谓随寓而发者也。梅月者，遇乎月者也。遇乎月，则见之目怡，聆之耳悦，嗅之鼻安。口之为吟，手之

---

① 杨慎：《升庵集》卷五，文渊阁《四库全书》本。
② 李梦阳：《空同集》卷四十七，文渊阁《四库全书》本。

为诗，诗不言月，月为之色；诗不言梅，梅为之馨。何也？契者会乎心者也。会由乎动，动由乎遇，然未有不情者也。故曰：情者动乎遇者也。"① 郭绍虞等现代论者常引用这段话作为李梦阳论诗主情的佐证，一般仅引述开头和结尾部分结论性的抽象表述，而开头和结尾所表明的仅仅是"主情"的姿态，诗学探讨不能就此止步。这段话的核心是"情者动乎遇者也"，这里的"情"不是日常情感，而是一种"诗情"。现代文学理论在西方浪漫主义观点的影响下，以为只要有饱满的情感，就可以有顺畅而高妙的创作；或只要把七子派重情或主情态度揭示出来，以彰显与"公安派"的一致性，就可以确立七子派诗学思想的历史价值。"公安派""独抒性灵，不拘格套"被理解成"重情"诗观的落脚点，这种先入之见显然低估了七子重情诗观的诗学价值。李梦阳的论述结合历代咏梅诗的创作而展开，认识到诗情发动来自心神与物的相遇相契，亦即刘勰所谓"神与物游"②；当然与物的相遇相契亦需要有一定的诗性人格作为前提，如写出著名的"疏影横斜水清浅，暗香浮动月黄昏"的林逋与黄昏月下梅花的相遇相契是因为："身修而弗庸，独立而端行，于是有梅之嗜，耀而当夜，清而严冬，于是有月之吟。"结论是"故天下无不根之萌，君子无不根之情，忧乐潜之中，而后感触应之外，故遇者因乎情，情者行乎遇，於乎！"③李梦阳的这段话正如他文末的感叹，实属激愤之言。《论学》下篇云："'程朱理学'兴而古之文废矣，非'程朱理学'废之也，文者自废之也。古之文，文其人，如其人便了如画焉，似而已矣。是故贤者不讳过，愚者不窃美。而今之文，文其人，无美恶皆欲合道传志，其甚矣。是故考实则无人，抽华则无文。"④这段貌似批判宋人，实际上是在影射明前期以歌咏圣德为主的台阁体和以空谈道德性命为主的性气诗。台阁体和性气诗表现出一种优雅空泛的贵族情调，并不是由现实境遇触发出"情"，于是"情迷调失"⑤，了无生趣，主要是因为没有从现实境遇中激发情感，并结合现实物象将情感艺术地呈现出来。李梦阳的"重情"诗

---

① 李梦阳：《空同集》卷五十一，文渊阁《四库全书》本。
② 刘勰：《文心雕龙·神思》。
③ 李梦阳：《空同集》卷五十一，文渊阁《四库全书》本。
④ 李梦阳：《空同集》卷六十六，文渊阁《四库全书》本。
⑤ 李梦阳：《空同集》卷五十一，文渊阁《四库全书》本。

观所倡导的是一种文如其人的真情表达，反对空谈性气、雍容华贵的平庸之作。那么他对"情"也不是空泛而谈，以为诗人有基于身世境遇的情思，然后借与特定现实物象的相契相遇而抒发出来，此即"忧乐潜于中，感触应之外"，实现一种能够充分彰显诗人创作者个体精神的创作。这是太史公"发愤著书"和陆机"诗缘情"以来的优良诗学传统的张扬。如果将这些观点置于中国文学传统中看，属于老调重弹，并无特出之处。而这些观点为今人所重视，实则出于对七子派想象过低。20世纪一些学者在激进革命思潮的影响下，总以为复古就意味着保守、僵化和倒退，当他们带着复古倒退、摹拟抄袭之类的前见审视七子诗学言论时，却意外地发现七子派居然也有重情和民间性的一面，而这些恰恰又是人们印象中"公安派"的特征，就感觉很突出、很重要。其实这是任何一个具有真诚创作姿态的诗歌流派都应具备的。

"主情"，注重"真情"的表达既然应建立在与相应景物和现实相遇相契的基础上，"比兴"就成为一种技术规范。李梦阳《秦君饯送诗序》云："盖诗者，感物造端者也……故曰言不直遂，比兴以彰，假物讽谕，诗之上也。……故古之人之欲感人也，举之以似，不直说也；托之以物，无遂辞也，然皆造始于诗。故曰：诗者感物造端者也。"① 关于"比兴"，李梦阳显然与汉儒和白居易有别，并不在意其中所蕴含的经国纬俗的微言奥义，而恰恰在意其"感物造端"，因物起兴，也就是钟嵘《诗品序》所强调的"指事造形，穷情写物"，即指事通过造形，穷情借助写物。而"造形"和"写物"强调情事表达借助一种形象的方式。英国诗人艾略特指出："用艺术形式表现情感的唯一方法是寻找一个'客观对应物'；换句话说，用一系列实物场景、一连串事件来表现特定的情感。"② 很恰当地揭示了诗歌艺术之诗意生成总要借助于一系列物象的关联来实现。西方文学理论对诗歌艺术很注重"隐喻"，这一方式其实就是以物喻情，在情与物之间建立一种意义对应关系。刘勰云："物沿耳目，而辞令管其枢机。"③ 如果我们把意、象、言三者作为诗意构成的三大基本要素，而把

---

① 李梦阳：《空同集》卷五十二，文渊阁《四库全书》本。
② 艾略特：《艾略特诗文集》，王恩衷编译，国际文化出版公司1989年版。
③ 刘勰：《文心雕龙·神思》。

语言作为诗意实现与转达的最终机制，那么在"意"与"象"两者之间，到底哪一者更适合言的表达？实际上刘勰无意间已道出了其中的奥秘：在诗歌创作中，物象最适合于辞令的表达。创作的极致状态就是物象在想象中"昭晰互进"，与之相应的则是"沈辞怫悦，若游鱼衔钩，而出重渊之深；浮藻联翩，若翰鸟缨缴，而坠曾云之峻"①。这样，"比兴之义"在七子派那里并不在于张扬现实讽喻及教化价值，而导向意、象、言三者的契合与自然灵妙的表达。"比兴"作为一种技术规范就是对真情的抒发"托之以物，不直说也"。诗歌通过物象建构，将读者带入某种含蓄蕴藉的境界体验。李梦阳等人诗歌抒情程序的设计与阐发显示了充盈饱满的诗学内涵，这是"公安派""独抒性灵"论所不具备的。

　　作为后七子之一，谢榛在《四溟诗话》开篇第一条中讨论"高古"，引入"性情"二字也为匡正时弊，指出："《三百篇》直写性情，靡不高古，虽其逸诗，汉人尚不及。今之学者，务去声律，以为高古。殊不知文随世变，且有六朝、唐、宋影子，有意于古，而终非古也。"②所谓"高古"，为唐宋诗学常用的一个范畴。《二十四诗品》有"高古"一品，黄庭坚评陈无己诗，"语极高古"③。严羽《沧浪诗话·诗评》评阮籍《咏怀》诗："极为高古，有建安风骨。"明代一些学诗者望文生义，以为"高古"就是像古体诗那样不必属对，务去声律，其实这依然属于对形式的有意关注。谢榛以《三百篇》为例，将"直写性情"作为达到"高古"的根本条件，与李梦阳以"情以发之"统辖格调诸要素的观点一致。中国古代诗学主流是"言志""缘情"说，主张"情以物迁，辞以情发"④，所以谢榛、李梦阳"重情"诗学所重申的是传统主流诗学观念。"文随世变"，格律诗的时代，讲究声调格律，也未必不可以"高古"，只要能坚持"直写性情"这一根本，就可以达到理想的创作境界，而不在于废除格律形式而刻意学古。在七子派那里，真情与对古代优秀诗歌传统的继承和发扬是和谐统一的，并不像后人在"公安派""不拘格套"原则的指导下，以为讲格律、学习古人就是对真情的破坏。

---

　　① 陆机：《文赋》。
　　② 丁福保：《历代诗话续编》，中华书局1983年版。
　　③ 魏庆之：《诗人玉屑》卷十八引《王直方诗话》，中华书局2007年版。
　　④ 刘勰：《文心雕龙·物色》。

六 率真抒情：真诗在民间

由于对"真情"的推崇，明代的文艺美学家尊崇"里巷歌谣之作"，认为"里巷歌谣"，皆发自真情，真心实意，乃为"真诗"。这些诗作都是男女相悦，相与咏歌，各言其情，率真唱叹，真情真意。如七子之一的李梦阳，他曾经为中原地区一位商人的诗集作"序"，云："夫诗比兴错杂，假物以神变者也。难言不测之妙，感触突发，流动情思。故其气柔厚，其声悠扬，其言切而不迫，故歌之者心畅而闻之者动也。宋人主理作理语，于是薄风云月露，一切铲去不为，又作诗话教人，人不复知诗矣。若专作理语，何不作文，而为诗耶？"① 李梦阳一生喜爱民谣时调，在他看来，这些民间作品"比兴错杂，假物以神变"，具有"不测之妙"，这些表述实质上表现了他对自然灵妙的古代创作精神的崇尚。他遵从孔子"礼失求诸野"的遗训，以为"江海山泽之民顾往往知诗，不作秀才语"② "真诗乃在民间"③。村野之民，率性任心而发，真情流露，是为"真诗"。由于对"民歌"情有独钟，在评价《诗经》时，他甚至认为《风》诗要高于《雅》《颂》，说："或问：《诗集自序》谓'真诗在民间者'，风耳；雅颂者，固文学笔也。空同子曰：吁！黍离之后，雅颂微矣，作者变正靡达，音律罔谐，即有其篇，无所用之矣。予以是专风乎言矣。吁，予得已哉！"④ 雅颂式微，盖由于文人学子使之高居庙堂之上，酬唱应和，歌功颂德，丧失了真情实感，空同对此深感无奈，而他对民间歌谣却表示乐观，以为"情者，风所由生也"⑤，"风"的生命力正在于真情。《空同集》卷六著录民歌《郭公谣》一首，跋曰："世尝谓删后无诗。无者雅耳，风自谣口出，孰得而无之。"王廷相从四川广元溯流下阆中，受船夫所唱歌谣的启发，拟作男女情歌《巴人竹枝歌》十首，诗序称"夫妇之情，尤足以感人"，这些民间情诗"杂出比兴，形写情志"，

---

① 李梦阳：《空同集》卷五十二，文渊阁《四库全书》本。
② 李梦阳：《空同集》卷五十二《缶音序》，文渊阁《四库全书》本。
③ 李梦阳：《空同集》卷五十二《诗集自序》，文渊阁《四库全书》本。
④ 李梦阳：《空同集》卷五十二《论学上》，文渊阁《四库全书》本。
⑤ 李梦阳：《空同集》卷六十六，文渊阁《四库全书》本。

正可视为"诗人之辞也"①。显然生动地体现了七子派对村讴民谣之类的民间文学精神价值的崇尚。

当然,对古代优秀诗学传统的回应,使七子派"重情"诗观与"公安派"的粗豪浅俗有着根本区别。明初被誉为"开国文臣之首"的宋濂,一方面认为"诗乃吟咏性情之具""皆出于吾之一心",另一方面也反对一些作者师心自任,"阔视前古无物",其结果是所作诗歌"往往猖狂无伦,以扬沙走石为豪,而不复知有纯和冲粹之意"②。这说明诗歌以吟咏情性为原则,但也不能无视传统与规范。从这个意义上考察徐祯卿《谈艺录》"因情立格"说,则不难看出其"重情"诗观的中肯之处。徐祯卿首先为"情"定位:"情者,心之精也。情无定位,触感而兴,既动于中,必形于声。"③从诗歌创作意义上说,情感是诗人心灵的精粹体验,绝不是某种粗豪放旷的东西。更重要的是诗人之情必"形于声""故喜则为笑哑,忧则为吁戏,怒则为叱咤。然引而成音,气实为佐;引音成词,文实于功。"诗人的种种情感体验最终需要形诸语言,文学素养和语言才能是关键因素,所以,"因情以发气,因气以成声,因声而绘词,因词而定韵,此诗之源也。然情实眇眇,必因思以穷其奥;气有粗弱,必因力以夺其偏;词难妥帖,必因才以致其极;才易飘扬,必因质以御其侈。此诗之流也。由是而观,则知诗者乃精神之浮英,造化之秘思也"④。将诗视为精粹之精神所开出的花朵,直通天地自然之神妙。所以徐祯卿总是将"情"和"辞"结合起来描述和规划创作:"夫情既异其形,故辞当因其势。譬如写物绘色,倩盼各以其状;随规逐矩,圆方巧获其则。此乃因情立格,持守圜环之大略也。"⑤所以"因情立格"不是"因情废格","情"和"辞"在作家体验中是融合无间的,"随规逐矩,圆方巧获其则"。诗人之"情"还应包括对语言法度灵巧圆融的运用。前七子之一的康海也有"因情命思"说:"夫因情命思,缘感而有生者,诗之实也;比物陈兴,不期而与会者,诗之道也。君子所以优劣古先,考论文艺,于二者参

---

① 王廷相:《王廷相集》卷五十《观风河洛序》,中华书局1989年版。
② 宋濂:《文宪集》卷七《答章秀才论诗书》,文渊阁《四库全书》集部。
③ 徐祯卿:《谈艺录》。
④ 同上。
⑤ 何文焕:《历代诗话》,中华书局1981年版。

决焉。"① 显然在康海看来,"优劣古今,考论文艺"可以优化诗性体验,与诗道大有裨益。可见"因情立格""因情命思"虽然强调情感优先,却并不排斥对法度、规矩、诗艺的考论。

对于诗歌情感本质的重视,无疑是一种正确的文学观。由高格到真情,由"体格声调"到"兴象风神",由"字字句句"到"自迩超迈",是七子派在严羽诗学的启迪下对古代诗歌发展后期诗歌创作的规划。

七 对"主情"说的批判

与此同时,受正在演进中的心学思潮的影响,也出现了对主"情"说的批判思潮,如在心学创始人中,自王阳明而至王畿、罗汝芳甚至李贽,均有对情欲、情识持强烈否定的一面,如李贽批判儒者的"有欲",这也是心学得以与宋代理学在理论上沟通的主要方面。从"阳明心学"与当时社会心理之间的关系看,王阳明看到的主要是弘治以来由于世俗化倾向的加强,情欲主义、功利主义于整个士人社会的滥行,及"程朱理学"在治理这种世况时的敝陋与无能,因此希望站在人文学者的立场来拯救世俗的流弊,以便能在时代发展的方向上构筑出新的精神目标,及一套具有可操作性的话语系统。王阳明曾多次谈及其创立新学的动机是因为直接面对的是"盖至于今,功利之毒沦浃于人心之髓,而习以成性也几千年矣"②。思想家们也对其审美意识和精神世界作了学理的思辨探索和实践的总结。在此,我们尝试将那个英雄时代人们的审美意识和精神世界作一次原生态的还原与巡视。

第二节 "主情尚趣":审美诉求的转变

明代的审美诉求是五彩缤纷、异常丰富的,它存在于当时人们的行动中,存在于明代的政治、经济、文化等制度中,存在于作为其时代文明精华的诗歌、小说、散文、书法、绘画、彩陶雕塑、音乐舞蹈等文学艺术门类中。明代的审美意识和思想观念是开放的、自由的、宏伟的、多样化

---

① 康海:《对山集》卷四《太微山人张孟独诗集序》,文渊阁《四库全书》集部。
② 王阳明:《传习录二·答顾东桥书》,《王阳明全集》,上海古籍出版社 1992 年版。

的、积极昂扬而又富有创造性的。有明一代，除了李开先、前后七子等对主"情"尚"理"说进行过推崇外，到后期，则又产生了代表世俗儒者与世俗文人的一般倾向，其中如唐顺之、王慎中、焦竑、陶望龄、李贽等人即是当时有名的心学学者，归有光、徐渭、屠隆、汤显祖、冯梦祯、公安三袁等则肯定情感，主"情"。至汤显祖及其《牡丹亭》一剧，主"情"审美意识达到高峰。汤显祖主"情"仍主要指向个体的生命情感，特别是自然本能性质上的情欲，在此又格外重于深度心理的窥测，以此表示其主之"情"为"深情"。唯其"深"，故不同于过去的种种情感论，既非道德主义的伦理情感，又非单纯因景而感的审美情感及一些大大小小的日用情感，而是一种深邃的原始生命冲动。

从明代开始，审美领域出现了新的审美格局，这个新的面貌包括"主情尚趣""文心匠意""雅俗交融""继承新变"。

一 以情论文

中国古代文艺美学自先秦以来一直是以伦理为本位的，崇尚以理节情、情理统一；对审美个性及感性诉求虽不是绝对排斥，但总是以抑制为主的。但是到明代尤其是明中叶以后，随着城市经济的发展，中国传统的价值观念逐渐动摇，人们的生存意识和文化意识也受到了前所未有的冲击，新兴的人文主义思潮不断冲击着旧有的文化格局。"阳明心学"强调突出自我的价值，这股具有实学色彩的哲学思潮使明代文化迈出了新的步伐，李贽、汤显祖等人则致力于唯情主义的建设，这一切都使得明代美学能扣合当时文人的自省意识，大胆表露生命真情，高度肯定人的感性欲求，崇尚审美个性，对于情感在人的审美生活中所起的作用更是张扬到极致，形成了唯情主义的巨大浪潮。尤其是晚明，这是一个尊情、重情的时代，自称"有情人"是这个时期的时代风尚。在创作实践上，大量与传统美学大相径庭的美学观及创作实践出现了。诸如汤显祖的《牡丹亭》和兰陵笑笑生的《金瓶梅》，前者为"情"唱出了一曲感天动地的颂歌，后者为"欲"描绘了一帧空前未有的赤裸裸的彩色长卷。其他如"三言""二拍"都以对自然人性的大胆、率真的描写而为中国文学史写下了新的一页。

"主情""重情"突出地体现在以情论文方面。对于"情"一字，明代文艺理论家从"自然即当然"的启蒙主义观念出发，竭力为之辩护，认为它是合理的存在，人世间的一切理性道德，均应由此产生，并在此基础上进一步以"情"抗"理"。尤其是晚明时期的艺术家充分认识到凡是至美的文艺作品，都是饱含情感之作。所谓言为心声，画为心画，文艺是抒发感情最好的方式之一。汤显祖"因情成梦，因梦成戏"，故作"临川四梦"诸剧。王思任称其代表作《牡丹亭》说："其款置数人，笑者真笑，笑即有声；啼声真啼，啼即有泪；叹者真叹，叹即有气。杜丽娘之妖也，柳梦梅之痴也，老夫人之软也，杜安抚之古执也，陈最良之雾也，无不从筋节窍髓，以探其七情生动之微也。"① 何璧评《西厢记》也说其是"字字皆击开情窍，刮出情肠"。张潮说："《水浒传》是一部怒书，《西游记》是一部悟书，《金瓶梅》是一部哀书。"② 这三部奇书之奇，都在于其所表现的情感各有特点。显然这是在理论上对情感意义的高度重视。徐渭说："人生堕地，便为情使。"汤显祖提出至情论，情一字在其笔下具有冲破一切的力量，有了超越生死的界限，能使一切的不可能成为可能。他在《牡丹亭》中云："情不知所起，一往而深。生者可以死，死可以生。"又云："第云理之所必无，安知情之所必有耶。""情"之至极，可使人"生"，也可使人"死"。

明代艺术家将"情"提升到了前所未有的高度，将其视为人生和宇宙的本体。"情"一字贯穿汤显祖的整个艺术创作，其写《牡丹亭》的主要目的就是要赞美坚贞不渝的爱情，其感人肺腑的力量来自汤显祖"为情作使"的创作理念，情感既是创作的灵感，又是人生的表现对象，同时情感也是其作品打动人的武器。冯梦龙曾说："天地若无情，不生一切物。一切物无情，不能环相生。生生而不灭，由情不灭故。四大皆空设，惟情不虚设。"③ 可见，明清文学家对"至情人"形象的创作是有意识的，是刻意为情感表现服务的，其中杜丽娘堪称代表。

二 日用伦理之情

倡导日用生活中个人情感，尤其是儿女私情的表现。就中国古代文艺

---

① 王思任：《批点玉茗堂牡丹亭叙》，《汤显祖集》卷二《诗文集》，上海人民出版社1973年版，第1543页。
② 张潮：《幽梦影》。
③ 李梦龙：《情谒》。

美学史看，明之前的审美诉求也推重"情"的表现，但由于"程朱理学""存天理，去人欲"思想的作用，这种"情"多半是社会伦理内容占主要成分，或者是"情"与"理"相互统一，或者是以"理"为中心。这种"情"往往理性色彩很浓，社会性较强，如高尚的友谊，纯洁的爱情，笃厚的忠诚，淡雅的情怀等。我们之所以强调明代审美情感论的独特性质，是因为"情"这一字在这个时代有了新的元素。所谓"情"一字，摆脱了"程朱理学"的束缚，开始关注平民生活，比如人的衣食日用、男女私情等。如李贽就指出，"人欲"是人之本性，无可非议。他认为穿衣吃饭，即是人伦物理，不仅如此，他还将孔圣人搬出来，指出孔圣人难免要追求富贵享乐，说："圣人虽曰：'视富贵如浮云'，然得之亦若固有；虽曰：'不以其道得之，则不处'，然亦曰，'富与贵是人之所欲'。今观其相鲁也，仅仅三月，能几何时，而素衣麑裘、黄衣狐裘、缁衣羔裘等，至富贵享也。御寒之裘，不一而足；褐裘之饰，不一而袭。凡载在《乡党》者，此类多矣。谓圣人不欲富贵，未之有也。"① 同时，"重情"、"贵情"，肯定了"人"的自然情欲的合理性。何心隐肯定人的欲望诉求，说："性而味，性而色，性而声，性而安逸，性也。"② 这里所谓的"性"，应该就是"人"的个体之性。

明代戏曲小说等叙事性文学作品出现了大量对人物生活过程和心理活动的描述，意欲展现"人"的情欲之天然本质。例如佛道两教以看破红尘、斩断情缘相标榜，而晚明出现了不少描写僧尼、道士生活的戏曲小说，多集中表达了一个主题，即道心不敌凡心，即使得道的高僧老道，也抵御不住感官欲念的诱惑。譬如《五戒禅师私红莲》的故事，讲一得道高僧为妓女所惑，犯下色戒后羞愧自尽的故事，这一和尚犯戒故事先后收入《清平山堂话本》《古今小说》《燕居笔记》《绣谷春容》等流行读物中，可见时人之好。

三 重视审美情感的个体特质

重视审美情感的个体特质是这一时期审美取向一个方面的体现。这种

---

① 李贽：《焚书·答韦中宰》。
② 何心隐：《爨桐集》卷二。

审美意趣的提出以李贽的"童心"说为思想基础。李贽高扬人的个性：说："夫天生一人，自有一人之用，不待取给于孔子而后足也。若必待取足于孔子，则千古以前无孔子，终不得为人乎？"① 所谓天生我材必有用，要自信、自主、自得、自立。

除了对个体个性的肯定外，李贽还明确了童心的世俗意义，他指出童心就是真心，就是私心，就是俗心。与之相对的是成人的计算之心。李贽所谓童心就是俗心之说，是对宋代以来一直为士大夫所反对的市民欲望和市民趣味的肯定。私心就是人的个人欲求和个人目的，这是人行为的基础，连孔圣人也是如此，无论做任何事，只有清楚自己的个人欲求，讲出自己的个人欲求，才是真心，才是真人。正因为是以市民趣味为基础，所以李贽对新的文艺形式，譬如戏曲和小说，特别是其中的优秀作品，如《西厢记》《水浒传》等，进行了最充分的肯定。李贽的"童心"说在"公安三袁"里转为"性灵"说。这二者的共同点在于都倡言"真心"，注重"个性"，讲究"至情"或"惟情"。袁宏道对此进行了猛烈的抨击，直接指出："俗也无妨，露也不管：尝以贫病无聊之苦，发之于诗，每每若哭若骂，不胜其哀声失路之感，余读而悲之。大概情至之语，自能感人，是谓其诗可传也。而或者犹以太露病之。曾不知情随境变，字逐情生，但恐不达，何露之有？"又指出："今闾阎妇人孺子所唱《擘破玉》、《打草竿》之类，犹是无闻无识真人所作，故多真声。不效颦于汉魏，不学步于盛唐，任性而发，尚能通于人之喜怒哀乐嗜好情欲，是可喜也。"②在他看来，只要是"情至之语，自能感人"，"真人"自然"多真声"，必须"任性而发"，率真、自然，就是佳作。应该说，晚明时期，对个性自由的追求可谓是深入人心，以致不少学者、艺术家把它当做自己的人生理想，出现了一批所谓的狂人、豪杰、侠士，如徐渭、王艮、何心隐、李贽、"三袁"等，当时多是以放浪形骸的狂士闻名于世。对于他们来说，越是世俗礼法要求的，他们就越是厌恶，无论是对待艺术还是人生，他们都提倡无拘无束、放荡不羁的人生态度。他们食不厌精，醉酒嗜茶，不隐口腹之欲；好色纵情，狎妓蓄娼，不抑淫情肉欲。譬如袁宏道、张岱、范

---

① 李贽：《答耿中丞》。
② 袁宏道：《序小修诗》。

允谦、孙临这些文人墨客，均不隐其女色之好；冯梦龙的小说中，道德说教的成分是不少，但也处处流露出儿女情长。

四　尚趣，重视审美愉悦

中国古代文艺美学在论情谈美的时候往往绕不开一个"趣"字。其对"趣"的重视虽可上溯至魏晋，但将"趣"作为一个审美范畴特别加以论述还是比较晚的。比之明代，宋代讲"理趣"，其"趣"只是"理"的一个修饰。明代是一个尚情重趣的时代，"趣"一字在这个时代具有了独立的审美品格，对于明人来说，个人的情感与趣味是他们个性的展现，扼杀情感与趣味就等于扼杀他们的个性与人格。对审美趣味的强调在某种程度上意味着儒家的"教化"说有所旁落，而这正显出明代"虚构"幻想主义美学思潮的重要性质。这种审美性质的变化主要来自儒家意识形态的衰落，而体现市民审美需求的所谓"俗"文艺则应运而生，悄然崛起。即如袁宏道所强调指出的："人情必有所寄，然后能乐。故有以弈为寄，有以色为寄，有以技为寄，有以文为寄。古之达士，高人一层，只是他情有所寄，不肖浮泛虚度光景。每见无寄之人，终日忙忙，如有所失，无事而忧，对景不乐，即自家亦不知是何缘故，这便是一座活地狱，更说什么铁床铜柱、刀山剑树也？可怜，可怜！大抵世上无难为的事，只胡乱做将去，自有水到渠成日子。"[①]"人"必然有"情"，有了"情"需要宣泄，需要有所寄托。由此自然有与之相应的文艺创作活动的生成。

明人谢榛也明确将"趣"单独提出作为一个与"兴""意""理"并列的审美范畴，指出"诗有四格，曰兴，曰趣，曰意，曰理"。那么，什么是"趣"呢？谢榛举例说明之："陆龟蒙《咏白莲》曰：'无情有恨何人见，月晓风清欲堕时。'此趣也。"[②]

从其所举例子来看，为文强调"趣"，强调的是审美的愉悦性。袁宏道较为全面地论述了"趣"在多个层次上的重要作用。其一，"趣"是生命追求的极致，是人生的最大乐趣，如所谓："世人所难得者唯'趣'。"其二，对"趣"的把握在于只可意会不可言传，只能用心去揣摩体会，

---

① 袁宏道：《袁中郎尺牍·李子髯》。
② 贾文昭、程自信：《中国古代文论类编》，海峡文艺出版社1988年版，第339页。

没法用言辞具体地表达出来。正如袁宏道所说："'趣'如山上之色，水中之味，花中之光，女中之态，虽善说者不能下一语，唯会心者知之。"①其三，"'趣'，得之自然者深，得之学问者浅"。"趣"的获得必须随心任性，也就是说，"趣"之所得，只可偶遇，不可强行求得。如"童子"，即天真烂漫的儿童，"不知有趣，然无往而非趣也"。又如"山林之人"，其本性天然自然，"无拘无缚"，所以"虽不求趣而趣近之"。显然，这与李贽的"童心"说不谋而合。其四，"趣"与"理"不通，而是关乎人的性情、品格，即"入理愈深，然其去趣愈远"。可见袁宏道谈"趣"着眼于审美创作者个体的角度，是从感性情感层面谈趣味，而这种"趣"只有"会心者知之"。对此，袁宏道进一步指出："今之人慕'趣'之名，求'趣'之似，于是有辨说书画、涉猎古董以为清，寄意玄虚、脱迹尘纷以为远，又其下则有如苏州之烧香煮茶者。此等皆'趣'之皮毛，何关神情？"②"辨说书画、涉猎古董"，装模作样，假眉假眼，自然不知道"趣"的"神情"，而只知"皮毛"了。由此也可见明人对"趣"的认识是对诗文创作的审美愉悦效果的高度肯定。正是这种对审美趣味的高度重视给晚明文坛带来了新的活力与气息。

"趣"还是明代戏曲和小说评论中一个重要的美学范畴。容与堂本《李卓吾先生批评忠义水浒传》也运用了"趣"这一批评标准，可见当时文艺批评的特色。譬如其中《水浒传》第五十三回的批语中说："有一村学究道：李逵太凶狠，不该杀罗真人；罗真人亦无道气，不该磨难李逵。此言真如放屁。不知《水浒传》文字当以此回为第一。试看种种摹写处，哪一事不趣？哪一言不趣？天下文章当以趣为第一。"袁无涯本《李卓吾评点忠义水浒全传》的评点也看重小说的"趣"和"奇"，其评语中多处论及趣，说其是甚趣，谑得趣。说："此篇有水穷云起之妙，吾读之而不知其为《水浒》也。张顺渡江而杀一盗，杀一淫，此是极奇手段。作此传者，真是极奇文字，及请安道全，忽出神行太保迎接上山，此又机变之法，不可测识者也。嘻，奇哉。"

对此，当代美学家薛富兴说得好："明代又是一个小品文的时代，文

---

① 袁宏道：《叙陈正甫会心集序》。
② 袁宏道：《叙陈正甫会心集》。

人们往往能从日常琐事中有所感而有所悟，赋予日常生活以审美情趣。审美活动从传统的诗文书画等门类艺术转而为对日常生活本身的享受与体味。张岱的小品文《陶庵梦忆》和《西湖梦寻》等是作者对往日繁华的追忆，举凡风景名胜、世情风习、戏曲技艺、器具古玩，可谓是无所不记，并且重在对日常生活的对象、现象、事件的审美感受，其美感细腻丰富，精致独到。明代'世人所难得者唯趣。……夫趣得之自然者深，得之学问者浅。当其为童子也不知有趣，然无往而非趣也。……或为酒肉，或为声伎，率心而行，无所忌惮，自以为绝望于世，故举世非笔之不顾也，'① 此又一趣也。"明代还是一个文人画大发展的时代。董其昌等人崇尚的"士人"画或者说文人画，其基本的艺术风格是"简""雅""拙""淡""偶然""纵恣""奇崛"等，其美学精神则是崇尚个性、崇尚自由、崇尚自然。宋及宋以前论画都不太讲意趣娱乐。绘画被看做一件很严肃很重要的事，唐代张彦远说："宣物莫大于言，存形莫善于画。"又说："夫画者，成教化，助人伦，穷神变，测幽微，与六籍同功。"

还有宋代的郭熙、郭思父子也对画赋予或实现"林泉之志"或图画圣贤形象"指鉴贤愚、发明治乱"的作用。他们都认为"画之为用大矣"。到了元代，画中讲意趣的有所增多，到明代就相当普遍了。屠隆直言："意趣具于笔前。"说的是，作画由于笔墨技巧不同，落笔之后所得的情趣也就有别，有"物趣"也有"天趣"，"不求工巧而自多妙处"，所得就是"天趣"，"刻意工巧，有物趣而乏天趣"②。董其昌说得更明确："画之道，所谓宇宙在乎手者，眼前无非生机，故其人往往多寿。至如刻画细谨，为造物役者，乃能损寿，盖无生机也。黄子久、沈石田、文微明皆大耋。仇英知命，赵吴兴止六十余。仇与赵虽品格不同，皆习者之流，非以画为寄，以画为乐者也，自黄公望始开此门庭耳。"③

可见，明人论画讲的是生机和情趣。这一审美理念还影响了明代园林艺术和工艺美术的发展，文人的深度参与使得明代的园林和工艺美术的发展开始注重文学趣味，讲究高雅、含蓄、飘逸，具有浓郁的文人气息。

---

① 薛富兴：《元明清美学主潮》，《中州学科》2006 年第 11 期。
② 屠隆：《屠隆论画》。
③ 董其昌：《画禅室随笔》。

第三节　文心匠意：审美意趣的流变

　　明代文人一改中国传统文人重道轻器的形象，对工艺美术的影响和参与更为直接、广泛和深入。尤其是晚明文人对工艺美术极为重视。其时，出现一种对工艺美术品的收藏近于狂热的潮流，无论是商贾人家还是士大夫文人，都以收藏古董，收藏工艺美术品为一种艺术化生活情趣。如张岱就标榜自己，"好精舍，好美婢""好古董，好花鸟"。

　　晚明时期出现的这种对工艺美术的推崇与收藏热，与其时的审美时尚分不开。其时，所谓国家社稷、经国大业都于政治腐败中褪去原有的光彩。如天启皇帝本人，就将所有的兴趣都投入到木工活计上，将所谓开疆拓土、收复失地等都置之脑后，丢到爪哇国去了。与此相应的是朝廷中宦官专权、党争纷起、社会黑暗和官场腐败。明代中期尤其是到了后期，一方面由于政局黑暗，士大夫文人的理想抱负落空，儒生尤其是江南文士大多绝意仕途，转归市井求学问道。另一方面，更多的文人将自己的智慧和才学运用到家居生活上，以尽可能地使日常生活精致化、艺术化。于是饮酒赋诗，逍遥自在。他们往往淡漠功名，寄情于山水田园、钟鼎彝器、琴剑石印之间，热衷于收藏，关注工艺美术，将平凡的日子艺术化，也就是自然而然的事。

　　明代中叶以后，商品经济的繁荣为文人的雅居生活提供了丰厚的物质基础。这尤其集中体现在经济最为富庶，文化最为发达的江南地区。此一期间，商贸经济发展迅猛，城市文化的崛起，市场的扩展和商业的繁荣，使社会物质生活日趋充裕。江南到东南沿海的城镇，富商大贾云集。经济的发展促使江南地区的工艺美术产品日渐繁盛。隆庆开关之后，硬木家具走进人们的生活，以竹木雕刻为主的文玩器物受到了晚明文人的青睐，相对于资源稀缺的法书名画、金石碑帖而言，文房用品、桌椅几案更容易获得，扩大了收藏的范围。并且，晚明时期还出现了如高濂《遵生八笺》、屠隆《考槃余事》、文震亨《长物志》等有关收藏方面的美学思想的书籍，这无疑对收藏热起了推波助澜的作用。

　　由于工艺品备受青睐，能工巧匠的地位也得到了提高。张岱在《陶庵梦忆》中记载："竹与漆、与铜、与窑，贱工也，……而其人且与缙绅先生列座抗礼焉。"由"贱工"与"缙绅先生列座抗礼"可见，当时工艺美术品在人们心目中的地位。与以往相比，晚明文人更加追求精致、优雅的生活。从饮馔起居、冠服起用到居室庭园，一律讲究精致。书房中，必陈列铜鼎瓷瓶，悬挂法书名画，所谓堂前列鼎，堂后度曲，宾客满席，男女交欢，烛气熏天，珠翠委地，金钱不足，续以田土，簏中藏万卷书，书皆珍异。在艺术化的日常生活中，"品茶"与"焚香"是抒发性灵的最佳方式。在与竹木之属的茶具、文玩的接触中，体味回归自然的乐趣。据高濂《遵生八笺》所载，其时，有所谓"茶具十六器"之说，竹制者五，分别是竹筅帚、素竹扇、竹架、竹茶匙、竹茶橐。有"总贮茶器七具"，其中，竹制者四，即箸笼、竹篮、竹箱、竹编圆橦提盒。而"焚香"则以竹雕香筒为文人雅士所最爱。

　　文人书房中的文房用具更是艺术化生活的必备品。屠隆在《考槃余事·文房器具笺》一书中，一共列举了45种文具，包括笔格、笔筒、笔船、笔洗、水注、砚匣、墨匣、印章、镇纸、秘阁等文玩，如果再加笔墨纸砚，总数就达49种之多。而笔筒就是从晚明才"走红"的文具。文震亨《长物志》云："笔筒，湘竹栟榈者佳，毛竹以古铜镶者为雅。"从这里可见当时对"竹笔筒"的推崇。"紫砂茶具"也是因为文人的喜爱而风行于世。其时的士大夫文人不但收藏、订制，而且还自己动手制作茶壶。可以说。晚明文人对于艺术化生活的追求，在"紫砂茶具"中得到了充分体现。

　　应该说，晚明时期整个社会对工艺美术的重视与投入，以及对工艺品的赏玩与收藏，在中国古代审美文化史上是空前的。据高濂在《遵生八笺·燕闲清赏笺》中所记载，其时被文人士大夫视为"乐地"的所在，"明窗净几，焚香其中，佳客玉立相映，取古人妙迹图画，以观鸟篆蜗书，奇峰远水，摩挲钟鼎，亲见商周，端砚涌岩泉，焦桐鸣佩玉，不知身居尘世，所谓受用清福，孰有逾此者乎？"享乐休闲活动，包括"焚香"、观画、舞文弄墨、欣赏书法、把玩古董、抚琴吟哦等，也即"所谓受用清福"，成为一种时尚。

　　当然，这一切都应该得力于其时商品经济的发达和市民阶层的兴起，社会现实为文人士大夫贪图休闲享乐、追求艺术化生存铺就了人生舞台。尤其是晚明商品经济的发展和城市文化的发达，使得戏曲、出版和各类娱乐演出市场的消费需求很大，这也让更多的文人积极参与文化市场，以文治生。由于有了旺盛的市场需求，文人或潜心杂剧、传奇、小说的编撰、评点；或徘徊于山水间，编写旅行杂记；或参与园林、各类器物的设计制造；或成为职业的书画家，等等。他们不仅在传统的诗词曲赋上取得成绩，而且在服饰、园林、建筑、家具、瓷器、古玩等上也展示了过人的才华，这些本来为传统文人所不屑的"雕虫小技"成为明代文人知识结构的重要组成部分。经过长期积淀，他们往往以欣赏、把玩的视域来审视人生，以诗意化的、审美化的心理样态来观赏人生，从而将衣食住行这些庸常的琐屑之事审美化、艺术化。譬如园林建造、家具制造、器具制作、书画古玩等，都成为明文人施展才华的领域，他们的人生意趣，审美取向在这些领域得到了鲜明展现。而在审美评价上他们自然既要求满足适用之需，又体现文人意趣，崇尚"文心匠意""技艺精熟"。

明代文人在工艺美术品以及家居建筑、书法绘画、庭院建造等各种生活艺术方面所呈现出来的兴趣爱好，最终形成了一个消费文化体系。为了从理论上对这一切给予说明，万历以后，许多文人著书撰文，表达自己在工艺美术美学思想上的观点。晚明时期，更是出现了不少由文人撰写、专门记述工艺技术、园林艺术、把玩古董艺术方面的书籍；除了前面提及的外，还有黄成的《髹饰录》、计成的《园冶》、高濂的《燕闲清赏笺》、宋应星的《天工开物》、董其昌的《骨董十三说》、李渔的《闲情偶寄》等。这些书籍的问世不仅是明代文人在工艺美学思想与技术实施方面的总结，记载了其时工艺美术的成就，而且指明了工艺美术新的发展趋势。其中最值得关注的就是高濂的《遵生八笺》和文震亨的《长物志》，此外，李渔的《闲情偶寄》虽刊刻于清初，但其工艺美术精神与以休闲娱乐为核心的人生美学显然承接了明末文人的思想，可看做晚明文艺美学思想的余风。

一 文心自然

明代工艺品大多具有清新而朴素的审美风貌，它往往推崇自然之美，在设计和制作上都有意识地利用和展现器物的天然原始之美。譬如在明式家具制造上，着重展现木材的天然色彩与纹理，避免进行过多的人工雕饰。晚明文人以为"黄花梨和紫檀木"才是家具用材的正宗，主要是其最能展示木材的天然特质。在当时深受文人喜爱的家具中，有一种采用天然珍贵树种的实木板材和刨切薄木而制成的家具，被称作"天然木"。这种家具除了木材天然外，其形态也是顺其"出自天然""屈曲若环若带"的自然状态略作修整，使之呈现为带天然形态的桌、椅、几案，因为其展现的自然野趣别具特色而盛行一时。这也体现了当时文人对于自然之美的尊重与推崇。明代的文震亨在其代表作《长物志》中就从思想理论方面，对当时家具制作与欣赏中所体现出来的美学精神进行了总结。他指出，这种所谓"天然木"，应该是文人与家具关系的一种美学思想的呈现。在他看来，作为士大夫文人使用的"书桌"，必须"中心阔大，四周和边阔仅半寸许，稍矮而细的形制"，以显示文人的气度、雅量和身份。就家具装饰而言，"略雕云头，如意"一类，即可，而不必"雕刻龙凤花草"一类，如此则显得俗气。基于此，他批评当时的"几榻"一类家具，认为"徒取雕绘文饰，以悦俗眼，而古制荡然，令人慨叹实深"。晚明文人在诗文创作上主张"发于性情，由乎自然"的思想，在文人广泛参与工艺美术的设计制造后，明代工艺美术的发展自然深受当时流行文艺思潮的影响。其中，家具制作与欣赏特别能够体现其时的审美时尚与审美诉求。这也是晚明时期文人审美意识的一个重要组成。有明一代，家具的成就及其呈现出来的审美意趣是文人精神与工匠技艺结合的结晶，更是晚明文人审美诉求与审美意识发生转变后，更加接近生活，张扬个性的体现。同样的审美意趣也体现在明晚期的青花瓷装饰上，山水花鸟画题材空前兴盛，使明代青花瓷呈现出不同于前朝的审美风貌。

二 细腻含蓄

明式家具上的线形处理也体现出诗人所特有的细腻含蓄的美感，尤其在装饰上注重蕴藉，于深处着力，留意与深层意旨的熔铸。要求里里外外、表面修饰与内在结构相依相托，整体造型生动自然、浑然一体。这种一体相融给人的感觉只能意会，没法言传，达成极致的精品往往是水乳交融、浑然一体、难分难解、如胶似漆、胶漆相投，其妙处自难与君陈述，但对促成整体和谐与美感又不可或缺，这种沉着、深厚、内敛、蕴藉的装饰审美风貌，在晚明的工艺美术作品中比比皆是。譬如在明代青花瓷制作上，它们与宋瓷手法一样，都是强调于细微处见神韵。明晚期青花瓷注重暗花装饰，以简洁、纤秀的刻画花纹代替唐代以来繁密、喧哗的边饰，其在白釉下隐隐显露，显得含蓄而婉约，沉静而不张扬；在色彩上，讲究成色丰厚，绘画笔法的引进，使得明代青花瓷的钴蓝色彩第一次如绘画一样，真正做到了"墨分五色"：色彩从"淡"而"浓"、由"浅"而"深"，色彩间的过渡要平稳、自然，层次感要细腻。而将钴蓝作为着色剂应用到陶瓷釉彩上，使成色浓重、鲜亮、亮丽，或青翠沉着，或青泛紫，在瓷器上显现出丰富多变的成色，这是在"青花"出现以前所没有的。不仅仅是工艺美术，晚明时期的园林艺术也是如此，主张蕴藉含蓄，意味深长，反对太过直白，浅显直露，没有空间意识，一览无余，强调艺术创作必须委婉曲折、细腻含蓄，推崇具有无穷韵味的艺术作品。

三 生机感与抒情性

明代艺术审美上还着重展现了生机感和抒情性。以青花为例，元青花受到西亚装饰的影响，设计上多理性的、排斥情感的程式化图案，呈现几何化的静态，明代早期瓷器的发展一度受其影响。直至明代晚期，青花艺术全面复苏了生机感与抒情性，山水花鸟画题材勃兴，其重在展现生机盎然的大自然。同样明式家具的发展也体现了对自然情趣的审美追求，在装饰方面注重向古代家具学习，汲取其精华，吸收营养，因此，很少看到番莲纹等程式化的图案设计。从其对传统艺术元素的吸取中可以看出，从上古三代借鉴的既不是商代稳重、威严、深沉、庄重的花纹图案，也不是西周那种具有形上色彩、抽象化、秩序化、严整化的图案花纹，而是战国至汉代那些具有凤鸟图腾意义的鸾鸟自歌、凤鸟自舞的图案，从中不难发现，晚明文人的审美诉求与审美旨趣。其展现的鸟纹、龙纹、云纹、瑞兽纹等无不生动活泼，洋溢着一种生命的动感美。同时，在形状设计方面，明式家具善于采用充满活力的线条来表现，在线条之间、线面之间，动静穿插，张弛有度，连接有序，穿插有度，稳定牢固，承接有序，平衡和谐，整体风格挺拔劲健、灵动畅达，呈现出强烈的生机感与鲜活精神。

明代紫砂壶制作上的审美旨趣与明式家具的风格是一脉相承的：主要以造型取胜，不重装饰，注意彰显材质的天然之美。具体来说，紫砂壶的造型简洁、古雅、大方，无任何赘饰；色彩上注重体现紫砂泥烧结后的天然之美，不再人工施加任何色彩，风格朴素、清新、自然；装饰上或者省略一切纹饰，单凭器物的造型与材质之美取胜；或者略施少而精的装饰，如古雅的如意云纹、柿蒂纹；或者题诗刻字，以诗句与书法之美取胜，十分富于文人意趣。

明代竹刻艺术同样深深烙上了文人的印迹。在造型上，竹刻文房用具讲究简洁、实用；而立体竹雕则依竹材之势，略加凿刻即成一器，在装饰上，著名的竹刻艺术大家"嘉定三朱"喜欢借鉴绘画的表现手法，以刀代笔，其作品常常诗、书、画、印俱全，体现出典型的文人风韵。

四 意境构筑

中国古代文化向来注重"意境"之美。这点在古代园林艺术中得到了充分展现。有明一代，经过两千多年的发展，中国古代园林艺术进入成熟期。这一时期，一些文人重视并关注园林艺术，总结经验，对园林艺术的设计理论和造园技法进行研究，写出了造园专著，其中著名的如计成的《园冶》。该书从相地、立意，到屋宇、装折、墙垣、铺地、掇山、选石等多个方面对造园经验进行了比较详尽的论述，叙述了各种园林与地势配合的假山，例如园山、亭山、厅山、楼山、阁山、池山、内室山、峭壁山以及山峰、冈峦、悬崖、幽洞、深涧、瀑布、曲水、池沼等各种景观的布置方法以及太湖石、昆山石、黄石、灵壁石等材料的选用，等等。此外，如明代文震亨的《长物志》，清代李渔的《一家言》也有关于造园美学思想及实施技术的专门内容。至于散见在各家散文、游记、诗词歌赋中的造园美学思想与记述就更多了。同时，造园名家辈出，造园工匠继起，在园林布局、造园技法及鸟兽养育、花木培植等方面都达到了非常成熟的地步，造园艺术家辈出。加之，有明一代，与国外的交往密切，西方音乐、美术、建筑等技艺相继传入中国，最著名的有北京圆明园中的西洋楼。种种因素致使中国古代的园林艺术向精深、完美发展，达到了造园艺术的高峰。

明代是中国古代园林艺术得到充分发展的时代，留下了许多不朽的佳作。无论是皇家园林还是私家园林，都追求艺术"意境"的创造。园林中体现美感的不仅是多姿多彩的楼台亭阁、小桥流水、花木草石，还有各色诗词题画所构成的诗境、画境，以及借鸟语花香、湖光月影、清风细雨创造的虚实相生、情景结合的"意境"。明代园林带给我们的审美感受不是简单的建筑上的，或者是自然风光上的，而是结合了中国古代文人文化认同上的文化审美。它追求的是对宇宙和人生的哲理性思考。"空故纳万境""无画处皆成妙境"是中国古代艺术美学中的表现原则，这种"以虚纳实"，由有限的小空间进入无限的大空间的审美创造，被广泛地应用在园林建造中。因为它能够使人"升高眺远，眼界光明"，计成对于这一审美价值有精彩的概括，指出："轩楹高爽，窗户虚邻，纳千顷之汪洋，收四时之烂熳。"他认为园林艺术必须突出景点的建造，要有可观性，对此他深有体会："山楼凭远，纵目皆然；竹坞寻幽，醉心即是。轩楹高爽，窗户虚邻，纳千顷之汪洋，收四时之烂熳。梧阴匝地，槐荫当庭；插柳沿堤，栽梅绕屋；结茅竹里，浚一派之长源；障锦山屏，列千寻之耸翠，虽由人作，宛自天开。刹宇隐环窗，仿佛片图小李；岩峦堆劈石，参差半壁大痴。萧寺可以卜邻，梵音到耳；远峰偏宜借景，秀色堪餐。紫气青霞，鹤声送来枕上；白苹红蓼，鸥盟同结矶边。看山上个篮舆，问水拖条枥杖；斜飞堞雉，横跨长虹；不羡摩诘辋川，何数季伦金谷。一湾仅于消夏，百亩岂为藏春，养鹿堪游，种鱼可捕。凉亭浮白，冰调竹树风生；暖阁偎红，雪煮炉铛涛沸。渴吻消尽，烦顿开除。夜雨芭蕉，似杂鲛人之泣泪；晓风杨柳，若翻蛮女之纤腰。移竹当窗，分梨为院；溶溶月色，瑟瑟风声；静扰一榻琴书，动涵半轮秋水，清气觉来几席，凡尘顿远襟怀；窗牖无拘，随宜合用；栏杆信画，因境而成。制式新番，裁除旧套；大观不足，小筑允宜。"① 在园林艺术中，最突出的景点就是主景，如西湖的三潭印月、颐和园的佛香阁等都是这样。要景到随机，景虽由人作，宛自天开，宇隐环窗，仿佛片图，移竹当窗，分梨为院，栏杆信画，因境而成。如游船的开窗，就特别讲究，是一门艺术，人坐船中，透过扇面窗框，见到的湖光山色、寺观浮屠、云烟竹树、樵人牧竖，都成为一幅幅天然图画，船行湖中，摇一橹变一象，撑一篙换一景，出现千百万幅美景，不胜其乐。与此同时，湖边的游客看到的游船也是扇头人物，很有诗情画意。园林讲究空间序列，不能一眼就看完们在行进中感受到的全部景点的转换，有高潮和收束，有对比和重复，有变化和统一，有法无式，变化多端，创作自然，借景寓情，总体结构是后山前水，堂在其中，环廊轴连，

---

① 计成：《园冶·园说》。

多方胜景，咫尺山体。

第四节　雅俗交融：审美风尚的变迁

明清艺术发展呈现出一些不同于传统文艺的新特质，在很大程度上来自明代的世俗化风尚。明代从世风到士风，可以说整个社会都弥漫着一股世俗化风潮，而文人心态及其创作自然会折射这一审美风尚。而这反映在美学领域则是极大地拓宽了中国古代文艺美学的审美视域。随着明代戏曲、小说的兴起，一向地位不高的俗文学在中国美学史上的地位大为提高。袁宏道对小说的通俗性给予了高度肯定："予每检《十三经》或《二十一史》，一展卷，即忽忽欲睡去，未有若《水浒》之明白晓畅，话语家常，使我捧玩不能释手者也。"①

一　雅的俗化和俗的雅化

明代商品经济高度发达，市民阶层空前发展，市井文化兴盛。所谓市井文化，是产生于街头小巷、带有商业倾向、通俗浅近、充满变幻而杂乱无章的一种大众文化。这种文化的特征是喧嚣繁华，表现为日常生活化、自然平民化和无序化，其内核是新兴的市民阶层在物质生活得到满足后所产生的对享受精神世界生活的诉求。这种诉求为"雅俗"审美旨趣的流变生成提供了社会文化心态土壤。加上"阳明心学"的左派王学提出"百姓日用即道""凡圣一也""圣人之道无异于百姓日用，凡有异者皆谓之异端。""百姓日用条理处即是圣人之条理处"②"天地万物为一体"、个人与天地万物"同体"，人可以"主宰天地，斡旋造化"③。"良知"在实质上就是"天理"，在表现形式上则是自然、自在，"穿衣吃饭，即是人伦物理，除却穿衣吃饭，无伦物矣，世间种种皆衣与饭类耳。故举衣与饭而世间种种自然在其中，非衣饭之外更有所谓种种绝与百姓不同者也"④。如此等等为以"俗"为雅、化"俗"为雅的审美诉求提供了思想

---

① 袁宏道：《东西汉通俗演义序》。
② 《王心斋先生遗集》卷一《答问补遗》。
③ 同上。
④ 李贽：《焚书·答邓石阳》。

方面的引导，借助小说、戏曲的巨大成就与广泛传播，"俗"文化的审美旨趣在晚明时期取得了压倒性优势。

一方面，文人雅客要求思想解放，打破理学一统天下的格局，突出真情实感，从空中楼阁回到俗世的人情物理；另一方面，市民阶层的艺术性与技艺水平也日益提高，并从文人士大夫那里借鉴了某些艺术形式，从而相互融合，取长补短，形成雅俗交融的新格局。他们一方面将"俗""雅化"，另一方面又将"雅""俗化"。在中国传统文学中，诗文是属于雅文学范畴的，而明清时期的许多文人士大夫们在诗文这样的雅文学中抒性灵，发童心，品艺术，谈花草，充分表现自己的个性；记园林，记山水，热烈地向往自由；描写美食与美人，展现情欲和丰富多彩的世俗生活；他们热衷于展现城市风情、市井人物，以生动绚烂的笔墨描绘多彩的市民社会风俗画，他们不再满足于对政治与道德生活的刻板描述与歌颂，这在无形中将雅俗化。这意味着对世俗之美的热烈赞美不仅是通俗文学的方向，而且也成为革新雅文学的一种可能，它们共同构成了明中期以后一股普遍而强大的审美取向，即雅的俗化。

有悖于传统文化从俗到雅的流向，明代文人一反传统，旗帜鲜明地承认、倡导化雅为俗的文学方向。首先，大批文人充满热情地投入"俗"文体的创作与理论总结，突出表现在对小说戏曲的创作与研究上，同时也体现在一些文人对"雅"的，即主流的、正统的、"诗文"一类审美创作的"俗化"追求上。明代文艺美学在中国古代文艺美学思想史上的重要意义在于，它进行了中国古代文艺审美诉求上的历史性转化，即从"雅"的、正统的、主流的审美价值诉求到"俗"的、大众的、非主流的审美趣味的转变，历来被尊奉为正统的、严肃的诗文创作，移位于通俗化、大众化、娱乐化、休闲化的戏曲小说。在文学史上，一般认同的说法是"唐诗、宋词、元曲、明清小说"，而小说，还应加上戏曲，当然主要是传奇，的确是最能表征有明一代文学成就的文体形态。从唐诗宋词到元曲再到明代小说戏曲，正好是一个从"雅"到"俗"的流转过程。

宋元之际就出现了戏曲、小说这样适应市民阶层审美需要的文艺样式。到了明代，这二者均得到长足的发展。戏曲、小说可以说是典型的大众艺术，体现出有别于传统文人趣味的市民情趣，而这正反映出文学由雅变俗的重大变化。自明代以后，小说、戏曲堂而皇之地总领了明清文坛风骚。相比较而言,《三国演义》《水浒传》《西游记》《牡丹亭》《金瓶梅》、"三言二拍"等显然更为大众所喜闻乐见,而诗文如台阁体、茶陵诗派、前后七子、唐宋派等只是为少数文人所爱好,即便是"公安派"这样富于革新气息的诗文流派,也只是圈内文人的喜好,而所谓的"俗"文学则可以说是一反传统地占据了文坛中心,"雅"文学则退居一隅。

小说、戏曲尤其大盛于晚明,这是因为它们雅俗共赏,适应了民众对文化的需求;虽然其中道德说教的成分不少,但市场和利润无疑是小说、戏曲传播的主要动力。譬如《古今谭概》初刻时遭遇冷落,改名为《古今笑》后购者踊跃;凌濛初在"初刻"出版后,"二刻"应市场的需要马上草草推出,可见当时小说不仅是文人的案上消遣之作,已经有明显的商品性质。在明代,确实有一大批文人是自觉投入"拟话本"的商业化写作的,其中首推冯梦龙。还有一大批文人自觉地进行戏曲创作或戏曲批评,抵制宣扬礼法道德的创作取向,体现了时代的要求。他们肯定以小说、戏曲为代表的通俗文学的发展,其中尤以徐渭、李贽最为突出,堪称领袖。徐渭强调"俗而鄙",反对"文而晦",已包含从世俗平民观念出发规范戏曲创作的审美标准;反对以"经子之谈"入戏文,更是明确地抵制在戏曲创作中宣扬封建礼法道德,反对尊奉封建思想权威。徐渭在"杂剧"作品中亦鲜明地表现出扬"俗"抑"雅"、摒弃封建观念的创作倾向。《歌代啸》"凡例"有言:"此曲以描写谐谑为主,一切鄙谈狠事俱可入调,故无取乎雅言。""楔子"中开场《临江仙》更言:"谩说矫时励俗,休牵往圣前贤。……探来俗语演新编,凭他颠倒事,直付等闲看。"曲文中通过张、李二僧的"鄙谈狠事",对"经子之谈"曲尽轻慢、挖苦、篡点、裹读之趣,读来痛快淋漓。徐渭的美学思想和创作实践处处表现出一种强烈的批判精神。这在一定程度上唤起了近代平民意识对地主阶层的冲击、挑战,表明了"从雅到俗"的文艺思潮所具有的启蒙意义。①

李贽自觉、深刻地论证和推动了这股"从雅到俗"的文艺思潮。他对正统的评判尖锐深刻,如指斥见赏于太祖皇帝的《琵琶记》,崇仰一直

---

① 参见赵士林《明代美学札记》,《中国社会科学院研究生院学报》1991年第6期。

遭人非议、诋毁的《拜月亭》《西厢记》。他第一次明确地把"俗"文体奉为文坛"正宗",并认为它是当代"至文":"诗何必古选,文何必先秦。降而为六朝,变而为近体,又变而为传奇,变而为院本,为杂剧,为《西厢曲》,为《水浒传》,……皆古今至文,不可得而时势先后论也。"①他致力于评点"三国""水浒""琵琶""幽闺"等,开"俗"文艺批评研究之风,有力地推动了"从雅到俗"的审美流变。

在创作实践上,文人士大夫的审美情趣和市民阶层的审美趣味向着各自的对立方面的杰出之处重新选择、过渡。一方面,市民阶层的审美趣味由粗俗、质朴、世俗向典雅、华丽、纯艺术方面发展,老百姓的市井艺术如民歌、民谣、传奇、话本、工艺、服饰的艺术性与技巧水平日益提高,逐步形成了一定的艺术指导思想和趣味指向,并从文人士大夫那里借鉴了某些艺术形式;另一方面,文人士大夫要求思想解放,打破理学的一统天下,突出真情实感,从空中楼阁回到现实世界,于是他们的诗文书画原本具有的文人士大夫的审美情趣则由思辨、文雅,展示人的精神世界,抒发人的胸襟向描绘世俗的人情物理的方向发展,从雅致的士大夫文学向市民文艺靠拢。这种双向选择、互相弥补造成以往两种截然不同的审美风尚和趣味的相互融合、取长补短,推动中国古人的审美趣味向多元化发展,它使明人的审美欣赏水平和明代美学走进一个更高的阶段,从而造成明代审美风尚和欣赏趣味的复杂性及总结性形态的形成。②譬如明代民歌丰富多彩,空前繁荣,影响广泛,地位上升,这是明代文坛一种非常抢眼的文学现象。对此,明人有过专门的论述:"自宣、正至化、治后,中原又兴《锁南枝》、《傍妆台》、《山坡羊》之属。……自兹以后,又有《耍孩儿》、《驻云飞》、《醉太平》诸曲,……嘉、隆间乃兴《闹五更》、《寄生草》、《罗江怨》、《哭皇天》、《干荷叶》、《粉红莲》、《桐城歌》、《银绞丝》之属,……比年以来,又有《打枣竿》、《挂枝儿》二曲,其腔调约略相似,则不问南北,不问男女,不问老幼良贱,人人习之,人人喜听之,以至刊布成帙,举世传诵,沁人心腑,其谱不知从何而来,真可

---

① 李贽:《焚书·杂述》。
② 罗筱筱:《明人审美风尚概观》,《明史研究第4辑——庆贺王毓铨先生85华诞暨从事学术研究60周年专辑》,1994年12月。

骇叹！"①

不仅如此，明代还由朝廷出面，对民歌进行了大量的搜集、整理、刊行工作，如最早的刻本有时调小曲《四季五更驻云飞》《十二月赛驻云飞》《太平时赛驻云飞》《题西厢记泳十二月赛驻云飞》《新编寡妇烈女诗曲》等，还有明末冯梦龙辑录的小曲专集《童痴一弄》《童痴二弄》等，不仅品类众多，而且规模空前，与历代相比其意义亦迥然有别。明代之前，民歌的传唱，只是在民间，在大众，在百姓之间流行，并由此而不断吸收新鲜血液，增加活力，以保持鲜活的艺术风貌。但作为一种与上层、主流、精英，即"雅"文艺相对的、下层的、大众的"俗"文艺，尽管一直不断地滋生、繁衍，但终究没能够成为"正宗"。只有到了明代，准确地说，是到了晚明，民歌才得以为主流文化所重视，被看做生气勃勃、生机盎然、活力四溅、气韵生动的艺术样式。

二 审美趣味的多元融合

明代无论是纯艺术还是民间艺术，无论是建筑还是工艺乃至人们日常生活中所涉及的审美欣赏的各个角落都可以看到这种综合的趋势。这种双向选择、互相弥补造成以往两种截然不同的审美风尚和趣味的相互融合、取长补短，推动着中国古人的审美趣味向多元化发展。比如小说，人们的喜爱并不局限在某一个主题上，即使像《金瓶梅》这样以淫秽著称的小说从上到下各个阶层都有广泛受众。从明代画坛上也可以看到人们价值观念的变化。明代市场经济使得艺术商品化现象突出，甚至画家争相以卖画为生。晚明时代商品经济发展所造成的财富观念的转变已经逐步深入人心。许多文人放下架子，纷纷以为富人撰写各种传、赞、铭、记等而赚取润笔费，这其中有不少是传世佳作。

明代审美在"雅俗"之间的交融与流转，与明人生活形态和生命价值的变化息息相关。明代尤其是晚明人的生活出现了日益追求生活的精致与享乐的倾向。士人在国事日益艰难，政治日趋腐败之际，在追求生活品位上投入越来越多的时间、金钱与精力。从居室园林的漂亮到器皿玩物的精致，从对草木花鸟的珍视到对自然山水的赏鉴，从对诗文书画的收藏鉴

---

① 沈德符：《野获编》。

赏到听乐赏曲及对名优美姬的品评，无一不成为他们生活中的情趣所在。他们把这种做法看做"遵生"的表现，高濂的《遵生八笺》即典型地反映了这种观点。

譬如明人还在家具设计上投入极大热情。晚明涉及家具品评的文人著作空前之多，包括清初李渔所著《闲情偶寄》，也是这种风习的延续。文人们从自己的审美趣味出发，对家具的品种、造型、装饰、尺寸、结构、陈设位置等方面都提出了自己的看法与要求，有的人如李渔等甚至直接参与家具设计。文人气质和书卷气息可以说是明式家具的灵魂所在。而文人广泛参与的家具设计正是体现了艺术和生活的融合。明人不仅为生活而生活，他们对生活质量的要求明显提高，因此在选择家具这种日常生活用品上，将精神上的审美享受和肉体上的舒适结合起来，不仅考虑身体上的舒适感，而且追求体舒神怡的审美享受，追求只有艺术化的生活才能提供的"韵外之致"。

晚明士大夫将生活艺术化的另外一个重要表现是清赏的盛行。通过对各种收藏品的玩味与赏鉴，明代士大夫将普通的日常生活艺术化，从中获得审美享受与趣味，这种艺术化的生活也潜移默化地影响了人的品位与修养，并且晚明人对他们所乐所玩之事都要作非常深入细致的研究。譬如屠隆在《考槃余事》中对琴、香、印章、瓶花、盆玩等物的描绘，说明晚明士人对生活中各种玩赏之物的研究可谓细致入微。文震亨的《长物志》也是晚明关于装饰美学的重要作品，其中有许多关于室内装饰及日常生活用品的认知，是晚明时代生活美学中比较重要的、具有一定理论价值的书籍。

第五节　传承新变：审美意趣的承传

明清之际常常被视为文化总结期。在美学上，诗歌有叶燮、王夫之的总结；绘画有石涛的总结；文有桐城派的总结；词有常州词派和王国维的总结；书法有刘熙载的总结；建筑有计成的总结；音乐有徐上瀛的总结；日常趣味有文震亨、李渔的总结；小说有金圣叹、张竹坡的总结……这方方面面的总结产生了一些体系性的理论，这是明清美学的一大亮点。

作为一个秉承新思潮的革新时代，在传统诗文领域，一方面，针对明初以来思想文化高压政策和萎靡不振的诗风，明代发生了数次有影响的复古运动。复古运动的第一次高潮是从明弘治五年（1492）到嘉靖十二年（1533），其间大约40年是以李梦阳为首的前七子的文学运动；第二次高潮是从明嘉靖到万历年间，亦历时40多年，是以李攀龙、王世贞为代表的后七子的文学活动；第三次高潮起于天启末、崇祯初，主要表现为复社等文学社团的文学活动。明代复古文学运动中的"复古"是对唐代审美趣味的继承和发展，重"兴象"，重情感，重情理统一、礼乐统一，而对于宋代以理入诗、以理为诗则持明显的反对态度。故而明代的文学复古运动并非简单的复古，而是以复古为形式切合明代文化现实的一种新型的文学思潮。明代复古运动的滥觞是以李东阳为代表的茶陵派的出现。可以说，明代复古运动几与明代相终始。

另一方面，明代个性解放的思潮对美学产生了巨大的影响。在文坛上，前后七子的复古运动虽对打击明初"台阁体"产生了积极作用，但其弊端日益突出。"文必秦汉，诗必盛唐"在实际创作中已演化成生吞秦汉，活剥盛唐。文艺最可宝贵的"生机"遭到扼杀，作家的创造精神得不到发挥。于是一股反对复古主义的文艺思潮自明代中叶开始出现。先是唐宋派，继之是"公安派"和竟陵派。这三派中，"公安派"最为重要，影响也最大。"公安派"所标举的"独抒性灵，不拘格套"成为新时代美学思潮的代表。

一　价值观的更迭与审美观的新变

明代，随着商品经济的发展，传统的价值观念逐渐动摇，尤其是"阳明心学"在改造宋代理学的过程中突出了自我的价值，推动了个性解放思潮的发展。而能迎合新兴自由思想的李贽、汤显祖等人则致力于建设新的世界观，这一切都使得明代美学扣合了当时文人的自省意识，大胆表露生命真情，显示出一股强劲的革新之风。与此同时又能深邃地体悟中华文化血脉中所蕴含的独特的审美意识规律和对艺术审美独特的感知方式，并在新的形势下使其不断地自我更张。因此，明代美学在总体上呈现出一种摇曳多姿的更新局面。李贽早以宽广的视野、明晰的语言说明了文艺的重心转移问题。他强调指出："诗何必古选，文何必先秦，降而为六朝，变而为近体，又变而为传奇，变而为院本，为杂剧，为《西厢记》，为

《水浒传》。"① 文体因时而变,审美诉求方面也应该因之而变,而不能强求一律。

李贽不但提出了文艺重心转移的问题,而且以新兴的文艺类型即戏曲和小说作为时代文艺的代表。在古代,文艺退化论和文艺进化论都是与文化宇宙观相一致的。中国宇宙在本质层面是循环的,以前的典范具有永久的力量,向古代学习就有了理论的根据;中国宇宙在现象层面又是常新的,一代有一代的新文艺又是内在的必然。李贽理论的意义主要不在于一代有一代文艺的发展观,而在于指出了中唐以后作为新时期一代代文艺的代表是唐传奇、金院本、元杂剧、明小说,把被正统文人视为"小道"的戏曲、小说,作为中国文艺发展的方向,戏曲、小说以重心转移的方式代表了历史发展的新方向。

"公安派"对于"复古派"的批判也是基于他们进步的文学发展观。在他们看来,文学是时代的产物,因而其体制、风格乃至其中所反映的人们的审美意识与情趣都是随着时代改变而改变的,每个时代的文学均有其自己的时代特色。如袁宏道就指出:"举业之用,在乎得俊。不时则不俊,不穷新而极变,则不时。是故虽三令五督,而文之趋不可止也,时为之也。"② 又指出:"文之不能不古而今也,时使之也。妍媸之质,不逐目而遂时。……惟识时之士,为能堤其盏而通其所必变。夫古有古之时,今有今之时,袭古人之语言之迹,而冒以为古,是处严冬而袭夏之葛者也。"③

二 传统艺术的完备与市民文化的兴起

市民文化的兴起使得明代的艺术实践有了一些新的特点,传统的乐舞、绘画、书法等日趋完备,并在完备中生发新变,出现了一些与传统艺术格调不甚吻合的新特点,如注重性情与自由伦理的表达等。这些新质的内在意蕴乃是文人士大夫生命体验的一种裂变和转化。随着市民文化的兴起,唐宋时期滋育的戏曲、小说、园林等艺术形式也发展到了极高水平。

---

① 李贽:《童心说》。
② 袁宏道:《时文叙》。
③ 袁宏道:《雪涛阁集序》。

与这种艺术实践相联系的是，明代美学进入了对传统美学的全面反思时期，这种反思不仅催发了美学、艺术的创新，而且推动了整个美学观念的更迭。

才情个性的张扬与童心性灵的高举。随着社会形势和文化格局的变化，明代美学家或者出于传统儒家文化变更与转化的需要，或者出于对构建新文化的向往，重新捡起魏晋风度的接力棒，在新的时代背景下，一方面从艺术创作上强调艺术家才情个性的张扬，另一方面又在艺术家的品格心胸上童心、性灵并举，孕育了一场新的思想解放运动。这场思想解放运动的最突出特点，就是围绕人性的回归和重建以及个体自由的确立，力图使伦理本位让位于情感本位，理性本体让位于感性本体，封建文化的稳固秩序让位于市民文化的自由蔓延。李贽的"童心"说、汤显祖的"至情"或"惟情"说、袁宏道的"性灵"说等，均是这种思想解放运动的具体表现。万历年间，作为复古风气的强大反对派，袁宗道、袁宏道、袁中道举起了"公安派"文学革新的旗帜。对前后七子剽拟恶习的批判，是"公安派"文学革新理论的基础。他们并不是泛泛地反对向古人学习，而是反对恪守体格字句，倡言变化才是文学发展的本质，要师法古人的创新精神。"公安派"的文化进化论从根本上动摇了"复古派"的理论基础，有从源头上遏制在复古旗帜下行剽拟之实的实际意义。因此"公安派"主张独抒性灵，既是对文学内容，也是对形式的要求。以性灵说矫正剽拟剧拟，以进化论反驳复古论，较之唐宋派，"公安派"对前后七子的批驳更加有力。

三　明代散曲的新生要素

在创作实践上，明代正统诗歌总体发展趋于颓势。与此相反，民歌时调在乡村和市井肥沃的土地上发展起来，在明代中叶后形成勃勃生机。尤其是在吸引文人加入进来后，不仅民歌得到整理，文人还在传统诗歌的基础上加以仿作。明代散曲创作总体成就不如元代。不过，与之相比较，在作家人数和作品数量上，加上传奇在声腔上的变化带来了音乐上的新变，就这些方面来看，明代又占据了优势。

元末明初，《三国演义》《水浒传》等长篇历史章回小说兴起，明中叶又出现神魔小说《西游记》。这三部小说以其卓越的思想价值和艺术成就震撼了中国文坛。此外，又有《金瓶梅词话》《封神演义》《三宝太监西洋记通俗演义》等一大批优秀长篇小说。文言短篇小说则有瞿佑的《剪灯新话》等。特别值得指出的是白话短篇小说的蓬勃兴起。冯梦龙的白话短篇小说集《警世通言》《醒世恒言》《喻世明言》和由凌濛初编纂的《初刻拍案惊奇》《二刻拍案惊奇》风行整个读书界。白话小说空前繁荣，实为明代文化奇观。

中国的文学长期以韵文学为主，其中诗词是主流。诗词的美学品格是内省性的，侧重于表现，尽管在抒情言志上有它的长处，但在反映生活的广度、深度上就难免捉襟见肘了，它的艺术容量毕竟有限。长篇小说的出现一下子就将艺术的容量和读者范围扩大了。艺术由少数文人雅士的玩赏品成为广大人民群众的审美对象。譬如小说，因为是白话，粗通文墨的人可以看，不识字的人通过说书人的讲述也可以获得审美享受。在中国所有的文学艺术作品中，没有哪一首诗、哪一幅画、哪一出戏，能像《三国演义》《水浒传》《西游记》这样赢得最广大的受众的。因此长篇小说的成熟与大批优秀短篇小说的涌现，在中国美学史上的意义是巨大的。它标志着中国自先秦以来以诗为本位的美学传统发生了根本性的变化。以小说和戏曲为代表的富有现代意义的叙事艺术之繁荣，革新了中华民族的审美方式。与之相关，审美风尚由内省转向外展，艺术创作由注重表现转向注重再现。广阔的社会生活日益成为艺术家最感兴趣的描绘对象。巴尔扎克曾经自称是法国社会的记录者，那么罗贯中、施耐庵、吴承恩、曹雪芹、高鹗这些中国优秀的小说家，也当之无愧的是中国历史、中国社会的"书写者"。

第二章

明代戏曲中的审美诉求

在中国戏剧史上,一直有"元杂剧,明传奇"之说。这就是说,"杂剧"在元代是主要的戏剧样态,而有明一代,主要的戏剧样态则是"传奇"。其实,"传奇"这种戏剧样态出现得比较早,12世纪,即北宋宣和年间至南宋初期,作为"传奇"的初始样态,"南戏"就在温州、杭州一带形成了。应该说,"明传奇"的兴起历史悠久。在宋代,称之为"戏文",元代,则称之为"南戏",明代除称之为"传奇"外,又称为"永嘉杂剧""温州杂剧"。明以后,才统一把明代南戏系统的剧本统称为"传奇"。

明初,不少"南戏"剧本的出现,改变了传统审美观念。同时,其时的"南戏",不管是剧本的写作,还是音乐的结构性问题,如宫调的建立等,都有了很大的进步,方言化方面的问题日渐减少,发声一般都改为纯正北方中原音,从而致使"南戏"一步一步地国剧化。这一时期,戏剧作品也不断增多,其中以传统上所称的"荆、刘、拜、杀"四大南戏和《琵琶记》最为著名,艺术性得到大大的提升,审美时尚发生变化,"杂剧"逐渐走向衰微,观众转而喜爱"南曲"。社会审美价值取向与审美意趣的变化为"传奇"兴起与旺盛创造了条件。"传奇"的创作与演出活动进入了发展与兴盛时期。而"杂剧"的创作与演出则逐渐衰微。尽管如此,明代的杂剧作家和作品数量仍不少。傅惜华对此进行过统计,据其《明代杂剧全目》记载,"明杂剧"剧目共有523种之多,这之中作者姓名可考的有349种,无名氏的作品有174种,流传至今的剧本尚有180余种。并且在有明一代,"杂剧"在演唱、曲调和语言上作了不少改革,在结构上更加灵活,作品的抒情色彩更加浓郁,出现了一批优秀的作家和作品，但总的发展趋势已日渐衰微，杂剧作品日益脱离舞台，成为文人的案头之作。随着其内容的日益平庸、文字的日趋晦涩，杂剧逐渐名存实亡。

第一节　明代"传奇"的演变与戏曲美学思想的发展

明代"传奇"发源于宋元"南戏"。在发展初期其体制不完善，内容陈旧、保守。明中叶以后迅速崛起，其发展势头远超当时的"杂剧"，成为明代戏曲主流。朱彝尊《静志居诗话》有言："祁承㸁，宇尔光，绍兴山阴人。江西右参政。富于藏书，元明来传奇，多至八百余部；而叶儿、乐府、散曲不与焉。予犹及见之。"可见当时"传奇"数量已至八百余部，这是"传奇"盛行的一个证明。应该说，有明一代"传奇"与"杂剧"各呈异彩，前后辉映，共同构成其时戏曲文化的泱泱大观。

"传奇"原初应该是一种小说体裁，意指唐代文人用文言文撰写的短篇小说。由于后代的说唱和戏曲多取材其内容，故人们喜欢用"传奇"来称呼宋、元时期的戏文。至有明一代，则用"传奇"来称谓以"南曲"演唱为主的中、长篇戏曲，以之与"杂剧"相区别。因此应该说，"传奇"这一戏种是在宋元"南戏"的基础上，吸收"杂剧"的某些优点而发展起来的。在音乐方面，"传奇"形成了以昆山、弋阳、余姚、海盐为主的四大声腔。之后，经过魏良辅的改革，"昆山腔"一度成为全国性的声调系统。而"弋阳腔"则与各地方言土语结合，演变为青阳、徽州、乐平等多种声腔，流行全国。

明代"传奇"种类多，包括宫廷传奇、民间传奇和文人传奇。它们分别代表了贵族化的、大众化的和文人化的审美趣味。宫廷传奇如清乾隆年间张照、周祥佳、邹金生等宫廷词臣编写的《劝善金科》《升平宝筏》《忠义璇图》《鼎峙春秋》《昭代萧韶》等宫廷大戏，这类传奇剧一般来说思想迂腐而体制恢宏，形式杂乱而风格典丽，专供宫廷祭典、宴乐演出。民间传奇包括由民间戏曲艺人创作或改编的传奇剧本，大多是舞台演出本（脚本），它上承宋元戏文，下启清中叶以后各种地方戏剧本，是宋元至清末民间戏曲发展史的一个重要环节。文人传奇是明代传奇的创作者个体，其思想和艺术价值最高，甚至宫廷传奇和民间传奇也大多受到文人传奇的影响,渗透着浓郁的文人情趣。明代传奇的审美趣味集中体现在明代文人传奇上。

一 戏曲发展的分期

明代的戏曲美学发展主要可以分为三个阶段:前期、中期、后期。前期为明初洪武至天顺的近百年时期(1368—1464)。这一时期为嬗变期,基本上仍然是元之余波,并且有一个很长的萧条时期。就戏曲的创作者来说,大多与朝廷和宫廷有着千丝万缕的联系(如宁献王朱权、周宪王朱有燉),导致其作品不接地气,与现实生活脱节,缺乏忧患意识,基本上没有那种敢于直面现实的批评精神,更多的是对"元杂剧"后期那种具有浓烈的封建说教意味、风花雪月、羽化成仙、神仙道化等种种取向的延伸与光大,在一定意义上,也就是粉饰太平,涂饰外表,掩盖实情,把混乱腐败的社会现实,装点成太平盛世的景象。在语言风格上,越来越少质朴本色的审美特点,而渐趋华丽雅致。在艺术表现方面,明初,"杂剧"在舞台演出方面进行了一些改革,打破传统"杂剧"一人主唱的固定化、模式化、僵化的格局。例如,剧作家朱有燉就敢于创新,对传统的演出模式进行改革,在演出中特意组织人员进行轮唱与合唱,增添了演出场面的灵活性和趣味性;而贾仲明则融会南曲与北曲于一折戏中,加强了音乐与戏剧的艺术效果;杨讷的《西游记》更是出奇制胜,超越了元杂剧传统四折一楔子的规范,所有这些显然为以后"杂剧"的"南曲化"发展打下了坚实的基础。

就"传奇"来看,明初,由于朱元璋立国以来对思想文化的严格控制,明代前期剧坛在"程朱理学"的严格规范下难以得到大的发展。对于戏剧演出内容,朱元璋甚至曾多次颁布律令榜文,对戏剧演出的内容作出严格的规定。统治者大力弘扬符合"程朱理学"思想、有助于封建道德教化的戏剧,加上明王朝严酷的文字狱,载道之作自然成为文坛主流。这时期的传奇作品多是一些宣扬伦理道德的风化之作,多为庙堂之作,或宫廷文人娱乐传教之作。代表作有《五伦全备忠孝记》《五伦香囊记》等。

中期为成化至弘治这段时期(1465—1505)。这段时期一方面明朝统治阶层日益奢侈腐化,宦官专政,厂卫横行,法制松弛,吏治黑暗。明朝统治可以说是内忧外患，危机四伏，即使万历初张居正等实行革新自救，建立考成法，清丈土地，推行"一条鞭法"，力图振纲除弊，但终究是回天无力，无法阻止整个王朝的没落趋势。社会政治的危机激发了思想文化的危机。王守仁（1472—1529）"心学"的出现开始打破"程朱理学"的统治地位，它突出个人在道德实践中创作者个体的能动精神，将士大夫的精神追求由外部世界进一步转向内心世界，从而打破了明前期"迷古""述朱"的屏障，成为催生明中期以后进步学术文化思想的媒介。另一方面成化、弘治年间，最高统治者提倡广开言路，天下之士蔚然向风，于是由政治到学术文化，不满传统和时弊者多有革除之举。社会文化格局逐渐发生了划时代的转型：文化权利从依附统治者转向借平民以自重。以文人为主角的社会文化模式逐渐取代了以贵族为主角的社会文化模式。正是在明中期内外交困的社会危机催迫下，在文人士大夫力图摆脱"程朱理学"思想长期禁锢、追求思想解放的思潮席卷下，在全社会文化下移趋势的推动下，剧坛上渗透着文人审美趣味的传奇戏曲，逐渐取代贵族化的北曲杂剧和平民化的南曲戏文，崛起而立，并渐趋成熟。

  这个时期戏曲的发展无论是内容题材，还是声腔的演变上都发生了重大的变化。这种转变的标志就是李开先的《宝剑记》、王世贞的《鸣凤记》与梁辰鱼的《浣纱记》，号称明代中期的"三大传奇"出现了。同时，在戏曲理论的研究上也取得了突破。李开先（1502—1568，字伯华，号中麓，山东章邱人）在其《市井艳词序》等文中高度评价了戏曲的真实感人的特点。王世贞（1526—1590，字元美，号凤洲，江苏太仓人）在其《曲藻》中提出戏曲发展论，对南北曲的美学特点进行了比较。这些论述一方面推进了戏曲美学的发展，另一方面与当时流行的复古主义相通。作为"虚构"幻想主义前驱的徐渭和李贽对戏曲的强有力呼吁，使戏曲地位得到前所未有的提升。徐渭（1521—1593，字文长，号文清，别署田水月，浙江山阴人）在《南词序录》中高度评价南戏倡导本色，追求戏曲的真实性、情感性。李贽（1527—1602，号卓吾，别署温陵居士、百泉居士等，福建泉州人）在《焚书》《续焚书》以及一些戏曲序跋中提出"真心"说，将"童心""真心"作为衡量戏曲作品的标准。同时随着文学上反复古主义思潮的日益高涨，戏曲创作出现兴盛局面。以汤显祖的《牡丹亭》为代表，一批批评封建礼教，歌颂人间真爱的"虚构"

幻想主义戏剧出现了。这些作品直笔写情，以情克理。沈璟（1553—1610，字伯英，号宁庵、词隐，江苏吴江人）对戏曲音律的发展作出了杰出贡献，因为在文辞与音律关系上的观点不同，与汤显祖发生了争论，形成了著名的"汤沈之争"，有力地推动了戏曲美学的发展。

这个时期的杂剧创作更趋沉寂，但是文人的创作并未中断。王九思的《沽酒游春》以诗人杜甫的生活为题材，写杜甫因为对奸臣误国、朝政腐败不满而遁迹江湖，以诗酒自娱；康海创作的《中山狼》写东郭先生和中山狼的故事，讽刺一个善良的书呆子所犯的温情主义的错误；徐渭的《四声猿》（即《玉禅师翠乡一梦》）、《狂鼓吏渔阳三弄》《女状元辞凰得凤》《雌木兰替父从军》等剧目，通过戏剧颂扬了妇女的才干，表现了对礼教与权贵的轻蔑。

后期即嘉靖以后的这段时期。传奇戏曲在这一时期蓬勃兴盛，风行于世。这在根本上是晚明时期的政治经济、社会心理和社会风习共同作用的产物。晚明的政治极为腐败，在经济方面，商品经济快速发展，商贸活动非常活跃，促成社会享乐之风盛行，富人纵情声色，市民逐利追欢，男欢女爱、伤风败俗已经不是陈腐的"程朱理学"可以遏止的。与社会心理、社会风习和哲学思想相呼应，晚明时期"主情"派成为当时的主潮流。"主情"派主张以个人的主观心灵、真情实感为文学的本源，个体的情欲、享乐等都是人的真情所在。其代表人物之一的李贽以崇尚"自然之性"为基础，倡言"天下之至文，未有不出于童心焉者也"①。汤显祖主张："古人之诗本乎情，非设以为之者也。"他宣称，"情""可以合君臣之节，可以浃父子之恩，可以增长幼之睦，可以动夫妇之欢，可以发宾友之仪，可以释怨毒之结，可以已愁愤之疾，可以浑鄙庸之好"②。"情"可以治愈人世间的各种疾患，抚平各种伤痕。对此，冯梦龙也有同样的观点，他甚至认为："文王、孔子之圣也情，文正、清献诸公之方正也而情，子卿、淡庵之坚贞也而情，卫公之豪侠也而情，和靖、元章之清且洁也而情。"③ 因为圣贤是"有情之人"，所以他们才能够体恤人情，顺乎民

---

① 李贽：《童心说》。
② 汤显祖：《宜黄县戏神清源师庙记》。
③ 冯梦龙：《情史》卷一五《情芽》。

意,"不拂人情",因为他们知道"顺人情可久,逆人情难久"。只有用"情"去统治国家,使百姓都做"有情人",有一颗仁人爱物之心,由一己之爱到整个世界,这个社会才会变得更加美好。

在这股"主情"思潮的影响下,"传奇"的创作与演出都进入了一个新的中兴时期。其时,在文艺美学思想方面,"贵情"说占上风,影响了戏剧美学思想,以汤显祖为杰出代表的"贵情""主情"派"传奇"剧作家,又被称为"临川派",成为有明一代戏剧创作与演出的一支主要派别。而另一派则是以沈璟为带头人的吴江派,在传奇的创作和理论上也形成了自己的特点。"吴江派"主曲律,"临川派"尚意趣。各自既有所长,又有所短。对此,王骥德评曰:"临川之于吴江,故自冰炭。吴江守法,斤斤三尺,不欲令一字乖律,而毫锋殊拙;临川尚趣,直是横行,组织之工,几与天孙争巧,而屈曲聱牙,多令歌者齚舌。"① 这里就指出,两派之间水火不相容。实际上,一派"守法",一派"尚趣";一个重舞台效果,一个重艺术效果,认为戏剧演出应该兼顾结构布局,情节发展,节奏快慢,兼及人物脚色、曲词宾白、情性意趣等。吕天成也认为:"二公譬如狂狷,天壤间应有此两项人物,不有光禄,词硎弗新;不有奉常,词髓孰抉?倘能守词隐先生之矩矱,而运以清远道人之才情,岂非合之双美者乎?"② 这里就站在中庸调和的立场,指出两派各有优劣,有得有失,还不如各取所长、"合之双美"。

这一时期,在剧目创建方面比较突出,新的剧目层出不穷,出现了好几百种"传奇"剧目。在声腔方面,以昆腔传奇最为显眼,一枝独秀,创作了不少作品,大部分都是比较典雅的昆腔传奇,艺术品位比较高。此外,一直以来都在民间流传的"弋阳腔"则深入基层,进入各地,与地方戏相融相合,吸收鲜活的民间文化精髓,上演了不少内容丰富、多彩多姿的传奇剧目。在明代四大声腔中,"昆山腔"和"弋阳腔"彼此争胜,体现了"雅""俗"相别、"雅""俗"相依的审美特征,也分别符合了主流文化与非主流文化、上层社会与下层社会、精英阶层与大众百姓间不同的审美价值需求。从剧作审美旨趣看,表现尤为突出的则是个性张扬,

---

① 王骥德:《曲律》。
② 吕天成:《曲品》。

与对"程朱理学"思想专制的冲击。

明代后期的"杂剧"在表现内容方面，打破了传统风花雪月、金凤玉露、歌舞升平、伦理教化、歌功颂德和羽化成仙、神仙道会的狭隘、僵化、守旧局面，内容不断拓展，意旨逐渐深化，新意迭出，其中，体现时代审美意趣的、具有张扬个性、标举独立意志、愤世嫉俗的社会批判剧与伦理反思剧所占比例不断增大。文人创作的剧目数量增加。如剧作家有王骥德、吕天成、王衡、徐复祚、沈自徵、孟称舜、卓人月等。代表作如徐复祚的《一文钱》。在剧中，他把守财奴吝啬、卑鄙的心理刻画得淋漓尽致。又如王衡的《郁轮袍》对科举制度的欺骗性进行了激烈的攻击。孟称舜的《桃花人面》则讴歌了美好的爱情。在演出形式方面，嘉靖后的"杂剧"多半进行了改革创新，不是南北合套，就是纯为南杂剧。由元杂剧延续下来的"北杂剧"，采用"纯北曲"样式演出，这已经非常少见了。徐复祚、王衡、孟称舜等一批优秀作家的涌现，使得"杂剧"在"传奇"的冲击下，在行将退出演出舞台之前又展现了新的生机。

二　戏曲的审美特征

在明代戏曲近三百年的历史发展中，其审美特征主要体现在下面三个方面。

（一）高度重视戏曲的情感特质

明代初期，由于统治者对礼教的强制推行，文坛主流长期受复古主义影响，使得早期戏曲发展受制于礼教，到明中期强调用真情实感塑造艺术形象，突出戏曲要表现人的真情真心，尤其是经过徐渭、李贽、汤显祖等人的创作及理论倡扬，将戏曲形象的创作与个体心理诉求紧密结合，表现出对封建礼教和传统的强烈不满和破坏。戏曲美学不再一味追求儒家诗教的温柔敦厚、中和淡雅，而是倡扬自然，追求人的自然情性，在戏剧理论上高度评价表现市井小民生活的戏曲，强调创作上的至情至性；在审美表现上，戏曲需要上天下地的神思，莫可名状的灵气，表现奇人、奇事、奇情，尤其是在以汤显祖为代表的一代天才文人成为戏曲创作的主流后，本是描摹世俗生活、供人消遣玩乐的戏曲，更是进化为表现个性心灵的"虚构"幻想主义艺术，洋溢、彰显着自由独创的审美境界。从汤显祖的剧作来看，《牡丹亭》是其"主情""贵情""惟情"，倡导"至情"的典范之作。长期以来,《牡丹亭》的演出获得了不少闺中知己,赢得了不少眼泪,其重要原因就在于情真意切、情深意长、真情实意、至情洋溢。情感表现只有真切,才能感人。汤显祖曾经表达过自己的戏剧美学观,倡导"贵生""重情",主张以"情"越"理",爱情至上,认为"情"是人的本性和欲望的体现,将"情""理"对立起来,肯定"情"是生命力的表征,是至高无上的。他还讲过一个由于看《牡丹亭》而产生共鸣,并为之幽怨而死的故事:"吴士张元长、许子洽前后来言,娄江女子俞二娘秀慧能文词,未有所适。酷嗜《牡丹亭》传奇,蝇头细字,批注其侧。幽思苦韵,有痛于本词者。十七惋愤而终。元长得其别本寄谢耳伯,来示伤之。因忆周明行中丞言,向娄江王相国家劝驾,出家乐演此。相国曰:'吾老年人,近颇为此曲惆怅!'王宇泰亦云,'乃至俞家女子好之至死,情之于人甚哉!'"① 汤显祖悲其情,还曾经特别写了两首诗,一曰:"画烛摇金阁,真珠泣绣窗。如何伤此曲,偏只在娄江。"二曰:"何自为情死,悲伤必有神。一时文字业,天下有心人。""情之于人甚哉!"又如晚明时期,据支如增在《小青传》中的记载,万历壬子四十年(1612),广陵女子小青,酷爱阅读《牡丹亭》,曾经感叹再三,写诗云:"冷雨幽窗不可听,挑灯闲读《牡丹亭》。人间亦有痴于我,岂独伤心是小青。"哀怨之情,溢于言外。她临死前还仿照杜丽娘写真留影,以梨汁奠之,大声叹息着说:"小青小青,此中岂有汝缘分耶!"随即抚几而泣,一恸而绝,年方一十八岁。由此,也可见《牡丹亭》"贵情""惟情""至情"的审美感染力。

(二)重视戏曲舞台的艺术真实性与虚构性的关系

相比元代,明代文人戏曲得到更大的发展。一方面是对戏剧审美规律的重视与探求。明代戏曲美学对于戏曲自身独有的艺术规律、形式与技巧的研究是比较自觉和全面的,尤其是在明代中叶以后,这种探索已经成为戏曲艺术的重要内容。这种趋势以王骥德的《曲律》为代表。到清朝初期蔚为大观,产生了金圣叹、李渔等戏曲评点大师。另一方面,明代戏曲家文人戏曲针对戏曲偏案头的倾向也不断进行理论和实践的反思。戏曲开始被作为一个审美整体被观照,对于戏曲的舞台美术、表演性等都作出了

---

① 《哭娄江女子二首·序》,见徐朔方《汤显祖集(一)玉茗堂诗之十一》。

探讨。其代表即为王骥德的《曲律》，它在广泛吸收元明两代戏曲的丰富理论和实践成果的基础上，对戏剧美学作了比较全面和严密的论述。

（三）推崇悲喜互现的戏剧形态

西方古代戏剧对于悲剧和喜剧的分类是比较严格和单一的，喜剧和悲剧这一对审美范畴经常用来划分西方古代戏剧作品，但是我们审查明代戏曲，会发现相当多的戏曲作品亦喜亦悲，悲喜互现。正是因为中国古代戏曲的这种独特的审美形态，对于中国古代戏曲是否真正存在西方审美定义上的悲剧，学界一直存疑。一是中国古代文化传统一直倡扬乐而不和的中庸审美理念，喜不可过，悲不宜甚。二是中华民族长期秉承乐观主义精神，西方的悲剧精神与我们的乐天精神是不相合的。近代王国维先生在《红楼梦评论》中较早用悲、喜剧这对审美范畴来审视中国古代文学，其中论及古代戏曲的审美形态，认为中国古代文学除了《红楼梦》之外，是很难再找出西方"悲剧"审美意识上的作品来的。在他看来，中国人之精神，是属于"知足"模式的、"乐天"的。因此，"代表其精神之戏曲小说无往而不著此乐天之色彩：始于悲者终于欢，始于离者终于合，始于困者终于享。"这一类戏剧，如《牡丹亭》之还魂，《长生殿》之重圆，就是最为突出的例子。①

鲁迅先生在《中国小说的历史的变迁》中对古代小说、戏曲的"大团圆"结尾的思想价值和美学价值评价不高。针对这一现象，他从文化心态学方面切入，对此进行了深入的分析，认为中国古代小说、戏曲之所以总是以"大团圆"为结局，之所以崇尚"曲终而奏雅"，是因为中国人的心理深处，是很喜欢团圆的，所以必至于如此。他指出，在中国古代社会，"大概人生现实底缺陷，中国人也很知道，但不愿意说出来；因为一说出来，就要发生'怎样补救这缺点'的问题，或才免不了要烦闷，要改良，事情就麻烦了。而中国人不大喜欢麻烦和烦闷，现在倘在小说里叙了人生底缺陷，便要使读者感到不快。所以凡是历史上不团圆的，在小说里往往给他团圆；没有报应的，给他报应，互相欺骗"②。在鲁迅看来，中国人之所以喜欢看大团圆结局，而不喜欢以悲剧结尾，是因为其心态，

---

① 王国维：《红楼梦评论》，引自《王国维文学美学论著集》，第10页。
② 鲁迅：《中国小说的历史的变迁》，《鲁迅全集》第9卷，人民文学出版社2005年版。

不愿意发现自身的不足。对此，胡适的看法也大体差不多。他指出，这种对"大团圆"接近于痴迷的喜好，乃是由于中国人思想薄弱，经受不了过分痛苦的打击。他说："做书的人明知世上的真事都是不如意的居大部分，他明知世上的事不是颠倒是非，便是生离死别，他却偏要使天下有情人都成了眷属，偏要说善罪分明，报应昭彰。他闭着眼睛不肯看天下的悲剧惨剧，不肯老老实实写天公的颠倒惨酷，他只图说一个纸上的大快人心。这便是说谎的文学。"① 中国人是明明知道人世间的痛苦、不如意的，明明晓得"世上的事不是颠倒是非，便是生离死别"，但却偏偏要表现出一副不以为然的模样，睁着眼睛说瞎话。当然，就另一方面而言，应该说，中国古代的"悲剧"意识、"悲剧"形态与西方是不一样的、不同的，包括"悲剧"美学思想都不一样，而不能够以西方的悲剧美学思想来作比照。从这种意义出发，应该说无论是从数量上还是"悲剧"的质量上，中国古代的、具有民族特色的"悲剧"，相对于西方悲剧来说，是不差的。当然，就"喜剧"而言，则无论是从戏曲传统还是精神特质上更能展示中国古代戏曲的审美品质。明代戏曲尤其是在明代晚期，具有传统讽谏风格的喜剧是戏曲舞台上的宠儿。

第二节　汤显祖与明传奇：以情破理

汤显祖（1550—1661），字义仍，号海若，又号若士，别署清远道人，茧翁。汤显祖出生于诗书世家，5岁即能属对联句，10岁学古文辞，14岁补为诸生，在县学中名列前茅，21岁中举，文名卓著。但是这个江西神童在全国性的进士考试中却一再受挫。据说，汤显祖在科考场上的不得意与张居正有关。传说张居正要安排他的几个儿子取中进士，为遮掩世人耳目，想找汤显祖作陪考。但汤显祖洁身自好，不为所动。他先后两次都严词拒绝招揽，因而直到张居正死后第二年，汤显祖才得以跻身进士。此后张四维、申时行相继为相，他们也曾试图拉拢汤显祖，但由于汤显祖不愿与权贵结交，他都拒绝了。一年后，汤显祖以七品官到南京任太常寺博士。1591年（万历十九年），作了多年闲官的汤显祖在南京礼部祠祭司

---

① 胡适：《文学进化观念与戏剧改良》。

主事的任上，上了一篇《论辅臣科臣疏》，严词弹劾首辅申时行，揭露他贪赃枉法、草菅人命、作威作福、刻掠饥民的罪行。"疏文"对万历皇帝登基以来二十年的国家治理问题进行了尖锐的批评。"疏文"到了神宗手里，他气得全身发抖，勃然大怒，立马将汤显祖放逐，押送到雷州半岛，为徐闻县的典史。到那里一年以后，汤显祖才得以赦免，回到内地浙江，任遂昌知县。在遂昌，他"去钳剧（杀戮），罢桁杨（加在脚上或颈上以拘系囚犯的刑具），减科条，省期会"，建射堂，修书院，成为两浙县令中政绩官声俱佳的官员。

汤显祖在任遂昌知县 5 年以后，由于继任首辅王锡爵曾经被汤显祖上疏抨击过，自然对他不甚喜欢，有意压下荐举汤显祖的公文。长期屈居下僚的汤显祖上感于官场的腐败，下感于地方恶霸之有恃无恐，还因为爱女、大弟和娇儿的先后夭亡而深受刺激，乃于万历二十六年（1598）毅然辞官，归隐于临川玉茗堂中。汤显祖先后创作了《牡丹亭》（1598）、《南柯记》（1600）、《邯郸记》（1601），连同以前所写的《紫钗记》，合称"临川四梦"或"玉茗堂四梦"，并在剧作中完整地展示了他的"至情论"。

汤显祖的"至情论"直接源于明代中叶以后的"虚构"幻想主义思潮。这股"虚构"幻想主义大潮的崛起有其必然性。首先，虽然这时期的社会经济结构在创作者个体上仍属传统的自然经济，但是商品经济得到长足发展，东南沿海地区已经出现了星星点点的资本主义萌芽。万历年间开始推行的"一条鞭法"改革，也自上而下地刺激了社会经济的近代变动。随之像雨后春笋一样出现了许多工商业发达的城市，形成了人数众多的新兴市民阶层。这一时期的哲学思想顺应了这股新的潮流，一是"程朱理学"内部发生了蜕化，继起的陆王心学以"心"为最高本体，一变"程朱理学"以"理"为最高本体，从心理的伦理化走向伦理的心理化，伸展人的情感欲望，肯定人的主观能动性。二是泰州学派改造了王阳明的心学，融进功利主义思想，成为当时最激进的哲学派别，以人性论和功利主义对"程朱理学"的道德说教和禁欲主义作出有力的反拨，带有强烈的启蒙主义色彩。而汤显祖是继李贽、徐渭之后，明代这场思想解放的积极倡导者。其代表作"临川四梦"就对封建礼教作了无情的批判和抨击，在戏剧美学上更是提出了著名的"至情论"，对当时盛行的唯理论形成了巨大的冲击。汤显祖的家乡在江西临川，其时那里的"心学"正是兴盛期，"心学"之祖陆九渊就是江西人。汤显祖早年是"泰州学派"大师罗汝芳的学生，自小跟他学习。汤显祖在《秀才说》一文中云："十三岁时从明德先生游。血气未定，读非圣之书。"①

罗汝芳（1515—1588），字惟德，号近溪，建昌南城（今江西南城县）人。罗汝芳是阳明弟子王艮的再传弟子，与阳明弟子王龙溪并称"二王先生"。在罗汝芳看来，学者要有"赤子之心"。他说："天初生我，只是个赤子，赤子之心浑然天理，细看其知不必虑，能不必学，果然与莫之为而为，莫之致而致的体段，浑然打得对同过。"② 又说："《孟子》曰：在人者，不失其赤子之心者也。夫赤子之心，纯然而无杂，浑然而无为，形质虽有天人之分，本体实无彼此之异。故生人之初，如赤子时与天甚是相近。奈何人生而静后，本感物而动，动则欲已随之，少为欲间，则天不能不变而为人，久为欲引，则人不能不化而为物。甚而为欲所迷且没焉，则物不能不终而为鬼魅妖矣。"③

可见罗汝芳所推崇的"赤子之心"指的是人最自然的、最原始状态的心灵状态，是人与生俱来的情感，而不是后来被社会礼制规范过的伦理情感，所以学者要在"喜怒哀乐之未发"上用功，在创作中要让情感自然流露，要"不追心之既往，不道心之将来，任他宽洪活泼，真是水流物生，充天机之自然！"④ 而这种情感会让人成为万物之灵，是世界生生不息的所在。他强调指出："盖天命不已，方是生而又生；生而又生，方是父母而已身，己身而子，子而子孙，以至曾而且玄也。故父母兄弟子孙，是替天命生生不已显现个肤皮；天命生生不已，是替孝父母、弟兄长、慈子孙，通透个骨髓，直竖起来，便成上下今古；横亘将去，便作家国天下。"⑤ 应该说，罗汝芳所倡导的"生生之仁"，含有生命源流不息之意。汤显祖也认为，只有领悟了"生生之仁"才是有情人。所以汤显

---

① 汤显祖著，徐朔方校：《汤显祖诗文集》，上海古籍出版社1982年版，第1166页。
② 黄宗羲：《明儒学案》，中华书局1985年版，第764页。
③ 罗汝芳：《耿中丞杨太史批点近溪罗子全集》，《四库全书》存目丛书集部，第130册，第766页。
④ 黄宗羲：《明儒学案》，中华书局1985年版，第766页。
⑤ 罗汝芳：《盱坛直诠》（台北）中国子学名著集成编印基金会印行，第47页。

祖在《耳伯麻姑游诗序》中说："世总为情，情生诗歌。"诗歌应情而发，也正是因为人生有情，自然各种喜怒哀乐之情会发自笔端。其论"至情"或"惟情"，即是在论"真心"，不过明德先生所谓的"真心"主要是就"孝、悌、慈"而言的，汤显祖所谓的"真心"却兼及儿女之情，也即男女之情。到后来，他将自己老师的这种"生生之仁"的学术思想化成了自己戏剧创作中所推重的"至情"或"惟情"。他通过"生生之仁"发现了所谓儿女之情，即男女之情的美学要义，从而通过戏剧创作，将儿女之情，即男女之情加以"不须学，不须虑，天地生成之真心"的人文化、人性化色彩，并创作出《牡丹亭》这一出"儿女至情"的颂歌。汤显祖的"至情"或"惟情"思想，其学理依据在于"情"具有纯粹原初的意义，"情"为生成宇宙间万事万物的原初域，为"天命"，表征为"生生之仁"，就"情"与"理"的关系看，"情"中有"理"，"情"生成"理"。就形上意义看，可以说，由于受"阳明心学"以及晚明"性灵说"与个体解放思潮的影响，汤显祖的戏剧美学思想"主情""贵情"，不过，就其所谓的"至情"或"惟情"来看，尽管以"情"为生成世间一切的原初，但其"情"的性质，仍然意指儿女之情，也就是男女之情。《牡丹亭》正是在这种"情本体"的作用下写成的。

中年时期的汤显祖与思想激进的达观禅师交好，尤其敬仰激进的思想家李贽。这二人当时被并称为"二大教主"。李贽的"童心说"及其文艺美学思想带有极为鲜明的市民文化色彩，对汤显祖产生了积极影响。在有关"情理"关系的问题上，汤显祖与达观之间存在分歧，并且对此进行过比较深入的探讨。其中的一些对话被记载下来。

达观为禅宗大师，在当时极为有名，为晚明四大高僧之一，号真可，晚年法号紫柏。汤显祖曾经说："弟一生疏脱，然幼得于明德师，壮得于可上人，时一在念……"[①] 又说："如明德先生者，时在吾心眼中矣。见以可上人之雄，听以李百泉之杰，寻其吐属，如获美剑。"[②] 这里所谓的"明德师"，即王"阳明心学"第四代传人罗汝芳，而"可上人"，即达观禅师，达观与汤显祖交往比较多，有很深的友谊。两人间的因缘起于二

---

① 汤显祖：《答邹宾川》。
② 汤显祖：《答管东溟》。

首诗。隆庆四年，21岁的汤显祖中江西乡试第八名举人，为称谢主考官张岳，他赴南昌西山云峰寺之会。"晚过池上，照影搔首，坠一莲簪"，汤显祖遂题诗壁上，一诗曰："搔首向东林，遗簪跃复沉。虽为头上物，终是水云心。"又一诗曰："桥影下西夕，遗簪秋水中。或是投簪处，因缘莲叶东。"① 不久，达观禅师游方至此，见汤诗，知题诗者未出仕即有归隐之心，以为有宿缘，可以度之出世。

两人之间第一次相识，应该是20年后，即万历十八年十二月。其时，汤显祖被任命为南京礼部祠祭司主事。他有一个江西同乡，名叫邹元标，时任南京刑部广东司署员外郎主事。在邹元标家中，与达观禅师初次见面，达观即诵前诗，曰："吾望子久矣！"汤显祖与达观一见莫逆，汤遂礼观为师，法名"寸虚"。这以后，二人之间往来密切。这从汤显祖文集中所保存的两人间大量的往来的诗文中可看出。

后来，在万历二十六年的岁除，汤显祖归隐临川，达观来到他家，一直待到二十七年上元。此次达观临川之行，是因这一年汤显祖的爱子西儿殇逝。期间的交往，达观在其《与汤义仍》信中都曾记载。之后，万历二十八年达观又有一次临川之行。汤显祖与达观之间，应该是亦师亦友。达观禅师对汤显祖的影响非常大。早年，汤显祖的思想非常矛盾，出入于佛老之间，对长生不能忘情，炼过丹，他作有《黄华坛上寄龙郡丞宗武大还一篇》，细述炼丹的方法过程与好处。尤其是汤显祖挂冠回家隐居以后，其思想冲突更加激越，心情更为矛盾，同时家里又接连发生变故，致使他一度有出家的念头。如他在《达公来自从姑过西山》诗中云："厌逢人世懒生天，直为新参紫柏禅。"厌恶尘世之心致使他纠结不休。从中不难看出，汤显祖的思想一直在道家与释家之间游移。这一时期达观的来访与信笺劝说，使他开始"新参紫柏禅"。从早年直到晚年，汤显祖栖心于佛。显然，同达观禅师的相识，最终决定性地促成他弃道入释。从后来的《南柯记》中也不难看出汤显祖受佛家影响之深。

在"情"与"理"的问题上，达观一直劝汤显祖放弃世情尘恋，抑情扬理，而汤显祖则不赞同达观"情理"相互冲突的观点。对此，汤显祖后来有过深刻的反省："岁之在我甲寅者再矣，吾犹在此为情作使，劬

---

① 汤显祖：《莲池坠簪题壁》。

于伎剧。为情转易,信于痃疟。时自悲悯,而力不能去。嗟夫!想明斯聪,情幽斯钝。情多想少,流入非类。"① 不但如此,他甚至还效法庐山慧远,拟启建莲社,用以出世。汤显祖是晚明"主情"派的代表人物。但当他读到达观的"情有者理必无,理有者情必无"句之后,便在《寄达观》信中幡然感慨说:"真是一刀两断语!使我奉教以来,神气顿王!"并且在继《牡丹亭》之后所创作的传奇《南柯记》与《邯郸记》中,其审美意趣便与《牡丹亭》对"情"的执有大相径庭了。袁宏道《邯郸梦记总评》数语传神:"一切世事俱属'梦境',此与《南柯》可谓发泄殆尽矣。然仙道尚落梦影,毕竟如何方得大觉也?我不好言,当稽首问之如来。"② "当稽首问之如来",此亦取号海若士的汤显祖当时的心境。

一 汤显祖的"唯情论"

(一) 艺术的本质是情感表现

汤显祖认为世界是有"情"世界,人生是有"情"人生。从其代表作《牡丹亭》来看,其所讲之"情"不仅是指人的思想、意志、情志,还包括人之情欲。有"情"的人生,才是真正的人生。因此,汤显祖认为戏剧艺术的最高境域是"至情"与"惟情"之域。而《牡丹亭》则是"至情"或"惟情"之域的生动展现。

对此,汤显祖大声疾呼说:"天下女子有情,宁有如杜丽娘者乎!梦其人即病,病即弥连,至手画形容传于世而后死。死三年矣,复能溟莫中求得其所梦者而生。如丽娘者,乃可谓之有情人耳。情不知所起,一往而深,生者可以死,死可以生。生而不可与死,死而不可复生者,皆非情之至也。"③ "至情"能够穿越生死。在戏曲世界里,其本质就是情感,是可以生、可以死的。汤显祖在《牡丹亭》中摹写得最为出色的也就是杜丽娘的"怀春慕色"之情,在他看来,这种"怀春"之"情"是本性的呈现,天然自然,来无踪去无影,正因为其"不知所起",所以才可能致使"生者可以死,死可以生"。因为其生成于天性,为本心本性的呈现,强

---

① 汤显祖:《续栖贤莲社求友文》。
② 袁宏道:《邯郸梦记总评》。
③ 汤显祖著,徐朔方校:《汤显祖诗文集》,上海古籍出版社1982年版,第1093页。

调的乃是其生成的自然而然,而非外力,是天然之性的流露,绝无丝毫的牵强做作,否则便失去真切性了。从这一点看,汤显祖的美学思想与李贽的"童心说"非常接近。因为所谓"童心",意指发自原初的"本心",与发自本心本性的"怀春"之"情"一样,纯然天然。所以李贽强调指出,"心之初"不可失,"童心"不可失,因为"方其始也,有闻见从耳目而入,而以为主于其内而童心失。其长也,有道理从闻见而入,而以为主于其内而童心失。其长也,有道理从闻见而入,而以为主于其内而童心失。其久也,道理闻见日以益多,则所知所觉日以益广,于是焉又知美名之可好也,而务欲以扬之而童心失;知不美之名之可丑也而务欲掩之而童心失"①。"童心"就是"心之初",就是"本心",即天然纯然之"心"。在李贽看来,"童心"是回归本心本性,以洗涤尘世杂念、外界闻见、涤荡心胸为前提的,在审美创作活动中,创作者只有通过"反身而诚",回归原初心性,即"童心",才能让"情"思泉涌,"情"不可遏,"情"的表现才自然而然,其抒发也才得心应手、活泼自如、无障无碍,这样呈现出来的"情"才是"真情"。"真情"的呈现是天然自然的,不从道理闻见中来,外界的礼义廉耻只会遮蔽本真,使"情"失"真"。所以,汤显祖在描述"至情"或"惟情"时,认为"不知所起""情真""情切",因为是本心本性的自然而然的显现与敞亮,是人生而有之。"人生而有情",这种"情",呈现为思欢怒愁,其生成是"感于幽微,流乎啸歌,形诸动摇。或一往而尽,或积日不能自休""盖自凤凰鸟兽以至巴夷渝鬼,无不能舞能歌,以灵机自相转治,而况吾人"②。"情"是人的本质,是人与生俱来的,属于人自然本性,为天地所赐,是人先天的禀赋。是人及自然万物的生命,即所谓"灵机"。没有生命,没有"灵机",宇宙天地间即没有生机,死寂一片,无论是"凤凰鸟兽"还是"巴夷渝鬼",都是一样。正因为汤显祖深深地了解这种"理",他不仅把创作者个体情感的表现加以深化,以极为深情的、突出的方式加以推崇,而且,他所有文艺创作活动都在实践着其美学思想,可以说,作为其文艺审美创作活动的结晶,其作品就是他自身生命情怀的呈现,是其心灵的真实写照。如

---

① 李贽:《童心说》。
② 汤显祖著,徐朔方校:《汤显祖诗文集》,上海古籍出版社1982年版,第1127页。

《紫钗记》第一出《本传开宗》就写道："人间何处说相思？我辈钟情似此。"《牡丹亭》第一出《标目》云："白日消磨肠断句，世间只有情难诉。"《南柯记》第一出《提世》云："看取无情虫蚁，也关情。"显然，汤显祖的多愁善感及对情感的一往而深使得他的生命观和文学观带有浓厚的泛情色彩。在他的笔下，人鬼可以同喜共悲，虫蚁亦可百般缠绵。总之，源于内在生命的真情是可以超越生死、脱略形骸而恒常不灭的，它可以幻化成世间的万事万物，或使万事万物沐浴在情的光辉之下，成为情感化了的对象。他的《牡丹亭》如此，《南柯记》如此，《邯郸记》亦如此。

（二）情胜于理

"情"中有"理"，同时"情"对"理"又有引导作用。在《牡丹亭》的"题词"中，汤显祖感慨万千地指出："嗟夫！人世之事，非人世所可尽。自非通人，恒以理相格耳。第云理之所必无，安知情之所必有耶。"[①] 在汤显祖看来，"情在则理亡"。可见，他认为，"情"与"理"是互相对立的，特别是"至情"或"惟情"之人更是不受法理的束缚。之所以这样说，是因为"理"的制定如果不是以"人"的"情"为基础，只是凭借所谓的"礼义"规则，从僵硬的条条框框出发，就会变成与"人"之"情"相对的、压制"情"的东西，失去其本来的价值。汤显祖反"理"也正是因为所谓的主流社会无视作为"人"的本心本性的"情"的流溢，只是从社会传统习俗出发，以"理"制定各种社会规范，从而压制了人的正常情感诉求。

李贽也是提倡真情，反对"天理"的，并以此判断世人是不是还保有"童心"。他直截了当地宣称说："若失却童心，便失却真心；失却真心，便失却真人。人而非真，全不复有初矣。"[②] 可见，李贽所赞扬的是保有最原始情感的人，而在汤显祖看来，"至情"或"惟情"就是"人"的原初本性，就是自然而然的"至性""天性"，只有源于"人"的原初之"性"，即"天性"，才符合社会规范。他推崇的"至情""真情"，源于"人"之"真心"，而他所肯定的"理"，其要义也在于"真"，即符

---

① 汤显祖著，徐朔方校：《汤显祖诗文集》，上海古籍出版社1982年版，第1153页。
② 李贽：《童心说》。

合"人"的"至情""真情"的"理"。"真心""真情"即本心本性，即"天性"。对此，袁中道曾一针见血地评价李贽说："去浮理，揣人情。"① 显然，这里所说的"浮理"，即指那些缺乏人情味、没有人文关怀意识的封建伦理。当"情"与"理"由相互对立而发生冲突时，李贽选择"主情""尊情""贵情"，因为"理"如果与"人"之"情"产生对抗，就失去了它的社会价值与道德价值。应该说，汤显祖的"至情"或"惟情"主张与李贽"去浮理"两者在精神上是相通的，两个人都提倡"情"本"理"末，以"情"制"理"，这与"程朱理学"所宣扬的"理"本"情"末、以"理"灭"情"正好相反。值得注意的是，崇尚"真情"，批判"浮理"，并不意味着对一切道德伦常的否定。其实，汤显祖所批判的乃是不合"人"之"情"的"理"，并非一切社会伦理。因此他所谓"真情"，还是具有明确针对性和强烈现实感的，是对"程朱理学"之所谓"天理"的抨击与抗衡。"程朱理学"强调超感性的"理"对人欲的统治，要求存天理、灭人欲，要驱除人们的自然欲望，以伦理规范个体行为。理学家也讲"情"。朱熹说："性之所感于物而动情，则谓之情。"② "性"与"情"，人皆有之，圣人应人性全而情不乱，修养之道在于养性，以节其情，从而使"情"达到中和。可见理学家的"情"是服务于"理"的，是适应社会伦理规范的"情"，"情"不是对个体发自本心的"情"的认可，而是需要加以节制的。汤显祖则反之，以为"性"无善恶，但是"情"发自内心，"情"有善恶，并且作为表现"情"的戏曲是要鼓励扬善抑恶的。

同时，汤显祖所讲的"情"是个体的、具体的"情"，是对个体世俗之"情"、儿女之情的充分肯定，是对"情"的热烈追求。汤显祖尚"情"，但很少讲"欲"，但是他并不回避情欲问题。在汤显祖看来，情与欲是经常糅合在一起的，是难以区分的，他对"欲"是积极肯定的。《牡丹亭》中的杜丽娘身上就体现了情与欲的结合，她对柳氏的倾心首先来自少女青春期原始情欲的苏醒。《南柯记》的淳于棼，《邯郸记》的卢生身上展示的是对金钱、权势的狂热追求。作为爱情主题之一的性爱在中国

---

① 袁中道：《李温陵传》。
② 黎靖德：《朱子语类》。

艺术审美中从来都是在人伦教化的前提下进行的,是没有独立的自身价值的。到了汤显祖这里,开始突破"程朱理学"的限制,正视性欲本身的独立价值,并且将性与情放在同样的位置,性爱被加以一种公开的、肯定的描写。汤显祖更是进一步将"情"作为对抗"程朱理学"所谓"天理"的武器,在其辞官退隐之后所写的《青莲阁记》一文中,他指出,人世中有"有情之天下",也有"有法之天下"。他说:"有是哉,古今人不相及,亦其时耳。世有有情之天下,有有法之天下。唐人受陈隋风流,君臣游幸,率以才情自胜,则可以共浴华清,从阶升,嫉广寒。令白也生今之世,滔荡零落,尚不能得一中县而治。彼诚遇有情之天下也。今天下大致减才情而尊吏法,故季宣低眉而在此。假生白时,其才气凌厉一世,倒骑驴,就巾拭面,岂足道哉。"[1] 他认为,这两种"天下"的对立,又因时代不同而有差异。李白与明代文人李季宣命运的差异,原因不在两人自身,而是因为李白生于唐代这样一个"有情之天下",从而得以放达而成人间仙人;李季宣生于明代这样一个"有法之天下",无奈才困情滞,只得"低眉而在此"。汤显祖以"法"和"情"二分天下,一是明确"情"与"法"的精神,二是在情与法的对峙中确立"情"的位置和价值。

《牡丹亭》肯定和赞美了青年男女美好的自然情欲。

首先,作品在《闹殇》之前充分表现和赞美了情欲。《闺塾》中讲求偶的"关雎"诗第一次触动了杜丽娘的少女心,其怀想异性之情一旦被触动,并一发而不可收,以致进入梦幻中,与"素昧平生"的柳梦梅巫山云雨。显然杜丽娘的"情",不是重在精神交流上的古代爱情,柳梦梅更多的是一个性爱符号,而不是女主人公特定的爱慕对象,所以杜柳二人的梦中情爱更多地应被视为现代意义上的性爱。其次,这场起于男女生理欲望渴求的至情之爱,在作品的后半部分开始超越纯粹的肉体之爱,逐渐转化为对美好生命与生活的追求。从《冥判》《幽媾》到《回生》《婚走》,作品展现了杜丽娘为争取与爱人在现实生活中结合所作的抗争,更写了她从追求生理欲望的满足转向追求美好的生命。作品相当真切地描写了欲望的不可压制与强大无比以及从肉体到精神之爱的自然转化。

---

[1] 《汤显祖全集》,北京古籍出版社1999年版。

相对于前人的唯情感论，汤显祖特别重视"情"丰富的社会人生内涵。汤显祖在《耳伯麻姑游诗序》中这样描写"情"的社会作用："因以荡涤人意，欢乐舞蹈，悲壮哀感鬼神风雨鸟兽，摇动草木，洞裂金石。"①"情"在不知不觉中陶冶人的情性，并且能惊天地泣鬼神。他曾经对戏曲的社会审美价值作过比较详尽的描绘，说："可以合君臣之节，可以浃父子之恩，可以增长幼之睦，可以动夫妇之欢，可以发宾友之仪，可以释怨毒之结，可以已愁愤之疾，可以浑庸鄙之好。然则斯道也，孝子以事其亲，敬长而娱死；仁人以奉其尊，享帝而事鬼；老者以此终，少者以此长。外户可以不闭，嗜欲可以少营。人有此声，家有此道，疫疾不作，天下和平，岂非人情之大窦，为名教之至乐哉。"②"情"的教化作用在于它可以在人情的欣悦中不期而至，可见汤显祖在重视"情"的自我个体特质的同时，是强调"情"对戏曲受众的社会教化影响的。他不仅要使人于"至乐"中达成"美"的境域，而且要令人于"至乐"的享受中得到"善"的教化。超越礼义规范，由"人"本心本性所呈现出来的"真情""至情"为自然之"情"，它原本就是"至善"的，可使"人"在"至乐"中臻于"美"之域。

在汤显祖看来，作为一名剧作家，必须超越传统，摆脱"程朱理学"之"理"的束缚，回归原初心性，回复于"诚"的本性，敞亮自身的真性情。在《合奇序》中，他对那些思想守旧、为人保守、固执顽固、目光短浅的儒生进行了尖锐的批评，认为其"耳多未闻，目多未见"。其思想囿于理学，见识浅陋，除了拷贝理学思想之外，毫无己见，原本就没有资格探讨诗文创作。正是有感于"程朱理学"对"人"思想的禁锢与束缚，汤显祖强调指出，诗文创作中必须要有真性情。他呼吁真性情的到来，认为《焚香记》之所以"人人最深"，就是因为其"尚真色""所以人人最深，遂令后世之听者泪，读者颦，无情者心动，有情者肠裂。何物情种，具此传神手"③。"尚真色"，所以"人人最深"，无论是"无情者"，还是"有情者"，都会为之动心。由于《焚香记》"其填词"表现

---

① 汤显祖著，徐朔方校：《汤显祖诗文集》，上海古籍出版社1982年版，第2096页。
② 同上书，第1188页。
③ 同上书，第1656页。

的是剧作家的真实之"情",所以感染力强。正是因为汤显祖对"情"作用的高度肯定,所以才有了文学史上他与"吴江派"代表人物沈璟的著名争论,在处理戏剧的内容和形式的关系时,他强调要以情为主,词曲音律都要服从于情,像沈璟那样"宁协律而词不工""以律害词""以律害情"的做法在汤显祖看来是要坚决摈弃的。

其次,剧作家要由"情"着眼,从"情"的立场来看待万物,使"情"与宇宙自然、万事万物间融会贯通、豁然敞亮。在"情"的表现与抒发同写作技巧发生矛盾时,汤显祖主张"唯情",即"情"的表现在正常基础上要对艺术传达规范有所突破。在展现剧作家个性化、情感化特色的同时,应照顾艺术规范。他认为,表情达意是首要的、至关重要的,而艺术规范则可以有所突破。他喜欢运用"狂"与"狷"来表征两种不同的审美风貌,并以此提出自己的审美创作观念与审美价值指向。在《肖伯玉制义题词》中,他曾经指出:"子言之,吾思中行而不可得,则必狂狷者矣。语之子文,狷者精约俨厉,好正务洁,持斤捉引,不失绳墨。士则雅焉。然余所喜,乃多进取者。其为文类高广而明秀,疏夷而苍渊。在圣门则曾点之空衮,子张之辉光。于天人之际,性命之微,莫不有所窥也。因以裁其狂斐之致,无诡于型,无羡于幅,峨峨然,泅泅然。"[①] 显然,他推崇"狂者",正是因其不肯拾人牙慧,墨守成规,而不像"狷者",尽管其文"持斤捉引,不失绳墨""精约俨厉,好正务洁",但他还是欣赏"狂者",喜欢其"为文类高广而明秀,疏夷而苍渊"。而汤显祖身上就有一种"狂者"精神,他在行为上中规中矩,但在精神意气上与明末士子的狂气相接,其表现就在他对奇文、奇士的推崇上。

最后,在汤显祖看来,铸成戏曲作品艺术品格的审美要素,应该是意蕴,即他所谓的"意、趣、神、色",而不是一般人所说的,体现为艺术传达方面的"九宫四声",就是那些属于音韵方面的规律。所谓"意、趣、神、色",主要意指剧中人物形象的鲜明生动、传神写照,同时,又是剧作家性情的真实呈现与真切吐纳,所以是最为难得、最值得珍惜的。假设一味执着于形式,斤斤计较,本末倒置地将"九宫四声"放在主要位置,念念不忘格律之得失,则有"窒滞迸拽之苦",创作也是很难进行

---

① 《汤显祖全集》,北京古籍出版社 1999 年版,第 1203 页。

下去的。汤显祖的戏剧作品就常常因为"意、趣、神、色"而摈弃"九宫四声"的刻板束缚。"声律"方面的要求，是剧作家进行戏剧创作的经验积累，可以吸取，但不应成为"情性"抒发的桎梏。正因为对"意、趣、神、色"的推崇，所以汤显祖对《西厢记》刻画人物"见精神而不见文字"的审美创作特色大加赞赏。"意、趣、神、色"既然是艺术的灵魂，改格律以就"意趣"自然是解决形神矛盾的选择。"情"是产生审美创作活动的动力，也是审美创作的意义所在，表情达意是审美创作活动的目的。当所要表现的"情"与所谓的"理"与"法"发生冲突时，只应当让"理"与"法"来迁就"情"，顺应"情"，而不应当做得相反。

（三）"因情成梦，因梦成戏"

如果说汤显祖在戏曲创作上将"情"作为对世界的自我体认，那么他将"梦"作为这一"至情"或"惟情"观传达的手段，"梦"是对"情"的理想化和艺术化。对此，叶朗在《中国美学史大纲》中指出，汤显祖的审美取向是对"有情之人"，也就是"真人"的推崇，其向往的审美境域是"有情之天下"，也就是"春天"。"但是，现实世界并不是'有情之天下'，而是'有法之天下'。现实生活中并没有春天。春天被'理'、'法'扼杀了。于是'因情成梦'。由'情'的概念引出'梦'的概念。在'梦'中，无情之人变为有情，从而成了'真人'。在'梦'中，有法之天下变为有情之天下，从而有了'春天'。所以，'梦'就是汤显祖的理想……再进一步，'因梦成戏'。'戏'就是写'梦'。'戏'之所以必要，就是为了寄托他的理想，把他的理想化为艺术形象。他的'临川四梦'，特别是《牡丹亭》，就是他的强烈的理想主义的表现。"[①]这应该是对汤显祖独特艺术精神的精辟总结。在《牡丹亭》中，汤显祖自己也感慨再三地说："世间只有情难诉。""情"，既可以真切感受，又不得要领，既具体又抽象，若即若离、恍恍惚惚、扑朔迷离、如梦如烟、难以捕捉、难描难画、极难把握，不过汤显祖领会了其中的真谛，寻找到适当的表现方式，这就是"以梦传情"。对此，他在《复甘义麓》中曾经表述说："弟之爱宜伶学'二梦'，道学也。性无善无恶，情有之。因情成梦，因梦成戏。戏有极善极恶，总于伶无与。伶因钱学《梦》耳。弟

[①] 叶朗：《中国美学史大纲》，上海人民出版社 1985 年版，第 341 页。

以为似道。怜之以付仁兄慧心者。"① 所谓"宜伶"即江西宜黄地区采用弋阳化之海盐腔演唱的伶人。这段话涉及"情"与"戏"的关系。在汤显祖看来,"性"原本无善无恶,而"情"则有之。所以在戏剧创作中可以"因情成梦,因梦成戏",但"戏"中所表现的"极善极恶"之"情"和演戏的伶人是没有内在关系的。"戏"中所表现的"情",与现实生活中的"情"是有距离的。这里显然涉及了戏剧美学中的一个核心问题。在《南柯记》中,他再次强调说:"一点情千场影戏。"在《与丁长孺》中又加以强调指出:"弟传奇多梦语。""四梦"中的霍小玉、杜丽娘、卢生、淳于棼,何尝不是"因情成梦"呢?霍小玉思夫成梦;卢生为富贵而成梦;淳于棼为显达而成梦;《牡丹亭》更是汤显祖写梦的得意之作。可见汤显祖所倚重的"情"一字,始终笼罩着一层梦幻色彩。这种"梦幻"性,应该正是戏剧表演的艺术性、审美性之所在。"梦"才是"情"得以实现的最佳场所。"临川四梦"所表达的审美意蕴尽管与之不同,但都是通过"梦"境的展现以传达剧作家所要表现的审美旨趣与情感,以"梦"的展开为故事情节,并以"梦"结尾,贯穿于"梦"。"梦"既是人自然本性之"情"受到压抑而在现实生活中不能实现的一种幻境,一种变幻形态,又是人解脱现实拘锁的方式。汤显祖写"梦",就是直面人生。在《邯郸记》及《南柯记》中,他借卢生、淳于棼之"梦"展现了时人的贪名逐利。在《牡丹亭》中,他又借女主人公杜丽娘之"梦"来表现自己所推崇的生成宇宙间万事万物的"情",并且表达自己"主情""贵情""惟情"的戏剧美学思想以及审美诉求。可见,"梦"是他观照现实、表现人生的一种方式。只是"梦境"再酣,总有睡醒之时,何况汤显祖的"梦境"太过夯实。

汤显祖尽管在多年不为重用后只做到七品县令,但是他还是尽可能不屈不挠地实践着自己的政治主张,这从他在遂昌建书院、教稼穑、轻赋役、收隐田、平冤狱、惩恶霸等卓然政绩中可以看出。只是在党同伐异、利欲横流的官场中,他越来越深刻地体悟到理想与现实政治的格格不入,在无力坚守后只能亲手毁灭理想。在《南柯梦》中,他采用象征手法,一方面讴歌儒家理想,另一方面又不无痛苦地写出了理想的破灭,最终以

---

① 汤显祖著,徐朔方校:《汤显祖诗文集》,上海古籍出版社1982年版,第1189页。

南柯一梦作结,将黑暗现实埋葬于笔下。正是现实世界的残酷与压迫,使得他只能"因情成梦,因梦成戏",在"梦境"凝成的审美空间中反思与探索社会人生,这种软弱的反抗让他常常自嘲"弟传奇多梦语",聊以自慰。其中《牡丹亭》以"梦"为使,更多地体现了他对人性的探索,其中汤显祖对于"情"的理解加入了新的时代内容,体现出鲜明的时尚美学特色。他吸取王学左派思想家李贽所提倡的"童心"美学思想,将其美学精神熔铸于戏剧审美创作之中。在《牡丹亭》中,人们可以看到"以梦入情",回复到原初心性以后"心灵"的纯净。在《邯郸记》中,汤显祖则借"卢生之梦"来批评道家对"情"的态度,这就是"把人情世故都高谈尽"。在《南柯记》中,汤显祖表现的是佛家对于人世之"情"的态度,在佛教看来,到达"忉利天""夫妻"之间就没有情欲,"并无云雨"。若到"以上几层天去,那夫妻都不交体了。情起之时,或是抱一抱儿,或笑一笑儿,或嗅一嗅儿"。当淳于棼梦醒后最终悟出"一切皆空"的佛家要义时,便立地成佛了。

二 "千古一梦"——《牡丹亭》

《牡丹亭》的故事题材不是汤显祖的原创,戏曲诞生前就有话本小说《杜丽娘慕色还魂》,并且流传甚广。小说写的是宋光宗年间,有一南雄太守,名杜宝。杜宝有一爱女,名叫杜丽娘。此女在一年的春天,因游园感梦,生病而亡。丽娘在生前曾经自画小像。死之后,此小像被柳太守的儿子柳梦梅发现。梦梅遂朝思暮想,终于感动天地,于是得与丽娘的鬼魂幽会,并最终致使丽娘重新活过来,与柳梦梅成就姻缘。汤显祖则在此蓝本上,把这个具有传奇性的故事改编成剧本。剧中人物形象更加丰满、情节更加精彩,又加上了复杂的唱词及场景设计,使两个年轻人追求个性自由、恋爱自由的反对封建礼教爱情故事更加摄人心魄。年轻貌美的杜丽娘,"因梦而死""由死而生"的幻想情节,显然来自剧作家汤显祖的虚构,但也是对现实生活的升华。正是在现实生活中杜丽娘的情感受到严重压抑,她才不得不进入梦中去寻找真情,这个"梦境"凝聚了杜丽娘对生命理想的执着追求。为了这一理想,她不惜以死寻梦,对于现实世界的生,她没有眷恋,她有的是对青春的珍爱,对如花美貌的叹息,对心无可寄的哀叹,对情无可托的迷惘。相反,死亡对于杜丽娘来说,不是结束,而是重新寻找爱情理想的开始。正是这种超越生死，上天入地、至死不渝的至情，赋予杜丽娘这个戏曲形象以感人至深的审美魅力。也正是这种置生死于无物的奇情，使得杜丽娘战胜了所谓的天理人伦，情之所至，金石为开，她最终复生，以此颂扬了至情与人性的不可战胜。

《牡丹亭》赋予杜丽娘生生死死的至情至性，是根植于自然人性上的爱情颂歌，这自然与"程朱理学"统治下的伦理道德是相逆相反的。为了表现情与理的激烈冲突，汤显祖有意设置杜丽娘出生入死、起死回生的情感历程，以此展现个人与社会、理想与现实、主观与客观之间的冲突与调和。作为至情的化身，杜丽娘还要经历一番出生入死、起死回生的情感历程。因为她所面对的是源远流长、盘根错节的封建传统意识。社会现实让作者意识到要真正实现个性解放，要让情感需求凌驾于礼教之上，在当时的社会里几乎是没有现实可能性的。然而出于对真情真性的渴求，剧作家极力写杜丽娘的由梦入情，由情而死，出生入死，以表现杜丽娘为"情"所困扰的情景；同时又尽力刻画其因情而生、起死回生，以赞美人间"至情"和自然人性的生命力。极具"虚构"幻想主义色彩的审美诉求促使剧作家希冀"至情"的呈现，以超越生死，摆脱"程朱理学"的羁绊，使人性得到张扬。

《牡丹亭》所推崇的"情"，所渴望的男女之情的解放，极具时代意义。其时，商品经济的发展促使人们提高了对文化精神生活的要求，对满足自然情性的渴望已成为时代的呼声。杜丽娘是"情"需要抒发的人文符号，其符指是她对"情"的执着追求，愿为"情"死，更愿为"情"活则是现实生活中人们对情感需求的迫切性与普遍性的体现，无怪乎汤显祖说："天下女子有情，宁有如杜丽娘者乎。"又说："嗟夫，人世之事，非人世所可尽。自非通人，恒以理相格耳。第云理之所必无，安知情之所必有邪？"[①]

问世间情为何物，直教人生死相许。对爱情的渴望决定着杜丽娘的生死。杜丽娘因为对爱情的饥渴而死去，因为对爱情在现实生活中的渴求而复生，爱情自始至终左右了她的生死。对于至情至性的杜丽娘来说，有爱则生，无爱则宁愿毁灭，遁迹梦中。杜丽娘在梦中摆脱了礼教

---

① 汤显祖著，徐朔方校：《汤显祖诗文集》，上海古籍出版社1982年版，第1157页。

对人的自然情感的一切外在规范与限制。她可不凭父母之命，媒妁之言而单从自身意愿出发，自由选择与意中人结为秦晋之好。而现实世界往往用各种严苛的礼教规范来束缚人，压制人自然情感的表达，进而扼杀人的自然属性，无视人本身自然情感的存在。婚姻关系的确立、男女之间的结合必须是父母之命，媒妁之言，完全不尊重当事人的意愿，根本没有当事双方发表意见的可能，男女双方要求社会地位相配，要门当户对，以此建立裙带关系，扩大家族势力，没有取得功名的读书人要通过科举考试、蟾宫折桂之后，方能迎娶名门千金。一般人看好的所谓最为美满、最为得体的婚姻，其实质根本没有"情"这一联系婚姻的纽带。

显然，在封建之"理"的严酷监视下，汤显祖企图以"情"救治天下、通于天下的审美希冀在现实社会生活中显然是不能实现的，因此只能通过"梦"、寄寓于"梦"，于"梦境"中实现。在"梦"中，人的自然之情才能超越现实、摆脱礼教的困扰，自由自如。

汤显祖甚至认为通过有情之天下，同样是可以实现人伦教化的。这一方面反映了当时社会对于个性解放和个体价值尊严的追求，另一方面是对扼杀真情的所谓天理的强烈冲击，在戏曲审美上展现了新的审美本质，确立了以"情"为中心的新的审美体系，通过夸张的"虚构"幻想主义想象，赋予戏曲作品及其演出以奇异瑰丽的美学魅力。

值得注意的是《牡丹亭》中的"梦境"并没有贯穿全剧的始终，它只是演绎了剧中的部分情节，如"惊梦""寻梦""欢挠""婚走"等。在这些"梦境"中，杜丽娘与她的爱人柳梦梅缠绵悱恻，甚至大行云雨之欢，淋漓尽致地表现了一个桀骜不驯的年轻女子对于情爱的大胆追求，但"梦境"毕竟是虚幻的，它必然要与现实发生接触。当杜丽娘由梦而醒，从"梦境"中回到现实的时候，她仿佛已脱胎换骨，从前的激情浪漫不复存在，代之而来的是彬彬有礼和循规蹈矩，最终使得传奇式的爱情加入了"父母之命，媒妁之言""才子及第，奉旨成婚"的世俗大合唱。可见，"梦境"是汤显祖为"情""礼"之间紧张对立所设置的一个中介，通过这一中介以缓解冲突，实现"情""礼"间的平衡与和谐。但是"梦境"的虚幻特征同时也意味着"情"缺乏对现实生活的认同感，它是一种自觉的避让，自觉地保持一段距离，而这种境界不属于清醒的理性思维，事实上它是属于审美活动的，它使得戏剧内容，也就是"情"超越了普遍实用的价值判断，作为一种审美的感性体验得以保存。① 正是剧作家的对于"情"问题所进行的深入考量，在《牡丹亭》的结尾才出现了"情"与"礼"冲突的消解。应该说，以"情"反"理"的深层蕴藉着对"情""理"如何协调以进一步有利于恋爱、婚姻与家庭的思考，而其矛盾的消解，在剧作家看来，则应该是引"理"入"情"，"情""理"相融。

第三节　明传奇的舞台美术：虚实相生

汤显祖的唯情论强调以理胜情，将戏曲的审美本质归为"情"。在解决了戏曲艺术的本质后，戏曲美学发展所面对的另外一个重要问题是戏曲艺术的审美表现问题。明代传奇在继承、吸收元代戏曲审美表现的基础上，对这个重要问题进行了进一步的探索。

一　"出之贵实""用之贵虚"

真实是戏曲的生命，但是戏曲所展示的真实不是生活实景和历史事件的记录，它要表现的是艺术的真实性。首先，戏曲表现的生活是从现实生活中提炼出来的，它既出自生活，自有与现实切近之处。李贽、冯梦龙、王骥德都提出过戏曲的真实性要求，反对凭空杜撰、捏造其事。王骥德在其《曲律》中，从虚实角度对明传奇这一舞台特点进行了总结："剧戏之道，出之贵实，而用之贵虚。《明珠》、《浣纱》、《红拂》、《玉合》，以实而用实者也。《还魂》、'二梦'，以虚而用实者也。以实而用实也易，以虚而用实也难。"② 因而王骥德特别推崇传奇剧。王骥德还指出，以实而用实如果只是拘泥于历史生活的描写，因事设戏，就事编戏，没有创作者个体的想象提升，就会流于平庸，审美价值也不会高。艺术的真实是一种情感的真实。戏曲的艺术本质是"情"，"情"的外在表现可以穿透时空、跨越空间，但是戏剧表现的内在情感要充实确定。李渔曾经就这一问题进行了思考："传奇所用之事，或古或今，有虚有实，随人拈取。古者，书

---

① 左其福：《"唯情"的困惑——论汤显祖文学观的内在矛盾及成因》，《中国韵文学刊》2003年第6期。
② 王骥德：《曲律》卷三《杂论》上。

籍所载，古人现成之事也；今者，耳目传闻，当时仅见之事也。实者，就事敷陈，不假造作，有根有据之谓也；应者，空中楼阁，随意构成，无影无形之谓也。"①

一种是"以实而用实"，即李渔所谓"就事敷陈，不假创作，有根有据"，其题材来自古籍或者耳目所见；另一种是"以虚而用实"，即李渔所谓"空中楼阁，随意构成，无影无形"，这就需要充分发挥想象力和创造力，运用艺术虚构，以实为体，以虚为用。而所谓的生活现实只有经过艺术家心灵的过滤，眼中之竹经胸中之竹，再到笔底之竹，由质朴的、自在的状态，经由审美化、艺术化的流程，将生活场景升华为"情"的场景，并从此一流程中获得一种超越意义和审美意义。因此，戏曲应该是社会生活和艺术虚构的结合。谢肇淛就明确提出："凡为小说及杂剧戏文，须是虚实相半，方为游戏三昧之笔。亦要情景造极而止，不必问其有无也。……必事事考之正史，年月不合，姓字不同，不敢作也。如此，则看史传足矣，何名为戏？"②

可见，尽管戏曲中可以找到历史的影子，但是作为舞台艺术，它有着自身特质和审美表现形式。

二 戏剧作为一种舞台艺术和表演艺术的美学本质

戏剧是一种寓言，不必比附生活实事实景。徐复祚曾经强调指出："要之，传奇皆是寓言，未有无所为者，正不必求其人与事以实之也。"③ 在他看来，"传奇"都是有寓意的，因此针对那种对《琵琶记》本事的种种猜测和考证，他明确指出"是不必核"，因为戏曲只要能"传其词"即可，就是说其重要在于其是否具有艺术感染力，如"富艳则春花馥郁，目眩神惊；凄楚则啸月孤猿，肠摧肝裂"说的都是戏曲的艺术魅力问题。既然对生活和历史不能以实用实，那么对于生活情境的展示，就要根据剧作家的情感和舞台表现的实际加以虚构。如何用虚拟化的舞台表演来展示艺术审美理想，就成为明代舞台艺术发展所要解决

---

① 李渔：《闲情偶寄》卷之一《词曲部·结构第一·审虚实》，《集成》第七册，第20页。
② 谢肇淛：《五杂俎》卷一五。
③ 《中国古代戏曲论著集成》第四集，中国戏剧出版社1980年版，第234页。

的一个重要问题。

（一）传奇重在对舞台艺术意象和艺术意境的创造

传奇对舞台的营造首重"意境"营造。"意境"是意与境的结合。美学上所谓"意境"是指突破有形的物象之后所产生的无限的物象，即象外之象，景外之景，实景与情思的结合。优秀的戏曲作品是要在舞台营造的戏剧情境之外，创造一个能够引发读者广泛想象力的审美意境。它不但对观众有启示作用，而且能丰富、开阔观众的想象力。审美意境的存在方式即为虚实结合。作为审美创作者个体的情思是虚的，它必须寄寓在舞台对戏剧情节的真实再现上，这个再现的舞台表现是实的，但是戏曲故事也不可如实照搬生活，它对故事的展示是根据"情"的发展脉络进行裁剪的，无须尽和历史与现实生活一致。舞台的核心人物必然也是真与假、虚与实结合的产物。生活的真实要依靠各种比喻、象征、暗示等手法来塑造。物象要和"情"结合，要化景物为情思，通过对景物的真实描写，寄托剧作家的情思，观众眼中看到的是舞台上真实的场景，心中感受到的是场景以外的人物的情思。如《宝剑记·夜奔》中有一段："急走羊肠去路遥，每能够明星下照？昏惨惨云迷雾罩，疏惨惨风吹叶落。听山林声声虎啸，绕溪涧哀哀猿叫。安呀！唬得我魂飘胆销，似龙驹奔逃，心惊路遥。呀！百忙里走不出山前古道。〔收江南〕呀！又只见乌鸦阵阵起松梢，听数声残角断渔樵。忙投村店伴寂寥。想亲帏梦杳，空随风雨度良宵。"

这段写的是林冲投奔梁山时的心境，这是典型的化虚为实、化实为虚、虚实结合的审美表现手法。这段舞台唱词再现的是残月之夜、荒山古道、迷蒙云雾、寒风扫叶、山林虎啸、溪涧猿啼，把林冲上梁山时的惊恐悲切的心理表现得淋漓尽致。通过这些景物描写，读者对林冲慌忙奔逃的情境感受就如在目前。宗白华先生曾经指出："以宇宙人生的具体为对象，赏玩它的色相、秩序、节奏、和谐，借以窥见自我的最深心灵的反映；化实景而为虚境，创形象以为象征，使'人'最高的心灵具体化、肉身化，这就是'艺术境界'。艺术境界主于美。"[①] 作为审美活动的一种文艺活动是以对"美"的体验与把玩为目的的。而"美"则是主观与客观的统一，情景的统一，是来自心灵的自然呈现与事物的映射、表现，戏

---

① 宗白华：《中国艺术意境之诞生》，《宗白华全集》第二卷，安徽教育出版社1994年版。

曲的"美"也不例外，尽管它是再现艺术，但仍以心灵童趣的表现、映射为其美的表现，其表现的基本方式就是通过"意境"把心灵童趣具体化、肉身化，让人窥见心灵最深处的奥秘。舞台人物作为作家情趣与客观物象的统一体，不但可以做到写物栩栩如生，而且富有含蓄蕴藉的情趣；不仅能体现形象本身所具有的美感，而且能产生象外之象，味外之味，具有丰富持久的美感体验。王骥德在《曲律·论套数》中描绘了这种美感："意新语俊，字响调圆，增减一调不得，有规有矩，有声有色，众美具矣。而其妙处，而在句字之外。又须烟波渺漫，姿态横溢，揽之不得，倚之不尽。摹欢则令人神荡，写怨则令人断肠，不在快人，而在动人。此所谓风神，所谓标韵，所谓动吾天机。不知所以然而然，方是神品，方是绝技。"所谓"风神"，所谓"标韵"，原是用在绘画上展现人物形象的个性的，后来在美学上用来概括作品的整体风貌。这里所说风神，一方面是说戏曲形象的鲜明生动性，另一方面是说真挚的"情"所产生的强大感染力，这种感染力可以达到令人神断魂移的审美效果。

（二）舞台表演重在达情

舞台表演不在"说法"而在"表情"。剧作家往往出于情感抒发的内在需要，根据不同的题材而相应地变换艺术手法，或热肠骂世，或冷板酷人，或严正庄重，或滑稽调笑，总之，"摹欢则使人神荡，写怨则令人断肠"[1]。其情之发要表露得淋漓尽致，所以王思任评点《牡丹亭》时高度赞扬其惊心动魄的情感力量："若士自谓一生《四梦》，得意处惟在《牡丹》。情深一叙，读未三行，人已魂销肌栗，而安顿字，亦自确妙不易。其款置数人，笑者真笑，笑即有声；啼者真啼，啼即有泪；叹者真叹，叹即有气。杜丽娘之妖也，柳梦梅之痴也，老夫人之软也，杜安抚之古执也，陈最良之雾也，春香之贼牢也，无不从筋节窍髓以探其七情生动之微也。"[2] 孟称舜在比较诗词和曲的基础上，把"情"的传达作为戏曲创作和表演的重要手法："曲之难者，一传情，一写景，一叙事。然传情写景犹易为工，妙在叙事中绘出情、景，则非高手未能矣。"[3] 的确，与诗词

---

[1] 王骥德：《曲律·论套数》第二十四。
[2] 王思任：《批点玉茗堂牡丹亭叙》。
[3] 孟称舜：《古今名剧合选》第十六集《魔合罗》第一折眉批。

创作不同，戏曲不但要表现眼前之景、胸中之情，而且要"传情""写景""叙事"兼而有之，要"因事以造形，随物而赋象"。可见，戏曲即使叙事，其根子还在"达情"上。戏曲表现感情要更丰富、更直观，因为它们要将真实的人生，要将喜怒哀乐直接诉诸观众的视听，并通过视听实现心灵的震撼。所以戏曲演出往往"时而庄严，时而谐谑，孤末靓狙，合傀儡于一场"，而"征事类于千载；笑则有声，啼则有泪，喜则有神，叹则有气"，诗辞"率吾意之所到而言之，言之尽吾意而止矣""至于曲，则忽为之男女焉，忽为之苦乐焉，忽为之君"①。戏剧演出再现的是社会生活的方方面面，百态千姿，往往比实际生活更丰富、更壮阔。因此，其审美意旨更为深远，更加有社会内涵。剧作家要真切地再现生活，就必须有对生活的深刻体验，要化其身为"曲中之人"，如同画马者，学为马之状，用自己的真情实感去体会剧中人的感情，才能写出优秀的作品。学戏者不置身于场上，则不能为戏；而撰曲者不化其身为曲中之人，则不能为曲，需要把自己的"情"倾注在戏中人物身上，用心去体验人物的感情。② 袁于令也指出："剧场即一世界，世界只一情。人以剧场假而情真，不知当场者有情人也，顾曲者尤属有情人也，即从旁之堵墙而观听者，若童子，若聋叟，若村媪，无非有情人也。倘演者不真，则观者之精神不动；然剧作家不真，则演者之精神亦不灵。兹传之总评惟一真字足以尽之耳。"③ 剧作家与伶人对生活有真切感受，能深刻体会剧中之人的"情"，在创作剧本与扮演剧中人物时才会动"情"。只有演者动情，观者才会在观剧时动情。三者是一环紧扣一环的。假戏真做之所以感人至正深，是因为剧作家不断为内心的"情"意熔铸适当的形式、符号、载体。唯如此，戏剧艺术才能在它所植根的现实生活之上开拓出一片自由开阔的心灵空间，创造出一个绚丽多彩的艺术世界。

三 "游目骋怀"——舞台独特的时空结构

时空结构的独特设置是中国古代戏曲同西方古代戏曲的重要区别之所

---

① 以上均见孟称舜《古今名剧合选·序》。
② 蔡钟翔：《中国古代剧论概要》，中国人民大学出版社1988年版，第130页。
③ 袁于令：《玉茗堂批评焚香记·序》。

在。传奇在舞台表演上对时间的设置是主观和心理上的。这点,和西方古代戏剧有很大的不同,西方古代戏剧的表演时间和物理时间基本一致,它通常借助剧中人物的回顾来交代事件的前因后果,保证舞台表现的厚度,同时又不偏移时间和事件的一致性原则。而传奇的生活时间、发生时间和跨度通常不受演出时间的限制,舞台上的时间是跟随人和事件的转换自由流转的。舞台上在不经意间可以是春去秋来、年轮偷换、星移斗转、沧海桑田,甚至开幕是小孩、是青丝,结尾则是老翁、是白发,往往在短时间的演出中意指数十年的人世沧桑。这样的舞台时间呈现主要得益于传奇独特的时空设置。

1. 场上时间省略。通过演唱和动作省略时间,这些被省略的时间往往对剧情发展的影响不大。所谓一个圆场百十里,一句慢板五更天,开场是黄口小儿,终场是白发老翁,说的就是这个意思。通常采用上下场的结构,时间的省略就是借助演员的上下场来完成的。

2. 心灵时间的延展。传奇在事件和人物的关系上,不是事件控制人物的情感进程,而是以人物情感的流动展示事件的发生发展。因而传奇表演所呈现的舞台时间自然带有极强的主观随意性,它可以疾似闪电,也可以静如止水。甚至为了服从对人物情感的充分表现,舞台表演上会将心灵的瞬间延展开来。这也是传奇在舞台上展示戏曲冲突高潮的一个重要手段,剧作家会故意放慢戏曲事件的时间和发展速度,用大段的唱词和表演动作来抒发人物的内心情感。尤其是在描写"梦境"的传奇剧目中,"梦"有穿越效果,能够上天入地,超越时空的限制,可以"思接千载",穿越很长的时空隧道,可以"跨越万里"。也就是说,瞬间,通过心灵的飞越,时空可以得到奇迹般地延展,其中既有对客观时间的省略,也有对客观时间的延展。

3. 空台艺术。在舞台空间的展示上要解决的一个重要问题是如何突破"目有所极,故所见不周"的物理限制来表现自然环境,这就体现在中国古代戏曲所特有的"空台艺术"上。"空台"以舞台布置之"空"来突出演员唱念做打的表演,集中写意抒情,展现人的内心世界。所谓"以藏胜露",舞台上自然环境几乎全部虚掉,一片空灵,以突显"人"和"情"。同时通过表演唤起观众的参与,引发"虚实相生"。在"以简胜繁"的折光中,千军万马简化为几对龙套;在"以虚带实"的折光中,把表演必须应用的实物简化为物的意象（如大帐为三军司令或床的意象，小帐为轿或灵堂的意象，三张桌子为高山峭壁的意象，以及车旗、水旗、云牌为大自然的意象等）。而这一切都只有通过演员的表演才能虚实相生，转化为艺术的真实和生活的真实，整个大自然如山、河、路、桥、风、花、雪、月等都蕴含在演员的表演中。① 正是这种强调以人为创作者个体的虚拟表现，使得各种大小景物在抒情表演中都可以感受到，但又不是实际存在舞台上的布景，虽然直观不见，却以象外之象、景外之景浮现在观剧者的审美观感之中。从戏曲舞台形象来看，抒情表演是"诗"，服饰和脸谱化妆就是"画"，每一个艺术形象的本身就是一个诗画交融的境界；从戏曲表演来看，抒情唱念是"诗"，舞蹈化、雕塑化的艺术造型和图案式的舞台调度就是"画"，因此每一个演员的表演都是一个诗画交融的境界。

　　明代传奇在舞台上所表现出来的这种虚拟特征，不同于西方戏剧舞台对空间的客观展示。在西方戏剧舞台上，人物不管在不在场，场上的空间都是客观存在的，并且在一幕或一场之中一般不变换地点，地点的转换主要靠换幕或换场来完成的，而且一部剧作通常只有几幕，每一幕或每一场的地点仍然是"唯一"而"固定"的。传奇的舞台表演常常是通过演员的虚拟动作来完成的。所谓戏剧环境就在演员身上，因而戏曲中普遍存在着那种"一个圆场百十里"的同场时空转换。相反，在西方古代戏剧中，人被舞台空间所制约，剧中人物的行动要有一个舞台活动布景。传奇里的舞台布景则不是独立于人物之外的，而是要展示人的生命活动空间和情感空间，剧情空间不是依靠布景来限定、点明，而是依靠演员的动作来创造、提示的。舞台上转换的不是布景，而是人的动作表演。比如"趟马"这一舞台常见表演，就表示剧中人物策马而行的动作。在早期的元杂剧中，表演马上的动作还是"骑竹马"，演员腰系马形。后来到了明代，这种具象的表现被相对抽象的虚拟动作所代替，演员只需手执马鞭，或疾走，或缓行，形成一种"趟马"走边的格式。再如"起霸"，原是用来表现楚霸王项羽披挂出征的，据说源于明代传奇《千金记》。在这出戏中，项羽扎大靠出场，表演整盔、束甲的舞蹈动作，以表示楚霸王做出战的准

---

　　① 　陈幼韩：《物物于艺——戏曲虚拟艺术哲思一脉探》，《文艺研究》1992年第3期。

备。此后沿用以表现所有武将整装待发的英雄气概并逐渐定型，白描般地呈现武将出征时的威武状貌。与"趟马"和"起霸"相类似，戏曲表演中还有很多程式化的动作，如迈方步、耍水袖，乃至翅子功、翎子功等。戏曲表演的美妙之处，就在于它仅仅通过演员的这种程式化的套路表演，比如手持马鞭就是马越关山，以桨击水是舟闯险滩；"跑圆场"不仅可以让观众"看见"大街小巷、山道村舍，而且可以让观众感觉到时光的流逝。而西方戏剧舞台上的剧情空间是由布景点明、创造的，它是可以目接的物理空间，既不需要依赖于演员的表演，也不需要依赖于观众的想象。这种剧情空间是客观的，但也是有限的。传奇的舞台多半不用布景，剧情空间是靠演员的表演动作来创造的，它既依赖于演员分寸感极强的动作，也依赖于观众的想象。这种剧情空间不是单纯诉之于视觉，而主要诉之于观众的心灵，所以尽管它创造的是一个时空虚拟的审美空间，这样一个空间设置拉近的是观众的审美想象空间，丰富的是舞台表现的深广度。自此跋山涉水、纵马奔腾、上天入地等，都可以在空无一物的舞台上加以表现，借助这种时空表现手法，传奇极大地拓展了其舞台包容性。观看传奇的戏剧表演，犹如展开一幅心灵的画卷，譬如《牡丹亭》一剧以杜丽娘的行动为中心，观众首先看到的是杜太守堂上训女，紧接着是"春香闹学"，丽娘"闺房春睡""游园惊梦"等情节，而舞台上并没有多少展示剧情的实景，但这并不妨碍这部戏曲极具感染力的审美表现和对观众的催情功能。

四　独特的舞台美术布景

（一）"砌末写景"

在舞台表演上，戏曲表演并没有实写的山水造型，往往通过一定的表演程式，以唤起观众的审美想象力。在传统的戏曲舞台上，往往是一张桌子，二把椅子，符指一个抽象的、自由时空概念。当演员登台亮相，来到舞台上，扮演人物角色，开始一系列表演时，舞台时空才具有意义，观众才会通过眼中所见，配合人物角色、戏剧场景，在心中想象出戏剧情境，即所谓的具有幻化性的"生活"与"自然山水景象"。这种自由的、想象的时空意识体现了中国美学虚实相生的传统创生机制，彰显了舞台艺术的表现张力。戏曲传统景物造型十分简单、统一。具体来说，大砌末包括桌子、椅子、帐门布城等，小砌末包括船桨、篮子、酒杯等。如戏曲中需要表现楼，桌子加上大帐子就成了精致的彩楼和阁楼；需要表现金銮殿，桌子加上围帔就成了堂皇的御案；桌子还可以表现豪华的宴会、朴实的家居、荒郊的旅店、闹市的酒楼等。在"类之成巧""应目会心"中，砌末成为各种典型环境的象征。戏曲舞台上的山水可以通过桌椅及小道具加以表现。一张桌子可以表现高坡山巅之意；桌子叠起可以写出悬崖绝顶之意；匾额和书画可以代替亭台楼阁；城市中的酒店、茶馆的表现往往通过酒旗等装饰性道具来完成指向。再如水的表现。在《渔家乐》《玉簪记·秋江》中，通过水旗、船桨、船篙等道具，更多的是通过语言提示和动作来表现，如通过人的晃动表示水流、船行不稳。可见在舞台布置上，主要使用的就是这种以部分代替整体、以特征状物、以小见大、以虚代实的方式。

（二）以唱写景

除了用砌末写景来呈现舞台以外，大量的舞美造型任务是由演员的表演来承担的。在舞台布置上往往是空场，但随着演员身体的移动、表情、姿势、手势等动作的参与，构造出一个虚拟世界。戏曲中许多唱词的前几句一般都是以写景开始的。我们看《牡丹亭》中的游园，通过杜丽娘的唱词，把观众带到"姹紫嫣红开遍"的园林之中，随着杜丽娘的视野，"情"的强烈投射，使景物成为"情境""委实观之不足"的后花园的声色光影展现在观众的感知之中，而台上实际上是空台。

（三）做功写景

如传奇剧《玉簪记》中演员表演月夜园亭的景致。潘必正出门，"月明云淡露华浓"，演员并不是一出门就抬头望月，而是先低头凝视脚下，表示先看到的是满地如霜的月色，这样，月华如洗的园林就出现在观众眼前。水浒剧《夜奔》中的"探路夜行"，林冲被人陷害而无立足之地，火烧草料场后连夜投奔梁山，沿路情状、夜宿古庙、复杂心境，都是通过在方寸舞台上的载歌载舞而绘声绘色地表现出来的。

（四）龙套写景

龙套是传统戏曲中以四人、六人或八人为一堂的集体性群众角色。龙套在舞台上有各种调度、队形组合和变化，以表现行军、会阵、护卫、站班等内容。运用龙套的各种程式动作，对创造舞台情节气氛起着很重要的作用，同时也是戏曲写景中的重要一环。《法门寺》里太后和刘瑾站在中场,由龙套唱着大字曲牌【一江风】,围绕着他们走个大圆场,地点便从皇宫到了法门寺。再如上场中的"双进门"程序。四龙套分两组各由上、下场门同时走上,在外口相遇,往后分向左右各绕一圈站定,表示厅堂建筑宏伟,门道比较多。龙套可以表现空间的延展,在舞台上则可以表现一定的空间,也可以暗示其他没有表现但剧情中存在的空间。如"大推磨",主角在中间,龙套多人围住其绕一个大圈,表示主角由甲地到乙地。与一般圆场形式不同,"大推磨"必须走全台,人数比较多,显得浩浩荡荡、威风凛凛。"一翻两翻",主角在台中不动,戏仍在继续进行,龙套在两侧原地来回走动,表示在两廊或院内各室搜查。如有的还分上、下场门,再返回,更多地用于到其他地方搜查,表示气氛明显处于紧张状态。

当然在传统戏曲舞台的表现上,这些表演程式都不是孤立使用的,往往是在唱、念、做、舞的综合运用下表现景物、描摹空间。如《牡丹亭·游园》,通过唱念、科介共同展现园林美景。除了唱词上的描绘外,演员的表演也让观众如闻其声,如临其境,仿佛置身于"朝飞暮卷,云霞翠轩,雨丝风片,烟波画船"的美好江南园林之中。在戏曲的实际演出发展中,演员还要根据自己对生活的理解和观众的反馈,不断积累经验,使表演更加细腻,人物刻画更加立体生动,实现对戏剧文本舞台化的二度创作。

五 写意似的舞美设计

传统戏曲并不追求繁复的舞美设计。所谓舞美,即舞台美术、舞台设计,这是包括戏剧在内的所有舞台演出艺术的重要组成,如布景、灯光、化妆、服装、效果、道具等。但就戏剧演出,尤其是传统戏剧演出而言,只需简单的布置就可以了。传统戏剧往往通过简单的甚至可以说是"空的"布置,就可以综合多重艺术因素而构造出一个诗韵丰美的审美空间。当然,这种审美效果的获得,主要归结于其特殊的戏剧化演出。通过戏剧化的演出可以使抽象化的剧场具象化、符号化,而尤为重要的是通过表演可以达成和观众的沟通,冲击观众的视觉,激发其再创造能力,进而通过审美联想以构筑一种直接的、新的审美意象,[①] 或审美意境。中国戏曲追

---

① 参见施旭升《戏曲审美意象论——中国戏曲艺术本体阐释》,《艺术百家》1996年第3期。

求审美"意境"构筑不是来自于舞台上的"物",而是来自于作为舞台创作者即个体演员的表演艺术。

戏曲之中还有一种所谓的"歌",这应该是戏曲中表现出来的、一种独具特色的声乐体系,又称为"曲牌体"和"声腔体"。在"曲牌体"中,有配有唱词的,有没有配唱词的有两种"曲牌"混合运用的等,再加上一定的表演,以再现生活中千姿百态、多种多样、纷繁复杂的事态。有些"曲牌"也可用来表现一些不必详述的细节,有些还可用来渲染形势紧急、心理紧张的险恶情景。

而继"曲牌体"之后,"声腔体"戏曲渐趋兴盛并独占鳌头。所谓声腔,即唱腔系统,是不同剧种在长期的流传过程中所形成的。这些"声腔"都各具特色。相对于"曲牌体","声腔体"在表达情感、营造情景等方面也就显得更为自由灵活和丰富多彩。明代戏曲的声腔繁富,魏良辅所言的声腔就包括昆山、海盐、余姚、弋阳四大声腔,但无论曲牌还是声腔,作为戏曲的艺术表现手段,其目标都指向戏曲舞台上特定情境中的表意和造型。

所谓戏曲之"舞",与一般的抒情舞蹈不同,是戏剧演员的形体动作。这些类似于"舞"的形体动作具有一定的节奏感,能够象征事件,塑造形象,以表现情感、传达意旨,属于戏剧语汇,传达并且符指戏剧的审美意蕴与情境,① 比如"亮相""圆场""甩发""变脸"等,是既具有相当难度的技巧表演又具有相对独立的观赏价值,同时又被巧妙地融合在具体的剧情之中而成为表达剧情的有效戏剧之"舞"。

戏曲中的舞蹈对于具体的艺术表现来说大致有两方面的作用:一是烘托气氛,表现特定情境的戏剧场面;二是与曲词相配合而直接展示具体的戏剧动作。如《牡丹亭·惊梦》一折戏中,众花神持灯笼翩翩起舞,渲染出一种神秘、绚丽、梦幻一般的氛围,由此烘托杜丽娘的"怀春"之情。而后者如在《林冲夜奔》中,林冲且歌且舞,上场即唱【点绛唇】,然后念诗,在行路时,唱【新水令】【驻马听】【折桂令】【煞尾】等曲牌,都是在匆忙赶路时所唱,一字一句都有身段配合,歌舞之间所表现的

---

① 参见施旭升《戏曲审美意象论——中国戏曲艺术本体阐释》,《艺术百家》1996 年第 3 期。

正是英雄被逼、满腔愤懑的情状。这些舞蹈动作的运用，往往能够强化戏剧演出的表意效果。应该说，明代传奇在舞台美术上所形成的这种独特的虚实结合的表现艺术体系，首先与中国传统的艺术真实观分不开。

其次是受到中国古代绘画理论的影响。中国绘画一直"重神似"，主张写意。谢赫曾提出著名的"绘画六法"，强调绘画必须气韵生动。王骥德用"唐人用宋事"来说明绘画上的形神论在戏曲创作上的意义，所以曲中论事，是不拘年代先后的，甚至以张冠李戴、移花接木的方式敷演古人古事。因为目标本来就不在事实的订正上，而是借其意用之，所以王维作画会将牡丹、芙蓉、莲花并置，会画"雪里芭蕉"，虽然生活中不可能，但是却能够构成清新秀丽的自然美，同样，在戏曲表演上也是极尽虚拟写意之能事以表达剧作家情感之思。

在中国传统文艺美学中，这种以写意为中心的审美表现源远流长。这种源于老庄"得意忘形说"和绘画艺术创作方法的美学观点，到盛唐时期正式产生，在文艺思想史上有重要影响的学说如司空图的"滋味说"、严羽的"妙悟说"、王渔洋的"神韵说"都是其具体形态。流风所及，戏曲作家和理论家创作和把握戏曲多遵循"以气为主""意在言外""韵外之致""味外之旨""神韵天然"等审美原则。戏曲和诗一样都要求诗中有画、诗情画意的艺术效果。要达到这样的艺术效果，在舞台美术上重要的就不是写实，而是写意。写意，原是中国绘画术语，与"工笔"相对，指通过强烈的夸张，深刻的寓意，有力的象征，大幅度地将生活变形，于"似与不似之间"创造生动、鲜明、深刻的艺术形象的创作原则。绘画如写字，故谓之"写"，而所"写"的主旨，又是剧作家的个人意趣，故谓之"写意"。绘画中的"写意"，也就是主张神似重于形似。用在戏曲中，写意就是演出和表达形式距离生活越远，就越具有写意性；反之，越和生活原型接近，就越有写实的意味。戏曲艺术是在特定的时空中实现的，由其叙述式的结构所要求的时间、空间和现实生活中的时间、空间一样，是流动的、客观的。顺应这种特点，戏曲中的许多人物、动作、语言以及各种形态大多取自生活，这是写实。但戏曲表演时空毕竟无法等同于现实生活的时空，因为真实的、流动的时空无法在具体的、固定的舞台上表达，舞台演出中的时空表述只能是意象的假定，是虚境。因此，戏曲写实尽管可以做到和生活等同，但更普遍的则是借助假定的意象再现和表现生活。

或者说，是从情感的真实、感觉的真实和意象的真实出发来描写生活，是以"写实"为前提的艺术表现，这是写意。这样的写意可以对生活予以夸张，对生活做变形的处理，但总是叫人联想到生活、联想到人的生存和人的情思。事实上，写意的、虚拟的表现手法和由此带来的舞台时空处理的超脱以及艺术表现的自由，使得戏曲能够把叙事、抒情和写景等多种艺术手段包容在一起并转化为舞台形象，虚拟与写意手法的主要精神是状物抒情，情景交融，写景与写情、写人的浑然一体，是明代戏曲舞台表演的一个主要特征。它解决了有限的舞台和无限的生活这一对矛盾，也正是因为这样，中国古代戏曲没有走上西方戏剧写实的道路，而是以歌舞演故事的特性，以虚拟性特点实现时空的转换。歌舞必然关联曲词，曲词因而同样有写意、虚拟等特点。明代戏曲往往不是生活原型的压缩或摹写，而是对生活经过变形的加工和处理，是戏曲化、艺术化了的生活，更注重神似、传神。

第四节　徐渭与明杂剧："以喜显悲"

一　明代杂剧的发展状况

有明一代，其戏曲种类，主要是"杂剧"和"传奇"，但相比较而言，"杂剧"的艺术地位和影响不如"传奇"。明代初叶的"杂剧"创作较为单调，其创作者主要来自宫廷作家，一方面，歌功颂德、粉饰太平的总体审美价值追求占上风、主流。另一方面，其剧作家精于音律、熟谙南声，因此善于因时、因地而变，在艺术形式的探索中力求与时俱进。明中后期的"杂剧"始于弘治、正德年间，与元代和明初期的"杂剧"差别很大。其时，王九思、康海的创作标志着"杂剧"转型的开始，至万历年间，以徐渭的为代表剧作家创作了一大批剧作，在内容方面，对明初粉饰太平的题材进行拓宽，开始转向抒发个人块垒；同时，剧作家组成成分多元，主要剧作家有徐渭、王衡、杨慎、李开先、汪道昆、梁辰鱼、王骥德、梅鼎祚、车任远、陈与郊、叶宪祖、王澹等，他们大多是失意文人，其失意和元代知识分子遭受民族歧视、社会地位低下不同，他们是在科场、官场中不断碰壁后的失意，再加上当时世风败坏、政治黑暗，他们的创作是以抒发心中愤慨、讽刺世风为主的，因而这一时期的"杂剧"作品具有较高的思想性和艺术性,"杂剧"创作由此进入鼎盛时期。

首先,在体制上这一时期的作品打破了元杂剧四折一楔子的传统,王九思《中山狼》院本只一折,开了短篇"杂剧"的先河。此后,"杂剧"从一折到十几折不等,形式更为自由。其次,在音乐上,并非像元杂剧那样只用北曲,而是南北兼用,抒情更为活泼。在文学史上被称为"南杂剧""短剧"等。南曲杂剧由于短小精悍、称意而写,所以一度成为文人批评现实的轻武器。

二 明代杂剧的审美风格——"亦喜亦悲,悲中显喜"

尽管明代杂剧的发展不如传奇兴盛,然而比起传奇的至情观,明代杂剧更多地展现了中国古代戏剧独特的审美风格即"亦喜亦悲,悲中显喜"的审美形态。西方古代戏剧通常用喜剧和悲剧这一对审美范畴来区别古代戏剧作品,但是以此来区分明代杂剧则阻碍横生,多有不合。明代杂剧有着不同于西方古代戏曲的独特审美形态,其既不便归入喜剧,也不能单纯归入悲剧,可以说亦喜亦悲,苦乐交错,喜以悲显,悲从喜来。

西方戏剧从正式诞生之日起,就分成悲剧和喜剧两种互相对立的样式,悲剧与喜剧的界限一目了然。悲剧描写严肃的生活事件,喜剧描写滑稽可笑的生活事件;悲剧的结构是"好人"由顺境转向逆境的单线结构,喜剧多采用善有善报、恶有恶报的双重结构;悲剧的效果是怜悯与恐惧,喜剧的效果是滑稽、可笑。很明显,这两种戏剧形态在审美上判然有别,甚至是互相对立的。但是我们看明代"杂剧",就会发现喜剧和悲剧在中国的审美表现中是不能被截然分开的,尤其是明杂剧中明显带有喜剧色彩的戏曲可以说从形式到内容都包孕了诸多悲剧的特质。

其一,高贵者最卑贱、最愚蠢。继承古希腊传统的西方古代戏剧大多认为,悲剧写贵族英雄,喜剧描写的对象则来自农村或来自城市的下层,虽然也有部分针对时政,但大部分喜剧是以平民百姓的家庭琐事为表现对象的。不同于西方古代喜剧,明杂剧一直秉承美刺传统,着眼时政,热衷讽喻上,我们看徐渭"杂剧"中多是昏庸腐败的权臣,愚蠢邪僻的幕僚,不学无术的名士,刻薄悭苦的财主,虚伪无耻的僧侣和寻芳猎艳、飞鹰走犬的恶少帮闲等上流社会中的人物,这些所谓的高贵者是作者主要的讽刺对象。

其二，高贵的灵魂颂歌。西方戏剧学家通常认为，悲剧要有一个严肃心境，要求观赏者严肃认真参与戏剧事件，要与悲剧人物高贵的灵魂同喜同悲。喜剧则相反，要求以游戏的心态，做一个冷静的旁观者。但是明杂剧十分重视对喜剧人物灵魂的塑造。如徐渭的《狂鼓吏》，剧中，代表邪恶的权奸曹操被打入地狱，正直的祢衡则升为正义使者。阎罗殿判官派鬼丁将曹操的鬼魂押出来提审，请祢衡重新表演当年"击鼓骂曹"的精彩场面。直面曹操的鬼魂，祢衡给予好一顿痛骂："俺这骂一句句锋芒飞剑戟，俺这鼓一声声震雳卷风沙，曹操，这皮是你身儿上躯壳，这槌是你肘儿下肋巴，这钉孔儿是你心窝里毛窍，这板仗儿是你嘴儿上獠牙，两头蒙总打得你泼皮穿，一时间也酹不尽你亏心大。"这是一出讽刺喜剧，但它不是将我们的视线转向祢衡的荒诞不经，而是展现一个高贵的灵魂。可以说，剧中的祢衡，就是徐渭一类正直文人的化身，而祢衡对曹操的怒骂，就是徐渭怨气的发泄。其曲词可以说是肆意豪放、遒劲激烈，表达的是耿直之士壮怀激烈、一往无前的气魄。

其三，崇高与滑稽并行不悖。西方古代戏剧美学视崇高和滑稽为对立的两个美学范畴，分别用悲剧和喜剧来表现这两种美学种类，悲剧重在表现崇高美，侧重于对正面形象的肯定和歌颂。喜剧重在表现滑稽美，侧重于对反面形象的讽刺挖苦。明杂剧认为喜和悲既对立又相连，"笑"既可解颐也可刺过，不仅在同一部作品中可以，在同一个人身上也是可以的，肯定中包含讽刺，讽刺中包含赞许，狂笑中可以哭泣。

其四，场面调剂上时庄时谐。古代喜剧注重制造笑料，在制造笑料的同时，善于将乐与悲、谐与庄等相反成分糅合在一部剧作之中，令人时而解颐，时而酸鼻，喜因悲而益彰，谐因庄而愈显，喜剧风格鲜明。因而明杂剧的写作习惯于在戏剧事件中插科打诨，尤其是在悲剧性情节上加入插科打诨的唱段，以调剂场面和戏曲氛围。同时在喜剧的形式背后往往是政治的黑暗、世风的败坏、坎坷的人生遭际，文人剧作家们在面对这些丑恶的时候，常常将喜剧的形式作为手段和武器，以一种游戏的态度对待之，喜剧的形式往往是和讽刺联系在一起的，剧作家通过变形、夸张的手法突出剧中的某一点，借此或抒发心中的忿恨，或表达辛辣的嘲讽。

其五，寓哭泣于狂歌。在悲剧性的社会矛盾上展现喜剧冲突。悲剧的冲突应该是不可避免的，是绝对化的，不是你死，就是我活；冲突双方要么同归于尽，要么力量均衡，要么就是邪恶势力占据上风。就表现内容看，悲剧最适宜于表现重大的社会矛盾。喜剧冲突，其实质是不一致或不和谐。黑格尔指出，喜剧以看似非常认真的模样，准备周密，然而，其所要追求的则是一个本身极为渺小、极为空虚的意图，当意图落空时，正由于其渺小空无、无足轻重，戏剧效果才会产生。当然，尽管如此，戏剧的主人公也没有遭受什么损失。他终于意识到这一点，也就欢欢喜喜、屁颠屁颠地不把失败放在眼里，坦然于这种结局。因此喜剧常从生活中提取素材。但是我们从徐渭的"杂剧"作品中可以看到中国古代戏曲独特的民族特色。中国喜剧往往选择社会矛盾尖锐、具有浓郁悲剧性的事件来展现戏剧冲突，这样一来，既使喜剧富有严肃深刻的社会内容，又提高了喜剧的人文品格，同时也铸造了一种"寓哭泣于歌笑"的审美特色，体现出一种风味独特的美感特征。《玉禅师》既写朝廷权臣之间的明争暗斗、勾心斗角、尔虞我诈和相互算计，又深刻地展示了佛教教徒本身内在的生理欲望与外在佛门戒律间的冲突。作为朝廷下属机构的官府，总是仗势欺人，对不顺于己者施以打击报复，必欲置其于死地；高僧则宣扬四大皆空，但自身却情欲难抑，以至于走火入魔。戏情虽然小且短，徐渭却借助其展现了封建政权与神权的不光彩之处与某些不甚体面的尴尬。《歌代啸》写和尚通奸、贪官枉法。《雌木兰》和《女状元》礼赞女性，颂扬女性，是对女性的赞歌，与此同时，也表达了对埋没人才的感慨与哀叹。

明代"杂剧"所形成的独特审美特征有着自己独特的历史文化思想渊源。

1. 思想渊源。中国古代的思维方式是一种整体思维。所谓整体思维就是用整体的观点、系统的方法观察世界的一种思维方式。整体思维的一个突出特点就是整体地观察世界。把自然界和人世间视为一个互相渗透、和谐统一的整体。这在古代"天人合一"的宇宙观中得到集中体现。西方人在其分析思维的支配下，很早就把现象与本体作二元划分，将人与自然对立，强化双方之间的冲突，以好奇的理性态度认真地审视、探索外部世界，长于作"切割"式的细致分析。从德谟克利特的原子论到柏拉图、亚里士多德，西方古代戏剧习惯于用分析的眼光探求事物的差别，他们习惯地认为只有将其离析为一个一个独立的样式和部门，它们才能得到更加充分的发展。这种分析思维制约和规范了西方戏剧审美形态的形成。在西方剧作家看来，悲与喜是相反的，尖锐对立的，如果把这两种戏剧元素硬塞进一部剧作之中，势必会互相消解。如亚里士多德就指出，如果悲剧中容忍喜剧成分，悲剧效果就会大大削弱。[①] 正是由于西方剧作家、观众与批评家大都视悲喜如水火，追求审美效果的单纯化，西方戏剧在体裁选择上自然会追求单一化的悲剧与喜剧，其各自独立门户，而且各自朝一个方向冲击，形成壁垒森严的两大阵营。同时，西方人不是将这"两大阵营"等量齐观，而是重视悲剧，轻视喜剧，这是因为悲剧更切近其思维方式。悲剧表现的是人与异己力量不可调和的冲突、斗争以及这种冲突、斗争所导致的失败、受难与毁灭，是"人"对人与天地自然，人与社会对立状态的强烈感受。但是就中国哲人看来，宇宙间万事万物都是有生命的，气韵生动的，才是美的；缺乏生命力的，就是不美的。事物只有生气贯注，才可能是美的，富有生命力的。天地万物相依相成，既相互对立，又相互转化，皆为阴阳二气相推相吸、交感化生而成。这一具有浓郁民族特色的思维方式必然会成就中国人崇尚"中和之美"，从而使中国人对西方悲剧以毁灭性冲突为基础的悲剧审美意识产生一定程度的隔膜，并进而使戏剧艺术呈现"悲喜"综合化的特征。应该说，正是这种传统审美心态促使中国古代戏剧沿着"悲喜"高度综合化的方向演进，戏曲艺术中"悲喜"沓见，离合环生，整体上体现出一种"中和之美"。

2. 杂剧的喜剧传统。古代戏曲在很大程度上是以喜剧的孕育创生过程为前史的。宋杂剧和金院本是古代戏曲的近源，无论是 12 世纪诞生的南戏，还是 13 世纪诞生的元杂剧都与其有直接的渊源关系。宋杂剧与金院本虽有细微差别，但均为滑稽短剧，均以打评为能事的净角为主，"笑乐"是其共同而鲜明的特色，故人们常在院本二字之前冠以"笑乐"二字。这一传统不只给予中国古代喜剧以丰富的滋养，为喜剧创作积累了丰富的经验，为喜剧的发展准备了乐于接受"笑乐"的大批观众，也对古代悲剧和正剧的创作发生了巨大而深远的影响。中国古人是将悲剧与喜剧所带来的或悲或喜这两种情感效果等量齐观的。《荀子·乐论》以及《礼记·乐记》等典籍均把"喜"视为"乐"的一种重要审美形态。这对后来的戏曲影响深远，并作用于其艺术功能和审美样态。

[①] 参见亚里士多德《诗学》，商务印书馆 1996 年版。

明代传奇剧本《鹦鹉记》"第一出"云："戏曲相传已有年，诸军搬演尽堪怜，无非取乐宽怀抱，何必寻求实事求填。"戏剧演出的美学意义与审美价值追求"取乐"，在于"宽怀抱"，用今天的话说，则在于"娱乐"大众。对此，明代戏曲批评家徐复祚也曾经表达过同样的观点，他针对王世贞对《拜月亭》的批评，尖锐地指出："弇州乃以'无大学问'为一短，不知声律家正不取于弘词博学也；又以'无风情、无裨风教'为二短，不知《拜月》风情本自不乏，而风教当就道学先生讲求，不当责之骚人墨士也；用修之锦心绣肠，果不如白沙鸢飞鱼跃乎？又以'歌演终场不能使人堕泪'为三短，不知酒以合欢，歌演以佐酒，必堕泪以为佳，将《薤歌》、《蒿里》尽侑觞具乎？"①"弇州"就是指王世贞。在王世贞看来，《拜月亭》没有大学问，这是一短。于是，徐复祚对此观点进行了驳斥，认为"声律家"不取这个，所谓弘词博学是"骈俪派""昆山派"的讲究。他说"声律家"不主张这些，不取这个。王世贞又以"无风情、无裨风教"为二短，"歌演终场不能使人堕泪"为三短。徐复祚说，必堕泪以为佳，那么《薤歌》《蒿里》是挽歌，死了人的挽歌，肯定不能当做好作品，《诗经》里的好作品，你能拿这个来劝酒吗？这当然不行。可见，在中国，即使是公认的悲剧，也是要求其具有喜剧效果的。

戏场无笑不成欢，戏曲艺术家、批评家以"取乐"与"宽怀抱"为戏剧的审美价值取向。当然，尽管以"取乐"为旨趣，但也不一味排斥悲苦之情，而是十分重视其相辅相成的作用。没有"悲"也就无所谓"乐"，戏剧效果既要有"喜"也要有"悲"，这样，戏场之内才会有欢笑，有悲泣，如果一喜到底，观众容易产生倦怠之意。只有时而悲，时而喜，时而惊，时而疑，才能使观众神情不倦，始终保持高度集中的审美注意。正是因为这样，明代杂剧将"乐"与"悲"这两种不同的审美形态杂糅在一起，喜中显悲，悲中寓喜。比如，徐复祚的《一文钱》把土财主吝啬卑鄙的行径刻画得淋漓尽致，吕天成的《齐东绝倒》写的是因为舜的父亲杀人犯罪，他放弃帝位，背着父亲一路逃到海边，后来皋陶决定不再追究他父亲的罪过。此文于嬉笑怒骂中对封建社会所谓的"圣君贤

---

① 徐复祚：《曲论》。

臣"作了揭露。《玉禅师》以漫画笔触,剥开了庄严佛国和正经官场的虚假外衣,描摹了其欲火中烧又得不到宣泄的尴尬情景。《歌代啸》写和尚通奸、贪官枉法,笔触冷嘲热讽、尖刻辛辣,洋溢着一种市井情味,对弄虚作假、坑人害人者深恶痛绝、倍加鄙夷,对直接酿成好人遭冤,制造冤假错案的州官极尽挖苦讽刺之能事。其中有和尚偷腥、贪官惧内等极富喜剧色彩的逗笑情节,也有祢衡赤身击鼓、痛斥奸佞、催人泪下的悲情场景。可见,中国古代戏曲并不宜以悲喜进行单一的审美形态划分。中国古代戏剧不同于西方对悲剧的重视,少有真正意义上的悲剧,明代杂剧审美形态更近于喜剧。但是西方古代喜剧的样式是单一的,其主要样式是讽刺喜剧。西方美学家主要是从讽刺的角度定义喜剧的。柏拉图给喜剧下过一个经典定义,他指出,喜剧描写滑稽可笑的人,滑稽可笑在大体上是一种缺陷,即创作者个体不能认识自己,这种缺陷对人不构成伤害,观众观看喜剧是在旁人的灾祸中感到快感,因而喜剧是一种审丑,这种丑陋不对人构成伤害,不会给人痛感,其所引发的笑是嘲笑、耻笑,它会使创作者个体获得自我肯定的优越感,其功能是对丑行秽迹的否定和惩罚。

3. 文人杂剧的成熟。中国古代喜剧的样式与功能与欧洲古代喜剧样式与功能的单一形成鲜明对照,它既有鞭挞丑行秽迹的讽刺成分,也有赞美肯定的地方,还有言志抒情的诗意情怀,这主要体现在文人杂剧的成熟上。

明中后期心学的盛行,政治的黑暗,世风的败坏,文人自身的坎坷经历让他们对社会对人生采取了激愤的态度。意在揭露、抒发愤恨成为他们创作的主要意图之一。早在汉朝《毛诗序》中就有著名的六义说:"诗有六义焉:一曰风,二曰赋,三曰比,四曰兴,五曰雅,六曰颂。上以风化下,下以风刺上,主文而谲谏,言之者无罪,闻之者足戒,故曰风。至于王道衰,礼义废,政教失,国异政,家殊俗,而变风、变雅作矣。国史明乎得失之迹,伤人伦之废,哀刑政之苛,吟咏情性,以风其上,达于事变而怀其旧俗者也。"后来东汉末年经学家郑玄在《诗谱序》中对美刺作了解释:"论功颂德,所以将顺其美,刺过讥失,所以匡救其恶。"但是其所谓的"刺过讥失"之作要"主文而谲谏",要"温柔敦厚",其结果就是"劝百讽一"。古代喜剧中的"刺上"之作虽然也受到礼教文化的规范，但由于戏曲作家大多是门第卑微、职位不振的失意文人，戏曲观众大多是被压在最底层的"愚夫愚妇"，它常常越出"礼义"的樊篱，讽刺的主要对象是炙手可热的权豪势要，有时甚至将矛头直接指向最高统治者——封建帝王。古代喜剧中的讽刺喜剧既继承了刺过匡恶的讽谏传统，讽喻时政，针砭时弊，其题材更为广泛，其风格也更为多样。综观徐渭《四声猿》杂剧，其中不仅有对残酷虚伪的当权者如曹操的无情痛骂，也有对宗教和黑暗官场、科场以及世风的辛辣讽刺。讽刺无疑成为徐渭乃至明中后期文人的整体创作态度。在此创作态度下，无论是李开先"以代百尺扫愁之帚"的短杂剧，还是康海、王九思等颇有金元遗风的北杂剧，都以其敏锐的笔触，淋漓尽致地抒发愤世之情。中国古代诗教在戏曲上的发扬光大，使得戏曲所要引发的喜剧美感既要讽刺，又要赞扬歌颂，还要言志抒情，剧作家借助"杂剧"作品抒发心中的愤激，揭露社会的黑暗、人情的淡薄，这使其作品极富抒情色彩，像传统诗歌一样是言志缘情的表现，戏曲文本的"诗化"特征日益突出。

"诗化"特征首先体现在剧作家创作情感的抒发上。徐渭论文，首重"情"，"人生堕地，便为情使"。"摹情真则动人弥易，传世亦弥远"[①]。这就明确地表明了杂剧家创作时是注重情感抒发的。由于文人成为创作者个体，戏曲的叙事就成为一种抒情的手段，讲故事不是他们创作戏剧的目的，他们着意要表现的是人物的情感体验以至文人本人的情感共鸣和评价。我们看代表文人杂剧创作开始的康海和王九思二人，他们的"杂剧"创作是对不满现实的强烈抗议，他们借助文章中人物的唱词和对白直接抒发心中的不满。康海在《中山狼》杂剧中酣畅淋漓地痛骂忘恩负义之徒。王九思的《杜甫游春》借杜甫来表现对奸相窃国的不满。徐渭满腔的情感都寄托在其杂剧作品集《四声猿》中。作品刚问世，就有学者指出徐渭《四声猿》是取"猿鸣三声泪沾裳"之意。在他的《狂鼓史》里，祢衡痛快淋漓地骂曹，何尝不是徐渭自身的感慨呢？而汪道昆的杂剧有"剧诗"之称。他的《大雅堂杂剧》以"雅"为创作目的，所写的也都是文人逸事，其杂剧充满了文人的情致，带有淡淡的哀愁和淡淡的闲适。

[①] 《徐渭集》，中华书局1983年版。

三 徐渭及其杂剧创作

徐渭,字文长,又号青藤道士、天池山人、田水月等。徐渭少年早熟,自幼以才名著称乡里,当地的士绅皆称其为神童。二十来岁时他与越中名士姚海樵、沈炼等人相交往,被列为"越中十子"之一。但是这个少年成名的神童在科举道路上却屡遭挫折,八次参加乡试未举。徐渭为人尽管性情放纵,鄙夷八股文,但屡试不第,也意味着仕途无望。科考的失利,对自视甚高的徐渭是个沉重的打击。他晚年作《自作畸谱》,还特地记下了六岁入学时所读的岑参《和贾舍人早朝》"鸡鸣紫陌曙光寒"等诗句,流露出无穷的人生感慨。

嘉靖三十六年(1557),徐渭以才名为总督东南军务的胡宗宪所招,入幕府掌文书。这是他一生中最得意的时期。入幕之初,他为胡宗宪作《进白鹿表》,获得明世宗的赏识。自此胡宗宪对他更为倚重,对他放任的性格,也格外优容。嘉靖四十一年(1562),严嵩被免职,与严嵩过往甚密的胡宗宪受到参劾,并于次年被逮捕至京,徐渭也就离开了总督府。到嘉靖四十四年,胡宗宪再次被逮入狱,于狱中自杀身亡。徐渭深受刺激,一度发狂。嘉靖四十五年,徐渭在又一次狂病发作中,误杀继妻张氏,被捕入狱。后来在朋友的解救下,徐渭于1573年借万历皇帝即位大赦之机获释。这时的徐渭已经53岁了。仕途的磨难最终消磨了徐渭的政治野心。出狱后,他先在江浙一带游历,登山临水,并交结了许多诗画之友。晚年乡居,专心于文学创作。徐渭一生不治产业,钱财随手散尽,晚年靠卖字画度日。1593年,徐渭在穷苦潦倒中凄然离世。

徐渭生前,文名不显。其死后多年,"公安派"领袖袁宏道才偶然从友人家中翻得徐渭的诗文稿,盛赞他诗、文、字、画、人"无之而不奇"[1]。袁宏道可以说是徐渭第一个知音,此后徐渭的拥者甚众,著名的有八大山人朱耷,扬州八怪的李宗扬、李方膺,清代郑板桥更是自称"青藤门下走狗"。

徐渭曾经对自己作过评价:"吾书第一、诗二、文三、画四。"[2] 其中

---

[1] 袁宏道:《徐渭传》。
[2] 陶望龄:《徐文长传》。

未提到其杂剧创作，但其创作在戏曲史上享有盛名。汤显祖赞赏他的戏剧是"词坛飞将"①；王骥德《曲律》称颂他的剧作，认为其《四声猿》"是天地间一种奇绝文字"。

《四声猿》是徐渭所作的四个短剧的合称。郦道元《水经注·江水注》中曾引用古代民谣："巴东三峡巫峡长，猿鸣三声泪沾裳。"徐渭的《四声猿》就取名于此。可见，这四个短剧中包含作者对现实的沉郁的悲愤不平。虽然徐渭自己并不是特别注重杂剧创作，但《四声猿》中每一个短剧都深刻揭露并批判了社会的丑恶和污浊，是徐渭历经悲痛之后的抒情写愤之作。

《四声猿》包括《狂鼓史渔阳三弄》《玉禅师翠乡一梦》《雌木兰替父从军》《女状元辞凰得凤》四本短戏，一共十出，敷演四个故事，这是徐渭自己独创的体制，他用南曲作《女状元》也是他的首创。

《狂鼓史》和《玉禅师》是对黑暗政权和虚伪神权的猛烈抨击和尽情戏弄。《狂鼓史》只有一折，写的是祢衡击鼓骂曹的故事。徐渭曾经在《哀沈参军青霞》《与诸士友祭沈君文》等诗文中，将奸相严嵩比为曹操，把忠臣沈炼比成祢衡。以沈炼为代表的朝野上下诸多忠臣义士历经 20 年前仆后继的生死抗争，终于斗败昏君之下的大奸臣严嵩，斩其恶子严世蕃。严嵩在位时杀了无数直陈时政的人，沈炼却毫不畏惧还是要上书声讨严嵩的十大罪状。当年曹操借刘表、黄祖之手，杀了敢于骂他的祢衡，如今严嵩假杨顺、路楷之手害死耿耿大臣沈炼。徐渭有感于历史与现实的惊人相似，借《狂鼓史》一剧表达了对黑暗政治的强烈控诉。该剧把邪恶的权奸曹操打入地狱，让正直的祢衡升为天使。在地狱审判中，徐渭让判官权作导演，请祢衡将当年击鼓骂曹的精彩场面现场表演一番。面对曹操的鬼魂，祢衡劈头便骂："俺这骂一句句锋芒飞剑戟，俺这鼓一声声震霹雳卷风沙，曹操，这皮是你身儿上躯壳，这槌是你肘儿下肋巴，这钉孔儿是你心窝里毛窍，这板仗儿是你嘴儿上獠牙，两头蒙总打得你泼皮穿，一时间也酹不尽你亏心大。"如许精彩的骂语，当然不只是借鼓抒情的人身攻击，而是徐渭对那些看起来是尊严权贵，实则是窃国大盗的严正声讨。这种藐视权贵、敢于斗争的精神是明代杂剧的一个重要主题，徐渭借古喻今

————————————————
① 汤显祖：《批点玉茗堂牡丹亭叙》。

的目的，不仅是要将权奸打入地狱，而且是要表达对有志之士能够得到升迁的美好愿望。

《玉禅师》的风格较为轻快，表现出一种轻松活泼、幽默风趣、俏皮活跃的审美风貌。《玉禅师》简称《翠乡梦》，全名《玉禅师翠乡一梦》，是一部总二出的杂剧，是《四声猿》四个剧中最早写成的作品。此剧起源于官、佛斗法。临安府尹柳宣教只因玉通和尚拒不参拜，便设美人计报复他。妓女红莲受命前去，以肚痛要人捂腹为由，破了和尚的色戒大防，致令玉通羞愧自杀。和尚为报此仇，死后投身为柳府尹的女儿柳翠，先使其沦为娼妓以使府尹蒙羞，后为前世的同门月明和尚度脱为尼姑。徐渭早年也曾经问道参禅，对佛教有一定的理解，在此剧中，他揭示了佛门弟子"四大皆空"的虚伪性，也对官僚挟私报复的卑劣进行了批判；揭示出"佛菩萨尚且要投胎报怨，世间人怎免得欠债还钱"的思想。他写佛教的目的，还是在于折射现实社会。

《雌木兰》，又名《木兰女》《代父从军》，其全名为《雌木兰替父从军》。《雌木兰》为总二出杂剧，第一出主要是木兰替父从军的情节；第二出由木兰在战争中取胜而立身扬名、还乡完婚几个情节构成。女扮男装的花木兰替父从军，卫国立功；凯旋返乡后还其女儿本色，嫁于王郎。《雌木兰》在一定程度上反映了徐渭可进可退的政治理想。《女状元》简称《求凰得凤》，全名是《女状元辞凰得凤》，约为徐渭37岁（嘉靖三十六年）时的作品。总五出，是《四声猿》四剧中最长的一剧，是用南曲编的杂剧，讲的是与《雌木兰》一样的女扮男装的故事。木兰从军的故事非常有名，《女状元》不如木兰故事有知名度，而且《雌木兰》与《女状元》的故事情节基本结构大同小异，但《女状元》着重描写文才方面，《雌木兰》侧重武艺方面。《女状元》的基本结构与《雌木兰》一样可分为三个部分：第一部分是女扮男装的黄春桃为了改变贫穷的状况，选择女扮男装参加科举；第二部分是她得中状元后的官吏生活；第三部分是她再回到女人婚姻当中的情节结构。《女状元》也部分地表达了徐渭抱负难展、徒叹奈何的辛酸与悲哀。

这两个短剧分别塑造了两位巾帼不让须眉的女子形象，她俩都是女扮男装，武能驰骑于疆场，建立奇勋；文能扬名于科场，高中状元，充分显示了女子的文才武略。徐渭的这两部剧作一方面为女子扬眉吐气，另一方面从这两个女子身上,我们也可以看到徐渭的心态,他渴望有用武之地。然而在当时的社会条件下,他的才能没能实现,只好借两位少女来表现自己的文才武略。所以此剧虽然在结尾处充满了喜剧色彩,花木兰立功封侯,回家还女装,与朝中新贵王郎成亲,黄崇嘏也是道破实情"做嫂入厨房",但她们却失去了用武之地、用智之机,这正体现出徐渭对黑暗社会埋没人才的控诉。

这四个短剧看似独立,实则在精神实质上一脉相传;虽然都取材于旧闻,实则意在描绘、讥刺明代的社会现实,剧中飞扬着狂傲的、愤世嫉俗的叛逆精神,蕴含着深沉的、刻骨铭心的哀痛,因而在创作上也形成了"嬉笑怒骂"的特色,寓庄于谐,表达了对现实社会的愤怒反抗。

关于《歌代啸》的作者是否为徐渭,学界意见不一。有不少人认为《歌代啸》是徐渭所作,依据一些研究者的说法,《歌代啸》是万历十年(1582)徐渭62岁时创作的作品,是徐渭结束狱中生活后的著作,与《四声猿》《南词叙录》等他30岁时创作的作品在时间上有较大的距离。

《歌代啸》是一本四出的市井讽刺杂剧,每出故事相对独立。首出戏写李和尚药倒张和尚等人,偷走菜园冬瓜和张和尚的僧帽。第二出戏写李和尚与姘妇设计为丈母娘治牙疼,须灸女婿之足。女婿王辑迪畏惧出逃,无意间带走张和尚的僧帽。第三出戏叙王辑迪以僧帽为证,到州衙告妻子与和尚通奸。州官在李和尚等人的串通下,将无辜的张和尚发配。第四出戏演州官好色而惧内,只许夫人放火,不许百姓点灯救火。全剧充满了冷嘲热讽的市井情味,对做假坑人者深为鄙夷,对直接酿成冤假错案的糊涂州官大加嘲笑,可以说是鄙谈猥事尽皆入戏,于嬉笑怒骂之余,也不乏油滑庸俗之处。徐渭曾经明确宣称说:"此曲以描写谐谑为主,一切鄙谈猥事俱可入调,故无取乎雅言。"① 剧中州官自称"胸横人我",可以说是恬不知耻,李和尚对色欲的追求是直接的,一点也不掩饰;张和尚对钱财的追求及吝啬更是毫不忌讳,李对张的欺骗也是公开的,李及吴氏母女的"嫁祸于人"也是开宗明义、开诚布公的,所有呈现于作品中的尔虞我诈、弱肉强食、男盗女娼、损人利己全都是直截了当的、赤裸裸的,这正是其戏剧审美创作思想所主张的"直攘"风貌的生动体现。按照徐渭的

---

① 见《歌代啸》之《凡例》。

说法,其审美效应是使人在"取乐"大笑之余,在不觉之间,"如冷水浇背,陡然一惊"。

徐渭"杂剧"创作活泼畅快、汪洋恣肆、不拘成见、不受约束,呈现出自由驰骋、尽扫陈规、超越陋习、独具一格的大家风范与气度。他的作品从不避人间烟火与市井气息,在一定意义上反映了有价值的世俗观念和相对进步的市民精神,带有甚为浓厚的民间文学色彩。他对所谓的巍巍正统与赫赫权威勇于揭露、善于讥刺,嬉笑怒骂,谑而有理,开辟了讽刺杂剧的新路。徐渭身世奇特,一生坎坷,怀才不遇,理想与现实的矛盾,个体与社会、个性与命运的冲突,加上他所遭受的种种挫折、磨难,使其胸中所积郁的牢骚不平之气,发而为诗文、书画、戏曲,并形成了他文学艺术创作中奇崛狂怪的鲜明性格。袁宏道曾经对他的一生进行过评价:"文长既已不得志于有司,遂乃放浪曲糵,恣情山水,走齐、鲁、燕、赵之地,穷览朔漠。其所见山崩海立、沙起云行、风鸣树偃、幽谷大都、人物鱼鸟,一切可惊可愕之状,一一皆达之于诗。其胸中又有勃然不可磨灭之气,英雄失路、托足无门之悲,故其为诗,如嗔如笑,如水鸣峡,如种出土,如寡妇之夜哭,羁人之寒起;虽其体格时有卑者,然匠心独出,有王者气,非彼巾帼而事人者所敢望也。文有卓识,气沉而法严,不以模拟损才,不以议论伤格,韩、曾之流亚也。文长既雅,不与时调合,当时所谓骚坛主盟者,文长皆叱而奴之,故其名不出于越,悲夫!"[①] 徐渭虽然生逢社会变革、思想活跃的时代,但他自己却是命运坎坷、历遭磨难、有志难伸,是一位不合于时进而走上封建叛逆者道路的天才。他九赴科举,屡试屡败,壮岁以才艺出众而应召于东南军务总督胡宗宪幕府,多出谋略。胡宗宪死后,徐渭既不见容于朝廷,又要随时提防被株连。现实的冷酷和遭际的不幸使他最终对封建正统思想产生了怀疑,进而彻底地站到左派王学一边,绝意功名,恃才傲物,由一位学养深厚的封建阶级才子变成了市民思想的代言人,大胆替饮食男女的市民意识鼓吹,一反文以载道的传统观念,从文艺主要表现自我情感、意志的角度充分肯定了时调小曲、村坊弹唱和其他民间文艺的价值。在理论上徐渭推崇真情,崇尚本色,他的戏剧创作也循着这一原则,有感而发,去伪显真。《翠乡梦》表现对情

---

① 袁宏道:《徐渭传》。

欲和人性的肯定；《雌木兰》《女状元》热情赞美女性，表现男女平等的思想；《狂鼓史》借古讽今，将个人的悲愤之情上升为具有社会批判意义的主题。他的剧作语言本色，富有浓厚的生活气息，明白如话，浅显易懂，新鲜活泼，饶有风趣，词锋犀利，富于气势。这都是对其理论主张的努力实践，同样体现出鲜明的市民意识，应和并促动着时代的文艺大潮。徐渭身处思想变革的时代，个人经历曲折，命运多舛，种种主客观因素的合力作用使他形成了代表时代潮流的思想观念和价值指向。

第五节 "本色"自然的审美取向

明代戏剧审美创作重"本色"。"本色说"一方面强调戏曲语言的真切、质朴、自然，反对以藻绘为曲。所谓"本色"，就是本来面目，即质朴自然，不加矫饰。就戏曲美学看，"本色"原初是针对语言而提出的。同时，所谓"本色"则指戏曲审美活动应该真实地呈现社会生活。即如戏曲家徐渭所指出的，现实生活中原本就有"本色"，与"本色"相对的则为"相色"。"本色"应该是正身，为社会生活中的本来样子。而"相色"则应该是"替身"。戏曲审美活动应该遵循原初的生活样态，如其所是、自然而然地呈现生活，戏曲审美活动中必须"贱相色"而"贵本色"（《西厢序》）。

一 质朴自然的审美语言

汤显祖在《焚香记总评》中提出"尚真色"。应该说，"真色"与"本色"意义相同，都要求戏曲审美活动应该呈现本真的、天然的生活状况，应该去除雕饰。臧懋循指出，戏曲审美活动必须"肖其本色，境无旁溢，语无外假"[1]；王骥德也指出，戏曲审美活动乃"模写物情，体贴人理"，必须本色自然，"一涉藻缋，便蔽本来"[2]。不难看出，"本色"就是真切、质朴、自然。

首先，在"本色说"看来，戏曲词语必须通俗易懂。"明白而不难

---

[1] 臧懋循：《元曲选后集序》。
[2] 王骥德：《曲律》。

知",应该是戏曲语言所呈现出来的审美特性。传奇戏文,虽然有南、有北,有套词、有小令,有短、有长,但是其至精至微至妙的要义则是一样的,就是必须让人听得懂,听得明白,所以戏文必须明白如话,造词必俊,用字必熟,通俗浅显,适合大众的水平和需要,容易被大众理解和接受。即如李开先所指出的:"语俊意长,俗雅具备,声中金石,色兼玄黄,真如游上林而踏青郊,淑景春葩,历历在目。"① 要"语俊意长,俗雅具备"。因此,李开先特别强调戏曲创作应该吸收民间鲜活的词语,从民间文学中获取生命活力,因为民间作品的"语意"都是直抒胸臆的,"直出肺肝,不加雕刻,但男女相与之情,尽管君臣友朋,亦多有托此者,以其情尤足感人也"。民间作品的语句都出于自然,原汁原味,"不加雕刻",贴近生活,本色本然,与文人追求雕章琢句,矫揉造作不同。所以李开先认为:"词与诗,意同而体异,诗宜悠远而有余味,词宜明白而不难知。以词为诗,诗斯劣矣;以诗为词,词斯乖矣。"应该明明白白,不难知晓。正是基于此,他特别强调要用"本色"语,反对那些缺乏真情实感的"文人之词"的作品。何良俊也认为,戏曲创作应该应用"本色语"。他说:"盖填词须用本色语,方是作家,苟诗家独取李,杜,则沈,宋,王,孟,韦,柳,元,白,将尽废之耶?"② 在他看来,《拜月亭》是元人施君美所撰,其艺术价值要高出《琵琶记》。不是基于"才藻",而是其中的《走雨》《错认》《上路》等篇目,馆驿中相逢数折,彼此问答,皆不须宾白,面叙说情事,宛转详尽,全不费词,正词家所谓的"本色语"③。他批评《西厢记》与《琵琶记》,认为前者"全带脂粉",后者"专弄学问",都显得"本色语少"。由此,他强调指出:"填词须用本色,方是作家。"认为戏曲语言应该"简淡,清丽,有趣,蕴藉"。评郑光祖《倩女离魂》:"清丽流便,语入本色;然殊不稼郁,宜不谐于俗耳也。"这些地方都强调戏曲语言要本色,发扬宋元以来的优良传统,要像《拜月亭》般质朴通俗,广泛吸收民间口语。嘉隆时期,北剧越来越少人过问,而南戏传奇语言则日趋典丽,如其时的昆腔就一味迎合

---

① 李开先:《西野春游词序》。
② 何良俊:《曲论》。
③ 同上。

贵族而脱离大众。因此在何良俊看来,《西厢记》《琵琶记》之所以不如《拜月亭》受大众喜爱,就是后者较前者善于从通俗文学中吸取营养,妙用了"本色语"。优秀的戏曲作品往往为大众所喜闻乐见,"通篇皆本色语"。从"本色"审美诉求出发,何良俊对郑光祖杂剧《倩女离魂》中的"近蓼花,缆钓槎,有折蒲衰草绿兼葭,过水洼,傍浅沙,遥望见烟笼寒水月笼纱,我只见茅舍两三家"等语句极为赞赏,评论说:"如此等语,清丽流便,语入本色,然殊不秾郁,宜不谐于俗耳也。"又评论郑氏《肖梅香》中的曲词说:"止是寻常说话,略带讪语,然中间意趣无尽,此便是作家也。"所谓"本色""意趣",就是要求情真语切,简淡自然,注重文词的通俗朴素。嘉靖、隆庆年间,北杂剧衰落,南戏传奇走向典丽,特别是昆腔,出现了脱离大众,片面迎合贵族追求典雅需要的倾向。"本色说"的提出具有一定的进步意义。对此,臧懋循、徐复祚都力主戏曲应该以"行家""本色"为审美诉求。徐复祚在《曲论》中说:"何元朗谓施君美《拜月亭》胜于《琵琶》,未为无见。《拜月亭》宫调极明,平仄极叶,自始至终,无一板一折非当行本色语,此非深于是道者不能解也。"李贽在《焚书》中也认为《拜月》关目极好,说得好,曲亦好。指出:"自当与天地相终始,有此世界即离不得此传奇。"强调"本色语"对于戏曲创作的重要性。徐渭也推崇"本色"。他的得意门生王骥德在《曲律》中说:"先生好谈词曲,每右本色。""右"就是推崇。在徐渭看来,明传奇的优良传统就在于"句句是本色语,无今人时文气"。他也主张语言的"家常自然",指出:"吾意与其文而晦,曷若俗而鄙之易晓也。"他在《南词叙录》中批评邵灿的《香囊记》,反对引经据典,照本宣科,把《诗经》、杜诗中的语句照搬进戏曲中,"文"则"文"矣,但脱离了生活,离开了当时鲜活的家常口语,受众怎么听得懂、看得懂呢?因此徐渭强调指出:"《香囊》如教坊雷大,譬使舞,终非本色。"就是说,像《香囊记》一类的戏曲作品,一味追求辞藻的华丽,乱用生僻的典故,大量运用四六骈体语言,晦涩难懂,是不足取的。据凌濛初《谭曲杂札》记载,仿效《香囊记》的梁伯龙等人,"始为工丽之滥觞,一时词名赫然。……亦此道之一大劫哉!"而徐渭等戏曲家的抨击,正好切中时弊。徐渭评论梅鼎祚的《昆仑奴》说:"梅叔《昆仑》剧已到鹘竿尖头,直是弄把戏一好汉。尚可撺掇者,撒手一着耳。"又说:"不可着一毫脂粉，越俗越家常越警醒。此才是好水碓，不杂一毫糠衣，真本色。"①他强调指出，戏曲语言的运用应该"越俗越家常越警醒""不可着一毫脂粉"，只有"不杂一毫糠衣"，才是"真本色"。在《题昆仑奴杂剧后》中又说："此本于词家可占立一脚矣，殊为难得。但散白太整，未免有秀才家文字语，及引传中语，都觉未入家常自然。至于曲中引用成句，白中集古句，俱切当，可谓拿风抢雨手段。"强调戏曲语言应该通俗易晓，"家常自然"。在他看来，戏曲语言一旦走上刻意雕琢，专事堆砌的道路，脱离"家常自然"，戏曲创作也就会走样，变成"锦糊灯笼，玉镶刀口，非不好看，讨一毫明快，不知落在何处矣"。他强烈反对传奇创作中那种模仿经义的文风，主张"句句是本色语"，认为"从人心流出"的戏曲语言才真切、质朴、自然。

二 天然本色的审美风格

李贽认为，文学作品应以自然为美，戏曲以天然本色为最上乘，人工雕琢，尽管然工巧，终属第二义，《拜月》《西厢》"如化工之于物，其工巧自不可思议尔"②，不像《琵琶》那样工而造作。在隆万年间沈汤之争中，汤显祖主本色论，重神色意趣，尚文采；沈璟尚格律，同意何良俊的观点，但重视语言的本色。《词隐先生手札两通》云："鄙意僻好本色，恐不称行生意指。"《曲谱》卷十二；"此曲用韵严，而词本色，妙甚。""'勤儿''特故'，俱是词家本色字面，妙甚。"臧懋循同意沈璟的观点，解释了"当行"。其《元曲选序》云："名家者，出入乐府，文彩烂然，在淹通闳博之士，皆优为之。行家者，随所妆演，无不模拟曲尽，宛若身当其处，而几忘其事之乌有；能使快者掀髯，愤者扼腕，悲者掩泣，羡者色飞，是惟优孟衣冠，然后可于此。故称曲上乘者曰当行。"名家重文采，行家重演出。吕天成同意沈璟的语言重本色这一看法，但有自己的理解。其《曲品》云："当行兼论作法，本色只指填词。当行不在组织豆丁学问，此中自有关节局概，一毫增损不得；若组织，正以蠹当行。本色不在摹勒家常语言，此中别有机神情趣，一毫妆点不来；若摹勒，正以蚀本

---

① 引自《古今名剧合选·酹江集》。
② 李贽：《焚书》。

色。"又云:"果属当行,则句调必多本色;果具本色,则境态必是当行矣。""工藻缋少拟当行"及"袭朴淡以充本色"都不足取。吕天成折中吴江和临川两派:"倘能守词隐先生之矩矱,而运以清远道人之才情,岂非合之双美乎?"晚明王骥德持论公允,集其大成,主张本色与文采结合,提出本色新论。他既尚语言的通俗:"剧戏之行与不行,良有其故。庸下优人,遇文人之作,不惟不晓,亦不易入口。村俗戏本,正与其见识不相上下,又鄙猥之曲,可令不识字人口授而得,故争相演习,以适从其便。以是知过施文彩,以供案头之积,亦非计也。"又重视文采:"实甫斟酌才情,缘饰藻本色,极其致于浅深,浓淡,雅俗之间,令前无作者,后掩来哲,遂擅千古绝调。""大雅与当行参间,可演可传。"主张文采与本色的结合:"大抵纯用本色,易觉寂寥;纯用文调,复伤雕镂。《拜月》质之尤者,《琵琶》兼而用之,如小曲语语本色,大曲……未尝不绮绣满眼,故是正体。"① 本色而不俚腐,有文采而太粉饰。不仅"老妪解得,方入众耳"为本色,不失真我面目,不"蔽本来"为本色,而且《西厢》《琵琶》为本色的代表:"西厢组艳,琵琶修质,其体回然。"徐复祚极推沈璟,强调发扬元曲的本色当行,反对雕章琢句,词藻华丽。他指出:"香囊以诗语作曲……丽语藻句,刺眼夺魄。然愈藻丽,愈远本色。"本色不是粗鄙的"倭巷俚语",而是便于舞台演出,便于理解。由此,他又指出:"传奇之体,要在使田畯红女闻之而趯然喜,愀然惧;若徒逞其博洽,使闻者不解为何语,何异对驴而弹琴乎?"徐复祚《三家村老委谈》支持何良俊:"《拜月亭》宫调极明,平仄极叶,自始至终,无一板一折非当行本色语,此非深于是道者不能解也。"

凌濛初极推元曲之本色,谴责言辞藻丽。其《谭曲杂札》云:"曲始于胡尧,大略贵当行不贵藻丽,其当行者曰本色。……同朝……自梁伯龙出,而始为工丽滥觞,一时词名赫然。盖其生嘉隆间,正七子雄长之会,崇尚华靡,弇州公以维桑之谊,盛为吹嘘……以故吴音一派,兑为剿袭。靡词如绣阁罗帏、铜壶银箭、黄莺紫燕、浪蝶狂蜂之类,启口即是,千篇一律。甚是使僻事,绘隐语,词须累诠,意如商谜,不惟曲家一种本色语抹尽无余,即人间一种真情话,埋没不露已。至今胡元之窍,塞而未开,

---

① 王骥德:《曲律》。

间以语人,如痼疾不解,亦此道之一大劫哉。"清代洪升《长生殿》云:"今满场皆用红色,则情事乖违。不但明皇钟情不能写出,而阿监宫娥泣涕皆不称矣,至于舞盘及末折演舞,原名霓裳羽衣,只须白袄红裙,便自当行本色。"李渔《闲情偶寄演习部》云:"填词之设,专为登场。""词曲佳而搬演不得其人,歌童好而教率不得其法,皆是暴殄天物,此等罪过,与裂缯毁璧等也。……所可惜者,演剧之人美,而所演之剧难称尽美;崇雅之念真,而所崇之雅未必果真。"又云:"传奇不比文章,文章做与读书人看,故不怪其深;戏文做与读书人与不读书人同看,又与不读书之妇人小儿同看,故贵浅不贵深。……能于浅处见才,方是文章高手。"

三 自然真实的审美心态

"本色说"强调戏曲审美活动的自然真实。"本色说"的主要审美要求是真实、自然、得体,真实是它的精魂所在,自然是它的理想境界。所谓真实自然,就是要求戏曲家按照生活的本来面貌创作戏曲作品,以达成"情真、景真、事真、意真。澄至清,发至情"的审美境域,从而表现出戏曲家的"真我面目",即个性本色。真实是艺术的骨髓,是艺术的生命。"文贵真"是中国传统美学的审美要求,自古以来,诗文家多"贵真斥伪",而"本色说"的精魂又在于自然真实。

"本色"要求自然通俗的语言形式,必须真实地反映生活的本来面目。可以看出,"本色"论立足于百姓大众、妇女儿童的审美接受立场,强调俗;从重情尚真的艺术本质出发,要求戏曲要表真情、写真事,在俗中求真;认为具体的戏曲创作应做到"自有一种妙处,使人领解妙悟",在真中求美。可见,"本色"论是对俗、真、美的追求与三者的统一,是无视形式雕琢与不复思想束缚的统一。当然,作为一种完整的美学观念,"本色"论的各个层面是彼此交融,相互渗透的,每一点都闪射出戏曲审美精神的光焰,反对模拟,要求真实。即如徐渭在《叶子肃诗序》中所说:"人有学为鸟言者,其音则鸟也,而性则人也。鸟学为人言者,其音则人也,其性则鸟也。此可以定人与鸟之衡哉。今之为诗者,何以异于是?不出于己之所得,而徒窃于人之所尝言。……此尽管极工,逼肖而已,不免于鸟之为人言矣。"认为《琵琶记》"惟《食糠》《尝药》《筑坟》《写真》诸作,从人心流出,严沧浪言'水中之用,空中之影',最不可到。"这是在生活真实与艺术真空的处理上表现了作者生活基础的深厚和艺术造诣的精湛。要求语言"家常自然"。其《南词叙录》云:"与其文而晦,曷若俗而鄙之易晓也。"又云:"香囊如教坊雷大使舞,终非本色。"又云:"填词如作唐诗,文既不可,俗又不可,自有一种妙处,要在人领解妙悟,未可言传。""宜俗宜真。"《酹江集昆仑奴》第一折眉批云:"语入要紧处,不可着一毫脂粉,越俗越家常,越警醒,此才是好水准,不杂一毫糠衣,真本色。"《题昆仑奴杂剧后》云:"此本于词家可占立一脚矣,殊为难得。但散白太整,未免有秀才家文字语,及引传中语,都觉未入家常自然。"又云:"夫曲本取于感发人心,歌之使奴童妇女皆喻,乃为得体。"南戏"有一高处,句句是本色语,无今人时文气"。又如明代中后期的戏曲家沈璟提倡"本色",反对骄俪典雅,好本色,其戏曲创作生活气息浓郁,为观众所喜闻乐见。他的戏曲作品所呈现的大多是一般的社会家庭生活、社会习俗及社会与人的劣迹。其主要人物形象多是社会上的小人物。尤其是他的喜剧短剧《博笑记》,其主要人物皆是那些书生、妓女、僧道、偷贼、船夫、流氓、骗子、小贩等。他们的喜怒哀乐,所作所为无不渗透、弥漫着浓郁的生活气息。二者俱为偏见。然工词者不失才人之胜,而专尚谐律者则与伶人教师登场演唱者何异。吴江派和临川派的这场争议持续了好多年。其影响是深远的,不仅对明代乃至对清代和近代都有影响。清代杰出的戏剧家李渔全面总结了这场争论的历史经验,得出了全面而深刻的结论,在此基础上,把戏曲美学大大推进了一步。"本色"论,适合了群众的水平和需要,容易被群众所理解和接受的。"本色"这个词,在宋代已有人论及。陈师道在《后山诗话》中指出,"退之以文为诗,……虽极天下之工,要非本色"。严羽《沧浪诗话·诗法》说:"须是本色,须是当行。"元代作家也常用这个词来指"杂剧"语言的通俗问题。明代提倡"本色"论的剧作家较多,李开先的"本色说"指的是戏曲词语的通俗化。他在《中麓闲居集》卷六《西野春游词序》中指出,戏剧语言应该"明白而不难知"。认为"传奇戏文,虽分南北,套词小令,虽有短长,其微妙则一而已"。所谓"微妙",就是明白而通俗。在同一篇文章中他说:"语俊意长,俗雅具备,声中金石,色兼玄黄,真如游上林而踏青郊,淑景春葩,历历在目。"既强调了

"俗",又突出了"意"。他主张向民间文学学习,因为民间作品"语意则直出肺肝,不加雕刻,但男女相与之情,虽君臣友朋,亦多有托此者,以其情尤足感人也"。

第三章

明代小说中的审美诉求

中国是诗的国度，在古代小说一直受排斥，为主流文化所看不起，正统文人"每訾其卑下"。但却受大众所喜好，并由此而不断发展。在经历了神话传说、寓言、史传、志怪志人小说、唐传奇、宋话本小说等样式，到明代中叶以后，小说才真正成熟，并且兴盛起来。所以，就古代文学史而言，明代是白话小说真正进入蓬勃发展的时期。到晚明，中国古代的白话小说审美创作达至鼎盛。经过长期的发展，明代白话小说不仅创作实践活动多姿多彩，进入全盛时期，而且小说美学思想也随之有了巨大发展。明代小说美学思想所涉及的范围相当广泛。最初针对明代传奇小说的批评专集有《剪灯新话》《剪灯余话》《觅灯因话》等，后来批评视域扩大，上溯到宋元话本，再到唐代传奇，如《艳异编》《虞初志》等。就明代中期的小说美学思想发展看，主要的批评集中在《三国演义》《水浒传》《西游记》《金瓶梅》等所谓"四大奇书"，以及"三言二拍"等短篇小说上。小说美学思想家有李贽、金圣叹、叶昼等，他们往往通过小说评点来表达其美学思想和审美诉求。另外，如蒋大器、冯梦龙、凌濛初、袁无涯等人则通过小说序跋来表述其各自的审美要求。众多的小说美学思想家的加入使明代小说美学理论达到了相当的高度，不仅对小说的审美特征进行了总结，而且突破儒家传统思想的束缚，强调小说的社会审美意义，肯定了通俗文学的审美价值。

第一节　古代小说的发展与成熟

中国古代小说经历了古代神话传说、魏晋南北朝志怪志人小说、唐代传奇、宋代话本小说等阶段，但是，从现代小说意义上看，其真正的发展与成熟应该是明代万历年间的事。其时，中国古代小说引起了不少文人的关注，或直接加入作者队伍之中，或进行美学思想方面的探讨，有关小说创作与鉴赏的美学思想很快开始建立并发展起来，到晚明，富有民族特色的中国古代小说美学思想体系趋于完善。

一　明代古代小说的成熟

长篇章回小说的发展和定型，是小说之中文学样式到有明一代趋于成熟的标识之一。所谓章回小说，原初的样态是宋元时期讲史一类的话本，其风格特色是分章分回，叙事标目，相对而言，每回所叙述的事件既相独立，又前勾后连，起首与结尾相互照应，构成一个完整的故事。到明代，在话本的基础上发展为章回小说，体制上更加定型，艺术表现日渐成熟。其审美诉求从历史演义、寓言寄托到直面现实、关注人生；题材表现多样，从国家大事到寻常百姓的日常起居；人物描写从英雄怪杰到一般大众；性格多样，色彩斑斓，个性鲜明；情节曲折，语言运用，有半文半白，有口语，有方言，多元共存。

与此同时，在有明一代，白话短篇小说也得到长足的发展。尤其是明代的中后期，白话短篇小说在宋元话本"小说"的基础上出现了一个繁盛时期，发展得更为精致，无论是内容还是形式，都有新的变化。因此，人们常把小说看做有明一代最具代表意义的文学样式。

其时，商业经济加速发展，内外商贸活动频仍，文化交流的不断开放，致使思想活跃。并且，经济的发展必然会带来都市的扩展和市民的增多。由此，其生活自然会越发引起文人的关注，并更多地在小说与戏剧一类文学样式中得到再现。明代文人创作这一类白话短篇小说之所以被称为"拟话本"，就是因为其产生是直接对宋元话本的摹拟学习。这类小说由于内容与大众生活贴近，极为受包括市民阶层在内的大众的喜爱。尤其是白话通俗小说，更受其欢迎。这种现象自然受到文人的重视，于是对其从理论上给予了提升，阐明其社会审美价值。例如，李贽就将《西厢》《水浒》与秦汉文、六朝诗相提并论，同称为"古今至文"。而《古今小说》绿天馆主人《序》则指出，和儒家的经典《孝经》和《论语》相比，话本小说更具有震撼人心的审美效应。当然，有明一代，印刷术快速提高，刻书业发展迅猛，这为小说的刊行与流布创造了良好的条件，从而刺激了小说的创作，促进了小说的繁荣。

媒介即信息，人们对娱乐类话本小说阅读量的增加，增进了传播业的繁荣，由创作到编辑发行，从口头文学到书面文学，白话短篇小说成绩斐然，以"三言""二拍"为最明显的时代表征，大批内容各异的短篇小说集不断问世，小说的出版与发行呈现出空前繁荣的场景。从明初《剪灯新话》《剪灯馀话》等，到中后期的笔记、传奇、总集，从专事模仿唐宋传奇到从丰富的史籍、民间传说、艺人讲说和现实生活中吸取素材和营养，大量的白话短篇小说通过不同的文学样式，相拥而出，为以后的小说创作打下基础，准备好条件。

二　明代小说成熟的社会文化背景

（一）统治阶层文学政策的松动

明中叶以后的政治统治已经腐败不堪，政治上再不能像明初那样雷厉风行，令行禁止。而且这时通俗小说已经长成参天大树，它有力地吸引着读者，广泛地在民间传播，已无法禁止。同时，它不仅吸引着普通百姓，而且也引起了统治阶级的浓烈兴趣。在"嘉靖八才子"中有五位，即崔镜、李开先、唐顺之、王慎中、陈束都赞扬过《水浒传》。曾任首辅的徐阶，官至刑部尚书的王世贞，官至福建参政的王肯堂，官至锦衣卫千户的刘承禧，官至广西右布政使的谢肇淛，官至南京礼部尚书的董其昌等人家里都藏有《金瓶梅》抄本；官至吏部侍郎的朱之藩为《三教开迷归正演义》作序，官至大学士的张端图为《英雄谱》插图题咏。上有所好，下必效之，上层统治阶层对小说的喜爱，无异于给予它一柄保护伞，使它少受摧残，也无异于给予它一剂兴奋剂，刺激它更加蓬勃发展。

（二）市民文化的发展

明代城市经济比宋元时期更为发达，特别是东南沿海一带，到嘉靖之后已有资本主义萌芽。商品经济的迅速发展，致使社会审美时尚发生了变化。社会休闲享乐之风盛行，直接冲击了儒学"重义轻利"的观念。同时，都市文化的兴盛加速了传播业的发展，印刷术更加进步和繁荣。在许多城市里，随处可见专门刻印、贩卖文学作品的书坊。这一方面使得出版长篇小说成为可能，另一方面使得宋元以来流行的白话短篇小说由说话人的话本有机会被整理和刊印，为"三言""二拍"的出现奠定了基础。此外，由于生活的富裕，许多市民子弟也入学读书，这样就产生了既有文化又参加科举的市民知识阶层，他们把审美与娱情的兴趣集中到了能反映现实人生和描绘复杂社会生活的通俗小说上。当时书商为迎合市民口味，大量刻印"小说杂书"，致使小说"行世颇捷"。通俗文学领域中这种商业化现象，反过来又刺激了文人对小说的创作热情。从《三国演义》到《水浒传》再到《西游记》，市民意识逐渐加强。《三国演义》描写了君臣平等，知恩必报，甚至像关羽那样为了"恩义"而放弃国家的利益，刘备为兄弟报仇而置万里江山于不顾；《水浒传》对市民生活作了精细描写，为朋友公然违背封建法律，通风报信，私放罪犯；《西游记》要求"皇帝轮流做，明年到我家"，不服天帝、阎王和人间帝王的束缚，渴望自由自在的生活，等等，都反映了市民阶级的意识。到了明代中叶，随着商品经济的迅速发展，市民文化日益壮大，特别是反映市民阶层的理论正在日益成熟中。李贽从主张人性解放的角度出发，提倡"童心"，指出："天下之至文，未有不出童心焉者也。"而所谓"童心"，应该就是"人"原初的心性，包括"人"的自然属性。因此，李贽的"童心"说，既有对"人""性灵"的肯定，又有对包含儿女之"情"在内的自然之"情"的肯定。正是由此出发，李贽旗帜鲜明地肯定人的私欲、情欲和凡俗的日常生活："穿衣吃饭即人伦物理，除却穿衣吃饭，无伦物矣。世间种种皆衣与饭类耳，故举衣与饭而世间种种自然在其中，非衣饭之外更有所谓种种绝与百姓不相同者也。学者只宜于伦物上识真空，不当于伦物上辨伦物。"① "穿衣吃饭即人伦物理"，人世间的一切日常活动都具有审美意义。所谓的包括伦理道德意识、审美意识在内的意识层面的活动都必须建立在物质生活的基础上，追求精神层面与物质层面的享受是人的自然天性。这点连孔圣人也不例外。"圣人不能无势力之心"，不能靠空谈仁义饱腹御寒。对此，李贽又说："如好货，如好色，如勤学，如进取，如多积金宝，如多买田宅为子孙谋，博求风水为儿孙福荫，凡世间一切治生、产业等事，皆其所共好而共习、共知而共言者。"②

---

① 李贽：《焚书·答邓石阳》。
② 李贽：《焚书·答邓明府》。

李贽主张人性解放，提倡人文关怀的美学思想经袁宏道、汤显祖、冯梦龙等人的发扬光大，在明中叶以后引发了一股反传统的人文主义与个性解放思潮，以致"士大夫靡然信之""士风大都由其染化"，掀起了追求人性解放的启蒙思潮，给予人们以新的理论眼界和理论勇气。更多的文人则把注意的目光从正统的诗文转向市民阶层所喜闻乐见的非正统、非主流的小说，发现小说在大众文化消费中的普遍效应，在引导时尚审美诉求上的价值与意义，并且着手将其作为一种审美创造活动，由此来深化其文艺美学思想，研究和探讨其在创作与鉴赏中的美学理论。在文艺美学思想界出现了小说评点，这种文艺美学批评样式为小说美学思想的进一步深化提供了一种活泼、自由、简洁、明快的表达形式，这种形式比起序跋、笔记等形式，思想容量要大得多，对小说审美创作与审美鉴赏的直接指导意义也要快捷得多。如果没有这样一种形式，古代小说美学思想在万历年以后要想获得相当的深化程度显然也是有问题的。

（三）小说美学思想的发展

唐宋两代，对"传奇"小说的文学性、小说的美学思想性一类的评论极少，可以说是偶有涉及，亦不过只言片语。降至元代，能够上升到美学层面的小说批评也几乎是空白。元末明初，《三国》与《水浒》两部巨著刊行于世，但美学思想界的反响并不大，并未引起大的轰动。明代初年，只在几部文言小说集的序言中，发现有提及小说审美价值、审美效用方面的论述。之后，一直到了正德、嘉靖年间，情况才有了好转，陆续有几篇小说序言刊布，包括弘治七年（1494）庸愚子蒋大器的《三国志通俗演义序》，正德三年（1508）林瀚的《隋唐两朝志传》，嘉靖元年（1522）张尚德的《三国志通俗演义引》，嘉靖三十一年（1552）熊大木的《大宋演义中兴英烈传序》，嘉靖三十年（1553）李大年的《唐书志传通俗演义序》等。这些著作在视野上还显得相当狭窄，主要集中讨论"小说是什么"和"小说有什么用"这两个问题。这些理论强调小说的教化功能，强调它与史书一样有益于世道人心，虽然从小说理论来说还是很幼稚的，但对小说存在的合法性作了有力的辩解，为小说争得一席之地。这对推动小说创作起了一定的作用。到了万历年间，特别是万历十五年（1587）以后，由于通俗小说创作的发展，总结小说创作经验的小说理论也蔚为大观，有了长足的发展。以李贽、叶昼为核心，包括汪道昆、谢肇浒、汤显祖、陈继儒、胡应麟、冯梦龙等，小说理论逐步向核心推进，确立了小说的文本意识，研究小说的内部规范，提出和探讨小说的娱乐性、通俗性；研究小说的审美功能以及小说的真实性问题，肯定了虚构在小说中的地位，与史书划清了界限；研究小说的写实理论，提出了逼真、传神、化工等观念；研究了小说的叙事与结构语言等。小说理论可以说在这个时期才真正成为研究小说创作的理论，从而大大推动了小说理论的发展，他们不再把小说作为"史之余"，而是把它作为独立的文体来创作，对明中后期小说的繁荣作出了贡献。

三 明代对小说审美本质的认识

小说的"真实"性在精气神。应该说，在对小说审美本质的认识上，明代继承了魏晋以来对小说审美本质的辩证认识，更加全面地认识艺术的真实与虚构问题，全面定义历史真实这个概念。明确历史真实不等于历史实录。由于中国小说美学历来有"写实"传统，尤其是以《三国》为代表的历史演义小说脱胎于史传文学，把真实性作为审美的首要标准。但是"历史真实"毕竟不是"历史实录"，所谓的"历史真实"有它自己的美学含义。明代对于"历史真实"这个概念有比较全面的认识，"历史真实"并不意味着对历史事实的生搬硬套。明崇祯年间的袁于令在《隋史遗文序》中指出："正史以纪事，纪事者何？传信也。遗文以搜逸。搜逸者何？传奇也。传信者贵真：为子死孝为臣死忠，摹圣贤心事，如道子写生，面面逼肖。传奇者贵幻：忽焉怒发，忽焉嘻笑，英雄本色，如阳羡书生，恍惚不可方物。"[①] 这就是说，作为"正史"，以"记事"为要，要实录；"遗史"则是"传奇"，不必拘泥于史实，允许虚构。针对这种思想，明代的小说评点家叶昼也认为，"小说"与史书纪实不同，只要写出"人情物理"就行，而不需要如实记载；"小说"只要有"趣"，可以虚构情节，"劈空捏造"，虚拟故事，想出天外，而不必"实有其事"。对此，谢肇淛的观点与叶昼的一致，认为小说的审美诉求是至情的抒写与极美景色的营构，即所谓"情景造极"，而不是"实录"，因此不必"真有其事"，不必"事事考之正史"。到金圣叹，则更加直接地对"历史著作"

---

① 袁于令：《〈隋史遗文〉序》，见《隋史遗文》，北京大学出版社1988年版。

即史书的"以文运事"和小说的"因文生事"进行了清楚、明确的区分,强调指出小说创作具有虚拟性和创构性,要"为文计",而"不为事计"。可见,晚明时期的小说美学思想已经明确认识到所谓的小说艺术的"真实",不是说要"实有其事""实有其人",而是要"合情合理",要真实地再现世情百态。

如前所说,小说审美创作要"以极近人之笔写极骇人之事"。这是金圣叹提出来的。他认为,小说审美创作必须贴近人情,要真切再现人生,因此特别提出"极近人之笔"这个重要的小说美学命题,指出对"极骇人之事"的叙述,必须要用"极近人之笔"来刻画、描写、记叙。在批《水浒传》第四十一回合中,他评点说:"何等奇妙,真乃天外飞来,确是当面拾得。"所谓"何等奇妙,天外飞来"是说小说情节上的传奇性,由于其寄寓在现实性上,故可当面拾得。另外所谓"传奇性"并不是要写神奇怪异之事,而是要表现现实生活的内在逻辑。明代叶昼的小说评点,就借助了中国绘画美学思想,采用了绘画美学的相关概念。即如叶朗所指出的,叶昼运用了"'逼真'、'尚像'、'传神'等范畴,作为评价小说的最基本的美学范畴"。叶朗还指出叶昼"也是将小说的真实性放在传奇性之上,强调小说要写出最普通、最常见的社会生活和社会关系,要写出'人情物理',反对'说怪'、'说阵'"[1]。指出脂砚斋也是"强调小说的传奇性不能违背真实性,强调传奇性要从普通的、平凡的现实生活中去发现和提炼。张竹坡则鲜明地提出'市井文字'和'花娇月媚'文字这两种美学风貌的区别,强调要写市井的日常生活,要写最常见的人情世态,不但要写美,而且要写丑,不但要写出社会的生活面,而且要写出社会的思想文化面"[2]。就美学意义层面看,小说艺术的审美效应更多地在于娱乐,因此,虚构性较其他艺术样式强。但就基本精神看,小说艺术美学效应的确立也离不开生活的真实性,离不开"人情世态"的再现。对此,李日华在《〈广谐史〉序》中就曾经指出:"失史职记载而其神骏在,描绘物情,宛然若睹,然而可悲可愉,可诧可愕,未必尽可按也。"强调小说只要写出物情,传达神骏,虽然不能一一对应史实,只要有真情实

---

[1] 叶朗:《中国小说美学与明清小说评点》,《学术月刊》1982年第11期。
[2] 同上。

感,一样可以激发情感,所以小说可以"虚者实之,实者虚之"。冯梦龙也在《警世通言叙》中指出:"人不必有其事,事不必丽其人。其真者可以补金匮石室之遗,而赝者亦必有一番激扬劝诱、悲歌感慨之意。事真而理不赝,即事赝而理亦真。"

可见小说审美创作中所谓"真实",其内核是生活本质的真实,有了这个,就不必"尽真",也不必"尽赝"。所以谢肇淛在《五杂俎》中也说道:"事太实则近腐,可以悦里巷小儿,而不足为士君子道也。方为小说及杂剧戏文,须是虚实相半,方为游戏三昧之笔,亦要情景造极而止,不必问其有无也。"虚虚实实,"虚实相半",真真假假,假作真来真也假,戏剧小说重在情景造极,重在审美意象的营造,而不是"事事考之正史",虚实与否的关键在于创造"生机灵趣泼然"的完美形象。

明确区分历史著作与小说审美创作的不同,理直气壮地宣称虚拟性想象对于小说审美创作的意义,充分肯定小说审美创作的艺术虚构性及其审美价值,意味着小说审美创作真正脱离史传传统开始走向审美的独立。的确,小说审美创作与史传的根本区别就在于"实录"与"虚构"的不同。小说审美创作本来以想象和虚构为能事,但中国古代的小说家偏要与史学家认宗叙谱,标榜其叙写的人物故事是历史"实录"。当小说审美创作自豪地宣布自己是"虚构"的,意味着附庸史传的自卑心理已消除,宣告了"史统散而小说兴"新时期的来临。对此,叶昼曾经意味深长地说道:"《水浒》事节都是假的,说来却似逼真,所以为妙。"[①] 说的就是艺术虚构虽是凭空捏造的,但是合乎人情物理,还是逼真的,是符合真实性要求的。冯梦龙的"事赝而理亦真"也是肯定虚构的作用的。袁于令在《隋史遗文序》中明确指出:"传信者贵真,传奇者贵幻。"袁于令还在其所写的《西游记题辞》中进一步明确:"天下极幻之事,乃极真之事;极幻之理,乃极真之理。"金圣叹指出,《水浒》"七十回中许多事迹,须知都是作书人凭空造出来""一百八人、七十卷书都无实事"。并且从理论上对虚构的意义作了总结:"《史记》是以文运事,《水浒》是因文生事。以文运事,是先有事生成如此,却要计算出一篇文字来,虽是史公高才,也毕竟是吃苦事;因文生事却不然,只是顺着笔性去,削高补低都由我。"

---

① 见叶昼《水浒传》第一回回末总评。

(《读第五子书法》)小说既是"因文生事",故事情节就是根据艺术形象创造的需要而进行虚构的,所以有所谓的"削高走低都由我",小说占据中心的不是所谓的"事实",而是艺术形象,这自然是对虚构意义的明确肯定。

小说的审美价值观指向美善相济,这也体现出中国古代小说以伦理道德意识为底蕴的审美目的。从魏晋南北朝初步形成小说文体起,中国小说经历了唐代传奇、宋元说话、明清文人小说的历史流变,尽管小说思维面临着多元传统文化(如儒、道、释、墨、法等)的对立与互渗,由此导致小说家对美善认知观念的蜕变,但小说思维模式却有着超稳定性,标志着中国古代"写实"主义成熟的明清小说,在主题表现上或深或浅地立足于对人格与社会的伦理道德评价,在艺术形象设计上体现了"尽善""求善"的思维认知结构。这种伦理道德化的思维模式在很大程度上抹平了人作为审美创作者个体在审美欣赏上的复杂层次,并派生出从伦理道德上强化主题意识、营造理想人格的表现模式。因此明代小说讲究"文以意为主""意在笔先",这是理性化的思维认知结构在艺术创造上的表现之一,它把作品主题(立意)放到了艺术思维活动的首要位置。为了表现主题,在小说的结构上,它主要关注情节发展和理想人格的塑造。强调以情节作为中心,以事件作为中心,通过对人生命运的描写来表述一种人生观念,倡导一种理想的社会伦理道德,强调个体与社会群体意识(政治、道德的文化观念)的和谐统一,通过理想人格创造来显示传统文化的理想,由此达到政治教化与道德教化的审美目的。中国小说的理想人格审美思维方式是有着相对稳定性和历史延续性的,但是,文学的发展是不断向前的,我们会发现到了明代中后期,儒家所谓的"善"很多都被转化为"恶","尽善"的审美观念蜕化为"泛恶"。这是明代小说审美上出现的新的审美特质,它以新的市民阶层的理想、信念、道德规范、价值观念来取代传统儒学的伦理道德观,这将促成小说审美风格由表及里、自单一向多元层次的转化。

四 明代小说审美形态的流变

(一)"美"与"丑"互化

儒家文化"言志"观包含了"美刺"的成分。《毛诗序》对先秦儒学的"言志"作了如下发挥:"正得失,动天地,感鬼神,莫近于诗。先王以是经夫妇,成孝敬,厚人伦,美教化,移风俗。"这是从"颂美"和"刺恶"两个方面强调艺术的教化功能。美丑善恶的共存比照,以颂美扬善而戒丑弃恶,这是儒家"美刺"说的立足点和审美点,这一审美思维明确将小说形象的构成建筑在美丑善恶的对立与互为比照上,其思维指向也是以美衬丑,以美揭丑,而美丑对比的单一性可能会导致对善恶的简单类型化处理。以"忠""孝""节""义"来给人物塑造作定型化设计在古代小说发展上是屡见不鲜的,但是到了明代,我们还是可以感受到小说对审美形态的拓展。

《金瓶梅》之前的长篇小说,在批评社会黑暗的同时,着力表现美好的理想与愿望,歌颂明君贤相、忠臣义士、英雄豪杰,表现出浓厚的"虚构"幻想主义色彩。它们遵循着中国古代的审美传统,把表现美和崇高作为主旋律,作为小说家主要的审美方式。英雄豪杰在事业上取得的成功是伟大的,如武松打虎,显示了英雄的超人神力,表现了阳刚之美,即使梁山事业终究失败了,也表现出一种悲壮美;古代人物形象也是崇高的,如我们熟知的关羽、诸葛亮、赵云等。到了《金瓶梅》,对美的正面礼赞则开始变为以揭露丑来映衬美,对黑暗的暴露中蕴藉着对美好人生的希冀。《金瓶梅》以西门庆这个亦官亦商的暴发户家庭为中心,极写"世情之恶",写官场社会之黑暗,展市井社会之糜烂,作品中几乎看不到一个好人,也看不到希望和光明。正如张竹坡所说:"西门是混帐恶人,吴月娘是奸险好人,玉楼是乖人,金莲不是人,瓶儿是痴人,春梅是狂人,敬济是浮浪小人,娇儿是死人,雪娥是蠢人,宋惠莲是不识高低的人,如意儿是个顶缺之人。若王六儿与林太太等,直与李桂姐辈一流,总是不得叫做人。而伯爵、希大辈皆是没良心之人。兼之蔡太师、蔡状元、宋御史皆是枉为人也。"[①]

这样极写生活之丑,在中国小说史上可以说是空前的,代表着中国古代小说审美观的一大逆转。

(二)"奇"与"常"相交

中国古代小说在审美趣味方面从创作到鉴赏批评常常是以"奇"为美的。魏晋志怪小说即已表现出逐奇的倾向,唐代小说名字就叫"传

---

① 张竹坡:《金瓶梅读法》。

奇",宋代话本虽以市民生活为题材,但强调所谓的"无巧不成书",毛宗岗评论《三国演义》多用"奇"字,诸葛亮是"古今贤相中第一奇人",关羽是"古今名将中第一奇人",曹操是"古今奸雄中第一奇人",而三国历史本身是"一大奇局",写《三国演义》的作家是"古今为小说之一大奇手",整部《三国演义》则是一部"奇书"。金圣叹评《水浒传》,认为这是"奇绝文字","不读《水浒》,不知天下之奇";至于描写神魔故事的《西游记》是"奇地""奇人""奇事""奇想""奇文""无一不奇,所以谓之奇书"。但是到了《金瓶梅》,则是变"奇"为常,以平淡无奇的写实手法,真实细腻地再现市井社会和官场社会的生活,这是中国古代小说审美趣味上的一个重要转折。《金瓶梅》为中国小说史上的一大奇书,其刊行改变了先前一味以让人动魄惊心、心惊肉跳、毛骨悚然、胆战心惊、触目惊心的故事和传奇性的情节刻画人物的小说创作手法,转移到对日常生活场景的精心描写和对人物心理的细腻刻画上,采用细致入微的叙写,细节处以展现真实,并进而描写人物性格,看似一一交代、似实如真,力求还原生活,呈现原初本来的场景,看似波澜不惊,轻描淡写、平淡无奇的平静中却能穷情写态,让人回味无穷,最终达成撼人心魄的审美境域。

(三)"实"与"虚"兼行

早期的中国古代长篇小说主要是以历史题材为主的,倾向于写实。到了吴承恩创作《西游记》,"虚构"幻想主义开始焕发光彩,作者以他独特的艺术趣味,突破了传统的历史题材,大胆地发扬了中国古代文学中"虚构"幻想主义精神,通过夸张、幻想、变形、象征等手法,开拓了一个变幻奇诡、光怪陆离的新的艺术境界,以此寄托理想,抒发愤懑,折射现实。

关于中国小说的本源,我们可以追溯到古代神话传说"奇幻"的特点上。晋人郭璞称《山海经》"闳诞迂夸,多奇怪俶傥之言"。清人王韬说:"《齐谐》志怪,多属寓言,《洞冥》述奇,半皆臆创;庄周昔日以荒唐之词鸣于楚,鲲鹏变化、椿龄老树此等皆是也。"

这种奇幻的艺术传统,随着小说文体的形成,便也成为小说的一大美学传统。这种"奇幻"艺术发展到《西游记》,作者从佛教传统的取经故事中吸取素材,加以演变。叙述手法独特,构筑了一个精奇古怪、踪迹诡秘、千奇百怪、诡谲怪诞、古怪稀奇而又活灵活现的神话世界。奇丽广阔的虚旷空间，虚词诡说、珍禽奇兽、精奇古怪、奇光异彩的幻想世界，让人恍惚之间进入一个奇妙世界：花果山、水帘洞、无尘世纷扰、自由自在、无拘无束；天宫、地府、龙宫，取经途中的种种幻景，金碧辉煌的灵霄宝殿、神奇优美的蟠桃园；还有地府的森罗殿、背阳山；取经途中如海市蜃楼般的仙庄等，光怪陆离、变幻奇诡，审美价值独特。

"寓庄于谐"也是中国古代文学传统之一，《西游记》则以其玩世不恭的谐谑和愤世嫉俗的态度进一步发展了寓庄于谐的讽刺表现手法。即使神圣如玉皇大帝、仙宗佛祖，也常常被揶揄和嘲弄。如著名的孙悟空大闹天宫一节，玉皇大帝显出一副窝囊相；第七回写孙悟空在如来佛手指边撒尿留名；第七十七回唐僧受困狮驼城，孙悟空说"如来，我听见人讲说，那妖精与你有亲哩"，而当妖精说明详细的来历后，行者马上说"如来，若这般比论，你还是妖精的外甥呢"；第四十四回孙悟空更是把那道家的始祖圣像扔进了厕所，并捉弄鹿力、虎力、羊力三仙喝尿，如此等等，使人们熟悉的至高无上的形象在作者的利笔下变得滑稽可笑。

作者喜欢运用游戏笔墨讽刺世态。如第三回孙行者入龙宫要宝，四海龙王百般献媚；入幽冥界大打出手，一殿阎君丑态百出，以及崔判官为唐太宗添了十年阳寿的描写等，都是深刻的讽刺。还有在比丘国，国丈要孙悟空的"黑心"作药引，悟空把肚皮剖开，那里头就骨嘟嘟地攘出一堆心来，那些心，血淋淋的，一个个拣开与众观看，却都是些红心、白心、黄心、悭贪心、利名心、妒嫉心、计较心、好胜心、望高心、侮慢心、杀害心、狠毒心、恐怖心、谨慎心、邪妄心、无名隐喻之心、种种不善之心，更无一个黑心。在这个基础上，作者又借孙悟空之口指出"惟你这国丈是个黑心"，要取出来看，从"心"作药引谈起，信手拈来，随意生发。

另外，作者紧紧抓住人物身上的动物性，用戏笔加以揶揄、嘲讽，让读者不时记起那是一只天真活泼的猴子和一只憨态可掬的猪精，特别是猴子屁股上的一条尾巴和两块红，猪八戒的莲蓬嘴和蒲扇耳。文中写孙悟空与二郎神大战，虽然是竭尽腾挪变化之能事，但当他变成一座庙时，却"只有尾巴不好收拾，竖在后面变做一根旗杆"。当二郎神赶来时，只见一座小庙。待他仔细看去，只见一旗杆立在后面，原来是悟空未来得及藏起来的猴子尾巴。猪八戒的蒲扇耳,是他作为猪身的重要标志,其也常常引出不少乐趣。他的大耳朵给他帮了不少忙,也惹了不少事,帮忙的时候,"正遇顺风,撑起两个耳朵,好便似风篷一般"能加速飞行;取经途中积下的私房钱没地方藏,也藏在大耳朵里;惹事的时候,孙悟空便时时揪他的大耳朵,教训他,妖精也常常看上他的大耳朵,要炒着当下酒菜。

(四)由雅到俗

"雅"与"俗"作为两个相对的审美范畴,经常被用来标示艺术品格和水平的高下,通常可见浓厚的褒贬意味。"雅"被用来代表贵族士大夫的审美追求,"俗"则代表平民百姓的审美追求。从传统儒家观点来看,"雅"与"俗"还代表政治上、道德上的对峙,所谓"雅乐"与"俗乐"的对峙,不只是音乐风格上的不同,更是道德和政治立场的对立。明代文学文体上的流转,即从唐诗、宋词,转为明清小说、戏曲,从抒情作品转向叙事作品,这个文体转变的过程是一个由"雅"变"俗"的过程。传统文人受儒家文化教养,他们写诗填词始终刻意求"雅",强调"神"摄、"意"通和"味"渗。这带有浓郁贵族文化审美趣味的诗词世界,对于底层民众来说,始终是难以靠近的"阳春白雪"。贵族化的审美趣味"高高在上",自然是回避被视为低俗的生理欲求的,作家热衷的是用诗文词曲来自我表白,抒发其兴衰际遇的感叹,或寄寓空灵的主观心态。

明代中叶以后,商品经济发展迅速,随之而来的是城市新兴市民阶层的日益壮大,相应地,在文学领域和美学领域出现了一股世俗化思潮,小说作为明代文学的代表,深受这股新思潮的影响。《三国演义》是真实的历史演义,《水浒传》写的梁山故事是历史上真实发生的农民起义,神魔小说《西游记》的题材来自历史上有名的佛学事件玄奘西行,总之,都同历史事件有着极为密切的联系。而到了《金瓶梅》,则变为直接描写时事(虽然托名为宋代之事),通过描写一个普通的地主家庭来折射世间百态,小说在审美对象上有了极大的拓展,可谓是三教九流无所不包。另外以"三言二拍"为代表的拟话本小说更是主动从古老的历史空间转向当下喧嚣热闹的市民世界,转到对日常家庭生活的细致描摹上,通过对普通而又平凡的生活现象的描绘,展现重大的社会主题。它向读者展示的世界有着市井小民的悲欢离合,商人的追名逐利,饮食男女的情欲冲动等,这个世界向我们展示了个体的人、现实的人。历史演义、英雄传奇和神魔小说关注国家的兴亡，着重总结历史经验，表现政治和道德理想，重视那些掌握老百姓命运的帝王将相、英雄豪杰的升沉荣辱，把普通人的命运完全寄托在帝王的贤明、官吏的正直、英雄豪杰的扶困济危上，而世情小说则把平民百姓"家常日用""应酬"、风流艳遇、争风吃醋以至"市井之常谈""闺房之碎语"，都前所未有地、赤裸裸地展现在读者的面前。这时的作家如冯梦龙等，也自觉地收集民歌，编印通俗小说，力求语言通俗易懂，使作品能符合市民百姓的审美要求，以平民大众所能接受、理解的审美形式来表现平民大众的情感欲求。既然是要表现现实生活中的人，自然要走向普通人的世俗人生，而不像过去的小说那样企图站在历史的高度俯视生活的大地，或是仰视浩渺的天空以追寻圣人的高度。《金瓶梅》以前的长篇小说都取材于历史和神话故事，而《金瓶梅》虽然还假托《水浒》旧事，但实际上是写现实生活，是中国长篇小说题材转变的标志，它虽还不能完全摆脱历史的影子，但其创作者个体结构已转到现实生活方面来了，这就为长篇小说的题材开辟了新的领域。在《金瓶梅》之前，中国古代小说着重展现朝代兴衰、英雄争霸、神魔变幻，而《金瓶梅》却取材于一个家庭的兴衰，描写卑微不足道的市井人物和他们的日常生活。过去是以大见大，通过军国大事、帝王将相来写王朝的兴废、历史的盛衰；现在是以小见大，通过一个家庭的盛衰荣枯，普通人物的人生际遇来反映时代和社会的变迁。可以说是上至权贵，下及奴婢，雅如士林，庸如市井，无不使之众相毕露，官场的黑暗，商场的奸诈，情场的淫乱，世态的炎凉，人心的险恶，道德的沦丧无所不包。"三言"虽然所涉及的人物上至帝王将相下至市井细民，三教九流无所不包，但最引人注目的是城市市民及其情爱生活，如《蒋兴哥重会珍珠衫》中的蒋兴哥与王三巧，《卖油郎独占花魁》中的秦重与美娘，《金玉奴棒打薄情郎》中的金玉奴，《杜十娘怒沉百宝箱》中的杜十娘，等等。凌濛初在"二拍"中所关注的主要是普通市民的命运，以及决定他们命运的世情，特别是世情与命运在碰撞中所呈现出来的赤裸裸的人性。命运、世情、人性构成了"二拍"的中心内容。

第二节 "四大奇书"：历史真实与浪漫情怀

一 明代"四大奇书"的提出

明代所谓的"四大奇书"，即《三国演义》《水浒传》《西游记》《金瓶梅》。这一说法应是在明末清初提出并确立的。在为两衡堂刊本《三国演义》所作的"序"中，李渔一开头即标出"四大奇书"目，说自己"尝闻吴郡冯子犹赏称宇内四大奇书，曰：《三国》、《水浒》、《西游记》及《金瓶梅》四种。余亦喜其赏称为近似"[1]。李渔之后，将《三国演义》等四部小说称"四大奇书"就已经成为一种固定的、习惯的称谓。如孙楷第就在《中国通俗小说书目》中附录"丛书目"载了《四大奇书》，并且"按"云："以《三国》、《水浒》、《金瓶梅》、《西游记》为四大奇书，始于李渔《〈三国志〉序》。"鲁迅在《中国小说史略》第二十七篇的开头也指出："明季以来，世目《三国》《水浒》《西游》《金瓶梅》为'四大奇书'，居说部上首，比清乾隆中，《红楼梦》盛行，遂夺《三国》之席，而尤见称于文人。惟细民所嗜，则仍在《三国》《水浒》。"可见，在《红楼梦》刊布并盛行之前，明代的这四部长篇小说就开始被称做"四大奇书"。而所谓"奇"者，不仅指它的内容或艺术的新奇，也是对它们在审美特征上所展示出来的新的时代元素的概括。在中国古代小说发展史上，"四大奇书"代表了古代"写实"和"写虚"两种审美表达手法与审美风貌发展的高峰。当然，在不同的时段，这两种表达手法各有偏颇，一般而言，两种手法总是自在地穿梭，让读者游弋于历史与虚幻之间，究其根源，其形成是多方面的。

首先是来自史传文学的影响。在中国古代小说史上，对小说性质的主导性认识是"史之支流"，它的任务是演绎正史，补正史之阙遗，小说也应像史书一样，"昭往昔之盛衰，鉴君臣之善恶，载政事之得失，现人才之吉凶。知邦家之休戚"，以"垂鉴后世""不致有前车之覆"[2]。在史传文学的影响下，小说最初的要求不是情节、人物的典型性、深刻性，而是

---

[1] 李渔：《三国演义序》，两衡堂刊本。
[2] 庸愚子：《三国志通俗演义序》。

其事实的真实性。夏志清说:"在中国的明清时代,如同西方与之相应的时代一样,作者与读者对小说里的事实都比对小说本身更感兴趣。即便是荒唐不经的故事,只要附会上一点史实,也很可能被文化程度低的读者当成事实而不是当作小说看。"①

其次是受到宋元话本的影响。古代长篇小说的源头是宋元话本。现在已知的宋元时期刊行的话本几乎全是演绎历史。刊于南宋时期讲述唐玄奘取经故事的话本《大唐三藏取经诗话》已有16000多字的篇幅,猴行者已取代唐僧成为取经故事的主角;元代又刊行了更加完整的《西游记平话》。《大宋宣和遗事》已将过去以片断形式流传的梁山故事,如《青面兽》《花和尚》《武行者》等(皆为《醉翁谈录》所记载的话本名目)联系成一个整体,它从杨志卖刀杀人写起,经智取生辰纲、宋江杀惜、九天玄女授天书,直至受招安、平方腊止,顺序已和现在的《水浒传》基本一致。元代刊印的《三国志平话》分上、中、下三卷,六十九节,八万余字,其基本轮廓已是后来《三国演义》的雏形。

最后可以说是受我们民族心理的影响。真命天子君临天下,缔造太平盛世;贤相忠臣维持世界的公正,这一直是传统文人的理想。本应是休闲娱乐的小说,除消闲娱乐、玩味人生外,也寄托对清平公正的理想化人间秩序的向往之情,抒发对昏君、权奸、官僚、恶霸的愤慨。而历史也提供了大量可供选择的、似乎能够负载这种理想、愿望的人物和典型事件,而且这些人物、事件也因年代久远而显得神秘莫测,对读者更具有吸引力量。正是基于这种心理需求,在宋元说话中才有众多的清官廉吏维护公道正义的故事。罗贯中和施耐庵,相传都曾参加过元末农民起义或同农民起义有一定的联系。因此。当他们创作小说时,自然要在历史的投影下演绎现实人生的悲欢离合。

二 罗贯中与《三国演义》

《三国演义》,又名为《三国志通俗演义》,是中国古代长篇章回小说的开山之作,也是历史演义长篇小说的第一部。所谓"演义",是古代小说的一种传达样式。最初见于《后汉书·周党传》,它记载周党等人"文

---

① 夏志清:《中国古代小说导论》,安徽文艺出版社1988年版。

不能演义，武不能死君"。又据《文选》卷十载，潘安仁《西征赋》云："晋演义以献说。"对此，李善注云："《小雅》曰：'演，广、远也。'"可知，"演义"的原初义是指推演、详述道理。作为小说，"演义"以讲史为主要内容，其审美特点是依傍史传，再现其历史事件，以成小说样式；艺术特征是偏重叙述，故事性强；行文浅显，通俗易懂，语言大众，故事情节紧凑，以历史为题材，通过艺术升华，再现争战兴废、朝代更替；并以此表明了一定的政治思想、道德观念和审美诉求。这种独特的文学样式受到了素重历史传统的中国人民的喜爱。

《三国演义》是作者罗贯中依据历史事件，并以之为基本线索，在以往长期的、众多的街谈巷议、大众传说和民间艺人加工的基础上，"据正史，采小说，证文辞，通好尚"，创作出来的优秀之作。其整体审美风貌是明快流畅，雅俗共赏；场面描写波澜起伏、气势磅礴，富于变化，把紧张激烈、惊心动魄的战争表现得有张有弛，疾缓相间，对比映衬，旁冗侧出，波澜曲折，摇曳多姿；结构宏伟，百年左右头绪纷繁、错综复杂的事件和众多的人物安排组织完整严密，叙述有条不紊，前后呼应，彼此关联，环环紧扣，层层推进，深刻细腻地展现了其时的统治思想、官场风气、社会生态、世态人心；人物形象刻画精妙，手法多样，有夸张、有美化、有丑化等，个性突出，性格鲜明，生动活泼，栩栩如生，其中如曹操、刘备、孙权、诸葛亮、周瑜、关羽、张飞等人物形象脍炙人口，如曹操的奸诈，一举一动都似隐伏着阴谋诡计；张飞心直口快，无处不带有天真、莽撞的色彩；诸葛亮神机妙算，临事总可以得心应手，从容不迫。著名的如关羽"温酒斩华雄"、张飞"威震长坂桥"、赵云"单骑救幼主"、诸葛亮"七擒孟获"等，叙事摹写虚实相间，主实重虚；古今兼顾，批古判今，充分发挥了历史演义小说的穿越性、批判性的艺术特点，文字诙谐有趣，人物形象极具艺术张力，同时还保留了知识含量。语言精练畅达，明白如话。

罗贯中，名本，字贯中，祖籍东原（今山东东平），流寓杭州。又说是山西太原人，号湖海散人，元末明初通俗小说家，是中国章回小说的鼻祖。罗贯中大概生活在元末明初。据胡应麟的说法，他是施耐庵的"门人"①，是《水浒传》的编写者之一。现存最早的《三国演义》刊本是明

---

① 胡应麟：《少室山房笔丛》。

嘉靖壬午年刊刻的《三国志通俗演义》。以后的新刊本大多都是依据此书而出。

《三国演义》描写了从东汉末年黄巾起义一直到西晋统一的近百年历史。对历史事实既有所认同又有所选择、加工；遵循强烈的历史意识，在创作中尽可能地遵循历史写实原则。现存《三国演义》的最早刻本是嘉靖元年（1522）刊印的《三国志通俗演义》，其刊本题为"晋平阳侯陈寿史传""后学罗贯中编次"，强调其是以史书作为蓝本的。庸愚子蒋大器的《〈三国志通俗演义〉序》是研究嘉靖刻本的重要文献。在序文中，蒋大器赞扬罗贯中是"以平阳陈寿传，考诸国史"，但他对于《三国志平话》那样的话本是不满的："前代尝以野史作为评话，令瞽者演说。其间言辞鄙谬，又失之于野，士君子多厌之。"[①] 在他看来，罗贯中的《三国演义》能够超越前作，很重要的原因在于其在相当程度上保持了历史的真实性。可见，在确定历史血统问题上，他们一致认为其出自正史。

现代学者夏志清在其《中国古代小说导论》中也指出，它是一部由文人编写的，继承了司马迁和司马光史官传统的著作。尽管罗贯中在编纂小说的过程中插入了一些神话传说式的东西，像刘、关、张桃园三结义，关羽的尽忠和诸葛亮的神机妙算等，然而，这些神话传说式的内容系由正史中的某些线索发挥而来，把它们加在小说中，使得历史戏剧化了，但并没有到歪曲历史的严重地步。

在艺术表达上，我们也可以清楚地看到其受史家笔法的影响，而与小说家笔法迥异。

1. 语言以理性见长，少见个性化色彩。毛宗岗父子修订的《演义》本，是三百年来《三国》的标准本，其开头就体现了史传文学对历史的高度理性认识："话说天下大势，分久必合，合久必分：周末七国纷争，并入于秦；及秦灭之后，楚、汉分争，又并入于汉……"这段开场白显然是按照历史小说的文体写出的，文本开篇便奠定了文本的理性色彩。在人物语言上，更多的是将人物作为表现历史观点的传声筒，比如在"郭嘉遗计定辽东"中，郭嘉在曹操平定并州后，主张西击乌桓，他对曹操道："主公虽威震天下，沙漠之人恃其边远，必不设备；乘其无备，猝然

[①] 罗贯中：《三国志通俗演义》，上海古籍出版社1984年版。

击之，必可破也。且袁绍与乌桓有恩，而尚与熙兄弟犹存，不可不处。刘表座谈之客耳，自知才不足以御刘备，重任之，则恐不能制；轻任之，则备不为用——虽虚国远征，公无忧也。"郭嘉论战，其写法极为接近《左传》写法，其语言高度理性化，传达的是对历史事件的真知灼见，如果以小说语言来衡量，这段话就谈不上高明了。

2. 少有心理描写。史家讲究的是对历史的真实记录，自然少有对人物的心理描写，尽管受宋元话本的影响，在表现刘备集团方面偶有采用直接心理描写的成分，但是在描写曹操集团上，很难找到直接心理描写的踪迹。

3. 叙事上主要采用全知视角，很少采用第三人称视角。史家由于充分占有历史材料，要求对历史、政治、经济、文化的全局把握，自然要求全知全能的宏大叙事，我们会发现，尽管曹操集团能人众多，与袁绍集团的斗争也是计谋百出，惊险万分，但是并不会给予读者拍案惊奇的感觉，这主要是因为作者谨守史家规矩，即使是用计，也是采用全知视角。

4. 以编年体结构为基础。历史演义通常是以编年体结构来编排故事时间的，"编年取法麟经，叙事一据实录"。时间发展的曲线一般有两条，或者按照自然时序，或者是小说家对故事时间加以改造后，即经过艺术处理后的故事时间。《三国演义》采用的叙事体例比较多元，"三顾茅庐""七擒孟获"等记叙序列似纪事本末体，而"姜维大战牛头山""姜维计困司马昭"等记叙单元则类似纪传体，整个故事的基本叙事体例则应该是编年体。叙事写实，时间脉络清晰，以事系时，时间标记明显。

5. 叙事声音史官化。叙事声音的史官化，意指叙述者在叙事中尽量模拟史家笔法，叙述简洁、描写质朴、语言含蓄、意旨蕴藉，留给读者的想象空间大。

6. 矛盾冲突激越。如审美理想与社会现实之间就极具矛盾性和冲突性，这增强了全书的艺术性和戏剧性。《三国演义》虽然以历史为根，但是作为历史的"演义"，必然渗透着作者主观的价值判断。在对历史素材的处理上是有虚有实的，"事实"七分，虚构"三分"[①]。其故事框架大致因袭《三国志平话》，但是篇幅是《平话》的十倍，其中大量来自对史

[①] 章学诚：《丙辰札记》，江苏广陵古籍刻印社 1910 年版。

料的虚构处理。其中有史料的扩充，更有艺术的升华，既剔除了《平话》中于信史无证的荒诞故事，又增补了见诸正史稗编的人物故事，成为按照历史流程精心剪裁而成的经典性长篇小说名著。在再现历史的同时，熔铸进小说家自己的审美价值观，实从于虚。小说中的主要故事情节多经过张冠李戴、移花接木、添枝生叶等艺术处理。在史实的基干上刻画、描摹出一幅荡气回肠、波澜壮阔、气势恢弘、场面大气的画卷。比如《平话》对著名的"三顾茅庐"故事的表现是比较简单粗糙的，寥寥几笔，诸葛亮在里面不过是个有呼风唤雨、撒豆成兵之能的神仙一样的人物，但是在罗贯中笔下，这个故事不仅在篇幅上有了大幅扩充，在内容上更是详细展示了刘备每一次拜访，其中有人物、环境、心理等多方面细致的描写，尤其是对人物形象和性格的表现更是堪称古代小说的代表篇目。罗贯中的艺术才能不仅表现在对《平话》已有情节的修改整饬上，他还为了更好地表现人物的性格特征，虚构了不少历史事件。如著名的"空城计"尽管脍炙人口，事实上并不符合史实，但是由于作者对历史人物性格和心理的精彩描写，虽是虚构，但是我们读来却有身临其境的真实感受。

《三国演义》从儒家的伦理美学思想出发，把刘备、诸葛亮等人作为忠义的符号，将历史悲剧归结为"天意"或"天数"，流露了小说家对于当时审美取向的批判精神和对传统儒家审美价值观被颠覆所引起的困惑和痛苦。

就小说与生活的关系而言，可以说是现实世界的写真，但这种写真绝非"实景"，而是根据可能如此或应该如此虚构出来的。虚构不是胡编乱造，而是从普遍存在的现实事物中提取足以揭示现象本质的思考，并使之准确地诉诸可感可触的艺术形象。正是这种富有思考价值的虚构赋予小说从本质上反映现实世界的品格，从而因比"实录"包含了更多的内涵而具有更高的认识价值。即使出于游戏消遣，也因为受到人间游戏规则的制约而使作品飘散着人间烟火。

7. 类型化的人物塑造。如刘备，就是"仁德"明君的典范，而诸葛亮则是"忠诚"的符号。曹操是奸雄人物的表征。曹操虽然是一代"人杰"，小说中王粲就说他"雄略冠时，智谋出众"，信奉"宁使我负天下人，休教天下人负我"的杨朱哲学。为报父仇，进攻徐州，所到之处，"鸡犬不留"。对部下阴险、残酷，如在与袁绍相持时，日久缺粮，就

"借"仓官王的头来稳定军心。其他如割发代首、梦中杀人等,都表现了他工于权谋,奸诈、残忍,毫无惜民爱民之心。

《三国演义》另外一个类型人物是恪守"忠义"的忠臣良将。以"忠义"区分美丑、善恶,只要"义不负心,忠不顾死"。对诸葛亮的"忠",关羽的"义",极尽美化之能事。关羽为报昔日之恩,在华容道放走曹操,被称为"义重如山"。《三国》人物塑造上的另一亮点是对于智慧型人物和勇猛型人物的塑造。比较起来,在描写三国间政治、军事、外交的错综复杂的矛盾斗争中,小说更突出了智慧的重要性。司马徽曾对刘备说:"关、张、赵云之流,虽有万人之敌,而非权变之才;孙乾、糜竺、简雍之辈,乃白面书生,寻章摘句小儒,非经纶济世之士,岂成霸业之人也!"(卷七《刘玄德遇司马徽》)所谓"经纶济世之士",就是诸葛亮。

庸愚子在《三国志通俗演义序》中称赞罗贯中"以平阳侯陈寿传,考诸国史,自汉灵帝中平元年,终于晋太康元年之事,留心损益,目之为《三国志通俗演义》。文不甚深,言不甚俗,事纪其实,亦庶几乎史"。[①]所谓"留心损益"就意味着想象虚构。不过,"留心损益"是根据已有史料所蕴含的历史必然性而展开的联想判断、推论,进行增加或者减少的史料处理,因而能够给人以真实的历史感觉。《三国演义》以蜀汉为中心,联合孙吴,对抗曹魏,描绘了三国时代变幻莫测的政治风云。蜀汉中心及其所表现出来的"拥刘反曹"的政治道德情感,不仅意味着描写重心的转移,更带来叙事形态的改变。刘备集团是仁义之师,曹操集团是恶德的代表。历史上政治的冲突变成伦理与人格的对抗,便构成作品的主要悲剧冲突。刘备是仁君,诸葛亮是贤相,关羽是义士,他们身上集中体现了人民所向往的人格理想及作者的道德观念。像这样以榜样力量和道德感召团结起来的仁义之师,当他们与邪恶势力及严酷命运抗争时,应该是所向披靡、战无不胜的。可事实并非如此。摆在读者面前的是一幅伤心惨目的悲剧图景:刘备集团失败了,理想人格毁灭了。曾经寄予希望的,都一败涂地;曾经着力颂扬的,都招致覆亡。这样难以接受的结局,使人们的心理失去平稳,而正是这种不平衡的心理才真正引发人们思考、探究造成悲剧的原因何在。作者的迷惘、愤懑与历史现象结合起来,使全书笼罩着一层

---

① 罗贯中:《三国志通俗演义》,上海古籍出版社 1984 年版。

悲观的色彩。

作者在探究理想政治覆灭的悲剧时，进一步揭示了由人物道德人格所导致的矛盾。"仁"一直是儒家道德的核心，刘备便是"仁君"的典范。他礼贤下士，知人善任；处友以诚，待人以宽；他深信"民为国本"，爱民如子；推行仁政，与民同甘共苦；胸怀大志，躬行仁义，不乘危以邀利，不凭诈以求功，"宁死不为不仁不义之事"。这一切都集中地反映了道德型文化的德政理想。但是，现实与理想是矛盾的，现实中政治斗争又是残酷的。刘备要成功，也不得不采取种种看来不那么道德的手段。他挑拨曹操杀吕布；至于夺荆州，攻四川，逐刘璋，更是以"伐人之国为乐"。理想中宽仁礼让的原则并不能带来实际的政治利益，所以在刘备这个所谓的"仁君"身上，是"欲状其仁而似伪"的，其在道德人格上处处可见分裂的痕迹。在刘备身上作者还寄寓了理想的君臣关系，但是在现实中则是处处碰壁。作品中的刘备冷静理智，气度恢弘，三顾茅庐，延请孔明，原有一番逐鹿中原、兴复汉室的大志，但这宏图正在眼前时，却因关羽失荆州而发生逆转。为了维护桃园结义的兄弟情谊，不惜违反诸葛亮所订的联吴抗曹策略，置多年苦心经营的局面于不顾，执意要为关羽报仇，最终导致蜀汉事业的失败和个人的毁灭。

《三国》另一道德典范是"贤相"诸葛亮。他既是智慧的化身，又是道德的化身，集忠贞、仁义、坚毅、睿智、机敏于一身，在这个神一样无所不能的人物身上倾注了作者的全部感情。可是最终的结局是"出师未捷身先死，长使英雄泪满襟"。孔明出山之时便已知天机，但为了自己的政治道德理想，为了申明大义于天下，报刘备知遇之恩，明知不可为而为之，毕生为蜀汉事业奔走，殚精竭虑，终究也还是抵不过残酷的命运，即使是作为智慧化身的孔明也未能战胜现实，得成大业。

三 《水浒传》——忠义传奇

郑振铎在其《插图本中国文学史》中用"忠义传奇"来指称《水浒传》，并且指出它是中国英雄传奇中最古的著作，也是其最杰出的代表，"忠义传奇"俨然已成为一个小说类型概念。郑振铎又进一步规定了"忠义传奇"的特征，明确了它与"历史演义"的区别："人物可真可幻，事迹若实若虚，年代可以完全不受历史的拘束，如此，作者的情思可以四顾无碍,逞所欲为,材料也可以随心所造,多少不拘。"值得注意的是他将《水浒传》与《三国演义》分别列入两种不同的小说类型,厘清了明代章回小说中依托历史背景叙述人物经历的"英雄传奇"与敷演史传作品叙述历史故事的"历史演义"之间的关系,在此之前,这两者常常是被混淆的。

《水浒传》所写故事原本来自历史所载。例如《宋史·徽宗本纪》《侯蒙传》《张叔夜传》等,都曾有"宋江起义"的历史史料。而且从南宋开始,民间就流传着宋江的故事。宋末元初,画家、诗文家龚开,曾经作《宋江三十六人赞并序》,完整地记录了宋江等三十六人的姓名和绰号,赞扬宋江"识性超卓,有过人者""为盗贼之圣"。后来《水浒传》中的主要人物吴用、卢俊义、鲁智深、武松、李逵以及阮小七、刘唐、阮小二、戴宗、阮小五等都有记载,这显然为《水浒传》的创作提供了极有价值的史料。在其时罗烨的《醉翁谈录》中也有对水浒人物如"石头孙立""青面兽""花和尚""武行者"等的记载。这些还可以视做独立的水浒故事。《大宋宣和遗事》写了杨志卖刀、智取生辰纲、宋江杀惜、张叔夜招安、征方腊、宋江受封节度使等,笔墨虽然简略,但已把水浒故事连缀成一个完整的事件。元杂剧中有大量的表演水浒故事的"水浒戏"。这些剧目对于梁山英雄的形象刻画已经比较集中,但是缺少共同的主题,人物性格也不大一致。但是关于梁山的各种说法,比如"三十六大伙,七十二小伙""寨名水滩,泊号梁山"等,基本上是相同的。这说明宋元以来丰富多彩的水浒故事正在逐步趋向统一,小说戏曲作家们也纷纷从中汲取创作的素材而加以搬演。正是在这基础上,忠义传奇的代表作《水浒传》诞生了。

关于《水浒传》的作者,明代有四种说法:其一,嘉靖间最早著录此书的高儒《百川书志》题作"钱塘施耐庵的本,罗贯中编次"。其二,田汝成《西湖游览志徐》、王圻《稗史汇编》等都认为是罗贯中作。其三,万历间胡应麟在《少室山房笔丛》中则又说是施耐庵作。其四,明末清初金圣叹的《第五才子书水浒传》又提出了施作罗续说,即"施耐庵《水浒正传》七十卷",后三十回是罗贯中作《续水浒传》。目前,学者一般从第一说,认为《水浒传》是施耐庵所作,其门人罗贯中在其基础上又作了一定的加工。但现代学者中也有人认为施、罗两人均系托名而实无其人。无论是罗贯中,还是施耐庵,其生平事迹都难以详尽追叙。除了较为一致地肯定施耐庵是杭州人外,其他的可信材料不多,连生活年代也有"南宋时人"(田汝成《西湖游览志馀》)、"南宋遗民"(许自昌《樗斋漫录》)、"元人"(李贽《忠义水浒传叙》、胡应麟《少室山房笔丛》等)等多种说法。

《水浒传》的版本也相当复杂。今知有7种不同回数的版本,而从文字的详略、描写的细密来分,又有繁本与简本之别。在繁本系统中,今知最早的是"《忠义水浒传》一百卷"(高儒《百川书志》)。一般认为,今存最早的较为完整的百回本是有万历己丑(1589)天都外臣(即汪道昆)作序的《忠义水浒传》。另有万历三十八年(1610)容与堂刊的《李卓吾先生批评忠义水浒传》也是较早和较有名的百回本。明末金圣叹将其120回本"腰斩"成70回本,名《第五才子书施耐庵水浒传》,由于它保存了原书的精华部分,在文字上也作了修饰,且附有精彩评语,遂成为后世最流行的本子。

《水浒传》最早的名字叫《忠义水浒传》,甚至就叫《忠义传》。明杨定见《忠义水浒全书小引》认为:"《水浒》而忠义也,忠义而《水浒》也。"李贽在《〈忠义水浒全传〉序》中就断言:"《水浒传》者,发愤之作也。盖自宋室不竞,冠履倒施,大贤处下,不肖处上,驯致夷狄处上,中原处下。一时君相,犹然处堂燕雀,纳币称臣,甘心屈膝于犬羊已矣。施罗二公身在元,心在宋;虽生元日,实愤宋事,是故愤二帝之北狩,则称大破辽以泄其愤,愤南渡之苟安,则称灭方腊以泄愤者谁乎?则前日啸聚水浒之强人也。是故施罗二公传《水浒》而复以忠义名其传焉。"在传统的儒家思想看来,开明的社会是要"大贤处上,不肖处下",而其时的宋代,是"冠履倒施"。显然,在作者看来,"啸聚水浒之强人",即聚义于"水浒"的这批绿林好汉是"大力大贤有忠有义之人"。他们是被奸佞之臣逼上梁山的。作者借历史上一次并不太知名的农民起义所展示的是忠义英雄的悲剧人生。"全忠仗义"的英雄不在朝廷、不在君侧,而是在"水浒",以宋江为代表的梁山英雄与以高俅为代表的四大奸臣的斗争贯穿全书,是全书的主线。作者以"忠义"为武器来批判这个无道的天下,但是道德的利器并不能扭转颠倒的乾坤,作者对"忠义"这一批判武器自身也表现出了一种深沉的迷惘。

最能体现作者这一编写主旨的是宋江这一形象。李贽曾经指出:"谓水浒之众,皆大力大贤有忠有义之人可也。然未有忠义如宋公明者也。今观一百单八人者,同功同过,同死同生,其忠义之心,犹之乎宋公明也。独宋公明者,身居水浒之中,心在朝廷之上,一意招安,专图报国,卒至于犯大难,成大功,服毒自縊,同死而不辞,则忠义之烈也,真足以服一百单八人者之心,故能结义梁山,为一百单八人之主耳。"[1] 宋江在小说里被视做忠义的化身,是贪官污吏逼着他一步一步靠近梁山的。

《水浒》是古代"写实"小说发展的一个重要阶段,从《三国》到《水浒》,一个重要的变化就是情节中心到人物中心,人物形象的个性化和典型化得到很大发展。《水浒传》还成功地塑造了大批超群绝伦而又神态各异的英雄形象,他们身上集中体现了《水浒传》对古代"写实"主义发展的贡献。金圣叹曾经感慨再三地说:"独有《水浒传》,只是看不厌,无非为他把一百八个人性格都写出来。如鲁智深、李逵、武松、阮小七、石秀、呼延灼、刘唐等众人,都是急性的,渠形容刻画来,各有派头,各有光景,各有家数,各有身份,一毫不差,半些不混,读去自有分辨,不必见其姓名,一睹事实,就知某人也。"[2] 例如写李逵、鲁智深、武松、石秀这四人都是粗豪之人,但形态各异,李逵是粗豪鲁莽中包含憨厚天真,鲁智深是粗中有细,机智精明;武松看似鲁莽,实际城府颇深;石秀则是精明过人,处处主动。

在《水浒》中,作者往往将人物理想化,喜欢将其超人化,其武艺超群,功夫盖世,如鲁达倒拔杨柳,武松徒手打虎,花荣射雁,石秀跳楼等,都带有传奇的色彩。但与此同时,这些有着不凡本事的英雄又周旋在像李小二、武大郎、潘金莲、阎婆惜、牛二这些市井细民中。在表现手法上,传奇性与现实性完美结合,既高度夸张又精雕细刻,力求细节化、生活化,真实感强,生活气息浓重。如同样是写英雄的"不近女色",在《三国演义》卷十一中,赵范欲将其"倾国倾城"的寡嫂配给赵云时,子龙大怒而起,一拳打倒赵范,出城而去。这种常人"不可及"处,难免有点不近人情,"太道学气"。而《水浒传》在写武松面对潘金莲的挑逗

---

[1] 李贽:《忠义水浒传序》。
[2] 见容与堂本《水浒传》第三回回评。

时,尽管也给人以"直是天神,有大段及不得处"的印象,但小说从平民小百姓的家居生活娓娓道来,写炭火,写帘儿,写脱衣换鞋,写家常絮语,直写到武松发怒"争些儿把那妇人推一交",将武松心理刻画得细致入微,他从真心感激嫂嫂的关怀到有所觉察,强加隐忍,最后发作,显得合情合理,比起赵云的高大的道德形象,武松的性格更有层次感,他刚烈、正直、厚道但又虑事周详、善于自制。

在《水浒传》以前,中国古代小说中的人物性格大多是先天生成的,如鲁迅所指出的:"从神话演进,故事渐近于人性,出现的大抵是'半神',如说古来建大功的英雄,其才能在凡人之上,由于天授的就是。"①《三国演义》里刘备从小就有帝王的气象,曹操自幼就是奸诈性格,他们的性格没有成长,可以说是与生俱来的。而《水浒传》里的英雄人物,体现了"写实"主义的"典型环境下的典型性格",人物的职业、身份、生活经历和环境不同,各自的性格、气质也不同。比如,李逵原是贫困农民,流入城市当狱卒,身上自带有流民无产者的性质,他虽然勇猛但是显得莽撞,直爽而显得粗鲁,我们看他最富个性特征的举动是:"上半身脱得赤条条的,大吼一声似半天里起了个霹雳,一身当前,抢出阵前,抡起两把板斧,砍将过去。"这就是李逵,有强烈的反抗性,也有市井流氓的无赖性,带有极大的盲目性和破坏性。鲁智深是军官出身,虽然也是粗鲁、性子急,但是做事并不像李逵那样不管不顾,可谓是粗中有细,该出手时就出手,该忍时则忍。比如我们熟悉的"拳打镇关西",他以买肉为名,挑肥拣瘦,在故意激怒对方后,才摆明来意,动手痛打郑屠,不料下手没个轻重,三拳就将这屠户打死了,好个鲁达,见机不妙,马上假意指着郑屠户骂道:"你诈死,洒家和你慢慢理会",借此迅速逃离现场,可见其做事虽然也会性情用事,但不是头大无脑,反而是勇猛中透着精细。再来看武松,武松是个闯荡江湖的侠客,为人精明强干,胆大心细,比如为了调查他哥哥的死因,他先是手握尖刀,逼迫使团头何九叔供出殓尸焚化的真相,接着向王小哥调查潘金莲和西门庆的奸情,到断七那天,请街坊邻居酒席上作证,记下潘金莲和王婆的口供,这才杀死潘金莲,斗杀西门庆。可见其行事缜密,心思细腻。同时因为出身江湖,讲的是快意恩

---

① 鲁迅:《中国小说史略》,中华书局2010年版。

仇，对于自己的杀人报复之举，他不会像鲁达一样心有所惧。如在"血溅鸳鸯楼"中，他不但杀了张都监全家，连两个无辜的丫鬟也杀了，并且他还不屑掩饰，特意在墙壁上大书："杀人者，打虎武松者也"，以示侠客豪情。我们再看鲁智深，在野猪林救林冲后，鲁智深把二三两银子给了两个公人，叫他们二人休生歹心，又抡起禅杖，只一下，打得树有两寸深痕，齐齐折了，喝一声道："你两个撮鸟，但有歹心，叫你头也与这树一般"，摆着手，拖着禅杖，叫声"兄弟保重"自回去了。可见鲁达的军人作风和武松的侠客作风是截然不同的。金圣叹将之总结为"犯中求避"，通过雷同的情节，相似的故事，展示不同的人物性格。正因为如此，《水浒传》的人物描写才具有极高的审美价值。即如李贽所指出的："《水浒传》文字，妙绝千古，全在同而不同处有辨。如鲁智深、李逵、武松、阮小七、石秀、呼延灼、刘唐等众人，都是急性的。渠形容刻画出来，各有派头，各有光景，各有家数，各有身份，一毫不差，半些不混，读者自有分辨，不必见其姓名，一睹事实，就知某人某人也。"人物形象生动，性格鲜明。并且这些人物的性格形成是动态的，有一个过程，与社会生活的影响分不开。作者正是通过这个过程来着重展示当时的社会背景，以显示其"官逼民反"的创作意旨。正是无道的黑暗社会把这些好汉"逼上梁山"的。比如林冲，原先是东京80万禁军教头，有较高的社会地位，又有一个美满的小家庭，如他所说，与爱妻"未曾面红耳赤、半点相争"。这种社会地位和家庭环境自然让英雄林冲在故事开始的时候显得十分软弱，委曲求全，对自己的生活十分眷念。当高衙内调戏他妻子时，他只想着妥协退让、息事宁人。当他遭受迫害、被发配沧州之时，还是天真地幻想服刑之后还能"重见天日"，所以，一路上尽管受尽董超、薛霸的凌辱摧残，他还是选择忍气吞声，逆来顺受。最后当权者把刀架到他脖子上，他退无可退时，为搏一条生路，他才被逼出英雄豪气，杀陆谦，奔梁山。但是，林冲毕竟是个英雄，所以在他逆来顺受的时候，其心灵深处同时也蕴藏着反抗的火花。作者在实际描写中，也时时照应他的英雄性格，让他不时爆出一点反抗的火花，如当他知道是陆谦设计把他骗到樊楼时，他就把陆谦家"打个粉碎"；当他被发配沧州、路过柴进庄上时，终于忍受不了骄横的洪教头的侮辱而将其一棒打倒，这都是他最终成为英雄的内在依据。作者既写出林冲是个英雄，又写出他存在的严重缺点；既写出环境逼得他走投无路，客观上只有投奔梁山才是活路，又写出环境也帮助他改变性格，克服缺点，使其主观上有了参加梁山义军的强烈愿望，显示了《水浒传》在人物塑造上的长足进步。《水浒传》一方面还是写传奇式的英雄，着重在火与血的拼搏中，展现他们粗豪的性格，而对他们的日常生活、家庭关系则较少涉及，反映出塑造人物的类型化倾向；另一方面《水浒传》对英雄人物周围的环境，对陪衬人物，对市井生活和风俗习惯也有了较为精细的描写。除了英雄人物的主色调外，还展现了市井小民生活的斑斓色彩，如围绕武松这个传奇式人物的经历，通过西门庆勾引潘金莲，潘金莲挑逗武松，王婆说风情，武松告状、杀嫂等情节，展示了当时的市井生活和王婆、何九叔、郓哥等"卑微人物"的精神面貌。围绕鲁智深、林冲、杨志的遭际，描写了金翠莲酒楼卖唱，五台山寺院生活，东京大相国寺周围的众泼皮，沧州开小饭馆的李小二夫妻，东京流氓无赖牛二等人物，展示了当时风俗人情和各类"市井细民"的心态。与《三国演义》相比，应该说《水浒传》对人情世态、对社会众生相的描写有了长足的进步。这也是《水浒传》人物塑造由类型化向个性化过渡的重要标志。

如果我们说建立在历史文本基础上的《三国演义》是"七分实事，三分虚构"，那么更多建立在民间文学基础上的《水浒传》则可以说是三分实事，七分虚事，历史上关于宋江起义的资料很少，历史仅仅能给作者提供一个极其简单的轮廓，《水浒传》中属于历史真实的人物很少，这使得民间传说、话本、杂剧中对他们的虚构和夸张比之《三国》更加方便。因此我们看罗贯中编的《三国》，首先就摒弃了《三国志平话》开头的托梦故事，拒绝将三国演义的故事说成是前世因缘，是汉初韩信、彭越、英布冤案的结果；而《水浒》恰恰是以洪太尉误走妖魔开始，将梁山英雄开篇就"妖化"，给全书先罩上一层传奇色彩。传奇性要求情节的曲折和新奇，以维持悬念的紧张程度，从而达到传奇性的效果。《水浒传》在设计情节上，主要采用了巧合的手法。如鲁智深在酒家恰巧听到金翠莲父女的哭诉，这使他义愤填膺，三拳打死镇关西；在东京大相国寺，他给众泼皮表演武艺，恰巧被林冲看见，结为兄弟，又恰巧遇到高衙内调戏林冲妻子，激起他的义愤；在野猪林，董超、薛霸举起水火棍的千钧一发之际，鲁智深一禅杖打去，救了林冲；在二龙山他又巧遇杨志，一起做了寨主，从白虎山前来求援的孔亮又恰巧是宋江的好朋友，这才有鲁智深率二龙山众好汉加入梁山义军的情节。虽说看似故事的发展是由这一连串的巧合串起来的，但它们都建立在鲁智深"杀人须见血，救人须救彻"的侠义性格基础上，因此显得真实可信。

1. 惊奇与逼真的结合。在大的故事情节上高度夸张和在小的生活细节上严格真实相结合。没有高度夸张，故事情节就失去惊心动魄的传奇色彩；没有细节的严格真实，夸张就失去了真实感，就不近人情。如武松打虎，整个故事情节是高度夸张的，但是武松打虎的细节描写都是严格真实的。把哨棒打折了这个细节，一方面表现武松打虎时的紧张神情，另一方面更显示出他徒手打虎的神勇。在打死老虎之后，写他精疲力竭，"那里提得动，原来使尽了力气，手脚都酥软了"。想到再出来只老虎"却怎地斗得它过"，所以急于下山但又筋疲力尽，只能"一步步挨下冈来"，路上遇见披着虎皮的猎人，以为又遇到老虎，不由得大惊失色道"呵呀！我今番罢了"。这些描写非常真实，既写出武松浴血奋战的艰辛，又使英雄人物亲切感人。没有这些细节的高度真实，就会削弱整个故事的真实性。

2. 粗线条勾勒与工笔细描相结合。也就是说，用说故事的方法，通过一连串惊心动魄的情节勾勒出人物性格的轮廓，同时又用工笔细描的办法，描绘人物的音容笑貌，突出人物的个性特征。没有惊心动魄的故事就没有传奇的色彩，没有工笔的细描就没有人物的个性。正因为如此，《水浒传》的人物描写才达到了"妙绝千古"的艺术境界。正是通过一个人物所做的几件事，几个不同的情节，表现了人物的不同侧面。正如金圣叹评论武松时所说："看他打虎有打虎法，杀嫂有杀嫂法，杀西门庆有杀西门庆法，打蒋门神有打蒋门神法。"如果只用粗线条勾勒，这几个故事可能会雷同，但作者在细节上作了工笔细描，则把武松性格的勇、狠、细、趣的不同侧面生动地表现出来，使人物更加血肉丰满。《水浒传》又能"犯中求避"，通过雷同的情节，相似的故事，表现不同的人物性格，不但写出他们"做什么"，还写出"怎样做"。对此，金圣叹点评云："如武松打虎后，又写李逵杀虎，又写二解争虎；潘金莲偷汉后，又写潘巧云偷汉；江州城劫法场后，又写大名府劫法场，就武松打虎和李逵杀虎来说，情节相似，但写武松打虎，纯是精细；写李逵杀虎，纯是大胆。若要李逵学武松一毫,李逵不能;若要武松学李逵一毫,武松亦不敢。"就其细节处看,武松杀嫂与石秀杀嫂也不同,在武松,是为兄报仇,"而己不曾与焉"。而石秀则不过为己明冤,"并与杨雄无与也"。显然,在金圣叹看来,武松是纯粹的"义"字当头,而石秀尽管也是为"义",但未免有些狠毒,故事虽有些类似,但意趣和人物性格却有极大的差异。

四 《西游记》——天上人间话神魔

明代中后期,出现了大批神怪小说。这批神怪小说,尚"奇"、贵"幻",以神魔怪异为素材,将流传于民间的一些碎片化的故事加以重新组织,使其完整化、系统化。在这类小说中,有的作品故事荒唐,文字粗鄙,而《西游记》则拔众超群、出类拔萃,以生动的形象、奇幻的境界、诙谐的笔调,怡神悦目、启迪心志而鹤立鸡群,最终脱颖而出,成为古代"四大奇书"之一。

《西游记》故事的蓝本来自历史的真实事件,则所谓的玄奘取经。唐代末年的一些笔记,如《独异志》《大唐新语》等,就有玄奘取经的记载。在宋代话本、元代杂剧中,西游记的故事已经比较成熟,甚至影响及朝鲜。在元杂剧中,比较有影响的故事有《王母蟠桃会》《唐三藏西天取经》等,这些故事对小说《西游记》的创作都是有着较大影响的。

经鲁迅、胡适等人的认定,《西游记》的作者是吴承恩。吴承恩(约1500—约1582),字汝忠,号射阳居士,淮安山阳(今江苏淮安)人。幼年即有文名,但后来却屡试不中。到了近四十岁时,才得以补了一个岁贡生。由于母亲年老加之家贫,仅仅出任长兴县县丞两年。这以后,又补为荆府纪善,但好像没有赴任。晚年则居于家中,以写诗饮酒度日,放浪形骸,最终老死在家里。其时所刊行的《西游记》本,现今所存最早本是金陵世德堂刊本《新刻出像官板大字西游记》,二十卷一百回,学界一般认为是刊于万历二十年(1592)。

《西游记》是"幻中有理""幻中有趣""幻中有实"。清人尤侗《西游真诠序》认为:"其言虽幻,可以喻大;其事虽奇,可以证真;其意虽游戏三昧,而广大神通具焉。"而幔亭过客在《西游记题词》中则认为,该书是"文不幻不文,幻不极不幻"。并且由此引申说:"是知天下极幻之事乃极真之事,极幻之理乃极真之理,故言真不如言幻,言佛不如言魔。魔非他，即我也。我化为佛，未佛皆魔。魔与佛力齐而位逼，丝发之微，关头匪细。摧挫之极，心性不惊。此《西游》之所以作也。"① 所谓的"幻"既指文艺创作中的想象虚构，也指人物故事变幻莫测，"真"既指对社会生活的艺术写真，也指人间正道与人情物理。小说世界既是虚幻的，也是真实的。说它是虚幻的，因为它不是生活真实的"照相"或"录音"；说它是真实的，因为它逼似生活真实，是具象的、可感的。小说用鲁迅的话说就是"以假为真""假中见真"。小说文学所谓的"真实"当然是艺术的真实，亦即以假定性情境表现作家对人情物理的智性体察。如果说，体现事物本质属性内蕴的真实是艺术真实的内在要求，那么虚拟的艺术情境则是艺术真实的外在特征。文学特别是小说文学，是作家将其对生活的感情认知，借助虚构性想象对生活真实的发掘、选择、补充、集中、概括。在《西游记》中，虽然也有现实形象，但更多的是非现实意象。其书想象诡异、极度夸张，不受时空限制与生死的束缚，其人物形象往往穿越于神、人、物之间，审美风貌光怪陆离、神异奇幻。人奇、事奇、景象更奇，以熔铸成一个艺术整体，呈现出一种绮丽奇幻之美。这种绮丽奇幻美，变幻莫测、撼人心魄。看似荒诞，实质上是符合艺术真实的。并且吴承恩"善谐剧"，叙事写人往往诉诸"戏笔"。"戏笔"的巧用将神魔世俗化、人情化，天帝佛祖头上的神圣光环、妖魔精怪身上的凶焰妖气都被淡化、消解，从而缩短了与俗世凡庸的距离，甚至与俗世凡庸一样滑稽可笑。幻笔与戏笔的交织，使神奇性与趣味性和谐地交织于作品的形象体系中，字里行间充满诙谐的趣味。虽说是写妖，实际上是在写人。这正如李贽的批语所指出的，《西游记》中的神魔都写得"极似世上人情""作《西游记》者不过借妖魔来画个影子耳"②。

《西游记》之所以能够拔高神魔小说的审美品格，是因为其中闪烁的理想主义光辉。作者将历史上玄奘东行取经的历史与民间故事用心学的框架组织起来，结合心学对个性的张扬和传统对道德完善的追求，从而使得这个传统主题展现了新的时代意义，即对自我价值的肯定和追求人性的完美。以孙悟空这个形象来看，作者刻画的是一个肆意妄为、无法无天的

---

① 朱一玄、刘毓忱：《西游记资料汇编》，南开大学出版社2002年版，第223页。
② 李贽：《西游记》第七十六回总批。

"石猴子",赞颂其追求个性和自由的精神。孙悟空本是只天生天养的石猴子,他自进了那水帘洞,就不想"受老天之气""独自为王""享乐天真";他"不伏麒麟辖,不伏凤凰管,又不伏人间王位所拘束,自由自在",只要一想到"阎王老子管着",就"忽然忧恼,堕下泪来",于是他干脆打到阎王殿,勾去生死簿上的名字,宣称:"今番不伏你管了!"后来更是因为"玉帝轻贤""这般渺视老孙"而大闹天庭。第一次上天后,当得知玉帝所封"弼马温"不过是个没品的小官时,他深感受侮:"老孙有无穷的本事,为何教我替他养马?""活活的羞杀人!"索性就打出南天门去了。第二次上天,得了个"有官无禄"的齐天大圣的空衔,自尊心得不到满足的悟空"先偷桃,后偷酒,搅乱了蟠桃大会,又窃了老君仙丹",不但是要反出天庭,还要"强者为尊该让我,英雄只此敢争先",甚至是"皇帝轮流做,明年到我家",这是时代的强音,是明代个性思潮高涨的形象展示,然而悟空"只为心高图罔极,不分上下乱规箴"的自由形象最后还是被如来佛压在五行山下,可见时代历史的局限。

孙悟空不仅是自由精神的象征,也是作者对人格理想的追求。在取经过程中,孙悟空仍然保持着鲜明的桀骜不驯的个性特点。在第二十三回中猪八戒评价他的师兄:"我晓得你的尊性高傲。"他不喜下拜,"就是见了玉皇大帝、太上老君,我也只是唱个喏便罢了"(第十五回)。一般的小仙他自是不放在眼里,有不称意的,总要"伸过孤拐来,各打五棍见面,与老孙散散心!"(同上),对于那个专用来拘系他的紧箍儿,他时刻念着"脱下来,打得粉碎,切莫叫那甚么菩萨,再去捉弄他人"(第一百回)。尽管在取经路上的悟空还是那个胡天胡帝、不服管束的大圣,但是,西天取经的崇高使命,让他甘心翻山越岭,擒魔捉怪,不计私利,即使屡遭驱逐,吃尽苦头,还是"身回水帘洞,心逐取经僧"(第三十回)。这个时候的悟空,是作为一个降妖除魔的英雄出现的。他与各路妖精斗智斗勇,千变万化,或是变成小虫出入内外,或是化做妖形去迷惑妖精,可谓是真真假假、虚虚实实,既惊心动魄,又谐趣横生。悟空大智大勇的英雄精神和他强烈的个性精神结合,自然迸发出夺目的光彩,最终历经八十一难,扫除众魔,得道成佛。悟空身上所具有的"虚构"幻想主义色彩的英雄气质,正是明代中后期人们对个性、理想的人性美的期许。

《西游记》在时空架构上是"四大奇书"中最难展现古代"虚构"

幻想主义特色的。神魔小说的时间形态通常有两种：一是体现人类生活的自然时间；二是经过作者改造的虚幻时间，又称神话时间。历史时间要遵循自然法则，如果为了叙事的需要而调整时间的顺序的话，就要使用某些时间标记来提醒读者注意。比如对于史传叙事，要插叙的话，一般要用"初"字来表示；在小说叙事中，插叙更多使用"且说"加以提醒。神话时间的处置不必担心时间的自然法则问题，时间的处理根据情节的发展可以任意转换，因而我们会看到悟空在生死轮回中自由转换，在过去、现在与未来之间随意出入。再说神魔小说的空间观，其呈现的是天、地、人三维立体的空间，有人间的、神居的以及来世的。而历史演义小说的空间转换与地点转移自然不能离开东南西北四方的藩篱，要符合自然规律，否则便有失实之虞。神魔小说则是通古今于须臾，过四海于一瞬，所以孙悟空一个筋斗可翻越十万八千里的人物，可自由穿越天界、人间与地府。上天的天庭、瑶池、名山、仙岛；入地的地府、洞穴、海底，在天上人间自由穿梭。《西游记》以四大部洲之说开局，花果山是"自开清浊而立，鸿蒙判后而成"，显然这是远离人间的仙山，而这样的地域描述预示着即将展开的是一个虚幻的空间。

　　唐三藏是作者撷取的历史的一个引子，他在小说中实际上是联通人间世界与神魔世界的一个符号。玄奘取经的历史价值不是作者表现的核心，而是如何将这一历史故事置于一个明显的神话时间体系内。作为头号主人翁的悟空，其出身就很奇特，他生于东胜神州傲来国花果山上的仙石之内，暗喻这是只天生天养的石猴子，其行动自然不受物理时间的限制，神奇、特异。他神通广大，会七十二般变化；他身上既有英雄的一面，也有凡人的一些弱点，他有神奇的本领，具有"神性"，作者又将人的七情六欲赋予他，从而使他具有"人性"。为了突出"人性"，增加人物的真实感，作者还注意将人物放在平民社会中，多角度地刻画人物复杂的性格。比如孙悟空言谈中随处可见市井粗话、江湖术语和商人行话。但是作为一个理想化、传奇性的英雄，悟空身上的弱点是气质性的，超越了普通人的感官诉求。与孙悟空不同，猪八戒身上则充满了人间俗气。尽管是天蓬元帅出身，长得却是长喙大耳，其貌不扬，更像个庄稼汉；他本性憨厚、纯朴，在高老庄上干活"倒也勤谨"，帮高家"扫地通沟，搬砖运瓦，筑土打墙，耕田耙地，种麦插秧，创家立业"，更像一个普通的人，更具浓厚的人情味。《西游记》采用多角度、多色调描绘了猪八戒这一艺术形象，所以八戒不是一个没有缺点的理想化的英雄，而是烟火味十足的平民英雄。他虽然不能忘情于世俗的享受，但还执着地追求理想；他使乖弄巧，好占便宜，却又纯朴天真，呆得可爱；他贪图安逸，偷懒散漫，却又不畏艰难，勇敢坚强。与《三国》中的帝王将相、《水浒》中的英雄豪杰相比，其形象更贴近现实生活，因而也更具真实性。它无疑是中国古代长篇小说在塑造人物形象方面取得长足进步的一个重要标志。

《西游记》作为产生于文明时代的一部神魔小说，既不同于史前原始神话以"万物有灵"论来解释世界，也不同于世情小说细致刻画"典型环境中的典型人物"，而是以现实的人性为基础，抓住作为原型的各种事物的特征，凭借浪漫的想象，虚拟出一个神奇的"神魔世界"。

五 《金瓶梅》——飞入寻常百姓家

《金瓶梅》与"四大奇书"中的另外三部不同，它的成书不是世代积累而成，而是中国第一部文人独立创作的白话长篇小说。《金瓶梅》流布的时间，应该是万历二十四年（1596）。其时，袁宏道曾经写信咨询董其昌，了解《金瓶梅》的来历问题。后来袁中道也在《游居柿录》中回忆说，董其昌曾经对他提及《金瓶梅》。学界，大多学者都认为，《金瓶梅》成书于万历前中期，即在董、袁等人看到抄本前不久。这一期间，商业经济活跃，统治者上层与商人之间的合作比较普遍，市民阶层不断扩张，金钱与权势既相互利用，又相互冲撞，影响了审美时尚，审美价值观发生了一种突变，从休闲娱乐到享乐腐化，整个社会很快就奢华淫逸之风弥漫，人心不古，"淫风大炽"。《金瓶梅》作者深切人情世务，凭借千秋苦心，以淫说法，希冀引迷入悟。蕴藉含蓄，雅而不俗。生动形象地叙写了生活场景，家常日用，应酬事务以及奸诈贪狡的人心。诸恶皆作，果报昭然。文心细如牛毛茧丝，对人物姿态的刻画准确细腻；对环境的描绘颇具匠心；尤其是人物刻画，始终口吻酷肖到底。既再现了时代的生活面貌，揭示了当时的美学精神与审美意趣。

关于《金瓶梅》的作者，传说为"兰陵笑笑生"，其人其事说法不一。至今，真实作者仍然是一个谜。有人曾经做过考证，但困难重重，如有关"兰陵笑笑生"之"兰陵"，究竟指的是哪个地方不确切。古代称为

"兰陵"的地方有两处：一是今天山东的峄县，一是今天江苏的武进县。而有关"兰陵笑笑生"的社会角色更是不可确认的事。据当时的《花营锦阵》，其中也有署名"笑笑生"的一首名为《鱼游春水》的词，不知这个"笑笑生"与《金瓶梅》的作者"笑笑生"是不是同一个人。在明代万历年间，有的人说作者是被"陆都督炳诬奏"者，[①] 有的说是"嘉靖间大名士"[②]，有的说是"绍兴老儒"[③]，也有的说是"金吾戚里"门客，[④]等等，都说得不甚确切。到清代，说法就更多了。在宋起凤看来，"嘉靖大名士"就是"七子"之一的王世贞。至今，研究者列举的作者有王世贞、李开先、李笠翁、薛应旂、赵南星、汤显祖、王稚登、贾三近、屠隆等人。学界学者作了种种猜测和推考，特别是近年来，但都缺乏确凿的佐证。

其存世的《金瓶梅》版本也比较多，主要有词话本、崇祯本、张竹坡评本。词话本，书题"新刻金瓶梅词话"，卷首有欣欣子序，甘公跋，万历四十五年东吴弄珠客序，无图。崇祯本，书题"新刻绣像金瓶梅"，书前或仅有东吴弄珠客序，或又多甘公跋，均无欣欣子序，有图。张竹坡评本，书题"皋堂批评第一奇书金瓶梅"，首有谢颐序，题有"彭城张竹坡批评"，书前有"凡例""非淫书论""寓意说""竹坡闲话""杂录小引""读法"和"趣谈"等。

有关《金瓶梅》书名的真实性问题，也颇受争议。该书最初以抄本流布，现今所见的刊行本，最早的是万历丁巳（1617）年署刊的《新刻金瓶梅词话》，即"词话本"或"万历本"。崇祯年间的《新刻绣像批评金瓶梅》，人称"崇祯本"。清康熙年间，《张竹坡批评金瓶梅第一奇书》刊行，又被称为"第一奇书本"或"张评本"。民国15年（1926），存宝斋排印《真本金瓶梅》，后来改名《古本金瓶梅》发行，书中对"张评本"中的秽笔进行删除，以"洁本"问世，广受读者欢迎。

应该说，《金瓶梅》的出现标志着中国古代长篇小说发展到了一个新的阶段，以清醒、冷峻的审美态度直面人生，在理性审视的背后是无情的

---

① 见屠本《山林经济籍》。
② 沈德符：《万历野获编》。
③ 袁中道：《游居柿录》。
④ 谢肇淛：《金瓶梅跋》。

揭露和批判。

(一) 直面现实人生

李泽厚在《美的历程》中曾经把明清时期的文艺一类创作归在一起，以揭示其审美特征与审美诉求，他强调指出，就整个中国古代文艺美学史看，汉代的文艺审美创作体现了事功、行动，而魏晋的风度、北朝的雕塑则表现了精神、思辨，唐诗与宋词、宋元的山水展示了襟怀、意绪，那么，以小说与戏曲为突出代表的明清文艺审美创作所描绘的却是世俗人情。这种世俗文艺的审美效果显然与传统的诗词歌赋有了性质上的重大差异，艺术形式的美感逊色于生活内容的欣赏，高雅的趣味让路于世俗的真实。

作为第一部由文人独创的以家庭琐事、平凡人物为题材的章回小说，《金瓶梅》第一次把小说世界从神仙鬼怪、帝王将相、英雄好汉拉向市井平民，推动了小说艺术在"写实"的道路上跨越了重要一步。《三国演义》《水浒传》《西游记》大体上以歌颂、赞美为基调，展现出来的是远离尘嚣的理想世界。《金瓶梅》不以"实录"相许，而处处着眼于世情，特别注意作品对世态炎凉的揭露。这里没有金戈铁马，也没有能臣猛将，甚至没有一个好人，没有一点亮色，作家以玩世不恭的笔调描摹了一个由贪官、奸商、恶霸、流氓、淫妇等组成的鬼蜮世界。这里有的只是吃饭穿衣、朋来客往、打情骂俏、争风吃醋、吹嘘拍马等平凡的世俗生活。《金瓶梅》的书名，乃是由小说中潘金莲、李瓶儿、庞春梅三人的名字合成。全书的背景安置在北宋末年，故事开头借《水浒传》中"武松杀嫂"的一点由头，写潘金莲与西门庆未被武松杀死，潘氏嫁西门为妾开始，最后西门众妾流散，西门家没落衰败。看似西门一家的琐事，实是社会缩影。这里有世态百象，有芸芸众生，可见社会的黑暗，人心的险恶，道德的沦丧。其写世情，即如鲁迅在《中国小说史略》中所指出的，是"骂尽诸色"。

有关《金瓶梅》对其时社会生活的刻画与生动再现，郑振铎在《谈〈金瓶梅词话〉》中说得极为精到："在《金瓶梅》里的是一个真实的中国的社会。这社会到了现在，似还不曾成为过去。要在文学里看出中国社会的潜伏的黑暗面来，《金瓶梅》是一部最可靠的研究资料。……近来有些人，都要在《三国》、《水浒》里找出中国社会的实况来。但《三国演义》离开现在实在太辽远了……表现真实的中国社会的形形色色者，舍《金瓶梅》恐怕找不到更重要的一部小说了。"又说："它是一部很伟大的写实小说,赤裸裸地毫无忌惮地表现着中国社会的病态,表现着'世纪末'的最荒唐的一个堕落的社会的景象。"可以说,《金瓶梅》对世情人生的展示与描叙达到了前所未有的高度,为后来的暴露小说的兴起作了一个极好的先导。

(二) 结构系统严整

在结构上,《金瓶梅》力图对当时社会进行全景式展示,为此它采用了全方位的蛛网结构。它以西门庆一家作为圆心,构建了一种圆形网状结构。这种圆形网状结构的最大特点是能够通过一个家族将这个家庭与社会上的种种关系网络在一起。它不再像《水浒传》《西游记》那样,随着人物活动的转移而不断变换场所。它所描写的场所已基本上固定在西门庆的宅邸,既然故事发生的中心在这里,整部《金瓶梅》描写最多的自然是家族关系及各种家庭琐事,以此关涉社会。正是因为其宏大的结构设置,有人将其称为晚明社会的百科全书。《金瓶梅》展示了那个时代丰富而复杂的现实生活,但不是正面描写这个社会的政治、经济、军事斗争的大事,而是通过家庭中各种吃、穿、住、行等琐屑小事的详尽描写来折射社会。譬如说,作品所涉及的伦理关系就包括祖孙、父子、母女、兄弟、姊妹、夫妻、妻妾、舅甥、姑侄、姨侄、表兄弟、表姐妹、翁婿、叔侄等;所牵涉的家事计有经商、放债、买房、饮食、游戏、串亲、拜友、迎客、生子、庆寿、养花、闲耍等,更多的则是吃、穿、用细小事件;还涉及物价、房地价、典当价、工资盘缠、马等的价格以及各色赏钱、迷信活动等。自然这其中所牵扯到的各种社会关系是错综复杂的,可谓晚明社会的"百科全书"。而参与这些活动的人物,如西门庆,他的妻妾吴月娘、李娇儿、孟玉楼、潘金莲、李瓶儿、孙雪娥,女婿陈经济,奴仆玳安、来保、来旺,伙计韩道国、傅铭、甘润,丫鬟春梅、玉箫、小玉,仆妇宋惠莲、王六儿,娼妓李桂姐、吴银儿,帮闲应伯爵、谢希大、吴典恩,媒婆文嫂、薛嫂,艺人李铭、王相、王柱,商人李智、黄四,太医赵龙岗、施灼龟、胡鬼嘴,太监六黄太尉、刘太监、薛太监以及官吏宋乔年、蔡状元等,都是活跃于当时生活舞台上的代表性人物。作者希望通过这样庞杂的、错综复杂的结构向我们全方位展示当时社会的全景。

《金瓶梅》这种圆形网状结构使得其将描写的重心转为刻画人物性格,不再是传统的以情节为中心。它大量加入非情节化的艺术成分,譬如服饰描写、心理描写以及插入大量的"剧曲"等。举例说，潘金莲这个人物来自《水浒传》，但《水浒传》只字未提其衣着打扮，而在《金瓶梅》中，作者借助西门庆的主观视角，对其形体和衣着打扮作了全方位的"透视"。很显然，其服饰描写不仅是作为分辨人物的一种标志，还具有表现人物性格，展示当时社会风尚的多重含义。另外值得注意的是，《金瓶梅》中大量的场景描写，方便同时刻画出众多的人物性格。比如，西门庆及其妻妾对李瓶儿之死的心态是各不相同的：

> 这西门庆也不顾的甚么身底下血渍，两只手抱着他香腮亲着，口口声声只叫："我的没救的姐姐，有仁义好性儿的姐姐。你怎的闪了我去了，宁可教我西门庆死了罢。我也不久活于世了，平白活着做甚么。"在房里离地跳的有三尺高，大放声号哭。孟玉楼道："不知晚夕多咱死了，恰好衣服儿也不曾得穿一件在身上。""咱不趁热脚儿，不替他穿上衣裳，还等甚么？"月娘因见西门庆磕伏在他身上，脸儿那等哭，只叫："天杀了我西门庆了。姐姐，你在我家三年光景，一日好日子没过，都是我坑陷了你。"月娘听了，心中就有些不耐烦了。说道："……他没过好日子，谁过好日子来？"

这一场景犹如一出舞台表演，从中我们可以看到西门庆的悲痛、吴月娘的嗔怪、孟玉楼的疏淡、潘金莲的畅快、玳安的乖巧以及应伯爵的逢迎等，虽说是群像描摹，众人的性格却是活灵活现，呼之欲出，难怪张竹坡惊叹："是神工，是鬼斧""如千人万马却一步不乱"。

（三）晚明的百科全书

《金瓶梅》从西门庆一家论及朝廷官府，上至统治阶层、世家、缙绅，下至黎民百姓，以至养女、鄙妇、姬妾、侍婢、妓女、小唱、优伶；日常生活中的赌博、酗酒、笙歌、软舞、穷汉、求杖摩绮、逐利填衢，见恩望义，辄习浮薄，淫巧恣肆，异于服食，华侈相高，粉黛艳色，窃铁攘鸡；缨帽湘鞋，互尚荒逸；欢宴放饮，珍味捉色，纱裙细绔，酒庐茶肆，异调新声；娇影红袖，浸浸闺阁，锦帐鸳鸯，绣衾鸾凤，种种风流，千态百姿；雅如士林，俗若市井，无不使之众相毕露，其中可见官场的黑暗，商场的奸诈，情场的淫乱，世态的炎凉，人心的险恶，道德的沦丧。正如鲁迅在《中国小说史略》中所说,作者对于世情人生,"盖诚极洞达。凡所形容,或条畅。或曲折,或刻露而尽相,或幽伏而含讥,或一时并写两面,使之相形,变幻之情,随在显见,同时说部,无以上之"。事无巨细,一一毕现;既视野开阔,又刻画细腻。

通过西门庆家族的兴亡史,《金瓶梅》展示了这个家庭与社会各阶层极为复杂的社会关系,以此关涉社会的方方面面,可谓是晚明社会的百科全书。《金瓶梅》明面上说的是宋代社会一个暴发户的败落史,暗线是物欲横流、黑暗腐朽的明代社会。《金瓶梅》涉及了明代社会的方方面面,诸如岁时节令、巫神佛道、饮食器具、星相卜卦、婚丧礼仪、娱乐、称谓、物价、技艺、性用具等各个方面,其在官职、官署、史地、服饰方面所透露出的旨在写"明"的意图是非常明显的。《金瓶梅》透过以西门庆及其家庭活动的种种细致入微的描写,展示明代从上到下的腐朽没落。西门庆凭借金钱的力量勾结衙门,攀附权贵,淫人妻女,贪赃枉法,杀人害命,可以说是无恶不作,却又凭借官府的力量,步步高升,称霸一方,可见社会风气的颓败已经到了极致,而作者的矛头更是直指统治阶层。曾御史弹劾西门庆"贪肆不职",只因西门庆"打点"了蔡京,结果西门庆非但没有受惩处,反而得到嘉奖(第四十八回)。皇帝终日不理朝纲,搞得"民不聊生"(第六十五回)。西门庆一方面确实是罪恶累累的恶棍,另一方面,这个浪荡子弟又不失为一个精明强干的商人,他既依靠勾结官府,非法买卖获利,也凭着自己的胆识和经商天赋赚钱,短短数年,他就做到财大气粗,地方上的巡按、御史前来屈尊俯就;出身于书香门第的秀才不得不受雇于他。金钱能够通神,以致传统的伦理道德显得如此软弱。当作者面对西门庆这样一个道德上的恶者、生活上的强者时,在情感上也是困惑矛盾的,以致作者的感情倾向是奇特的,在情感选择上显得极为矛盾。

《金瓶梅》对人性的解剖是犀利无情的。西门庆最终由于恣意纵欲而丢了性命,断送了事业,显示了人性的弱点。

第三节 "三言二拍":世态人情

明代中叶以后,一些文人开始有意识地模仿"话本小说"的样式,独立创作了一些新的小说。这类小说被称为"拟话本",如"三言二拍"

一类。

一 "三言二拍"

"三言"为明代文学家、戏曲家冯梦龙所编著。晚明时期，涌现了不少杰出的文艺理论家、艺术家，他们文风犀利、思想激进、观点新颖、见解独到。如李卓吾、汤显祖、袁宏道等就凭借其惊世骇俗的见解，鲜明的个性特色，卓绝的艺术成就，在中国文艺美学思想史与创作史上写下了璀璨的篇章，而冯梦龙则为其中的佼佼者。

冯梦龙，苏州府吴县籍长洲，即今苏州人，生于1574年（明万历二年），字犹龙，别署子犹、墨憨斋主人、顾曲散人等，出身于名门世家，与其兄冯梦桂、弟冯梦熊并称为"吴下三冯"。冯梦桂是画家，冯梦熊是太学生，作品均已不传。据冯梦熊及李叔元为《麟经指月》所作"序"，可以了解到冯梦龙一生在科举入仕方面颇为不顺，一直到崇祯三年，已经57岁，才得以选贡生，61岁任福建寿宁知县。期满离任后，回乡隐居。曾经参加过抗清活动，最终忧愤交加而卒。除了诗文写作，冯梦龙一生主要致力于写历史和言情小说。所编纂的著作至今得以传世的有30余种。除"三言"外，还有《新列国志》《增补三遂平妖传》《古今烈女演义》《广笑府》《古今谭概》《智囊》《太平广记钞》《情史》《墨憨斋定本传奇》，以及许多解经、纪史、采风、修志一类的著作。

由于家庭与教育环境的濡染，冯梦龙对儒家思想有着深刻的认同，而渐趋同化。不过他又生长在江南地区，该地区商业经济非常活跃，所以作为出身书香门第、少年倜傥的他，又常常出入于市井里巷、青楼酒馆，在艳冶场中逍遥，到烟花楼里游戏，[1] 对市民生活非常熟悉与了解。他还去过湖北麻城进学，李贽曾经在那里生活过20年，他"酷嗜李氏之学，奉为蓍蔡"[2]，所以，他受李氏思想的影响非常深。在文艺美学思想方面，则直接传承了李氏的贵情、主情的观点，并由此成为晚明主情、尚真、适俗文学思潮的代表人物。他又是通俗文学的大师，曾经由他改编过的长篇小说有《平妖传》《列国志》等，纂辑过文言小说及笔记《情史》《古今

---

[1] 见王挺《挽冯犹龙》。
[2] 许自昌：《樗斋漫录》卷六。

谭概》《智囊》和散曲选集《太霞新奏》等;"三言"是其最大的成就。

所谓"三言",是《喻世明言》《警世通言》《醒世恒言》的总称,分别刊行于天启元年(1621)前后、天启四年(1624)、七年(1627)。"三言"中的小说有的是旧本的汇辑,即辑录宋元明以来的旧本,并作一定程度的修改;也有的是新著的创作作品,即依据文言笔记、传奇小说、戏曲、历史故事乃至社会传闻再创作而成。因此就整个情况看,"三言"应该是中国白话短篇小说在说唱艺术基础上,经过文人的整理加工到文人进行独立创作的开始。

而所谓"二拍",则是《初刻拍案惊奇》(刊于1628年)和《二刻拍案惊奇》(刊于1632年)的简称,其编著者为凌濛初。

凌濛初(1580—1644),字玄房,号初成,别号空观主人。乌程,即现今浙江吴兴人。其一生著述比较多,其中尤以"二拍"最为知名。与"三言"不同,"二拍"是个人创作,是一部个人的白话小说创作专集。它的问世标志着中国短篇小说的创作进入了一个新的阶段。就思想意旨与审美特征看,"二拍"和"三言"极为接近,因此,人们喜欢将其并称。至明末,有"姑苏抱瓮老人",从"三言""二拍"中选取40篇小说,取名为《今古奇观》,刊行于世。后来,遂成为古代白话短篇小说流传最广的一部选本。

"三言""二拍"刊行后,很快便引起人们的关注,并由此引发一种读书的热潮,也激发了人们创作短篇小说的热情,不少短篇小说集应运而生。其时,先后有天然痴叟的《石点头》、周清源的《西湖二集》、陆人龙的《型世言》、西湖渔隐主人的《欢喜冤家》、古吴金木散人的《鼓掌绝尘》、华阳散人的《鸳鸯针》、东鲁古狂生的《醉醒石》等得以刊行。这些作品更加关注现实,但由于缺乏艺术传达技巧,语言表达显得比较枯燥,说教的成分加重。尽管具体形式有一些新的变化,如突破了一回一篇的模式,数回成一篇,有向中篇过渡的趋势,增加"头回"故事,以加强对正文的铺垫,以及回目之外另加标题等,但总的看来,艺术传达水准呈下降的态势。

二 描摹世态,尽其情伪——市井生活面面观

明中叶以后,随着城市工商业的发展,社会财富剧增,以儒家伦理为

基础的国家统治机器迅速地显现出它的局限性和脆弱性,旧有的价值体系不可避免地面临着瓦解的趋势。在这样的局势下,伦理道德必须贴近世俗生活,适当淡化"天理"满足人欲,才能发挥其对世道人心的规范作用。"阳明心学",尤其是左派王学的流行及其世俗化是这种局势在意识形态方面的反映。对小说创作的影响体现在作者往往把自己对当时社会生活的体验再现于作品之中,描画出种种僵而不死、荒淫奢靡的社会场景,异出旁观,剑走偏锋,直言痛恨淋漓之现实,毫无忌惮地指出其时社会的种种弊端。小说将最荒唐、堕落、畸形、罪恶、龌龊不堪之一面展现于众,张扬个性,抒写人情。

"三言""二拍"中的不少作品都是通过对历史故事的叙写和现实生活的摹写来表达作者的审美诉求,刻写世俗人情、人生百态,展现新兴的市民阶层日常生活、思想情感以及文化时尚、风俗人情等。

(一)好货利的重商之风

晚明社会,随着商业活动的频繁,传统的观念中的商居其末的思想被颠覆,商人的地位得到显著提高。如"三言"中的《蒋兴哥重会珍珠衫》就记载了其时社会已经改变了的传统职业划分观念:"一品官,二品客。"这里所谓的"客",就是"商"。由于财富的力量,商人社会地位明显得到提升,传统的职业等级划分正在被打破,并且越来越多的儒生弃儒经商。如《杨八老越国奇逢》中的杨八老,就"读书不就",改行经商,终也"安享荣华,寿登耄耋"。"二拍"中《赠芝麻识破原形》中的马少卿,出身"仕宦之家",但他认为:"经商亦是善业,不是贱流!"体现了其时新的审美诉求。

"三言"中的不少篇章还形象地表现出对"货利"的追求,认为"好货利"没有什么不好,充分肯定其所谓社会审美时尚的合理性。在《汪信之一死救全家》中,汪信之空手离家,来到只有荒山无数,破古庙一所,无人居住的一麻地坡,以古庙为家,请来一些人手,因山作炭,卖炭买铁,数年以后,居然发了大财。"四方穷民,归之如市。解衣推食,人人愿出死力。"不仅为自家谋生而得富贵,而且带动方圆四乡的经济发展,解决了不少人的衣食生活。

"三言"中那些活跃的商人多是一些善良、正直、纯朴,而又能吃苦、讲义气、有道德的正面形象,如《吕大郎还金完骨肉》中的市商吕玉、《施润泽滩阙遇友》中的小商人施复等,都拾金不昧,心地善良。《刘小官雌雄兄弟》中的小店主刘德"平昔好善",赢得了"合镇的人"的"欣羡"。《卖油郎独占花魁》中的卖油郎秦重"做生意甚是忠厚",因而顾客"单单作成他"的买卖。《徐老仆义愤成家》中的阿寄长途贩运,历尽艰辛,终于发财。新兴商人所获之"利"由于蒙上了传统道德之"义"而显得温情脉脉,少见资本原始积累的血腥味。比较起来,"二拍"中的一些作品更注重描写商人的逐"利"行为而不是求"义",更直接地接触到了商业活动的本质。如其第一篇《转运汉遇巧洞庭红》写一个破产商人靠"转运"致富,靠冒险发财,反映了晚明海运开禁后,市民百姓对于海外贸易的兴趣,对商人们投机冒险、逐利生财的肯定。再如《叠居奇程客得助》中的程宰以囤积居奇而暴富;《乌将军一饭必酬》中的杨氏,一再地鼓励侄子"大胆天下去得",为追求巨额利润而不怕挫折,不断冒险。这些人和事都得到了作者的推崇。作者直接从经商获利的角度描写商人,推崇他们积极进取的商业活动,生动地体现了晚明商业经济活跃的时代特征。

与"三言"相比,"二拍"把商人的地位抬得更高,不仅认为官宦人家与商人通婚是门当户对,而且商人甚至看不起读书人。在《叠居奇程客得助,三救厄海神显灵》中还说到这样的情况:"……徽州风俗,以商贾为第一等生业,科举反在次着。……徽人因是专重那做商的,所以凡是商人归来,外而宗族朋友,内而妻妾家属,只看你所得归来的利息多少为重轻。得利多的,尽皆爱敬趋奉;得利少的,尽皆轻薄鄙笑。犹如读书求名的中与不中归来的光景一般。"其对商人的活动也不以"义"来评价,只是单纯地叙写和赞颂商人追求暴富的商业活动。

"三言"中还进一步揭示了为商的艰辛,对商人表现出深切的理解和同情。正如李贽所说:"且商贾亦何可鄙之有?挟数万之资,经风涛之险,受辱于官吏,忍垢于市易,辛勤万状,所挟者重,所得者末。"

《杨八老越国奇逢》"单道为商的苦处",对商贾之辛劳寄予了极大的同情。这篇小说写杨八老奔波千里,从陕西到福建做生意,又不幸遇到倭寇被劫持到日本,19年后才得以回到家乡与家人团圆。《卖油郎独占花魁》中的秦重,日日卖油,起早摸黑,辛辛苦苦一年多,才挣得一个晚上的宿花钱。与日日花天酒地的官宦子弟相比,小商人挣点小钱着实可怜。《徐老仆义愤成家》中阿寄年过50，为了维持主母一家人的生计，还要以老迈之龄千里奔波，"十年之外，家私巨富"，富贵可谓来之不易。

"二拍"以肯定的态度描写了商人无比膨胀的发财欲望。《拍案惊奇》的首卷就是《转运汉遇巧洞庭红，波斯胡指破鼍龙壳》，描写命里"有巨万之富"的文若虚，时运不到，件件生意都折本，突然时来运转，碰着就发大财。不值钱的"洞庭红"橘子让他发了一笔不小的意外之财，偶然间拣着个好玩的破龟壳，竟然使他眨眼之间云里雾里成了巨富。海外贩卖盈利可观，这不是没有事实根据的，但如此无本万利的奇妙好运却不能不说反映了商人牟取暴利的梦想。商人不仅在物质上成为社会的主人，而且在精神上也代替了原来的文人、贵人的主角地位，成为小说的主人公。《叠居奇程客得助，三救厄海神显灵》写徽州商人程宰做生意折尽了本钱，无面目回乡，只好在外帮人管账。秋间早寒天气，客中思乡，突然出现了美妙的仙眷，原来程宰艳遇海神。在海神的帮助下，程宰重新开始营运，按照海神的指导，预知市场信息。"人弃我堪取，奇赢自可居"，于是程宰大富。如此艳遇走运，不能不令人嫉妒。在"三言"《李公子救蛇获称心》中，李公子有恩于龙氏，龙氏报恩，以称心女相配；而李公子要求称心的是，帮助他盗取考题，以顺利中举当官。由此可以看出，"二拍"所反映的与"三言"不同，是纯粹商人好货好利的新观念。

（二）婚丧嫁娶种种

在"三言""二拍"中，还展现了其时市井细民婚丧嫁娶的日常生活图景。通过对生活场景的生动摹写，肯定儿女情欲的合理性。如在《闲云庵阮三偿冤债》中有这样一段话："奉劝做人家的，早些毕了儿女之债。常言道：'男大须婚，女大须嫁；不婚不嫁，弄出丑吒。'多少有女儿的人家，只管要拣门择户，扳高嫌低，耽误了婚姻日子。情窦开了，谁熬得住？"儿女之情为人之常情。在儿女之情为人之常情的思想基础上，"三言"还强调合理的匹配，认为男女才貌匹配才是符合人情物理的。在《蒋兴哥重会珍珠衫》中有一段议论："常言道做买卖不着，只一时；讨老婆不着，是一世。若干官宦大户人家，单拣门户相当，或是贪他嫁资丰厚，不分皂白，定了亲事。后来娶下一房奇丑的媳妇，十亲九眷面前出来相见，做公婆的好没意思。又因丈夫心下不喜，未免私房走野。"议论的立足点不高，但强调男女相配，而不必论门户资财等外在因素。

"三言"还以诚实的态度正视"人"的情感的复杂性,对人的爱情心理作了真实的探讨。《蒋兴哥重会珍珠衫》中王三巧深爱着丈夫,在丈夫出外经商时,她日夜盼望丈夫归来。深闺寂寞的她难以抑制情欲,受到薛婆子的引诱,接受了另一个男子陈姓商人。丈夫得知此事后赶回家中,休了她,她又羞又悔,痛不欲生,竟想自尽。再嫁之后见到丈夫,则是抱头痛哭。小说塑造了一个情感真实的妇人形象,对于她的软弱,耽于情欲,作者不是进行道德谴责,而是包容理解。在《况太守断死孩儿》中,对于女子为亡夫守节的伦理诉求,编者表示反对,这实在已带有人道主义的色彩。"三言二拍"中所表现的爱情都是那些充满七情六欲的市井细民及其情爱生活。如《蒋兴哥重会珍珠衫》中的蒋兴哥与王三巧;《卖油郎独占花魁》中的秦重与美娘;《金玉奴棒打薄情郎》中的金玉奴;《杜十娘怒沉百宝箱》中的杜十娘。爱情在这里是世俗凡庸基于"食色"本能的生活追求。像这类作品最能使人感受到晚明社会所涌动的人文思潮。

(三) 鞭笞官场黑暗,政治腐败

"三言二拍"直面人生,谴责世道。梁武帝好佛而无能,隋炀帝淫逸而残暴,金海陵王更是被性欲驱使得如同野兽,在小说叙述之间,愤恨之情溢于言表。贾似道因堂姐被宠,以国戚赐官,位至宰相,残害朝臣,误国害民,朝野愤怒,天子不闻;甚至于蒙古入侵,兵围襄阳、樊城三年,天子还不知晓。直到元兵逼近,天子方才大惊失色。小说虽没有直斥天子,但其愤恨之情深隐其间。小说写贾似道被罢相后,被郑虎臣以大槌打死在木绵庵。天理报应,可见作者怨愤之深。在《沈小霞相会出师表》《卢太学诗酒傲王侯》《张廷秀逃生救父》《李玉英狱中讼冤》《汪信之一死救全家》《一文钱小隙造奇冤》等小说中,作者直接对当时专权误国、卖官鬻爵、屠民冒功、昏庸无能、贪污残暴、草菅人命的高官胥吏等进行了尖锐的指责,揭露了官场的腐败与黑暗。《滕大尹鬼断家私》中的滕大尹貌似清官,但实地里装神弄鬼,欺负百姓无知。小说深刻地讽刺了这位"清官"的恶劣行径。"三言"中还有相当一部分小说揭露科考的虚伪和科场的黑暗。《老门生三世报恩》最富讽刺意味。鲜于同"胸藏万卷,笔扫千军",但"年年科举,岁岁观场,不能得朱衣点额,黄榜标名"。一直到61岁,才被一知县有意不点而无意点中。作者把那二场考试,写得如同小儿捉迷藏:知县捉最好的卷子时捉中了他的;捉最"嫩"的卷子时又遇上他生病,答卷答得极差,真是鬼使神差!它寄寓了冯梦龙自身不遇的深切愤恨。面对如此荒唐的科举,士子们只好寄希望于白日梦。《赵伯升茶肆遇仁宗》《俞仲举题诗遇上皇》《钝秀才一朝交泰》《李公子救蛇获芳心》等,正是文人梦想功名利禄从天而降的反映。它们都曲折地表现了文人对科举制度、对封建统治者的不满与愤怒。还有一些才士以傲物轻世、潇洒飘逸的方式表达他们心中的愤世嫉俗,如李谪仙、卢太学、唐伯虎等。

"二拍"尤为深刻的是揭露了当时官府径直为盗的罪恶,笔法肆意,有似后世的谴责小说。《进香客莽看金刚经,出狱僧巧完法会分》中常州柳太守听说洞庭山某寺藏白香山手书《金刚经》,价值千金,索取不成,便盼咐强盗告此寺住持窝赃,监了住持,诈取了《金刚经》。《王渔翁舍镜崇三宝,白水僧盗物丧双生》中渔翁王甲捕捞得聚宝之镜,财源滚滚,后来王甲把镜舍捐给白水禅院,以致寺院兴旺,富不可言。新来的提点刑狱使者是个贪酷之人,欲夺此镜,竟把禅院住持法轮毒打至死。《青楼市探人踪,红花场假鬼闹》中杨巡道"又贪又酷,又不让体面""除了银子,再无药医的,有名叫做杨疯子"。《贾廉访赝行府牒,商功父阴摄江巡》里的贾廉访骗取孤儿寡母的财产,形同强盗,甚至"官与贼人不争多"。不仅是官场黑暗,作者对当时法治的腐败黑暗的揭露同样是深刻而不留情面的,他甚至还把矛头指向了被奉为儒家二圣的理学大师朱熹。《硬勘案大儒争闲气,甘受刑侠女著芳名》写朱熹"早年登朝,茫茫仕宦之中,著书立言,流布天下,自己还有些不意处。见唐仲友少年高才,心里常疑他要来轻薄的",听人挑拨,谓唐仲友说他"尚不识字",于是勃然大怒,星夜赶到唐仲友供职的台州,"有心寻不是"。监了台州名妓严蕊,大搞逼供信,要她招出与太守通奸情状,"便好参奏他罪名了"。从而对这位理学大师、假道学进行了无情揭露和鞭挞。《程元玉店肆代偿钱,十一娘云冈纵谭侠》中韦十一娘有一段话:"世间有做守令官,虐使小民,贪其贿,又害其命的;世间有做上司官,张大威权,专好谄奉,反害正直的;世间有做将帅,只剥军饷,不勤武事,败坏封疆的;世间有做宰相,树置心腹,专害异己,使贤奸倒置的;世间有做试官,私通关节,贿赂徇私,黑白混淆,使不才侥幸,才士屈抑的。"这段话可以说是对封建官场(包括科场)黑暗的全面概括。

在时代新思潮的影响下,"三言""二拍"确实表现了不少新的内容,具有重要的认识价值,可称为晚明市民文学的代表作。但是也应该看到,它们在肯定情和欲时,往往过分地强调人的自然本能,因过于直露而遭人诟病。

从本来就比较关注市井生活的"话本"演变而来的"拟话本",如"三言二拍",其中尽管也有取材于神话传说、历史著作的作品,但多数作品写的是普通人的日常生活。于是,以平凡为美,以世情为美,便成为小说美学的艺术追求。钱穆先生说得好:"中国在宋以后,一般人都走上了生活享受和生活体味的路子,在日常生活上寻求一种富于人生哲理的幸福与安慰。而中国的文学艺术,在那时代已经尽了它的大责任大贡献。因此在唐以前,文学艺术尚是贵族的、宗教的,而唐兴以来则逐渐流向大众民间,成为日常人生的。因此,中国文化在秦以前,造成了人生远大的理想。汉唐时代,先把政治社会奠定了个大规模。宋以后,人们便在这规模下享受和发展。这就是文学和艺术到那时才特别发达的缘故。"[①] 的确,文艺审美创作,尤其是小说审美创作,其发展、兴盛与社会生活的审美时尚、审美意趣是密切相关的。

[①] 钱穆:《中国文化史导论》(修订本),商务印书馆1994年版,第251页。

第四章

明代诗文中的审美诉求

　　就创作而言，明代诗文尽管没有什么惊世骇俗的超一流大师，然而诗文作品的数量却极为丰富，不仅诗文家众多，而且流派纷呈，各有各的风格追求。初期，"台阁派"旨在"发明圣人之道"，基于点缀升平、润饰鸿业的廊庙意识，注重风格的雍容平稳，追求"富贵福泽"之气的表现。其文典则，无浮泛之病。杂录叙事，极平稳不费力。应制诸作，泂泂雅音。其他诗文，亦皆雍容平易。虽无深湛幽渺之思，纵横驰骤之才，而逶迤有度，醇实无疵，雍容雅步，盖时运使然，故颇具廊庙赓扬的气象。中晚期，随着人们个性解放意识的觉醒，新旧思想的冲突加剧，"程朱理学"受到强烈冲击，怀疑权威，反抗旧传统成为其时的思想主流。在文艺美学方面，各种诗文流派竞起。在审美诉求方面，则坚持不同的意趣取向，标举不同的诗文理论主张，流派众多，思想多元，如茶陵派、前七子、后七子、唐宋派、"公安派"、"竟陵派"等，各自建立门户，标榜门庭，见解各自不同，互相争论，从而使其时的诗文坛非常热闹。理论方面的探讨越发深入并得到进一步扩展。就传统文化与诗文理论的关系来说，这一时期主要表现为"心学"对诗文理论思想的影响。特别是晚明时期，随着"阳明心学"的广为传播，人的个性解放意识的进一步觉醒，在新旧文化冲突的背景下，诗文理论方面出现了复古与反复古的论争；同时，受"心学"内省意识的影响，明代中后期诗文理论方面出现了追求生活情趣和主观精神境界的"童心""性灵"诸说及对诗文创作中"情"的重视。诗文批评的活跃和小说批评的兴旺一起构成了明代诗文理论思想的繁荣。

第一节 风姿多彩的明代诗文创作

从诗文创作的具体情况看,明代诗文创作可以分为初盛中晚等时期,不同的时期,呈现出各各相异的审美风尚。一般而言,明初,受以"程朱理学"为主导的文化思想的影响,诗文创作坚持"道学"的神圣性,强调诗文创作的审美教化作用,"复古"主张甚为浓烈,创作风格趋于保守,审美意趣追求台阁文风。洪武年间,在以宋濂等人为代表的"道统"诗文观念的引导之下,诗文只能作为"程朱理学"的附庸。其诗作充斥着理学话头,寡情少意,质木无文。在创作方法上,宋濂提倡"师古",认为六经是文的极则,强调"明道之谓文,主教之谓文,可以辅俗化民之谓文。斯文也,果谁之文也?圣贤之文也"①。在诗文界一家独尊的"台阁体"则承继了宋濂等提出的"文以明道"的诗文创作主张,以宣扬"程朱理学"、为统治者歌功颂德为创作主旨和能事,追求雅正平、雍容大度,致使诗文作品流于枯燥乏味、萎弱不振。此后以李东阳为首的茶陵派为纠正"台阁体"的浮靡文风,主张宗唐法杜。到前后七子以复古为号召,倡言"文必秦汉,诗必盛唐"②,复古拟古之风席卷文坛。

一 粉饰太平,冲和雅淡

明代初年,在统治者的倡导下,"程朱理学"居于至尊地位,对于重建礼治秩序、规范文人思想有巨大的作用。统治者为了加强专制,大力推行"程朱理学",为了从理论上进一步论证君主及封建纲常的神圣性和合理性,纂修《性理大全》《五经大全》《四书大全》等典籍以发行全国,作为文人科考的教科书,推举其居于至尊正宗的地位。对于不符合"程朱理学"的"异端邪说"一律予以镇压。因此,这一时期,意识形态领域毫无活力。尤其是洪武、永乐两朝,统治者采取高压政策,对文人进行肆无忌惮的摧残和迫害,政治与文化环境令人窒息。文人的个体精神被彻

---

① 宋濂撰,孙锵校刊:《宋文宪公全集》《文说赠王生黼》,全国图书馆文献微缩复制中心,2001年。
② 张廷玉等:《明史·文苑传》。

底摧毁，为全身远祸，思想趋于麻木僵化，诗文创作往往远离社会现实，缺乏自己的真情实感，唯以宣扬"程朱理学"、为统治者歌功颂德为职志。当然，其时的诗文创作者多数是经元入明的，亲身经历了元末明初的战乱，对社会民生及治乱兴亡的认识比较深刻，因此，体现在诗文创作中也往往出现了一些能够揭露社会黑暗，具有批判社会生活意义的佳作。如宋濂的文章就比较注重人物形象的刻画，生动鲜活，神情俱茂；记叙文则陈述简洁清秀，以景抒情，景中寓情，描述细致入微，感发人的心智。又如诗人高启，才华横溢，诗风豪放雄健，兼善众体，歌行、律诗，尽皆得心应手，运用自如。诗文家刘基，为文强调"明道"，形式表现追求"体格严正"，审美主旨在于揭露时弊，多所讽喻，文笔犀利，生动有力。其诗歌创作，则推崇古朴、雄放的审美取向，意旨多元，或忧虑时事，或不满于政令繁苛，或同情百姓，反对重敛伤民；其律诗写作抒情真切，写景逼真，悲凉中含喜意，萧瑟中见生机。

之后，诗文创作以杨士奇、杨荣、杨溥为代表，其所创作的"台阁体"诗文，风靡一时。"三杨"都是当时的"台阁重臣"，官高权重，位至宰相。他们写作的多半是应制颂圣、题赠一类诗作，其内容自然大多是歌功颂德，粉饰太平，尊朱尚理，应酬捧场，歌咏承平；其风格则往往冲和雅淡，怨而不伤，辞气安闲，雍容闲雅；思想麻木僵化，远离社会现实，缺少发自内心深处的真情实意。尽管他们认为词气安闲、典雅不俗，其实平庸乏味，呆板僵硬，没有生气，绝无新意。不过，这种诗作深得当时统治阶层的喜好，从而获得大力的提倡和推崇，所以这种文风在当时占据了整个文坛，一直到"前后七子"提倡诗文创作应该摹写人生，抒发真情，这种文风才受到遏制。

明代中叶，政治环境有所松动。随着社会经济的恢复和发展，商品经济活跃，呈现出前所未有的发展势头。处于上流社会的达官贵人与经商致富的巨商富贾生活奢侈豪华，这刺激了整个社会的消费，促使时尚发生变化，从缙绅大夫到普通市民一律以奢侈为荣，在日常生活方面突破了传统礼治的规范。与奢侈风相应，贪欲滋长、政治腐败成为普遍的社会现象。物质生活的变化必然带来观念的变异，这时，市民阶层的扩大，其人文诉求影响及社会生活的方方面面，审美诉求、审美旨趣、人生意义、消费观念都发生了重大的转变，旧有的传统意义指向面临瓦解。这种现象要求思想界对之作出回应，但是在明代统治者的压制，以及科举考试规则的框缚下，文人的思想被限制得越来越窄。知识无法解释社会生活中的异常现象，思想也无法对秩序的变动作出回应，社会上一面倡导救世的理想主义，一面实行极端的实用主义，这种背离促使敏锐的文人去寻找新的思想资源以进行道德重建，于是心学应运而生。随着个体张扬与个性解放意识的萌发，文人的独立意志与自我意识开始复苏，在诗文创作方面，以李东阳为首的"茶陵派"提出"轶宋窥唐"，要求诗歌创作应该以"汉唐"为师，推崇"复古"意识；倡导诗文创作应自然清新、意趣横生，不刻琢，生活气息浓重；应该从"程朱理学"的统治中解脱出来，表现作者的真情实感。他们在诗论中倡导"格调"，想以雄浑之体，改变当时的萎靡文风。不过，在诗文审美创作活动方面，"茶陵派"则显得与现实生活联系不够紧密，没有真正冲破"台阁体"的限制，故取得的成就一般。

随之兴起的所谓"前后七子"，实际上应该是在明代中期出现的同一诗文创作诉求下聚集起来的两个集团，按照兴起的时代先后，划分为"前七子"与"后七子"。"前七子"以李梦阳、何景明为代表，成员有徐祯卿、边贡、康海、王九思、王廷相等。"后七子"则以李攀龙和王世贞为首，包括谢榛、宗臣、梁有誉、徐中行、吴国伦等。与"前后七子"相应的还有"后五子""广五子""续五子""末五子"等，多是慕七子之名，赞同诗文创作"复古"主张的诗文家。他们活跃于宪宗成化到穆宗隆庆年间的一百余年中，倡导"复古运动"并亲身参与诗文创作实践，使长期占据明代文坛统治地位的"台阁体"逐渐退出。

所谓"复古"就是以古为法式，是一种尊崇古代为正宗的诗文创作观。李梦阳主张"文必秦汉，诗必盛唐"[1]。何景明则主张诗文创作应该"上考古圣立言，中征秦、汉绪论，下采魏、晋声诗"[2]。李攀龙认为："文自西京，诗自天宝而下俱无足观。"[3] 王世贞也主张："勿读唐以后文。"[4] 一致推崇"复古"。"前后七子"的诗文创作主张，首先，提倡

---

[1] 张廷玉等：《明史·文苑传》。
[2] 何景明：《与李空同论诗书》。
[3] 张廷玉等：《明史·李攀龙传》。
[4] 王世贞：《艺苑卮言》。

"格调说"。所谓"格调",在明代最初源于高棅,成于李东阳,而盛于"前后七子"。"格调"之"格",有气格、标格、骨格、意格、品格、体格、格力、句格、格式等义域,而所谓"调",则有意调、气调、风调、音调、律调、句调、情调等。一方面指诗文创作的体裁、句法、音韵、声律等表现形式,为诗文创作的外在规定性。李梦阳与何景明又称之为"法式"。另一方面则意指诗文创作的骨格、意格、气词、风韵等,为诗文创作内在的规定性,如气度和意蕴等。应该说,"七子"所推崇的"格调"更在意于诗文创作之"法",更多地涉及形式方面的问题。王世贞认为"格调"的生成过程是"才生思,思生调,调生格",即这一过程是从格律、声调转化到一种新的审美域,从而为清代以沈德潜为代表的"格调说"奠定了思想基础。其次,"前后七子"的诗文创作主情重真。七子诗文创作主张中有大量强调情、真的内容。如李梦阳认为,诗歌乃是"天地自然之音""真诗乃在民间"[①]。徐祯卿则指出:"夫情能动物,故诗足以感人。"[②] 他认为,"情"才是"诗之源"。谢榛也指出诗歌要表现"性情之真"[③]。王世贞则认为格、调生自才、思,本于"情实"。应该说,正是对"情"的重视与对"法"的强调的相互统一,才形成前后七子所寻找的解决当时诗歌颓废状况的出路。当然,七子掀起的"复古"运动在诗文创作主张上也存在重大失误:其一是扬唐抑宋,提出"汉后无文,唐后无诗"的诗文创作史观,斤斤于古法,最后由"复古"走向拟古;其二是诗文创作上的"以古为本",仅仅袭秦汉、盛唐之形貌,没能继承秦汉、盛唐之精神,由"复古"降而为模拟剽窃,使明代文坛模拟因袭的流弊越来越盛。

在"前七子"复古运动蓬勃发展的时候,归有光、唐顺之、王慎中、茅坤等人就站出来表示不满,从理论上反驳他们,主张为文不光要学习先秦两汉,也要学习唐宋散文的优良传统,因称"唐宋派"。针对"前七子"学秦汉文所造成的佶屈聱牙的缺点,"唐宋派"诗文创作提出"文从字顺"的要求,认为要从唐宋文下手,再学秦汉;抨击七子名为复古,

---

[①] 李梦阳:《弘德集序》。
[②] 徐祯卿:《谈艺录》。
[③] 谢榛:《四溟诗话》。

实是剽窃的恶劣作风。由于"唐宋派"诗文创作主张强调在学古基础上的变化，作品一般较平易通达，在反对拟古风气上起了一些积极作用。当然，他们自身也有弱点，不仅诗文创作"道学气"重，而且在学古人方面也显得较为肤浅，往往采取评点的方法来批评诗文创作，特别是在文章写作上，只是停留在开合起伏、起承转接上，所以不免重蹈覆辙，步入"前后七子"的歧途，转而陷入受"复古"风影响的另一种局限里。

二 反求吾心，抒发性情

中晚明时期，社会的变迁促使一部分文人意识到"程朱理学"已无力解决日趋尖锐的社会矛盾，必须寻求新的思想出路。首先是理学家薛瑄在维护"程朱理学""正统"地位的前提下，对"程朱理学"进行了一定程度的批判与改造，同时，提出从事于"心学"[①]的口号，主张以"正人心"特别是"正君心"来匡救时弊。与之同时的吴与弼也认为，仁义礼智是人心原本具有的，读书为学，主要在于"反求吾心"。吴与弼的学生陈献章更从"程朱理学"转向陆九渊的心学，进一步提出"心与理一""宇宙在我"的学说，由读书穷理转向求之本心，强调个体的存在与价值。接着，王守仁批评朱熹分心理为二，知行为二，把人们引向烦琐道路。同时，提出了以"良知说"为核心的心学学说，认为心之本体即是良知，良知即是天理，更不可向心外求理。随之而起的泰州学派的一批思想家更是大胆批判道学和封建传统思想，张扬个性，提倡思想解放，颜钧、何心隐、李贽等人是其代表，反映了明代中期以后所出现的资本主义萌芽的某些特征和市民阶层的要求。由通过"读书"以"穷理"转向"求之本心"，张扬"个性"，注重"人"自我的存在和存在价值。在他们看来，所谓"道"，或者"理"，并不是外在于"人"的，不是独立于"人心"之外的东西，而是存在于"人心"之中，或者说"心"与"理"同，"心"外无"理"。因此，"人心"就是"天理"。推崇个性解放，重视"人"的存在意义，强调作为个体的"人"的社会义务和伦理道德生成中的自我意识，张扬"人"的个性及其个体精神。影响及诗文创作，则出现了以李贽为首的诗文革新家及其所倡导的文艺审美创作革新思潮。

[①] 薛瑄：《读书录》。

李贽是这一时期一位重要的思想家和倡导诗文革新的理论家。他为人特立独行，论道讲学，崇尚王学左派及佛教禅宗思想，攻击"程朱理学"，力图突破"程朱理学"传统的束缚，因此被当时那些所谓的正统文人、道学家视为异端，最终被官府所抓，遭受迫害而死于狱中。在诗文创作方面，李贽提倡"童心说"，强调抒发真情，反对虚伪说教，大声疾呼诗文创作必须"童心自出"，认为"闻见道理"遮蔽"童心"；反对用圣人之言，抨击"代圣人立言"的荒谬，大大动摇了"程朱理学"的权威。同时，他极力批判"复古派"所主张的诗文创作应"遵古""复古"思想，认为这是一种"退化"思想，主张诗文创作必因人而异，因地而不同，随时代而变，每个时代都有杰出人才，有优秀的诗文创作，并对一味模拟的创作习气进行了痛斥。李贽的诗文创作思想富有极强的冲击性，给当时的文坛带来了一股求真重性的新风，促进了小说戏曲的创作和理论的蓬勃发展，也对"公安派"产生了重要影响，为后来诗文创作上的反复古运动起了先导的作用。

万历年间，"公安派"崛起，成为七子"复古"运动的主要反对派，对"复古"拟古思潮进行了有力的抨击。"公安派"的成员主要是"三袁"，即袁宗道、袁宏道和袁中道三兄弟，他们是湖北公安人，故世称"公安派"。这一派的作者还有江盈科、陶望龄、黄辉等。"三袁"中成就最高、影响最广的是袁宏道，其次是袁中道。"公安派"在诗文创作上受到李贽的直接影响，所提出的诗文创作主张与"复古派"针锋相对，而且与"唐宋派"立论迥异，具有反道学色彩。"公安派"的理论主张与创作实践不仅摧垮了"复古派"的统治地位，同时赢得了当时文人的普遍欢迎，扭转了文坛的风气。但也存在着不重视学习前人的经验，不注意遵守基本法则的片面性，思想内容比较狭窄，只是表现士大夫的生活情调及兴趣，后学者更是把此文风推向另一歧路：或纤巧，或莽阔，形成浮躁轻率的文风。

继"公安派"之后，以钟惺、谭元春为代表的"竟陵派"崛起于文坛，并对其时的文艺美学思想以及诗文创作产生较大的影响。因钟、谭二人都是湖北竟陵人，故世称"竟陵派"。"竟陵派"的诗文创作主张是要矫正"公安派"后期诗文创作不计后果、随随便便、粗制滥造，使不少作品鄙俚肤浅，给其时的诗文创作所带来的弊病。"竟陵派"诗文家也反对"复古""拟古"。但与"公安派"的明显差异是，他们主张从古人诗中寻求"性灵"，在其诗文中拓展自己的视野，打开眼界。他们认为，"真诗"是"性灵"的呈现，乃心灵所为，抒发的是诗人心灵深处的"幽情"与"隐秘"的意旨，体现出一种幽深奇僻、孤往独来的审美趣味，是将孤行静寄于喧杂之中，以虚怀定力，独往冥游于寥廓之外。基于此，他们标举"幽深孤峭"的审美风貌，以避世绝俗的"孤怀孤诣"和"幽情单绪"为诗文创作的审美意旨，认为只有处于空旷孤迥、荒寒独处的境地，通过孤行静寄的覃思冥搜，才能创作出表现"性灵"的"真诗"。同时主张作诗为文，要以古人诗文中的"性灵"为旨归，读书学古，力求"情性"深厚，在"性灵"上与古人的境域趋于同一。"竟陵派"的"学古"乃至"复古"，只着眼于一字一句的得失。他们的作品，题材狭窄，语言艰辛，僻涩诡谲，专在怪字险韵上翻花样，生涩拗折，与"公安派"通俗晓畅的诗文创作迥然不同。应该说，"竟陵派"的诗文理论及其创作是其时代气氛的一种体现。

明末的散文有成就的是继公安、竟陵之后的小品文。这种文体并无定制，包括尺牍、日记、游记、序跋、短论等，其特点大致有三：一是通常篇幅不长；二是结构松散随意；三是文笔轻松而富于情趣。徐渭、袁宏道、王思任、张岱、刘侗等人在小品文上都颇有成就。其中的张岱，品行高超、个性坚强并富有民族气节，曾学"公安""竟陵"派风格，并能融其二家而独成一格。

明末政治斗争尖锐复杂，民族矛盾十分激烈，当时关心国事的文人纷纷组织文社，用他们的诗文创作来干预时事，参与政治斗争。有名的文社如张溥领导的复社，陈子龙领导的几社，艾南英的豫章社等。这些文人大多投入明亡前后的激烈斗争中，有的人在明亡后积极抗清，或壮烈牺牲，或坚决不屈于清政权，隐退而终，表现了高尚的民族气节。

在诗文创作方面，张溥主张"复古"，对"公安"与"竟陵"两派的文艺创作思想进行了批评，指责他们不敢正视现实，只是一味描写山间林野、水色湖光、日常琐事、细闻碎语，追求所谓"幽深孤峭"的审美旨趣。他的诗文创作则推崇风格质朴，情感慷慨激昂，风格明快爽放，直抒胸臆。有名的如《五人墓碑记》记载了其时阉党迫害东林党人，而苏州市民则与其斗争的事迹，其行为英勇悲壮，不屈不挠，可歌可泣，赞颂之情溢于言外；张扬"国家有难，匹夫有责"的传统忧患意识，认为当国家社稷遇到危难时，往往"匹夫"的表现更为突出，比那些所谓的"缙绅"的行为要高尚得多。行文夹叙夹议，采用对比表现手法，以反衬五名义士胸襟的磊落，审美风貌雄健激昂、正气凛然、气氛热烈、情调激越。另一诗文家陈子龙，其诗歌创作也充满忧患意识，关心时事，关注民生；风格稳健沉雄，慷慨豪迈，悲壮苍凉，民族精神尽显。名作如《秋日杂感》，借景物以抒发孤愤，词语工丽而豪壮，情景交融。陈子龙亦工词，为明代有名的"婉约词"词家，并且主盟"云间词"派，其创作风格推崇南唐的李璟、李煜，包括五代的"花间"、宋代的秦观等，其词作风格婉丽风流，词采华茂，独具神韵，浓艳凄婉，在词史上，向来有明词"第一"的美誉。陈子龙与李雯、宋征璧、宋征舆等同郡几社文人形成了"云间词"派，开创了清代三百年词学中兴之局。其文乃关心社稷，经世致用，为挽救明朝国运，呕心沥血。夏完淳不仅是一个少年英雄，还是一个优秀的诗文家，拜陈子龙为师，又为张溥所欣赏，有知遇之恩。在人品、气节、情操与诗文创作方面，都深获二人的感染与陶冶。创作了许多文情皆美、激动人心的诗文。诗集中有不少篇章都是其情志的率真表达，表现其人生经历中的真切感受，自然明净，含蓄深沉，或是心怀故国的无限伤感，或是系念中兴的远大抱负，尽皆语涵悲愤。表现手法多用比兴，想象丰富，气息浪漫，色彩瑰丽；其风格风貌华丽醇厚，率真自然；即景生情，即事咏怀，因景因情，融情入景，情即是景，景即是情；激情洋溢，战斗气氛浓郁，精神乐观向上，文采华美夺目，色彩多元，共同烘托、熔铸出其诗文创作既激越悲壮又开朗清新的审美风貌。其文如《狱中上母书》《土室余论》，诗如《细林夜哭》《舟中忆邵景说寄张子退》等，直抒昂扬的斗志以及国亡家破的悲愤情感，表现出一种慷慨悲壮、雄健豪放、清新开阔的审美风貌。

第二节 明代诗文创作的审美诉求

一 典雅尊严的审美风格

这种审美风格主要体现于"台阁体"的诗歌创作中。明朝永乐至成化年间，文坛上出现一种所谓"台阁体"诗。"台阁"又称为"馆阁"。

其最早出现在东汉,为朝廷中"尚书省"的一种称呼。东汉时期,为进一步主管天下事务,以"尚书"辅佐皇帝,共同处理政务,并且在皇宫内修建尚书台这一中枢机关。因为尚书台位于宫中的中台,所以以"台"为名,并有中台、台省、台阁等称呼。这以后,王朝更替,在如何处理政务方面,历代多有变易,但作为一种美称,"台阁"则一直被沿用下来。总括起来,后世所称"台阁"一是指那些经常处于皇帝身边,地位显赫的内阁大臣;二是负责国家政令,兼负有文化职能的内阁成员。在有明一代,"台阁"主要包括翰林院和内阁。由于"台阁"所处地位比较特殊,作为"台阁"要员的那些士大夫文人,其诗文创作往往与主流意识形态密切相关,带有官方话语样式,其诗文作品风貌有"馆阁气",往往被时人称为"台阁之体"或"台阁之文"。如北宋吴处厚《青箱杂记》就记载云:"文章虽皆出于心术,而实有两等:有山林草野之文,有朝廷台阁之文。"(卷五)明代前期,诗文创作方面盛行"台阁体"。其原因除了政治氛围的制约外,还有科举、翰林、内阁等制度的作用。就"文"的创作来看,所谓"台阁之文",在内容与意旨方面大多是对圣贤义理的阐发,一般都表述得深入浅出、明白晓畅、通俗易懂,而无须精雕细刻、雕琢精美,但审美风貌方面则显得雅正平和、雍容典雅、端正拘恭、华靡萎弱。据《四库全书总目》,其时吴伯宗的《荣进集》收录的诗文,就"皆雍容典雅,有开国之规模"。有明一代的"台阁之体"诗文都有其独特的审美元素。明初诗文大家宋濂曾经指出,"台阁体"诗文的突出审美风格应该是"典雅尊严"。他在评价汪广洋的诗时又指出,"典雅尊严"不仅仅是所谓台阁雄丽之作,而"山林之下"那些诵读其诗者都会沾溉、沐浴其光泽,从而化枯槁为丰腴。在评价蒋有立的诗文创作时又指出,诗文创作有所谓"山林""台阁"的差别。"山林之文",其气瑟缩而枯槁;"台阁之文",其体绚丽丰腴、典雅工丽、宏富充赡。永乐年间,明成祖优待文人,此外,还重新建立"内阁"制度,使之管理有关人文方面的事务,同时还安排翰林院担任教习庶吉士职务,从而致使"内阁"与"翰林院"成为人才聚集的处所。显然,这一系列的安排为其时"台阁体"诗文创作的盛行提供了条件,使其作为典范而广泛地影响文坛。永乐十九年(1421)杨士奇任会试考官,"务先典实之作,以洗浮腐之弊,最喜曾鹤龄诸作,多梓行之,至今评程文者，以是科为最"①。这里以曾鹤龄"诸作"为代表的所谓"典实之作"，显然应该就是"台阁体"。在诗、文二体中，曾鹤龄以文见长。《四库》提要称其"诗多牵率之作，命意不深""文则说理明畅，次序有法，大抵规摹欧阳，颇近王直《抑庵集》，而沉着则不及也"。杨士奇在《故翰林侍讲学士奉训大夫曾君墓碑铭》中称赞其学问好，接着又称赞其文章好。说其文风，"和平简洁，明理为务，不事工巧"②。杨士奇和他的得意门生都偏重于"台阁体"文风，推崇欧阳修。受其影响，"台阁体"遂形成宗欧一派，并成为其时文坛的主流。

至成化、正德年间，"台阁体"文风仍然时兴。但由于受大学士李东阳的影响，有所谓"茶陵派"的兴起。这派文人都是与李东阳共处的一批"馆阁"大员。这些人来自不同的地域，诗文创作风格也各有不同，之所以名为"茶陵派"，是因为李东阳是茶陵人，并且所有成员都接受李东阳的文艺创作主张。"茶陵派"主张诗歌创作应该抒发性情，反对模拟，推崇李、杜，不拘一格；并且重视诗歌创作的音节、格调、声律、节奏、法度、用字等。就其诗歌创作实践看，与"三杨"之诗相比，增多了一些自我表现、抒情达意的空间，诗风清新自然，应制御用的意味减少了许多；在审美表达方面推崇诗作的节奏感，强调音韵之美的熔铸，要求因诗体的差异而铸造不同风格，认为因地因时不同，诗歌风格的呈现也应该不同。不过，在"文"的写作上，"茶陵派"与以"三杨"为代表的"台阁之文"仍有很多的联系，其文风典雅条畅、叙事有法。如其成员吴宽的文章写作，"以之羽翼茶陵，实如骖之有靳"。陈田亦称吴宽"体擅台阁之华，气含山川之秀，冲情逸致，雅制清裁，是时西涯而外，当首屈一指"③。而据《明史·李东阳传》记载，李东阳"为文典雅流丽，朝廷大著作多出其手。自明兴以来，宰臣以文章领袖缙绅者，杨士奇后，东阳而已"。所谓"宰臣"，就是内阁大臣。从永乐后期一直到弘治初年，杨士奇、李东阳依靠其"宰臣"身份先后"领袖缙绅"，造就了"台阁体"的盛行。这样，"宰臣"能不能凭借其诗文创作"领袖缙绅"，遂成为

---

① 俞樾：《茶香室续钞·刻本时文》。
② 吴宽：《匏翁家藏集·提要》。
③ 陈田：《明诗纪事》丙签卷三。

"台阁体"能不能成为主流的标识。由此也可以看出,台阁诗文创作兴盛的基础是权力的把握。

当然,就整个诗文创作来看,明代初年,由于统治者的倡导与"程朱理学"在思想上的作用,诗文创作的整体风貌都显得和雅中正、典雅温柔。其时,宋濂与高启、刘基并称为"诗文三大家"。他们论文力主宗经。如宋濂就在其《文原》中说"余之所谓文者乃尧舜文王孔子之文",又说"六籍之外当以孟子为宗,韩子次之,欧阳子又次之"。明初,诗文创作中多应酬之作,文风多数都显得空疏、浮艳,缺少"载道""致用"的精神,"骋新奇"与"乐陈腐者"比比皆是,以致出现如宋濂所指出的"大道湮微,文气日削"的状况。为补偏救弊,宋濂以尧、舜、文王、孔子之"经天纬地之文"为典范,驳斥元末明初盛行一时之"流俗之文",从而提出"文者,天生之,地载之,圣人宣之,本建则其末治,体著则其用章"的诗文审美创作价值观,要求通过征圣、宗经,最终体现"情深而文明,气盛而化神,当与天地同功"的美学意义。在"文"与"道"的关系上,强调"道"为"本","道"就是"实"。诗文创作必须建立在"实"上,这样才可能达成"经天纬地""乘阴阳之大化,正三纲而齐六纪"的审美创作目的,实现其"经世致用"的审美价值,强调"明道"以"垂文""因文而明道"。

在《徐教授文集序》里,他把违背"温柔敦厚"传统的各种文章,不管是"扬沙走石,飘忽奔放""牛鬼蛇神,俶诡不经""桑间濮上,危弦促管"之文,还是"情缘愤怒,辞专讥讪"之文,都视为"非文",坚持"程朱理学"的立场。这样,在主流意识的引导之下,明初的诗文创作自然也就呈现出平正醇实、典雅庄重的审美风貌。诗文创作在意旨表述方面,以颂扬赞美为要义,在风格营构方面则追求平和雅正、雍容尔雅,如此遂造成明初诗文创作典雅庄重的开国气象。

到永乐年间,政权巩固,大一统的思想更加强化。国力的强盛、思想的一统、文化的繁荣,为诗文创作发展提供了基础。在文艺审美创作思想方面,"经世致用"的传统审美价值观得到进一步发扬,统治者直接为诗文创作定下基调,即必须以班、马、韩、欧的文风为准绳。其时,指导诗文创作的主流思想,是"程朱理学"的社会伦理审美价值观,强调诗文创作必须传圣人之道、鸣国家之盛,追求典则雅淳、中正纯厚、温婉平和的审美风貌,这有利于社会稳定。

当然,其时的诗文创作也不是一味歌功颂德、阿谀奉承,其中也有真情流露,特别是那些出自自主自觉的诗文创作。如一些杰出的所谓"台阁体"的诗篇就发自诗人的内心,通过诗人高超的艺术表达技巧,利用细节描写和场景渲染,呈现出一种健康活泼、积极乐观的时代审美风尚,展示出一种盛世才有的意气风发的精神面貌,雍容伟丽,造语堂皇,格调和谐。

毫无疑问,"台阁体"诗一般都是歌颂皇恩圣德,为时代的赞歌。但"台阁体"诗也不乏内心的真情流露,是一种自觉追求,具有一定的审美感染力;是诗人所处的时代境际与所怀的个体时代体验,蕴含着特定的社会文化意义。创作"台阁体"诗的诗人,作为台阁大臣,其地位与身份特殊。受特定的社会角色及人物身份意识的作用,他们往往会铸造出一种思维模式和精神状态,发之于中,并呈现于外,经由诗文创作而表现出来。

作为台阁大臣,他们必须参与国家的一切文化活动,包括人才的考察选举等,同时,所有的政务活动,他们都必须参与。他们是国家思想和政策的主要拟订者、决策者,是主流意识的导向者,总是自然而然地将朝政政绩视为自我成就。这样,从这些"台阁体"诗中就会发现,那些颂扬时事、赞美时政的诗句既出自诗人的真情实感,发自肺腑,为内心真情的自然流露,同时又是对自我努力的一种肯定。如杨士奇诗云:"日丽文化霁色新,炉烟不断上麒麟。大臣论献持王制,睿旨全生体帝仁。真儗下车与叹泣,旋看解纲动欢欣。朝廷宽大恩波厚,庆衍皇图亿万春。"① 所谓"大臣论献持王制,睿旨全生体帝仁",既颂扬帝王的恩厚仁泽,又有对辅佐帝王的诸大臣"论献持王制"功绩的夸奖。这里面自然包括诗人自己,其颂世、美政的深层蕴藉着自我的社会理念终于得以实现的自豪与满足之意。

的确,"台阁体"诗作中有许多溥扬皇恩,歌颂君德的诗句蕴藉着诗人乐观主义的情调。在展现当时社会盛况的同时,呈现出诗人的心态,是诗人主观情志在诗歌创作中的自觉表现,所以说,"台阁体"诗尽管从表

---

① 杨士奇:《文华门侍朝观录囚多所宽宥有喜而有作》。

面看是时代的赞歌,但实质上也有创作者内心真情的流露和创作的自觉追求,具有一定的审美感染力和时代意义。

二 本真质朴的审美追求

本真质朴诗风的出现与明代审美风尚的转变密不可分。本真质朴诗文创作旨趣的审美观念倾向于注重诗文本身。这种审美诉求的提出主要与"茶陵派"的兴起以及"山林诗"诗派的出现分不开。所谓"山林诗"是与"台阁诗"相对而言的。"台阁诗"比较关注富贵气象,推重典雅雍容的审美风貌,而"山林诗"则寄情于山间林野,追求本真质朴的审美风格。"山林诗"的代表人物是陈献章与庄昶。钱谦益在其《列朝诗集》中将他们的诗分为性气诗和山林诗,说陈献章:"先生尝曰:'论诗当论性情,论性情先论风韵,无风韵则无诗矣。'又曰:'学古人诗,先理会古人性情是如何。有此性情,方有此声。'"从其艺术表达方式看,即如萧萐父所指出的,陈献章与庄昶的诗文创作,尤其是其所谓的哲理诗,喜欢以直接排比的"理语"入诗,"而缺乏理趣的涵咏"[①]。当然,他们的一些比较好的诗作,又"真能做到哲理与诗心互相凑泊,浑融无间,'如水中盐,蜜中花,体匿性存,无痕有味,观相无相,立说无说,所谓冥合圆显者'"[②]。后一类作品,即所谓"山林诗"。"山林诗"的兴盛与"心学"密切相关。陈献章原本是崇奉"程朱理学"的,曾博览古今典籍,在一无所获后,才静坐一室,终于悟道。在《复赵提学佥宪》一书中,他曾经回忆过自己如何修道、悟道的,说:"仆年二十七,始发愤从吴聘君(与弼)学。其于古圣贤垂训之书,盖无所不讲,然未知入处。比归白沙,杜门不出,专求所以用力之方,既无师友指引,惟日靠书册寻之,忘寐忘食,如是者亦累年,而卒未得焉。所谓未得,谓吾此心与此理未有凑泊吻合处也。于是舍彼之繁,求吾之约,惟在静坐。久之,然后见吾此心之体,隐然呈露,常若有物。日用间种种应酬,随吾所欲,如马之御衔勒也。体认物理,稽诸圣训,各有头绪来历,如水之有源委也。于是涣然

---

① 萧萐父:《序方任安著〈诗评中国著名哲学家〉》,见《吹沙二集》,巴蜀书社1999年版,第513页。

② 同上。

自信曰：作圣之功其在兹乎！有学于仆者，辄教之静坐。"① 由"杜门不出""日靠书册寻之，忘寐忘食"，而"未得"，到"惟在静坐"，以山林为依托，而"见吾此心之体，隐然呈露"，而"涣然自信"，而悟道。不难看出，这之中具有一种隐逸的情调。陈献章《遗言湛民泽》云："此学以自然为宗者也。""自然之乐，乃真乐也，宇宙间复有何事？"② 在《与林缉熙书》中说自己："诵缉熙'明月冲虚'之章，觉清风满纸，飒飒逼人。"③ 所谓"清风满纸，飒飒逼人"的审美风貌，应该就是"山林诗"所呈现出来的审美风貌，也就是流连光景，寄兴风月。在"山水诗"诗人看来，只有精神发展到能够怡情于山水的境地，人格才算完善。即如魏了翁在《邵氏击壤集序》中所指出的："宇宙之间，飞潜动植，晦明流峙，夫孰非吾事？若有以察之，参前倚衡，造次颠沛，触处呈露，凡皆精义妙道之发焉者。脱斯须之不在，则芸芸并驱，日夜杂糅，相代乎前，顾于吾何有焉？若邵子，使犹得从游舞雩之下，浴沂咏归，毋宁使曾皙独见于圣人也与？洙、泗已矣，秦、汉以来，诸儒无此气象，读者当自得之。"④ 云淡风轻、望花随柳、吟风弄月、造物生意、万物自得。摆脱了世俗的平庸，以玩味自然风景的方式来悟"道"，以写景的方式来呈现"道"。就陈献章的诗歌创作看，其诗云："竹林背水题将偏，石笋穿沙坐欲平。"又云："出墙老竹青千个，泛浦春鸥白一双。"又云："时时竹几眠看客，处处桃符写似人。"又云："竹径旁通沽酒寺，桃花乱点钓鱼船。"端的是"飞潜动植""皆精义妙道之发焉者"。难怪王世贞在《艺苑卮言》中引上述诗句后，禁不住赞赏说："何尝不极其致。"⑤ 杨慎也极力推崇庄昶的"残书楚汉灯前垒，小阁江山雾里诗"⑥ "溪声梦醒偏随枕，山色楼高不碍墙"⑦ "荒村细雨闻啼鸟，小树轻风落野花"等诗句⑧。的确，所谓"山林诗"派的诗人，其诗作往往与他们所体悟到的"道"密

---

① 《陈献章集》，中华书局1987年版，第145页。
② 同上书，第192—193页。
③ 同上书，第969页。
④ 魏了翁：《鹤山集》卷五二，文渊阁《四库全书》本。
⑤ 见王世贞《艺苑卮言》卷六引。
⑥ 杨慎：《升庵诗话》卷九《庄定山·病眼》。
⑦ 杨慎：《升庵诗话》卷九《庄定山·罗汉寺》。
⑧ 杨慎：《升庵诗话》卷九《庄定山诗·宿三茅观》。

切相关。湛若水《重刻白沙先生合集序》说:"夫自然者,天之理也,理出于自然,故曰自然也。……夫先生诗文之自然,岂徒然哉? 盖其自然之文章,生于自然之心胸,自然之心胸,生于自然之学术,自然之学术,在勿忘勿助之间,如日月之照,如云之行,如水之流……孰安排是? 孰作为是? 是谓自然。""天之理"为"自然","出于自然,故曰自然也"。"自然"即"理",也就是"道",所以,"道"与"山水"同一。这种视"道"即"自然",就是"山水"的审美意识在孔子所赞美的"曾点气象"与"舞雩气象"中已经兴起。到东晋的陶渊明以及后来的理学家周敦颐、朱熹、二程等儒家学者,都恣情于山水。即如李梦阳所指出的:"赵宋之儒,周子、大程子别是一气象,胸中一尘不染,所谓光风霁月也。前此陶渊明亦此气象;陶虽不言道,而道不离之。"[①] 陈献章与庄昶所创作的"山林诗",其气象、风格、意蕴、意味应该都是"胸中一尘不染",乃是"光风霁月"一类的作品。因此,杨慎在《升庵诗话》中指出:"白沙之诗,五言冲淡,有陶靖节遗意。"朱彝尊在《静志居诗话》中也指出:"白沙虽宗《击壤》,源出柴桑。"他们都将陈献章的诗作与陶渊明的诗作相提并论,认为其审美风貌相似。

就文艺美学思想看,推崇本真质朴诗风与明代"心学"的兴起有关。"心学"的出现,打破了"程朱理学"一统天下的局面,受"心学""心"外无"理"、由"理"入"心"思想的作用,在文艺美学思想方面,则提倡追求"心灵"的本真呈现,要求在诗文创作中表现真性情,在审美趣味上则由典雅中正转向纯任自然,推崇明净自然之美。

就有明一代的诗文创作看,即使"台阁诗"派,其审美风貌与审美旨趣也出现过偏离"宰臣"主导而诗文风格转向的现象。如黄佐在《翰林记》中就曾指出:"国初刘基、宋濂在馆阁,文字以韩、柳、欧、苏为宗,与方希直皆称名家。永乐中杨士奇独宗欧阳修,而气焰或不及,一时翕然从之,至于李东阳、程敏政为盛。成化中,学士王鏊以《左传》体裁倡,弘治末年修撰康海辈以先秦两汉倡,稍有和者,文体盖至是三变矣。"[②] 这里就指出,从明初刘基、宋濂,到永乐中杨士奇,再到成化中

[①] 李梦阳:《空同集》卷六六《论学篇》,文渊阁《四库全书》本。
[②] 黄佐:《翰林记》二十卷,浙江汪启淑家藏本。

的学士王鏊，所谓的"馆阁文风"有过"三变"。而"康海辈以先秦两汉倡"则是指"台阁体"由盛而衰的转变阶段。

康海的诗文创作思想注重"质实"，强调审美意蕴含蓄蕴藉，意味厚重，意旨深厚。他非常欣赏同为"前七子"之一的王九思，称其诗文作品说，"其叙事似司马子长，而不屑屑于言语之末。其议论似孟子舆，而能从容于抑扬之际。至其因怀、陈致、写景、道情，则出入于'风雅'、'骚选'之间，而振迅于天宝、开元之右，可谓当世之大雅，斯文之巨擘矣"①。在这里，他强调指出，诗文创作有"叙事""议论""写景""抒情"文体的区别，因此，其风格特色也各各有异，而不能只要求"典雅流丽"。王世贞在《艺苑卮言》中指出，康海的文风，"原出秦汉，然粗率而弗工，有质木者可取耳"（卷五）。王士禛在《池北偶谈》中也指出，康海"志以简核为得体"（卷一）。在康海看来，诗文创作本身是因时、因人而变的，其变化多端，不可穷尽，诗人的才智不可预测，无所不知，无所不至，因此，诗文创作的审美风貌、审美意趣也是异彩纷呈，各色多样的。

由推崇"宋文"到倡导"文必秦汉、诗必盛唐"的审美意识的转变，应该不只涉及诗文创作审美取向方面的问题，而表征着对正统的"台阁体"样式发生了审美疲软，表征着对"富贵福泽之气"的主流审美意识的一种疏离。这中间，不只是对诗文作者身份有质疑，而是对诗文创作立场方面的疑问，并影响了审美意识与审美诉求的流变。对此，潘恩说得非常详切："明兴百八十余年，文雅斯盛。国初革胡元之秽，经纬纶诰则潜溪为之冠，阐明理道则正学擅其宗，修饰治平则文贞耀其烈，文治精华肇端于此矣。弘治以来，摛辞之士争自奋跃，穆乎有遐古之思，罔不效法坟典，追薄风骚，体局变矣。李何发颖于河洛，康吕高步于关右，咸一时之选也。"②黄宗羲也英雄所见略同，指出："有明文章正宗盖未尝一日而亡也。自宋（濂）、方（孝孺）以后，东里（杨士奇）、春雨（解缙）继之，一时庙堂之上，皆质有其文，景泰、天顺稍衰，成弘之际，西涯

---

① 康海：《漧陂先生集序》。《漧陂先生集》，简称《漧陂集》，即明王九思的文集，内含《本集》十六卷，《续集》三卷，又含《碧山乐府》等六卷，出版于嘉靖年间。
② 潘恩：《皇明文选序》。

(李东阳)雄长于北,匏庵(吴宽)、震泽(唐顺之)发明于南,从之者多有师承……自空同(李梦阳)出,突如以起衰救弊为己任,汝南何大复友而应之,其说大行。夫唐承徐庾之泪没,故昌黎以六经之文变之,宋承西昆之隐溺,故庐陵以昌黎之文变之,当空同之时,韩欧之道如日中天,人方企仰之不暇,而空同矫为秦汉之说,凭陵韩欧,是以旁出唐子,窜居正统,适以衰之弊之也。其后王李嗣兴,持论益甚,招徕天下,靡然而为黄茅白苇之习,曰:'古文之法亡于韩。'又曰:'不读唐以后书。'则古今之书去其三之二矣。又曰:'视古修辞,宁失诸理。'六经所言惟理,抑亦可以尽去乎?百年人士染公超之雾而死者,大概便其不学耳。"[1]从这些表述中不难看出,无论是"前七子",还是"后七子",其诗文创作风貌、审美诉求,在正德与嘉靖年间曾经主导着整个文坛。从台阁到茶陵,再到七子之"复古",有明一代的诗文创作,尤其是其审美意识的主导权经历了一个从台阁到郎署,郎署压倒台阁,再从郎署到山林的转移流程,而整个诗文创作的审美诉求则随之不断改变。

在前七子复古运动以及"阳明心学"的影响下,正、嘉年间,许多以诗文创作著称的诗文家,已经摆脱了以欧阳修、曾巩文风为楷模的"台阁体"的束缚,不求典雅流丽,更加重视思想的充实、情感抒发的自然和表达的浑朴。

三 独抒性灵的审美诉求

抒写"性灵"审美诉求的出现是嘉靖以降诗文创作的审美特色。其时,受文化时尚的作用,诗文创作的审美意趣与审美风尚更加趋于多元,对摆脱世俗羁绊、获得身心自由的向往,对个人独立意志、个性的张扬以及生命意识的觉醒等,表征于诗文创作中,则为对"独抒性灵"的大力倡导,并形成这一时期诗文创作审美诉求与审美风貌。

受"阳明心学"的影响,人们认为,只要发明本心,即呈现原初的本心本性,通过去蔽揭蔽,以敞亮的心性去应接事物,自其所自,物其所物,就自然与"天理"同一。如"童心说"就是依据这一学理提出来的。

"童心说"是李贽诗文创作理论的核心。所谓"童心",即"真心",

---

[1] 黄宗羲:《明文案序》(下)。

是"绝假纯真"的"最初一念之本心",是"人"与生俱来的、未受后天教化浸染的"赤子之心"。童心会失去,原因在于"方其始也,有闻见从耳目而入,而以为主于其内,而童心失。其长也,有道理从闻见而入,而以为主于其内,而童心失。其久也,道理闻见,日以益多,则所知所觉,日以益广,于是焉又知美名之可好也,而务欲以扬之,而童心失。知不美之名之可丑也,而务欲以掩之,而童心失"。由于执著于"闻见""道理"、美丑善恶,并以此作为内心的主宰,从而失去人心的本然。如果"童心"被闻见所障蔽,说话便言不由衷,为政便无根底,著文则词不达意,甚至无法"求一句有德之言"。当然李贽并不是否定导致"闻见道理,日以益多"的读书,"古之圣人,曷尝不读书哉。然纵不读书,童心固自在也;纵多读书,亦以护此童心而使之勿失焉耳,非若学者反以多读书识理而反障之也"。圣人所以多读书而不丧失其童心在于常"护"其童心,童心之失的关键不在于"闻见"多少,而在于"闻见""道理"的执著,所以要护此童心就要破执著之心,使之不囿于一切既成的见识。"童心说"是多种思想融合的结果,集中体现了"三教圆融"的时代特征。泰州学派罗汝芳已经提出了"赤子之心",李贽曾师从王艮之子王襞,他的思想深受由王艮到罗汝芳的王学左派思想的影响。禅宗主张即心即佛,一切诸法都离不开本心本性,保持本心的清静无染是解脱的关键,"童心说"也强调"最初一念之本心",反对"以从外入者闻见道理之为心",二者在术语和逻辑上有明显的相似之处。在道家思想方面,庄子"贵真",反对一切对真性的遮蔽和物役,"童心说"也以真为核心,标举人的自然本性,反对对本性的束缚,只是对"真心"赋予了较为具体和现实的内涵。"童心说"从真情实感的标准出发,在诗文创作理论批评上有两方面的重要意义。其一是对盛行于世的假道学、假诗文进行了批判。李贽认为封建统治下明道、载道的要求,使四书五经成了"道学之口实,假人之渊薮","程朱理学"指导下的诗文创作都是"以假人言假言,而事假事、文假文",而"天下之至文,未有不出于童心焉者也",出于童心才能表达真情,因此主张任凭个性、才情的发展,在诗文创作上表现真情实感,顺乎自然人性。这种主张既批判了"发乎情,止乎礼义"的儒家教条,也大力倡导、顺应了"人"性情的自然美,是后来"公安三袁"、清袁枚等人"性灵"理论的先导。

李贽对晚明诗文创作思潮有深刻影响,对"公安派"的影响极为深刻。而"公安派"提出的"独抒性灵"说则直接受"童心说"的作用。当然,"公安派"对李贽文艺创作思想的接受有一个过程,最初李贽的思想并不为"公安三袁"所理解,后来,通过焦竑的中介作用,李贽的文艺美学思想才为"公安派"所真正了解,并产生重大影响。

焦竑为李贽知己。他的诗文理论主张:第一是重视审美意旨,轻视形式表达;第二是主张经世致用,"文""道"结合,推崇治世之音。他针对散文创作史说:"汉初著作,未以集名。梁阮孝绪始有《文集录》,《隋志》因之。至今众士慕尚,波委云属,不可胜收矣。顾兵燹流移,百不存一。以彼掉鞅辞场,风雨生于笔札,金璧耀乎简编,岂不谓独映一时,垂声千古哉?而一如烟云过眼,转盼以尽。以此知士之所恃,不在徒言也。然而名谈玮论、阐道济时者,盖间有之。今具列于篇,仍为别集。"①从这里可以见出,焦竑文艺美学思想的核心在于对作品审美意旨传达的强调,在他看来,优秀的文章应该具有思想性和学术性,而不在于诗文创作的表达层面。他在《弗告堂诗集序》中也指出,诗应该是"雍容谦和"的"治世之音"②。在政治腐败、士风下滑的晚明提倡"治世之音",包含着一种期望,即诗应当发挥润饰鸿业的功用。润饰鸿业,对馆阁诗文创作而言,是非常重要的。因为馆阁诗文创作的主要功能之一就是点缀升平,就是展现祥和气象。

焦竑的这种观点在晚明不乏同调。如刘尚信就曾尖锐地指出:"尝谓明兴文章莫盛于馆阁,自潜溪、括苍、东里导源,长沙辟户,其丝纶选暇,添火为章,亦既纸贵鸡林,舣传凤阁矣。隆、万以来,代兴之权,似属旁落,少年凌厉,高视坛坫。遂远祧法匠,而近宗末师,风向所趋,气格顿尽。彼如春红斗嫣,秋潦狂溢,亦奚裨于用而垂不朽?为读是集,而窃幸笙簧金玉之章,芽苗浑灏之气,尚留人间也。"③ 所谓"远祧法匠,近宗末师",就是"复古"运动的主张,一味摹写,必然造成"风向所趋,气格顿尽"的颓势。"奚裨于用而垂不朽"呢?这段评说一针见血,

---

① 见焦竑《国史经籍志》《集类·别集》跋。
② 焦竑:《弗告堂诗集序》。
③ 刘尚信:《宁澹斋集序》。

可以看做"馆阁"或者说是"台阁体"诗文创作对"复古"运动的一种反击。晚明时期,"复古"运动走向衰退,尤其是其后来的发展状态已经衰落而失去其原有的精神实质,从而招致了不少抨击。"公安派"等文艺美学家主要是从因循守旧、缺少创新意识的视角着眼,对"复古"运动进行批评的,而不少"馆阁"文人也加入进来,只是其批评的要点指向"七子"之"文"无"裨于用",无助于补益时政、粉饰升平。在"馆阁"文人看来,诗文创作必须有益于稳定时局、有益于社会安定,强调诗文创作的功利性、社会伦理性审美价值。

焦竑的诗文创作思想明显地具有两个层面的审美意义:一方面要求表现自我,抒写自家胸怀,抒发本身意趣,呈现自然而然,要求抒写性灵,这应该是自觉疏离"馆阁"传统文风的体现;另一方面又重实尚用,主张诗文创作必须"润色国猷,黼黻大业",推举变风变雅之作,崇尚补察时政的"治世之音",提倡社会伦理审美价值观。这种思想应该是对"馆阁"传统的继承。这两个层面的文艺美学思想在焦竑的思想中并存,当然并非同等重要。

"公安三袁"强调诗文创作应该独抒性灵。所谓"性灵"最早可见的是钟嵘《诗品》称阮籍《咏怀》之作"可以陶性灵,发幽思"。此后《颜氏家训·文章》《梁书·诗文创作传论》都涉及诗文创作与性灵的关系,杨万里、王世贞也都对"性灵"进行过阐述。但是只有到"公安派"才明确提出"独抒性灵,不拘格套"的创作口号,由此真正形成了以"性灵"为核心的系统的诗文创作论。

"公安派"提出的"性灵说",其主要内容可以分为两个方面:一是注重自我表现,自然"师心",本心呈现,本趣抒发,以之反对一味拟古,提倡个性的张扬与独到的创见;二是崇尚率真,随情"任真",与人本心本性的显现与真情实感的自然流露。文艺审美创作的魅力在于直接作用于人的心灵,是创作者性灵的抒发。最纯粹的诗歌创作是性灵的自然显现,是抒写真我之神情,无所依傍;是"独抒性灵,不拘格套",各出己见;是天机自任,无法而法,决不从人脚跟转。所谓"独抒性灵"是"公安派"诗人兼文艺理论家袁宏道在其《序小修诗》中提出来的。他认为,诗歌创作必须"从自己胸臆流出",是"情与境会,顷刻千言,如水东注,令人夺魂"。在于写一己之本真,内求诸己,由此创作出来的诗中,"多本色独造语"。所谓"不拘格套",即要求内照于灵府,抒写灵府,解除一切禁忌,打破"程朱理学"的诸多限制,破除所有的社会约束和义务体系。在明代诗学中,"性灵"与"情""性情"等概念,在不同的文艺理论家那里,其意指是大不相同的。如陈献章就将"性情"等同于传统诗学的"志"。在《批答张廷实诗笺》中他说:"欲学古人诗,先理会古人性情是如何,有此性情方有此声口。只看程明道、邵康节诗,真天生温厚和平,一种好性情也。"这里提到的程明道、邵康节,即程颐与邵雍,他们的诗显然应该是正宗的理学家的诗,因此,此处所谓的"性情",即"程朱理学"所谓的纯儒人格或人文品德。而李东阳提出的"情思",其意指则与《毛诗序》所谓的"情动于中而形于言"的"情"大抵接近,属于社会伦理道德意识层面的"情",而非个人情感、儿女私情等属于个体的人的生活之情。杨慎曾经想将"性"与"情"沟通,将"言志"与"抒情"同一:"《尚书》而下,孟、荀、扬、韩至宋世诸子言性而不及情,言性情俱者《易》而已。《易》曰'利贞'者,性情也。庄子云:'性情不离,安用礼乐'。甚矣,庄子之言性情有合于《易》也。"在他看来,"性"与"情"合之则双美,离之则两伤。举性而遗情,何如曰死灰;触情而忘性,何如曰禽兽。以性兼情,旨在防止理学诗的萌生;以情兼性,旨在遏制色情诗的出现。

王世懋在《李唯寅贝叶斋诗集序》中强调指出,诗歌创作乃"性灵所托",并且赞扬李唯寅,说其在诗歌创作中,"稍稍纵其性灵,时复悠然自得"。但观李唯寅的诗歌,或赞美豪侠,或赞美狂狷,其诗情的抒发,自然是有个性的,但依然是应对公共生活的个性,而非个性张扬中的喜、怒、哀、乐。屠隆也喜欢"性灵"一词,如《与汤义仍奉常》:"仆自中含沙以来,性灵无恙,皮毛损伤,仕学两违,身名俱毁。"《高以达少参选唐诗序》:"夫诗者技也。……而舒畅性灵,描写万物,感通神人,或有取焉。"《贝叶斋稿序》:"余闻惟寅筑贝叶斋,日跏趺蒲团,而诵西方圣人书,与衲子伍,则惟寅之性灵见解何如哉!"《行戊集序》:"夫纯父有道者,视荼如荠,齐夷险死生,而时写性灵,寄之笔墨,即文字可灭,性灵不可灭也。"《鸿苞·清议》:"矜虚名而略实际,爱皮毛而忽性灵。"《鸿苞·文章》:"夫文者华也,有根焉,则性灵是也。"但是,在屠隆这里,"性灵"或者是指"内容",即与艺术表达相对的"实""情"

"见解",或者是指参透佛理的心灵的境界,与"道"相通。这样的"性灵"显然与个人私情、儿女之情是不同的。李维桢也用过"性灵"一词。其《王吏部诗选序》云:"余窃惟诗始《三百篇》,虽风雅颂、赋比兴分为六义,要之触情而出,即事而作,五方风气,不相沿袭,四时景物,不相假贷。田野间阎之咏,宗庙朝廷之制,本于性灵,归于自然,无二致也。迨后人说诗,有品有调,有法有体,有宗门,有流派,高其目以为声,树其鹄以为招,而在下心慕之,诸大家名家篇什为后进蹈袭捃摭,遂成诗道一厄,其弊不可胜原矣。"不难看出,这里所谓的"性灵",与"性情"大体相同,意指因当下场景而引发的思想感情,这种思想感情与具体的时空场景相联系,具有强烈的社会性。而所谓"独抒性灵"之"性灵",则纯粹得多,为自身的本心本性的呈现,追求本性毕现,故而推崇本真直率。在生活内容、思想情绪方面,都意指个人生活之情,包括个人际遇、个人情趣、七情六欲。袁宏道在《兰亭记》中指出:"古之文士爱念光景,未尝不感叹于死生之际。"由此,或纵情于饮酒作乐,或托为文章、声歌;或究心仙佛与夫飞升坐化之术,等等,尽管其事不同,但贪生畏死之心则是一样的。在他看来,无论是"纵情曲蘖,极意声伎",还是诗文创作,都个性张扬,卓然有所自见,为人的真情实感的自然呈现,直率真诚,毫无遮掩。其《浪歌》诗云:"朝人朱门大道,暮游绿水桥边。歌楼少醉十日,舞女一破千钱。鹦鹉睡残欲语,花骢蹄健无鞭。愿为巫峰一夜,不愿缑岑千年。"诗中,癫狂浪子自负形象,与"青娥之癖"的心态突出、鲜明。就袁宏道的诗文审美诉求看,不仅仅要求"情"真,其所推重的"趣"与"韵",其深层意义都洋溢着浓郁的个性张扬的气息。在《叙陈正甫会心集》文中,他特别提到"趣":"夫趣得之自然者深,得之学问者浅。当其为童子也,不知有趣,然无往而非趣也。面无端容,目无定睛,口喃喃而欲语,足跳跃而不定。人生之至乐,真无逾于此时者。孟子所谓不失赤子,老子所谓能婴儿,盖指此也,趣之正等、正觉,最上乘也。山林之人,无拘无缚,得自在度日,故虽不求趣而趣近之。愚不肖之近趣也,以无品也。品愈卑故所求愈下,或为酒肉,或为声伎,率心而行,无所忌惮。自以为绝望于世,故举世非笑之不顾也。此又一趣也。迨夫年渐长、官渐高、品渐大,有身如梏,有心如棘,毛孔骨节俱为闻见知识所缚,入理愈深,然去趣愈远矣。"强调指出,所谓"趣",

必须得之自然，天然纯真，无拘无缚，自由自在，即景即事，即兴而生，率心而行，无所忌惮。在《寿存斋张公七十序》中，他又专门论"韵"："大都士之有韵者，理必入微，而理又不可以得韵。故叫跳反掷者，稚子之韵也。嬉笑怒骂者，醉人之韵也。醉者无心，稚子亦无心。无心故理无所托，而自然之韵出焉。由斯以观，理者是非之窟宅，而韵者大解脱之场也。""韵"的呈现必须"无心"，天然自然，不需人为。可见，在袁宏道看来，"韵"与"趣"，都应该是个性化的呈现，必须超越"理"的束缚，摆脱社会羁绊，超然纯然；是个人"性灵"以其纯真的样态的自明与显现。

"公安派"所提倡的"性灵说"注重诗文创作中对创作者主动性和潜在的创造欲望的抒发，在审美传达方面，主张"不拘格套"。认为诗文创作贵新贵奇，自任天机，没有固定的格式，所谓无法而法。在审美创作中，贵在自得、自主、自行、自由，要有独到之处，发人所不能发，而无须过多计较那些条条框框，即所谓的句法、字法、辞法、韵法、调法。所谓"新奇"，就是从自己胸中流出。在"独抒性灵"派看来，诗文创作应该以不法为法，以非诗为诗。如果为格套所缚，那么，就有如杀翮之鸟，欲飞不得；不然，就好像剽窃影响，好像老妪之傅粉；只有独抒己见，信心而言，才可能创作出不朽之作。真悟正见，气雄行洁，个性独立，任情率性，与物同体，遗弃伦物，佰背绳墨，纵放习气，以澹守之，以静凝之，喜怒哀乐中节，喜不溢，怒不迁，乐不淫，哀不伤，学至于乐，而趣始极，由此而顿悟自心。

"公安派"主张"师心"是与"复古"针锋相对的。"公安派"认为，"复古"派所倡导与提倡的诗文创作之"法"，正好就是压制诗文创作中"性灵"抒发的一种技术层面的僵化规定，袁宏道《叙梅子马王程稿》认为，"法"导致创作者"高者为格套所缚，如杀翮之鸟，欲飞不得；而其卑者，剽窃影响，若老妪之傅粉"。他针锋相对地指出，所谓的"法"，其实就是"独抒性灵"的桎梏与羁绊。在《雪涛阁集序》中，他更加强调地指出，"法"使"有才者诎于法，而不敢自伸其才，无才者拾一二浮泛之语，帮凑成诗"。在他看来，"法"为僵硬的矩矱，一味拟古、"复古"，但步趋古人而略不见我，在此影响下的诗文作品，只不过是"剽夺摹拟""鬻声钓世""苟驰夸饰"。即如袁中道在《中郎先生全集序》中所说的，不过是"赝鼎伪觚"，是假古董、赝法帖，如此而已。"公安派"相信，诗文创作的评判准则就是"师心"与否，"师心"而作的则为传世的、不朽之作，而仅仅是"模拟法古"的，则为劣作。袁宏道说："文章新奇定无格式，只要发人所不能发，句法字法调法一一从自己胸中流出，此真新奇也。"① 江盈科也说："流自性灵者，不期新而新；出自模拟者，力求脱旧而转得旧。"② 他们都强调诗文创作"无格式"，审美风貌必须"新奇"。而所谓"发人所不能发""不期新而新"，才是"真新奇"。诗文创作必须打破一切格套，不受任何成法的束缚，自由地表现诗文创作者的个性风格，从而作品才能够呈现"新奇"的审美风貌。正因为如此，"公安派"特别强调诗文创作必须"独"，必须"独见""独遇""独得""独到"，推崇审美创作中的"独出"之意，审美传达中的别出心裁，即所谓"独构"之象、"独造"之语、"独显"之貌。袁中道说得好："诗文不贵无病，但其中有清新光焰之语独出不同于众，而为人所欲言又不能言者，则必传。"③ 袁宏道在《叙小修诗》中称小修之作"非从自己胸臆流出，不肯下笔""即疵处亦多本色独造语"。由此可以看出"公安派"所谓的"师心"之说，指的是诗文创作者个人创作中的独创精神。"公安派""性灵说"所强调的"任真"，即"从自己胸臆流出"的、毫无顾忌地呈现"人"本心本性的真情实感、喜怒哀乐，也就是李贽所标举的"绝假纯真"的"童心""真心"。它不仅是自身呈现的真情实感，与内照于灵府的独见卓识，更是"师心""变古"的生动表征。"公安派"认为，只有师真心之所得，发真心之所感，才是真诗文。

具体说来，"公安派"的"真"具有三个层面的意义：第一，传世、不朽之作是"真人"本心本性的自然呈现，为"真人"之"注脚"，因此，诗文创作者必须是"真人"，并且永远保持"真心"，不受尘世的羁绊，不管在什么情况下都必须坚守本心本性的纯真，敞亮自身真而不伪的心怀。第二，作为"真人"，必须具有"真识"，即真知灼见。诗文创作者必须具有卓越的目光见识，如袁宏道《与张幼于》所说"见从己出，

---

① 袁宏道：《答李元善》。
② 江盈科：《敝箧集序》。
③ 袁中道：《江进之传》。

不依傍半个古人"，才能创作出独具特色的诗文作品。如果胸中"原无特见，不过拾他人唾余为自己识见"，那么，一定没有出息，必然会泥古不化，最终走上模拟剽窃古人的歪路。因此，"公安派"强调诗文创作者的才力、气质、胆量和见识对于诗文创作的重要意义。第三，有无"真情"是诗文创作所取得的艺术成就高低的试金石。从"真人""真识"的要求出发，"公安派"将衡量是否具有"真"的审美风貌指定在"真情"上。在他们看来，真情既是一种强烈的迸发，又是一种自然的流露，只有"情真"，才能保证艺术作品的感人力量，使之如小修《中郎先生全集序》所说"有一段真面目，溢露于楮墨之间"。"公安派"提倡性灵，要求诗文创作者有自己的个性，因此作品自然要有特殊的"趣"。"公安派"所提倡的"趣"，是一种审美感受，一种艺术审美效果。其内容主要包括两个方面。其一，"公安派"所推崇的"趣"应该是因情、因景而生发之"趣"，这种"趣"一般都是由"兴趣"而至，是一种不刻意、不做作、任心任性的性灵之趣、即"兴"之"趣"、自然之趣。袁宏道说："世人所难得者唯趣。趣如山上之色，水中之味，花中之光，女中之态，虽善说者不能下一语。唯会心者知之。……夫趣得之自然者深，得之学问者浅。当其为童子也，不知有趣，然无往而非趣也。……迨夫年渐长，官渐高，品渐大，有身如梏，有心如棘，毛孔骨节俱为闻见知识所缚，入理愈深，然其去趣愈远矣。"① 显然，袁宏道在这里所说的"趣"，作为一种即"兴"之"趣"，是"山上之色，水中之味，花中之光，女中之态"，是人的灵心、慧性与感知觉之"色""味""光""态"之相互感应，相互生发，互动而生的，是"性灵"的表露。其呈现、外化在诗文创作中，则只有"会心者知之"，只能意会，不可言及。"公安派"诗文家力主以"趣"抗"理"，认为"入理愈深，然其去趣愈远"，极力主张诗文创作者摆脱"理"对"性灵"的束缚，认为"夫诗以趣为主，趣多则理诎"②，强调"无心故理无所托，而自然之韵出焉……纵心则理绝而韵始全"③。"为闻见知识所缚"，则会压制人的真情实意，遮蔽本心本性。其

---

① 袁宏道：《叙陈正甫会心集》。
② 袁宏道：《西京稿序》。
③ 袁中道：《寿存斋张公七十序》。

二，"趣"在有意无意之间，在自然天然、优哉游哉、无为无意、漫不经心中而得。所以"公安派"特别强调"趣"与"淡"的结合。"淡"是诗文创作中不依傍前人、消解了外力的强加、"独抒性灵"的结晶，是原初本心本性的澄明，是自然平淡、倏然悠然之"趣"的生动呈现。袁宏道说："苏子瞻酷嗜陶令诗，贵其淡而适也。凡物酿之得甘，炙之得苦，唯淡也不可造。不可造，是文之真性灵也。浓者不复薄，甘者不复辛，唯淡也无不可造；无不可造，是文之真变态也。风值水而漪生，日薄山而岚出，虽有无，不能设色也，淡之至也。元亮以之。"① 在一种幽微、空明的状态里，一种难以名状但又依稀可见的净澈灵气，时时向"人"袭来。不知其然，然又感到心灵真空妙有般地颤动，是那样的清晰与灵明。一种透彻是那样的澄静，神思醉酡。清淡的色彩如"风值水而漪生，日薄山而岚出，虽有无，不能设色也，淡之至也"。心境是平和的，思虑也是极自然的。天地之气，凝而为山，融而为川，山水与人的气息本相通，山水与人之间存在着同行同构之交互感应的生命质。"公安派"所推崇的"趣"与"淡"，其特质空寂、疏朗、简洁、渲淡、静谧、冷逸、荒寒。其审美境域是以静观动，动静相宜，是"天籁"的自然之声。在这种境域中，静与空是相联系的，静作用于听觉，而空则作用于视觉，在不同感官的相互协调和转换中，听觉的静正摇荡出视觉的空，而视觉的空又更加渲染了宁静的氛围。这是一个由空和静相互融合的境域，空不是别无一物，静也不是万籁无声，空和静的结合造就了这片宁静空蒙的幽远之审美域。可见，"趣"中之"淡"是诗文创作的"真性灵"在艺术风貌和审美特征上的具体体现，是事物的本色美、自然美。只有干净利落的摆脱"富文藻""竞修辞"的束缚，不事雕琢、不加修饰、不一味地堆砌辞藻，任真情实意自然流露，不刻意做作，更不作高深之貌，才有可能真正抒发一己之"性灵"，从而达成"趣"和"淡"融合无间的审美境域。"公安派"的诗文创作理论批评，对于明代文坛长期占据主导地位的"复古"主义造成很大的冲击，破除了作者进行诗文创作时的思想束缚。然而过分强调"真"和"趣"，容易忽视诗文创作的继承性与严肃性，导致逃避现实与追求庸俗情趣的倾向。其末流之弊也在文坛酝酿了新的危机。如

---

① 袁宏道：《叙咼氏家绳集》。

《列朝诗集小传·袁稽勋宏道》所说,公安末流"狂瞽交扇,鄙俚公行,雅故灭裂,风华扫地"。袁中道对此已有觉察,并对"公安派"前期主张做了某些修订。为了革除公安末流鄙俚轻率之弊,"竟陵派"提出"求古人真诗"的口号,要"别出手眼,另立深幽孤峭之宗,以驱驾古人之上"[①],以朴厚来补充"公安派"之"灵趣"。

生活中既要有闲情逸致,有逸乐,如此的人生才有趣味;但逸乐不能过度,过度追求逸乐是非常危险的。理智与纵情是"人"必须面对的两种人生态度。在一般情况下,"人"大多是保持理性的,因为危险与逸乐相比,对危险的忧虑会压倒对逸乐的向往。而晚明文艺美学思想中所倡导的"性灵说"和"趣韵说",突出的显然是"趣味",即"逸乐"。尤其是袁宏道,特别推崇"逸乐"。他曾经颇为得意地提出"人生五乐"说,极言声色犬马之乐。认为人生就应该追求享受,纵情声色,尽情玩乐,四处游玩,超越理性的羁绊。因为理性的压抑令"人"厌倦。因此,他甘愿承受因违背传统"程朱理学"而招致的所有惩罚。追求逸乐,目的在于摆脱"程朱理学"的羁绊,解脱传统伦理道德意识的奴役和烦扰,从诗文审美创作与富有闲情逸致的日常生活中获得心灵的自由。可以说,晚明文艺美学思想所标举的"性灵说"与"趣韵说",其要旨是用审美享受来取代枯燥乏味的"程朱理学"的说教。这对于厌倦了"程朱理学"的文人来说,应该是一种新鲜的、不寻常的、新奇的思想,表征着时代的审美指向与诉求。

四 清雅闲适的审美情调

清雅闲适的审美情调主要呈现于"小品文"中。在晚明时期的诗文创作中,"小品文"的创作占据重要的地位。所谓"小品文",指其篇幅小巧,行文短少,内容精练,意旨精切,体裁不拘,无论是记、是序、是跋,还是铭、赞、传、尺牍等,都可以,尽皆适用。"小品文"创作的兴盛和其时在文艺美学革新思潮的作用下,诗文创作的时尚旨趣发生转变密切相关。晚明时期,商业经济发达,致使整个经济形态发生变化,进而影响了文化意识形态,并且广泛地影响了文艺审美创作活动的开展,尤其在诗文创作方面出现了中兴的势头。加上"阳明心学"的作用,诗文创作

---

① 钟惺:《隐秀轩集》。

强调诗文家个性的书写，张扬个体，推崇真率本性的展示，蔑视传统，意志独立，情感真实，成为主导这一时期诗文创作的审美诉求。人们的接受视域从以往庄重古板的"鸿篇巨制"转向短小灵活，简练隽永，灵巧轻俊，情韵深长，功能多重，具有议论、抒情、叙事，可以即兴抒写创作者零碎感想的"短篇小文"，由此增加并且壮大了欣赏"小品文"的受众。这转而刺激了创作，激发了作者的热情，增加了"小品文"创作的数量。

在意旨与意蕴方面，"小品文"的一个突出特点是贴近生活，自我意识增强，个人化特色显著，抒情写意率真直露，强调真情实感，直接抒写胸臆，适性自由、世俗化、生活化色彩突出，因此，很多诗文家都爱在文中描摹日常生活的状貌以及自己的生活情趣，促使"小品文"表现出浓重的生活情调和生命意识。如袁宏道的《晚游六桥待月记》云："西湖最盛，为春为月。一日之盛，为朝烟，为夕岚。今岁春雪甚盛，梅花为寒所勒，与杏桃相次开发，尤为奇观。……湖上由断桥至苏堤一带，绿烟红雾，弥漫二十馀里。歌吹为风，粉汗为雨，罗纨之盛，多于堤畔之草，艳冶极矣。然杭人游湖，止午、未、申三时，其实湖光染翠之工，山岚设色之妙，皆在朝日始出，夕舂未下，始极其浓媚。月景尤不可言，花态柳情，山容水意，别是一种趣味。"记述作者赏玩杭州西湖六桥一带的春景，文中既描绘了沿途所见的山水花草，绿烟红雾，又描写了游春仕女，展现了其姿色情态。所谓"花态柳情，山容水意"，月光之下，那花的姿态、柳的柔情、山的容颜、水的心意，更是别有一番情趣和"韵味"，描摹生动细腻。端的是月光如水，从柳梢倾泻而下。花容恬静，几许安然弥漫而开。一片墨黑里，瞧不出山水的分界。却在耳畔边，静静地聆听微风轻佻的涟漪。或是花拂柳情，稻香千顷，青草池塘畔的处处蛙鸣，汩汩轻音，烦愁消散。山容水意，蜻蜓点蕊，榆荫树下听得潺潺泉水声声蝉唱，忧倦皆除。文中，"山僧游客"也成为自然景色的组成，情调清雅闲适。又如袁中道《游荷叶山记》写荷叶山晚景："俄而月色上衣，树影满地，纷纶参差，或织或帘，又写而规。至于密树深林，迥不受月，阴阴昏昏，望之若千里万里，杳不可测。划然放歌，山应谷答，宿鸟皆腾。"以素雅简练的笔触展现了晚间幽寂萧森的山景。袁宏道《天池》描绘苏州山郊春景："时方春仲，晚梅未尽谢，花片沾衣，香雾霏霏，弥漫十馀里，一望皓白，若残雪在枝。奇石艳卉，间一点缀，青篁翠柏，参差而出。"作者抓住梅、竹、柏的色彩对比，渲染自然景致所散发的春天气息，给人以清新幽雅的美感。

在表现生活化、个人化情调的游赏之作中，张岱的"小品文"尤显出色。他的《陶庵梦忆》与《西湖梦寻》等中有不少上乘之作。其作品的特征是率直坦诚，尊重自我，不守束缚，不拘格套，独抒性灵，轻巧倩丽，张扬个性，波澜壮阔，元气淋漓，大气而不失于深情，思想幽深而不失于风韵，深乎情、明乎理，实事求是，恃才傲物，锋芒毕露，正直率真，阐扬幽韵，奇情壮采。明人祁彪佳说他"笔具化工，其所记游，有郦道元之博奥，有刘同人之生辣，有袁中郎之倩丽，有王季重之诙谐，无所不有"①。像《西湖七月半》《湖心亭看雪》等都是为人所称道的名篇。如前者云："西湖七月半，一无可看，止可看看七月半之人。看七月半之人，以五类看之。其一，楼船箫鼓，峨冠盛筵，灯火优傒，声光相乱。名为看月而实不见月者，看之。其一，亦船亦楼，名娃闺秀，携及童娈，笑啼杂之，环坐露台，左右盼望，身在月下而实不看月者，看之。其一，亦船亦声歌，名妓闲僧，浅斟低唱，弱管轻丝，竹肉相发，亦在月下，亦看月而欲人看其看月者，看之。其一，不舟不车，不衫不帻，酒醉饭饱，呼群三五，跻入人丛，昭庆、断桥，嚣呼嘈杂，装假醉，唱无腔曲，月亦看，看月者亦看，不看月者亦看，而实无一看者，看之。其一，小船轻幌，净几暖炉，茶铛旋煮，素瓷静递，好友佳人，邀月同坐，或匿影树下，或逃嚣里湖，看月而人不见其看月之态，亦不作意看月者，看之。"这篇小品文，以西湖七月半之夜赏月的人为对象，以其神奇之笔，描绘了一幅形象生动、色彩鲜艳的风俗画，构想新奇，不落俗套。七月半的晚上，杭州人举办佛会，全城的人都来到西湖，游玩作乐，纵情欢娱。作者别出心裁，独辟蹊径，视觉独特，以抒写自己的观感，不写月下景色，而写游湖赏月的人，写其不同的社会地位、人生角色、音容笑貌、情态形象和格调风情，摹写生动，刻画细腻。在作家看来，所有的七月半之夜的游客，可以分为五类：达官贵人、千金闺秀、名妓闲僧、市井闲汉、文人雅士。这些人，或摆阔，或作态，或粗俗，或素雅，尽收眼底，信笔写来，细致入微，生动传神，各色人等，无不跃然纸上。依次写来，挨一挨二的

---

① 张岱：《西湖梦寻序》。

描绘，形象不同，声态各异，风格气度也各不相同。作者只是作为旁观者，一一展示，未加任何感情色彩，不作任何价值评判，但其美丑好恶之情、爱憎褒贬之意，已经实实在在地寓于对各类人物相貌情态的生动描绘之中。待那些人散去，"吾辈纵舟，酣睡于十里荷花之中，香气拍人，清梦甚惬"。情趣清雅高洁，诗意的结尾，雅韵流溢，余香沁人。文章借西湖月夜游人的种种生态情状，来描写其时的风俗习惯、世态人情，呈现其内心情感和心态，以传达繁丽热闹的生活气氛；描写生动传神，情绪表现细致入微，风格清新流畅，既独抒性灵，又不失冷峭诙谐之趣；独抒性情，敢于言，敢于怒，放言无惮，毫无顾忌，不守礼法，敢于怀疑；既是情，是性灵，又是个性，心情半佛半仙，姓字半藏半显，展示了作者自己对终身留恋和自豪的昔日"繁华靡丽"生活的一往情深，其中所流露的怀旧心态深沉而悠长。

浓郁的生活气息、个性张扬的时代特色，致使晚明"小品文"往往从日常生活的细微处体认深刻的人生哲理，表现了诗文家善于体察生活，参悟其中的精妙含义，从而领悟到人生的乐趣及其精旨妙意，情趣盎然。如王思任《屠田叔笑词序》云："王子曰：笑亦多术矣，然真于孩，乐于壮，而苦于老。海上憨先生者老矣，历尽寒暑，勘破玄黄，举人间世一切虾蟆傀儡、马牛魑魅抢攘忙迫之态，用醉眼一缝，尽行囊括。日居月储，堆堆积积，不觉胸中五岳坟起，欲叹则气短，欲骂则恶声有限，欲哭则为其近于妇人，于是破涕为笑。"所谓"屠田叔"，即晚明文人屠本畯，字田叔，又字幽叟，号汉陂，晚年自称憨先生、乖龙丈人等。浙江鄞县（今宁波）人。这篇序文以"笑"着眼，从屠田叔的《笑词》中细细体味作者"胸中五岳坟起"的真正创作心态，道尽所谓"笑""苦于老"的含义，意味深长。而王思任自己写的《游慧锡两山记》则给人们展现了另外一种风情。其云："居人皆蒋姓，市泉酒独佳。有妇折阅，意闲态远，予乐过之。买泥人，买纸鸡，买木虎，买兰陵面具，买小刀戟，以贻儿辈。至其酒，出净磁，许先尝论值。予丐测者清者，渠言'燥点择奉，吃甜酒尚可做人乎？'冤家，直得一死！"文中刻画的人物，一个是酒客，一心想买到"测者清者"的好酒，一个是卖酒的妇人，善于经营，并且精于与顾客周旋。两个人物之间的交易，交易中的对话与举动，于文中生动地描摹出来，构成一幅日常生活中既平淡又妙趣横生的图画，语言运用娴熟，行文错综，富于变化，呼应转接，自然而然，风趣自如。因此，张岱在《王谑庵先生传》中说王思任："聪明绝世，出言灵巧，与人谐谑，矢口放言，略无忌惮。"上面这篇小文似能反映他性情之一二。

率真直露，注重真情实感是晚明"小品文"的又一审美风貌。不管是描写个人际遇，展现风土人情，刻写日常生活，还是展示作家自己的所见所闻，表现自己的真心实意、真情实感与自得之趣；不管是针砭时事得失，表露自己的忧患意识，还是评议时政要闻，抨击社会陋习，都追求情真意切，触景生情，直抒胸臆。如张岱的《自为墓志铭》，笔法袒露，人文品格自觉呈现，审美意趣自由自在，抒写自己对自然、对人生的热爱，展现了人的自觉和文的自觉，胸怀广阔，兴趣广泛，对生活也倾注了更多的热情。"少为纨绔子弟，极爱繁华……劳碌半生，皆成梦幻。"以追忆手法，适情任口，抒写自己年轻时"极爱繁华"的生活经历，有人生如梦的感慨，同时又生动地塑造了一个真我的形象，喜欢享受，性情豁达，守大节而不拘泥于小节，自然真切，毫无虚浮习气。袁宏道《叙陈正甫会心集》认为"世人所难得者唯趣""夫趣得之自然者深，得之学问者浅"，直截了当，明白无误，一点也不隐讳地表露出自己推重"无拘无缚""率心而行"、自然而然、率性而为的审美诉求。王思任在《让马瑶草》中也宣称自己主张率性而为，常常"笔悍而胆怒，眼俊而舌尖"，坚操劲节，侃侃不挠，绝不忌讳。[①] 所谓"马瑶草"，即南明权相马士英，瑶草为其字。在该文中，王思任痛斥马士英，指出他专权祸政，并且于南明政权覆灭之际，只顾保全自家性命，临阵脱逃的行径恶劣卑鄙。文中写道："当国破众散之际，拥立新君，阁下辄骄气满腹，政本自出，兵权在握，从不讲战守之事，而但以酒色逢君，门户固党，以致人心解体，士气不扬。叛兵至则束手无措，强敌来则缩颈先逃，致令乘舆迁播，社稷丘墟。观此茫茫，谁任其咎！"文词慷慨激越，直率真切，情绪激昂，充满正气，语言犀利，淋漓尽致地抒发了作者胸中的愤恨与仇视之情，郁积于心的激愤昂直之气跃然纸上。

[①] 张岱：《王谑庵先生传》。

第五章

明代绘画中的审美诉求

就有明一代的绘画状况看,画风交替变化,从注重绘画的真实性到追求形式主义,再到自我表现。画派层出不穷,涌现出众多以地区为中心或以风格相区别的绘画派系。就题材而言,有画人物的,也有画山水与花鸟的,有宫廷画,有"文人画",还有民间画。文人以绘画为笔墨游戏,墨戏画的梅、兰、竹及杂画等也极为盛行。从绘画流派看,有因师承关系而出现的,如因袭南宋院体风格,并且由此承传下来,并且加以一定的创新而形成的"宫廷画派"和"浙派"。就"文人画"派来看,则有"吴门派"和"松江派""苏松派"。这些画派的出现显示了明代绘画技法多元。而就绘画风格技法来看,明代绘画尤其以"水墨山水"和"写意花鸟"最受推崇,所取得的成就也特别突出。其时,在"人物画"方面也有创新与突破,出现了夸张造型的变形人物。"人物画"中的墨骨敷彩肖像呈现出一种具有装饰效果的审美趣味,形象独特。其中,比较有名的如陈洪绶的《九歌图》《屈子行吟图》《水浒人物》《水浒叶子》等。同时,民间绘画极为发达,特别是版画,到晚明达到一种繁盛的境况。

明代绘画的发展大致可分为初、中、晚三个阶段。

第一节 明代绘画的承继与分期

明代画家众多,风格迭变,派别繁兴。初期,无论宫廷画家还是民间画家,多崇尚并且秉承宋代画风;中期,苏州地区的画家相对集中,画派崛起,"文人画"得以复兴;后期,受"阳明心学"与个性解放思潮的影响,士大夫"文人画"提倡"性情"的抒发,绘画艺术更是转向独抒性灵，以画为乐、以画为兴、以画为品、以画为寄。

一　明代绘画的承继

明代是中国书画艺术史上的一个重要阶段，名画家集中于一定的区域，因此，就区域来看，有以戴进为代表的"浙派"，以沈周与文徵明为代表的"吴门派"，以董其昌与赵左为代表的松江派、华亭派、苏松派，以及以蓝瑛为代表的"武林派"等。山水、花鸟成绩卓著，前期以仿宋院体为主，中晚期水墨"文人画"占据主流。

就绘画体系看，明前期主要是"文人画""宫廷画"与"浙派"。"文人画"，以王履与徐贲为代表。"宫廷画"，即所谓"院体"画，以周位、王仲玉、谢环等为代表。而"浙派"宗南宋院体，以戴进、夏芷等为代表。中期的"院体"画家有林良，吕纪等人；江夏派画家，以吴伟为代表；"吴门派"的画家以沈周、唐寅和文徵明等为代表。后期有以董其昌为代表的华亭派，以赵左为代表的苏松派，以沈士充为代表的云间派，以程嘉燧、李流芳、卞文瑜、邵弥等为代表的"吴门派"等。就绘画题材看，人物画的代表画家有陈洪绶，写意花鸟的代表画家有徐渭、周之冕、孙克弘等。明代的"宫廷"绘画，在相关制度方面，没有什么变革，基本上承袭的是有宋一代的体制，只不过没有设置独立的"画院"。那些奉诏来朝廷的画家，一律归内府统领，让其管理，其官位则以锦衣卫授之，为武职。绘画史上一般都称其为画院画家。究其实，这些画家应该属于"宫廷"一类。当然，"浙派"的开山人物戴进与吴伟，其画风的渊源都与"院体"，或者说是"宫廷"绘画相同，秉承的都是南宋的"院体"画风，并且都曾应诏进入宫廷，后来又从宫中流落社会，以卖画为生。"浙派"的其他画家也大体相同，最初多是入宫供奉者。两派在组成成员上彼此交叉，而且画风接近，所以"浙派"与"院体"不好分别，故而有的画史干脆将戴进、吴伟一起划为"院体"派。

其时，那些奉诏进入宫中的画家大部分都来自浙江与福建两地，其画风多半是对南宋"院体"画派的一种继承。他们的到来，遂使明代"院体"画呈现出取法南宋的面貌，致使有明一代的"院体"画，也即"宫廷"画派的创作达到鼎盛时期。这以后，"吴门派"崛起，"院体"画衰微，并逐渐被"吴门派"取而代之。

有明一代的传统人物画、山水画、花鸟画盛行，文人墨戏画的梅、兰、竹及杂画等也相当发达，显然，这种取向决定了绘画表达方式、绘画题材选择等方面的特色。在艺术流派与风格特色方面，门派众多，风格多样，各呈异彩。在画法方面，水墨山水和写意花鸟勃兴，成就显著，人物画也出现了变形人物、墨骨敷彩肖像等画风独特的新的绘画手法。同时，民间的绘画活动也极为活跃，特别是版画艺术，到晚明时期呈现出繁盛的趋势。

二 明代绘画的分期

明代绘画的分期，与明朝政治、经济、思想、文化的变化密切关联，总体上看，可以将其分为三个时期，不同的时期呈现出比较明显的风貌形态。每个时期都有主盟画坛的流派兴起，以引导时尚与审美潮流，其风格特色往往影响着当世的审美诉求，期间审美诉求的跨越又作用于画派，诸家各派间的激烈竞争，致使其消长、更迭，其发展总趋势可谓曲折前行，时起波澜。

从洪武至弘治年间，"宫廷"绘画与"浙派"画家占据主流，主导着其时的画坛，形成了以继承和发扬南宋"院体"画画风为主的审美倾向。所谓"浙派"的得名，源于其开创人戴进，因其是浙江人，所以得名。继承者吴伟，进一步发展了此派长处，遂出现更多追随者，张路、蒋嵩、汪肇、李著、张乾等。同时，吴伟是江夏，即今湖北省武汉市人，所以绘画史上又称以其为首的画派为"江夏派"，应该说，"江夏派"实际上属于"浙派"，为其支流。

就"浙派"画家所追求的审美取向看，其风格具有独特性，推崇粗简放纵的画风、笔墨洒脱爽劲、酣畅淋漓，具有一种强烈的节奏感和气韵感。所绘的山水、人物、花果、翎毛等景色物象，构图严谨，描绘生动。"浙派"极为追求个性化的审美特色，即使同属"浙派"，不同的画家，其审美风格亦各有不同，各呈异彩。如戴进的绘画作品往往呈现出一种劲爽精微，于淋漓畅快中显出秀逸的审美风貌；而吴伟则以豪迈简括、纵逸洒脱为特征；至于张路、蒋嵩、汪肇等或爽健，或恣肆，各有区别。作为绘画流派，"浙派"在明代前期与"院派"同为画坛主流，追随者甚众，影响颇大。江南地区还有一批"文人画"家，如徐贲、王绂、刘珏、杜琼、姚绶等,他们继承元代水墨画传统,其画风应该是"吴门派"的初始。还有一些没有派别的画家,尽管没有归宗立派,但都凭借其独特的画风,各有建树。如画家王履,最初以马远、夏圭为师,后来摆脱画法格式的局限,走进生活、走向自然,以生活、自然为师,所画《华山图》生机盎然、生气流淌,一举扬名天下,在绘画史上被称为"院派"大师。又如周臣,上海博物馆收藏其所画的《春山游踪图》,故宫博物院收藏其《春山游骑图》《春泉山隐图》等画作,所画山石坚挺凝练,画法严谨工细,用笔纯正娴熟。他在绘画界曾经一度与戴进齐名,但各有擅长。他所画的人物,相貌古朴,姿容奇绝;笔法绵密萧散,生动形象,意态鲜活传神,对唐寅、仇英的画风影响比较大。又如擅长水墨写意人物和山水的郭诩、史忠,以白描人物著称的杜堇等。

正德前后至万历年间,武宗正德皇帝和世宗嘉靖皇帝均是声色犬马、昏庸无道之君,宦官、权臣把持朝政,锦衣卫横行,政治极端黑暗,社会矛盾尖锐。国家对意识形态领域逐步失去控制,"程朱理学"开始解体,"阳明心学"盛行一时。思想的解放必然带来文人精神上的解放。明代中期后,绘画创作中注重心灵的抒写、张扬个性,对人文品格方面的审美诉求也日趋强烈,"文人画"追求对画家个性的呈现,强调图变、求新,并突出地体现为一种新的、极具时代审美特色的风格。另外、明代商业的发展,城市经济的发达,书画市场的繁荣都有力地推动了绘画艺术的发展。其时,"吴门派"从苏州地区兴起,其代表画家为沈周、文徵明。他们推崇"文人画"画风,承续其风格传统,逐渐成为画坛主流。其中坚人物文嘉、钱谷、陆治、陈淳等当时均享有盛名。"吴门派"承继并发展了宋元时期"文人画"的传统,注重题材方面的拓展,在意绘画创作中笔墨的表现,强调感情抒发,推崇独具个体化色彩的呈现,要求创作者在抒写情致与笔墨风致方面必须独具异彩,追求幽淡的意境与平淡自然、恬静平和的格调,主张风格多样,推进和丰富了"文人画",致使其走向极盛时期,并进而领导时代审美风尚与审美潮流。

晚明时期,社会矛盾尖锐,政治局面变化加剧,时局不稳,社会安定受到极大的冲击。这影响了思想文化领域。绘画方面则呈现出一种复杂性和变异性,波谲云诡、翻奇出新、层出不穷,不断有新的创新。特别是万历至崇祯年间,绘画领域出现了不少性格鲜明,个性独特,主张抒写心灵，呈现真性情的画家。徐渭力主写意传神，擅长花鸟画的大写意，并对其画法作了进一步完善。而画家陈洪绶、崔子忠、丁云鹏等则将夸张手法引入绘画创作，所画人物往往有变形的风貌。而以张宏为代表的苏州画家，则开辟了一条新路，独创了一种新的风格和新的画法，在文人山水画方面，绘制出富有生活气息的绘画作品。他们在继承"吴门派"画家绘画风格和特色的基础上，融会出新，走进自然山水，"饱游饫看"，寄情山水，或会友雅集，或泛舟而行，饱览沿途自然景色，目识心记，师法自然，身心与自然交接，胸中有丘壑，体悟自然天成的画卷，进而搜妙创真，悟出绘画的真谛。在面对山水自然之时，"应会感神"，捕捉山川的精神美，绘画活动中或借景抒情，或以情写境，在画中体现出超凡脱俗的精神境界，使山水于画作中鲜活起来，以绘制出真山真水之形与其胸中之灵融为一体的山水画作品。

"吴门画派"到此进入全盛时期，并对其他画派产生了深远的影响，其中较著名的画家有莫是龙。他和陈继儒、赵左为至交好友，后者经常为他代笔，不分你我。三位画家都是"松江派"的主要人物。其时，画家顾正谊创立"华亭派"。最初，董其昌曾经于其门下，接受他的教导。"华亭派"的另一知名画家为宋旭。宋旭擅长画山水兼人物画，名重海内。师沈周，故出笔迥不犹人。其山头树木，苍劲古拙，巨幅大幛，颇有气势。赵左、沈士充、宋懋晋等都出于他的门下。沈士充也为董其昌代笔，绘画史上又称之为"云间派"。除苏松地区外，晚明时期还出现了不少以区域划分的，具有强烈区域性特色的画派。如浙江钱塘以蓝瑛为首的"武林派"，浙江嘉兴以项元汴、项圣谟为首的"嘉兴派"，江苏武进以邹子麟、恽向为首的"武进派"等。虽然画派林立、派名繁多、关系复杂，但这些画派基本上都受"吴门派"和董其昌的影响，一律应归于"文人画"传统派别。

随着商品经济的发达，商贸活动日益频繁，明代的民间绘画也活跃起来，特别是木刻版画。由于戏剧小说传播的需要，其刊行量增大，版画的发展空间很大。其绘制与制作者多是民间画工，当然，中间也有文人士大夫画家的参与，如画家陈洪绶、萧云从等人就同时从事木刻。他们为适应版画创作需求量增大的形势，绘制与创作了不少画稿。这一切都致使明代的版画制作达到兴盛期。期间，戏曲剧本、传奇、小说等文学作品插图的成就最突出，不仅内容丰富，而且形式多样。许多作品如小说《忠义水浒全传》插图本、戏曲剧本《望江亭》的插图等，以及陈洪绶的木刻版画《九歌》《水浒叶子》《博古叶子》《西厢记》等，其绘画内容多为百姓大众所喜闻乐见的，其审美意旨则是对英雄豪杰的赞美和对恋爱自由的讴歌，表达了百姓大众的希冀和审美诉求，绘画中的人物，个性鲜明，情感细腻，构图灵活，具有较高的审美价值，对中国版画的发展产生了深远的影响。

三　明代绘画的审美风格

（一）由豪放富丽向柔媚婉约审美品格的转向

明朝初年至中期是有明一朝的兴盛时期，"院体"和"浙派"画风构成兴盛时代的审美表征，体现出富丽和豪放的作风，而明朝中叶兴起的吴派，虽尚有富丽精工之作，但豪放之气渐变为温和柔媚，这反映出社会由强盛至衰落演化过程的时代艺术特征。董其昌之后，温和柔媚之风愈甚，气势愈衰，至于"浙派"末流如张路、蒋高等人的画，表面看起来似乎也很豪放，但徒有一种虚矫之气。这种画风实质上正是晚明社会生活在绘画艺术中的展现。其时，董其昌极为推崇唐代画家王维。之所以如此，除了其个人审美趣味方面的缘由外，时代使然也是其因素之一。其时明王朝风雨飘摇，日益衰落，绝无可能出现盛唐气象和磅礴大度的精神，因此，董其昌感慨时不我与，只有在一种淡泊平和的"意境"中求得与王维的共鸣。

（二）"文人画"的成熟

自元代到明代初年，"文人画"日趋成熟。所谓"文人画"，其审美特色是画中表现出一种文人情趣，而画外则是文人思想的流露。"文人画"是中国绘画大范围中山水、花鸟、人物的交集，考究艺术上的功夫，"意在画外"，必须在"画外"体验那些文人的寄托，即其所感所想。因此可以说，"文人画"往往集诗意性、哲理性、抒情性为一体。到明代中叶，以沈周、文徵明为代表的吴派画家在前人的基础上对这一绘画风格做了一些新的拓展。在他们的积极实践下，诗、书、画、印相融相通，画作章法奇特，超凡脱俗，篆籀笔法朴拙、老辣，用墨深沉干湿，分五色用之，诗词赋之内涵，淋漓瑰丽，挥洒自如，应物象形，渗透着作者不同的感情，追求情真意挚。由是，"文人画"审美范式遂得以确立并达于至善，尤其是书法已经成为画面不可分割的重要组成部分。诗、书、画、印相结合的表现样式既为"文人画"的基本要求，也成为"吴派"画家突出的特色。后来，这种绘画表达样式甚至超出了"文人画"的圈子，诗、书、画、印成了中国画不可或缺的四大审美元素，并成为中国画的审美要件与审美规范而延续至今。

（三）商品化与世俗化

首先，明代城市经济发展迅速，在商业经济发展的同时，也促使绘画的商品化与世俗化。一方面，商贾富裕起来后，绘画鉴藏则成为他们精神生活与囤积居奇的必要内容。另一方面，随着市民阶层的扩大，享受逸乐之风的盛行，装点门面的需求，加速了书画作品的商业化，出现了交易频仍、盛况空前的市场，而这一状况显然又促成了"文人画"家的职业化。如陈继儒，不但卖诗卖画，而且还充当买卖字画的中介人，他曾经用沈士充的画作请董其昌为其题款，再转手卖给求购董其昌画作的人，他与当地显贵官僚来往极为密切，所以时人对他有"翩然一只云间鹤，飞来飞去宰相衙"的讽议。

其次，画派也成为这个时代一种自觉意识和谋求经济利益的集群组织方式。在晚明，文人雅集，饮酒、赋诗、作画已成为一种风尚。这种经常性的集会加强了画家之间的往来，促进了他们在艺术上的互相影响，由此逐渐形成以城市为依托的以某几个画家为首的画家集群，并在相互标榜中建立派系。在晚明，除"吴门派"之外，主要兴起了松江派、武林派、嘉兴派、姑熟派、武进派、江宁派等。这些以地区城镇命名的派别，在相当程度上揭示了画派的形成与城镇经济发展的联系。

最后，关注现世的生活。从"浙派"到吴门，都关注现实人生。比如沈周的绘画作品就具有突出的生活气息，是画家生活情感的自然流露。沈周的画作实质上属于"文人画"一类，但其画作无论题材、内容还是形式，都显示出生活化、社会化、世俗化与大众化的审美取向。尤其是唐寅，其画作中所体现出来的大众化、世俗化审美取向更加鲜明突出。唐寅出生于世商家庭，有一妹一弟，父亲唐广德，经营一家唐记酒店。由于饱受商贾之家习气的熏陶，常混迹于市井之中，唐寅天性活泼，性情放纵，尤其在因为科场舞弊案而失掉了功名后，唐寅变得更加放纵不羁，整日出入酒楼歌坊之中，借酒浇愁。其笔下仕女画的形象大多取自青楼女子。

第二节 "御用"画家与平民品位

明代宫廷绘画承袭宋制，但没有设立专门的画院。被朝廷征召来的画家，都划归到内府，由内府管理。这些画家就是宫廷画家，绘画史上又称其为画院派画家。洪武和永乐风格多延续元代旧貌。到宣德、成化、弘治年间，朝廷诏征了不少浙江、福建地区继承南宋"院体"画画风的画家入宫，遂使明代院画创作达到鼎盛。一直到正德以后，"浙派""吴门"先后崛起，院体画的影响才日益减弱直至销声匿迹。

一 宫廷"院体"画：歌舞升平

明代宫廷绘画以山水、花鸟画为盛，人物画无论取材还是内容方面途径都比较单薄窄小，其题材多是皇帝与皇后的肖像以及日常生活的场景，这些画作的主题都是赞颂统治者的功绩，赞美其文治武功、礼贤下士。其中如商喜《明宣宗行乐图》、倪端《聘庞图》、谢环《杏园雅集图》、刘俊《雪夜访普图》都是这类画作。山水画主要宗法南宋马远、夏圭，也兼学郭熙，著名画家有李在、王谔、朱端等人。李在仿郭熙几乎可以乱真，王谔被称为"明代马远"。花鸟画呈现出多种面貌，代表画家有擅长工笔重彩的边景昭，承袭南宋院体传统，妍丽典雅而又富有生意。林良以水墨写意花鸟著称，笔墨洗练奔放，造型准确生动。吕纪则工笔与写意相结合，于花鸟特别精丽，自成一派。明代宫廷绘画尽管没有取得像宋代院画那样的成就，不过也有自己独到的地方，在某些方面有创新之处。

明代宫廷绘画作为宫廷艺术，主要是对帝王好尚的迎合，尤其是在明代特定的政治经济文化背景下，宫廷绘画的御用特色在审美上十分突出。明初高度集权的专制政治制度和严厉的文化钳制，同样表现在宫廷画院里，数位画家因应对失旨而被杀，这使宫廷画家噤若寒蝉，作画多承上意，无论是人物、山水、花鸟，在题材、内容、主题上都呈现出宫廷文化的特色。在画以载道，为宫廷服务方面具有突出特色。明代宫廷画宣扬文治武功、经天纬地、武功文德，往往借助古代历史故事、古人之业绩来颂扬当朝贤良，彰显那些功勋卓绝的武将，为其扬名立万。不然，就仿照古代画师，画尧舜桀纣之像、周公相成王负斧之图，以示鉴戒。比较流行的人物题材，多数是前代那些善于治理国家、知人善任、海内升平、威加域外、国泰民安而深获百姓拥戴的明君；鞠躬尽瘁、死而后已，具有高风亮节的贤臣；屡立战功、勇武忠贞的名将等。宫廷绘画要突出教化审美价值的倾向性，也表现在那些为帝王、皇后绘制的肖像画，以及为宫廷生活所绘制的宫中行乐图上，这些绘画在其时颇为盛行。随着庙宇的大规模兴建，祭祀等宗教活动的盛行，以传统道教、佛教、神仙教为主要内容的画作多了起来。此外则沿袭传统，吸取民间题材，描摹绘制那些为历代大众所喜闻乐见的、传说中的故事，以及文人八卦、宫廷轶闻、民间风俗、人情世故等。

二 宫廷"院体"画：政教功能

"院体"画，即宫廷绘画，是一种御用绘画，带有明显的礼义教化审美价值，以维护统治的需要。帝王的爱好和审美倾向直接影响了明代"院体"画的题材及风格。也正是因为这个原因，"院体"画在题材上缺少创新。

（一）神化了的帝后肖像

帝后肖像画主要用于留影、纪念、奉祀。帝后肖像首先要显示帝王超凡的容貌、至高的地位，因而帝王肖像多带有神化味道。明代皇帝与皇后穿戴的朝服及其画像，即呈现出比较突出的程式化特色，如画地一般为丝绸、绢帛、绫罗等丝织品，彩绘画像，巨幅立轴，以显示其气势宏大，威武雄壮，君临一切的地位；都是正面坐像，端庄严肃，威风凛凛，衣冠整肃，姿态显赫，器宇不凡，气度威严。在绘画用笔方面，笔法工整，设色华丽，具有皇家富丽堂皇、豪华富贵的气派。其中，那些后妃的画像呈现出一种概念化和形式化色彩，如人物的容貌端丽秀雅，仪态娴静，姿容雅致，服饰绮丽，穿戴繁富，气度雍容，仪表华贵。展现宫廷生活方面的绘画，则集中在行乐图和狩猎图等画卷之中。比如明人《宣宗射猎图》轴（北京故宫博物院藏），绘宣宗单骑出猎在荒原上；周全《射猎图》轴（台北故宫博物院藏），表现宣宗弯弓射雉鸡，场面简略，情节生动，神态刻画精细。

（二）服务政教的人物画

这类画的内容多是颂扬前朝德政武功，称颂与表彰忠臣良将，赞美其勇武忠贞。如刘俊的《雪夜访普图》（北京故宫博物院藏）描绘的就是贤明君主与朝臣共商大业的历史故事。所谓"普"，即赵普，为北宋年间著名贤相，最初为赵匡胤的幕僚，与其发动陈桥兵变，致使赵匡胤黄袍加身，取代后周，建立宋朝。刘俊，明朝宫廷画师，官职为锦衣都指挥，擅长人物画与山水画。此图取材于北宋开国皇帝赵匡胤雪夜拜访赵普，《宋史》"赵普传"有详细记载。画作按照史籍，生动、具体、细致地将历史故事演变为图画，展现了主要情节。画中屋内三人，当中穿龙袍正襟危坐者，为宋太祖赵匡胤，侧脸倾身，静听主人述说；左边着便服扎巾、拱手施礼而坐者为赵普，正侃侃而谈；两人促膝相谈，推心置腹之态，传神备至。右侧手托杯盘，恭身侍立于门侧的女子，是赵普的妻子。整幅画面的中心展现的是深夜温酒烧肉、主妇亲侍贵客的景象，与史书所记叙的"设重地坐堂中，炉、炭烧肉，普妻行酒"一一吻合。屋外白雪皑皑，寒鸦缩栖树上，门口四个侍卫，或呵手，或捂耳，更显得寒气袭人。该图画面布局条理清晰，要点突出，平衡有致，线条隽秀中有劲力，设色精丽中显典雅，人物形象精确，厅堂界画一丝不苟，树石笔法则比较放纵。风格继承南宋"院体"而又有所变化，属于典型的明代宫廷画风。画幅层次分明。下部为赵普家的大门及院墙，门半启半闭，门外站着赵匡胤的随从数人；进入门内有一段空地，然后便是全图的中心，赵匡胤和赵普二人盘腿而坐，身边置炭盆，既可取暖，又为烤肉，身后则是一座大屏风，赵普的妻子露出半个身子，双手捧酒壶。君臣二人交谈正酣。画家线条运用十分纯熟，极富表现力。

又如倪端的《聘庞图》。倪端也是宫廷画师，宣德中入画院，善人物、山水、花卉各科，且工于书法，长于道释人物，山水宗马远一派。《聘庞图》描绘的是三国时期"礼贤下士"的历史故事。画面上，所展现的是时任荆州刺史的刘表，亲自前往山林，聘请隐士庞德公的场景。庞德公是名士庞统的叔父，具有过人的才智。由于战乱，庞德公一家隐居岘山，即现今的湖北襄阳，与徐庶、诸葛亮、司马德操等名士贤能交往密切，友情深厚。其时，群雄割据，战乱不已。刘表的封地荆州成为兵家必争之地。为了获得有才能的人来辅佐自己，刘表多次派人拜访庞德公，诚心相请，但都被庞德公拒绝，于是，决定前往山中，当面聘请庞德公。他到达时，庞德公正在田间耕作。刘表上前，寒暄以后，向庞德公表达了自己求贤若渴的心情，希望庞德公能够出山辅佐自己。然而，庞德公并没有因刘表的亲临而动容，结果还是拒绝了他。画中，画家将特定的野外环境和特定的历史人物融为一体。庞德公坦然扶锄，刘表虔诚相邀，持伞的随从耐心等待，两位牵马的随从急不可耐。画家通过对人物动态的描绘，将庞德公的淳朴和刘表的谨慎、礼贤下士等品性一一展现出来。画面上庞公布衣草履，耕于陇上，在与刘表相见时，手中还扶着锄把，形象地展现了其躬耕以终的志向。此画着重刻画了刘表诚挚谦恭的态度，刘表衣着整肃，躬身延请，态度谦恭，透出一派诚意，从而突出了招聘访贤的主题。作品与其说是赞颂历史人物，不如说是在表彰当朝君王的德政，这是明代宫廷画的共同特点。

存世代表作还有商喜的《关羽擒将图》轴（北京故宫博物院藏），此图描绘三国蜀将关羽水淹七军、活捉庞德、高阜审讯的故事；关羽气宇轩昂，正气凛然，被擒庞德，虽丢盔卸甲、赤身裸体地被绑柱上，却依然扭动身躯挣扎，咬牙切齿，不甘屈服。情节极富戏剧冲突，人物个性鲜明，尤其是勇武威严的关羽的仪姿，表现出世人心中的英雄形象，极具典型性。这类题材无疑是借古喻今，旨在表彰当朝选贤任良的德政，褒扬高风亮节的贤达，借此表露当今皇上对贤才的渴求。

（三）群僚宴乐的雅集图

明代宫廷画家表现社会现实生活的人物画不太多，然而反映臣僚聚会的"雅集图"却盛极一时。存世的有谢环《杏园雅集图》卷，吕纪、吕文英合作之《竹园寿集图》卷，明人《五同会图》卷等。谢环，永乐时诏入宫廷，宣德朝备受恩宠，屡受赐御制诗文、图画、金币等，又依次授以锦衣卫百户、千户、指挥等职。他与朝廷重臣的友谊也很深厚，经常图文往酬。正统二年春三月，身为朝廷内阁大臣的杨士奇、杨荣、杨溥，即历史上号称的"三杨"，在杨荣的府邸杏园宴饮聚会，宴后谢环绘《杏园雅集图》以纪。作品不仅真实地描绘了与会者的年龄、外貌特征和官位服饰，还按官阶组合和定位，改变了以往"雅集图"着重渲染雅集气氛和文人意识，创造了明代"雅集图"的新样式，雅趣虽不足，真实性却很强。继之而起的诸多官宦雅集图，均仿《杏园雅集图》样式，突出表现人物的体貌、官位和气质。如《竹园寿集图》卷（北京故宫博物院藏）描绘弘治年间朝廷的各位官员，到周经府邸竹园庆贺吏部尚书屠庸捕、户部尚书周经、御史侣钟锤三人的六十寿辰,一同宴饮的场面,无论布局、组合、方位都明显模仿《杏园雅集图》。这类以肖像为主的雅集图,应该属于明代绘画的一种创新。

(四)明代宫廷花鸟画

作为宫廷画院绘画的重要类别——花鸟画在绘画技巧方面要求非常高,精工细丽,设色浓重典雅,造型周密端庄,务求生动逼真,合情合理,一丝不苟,具有宫廷贵族的审美诉求。

宫廷画院绘画中花鸟画题材丰富和风格多元,与上流社会,特别是统治者的爱好及帝王的喜尚分不开。花鸟画注重写生,在勾勒填彩方面注重精细,线条运用劲利如丝,设色淡雅,风格清雅疏秀,摇曳生姿,神情动态逼真,生动感人。花鸟的花卉翎毛色彩丰富,富有变化,往往具有强烈的装饰性,与雕梁画栋的宫殿建筑相互协调,装点宫室极为适宜。同时花鸟还寓有花团簇拥、花开富贵的意义,象征大富大贵、如意吉祥、团圆喜庆,符合皇家的生活意趣。因此,花鸟画在院画中成就斐然。代表作有永乐年间画家边文进画的《三友百禽图》轴(台北故宫博物院藏)、弘治年间吕纪画的《挂菊山禽图》轴(故宫博物院藏)。这些花鸟画色彩绚烂,风格华美,格调富贵,突出地呈现出"庙堂之美"。

明代有好几位皇帝及宗室都喜欢绘画,也多有花鸟画之作,如宣宗御笔有山水、人物、花果、翎毛、草虫,曾御制"招隐歌"及锦毛二十四幅,其间以花鸟居多。宪宗、孝宗朝,因两帝善画,宗室中之人也擅长画佛像及金瓶、金盘、牡丹、兰、菊、梅、竹之类。可以说,皇帝的钟爱决定着宫廷绘画的审美取向,也决定着花鸟画的发展趋势。

三 另类画作:大众审美诉求的生动体现

值得关注的是在有明一代,尽管在绘画的内容方面,宫廷派更加贵族化,更具有御用特色,但是在审美形式与审美意趣方面却表现出强烈的大众化、平民化倾向。追究起来,这一现象的出现与统治者的艺术品位密切相关。明初的开国皇帝朱元璋,草莽出身,文化水平一般,其绘画鉴赏水平也可想而知。他主持政务一向以务实为重,虽亦征诏天下画士入内廷供奉,但对于绘画的审美价值,也有如治国,要求绘画创作的实用性和技巧性。这种实用性、技巧性到后来遂发展成一种复杂、繁富、细微的适用性和装饰性。从流传至今的以朱元璋为中心人物的画作中可以看出，画中作为背景的金銮宝殿，皇帝御座，地上铺设的地毯，上面都满满地画着精细、繁复、密集的装饰纹样，这在前代帝王肖像中是从未见过的。这种细致入微的画法显然属于绘画装饰手法，应该是吸取了宋元时期民间职业画师的绘画技法。这也是明太祖平民化品位在宫廷绘画中的一种体现。明成祖以武功夺得帝位，也少谙文墨，执政时以武事为先，经常领军出征，以致试图建立的翰林图画院亦因数次出征而作罢。但他在绘画鉴赏中仍然表现出一种平民品位，喜欢雄峻、浑厚、茂密、活泼的绘画风格和意趣。这种品位，充分体现了他所崇尚的豪爽雄武精神与以武功坐天下的非凡气度。这种气度与豪爽精神的实质则浸透着其对饱含活泼、生动、繁密、装饰等审美元素的民间艺术的爱好。宣宗时期，由帝王开创与引导的平民化、大众化品位逐渐影响全国，获得广泛的、前所未有的普及，并一直延续下去，到成化时期才有所收敛。宣宗本人就喜好绘画。他身先士卒，为画界作表率，如其花鸟画《戏猿图》与《三羊开泰图》（均收藏于台北故宫博物院）的风格均比较朴实，以水墨为主，简逸而不离规矩，与宋代院体花鸟富丽精工的纯粹贵族品位大相异趣；又如其所作人物画《武侯高卧图》（收藏于故宫博物院），其故事题材就来自当时流行的、为大众所喜闻乐见的通俗小说《三国演义》。该画运用衣纹线条，画面流畅而疏朗，显示出明显的平民品位。在宣宗、宪宗等皇帝艺术取向的影响下，宣德至成化年间，人物画一般都以百姓大众所喜爱的三国故事、神话传说为题材；在画面结构布局方面突出情节的铺叙，用笔方面注重细节的刻画，从而致使画作具有通俗性、耐看性、趣味性；在画法上既重写实，又重变化，使笔墨等形式方面的东西更利于内容的表达。这一切都透出其平民化的审美指向，具有较为浓郁的民间特色。这方面的画作很多，具有代表意义的除了前面提到的倪端的《聘庞图》、刘俊的《雪夜访普图》外，还有商喜的《关羽擒将图》、黄济的《励剑图》等。这些绘画都收藏在故宫博物院。

第三节 "浙派"绘画：文人写意

"浙派"为首的画家戴进和吴伟，都曾进过宫廷，其绘画风格与南宋"院体"画一脉相承，与"宫廷"画关系紧密。他们两人都擅长山水与人物画，并以之闻名天下。当然，两人的绘画风格也各有所长，戴进的画风显得浑厚、沉郁、凝重、劲锐；而吴伟的绘画风格则显得简洁、流畅、奔放、激越一些。戴、吴以后，比较有名的画家有张路，在山水画方面的审美风貌是水墨淋漓、清新俊逸，人物画方面则以挺秀洒脱见长；蒋嵩善用焦墨，笔法简率；汪肇作品多动荡之势。到后期，"浙派"画家的画风显得单一、简略、粗糙、草率，并且积习成弊，正德以后，"浙派"逐渐走向衰没。明代后期，有人认为蓝瑛也属于"浙派"画家，称之为"浙派殿军"，但从其师承、画风看，应该和"浙派"没有关系。

一 造型准确，笔简意赅

造型准确，笔简意赅的审美风貌，应该是"浙派"画风的整体体现。"浙派"画家皆擅长山水、人物、花鸟。山水画画作中山重岭复，雄伟险峻，而笔墨细秀，布局疏朗，风格秀逸清俊。就整体风貌看，人物画是线条清新、细腻、色彩艳丽、清雅，体态优雅、娴静，形象生动，摹写准确；人物采用写意，用笔简练，表意精赅，意趣盎然。其花鸟画则长于水墨写意，用墨浓淡相间，挥洒自如，自然随意，审美格调清秀、隽逸。其山水画则追求气势，喜欢摹写四时朝暮的江山胜景，描画那些雄伟险峻的山林，展现那些深沟峻岭，叠嶂丛山，楼阁溪桥，亭榭园林，以及文人逸士优哉游哉、闲适静谧的生活，写意达情，活泼洒脱、生趣盎然而又富于真实感。就所绘制画作的画幅看，那些山水人物画，画幅大的则显得气势磅礴，画幅小的则呈现为清隽潇洒，面貌丰富，题材多样。书画结合，以写代描，笔力雄强，造型优美，全画笔墨疏简精当，行笔挺秀洒脱，形象饶有韵度，以水墨提炼形象，墨韵明净、生趣盎然，风格丰润灵活，俊逸秀拔。

戴进早年为制作金银首饰工匠，制作出的钗花、人物、花鸟，技艺精湛，很有名气。后改工书画，以卖画为生。宣德间被推荐进入宫廷画院，授直仁殿待诏，后遭同僚妒忌排挤，被放归故里。晚年以卖画为生，穷困潦倒而死。戴进主宗"南宋院体"，同时汲取了唐宋壁画、北宋山水、元人水墨之长，形成简劲、纵逸的风格。其晚年所作山水画，融入文人写意之法，增强了简劲、纵横和运动感，创造出劲拔激昂的气势和境界。其代表作《归舟图》卷（苏州博物馆藏），两段式的布局、清远滋润的景致、披麻、解索、乱柴、浓密的苔点,都在传达孤寂、凄凉、忧郁的氛围,既反映了主人公无辜被罢官归乡的心绪,也流露出作者久不得志而欲归家的情思,这种以景传情并融入创作者个体感受的创作思想,无疑已具有"文人画"特色。其晚年集大成的作品,既有运用多种笔墨表现物象之真的纯熟技巧,又有通过寓意象征或笔情墨趣阐发主题情思的文人构思,可谓形神兼具,其画风经过吴伟的进一步发扬,成为"浙派"独具风骨的山水画格式,为中国山水画开拓了一个新类型。

吴伟年幼即父母俱亡,后来为人所收养。成年后,因画作为人所赏识而得以诏奉宫廷,并且被赐封为"画状元",从而一举扬名天下。后来,吴伟感觉宫廷限制太大,没有自由,于是辞归。正德年间,朝廷又诏,结果在进京途中,因饮酒过量而醉死。吴伟属于豪放之人,生性狂放不羁,蔑视世俗礼法,任性豪爽,崇尚无拘无束、自由自在的生活,不受制约,个性强烈鲜明。吴伟山水人物都工,其山水画的笔法主要秉承南宋的马夏之法,后来以戴进为师,深受其影响,画风越发的奔放、飞扬、粗率、简洁。尤其是其人物画,粗细、深浅、浓淡、虚实,区分明显,形成一种强烈的反差效应。人物画创作的取材方面也有了很大的突破,比较多的是宗教人物故事,以及下层百姓大众,如渔夫、樵者、妓女等。吴伟笔法多融入元人笔墨,但更趋于写意,所绘景致较为真实,构图多变化,讲究远近虚实关系,写实中兼有气势和意趣;笔墨注意结合对象而灵活运用,侧锋卧笔、中锋圆笔、破墨渴墨、道劲、婉转、刚健、放逸、含蓄并用,既保持了笔墨的运动感,又富有一定的笔情墨趣。这体现了吴伟画作成熟期更高层次的追求,也反映出当时崛起的文人山水画对其必然产生的冲击和影响。其画笔墨恣肆,神韵俱足。当然,他的画风也不是一成不变的。早年画法比较工细,中年以后变为苍劲豪放、泼墨淋漓。喜欢饮酒狎妓,其绘制的画作看似不甚经意,但风格却奇逸潇洒动人。曾经到杏花村游玩,由于饮酒以后口渴,于是向一老婆婆要茶喝。第二年,又去那里,发现老婆婆已经去世。于是提笔,追画其像。老婆婆的儿子看了其母亲的画像,大哭,乞而藏之。其人物、山水,最为神妙。存世的《樸山渔艇图》轴(故宫博物院藏)景致繁复,较真实地表现了自然山川的空间感,笔墨也不拘一格,灵活运用,显示出精熟的技巧。《长江万里图》卷(故宫博物院藏)则以写意手法展现长江的浩瀚无边、一泻千里的磅礴气势。笔墨上也横涂竖抹，自由挥洒，画法极似戴进的《渔乐图》。其笔墨形式，既不同于循规蹈矩、工谨严整的"院体"画，也有别于脱略形似，清雅含蓄的"文人画"，它是两者融合、重叠的结果。既重视物象的写实却又十分简略，强调笔端的劲拔而又似草书般飞动，创造夺人的气势而又有笔墨"韵味"，恰当地表现了喧闹纷繁的世俗生活和生机勃发的自然景象，并抒发出激荡、不平、抗争、进取的思想情感，使作品富有特定的时代气息，这无疑为其时绘画领域树立了一种新的艺术类型。

"浙派"后期画家主要继承吴伟画风，他们声势煊赫，使"浙派"在画坛形成与宫廷"院派"鼎足而立之势。然而，一味模仿，玩弄形式，也将艺术引入死胡同，导致"浙派"后来的日渐衰落。

二 文人写意

"浙派"与"院体"有着十分密切的亲缘关系，其主要代表画家戴进和吴伟曾经都是宫廷画家的翘楚，只是后来因各种原因离开了宫廷，成为职业画家。他们都主推南宋"院体"，即马、夏的边角之景、劲健之笔，又呈现出各自的流派特色，他们共同构成了明代前期绘画宗南宋的艺术潮流。

相比较"院体"来说，"浙派"更多文人意气。首先在技法上，虽然都继承了马、夏的传统，但是因为服务的阶层不同，所以也是有一定区别的。"浙派"大多数为职业画家，其代表画家长期浪迹江湖，卖画为生，自然其创作主题更接近现实，作品的"写实"主义色彩更浓厚。以吴伟的《武陵春图》为例。其画作中的人物为一风尘女子，面带愁苦，形象楚楚动人，线条比较柔畅，劲道暗含，生动鲜明地表现了画中人物的幽怨悲愁之情。其次"浙派"画家个人风格更加强烈。戴进的花鸟画有别于当时流行的花鸟画，具有自己独特的艺术情趣与别具一格的平面化结构处理和人格化的造型语言。其笔下的菊花和竹子笔直挺拔；花木石头呈现挺直的上冲之势；其画作中花鸟的人格化特征浓厚，物象倔强挺直，虽精工整严却不显刻板。如吴伟的代表之作《鱼乐图》，其画面构图粗略简洁，笔墨劲拔粗率，勾皴随心所欲、自然随意，由此，山川显得更加苍劲润滋。树木也只以粗笔勾勒树干，寥寥数笔，意趣盎然。

第四节　吴门绘画：文人化与世俗化

明代中期，工商业发展迅猛。其时，苏州为全国纺织业的中心，是江南物业生产富庶的大都市，文化繁荣，人文荟萃，文人名士经常雅集在一起，诗文唱和。很多优游山林的文人士大夫、画家，也时常聚集，以画自娱，相互推重。

一　"吴门"画派

这些画家继承和发展了崇尚笔墨意趣和"士气""逸格"的元人绘画传统，其间以沈周、文徵明、唐寅、仇英最负盛名，画史称为"吴门四家"，他们开创的画派，被称为"吴门派"或"吴派"。其取代"院体""浙派"而主盟画坛近百年，他们的艺术特色集中反映了明中期"文人画"家的创作主旨和风格意趣，具有鲜明的时代性。

"吴门画派"声势最炽盛的时期是明成化至嘉靖年间，出现了沈周、文徵明、唐寅、仇英、文嘉、陈淳、钱谷等一大批代表画家，其势延续将近百年。"吴门画派"兴起于沈周，成熟于文徵明，该派画家大多是文徵明的晚辈和学生。所以文徵明死后，吴门各大家虽然代有传人，画家的人数也不少，却大多拘泥于前代大师的成法，气格渐弱，逐渐走向衰落，为"松江派"所取代。

二　"吴门四家"

沈周（1427—1508）字启南，号石田，长洲（今江苏苏州）相城（今阳澄湖）人，出身于书香世家。沈周从小聪敏过人，在家庭环境的熏陶下，酷爱文艺，诗文书画，无所不通。他一生绝意功名，以处士终其身，有诗作明其志，"肮脏功名何物忌，畸零天地一夫闲"。沈周画艺精博，擅长山水、花鸟、人物各科，是画苑中的全才，而且博采众长，融会一体，是位集大成的画家。沈周以山水画最负盛名，对后世影响最大的是沈周的山水画题材，主要可分为写实、抒情、仿古三大类。其写实山水画最富特色和意义，按内容又可分为访胜纪游、幽居庄园、雅集文会、寻访送别几种类型。其写实山水所选择的实景均经过提炼、加工，并融入很强的主观感受，往往以景抒情。沈周的抒情山水，以表达主观意趣为主旨，自然景色更多理念化的加工，或寄托理想，或抒发情思，借以自娱、遣兴、适意，如《卧游图》册、《昕泉图》卷（均为故宫博物院藏）、《夜坐图》轴（台北故宫博物院藏）等。

文徵明（1470—1559），原名璧，字徵明，后以字行，改字徵仲，又号衡山，长洲人。20岁从沈周学画。多次应试乡举，皆落第，其间书画声名鹊起，与唐寅、张灵、徐祯卿、祝允明、王宠、蔡羽等画家、文士交善，经常诗画酬往。暮年文徵明返回苏州后，筑室于舍东，名"玉磬山房"，以翰墨为伴。文徵明于嘉靖己未（1559）二月二十日卒，享年90岁。文徵明创立的画风，追随者甚多，文氏家族见于著录的即达三十余人，学生和私塾弟子较著名者亦有三十余人。

文徵明天赋极高，诗文书画俱佳，才艺出众。在绘画方面，无论山水，还是人物、兰竹、花卉等都精，特别是山水画，为人所称道。他喜欢描绘自己熟习的江南自然风光，善于表现文人士子的生活环境和活动景况，画作中所构筑的画面及其意境都呈现出一种和煦、恬静、优美的审美风貌，人物端庄娴静、温文尔雅，细致入微地表达了吴中文人的思想情操和人生追求。其所绘山水主要表现隐逸环境和高尚情操，文雅意趣也更胜沈周，在情节铺叙、环境描绘上较之沈周要具体、细致得多。其画作布局疏密相间、爽朗均衡，形态规整而略具装饰性，用笔尖细工拙，墨色清润淡雅，境界宁静幽雅，情境恬淡平和，等等，在总体风范上呈现出一种文人气息，特色鲜明。

作为"吴门派"画风主要画家的沈周和文徵明性格相近，都不愿意通过科考以仕进，都是诗、书、画三绝。画作多描写江南风景和文人生活，抒写宁静幽雅的情怀，注重笔情墨趣，讲究诗书画的有机结合。两人渊源、画趣相近，但也各有擅长和特点。沈周的山水以粗笔的水墨和浅绛画法为主，恬静平和中具苍润雄浑气概，花卉木石亦以水墨写意画法见长，其作品主要以气势胜。文徵明以细笔山水居多，善用青绿重色，风格缜密秀雅，更多抒情意趣，兰竹也潇洒清润。同属"吴门四家"的唐寅和仇英有别于沈周、文徵明，代表了"吴门派"中另外的类型。

唐寅是由文人变为以卖画为生的职业画家，仇英则本为工匠，后为职业画家，他们在创作上都受到"文人画"的影响，技法全面，功力精湛，题材和趣味较适应城市民众的要求。他们两人同师周臣，画法渊源于李唐、刘松年，又兼受沈周、文徵明和北宋、元人的影响，描绘物象精细真实，也重视"意境"的创造和笔墨的蕴藉，具有雅俗共赏的艺术效果。二人在思想趣味上有接近世俗生活的一面。唐寅的山水画多为水墨，一是以李唐、刘松年为宗，风格雄峻刚健；二为细笔画，风格圆润雅秀。其人物画则时工时写，工笔重彩仕女承唐宋传统，细劲秀丽，水墨淡彩，人物学周臣，简劲放逸。仇英则从临摹前人名迹处得益，精谨清雅，擅长着色，以青绿山水和工笔人物著称。

三 文人化与世俗化

"吴派"画家大多为在野文人，有的终身不仕，有的科举不第，有的仕途失意而归隐，有隐逸风尚，特别提倡"不与世俗沉浮"的出世精神。与元代隐逸文人相比较，"吴派"画家所呈现出来的这种隐逸情绪与之有近似的地方，但其实质则有着很大的区别，尤其是在处世待物人生观的表现上。"吴派"画家毕竟生活在朱明王朝，没有了那种受异族统治的民族压迫感，并且，就有明一代看，社会比较安定、生活相对富足，没有必要遁迹山林，以逃避乱世或苛捐杂税。同时，他们和达官显贵也有所交往，对明王朝仍寄予厚望；他们以真正悠闲的心情游冶山川；他们尽兴发挥艺术怡情养性的功用，有力弘扬了"文人画""聊以自娱"的审美诉求。其题画诗也洋溢着一种豁达的处世态度和闲适的抒情意味，其人生追求与元末隐逸文人悲观厌世的心情大相径庭。

"吴派"画家大多出身书香门第，自幼即受到良好的文化教育和艺术熏陶，具有广博的知识和聪慧的才情。他们大多诗文书画俱佳，如杜琼、刘臣、沈周等就颇有诗名，并且有诗集传世，在书画上造诣也很深。他们的绘作往往是画中有诗，诗中有画，以书入画。应该说，笔情墨趣，诗书画有机结合，是"吴派"画家的鲜明特色。这种特色也使其画作更具有"文人画"的审美意趣。

"吴派"画家描绘的题材多为他们寓居的书斋、庭院、园林、别墅，游览的山林、江湖、名胜古迹，以及出居、雅集、造访、送别等活动，并融入浓郁的生活情趣、真挚的情感心绪，展现出闲静幽雅的优美境界。如刘臣的《南湖草堂图》轴（台北故宫博物院藏），简洁明净，一尘不染，有自题诗曰："水阁焚香对远公，万缘都向酒边空。清摸日暮遥相望，一片闲云碧树东。""吴派"画家对商贾采取一种认同和接受的态度，使得其画作自然地迎合了商贾阶层的审美诉求。不仅如此，一些文人画家也参与到商品活动中。如沈周的作品在市场上极为走俏，所以仿造其画作的人非常之多。有"贩夫牧竖"索画，也不拒绝，甚至还让自己的门生代笔以应付画商的请求。唐寅则"闲来写幅青山卖"，潦倒不堪之后，差不多全靠卖画谋生。可以说，"以商养画"现象是晚明时期画界存在的一种普遍现象，这一方面使画家得以维持生计，另一方面画家也借此扬名于世。

第五节　董其昌与"松江派"：高标士气

晚明主盟画坛的"吴派"呈衰败之势，在"文物之盛，亦有自也"的东南松江地区，崛起了一群新的"文人画"家，最先出现的有顾正谊、孙克弘、莫是龙等人，他们都是有着优裕家庭环境、良好文学艺术修养的松江世家子弟。影响所及，在他们周围很快聚集起一批画家，重要者有董其昌、陈继儒等人，尤其董其昌，以其官至礼部尚书的显赫地位和在书法、绘画、鉴赏等方面的精深造诣，成为松江画坛的核心人物，同时他在绘画上取精用弘、纵横条贯的艺术主张和创作实践，也使"文人画"进一步规范化，并在当时画坛上取得了"正统"地位，其画风也成为"松江画派"的典范样式。后起的松江画家大多追随其画风，并各择所需，形成自具一格的流派，如赵左的"苏松派"、沈士充的"云间派"等，实际上都是"松江画派"衍生的支派。

一　"松江派"

所谓"松江派"，自然是因地域而得名。明代的松江，其地处江浙两省之间，为交通要冲，是当时全国工商业比较发达的城市，常有各地的文人学士过往，文化艺术因此而兴盛。顾正谊、孙克弘、董其昌、沈士充、陈继儒、赵左、莫是龙、蒋蔼等人分别创立了"华亭派""云间派""松江派"这三个画派。他们都是松江地区（今属上海市）人，风格主要追随董其昌，用笔洗练、墨色清淡，是与"吴门"关系最密切的山水画派。这些画派的画学观点、创作思想基本一致，在董其昌影响下，至清初遂形成独霸画坛的"四王"派系。而在众多的画家中，董其昌执画坛牛耳。"松江派"在美学思想和绘画风格上基本一致，讲究水晕墨章，古雅神韵，富于江南清疏情致，一般认为该画派对后世及"海上画派"的形成具有较大的影响。

二 董其昌及其代表作

董其昌（1555—1636），明代书法家、画家。字玄宰，号思白、香光居士。华亭，即今上海松江，祖籍为山东的莱阳。其家境不好，为贫困寒子，但在仕途上则比较顺畅。万历十七年进士，在蓬莱阁上留下了著名的《观海市诗》。当过编修、讲官，后来官至南京礼部尚书、太子太保等职，去世后谥文敏。

董其昌长于山水画，曾经拜董源、巨然、黄公望、倪瓒为师，其绘画风格清秀中和、恬静疏旷。他喜欢以禅宗的教义来论画，提倡"南北宗"之说，是"华亭派"画家中成绩最为杰出的代表人物。其画及画论对明末清初画坛影响甚大。书法出入晋唐，自成一格，能诗文。仔细说来，他的山水画又分水墨或兼用浅绛法与青绿设色两种，前种用墨明洁隽朗，温敦淡荡；后种青绿设色古朴典雅。其书画创作推崇复古，提倡追摹古人，主张用摹古代替创作，师法传统技法；在学习古人画法时，又强调不要泥古不化，追求平淡天真的格调；笔墨运用方面要有先熟后生的效果，讲究笔致墨韵，墨色层次不要过于分明，必须拙中带秀，拙中出隽，以呈现出文人风范，平淡天真的个性。其画风笔意安闲温和、清新秀丽。同时，他自己也能够融会出新，摹古不泥古，能够脱其窠臼，自成风格。其画法特点，在师承古代名家的基础上，以书法的笔墨修养融会于绘画之中，因而其所画山川树石、烟云流润，柔中有骨力，转折灵变，墨色层次分明，拙中带秀，清隽雅逸。他在天启二年67岁时临摹北宋范宽的《溪山行旅图》采取青绿设色、水墨兼并浅绛的综合绘画技艺手法，充分表现出工笔精湛、山水风格独特的艺术魅力。他的画风在当时声望显著，成为"华亭派"的领军人物。当然，由于一味师法古人，承继传统技巧与画法，题材很少有变化，其画作缺乏创新意识。不过，在笔和墨的运用上，造诣颇深，有独特之处。他的绘画作品所标榜的往往是对宋元名家画法的临摹。其山水作品，用笔柔和，但秀媚有余，魄力不足，缺乏气势，且多辗转模仿，如《峒关蒲雪图》《溪山平远图》等，皆为摹古之作。

三　高标士气

董其昌的绘画艺术在"文人画"史乃至整个中国画史上都享有极高的地位。究其实，他的这种极高地位的确立主要来自其"高标士气"，重振"文人画"，树立纯正"文人画"的规范图式。应该说，他是中国"文人画"史上具有承前启后意义的一个重要人物。

首先，对"文人画"理论进行了阐述和总结，如"画以自娱"的创作宗旨、"画家以古人为师，已自上乘"的崇古观点、"偶然兴到"的感知方式、"顿悟"式的画学道路，以及强调艺术形式的"笔墨精妙论营造""平淡天真"的"意境"等。他的创作道路也是力求完善"文人画"模式的发展。他重视对古画笔墨的领悟，通过对笔墨的学习和领悟，确定其为"文人画"的鲜明特色，最终得出"以笔墨之精妙论，则山水决不如画"的结论。他数度往返南北之间，总是十分留意观察自然山川，并与相应的古人山水相验证。"画家当以古人为师，尤当以天地为师"，他要追踪"脱尽廉纤之习"的写意放逸画法，"萧散""平淡天真"的"逸品"格调，以集众家之大成的技法，创立融"文人画"之长于一体的画风，以树立至善尽美的"文人画"体格。其晚年所形成的成熟风貌确实鲜明地体现了"文人画"的主要特色，并达到了新的高度。其画作常常乘兴而作，率意而为，讲求笔情墨趣，以书法之笔入画，追求"熟而后生"的"韵味"，用笔稚拙生疏中内含纯熟；强调艺术形成的相对独立性，其构图布局、山形树姿、镀勾点染都具有一定的形式美感；崇尚平淡、天真意趣，其笔下景致平淡无奇，造型简拙朴实，笔墨含蓄，境界清雅，且无诱人之景和激荡之情，却表达出文人士大夫的理想和情怀，富有禅意；突出诗、书、画三者的结合，使作品更带有"文人画"特征。董其昌对"文人画"主要特色的强调和深化，挽回了"文人画"的颓势局面，对后世影响颇深。

其次，就其对前人的继承而言，董其昌是立足于元人而吸取宋人的成就。董其昌竭力标举推崇元四家，特别是四家之中的黄子久和倪云林，由此作为基点去吸取宋人的成就。他的创作审美理想是"有宋人之骨力去其结，有元人之风雅去其佻"，既要有萧散、率真之意，但又不可信笔涂抹，失却法度。一方面，他赞赏米芾的画"无吴生习气"和"刻画"之迹，另一方面又认为米画不宜学，"恐流入率易兹""一戏仿之，犹不敢失董、巨意"。又说："余写米家山，烛下涂抹，仅似其荒率天真耳，六法未能备也。"他的山水可谓笔精墨妙，却又不像元人那样随意自由地挥洒，对于树木山石的结构、造型与勾勒又表现出足够的关注和精微的刻画，明显可见对于宋人画法的吸取与融会。董其昌的努力使"文人画"艺术的历史更完整，体系更确切，特征更鲜明。可以说，正是在总结前人成果的基础上，董其昌在理论和实践上完成了对"文人画"的认定和阐释。至此，"文人画"画派的绘画审美活动走上了高潮，并对后来的画坛产生了非常大的影响。就此意义而言，董其昌堪称"文人画"绘画审美活动从理论到实践的集大成者。

董其昌将中国山水画的发展分为北宗和南宗，并由此重构了"文人画"的理想，高标士气，对唐宋以来所形成的"文人画"史进行了一次理论升华和理想重构。首先，运用禅宗原理对山水画创作进行考察，并把南宗的"顿悟"与北宗"渐修"融入具体的分析之中，认为南宗是"文人画"，其创作心理结构方式是顿悟式的；北宗是行家画，其创作心理结构是渐修式的。禅学顿悟作为"文人画"创作心理结构的理念，是董其昌重构"文人画"理想的思想核心。正是禅宗式的审美心理赋予了文人士大夫画家以敏锐的艺术体验和独特的理论启悟，使他们获得了那种难以用言语表达的禅悦。其次，提倡以书入画。对此，宋代的苏轼，元代的赵孟頫等都曾有过类似的主张。董其昌的不同之处在于，他没有停留在倡导运用书法笔法来进行绘画活动、使之为绘画活动添加一些传达手段的层面上，而是将能否"以书入画"作为有无"士气"的原则，将其深入并提升到前所未有的高度。董其昌这一观点的提出，意味着"用笔"在"文人画"创作中独立价值的确立，它结束了中国山水画追求情节和"丘壑"的时代，开创了以画家情绪的宣泄和创作者个体精神的自觉追求为绘画活动主要审美诉求的文人山水画的新阶段，其意义十分深远。

即如刘纲纪所指出的："董其昌吸取了宋人精细的造型、结构，但却以元人的笔墨去加以表现，大胆地给以简化、形式化，处处追求着笔墨的微妙的形式趣味。如果说这在元人那里显得是从随意自由的挥洒中不期而得到的，在董其昌则成为一种完全自觉的追求。讲求笔墨的形式趣味本来是'文人画'的一大特色，但可以说只是到了董其昌才如此自觉地、精心地去追求它。他的画，画的自然是树木山石，但其妙处并不仅仅在树木山石，而在其造型、结构、笔墨所显示出来的高度的形式感。这形式感不是偶然得之，而是经过精心考虑安排的，但却又显得是自然天成的，没有人工做作的痕迹。这样一种对笔墨、造型、结构的形式感的追求，是中国'文人画'的一大发展，对后世的影响极大。"①

第六节　小说戏曲插图版画：精巧细腻

一　明代小说戏曲插图版画的发展背景

明代是中国古代"版画"发展的极盛时期。其时，版画家在继承宋元版画传统的基础上进行了大量的创作，在数量和质量上版画艺术都有明显的提升，人才辈出，繁花如锦，堪称古代版画史上最灿烂的黄金时代。

明代版画的兴盛，既有社会经济、文化传播需要方面的原因，也有其发展到一定阶段的成因。明初朱元璋建都金陵，设南国子监，收罗宋、元版本重加印行。永乐皇帝迁都北京，设北国子监，至宣德朝，已建立了一系列官刻机构，宫廷内由内府司礼监主管，两京十三省的政府机构里亦设有官营的刻印业。到明代中期，官刻版画显得比较兴旺，同时私刻的版画事业也日见昌盛。万历年间，随着以城市手工业为主的商业经济的繁荣和市民文化的兴起，私人的刻书行业如雨后春笋般崛起。社会上对书籍的大量需求，也刺激了书籍插图的迅猛发展，特别是市民文学如小说、传奇、戏曲的流行，使小说、戏曲插图尤其获得了广阔的市场，其数量和水平均居版画市场的首位。在当时雕版手工业发达的安徽、江苏、浙江、福建地区，形成了具地域特色的刻版中心和风格流派。直至明末清初，版画业仍然久盛不衰，不仅风格多样，流派纷呈，而且在制作技艺上也突飞猛进，许多文人与画家如陈洪绶、萧云从等都投身于版画设计创作，从而大大提高了版画的艺术性；刻印技术也出现了水印木刻的彩色套印，"化旧翻

---

① 刘纲纪：《董其昌在中国绘画史上的地位》，载《董其昌研讨文集》，上海书画出版社1998年版。

新,穷工极变",将技艺提高到前所未有的水平。

二 明代小说插画版画的繁荣

有明一代,版画的兴盛与通俗文学,即小说戏剧的大量刊行分不开。正是通俗文学的大量刊行,致使明代版画在题材内容和艺术水平上都有较大的提高。明代早期,官刻版画兴旺,宗教插图盛行一时。明中期以后,版画题材不断扩大,各种书籍附以插图蔚成风气,儒家的经、史、子、集,自然科技、日用读物,多有附图。万历以后,小说、戏曲、诗词文集、山水游记等大量流行,插图更见缤纷灿烂。其中小说戏曲版画最为突出,最能代表明代版画的艺术成就。

明代小说市场繁荣,初期,就已经刊刻《水浒传》《三国演义》等长篇章回小说,嘉靖、万历以后,小说创作更步入高潮,成批地出现不少具有影响力的作品,如《金瓶梅》、"三言二拍"等。各地书坊竞相刻印,并附以插图,小说版画蔚然而兴。题材以讲史类的说部所占比例最大,神魔小说和直接描写社会生活的写实小说也有相当数量,插图本小说在万历时以建阳、南京两地最多,万历中后期到明末,杭州、苏州版画市场兴起,并以品种多、质量精而取胜,流传至今的明代小说插图至少有百余种。

天启、崇祯之际,杭州、苏州等地刊行了不少小说插图本,在版画艺术上有了不少的改进。尤其是其中的讲史小说插图本,偏重于写一事或一人故事之始末。如杭州项南州刻《孙庞斗智情义》,演绎的就是战国时期孙膑与庞涓的故事,而苏州读书堂的《隋炀帝艳史》刊本,与《杨太真全史》刊本等,演绎的则是一人的故事。在那些展现社会生活、人世风情的白话长短篇插图小说中,精彩、生动的画面更是丰富,这些版画的细节真实,生活气息浓厚,展示了其时丰富的世俗人情和市民情趣。

此外,如崇祯时期洪国良、黄子立所刻的《金瓶梅词话》本,苏州天许斋刊行的《全像古今小说》本,苏州衍应堂刊发的《警世通言》本,苏州叶敬地所刻的《醒世恒言》本,苏州尚友堂刊行的《拍案惊奇》本,俱形象生动,场面真切。

在明代讲史小说中,以《三国演义》和《水浒传》的插图版本最多,也最精美。如容与堂刊本《李卓吾先生批评忠义水浒传》,此本为插图本，每一回插图两幅，每图一面，由徽派刻工黄应光、吴凤台刊刻印行。这一套插图图案精美，人物形象塑造栩栩如生，刻画者擅长人物的心理白描，在情节描绘中展现人物的内心情感。如"武松醉打蒋门神"页，武松挥拳击打，神情飞扬，打翻蒋门神后，仰首扬须，瞪目闭嘴，神态生动。其肌肉壮健，挥动着有力的双臂，姿势虎虎生风，形象地刻画出武松豪壮英武、疾恶如仇的气质和品格。蒋门神则双手捧头倒地，体态虚胖，活现一幅狼狈相。版画作者技艺超群，善于捕捉人物动态，神情毕肖，表情细致，生气勃勃。刀法粗犷豪放，粗中见细，颇具特色。明末陈洪绶所绘，黄君倩镌刻的《水浒叶子》为其中最佳者，问世后多次被人翻刻，流行甚广。此套叶子共40张，每张一人，不作任何背景，完全通过形体、表情、动作、服饰来表现人物个性。画家运用夸张手法，突出每位好汉的形貌特征和典型动态，生动地展示了梁山好汉的英雄本色，每个人物旁加题赞，更具有画龙点睛之妙，如吴用身穿儒巾，掐指谈笑，一副运筹帷幄之中的神态；宋江穿戴官服，捋须凝眸，气宇雍容大度。

三 明代戏曲版画的发展

明代戏曲创作和演出十分活跃，随着城市的繁华和市民阶层的壮大，戏曲艺术也出现兴盛景象，剧本刻印和插图绘制在数量和质量上获得了很大的发展和提高。版画发达的建阳、南京、徽州、杭州、苏州等地区，其戏曲演出也极为活跃，因此，在这些地区所刊行的版画插图书籍中，戏曲剧本所占的比重相当大。这些剧本包括元代杂剧和明代传奇，其刻本既有长期流行于民间的戏本，也有诸多文人的创作。应该说，正是不少著名画家和刻工的参与，戏曲插图版画成就才格外地引人注目。

汪光华作《琵琶记》插图中"南浦嘱别"一节，画蔡伯阶与妻子在水滨桥边话别，两人牵手依偎，四目对视的神态，生动地刻画出新婚夫妇依依不舍的情思。背景上是柳丝飘拂，流水回荡，有力地衬托出离别时的回肠百结、恋情依依的心态，其工细流畅的人物衣纹，粗劲顿挫的山石勾皴，以老健的柳干，轻柔的柳枝，通过雕版师点、线、面多种刻法，反映出明代版画的精工细雕。

明代版画的精品还有《西厢记》系列版画。其中天启年间吴兴凌濛初刊本《西厢五剧》最称精美，由吴门王文衡画，新安黄一彬刻，共插

图20幅,单面版式,景色所占篇幅大,描绘细致,以营造气氛,人物较小,但居中心,其动态和神情刻画细腻生动。如"老夫人闲春院"页,夫人的指点教诲,莺莺的低头垂听,红娘的表面应付,都描绘得十分传神。"短长亭酬别洒"一节,张生与莺莺在长亭告别、执手叮咛的场面情意绵绵,展现的环境更添悲凉,描绘出"碧云天,黄花地,西风紧,北雁南飞"的萧索秋意,情景交融,催人泪下。画家陈洪绶参加绘制的几套西厢插图也是明代版画中的精品,其所绘莺莺像,半身,执扇捻简,低首凝眸,形象清丽。他十分注重人物形象的塑造,张生之儒雅倜傥,莺莺之娴静美丽,红娘之活泼伶俐,均刻画得栩栩如生。尤其是"窥简"一幅,将人物内心活动披露得淋漓尽致,莺莺在屏风前惊喜地展看张生书信,红娘偷偷地在屏风后观察其反应,情节场景简洁而引人入胜。莺莺服饰华丽,仪态矜持,又掩饰不住喜悦,红娘口含手指,都形象地展现了小姐和丫鬟不同的个性和内心。屏风中大量精美而充满生机的花鸟,也有力地渲染了气氛和情绪。

第六章

明代书法中的审美诉求

明朝建国，在文化上开文华堂，广招文学人才，但是由于文字狱比较盛行，元末著名书法家饶介，于张士诚据吴时做过官，张士诚被朱元璋击败后，饶介被俘至南京遭杀害。元末四大画家之一王蒙，亦因涉嫌胡惟庸案而死于狱中。其他如张羽、高启、卢熊等诗人、书画家因文字狱而遭杀身者，不在少数。因此在明朝初年，书法的发展不大。明成祖统治期间，恢复宋制，一批有才能的书画家被招进宫中，专攻南宋"院体"画，并且在洪武七年（1374年）设中书舍人一职，他们主要承办内阁交付的缮写工作，明成祖自己亦喜爱书法，特在中书舍人中选拔28人专习二王书。于是，中书舍人地位日渐提高，其所用书法则必须符合帝王的口昧，于是体现鲜出明宫廷文化倾向的宫廷体占据主流。明初的"三宋""二沈"中，沈度最受明成祖器重，为明"台阁体"的代表，其他如宋雄、沈粲等均为中书舍人，并因此而名重翰林。宣德、成化直至弘治年，内阁掌内外制命的官员，大多数仿沈氏，使"台阁体"书法更趋程式而庸俗。

第一节 文化背景、变革与审美特征

一 明代书法发展的社会文化背景

明代书法的发展有着多方面原因。

其一，元代书法复兴为明初书法发展奠定了坚实的基础。元代在政治上虽然实行民族歧视的政策，但在文化思想的管理上相对是比较宽松的。汉人在政治上受到不平等待遇，这使大多数汉族士人仕途坎坷，于是许多人将自己的政治追求转向文学、艺术方面，从而促使散曲、杂剧、书、画在元代有了长足的进步。统治者对中原文化的重视，也促进了这一时期文化的发展，元英宗、文宗、顺帝都研习过书法。元文宗于天历二年沿"玉堂"旧制，①建立了奎章阁，由学士虞集撰写《奎章阁记》，同时收集历代的书法名帖与名画作为内府收藏。其时，奎章阁聚集了不少有名的书法家。而赵孟頫就是凭借其无与伦比的书画艺术而获得元世祖喜欢的。复古的书风因赵孟頫的提倡而笼罩了整个元代。这是一次历史性的变革。由于赵孟頫的特殊地位，他的书学观在元代影响很大。元代的小楷书法也深受统治者的喜好，在其倡导之下，发展极为迅速。

其二，地域文化圈的影响。地缘社会意识与地理文化环境相同，受此作用，人们的习俗与习惯会逐渐趋于一致，并在类似的区域环境下对各自的审美文化产生决定性的作用，同时逐渐形成一种文化圈与文化层。元代以来，杭州、苏州与松江地区的书画艺术极为兴盛，延续了宋代的繁盛景象。这些地区一直是江南文化发达区域。南方的士大夫文人，如赵孟頫、鲜于枢等，大多生活在太湖一带。其生活方式、观书赏画、赋诗唱酬、品鉴把玩等，都保持着宋时习惯，在此基础上，遂逐渐形成了以杭州为中心的书画创作与消费极为活跃的文化圈。其主导人物就是赵孟頫。

这些文人为躲避战乱，迁徙到江南地区，从此寄情于艺术。如最初生活于江阴地区的元明之际的诗人王逢，就是因战乱频仍，而于元朝末年，举家迁徙到松江，筑草堂以居，自号最闲园丁，与杨维桢、陶宗仪等隐逸之士交好。这些士人的迁移促进了这一地区文化的繁盛。明代中期以苏州为中心，松江、昆山、嘉定一带书风大盛，"吴门"书派及后来明代多个书法流派多活动在这一地区，尤其是当时书坛领袖祝、吴、董都主要活动在这一带，从而使得这个地区成为明代主要的文化圈。明代后期这一地域的影响有所削弱，但是书法始终以此地为显。

---

① 玉堂，官署名。汉侍中有玉堂署，宋以后翰林院亦称玉堂。《汉书·李寻传》记载："过随众贤待诏，食太官，衣御府，久污玉堂之署。"颜师古注云："玉堂殿在未央宫。"于朱谦补注引何焯曰："汉时待诏于玉堂殿，唐时待诏于翰林院，至宋以后，翰林遂并蒙玉堂之号。"《宋史·苏易简传》云："帝尝以轻绡飞白大书'玉堂之署'四字，令易简牓于厅额。"李东阳《院中即事》诗云："遥羡玉堂诸院长，酒杯能绿火能红。"

二　明代书风的变革

明初的这种书风到明中叶始有改观。自成化至嘉靖年间，"吴门派"书画于苏州崛起，吴宽、李应祯、沈周、祝允明、文徵明、唐寅、王宠著称于世。其中，沈周、文徵明为著名画家，书、画相得益彰，更奠定了其在艺术界的地位。以苏州为中心，松江、昆山、常熟、嘉定、嘉兴一带书风大盛。苏、松地区，宋代书画事业即很兴盛，至元更为发达，元代赵孟頫、高克恭、钱良佑、张雨及元末以杨维桢为代表的文人群书画家就多活动于长江下游及太湖地区。明代初期虽因朱元璋对此地文人的钳制而一时沉寂。但到了明代中叶，明初敌视元代文化的势头已经过去，政治中心移到北京，统治者不再像明初时对江南文人实行高压，加上苏州地区向来文化基础丰厚，所以至沈、文一出，倾动天下，拥者甚众。其后明代书法家大多出现于这一地方，"吴门"及其以后的明代书画家主要活动在这一地区，明代书法家生活的地域集中，是明代书法发展的重要特征。吴门诸贤，多为失意文人，他们多由宋元上追晋唐，在艺术观上自然有别于宫廷书家，在书风上别具一格，散发出自由的创造精神。因此他们的出现完全改变了明初以来"台阁体"的垄断地位。

明代晚期，明代书法的发展经历了重大变革。其一洗明代中叶以后的陋习，书坛出现众多个性强烈的书法家，在书法形式美方面亦有可贵的探索。其中最具代表性的是徐渭、李贽、汤显祖、"公安三袁"与董其昌等人。其中以徐渭和董其昌最具代表性。徐渭强调"独创"和"天成"，而董其昌则主张"真率"和"平淡"。徐渭性格奇崛，在其书法中表现出狂放不羁的异端色彩。董其昌在苏、松地区开创"云间派"，取代吴门书派影响，其书法受禅宗影响，创造了以秀逸、淡远为美学特征的书风，为多数人所接受，故董氏一派在明末清初作为当时书坛的正统而影响深远。他在用笔、结字、章法与用墨等技法上都追求淡远、真率的审美理想。董其昌生前身后都产生了广泛的影响，在他70岁前后，书法已威震朝野、驰名遐迩，他的书法甚至传入朝鲜，效仿者甚众。

三　明代书法的审美特征

明代是中国古代书法发展的一个重要时期，在审美上有独特之处。

其一，鲜明的阶段性。明代书法发展因为各个历史时期的政治、经济、文化特点不同而导致艺术现象的纷繁芜杂。明代早期"台阁体"占据书坛主流；明代中期（成化至嘉靖）形成独特的地域书法特征，以祝允明、文徵明等为核心的吴门书派，聚集在苏州一带，他们以个性鲜明的文人书法取代代表宫廷趣味的"台阁体"。明代晚期（万历至崇祯年）书法更是百家争鸣，纷争林立。著名者有以邢侗、张瑞图、董其昌、米万钟为代表的明末四家，其后还有并称"黄、倪"的黄道周、倪元路，他们都有自己独特的风格。

其二，审美风格晚熟。明代初年官方推重"台阁体"，致使形式主义和模拟主义盛行。明代开国皇帝朱元璋虽出于政治因素，摒弃元朝旧习，但是元大家赵孟頫的书法，与其所推行的程、朱理学并无矛盾之处，因而以赵氏书法为代表的元代文人书法，在明初文人书法家中仍具有广泛的影响。明初书法可以说是元人书法的延续，尤其是在苏州、松江一带。故明代书法与元代书法在追宗晋唐的线路上并没有质的区别。明代前、中期书家视前贤为帖，多只顾模拟其流而忽略本源，未能深察前代书法之流变。即使是吴门书派长期执牛耳者文徵明，也是先学其师沈周仿效黄庭坚，后仿效赵孟頫，虽也上溯追宗晋、唐，但个性色彩不够明显。属于明代自己特质的书风，要到明代后期个性解放思潮对书坛产生影响之后，才得以形成。

其三，重姿态、少意蕴。明代书法家多集书法家和画家于一身，画家多敏锐于造型，自然在书法中对字的姿态和章法格外强调，书法形式的过度发展往往会忽略笔法，所以明人书法在姿态上求变化，但是在笔法上缺少新的时代元素。因而较之宋代，明代盛行的"帖学"在书法的内在意蕴上比较薄弱，尤其是在"台阁体"盛行时期，"台阁体"书法家出于宫廷装饰的需要，特别注意书法形态的美化。明中叶以后的文人书法家强调书法的表现形式与书法意蕴的结合，强调意趣、"韵味"的结合。所以有言晋人尚韵、唐人尚法、宋人尚意、明人尚态。对书法艺术形式的重视，一方面繁荣了明代书法，涌现了一大批各具特色的文人书法家；另一方面对技巧的过分追求，削弱了书法艺术的内在意蕴，结果往往是形式上的完美无法掩盖内容上的贫瘠，偏于浅薄、浮华。

其四，从捧在手上到挂在墙上。书法悬挂欣赏，虽早在宋时已经出现，经元人拓展，至明代中后期走向成熟。在明代以前，书法的样式主要为手卷和册页，少有团扇、条幅等，明代手卷发展为高头长卷，团扇外又增折扇，并且折扇成为明人最有特色的样式之一。传统的条幅和中堂样式均逐渐展大，增大到丈二巨幅。至晚明还出现了新样式——对联。其尺幅展大，字必增大。因而书法三要素之用笔、结字、章法中，笔法开始衰减，而结字法与章法则大为增强。同时，由于明代书法家多是画家，绘画上的笔墨趣味也移入书法，从而使得书法的视觉效果大大增强，笔与墨的关系问题、书法的形式构造问题成为明代书法探讨的重要问题。

第二节 "台阁体"：端庄华美

一 "台阁体"的流行与衰微

明代前期书坛主流为宫廷书风，也就是所谓的"台阁体"的盛行。"台阁体"是中国书法史上的一种特殊现象。其产生主要得益于明初最高统治者的倡扬和喜欢。明初上诏术四方善士写外制，又诏简尤善者于翰林写内制，故大批善书者被征入宫，如沈度、沈粲、陈登、朱孔易等人。主要职责是缮写诰敕、诏命、玉牒、册宝，以及宫殿的匾额、城坊等。这直接导致大量服务于宫廷的书法家的涌现。同时作为王朝的最高统治者如明太宗、仁宗、宣宗都对书法表现出浓厚的兴趣，太宗尤为欣赏"台阁体"代表沈度的书法，据相关书籍所载："解缙善真、行书，胡广善行、草书，滕用亨善八分书，王汝玉、梁潜善真书，度于其间，独称上意，补检讨，转修撰、进侍讲学士，卒。"[1]

所谓的"台阁体"书法，即指其时在宫廷中供职的中书舍人的书法。明初朝廷诏求全国能书之士，入翰林院，授"中书舍人"，属中书科。也有选进士中文字优等及善书者为之，主要工作是朝廷诏册制诰的誊写缮正。明代中书舍人的铨选有着严明的制度，有改、升中书舍人者，有铨选监生授中书舍人者，有铨选进士授中书舍人者，有以庶吉士为中书舍人者等，此外，由布衣授中书舍人也是铨选途径之一。中书舍人的铨选，可以不讲出身，只重能书，即使是善书儿童也可授此职。据《明史·职官志》

---

[1] 廖道南：《殿阁词林记》，见文渊阁《四库全书》第452册卷六，第242页。

记载，洪武七年始设直省舍人，隶属中书省，秩从八品。九年改中书舍人，并改为正七品。以后在洪武、建文、永乐、宣德几朝中，统治机构屡有变更，除在建文年间革除中书舍人一职，改为侍书外，始终没有废除过中书舍人的设制。由于中书舍人在洪武初曾隶属中书省，后来才主要承办内阁或皇帝交代的事务，也兼有台官的职能。又因为明代中书舍人书写的文字，有一定的体格、风貌，所以人们就用中书舍人所在的官署，合称其书法为"台阁体"。由于"中书舍人"书法，或谓"台阁体"书法，是官方认可的，为书法的书写模式，其审美风貌与审美特征自然对整个社会具有示范的意义。加上"中书舍人"的铨选制度，给处于下层的善书者以入仕的机会，因而天下士子遂把摹写"台阁体"作为入仕门径，力求迎合上好，于是乎，"台阁体"风靡天下，成为一种风尚。

元末明初的书坛，延续流行着自赵孟𫖯以来复古二王书风的小楷，这是明代"台阁体"形成的前奏。赵孟𫖯的小楷结体稍宽扁，闲逸舒缓，有魏晋遗意。但渐至元末，如柯九思、俞和，结体渐紧束，意态趋于拘谨，法度愈加严密。明初，这类书风已发展至圆转遒劲而趋于甜美的风尚，以宋克、宋璲、宋广"三宋"为代表，书法风格已远离赵体之外。

洪武年间为"台阁体"书法初创期，此时宫廷书家开始活跃于书坛，他们的书法是对元人的继承和规范，表现出端谨婉丽的风格，其中著名者如詹希元、宋璲、杜环等人皆为中书舍人，他们的书法在加入宫廷文化因素后，逐渐失去了书法作为艺术本体的抒情性，而是抹上了浓厚的应制色彩。

"台阁体"完全形成和发展主要在明成祖永乐年间。洪武年间中书舍人只有十数人，至永乐年间，中书舍人增至四五十人。杨士奇曾有记载："永乐初，诏求四方善书士写外制，又诏简其尤善者于翰林写内制，且出秘府古名人法书，俾有暇益进所能，于时孔易（即朱孔易）兼工署书，骎骎乎詹希元，矩度风韵，伟然杰出也。一日上御右顺门，诏孔易书大善殿匾，举笔立就，深荷嘉奖，即日授中书舍人。明日有旨，凡写内制者，皆授中书舍人。盖善书授官自孔易始。"[①] 可见当时宫廷书家的盛况。

"台阁体"书法最盛时期，不仅占据了当时书坛的主要地位，而且产

---

① 杨士奇：《东里续集》。

生了其书法的代表者,即号称"二沈"的沈度、沈粲兄弟。沈度小楷用笔圆劲,结构遒美,极合上意,大受帝王宠遇。在朝廷,中书"凡写诰敕,皆效公字体"。自然明初诏求"中书舍人",所取标准皆以沈度字体为绳了,书坛学沈之风盛行,成为明初书风的主流。

自明成化、弘治两朝开始,"台阁体"书法开始衰微,"台阁体"的中心人物,曾任中书舍人的李应祯首先发难"台阁体",自悔学书四十年无所得。一方面,"台阁体"在创作上显得相当乏力,只出现了姜立纲一人,其楷书方整已趋刻板僵化,此后再无名家出现。另一方面,苏、江地区涌现大批书坛名家。他们不约而同地返回古代艺术传统中汲取艺术营养,从"台阁体"之外找寻艺术真谛的影子。其中有师法苏轼的吴宽,师法黄庭坚的沈周,师法张旭、怀素的张弼、张骏,师法怀素、米芾的徐有贞。书法逐渐摆脱了"台阁体"的统治,书法活动的中心也由北京转为经济繁盛的苏南地区。"台阁体"的统治地位虽然结束,但"台阁体"的影响并没有消失,其余绪一直延续到清代,成为清代"馆阁体"的先声。

二 端庄华美的艺术风格

作为宫廷艺术的代表,"台阁体"自然特别注意表现书法的形态美,其字形端庄雍容,笔法婉丽遒美,规范性强。书法家必须具备娴熟的技艺,但又不得任意发挥而流露出较多的自我个性。同时明初的文字狱十分残酷,在这种强大的政治高压面前,自然难以产生真正抒发个人情感的具有创造性的书法艺术。艺术家不得不小心谨慎地投合上好,粉饰太平。与明初的"台阁体"文学一样,力求四平八稳,不求变化,这一缺乏创新意识、没有个性审美特色的"台阁体"书法也就成了这个时期书法的审美标准。

1. "务必端楷"。"台阁体"书法的第一审美要义是"务必端楷"。即要求楷书具有工稳和端庄的审美特色。讲究结体的重心要确定,要求其稳健、大方,在端庄、严整中追求简练和粗犷。在此基础上进一步形成古朴、厚重、秀美、整饬的审美风貌。

这种审美诉求的确立与作为最高统治者的皇帝分不开。明代"中书舍人"是皇帝的近臣,自然都要按照皇帝的审美观点和笔墨意志行事。

朱元璋幼年虽然没有接受过良好的教育，但当皇帝后对学校教育特别关注，他在重申《学规教条》中对书法的学习也做了规定：诸生"每日习仿书一幅，二百余字，以羲、献、智永、欧、虞、颜、柳等帖为法，各专一家，必务端楷"。其中有两个含义：一是对书家进行了筛选，重视晋唐书法，提倡以王羲之为主线的书法体系；二是在对字体的要求中，特别强调"端楷"。"端楷"即端庄的楷书字，它能代表朝廷端庄严正的形象。明代皇帝特重祖制，朱元璋的这一规定无疑成为后来"台阁体"的重要内涵。

2. "丰腴温润"。即要求书法创作必须具有光洁澄明，清如泉水，灵性鲜活，玉质温润，细腻光鲜，湿润丰盈，结构坚实，肌理缜密，鲜艳光亮，字态丰满，字形庄重，如玉温润细腻，油润丰盈，给人以醇膏润喉、余味无穷的审美体会。所书写的字体有如一串串意象，在人头脑中萦绕飘舞，有的令人豁然开朗，有的引人入胜，似有一股魅力，让人有新气扑面、思绪绵绵的美感。这种书法气势磅礴，神韵深邃，应该是一种文化的力量，一种真诚的启迪。叶盛《水东日记》云："长陵（永乐帝）于书独重云间沈度，于画最爱永嘉郭文通，以度书丰腴温润，郭山水布置茂密故也。有言夏珪、马远者，辄斥之曰：'是残山剩水，宋僻安之物也，何取焉。'遏之内父钱唐蒋晖，字法欧阳率，更多清劲，屡不称旨，晖官久不进亦坐是云。"可见永乐帝欣赏书画作品，书法要求"丰腴温润"，山水画则要求"布置茂密"，生机勃勃，不只是看其绘画的技巧如何，而是注重于寓意境格如何。南宋名声特大的山水画家夏珪、马远虽然笔墨精熟，但有"残山剩水"之嫌，故不为朱棣所重。郭文通之"山水画布置茂密"，故得永乐帝的赞赏。同样，沈度之书"丰腴温润"，也最受永乐帝宠爱。有关沈度书法的审美风格与美学特点，"三杨"之一的杨士奇曾经采用"婉丽飘逸，雍容矩度"八个字来加以形容。沈度书法特别注重书法的形体美，风格上力求雍容、秀美、稳健、婉畅。艺术传达中的所有对立因素，诸如方圆、大小、上下、长短、正奇、疾徐、刚柔等，都被协调成为对称、均衡、比例、和谐、允中。就艺术的表现而言，应该说，这种书法美学的实质是中庸、中和观念的体现，虽然"岂物类之能象贤，实则微妙而难名"，但这也正是书法可玩味之处。它不再只是单纯地表现线条的遒劲而已，而是在刻意的提按动作导引下，让线条宛如裹上一层鱼肚般柔滑的外表，诱人不已。同时在起笔及收笔处，更是刻意地制造出弯弧如小钩的曲线，形成装饰感甚浓的视觉效果。在这种造型美的导引下，沈度的书风没有前期坚硬刚直的特性，而呈现出"丰腴妍媚"的效果。

3. 庙堂之体。即要求"台阁体"书法必须达成"雅正"之境域。皇家做事自要以正宗为贵，明代帝王历来重视二王书法，强调书法要以"二王"为法，便是正宗意识的体现。汪由敦在《跋手临沈学士书圣主得贤臣颂》中有一则非常精彩的议论，很能说明问题："右临明沈学士书，……其书法出于智永，而兼有欧褚之胜，最为楷法正宗，评者谓其婉丽飘逸雍容矩度，信不诬也。大抵庙堂之体，以庄雅为尚，不端重则佻脱而近于肆；无风神则拘窘而入于俗，冠冕佩玉以为容，俯仰揖让以为态，妍婉而不失之媚，流利而不失之轻，劲健而不露筋骨，天然有富贵风韵者，上也。米海岳书非不追躅晋人，而偏侧奔放，譬之千里逸足，不就衔勒，虽权奇倜傥，不足以鸣和鸾，备法驾诚无取乎。尔不特书法，凡文章诗句皆然，此于学问性情相通，福泽寿考亦往往有验，非臆说也。"汪氏认为，明初宫廷宠臣沈度书法出于王羲之的七世孙智永，"婉丽飘逸雍容矩度"最为楷法正宗，最适用于奏御之用。他认为庙堂书法之特点是"以庄雅为尚"，所谓"庄雅"就是端庄高雅，"端庄"指书写整饬大方严谨；"高雅"则谓"天然有富贵风韵"，为"台阁体"书法作了最好的审美注脚。上行下效，书坛上自是以庄雅为标准来衡量书法的高低。

明初朱氏王朝向往"唐宋"，朱元璋期望像唐宋那样在文化和经济上强盛，向往汉族皇权的回归。他的宗唐宋观点具体体现在尊孔上，他说："仲尼之道广大悠久与天地相并，故后世有天下者莫不致敬尽礼，修其祀事。朕今位天下主，期在明教化以行先圣之道。"因此，明朝恢复科举，八股取士，专取四书五经命题试士，以"程朱理学"为标准，以皇家规定推行的教材和形式限定严格的八股文，给当时的知识人套上精神枷锁。应该说，"台阁体"书风的出现，与之有关。朱熹说："义理既明，又能力行不倦，则其存诸其中，必也光明四达。"他强调道重文轻，主张"文便是道"。这一思想也反映在他的书法观上，凡是欹倾不正、姿媚多态的富有个性的书风，在他的眼里都非正道。朱熹的这种违背艺术创造规律的书法观，为明初统治者所接受，甚至成为典律，成为科举取士的字法标准。永乐时，作为国家意识形态纲领性文献性质的《性理大全》中就有

《字学》一节，辑录了程、朱等"程朱理学"的论书之语。明初提倡理学，朱熹的艺术观可以说是奠定了明初"台阁体"书法的思想根源。

三 "台阁体"的代表人物——沈度

沈度（1357—1434），字民则，号自乐，松江人。永乐初，以能书荐于朝廷，授翰林院典籍，得宠于永乐帝朱棣，誉为"我朝王羲之"，后官至翰林院学士。《明史》卷二百八十六，列传第一百七十四，文苑二中记载："沈度，字民则。弟粲，字民望。松江华亭人。兄弟皆善书，度以婉丽胜，粲以遒逸胜。度博涉经史，为文章绝去浮靡。洪武中，举文学，弗就。坐累谪云南，岷王具礼币聘之，数进谏，未几辞去。都督瞿能与偕入京师。成祖初即位，诏简能书者入翰林，给廪禄，度与吴县滕用亨、长乐陈登同与选。是时解缙、胡广、梁潜、王琎皆工书，度最为帝所赏，名出朝士右。日伺侍便殿，凡金版玉册，用之朝廷，藏秘府，颁属国，必命之书。遂由翰林典籍擢检讨，历修撰，迁侍讲学士。粲自翰林待诏迁中书舍人，擢侍读，进阶大理少卿。兄弟并赐织金衣，镂姓名于象简，泥之以金。赠父母如其官，驰传归，告于墓。昆山夏昺者，字孟旸，与其弟昶以善书画闻，同官中书舍人，时号大小中书，而度、粲号大小学士。度性敦实，谦以下人，严取与。有训导介其友求书，请识姓字于上。度沈思曰：'得非曩评奏有司者耶？'遽却之。其友固请，终不肯书姓名。其在内廷备顾问，必以正对。粲笃于事兄，己有赐，辄归其兄。"可见沈度当时以书法见宠，并因之在朝廷上受到相当礼遇，不仅如此，当时"凡玉册金简，用之宗庙，朝廷藏秘府，施四裔，刻之贞石，传于后世者，一切大制作，必命公书"。朱棣还令诸皇子学其书，故其子孙皆喜沈字，这为沈度书法在明代朝廷的长兴不衰创造了条件。嘉靖间"朝廷制诰，犹用沈体"。直至明崇祯年间时，内庭女官临摹书法，犹师沈、宋，二百余年一以贯之，十分罕见。

沈度擅长楷、隶、行、草诸书，尤工楷书，其楷书是"台阁体"的典型。杨士奇曾以"婉丽飘逸，雍容矩度"八字来概括沈度书法风格的特点。其继承和发扬了洪武年间书法代表者宋克、宋璲、宋广等人所表现出的稳健、婉畅、秀美等书法艺术特点，对书法形体美的强化，表现出闲婉遒劲、落落大方的风致和动辄合矩的法度。沈度以楷书名世，传世

《敬斋箴册》《李愿归盘谷序》《不自弃说》《楷书四箴页》等均为小楷书。其小楷净洁匀称，笔画工稳而姿态婉丽。《敬斋箴册》是抄录"程朱理学"朱熹所写的箴铭，沈度书法中所透露出的线条，不是原先那种干枯、坚硬的造型，而是一种圆融中带有弹性美的线条。这些略为丰腴的线条，并不肥厚，就因为沈度提按笔尖时，谨慎地将毛笔控制在一定的高度上，所以变形成有如鱼肚般的造型。这种线条，因为是靠两边收缩，中间微微鼓起的美感所做成，所以每一线条似乎有一种微微鼓胀的张力，而这股张力给人的感觉，确实颇具"丰腴妍媚"的视觉效果。沈度笔下刻意伸长又颇具弧度的长线条，在宽松的结字编排上，宛如大张手脚的长腿舞者，制造出极具美感，又动感十足的视觉效果。其书写一笔不苟，法度谨严，点画巧妙，转折分明，提按清楚，线条轻重，粗细有变化，其收笔、落笔、撇捺、转折勾挑处，既有法度，又不刻意做作，显得十分自然。结构以方正为主，行列齐整，各部停匀。从《敬斋箴册》中很难看出沈度的个性。他的书法属于中和一类，中和、平正、整齐、大方，符合最基本的欣赏要求。端正美观，大众化是主要的，个性是次要的。这也形成用笔、用墨、结体、章法诸多的不敢大胆作为，只求符合朝廷要求，收敛自己的个性。

第七章

明代器物中的审美意识

中国文化具有极为丰富的语言文字、音乐雕塑、诗歌散文、戏剧小说、书法绘画，包括器物艺术在内的文学与艺术符号。这些符号中积淀着深厚的中华民族的文化与审美心态，可以作为今天研究人类审美意识的珍贵资料。作为审美传达的门类应该是相互关联、相互影响、相互作用、相互依存、相互包含的。在审美特性、审美意趣方面，往往可以找到共同的地方，发现其相同之处或是相通之处。作为一种文化与民族心态的载体，中国传统的器物艺术从不同的角度，以不同的审美传达样式体现了中国人所特有的审美意识。通过器物艺术，我们看到中国古代审美文化与民族审美心态的复杂性、多元性、丰富性和地域性诉求特征。

所谓器物艺术，就其实质看，应该是一门极具中国特色的艺术科目。这种艺术科目具有非常浓厚的人文色彩，是中华民族独有的一个文化密码，产生于中国文化土壤之中，象征着一种文化人格，并且包蕴着一种意趣，其精神内核为一种对生活的闲适、淡雅审美态度与仁慈、宽厚生命意识。中国人的审美心理模式具有一种整体性、意会性、模糊性、体味性特征，长于直觉体验，而往往淡化审美过程中的体认活动。尤其是在对器物艺术的把玩、玩味、心领神会的审美活动中我们可以深刻地认识到这种审美心态和"只可意会，不可言传"的审美活动过程。因此，探寻中国审美文化中有关器物艺术或诉诸器物艺术的审美观念和美学意义，对把握中国人的审美心态特征及其艺术精神是极为必要的和有益的。

器物艺术的形成与发展，应该与时代相适应，由此才可能呈现为对历史的演绎，展现其广阔无限的装饰空间，体现出一种特定的审美诉求。器物艺术是历史的积淀，离不开历史意义。有了一定的历史意义，这种器物艺术才能融入中华民族艺术史与审美发展史永不停息、滔滔不绝的长河，成为展示民族传统文化精神的典型器物艺术与器物个体形象。器物艺术与其形象纹样以其悠久的发展历史和鲜明的民族气息，充实并展示着中国古代艺术史和审美发展史。就明代来看，其时的器物艺术的产生和发展，与中华民族对器物这种艺术样式的认识和中国文化现象的一般规律、审美观念有着千丝万缕的联系。

有明一代，对器物艺术审美活动的开展，体现出一种反功利主义的美学理念。这与其时的文化思想密切相关。明代建立以后，力图恢复被元代中断的思想传统，推崇宋明理学，从而造成一种新的教条，导致社会新兴的上层市民文化体系的形成。这种新出现的市民文化喜新厌旧、唯利是图，致使其时的文化艺术无不散发着一种金钱的气息和商品化的趋势。尤其是晚明时期，整个社会风尚以趋新为美。就性格特点看，明代文人呈现出一种平淡天真、心平气和的心境，这是一种无所事事、无所压力的闲适优游的审美心态，在绘画上，他们努力追求的是通过绘画者自身审美素养的完善而造成画品的提升，其审美要义在于提高画品、笔墨表现力，由此适应商品经济的需要。

受这种"以礼为美""趋新为美"审美倾向的影响，有明一代的器物艺术极度文人化、市井化。明代的器物在形式结构中追求自然、平衡、适度，呈现出鲜明的平面构成性。所构成的富有对称性和秩序感的平面化、图案化结构，造就了一个"俯视"的形象事物的发展规律。在表现上没有物象的真实性和心境的高旷性可言，笔性刻露僵硬，只能以精微而程式、小而巧的表现形式，即"逸品"的样观来吸引文人雅士。所谓"逸品"，又称"神品"，即指这种器物在技艺或艺术品位上已经达到一种极致，达到了超众脱俗、至高无上、不能复制的品第。《梁书·武帝纪下》云："六艺备闲，棊登逸品。"明七子之一的何良俊在《四友斋丛说·画一》中品评画品云："世之评画者，立三品之目：一曰神品，二曰妙品，三曰能品。又有立逸品之目于神品之上者。""逸品"的呈现必然与一定的社会状况及文人的生活遭遇、心理状态相关。明代后期和清代前期，充满"逸气"的写意画性的装饰虽有大的发展，但是时代已有所变化。在艺术趣味上这些明代的世俗文人，一方面想承续传统文人高洁脱俗的品质，以示自己的清高；另一方面，内心又阻挡不了商品经济的巨大诱惑。

与化阳刚为阴柔的中国传统人文精神和文化精神主流气息相背离,出现了一种重物质也重审美精神、兼顾行而上及形而下的新潮流。这已不是"逸品"所能涵盖的了。这也让我们看到贵族式的、高雅古典的旧文化与平民式的、世俗的新文化之间的相互冲突和影响。

第一节 器物艺术整体审美风貌的呈现

一 格物至玩物

明代尤其是在中晚明时期,文人逐渐成为器物艺术的鉴赏的主体。他们强调器物艺术赏玩活动具有一种从功利到诗意化、从实用到审美的剥离作用,具有审美体验的意义,通过对日常物品的把玩、体味,能够营造一种闲雅、舒适的审美化生活情趣。这可以说是打开了一个观看物质文化的新视野,使器物艺术不论是在生活上还是在精神上进入一个新的审美视界。

1. 文人成为器物艺术鉴赏的权威。文人是文化的权威,他们对器物艺术的审美认知引领当时社会的流行风尚。文人对清赏的痴迷极大地带动了民间的器物艺术赏玩之风;而文人的清赏活动所涉及的范围也不再局限于考古,而是一直延伸到生活的各个层次,其中尤其关注以往不被重视的日用器物。明代文人热衷于对日常生活所涉之物进行鉴赏和品评,其中既有知识的展示,也有对流行时尚的鉴别式批判。

2. 赏玩器物艺术被视为文人特有的生活方式,文人将"观物、用物、论物"看做体现其文化理想的生活方式。大多数致仕归隐者,选择不以仕途为重而寄情于艺的优雅生活,或纵情于声妓,或恣意于山水,或学仙谈禅,或求田问舍。器物艺术鉴赏不但让文人过着闲雅自在的生活,还将他们从枯燥的经史研究中解放出来,器物艺术鉴赏活动不再拘泥于求知得道,而成为文人风雅生活的重要组成部分,器物艺术本身也成为审美的重要载体。同时由于器物艺术鉴赏需要丰富的知识储备,把玩器物艺术也是文人身份的重要象征之一。文人对器物的鉴赏关注的不仅是器物艺术的物质特征,如形、色、质,更注重器物艺术所蕴含的历史文化特征,因而他们重视器物艺术的年代、真赝、名物制度等的考证,器物艺术鉴赏活动在文士那里是一项综合性的审美。鉴赏家们开始批评传统观点,器物艺术不再仅仅被当做礼乐仪式的载体。明代以前的器物鉴赏更为看重器物的礼乐内涵，因此孔子有言："器以藏礼，礼以行义，义以生利，利以平民，政之大节也。"可见器物艺术的首要意义在儒家看来应该是其代表的社会和政治含义，因而儒家独独关注具有政教礼仪色彩的礼器，而如果要执着于身外之物，对于儒家的修身治国之道都是有妨害的，是要加以规避的。自然，对日常器物的美感需求儒家认为是不应该加以观照的，因而苏轼认为："君子可以寓意于物，而不可以留意于物。寓意于物，虽微物足以为乐，虽尤物不足以为病；留意于物，虽微物足以为病，虽尤物不足以为乐。"①

可见，苏轼是以"寓"和"留"的问题联系君子的道德，寓意于物是可以的，但是留意于物，则会受制于物；若耽溺于物，更是有碍修德的，日常之物常常被当做物质享受的标志，是君子超越平庸人生的大敌，因而君子要同日常之物保持一定的距离。显然这是将器物艺术作为寄寓政教意义或道德情操的载体，从这个层面立论，以为君子不可过多关注器物。然而明代的政治现实让更多的文人选择弃大志就小家，甚至主动选择归隐，做个逍遥自在的山野闲人。他们在政治上的选择自然会淡化传统儒家赋予他们的政治文化使命。这种疏离又进一步促使他们重新思考自我生命意志与生存价值，逃离政治的他们重视个体生命的审美价值，追求无愧于心的适意人生。器物艺术赏玩是他们实践其美学理想的重要场所之一。对于他们来说，器物艺术所带给他们的审美感受绝不仅仅是道德和文化意义上的，他们更重视其带给身体的物质舒适感和精神上的审美愉悦感。"寓意于物"固然不错，"借怡于物"才能"内畅其性灵"，耽溺于物不能说是道德堕落，而是文人寄托自我意识所在，是表达情怀的载体。事实上，随着器物艺术市场的繁荣与兴盛，吸引了大批文人参与器物艺术市场，当时骨董交易，古物鉴定等商业活动中处处可见文人的身影，文人著书立说的也颇为不少。从"寓意于物"到"借怡于物"，也标示着明代文人生活重心的转移，所以董其昌指出："先生之盛德在于礼乐，文士之精神存于翰墨，玩礼乐之器可以进德，玩墨迹旧刻可以精艺，居今之世，可

---

① 苏轼：《宝绘堂记》，《苏东坡全集》上卷，中国书店1986年版，第389页。

与古人相见，在此也。"① 显然明人强调的不仅是精神上的满足，还包括身体的舒适感，这是从物质享受角度对物品适用性所提出的要求。或许受道家学说的影响，他们十分肯定人在赏玩活动中所得到的来自感观享乐和身体享受的意义，因此用物体验中的"舒适感"成为文人鉴赏家所关注的焦点。在玩物活动中，美感体验越来越受到重视，他们用物和造物都讲究审美观感和舒适感，这与明人重视养生文化有密切关联，因而有学者就提出："中国历史上，没有一个时期像明末如此重视'物'，观物、用物、论物到不厌精细的地步。"②

明人沈德符当时也提出："玩好之物，以古为贵，惟本朝则不然。永乐之剔丁，宣德之铜，其价遂与古敌。始于一二雅人，赏识摩挲，滥觞于江南好事缙绅，披靡于新安耳食诸大沽，日千日百，动辄倾囊相酬，真赝不可复辨。"③

二 奢华精致，富丽热烈的审美风格

明代对器物艺术的审美敏感度极强，从饮茶之器具、绘画之用笔用色、家具之曲线、花样之雅俗、古董之品相，甚至对女性人体美的欣赏也悄悄开始了。这个时期的文人、士大夫有钱、有闲、有文化，他们似女人一样细心体味着器物艺术的美和韵。对审美生活的追求表现为对精致闲雅生活的崇拜，从而使明代的工艺美术突兀地树起一个精巧的高峰。以明代景德镇的青花为例，青瓷所谓"选料、制样、画器、题款，无一不精"④，仅选料一项景德镇就有若干道工序，《天工开物》卷七中这样记载说："此镇从古及今为烧器地，然不产白土。土出婺源、祁门两山，一名高梁山，出粳米土，其性坚硬；一名开化山，出糯米土，其性粢软。两土相合，瓷器方成。其土作成方块，小舟运至镇，造器者将两土等分入臼舂一日，然后入缸水澄，其上浮者为细料，倾跌过一缸，其下沉者为粗料。细料缸中再取上浮者，倾过，为最细料，沉底者为中料。既澄之后，以砖砌

---

① 董其昌：《骨董十三说》。
② 毛文芳：《物·性别·观看——明末清初文化书写新探》，台湾学生书局2001年版，第27页。
③ 沈德符：《万历野获编》。
④ 朱琰：《陶说》。

方长塘，逼靠火窑，以借火力，倾所澄之泥于中，吸干，然后重用清水调和造坯。"① 可见瓷器生产工序的繁复。

万历以后，匠人们又创制出一种新的煅烧法，《天工开物》记载其法："用炭火丛红煅过，上者出火且翠毛色，中者微青，下者近土褐，上者每斤煅出只得七两，中下者以次缩减。"经过工艺改革后的青花色泽淡雅，鲜而不艳，给人沉静柔和的感觉。明代嘉靖年间，新的斗彩青花诞生。这种青花瓷仍是用青花绘制坯胎，施以透明釉，入窑烧成后，再施以红、绿、黄、褐、紫等多种颜料，经二次烧制而成。这种瓷器的底色仍然是青花，同时又比原来的青花瓷要绚丽，尤其是五彩中的鲜红色调，与青花底色形成了一种冷暖对比的效应，显得尤为醒目。它代表了明代独特的审美特征，富丽绚烂，以华为美。

三 审美趣味上的通俗化与浅近化

明代自嘉靖、万历开始，工艺美术装饰的风格与唐宋风格相比，呈现出极大的反差。尤其是宋代艺术的整体特点更加讲究含蓄、内蕴，立意高远。通过含蓄委婉的手法营造出各种"韵味、意境、情趣"，使得艺术品的鉴赏变得意蕴十足。在工艺美术装饰上，大量采用牡丹纹、荷莲纹、芦雁纹、鱼藻纹等纹饰，注重线条的流畅与变化，显得生机盎然，从中可以让观者感受到生命与自然的美好、寄寓对人生的美好希望。到了明代，这种含蓄蕴藉的表现手法受到冲击。首先是题材上的通俗化乃至俚俗化，表现手法上不再刻意讲究含蓄和蕴藉，而是趋向浅近与直白，体现出浓厚的世俗趣味。以青花瓷的发展来说，其通俗化走向开始于元代，明代承袭这一特点，尤其是嘉靖和万历时期，青花瓷在装饰上所显示的世俗之风尤为显著。明代流行的人物故事纹和吉祥寓意图，刻意地说是这一风格流行的佐证。另外，明代盛行用小说戏曲的人物和故事做器物艺术装饰题材，小说《西游记》《水浒传》和《三国志通俗演义》等在嘉靖时都是器物艺术装饰上的常见题材。还有民间流行的婴戏纹和表达"福、禄、寿"意义的象征性纹饰，是当时民间最受欢迎的题材之一，它所传达的是人们最普遍的意愿。婴戏纹在宋代主要见于民窑出产的瓷器中，包括当时著名的

---

① 宋应星：《天工开物》，凤凰出版社2012年版。

磁州窑、耀州窑、景德镇窑等。明代则广泛出现在官窑出产的青花上，其流行大约从宣德朝开始，历经成化、正德、嘉靖、万历数朝；明代青花装饰上的婴童数量大为增加，显示了民间对"祈子"的强烈意愿。嘉靖、万历时期又盛行表达祈福意味的纹饰，包括"八仙庆寿""群仙祝寿"纹等为后世所熟悉的纹饰，通过刻画八仙、寿星等这些道教及其他民间传说人物，体现当时人们对长寿多福的期盼。明代永乐、宣德时期开始流行缠枝或折枝灵芝纹装饰，其中灵芝表示的也是对长寿的祈盼，甚至在文人喜爱的松、竹、梅"岁寒三友"纹中，为了表达时人所喜好的这一意愿，也常常会在这一表达文人高洁志趣的纹饰中穿插祈福的灵芝纹饰，这是文人意趣通俗化的一个重要表现。明代纹饰上的这一审美特点对后世工艺美术的发展影响颇深，例如宣德时期出现的青花"寿山福海"纹炉，就用波澜壮阔的海水纹寄寓福泽深远，以坚实挺拔的海上仙山比喻福寿绵绵，这一装饰成为后世表现吉祥寓意的典型题材。

四 审美风格上的整体感和生动、活泼的自然意趣

明代器物审美比起前朝来，有不少变化，但是"变而贯"是它们的共同特征，其强调的是装饰上既要讲局部细节的丰富多变，又要能够整合成一个统一的整体。只有"变"，就会凌乱无章；仅有"贯"，也会显得重复单一，因而二者要融会贯通，这正是明代工艺美术的突出特征。这一特征在元代中断了，但在明代早期永乐、宣德宫廷漆器上得以承袭，尤其是集中表现在明代中期以后的青花瓷艺术上。以青花纹饰和图案位置的经营来说，首先宋瓷开始就注意纹饰间的相互呼应，强调器物艺术在视觉上的整体和谐感，但是这一传统在元代中断了，元青花在器物艺术的分层分带和图案设计上少有对整体感的追求，各层带的图案题材往往不存在相互照应的关系。明宣德瓷和成化瓷不仅重视纹饰在题材和布局上的相互呼应，而且在表现手法和造型上都讲究和谐统一，器物艺术装饰开始有意识地回归唐宋传统。

元代受外来风格的影响，尤其是伊斯兰文明的影响，在器物艺术装饰上追求伊斯兰装饰艺术理性、冷静、摈弃情感的做法，尤其是受到外来程式化风格影响比较深的青花瓷。这种外来风格总体上说缺少变化，情感贫乏，它更乐于展示秩序的庄严感和静止感。明代前期青花的本土色彩并不

浓厚，但是自宣德、成化以来，青花的本土化发展迅速，从而形成了独具中原色彩的青花风格，其突出表现就是生机感与动感的增加。首先在题材上引入新的绘画题材，包括各种花鸟画、庭院婴戏纹等。其中富有生趣的小鸟、嬉戏玩闹的孩童使得青花瓷的纹饰显得趣味十足，便于充分抒发情感。其次，为了增加图案的动态感，明代青花大量采用了回旋式构图。早在汉代，漆器的装饰就开始采用这种构图，但是当时应用得很少。明代青花大量采用这种回旋式构图应该始自宣德时期，这种构图方式在宣德、成化两朝最为流行。回旋式构图主要是通过动物头部的相向相望，或顺时针，或逆时针，相互进行嬉戏追逐，其身体表现舒展自如，形成盘旋回复的动态效果，画面感十足。这些飞禽走兽纹中间往往还会穿插各式花卉纹，形成活泼清新、生机盎然的审美风格。另外，明代瓷器在纹饰上注重线条的表现力，强调线条的多变性和丰富的流动感，忌讳单一和重复。元代瓷器的用线简单，少有变化，但在明早中期，青花瓷就在重新探索线条的丰富多样性，其中以明宣德、成化时期最具代表性。这一时期的青花瓷装饰在用线上重视线条的粗细、深浅、快慢的对比，以及线条与色块的对比和点、线、面的综合运用，并且展示了丰富的绘画语言。

五　明代器物文化形成独特审美特征的主要原因

其一，明代商品经济的发展和市民文化的繁荣使人们开始更多地关注器物艺术自身的功能特征和艺术审美功能。明代工匠的处境相对于元代得到了一些解放，服役时间缩短。其中的住坐匠，每月上工十天，其余时间自由支配；轮班匠由各地轮流赴京服役，以三年为班，期限三个月。这种制度虽然仍是一种劳役制，但它使工匠有了一定的自由支配的时间，比起元代是个很大的改善，这对于手工业生产的发展是十分有利的。明代，官府手工业日益衰落，民间手工业却有了显著的发展。如在采矿业中，宣德十年（1435年）以后，金、银、铜、铁等官窑衰落，民窑迅速发展。在制瓷业中，明初时的大窑均系官窑，后来则逐渐为民窑所代替，如景德镇，官窑只有58座，而民窑则有900座。手工业者的解放，民间手工业的发展，促进了明代工商业走向更加成熟的地步，大批工商业城市开始涌现。除北京和南京等大城市之外，这时也出现了许多以某种行业著称的市镇，如江西景德镇的制瓷、铅山的造纸、广东佛山的冶铁、湖北汉口的商业等,特别是在江南的苏、松、嘉、湖、杭五府地区,新兴的工商业市镇更多。如以丝织业著称的有苏州的盛泽镇、震泽镇、王江泾镇,湖州的双林镇、菱湖镇等。以棉丝业著称的有松江的枫泾镇、朱泾镇、朱家角镇等。其中盛泽镇明初只有五六十户人家,明末已是烟火万家,拥有五万人口的大镇了。王江泾镇在明初只是个市集,明末已有七千多户,其城镇人口已经多达三四万人。

显然,明代已经形成了一个数量庞大的市民阶层。其发展壮大直接促成市民文化的繁荣,与新兴市民生活息息相关的工艺美术在审美上显示了新的美学趣味,其突出表现在审美趣味的雅俗混杂上。以瓷器为例,其品种繁多,不仅有斗彩、青花加彩、青花五彩、青花点彩、五彩、三彩等多个品种,而且受文人画影响,青花工匠会将当时流行的人物、花鸟、山水等文人画的传统题材绘制在瓷器上,从而使得青花的风格既有市井的生气,又不乏书生的雅趣。景泰蓝工艺既以繁杂闻名,也以华美富丽的风格扬名,其观赏价值更胜于实用价值,其华丽的风格是当时新兴市民阶层审美观的代表,可见其不仅是拿来用的,也是用来赏的,所以李泽厚曾经这样评价明代工艺美术:"明清工艺由于与较大规模的商品生产,如出口外洋和手工技艺直接相联,随着社会中商品经济不断发展,它们有所发展。审美趣味受商品生产和市场价值的制约,它们在风格上与明代市民文艺非常接近。"

其二,文人的参与和影响。园林和书斋是江南文人闲雅生活的物质空间,其中收藏的各式图书及各类文物古玩则代表着他们追求的心灵空间。江南文人历来热爱在书斋园林中谈书论艺,抚琴啜茗,题诗作跋,赏玩帖画、鼎彝名瓷,这种闲雅生活是他们致仕生活的主要内容。关于这点在明代文人的记载中比比皆是。松江名士何良俊在出仕后还在追悔:"郁郁不得志,每喟然叹曰:'吾有清森阁在东海上,藏书四万卷,名画百签,古法帖鼎彝数十种。弃此不居,而仆仆牛马走,不亦愚而可笑乎?'"[①]

高濂描述了文人特有的风雅生活:"左右列以松桂兰竹之属,敷纡缭绕。外则高木修篁,郁然深秀。周列奇石,东设古玉器,西设古鼎尊罍,法书名画。每雨止风收,杖履自随,逍遥容与,咏歌以娱。望之者,识其

[①] 钱谦益:《列朝诗集小传》丁集上《何孔目良俊》,上海古籍出版社1983年版,第450页。

为世外人也。"(《遵生八笺·燕闲清赏笺卷（总说）》)

当然文人醉心于园林书斋的闲适生活，沉迷于古书古玩世界，与明代险恶的政治环境密切相关，深感畏惧与彷徨的江南文人试图在文房四宝中打造世外桃源，在精神的退隐中逃避现实的沉痛。明代陈继儒关于明人之心境的描述可以窥见时人之心境："怪石为实友，名琴为和友，好书为益友，奇画为观友，法帖为范友，良砚为砺友，宝镜为明友，净几为方友，古磁为虚友，旧炉为薰友，纸帐为素友，拂麈为静友。余尝净一室，置一几，陈几种快意书，放一本旧法帖，古鼎焚香，素麈挥尘。意思小倦，暂休竹榻；饷时而起，则啜苦茗。信手写《汉书》几行，随意观古画数幅，心目间觉洒空灵，面上尘当亦扑去三寸。净几明窗，一轴画，一囊琴，一只鹤，一瓯茶，一炉香，一部法帖；小园幽径，几丛花，几群鸟，几区亭，几拳石，几池水，几片闲云。"①

文人的"独善其身"毕竟是特定时代背景下的无奈选择，修身、齐家、治国、平天下是深受儒学传统影响的文人的情结所在。以陈继儒频繁往来高门士族的行径来论，其闲云野鹤，远离世事的闲雅生活描绘，实有矫饰之嫌。

其三，文人与工匠的双重身份。明代文人对工艺美术的爱好不仅停留在赏玩上，尤其是晚明文人前所未有地参与到了工艺美术的制作生产流通中，文人会和当时一些知名的民间艺人进行沟通和交流，甚至密切合作。张岱在他的《陶庵梦忆》中就曾提及："竹一与漆与铜与窑，贱工也……而其人且与缙绅先生列坐抗礼焉。"② 说明了当时民间艺人地位的提高以及文人对于工艺创作的关注。当时民间艺人与文人的身份常常让人难以辨识。如《园冶》的作者计成，当时以造园技术高超而名扬一时，同时也是当世知名的能文善画之士。再如嘉定竹刻三朱，祖孙三代都以诗画闻名于世，而且皆为竹刻名匠，其作很少是以赢利为目的的。不少知名的当世文士名流常常直接参与器物艺术的制作，知名的包括"嘉定四先生"中的李流芳和娄坚，他们在闲余时最喜竹雕，其雕刻艺术在当时当属一流。万历以后有不少文人著书撰文，对当时的工艺制作既有审美上的评判，也

---

① 陈继儒：《小窗幽记》卷七。
② 张岱：《陶庵梦忆卷五诸工》。

有技术上的总结和指导。其中颇具影响力的包括高濂《遵生八笺》和文震亨《长物志》。戈汕《蝶几图》、屠隆《考盘余事》和《游具雅编》等都是有名的作品，包括清初李渔所著《闲情偶寄》，也是这种风习的延续。文人们从自己的审美趣味出发，对家具的品种、造型、装饰到尺寸、结构、陈设位置等方面，都提出了自己的看法与要求，有的人如李渔等甚至直接参与家具设计。在留存至今的晚明民窑青花中，艺术性最高也最为流行的器物艺术品种，就是香炉、象腿瓶、花觚以及文房用具笔筒等，它们主要的消费群体就是文人。从一些青花瓷的题款上看，它还很可能时常成为文人之间雅致的赠礼。晚明青花瓷上的绘画，其来源有二：一是模仿版画作品；一是模仿文人绘画作品，而一些青花描绘者很可能本身就具有文人素养。至明代晚期，由于文人的加入、提携和升华，青花瓷艺术才能突破窠臼，达到一个新的层次。

第二节　明式家具：简练质朴

一　明代家具的兴盛

明代是自汉唐以来，我国家具历史上的又一个兴盛期。明代家具因为其独特的结构和风格而对后世影响甚深，并形成了中国家具史上独具风情的家具门类，被称为"明式家具"，至今可见。传统明式家具以框架结构为主，风格上简洁明快，在古代及现代史上都有着重要地位。

明代家具的发展继承了前代传统，其中宋代家具风格对明代影响甚深，明代家具可以说是宋代家具高度发展的产物，两宋家具的结构和风格在明代得到了继承和发展。首先，两宋时期人们由古人传统的席地改为垂足而坐。适应这一变化，各种高足家具应时而生，逐渐成为主流，后又历经数百年的发展，高足家具的发展基本成熟，成为当时具有代表性的家具品种之一。其次，两宋家具在审美风格上延续五代风格，不重视雕镂堆砌，整体风格比较素朴，这些家具在总的造型风格上呈现出简洁、挺拔、秀丽的特点，这与宋代文人内敛含蓄的审美追求有关，对于日常起居、生活器物艺术等，他们也提倡恬静雅致的审美文化。最后，宋代家具讲究实用，它往往以普通材料制作而成，而一些高档木材制作的家具也注重在功能开发的基础上给以恰当的装饰，虽有少数家具装饰繁琐，但主要还是以精简、含蓄、内敛为其主要风格。明代家具在审美上直接继承了两宋家具的特征，表现出简练质朴的艺术风格。

另外明式家具的发展与当时社会经济及文化的发展密切相关。首先，城市经济的繁荣，带动了城市的园林和住宅建设的兴旺，大量新修建的园林府第，自然需要配置大量的家具，形成了对家具的旺盛需求。其次，明代文人喜好家居休闲，热衷茗茶、读书、饮酒等各种休闲养生方式，自然会产生与之相应的家具摆设需求。而且明代有一批文化名人，不但亲自参与家具的设计，而且对家具艺术无论是在工艺上还是在审美上都有所探究。他们对家具的使用和热爱，让家具不仅成为他们生活的一部分，也融入了他们对艺术审美创作的认知，所以我们会看到明代家具的形制特征都受到当时文人生活方式和审美情趣的影响。故明式家具的发展受文人影响很深。他们的参与对于明代家具风格的发展与成熟，起到了一定的促进作用。最后，明代由于社会经济空前发展，海运发达，郑和七下西洋，更是从盛产高级木材的东南亚一带运回大量高级木料，如黄花梨、紫檀、鸡翅木等优质木材，这些制造高级家具的木材，质地坚硬，纹理美丽，色泽柔润，再结合明代工匠的精湛技艺，创造出对后代家具发展具有重要影响意义的明式家具。在对历史的继承与创新基础上，明式家具无论是在造型上还是在装饰上都显示出极富民族特色的独特审美特征。

二 风格简洁明快

明代家具在审美上普遍遵循简约原则，其重视线条的简洁流畅，擅长利用线条组合形成各式造型，明式家具给人的审美感受普遍是和谐、静谧，疏朗中透出空灵。在造型上，采用木架构造型式，主要分为束腰和无束腰两大类。束腰家具讲究方腿直足，整个形体敦厚中透出一股庄重之气。无束腰家具主要是圆腿侧足的造型，显得朴实大气。这两种造型都成功展现了实用性和艺术性的完美结合，给人以实中见虚、方正中又不显刻板的感受。同时明代家具还强调其形体、线条、形象，注重家具各个组成部分的比例关系。为了达到匀称、协调的效果，严格控制比例是明式家具造型的关键，其局部之间的比例、个体装饰与整体造型的比例，都有定数，讲究彼此的协调配合。比如明式家具中的椅子，十分注重比例上的协调，其腿子、枨子、靠背、搭脑等各个零件之间的长短、高低、宽窄都有严格的分割比例，在视觉上是和谐统一的，没有多余的累赘感。

明式家具造型特别重视线条的处理，一般不会出现繁缛厚重的花纹，它注重的是对家具外部轮廓的线条处理，重点在于对线脚的变化处理。线脚主要是指家具边框边缘的造型线条，为了形成明快简洁的效果，明式风格的家具讲究通过阴阳线和面上的比例搭配来形成不同的断面，而不是注重纹饰的雕镂。正是因为对线条的迷恋，明式家具呈现给观者的是各种线条的排列组合，其造型挺而不僵、柔而不弱，呈现出一派挺拔秀丽之势。

三　自然天然的审美理念

明代家具主要是硬木家具，由于要充分利用硬木材料本身的纹理特点，突出其自然美感，明式家具极重选材。其用材多为紫檀、黄花梨等硬质贵重木材。黄花梨木产于我国南部各省及东南亚一带，是一种阔叶高干乔木。较次的硬性木色泽明润、纹理浅显的杞梓木（又名鸡翅木）、新花梨木，产于东南亚各国。至于四川、贵州的楠木，福建、台湾的樟木以及南榆、广杨，其硬度与纹理均不如黄花梨，但仍不失为制作家具的良材。随着家具市场的日益扩大，明代开始从海外引入更多的硬质木材，郑和七下西洋，就曾带回大量优质木材，包括紫檀、花梨、乌木、鸡翅木、红木等，这也为当时高级家具的大量生产提供了条件，因而在考究的明代家具中，贵重的硬木家具逐渐取代了传统的漆木家具。由于这些贵重木材本身在色调和纹理上就有独特的美感，工匠们在制作时，注意保留其木材本身的色调、纹理特长，常常不作大面积装饰，也不加以漆饰，而是配和材质本身的纹理色彩，重在展示家具本身的流畅曲线，展现其自然美感。

四　装饰雅致明快

明式家具不同于后来清式家具的堂皇富丽，因为要重点展现家具自身的造型美和线条美，所以其造型装饰以简洁淡雅为主。与清式家具相比，明式家具的纹饰常见各种植物、风景题材，寓意比较雅致，突出其高雅品位。清式家具在纹饰上以绚烂华丽的风格居多；明式家具的装饰一般是寻找一个部位进行适当的小面积装饰和造型，其造型功能主要是点缀，在设计上强调朴素淡雅，这种点缀又会和大面积的单体形成有序的、恰到好处的对比，突出整体造型上的明快简洁。其装饰手法多样，包括雕、镂、嵌、描。取材广泛，包括珐琅、螺钿、竹、牙、玉、石等当时流行的各种材料。在图案选择上，明代家具以素雅为主，不滥加雕饰，有时会使用局部雕刻，以衬托其醒目的造型。其局部雕刻，多以淡雅朴实的自然图案为题材，辅以精湛浑厚的技法雕刻，不求多，也不刻意为之，主要是配合整体造型，做到恰如其分。如椅子的背板，往往只作小面积的透雕或镶嵌，不影响其整体的朴素风格。

明式椅类家具的装饰因其独特设计而形成独有的风格。首先装饰与家具自身的结构紧密结合。其大多数装饰部件都是造型结构的一部分，既起到了结构的连接和支撑作用，又兼顾了审美需要，使装饰与结构珠联璧合、相得益彰，形成完美的统一。其次主要部件除了合理运用材质的自然纹理外，通常采用雕刻镶嵌、线性等手法做局部小面积的装饰，使得整个家具朴素中见华美、简洁中见精细。最后选用的图案装饰性强，采用大量具有吉祥寓意的母题，善于提炼，精于取舍，运用自然。明式家具的装饰在使用上，可以说是有主有次，有虚有实，有集中，有分散，有对比，有呼应，多数家具装饰都是以少取胜，风格清新自然。

五　中和之美的审美文化蕴藉

明代家具体现了典型的文人审美风格，其中透露出浓郁的书生意气，其展现的是自然而空灵、超逸而含蓄的审美理想，显示了人与自然的和谐共处，体现了中国古代文化所特有的精神特质。含蓄、内向一向是我们的文化传统，儒家所提倡的"以和为贤"的中庸思想，不仅是中国古代知识分子的处世规则，而且直接反映在家具文化上。明式家具构件有一种"倒棱"的做法，就是对构件的每一处边角都进行圆角处理，从而使其造型呈现出方中有圆，直中布曲，蕴刚于柔的审美姿态，这完全是儒家含蓄蕴藉的文化特质的展示。

中国古代文人对和谐的中和之美的喜好在明式家具的造型及设计上也可见一斑。一方面，明式家具注重点的装饰、线条的轮廓、色的厚实、形体的雅致，在多变中强调整体的和谐感，所以变化不能破坏整体的统一感。另一方面，其对尺度的精确度要求也达到极致，儒家以为只有统一与调和的完美结合才能治国齐家；对称与均衡才是处世之道，对比和变化可以怡情养性，但不能过度，儒家对这一精神境界的追求在家具的设计制造上也得到体现，所以安定与轻巧是明式家具的追求所在。

另外，明代家具的材质肌理、造型结构还蕴含了器物之道和"人文之道"的传统思想观念。"自然之道"包含了传统文化中"气"的思想；"器物之道"蕴含了传统文化中"理"的思想；"人文之道"体现了传统文化中"象"的思想。明代文人重视世态人情，主张"心—物—心"的相互呼应，企望身心的和谐，并以此和谐之心去体悟万物的和谐，其中就包括以家具为代表的各式器物艺术，文人寄望与物谐好，达到"心—物—心"的轮回、人与自然的统一，因而可以把家具的造型、气质和审美特色作为文化情操的展示来看待。以具体的明式家具为例，明代圈椅，采用的是大圆弧，以流畅的线条，显示"君子坦荡荡"的气度，同时又注重实用功能和审美上的和谐统一。我们可以以此来研究明代的圈椅。在使用功能上，明代圈椅的椅背设计遵循了人的身体特点而设计成一定的弧度，这是对人与物和谐共在的考虑；为了符合人体的自然需求，又在圆弧的设计上采用榫卯结构，在比例上要求粗细匀称，恰到好处，镶接上要求天衣无缝。扶手与搭背一气呵成，连成一体，其椅圈上的圆是椭圆形的。扶手与搭背形成的斜度，圈椅的弧度，座位的高度三者组合要和谐，在比例上严格协调，其点线面，量与度的掌控，都是明快简洁的完美典范。

第三节　景德镇青花瓷：晶莹明快

有明一代是青花瓷器达到鼎盛的时期。明永乐、宣德时期是青花瓷器发展的一个高峰，以制作精美著称；这一时期的官窑器制作严谨、精致；民窑器则随意、洒脱，画面写意性强。从明晚期开始，青花绘画逐步吸收了一些中国画绘画技法的元素。

一　青花瓷及其流变

青花瓷是景德镇四大传统名瓷之一，其瓷体白中泛青，色泽素净淡雅。民间有一个关于青花得名的动人传说。相传有个叫赵小宝的元代工匠，他的未婚妻叫廖青花。青花曾经建议赵小宝用笔绘制瓷坯上的花。但是小宝经过多年的寻找，都未曾发现适合画瓷的颜料。为了找到适合画瓷的颜料，青花和她的舅舅历经磨难，才在青石山找到适合作颜料的石料，但青花也因此去世了。为了完成爱人的心愿，小宝将青花带回来的石料研成粉末，配成颜料画在瓷坯上，经过高温焙烧的瓷器上出现了后来青瓷的代表性色彩，泛着青翠的蓝色光彩，据说青花瓷由此诞生。后人为了纪念这位美丽的女性，就将这种奇特的蓝花称为"青花"，而把这种独特的彩料称为"青花料（廖）"，其称呼自此一直延续下来。

  这自然是民间关于青花瓷的美好传说，事实上青花瓷的出现可以追溯到盛唐，在扬州曾出土过富有异域色彩的青花瓷碎片，是当年专供出口的贸易瓷。在广东、浙江一带，也曾发现过两宋时期的青花瓷，只是唐宋青花瓷在工艺上还很简单，属于青花瓷的草创阶段，是明代景德镇青花瓷的准备和先导。青花瓷的初步成熟出现在元代。元代北方磁州窑成熟的彩绘方法和南方景德镇优异的胎釉工艺相结合，同时由于元代对外贸易的兴盛，以钴料绘制的青花瓷在景德镇诞生。青花瓷的出现，使得瓷器装饰进入一个彩绘的新时期，从而打破了中国瓷器长期以单色釉为主的历史。青花瓷在明、清两代的兴盛在很大程度上还要归根于官窑的松弛和民窑的商品化发展。长期隶属于封建王权的官窑，其存在和发展主要是满足皇家的需要，因而在瓷器生产的各个环节都服从统治者的要求。从客观上来说，它的非商品性曾经推动过瓷业的发展，但其消费面的过于狭隘，也阻碍了其多元化发展。元代以后，官窑开始从带有行政意味的政治机构向经济单位转化，这主要归因于瓷器在元代对外贸易中的重要地位，民窑的发展使得更具观赏性和实用性的青花瓷得到快速发展。到了明代，景德镇及其瓷业的商品化发展更是促进了青花瓷的繁盛，青花发展的高峰时期是永乐、宣德两朝，其青瓷以制作精美著称。后来康熙年间"五彩青花"的出现将青花艺术带到巅峰；乾隆以后其发展渐成颓势，虽有光绪朝的中兴，但也难以再现康乾盛世的发展态势。

二　明代青花瓷的发展

  青花瓷早期画法以气势为主，主要采用单线平涂，中期以后多用勾勒、渲染、皴法等法，绘制渐趋细致，逐渐形成后世推崇的青花色阶（即"青花五彩"），青花的色泽早期是白中闪青，中期以后偏于亮白。青花纹饰选材广泛，既有花鸟走兽、山水人物，也有诗文博古等文人韵事。值得注意的是，青瓷的制作逐渐重视观赏性，因而出现大批盖罐、凤尾尊、花觚、象腿瓶等用于观赏的造型。

明代洪武朝（1368—1402）出产的青花器发色还比较芜杂，有呈淡蓝色的，有泛灰色的，还有晕散现象。画面布局重视细节问题，如花卉中会刻意留白；常有独特的方格纹表现花心；龙纹中还出现了少有的五爪纹，爪形似风轮，气势矫健；碗盘多为云气纹，多集中在器物外壁的上半部；器物底足多为平切，器物很少带有年款。

永乐、宣德朝（1403—1435）是青花发展的鼎盛期，其中无论是数量、品种还是影响力，首推宣德朝。这一时期的青花瓷器由于选材以苏泥勃青为主，故多见"铁锈斑痕"。这一时期受外来文化的影响，在器型上出现了一些新的创造，比如当时的僧帽壶、绶带扁壶、花浇等器型都是受外来文化的影响。这一时期青花的釉质肥润，质地细腻，多见橘皮纹，其中永乐时期的器型更为秀美，青花的发色较前朝更为凝重。宣德瓷器体的底釉略为泛青，纹饰紧密，瓷身厚重，青花上多饰有各种繁缛图案，包括各种缠枝、折枝花果、飞禽走兽等。

正统、景泰、天顺（1436—1464）三朝，是陶瓷史上的"空白期"。这一时期，明朝经济衰退，政治动荡，正统年间朝廷甚至多次下令停止官窑生产。这一时期青瓷的数量锐减，质量也参差不齐。总的说来，此期器型主要集中在瓶、罐、碗、杯、盘等几类上。青花设计沿用前朝，少有自己的特色，其发色凝重的多接近宣德青花，素朴雅致的风格又多是成化青花的风格延续。纹饰上主要是一笔点划，画意粗率，生活气息较重。

三 明代青花瓷的功能演变

青花瓷从功能上分大致有三种：日用瓷、仿古瓷以及艺术瓷，其中青花斗彩的运用不受这种分类的影响，其广泛出现在各种用途的青花上，因为其注重艺术家个人风格的发挥，形式多变，在装饰上多与釉里红、颜色釉、粉彩、古彩、新彩、玲珑等形式结合，相互衬托。明代青花瓷风格主要以浑厚古朴为主，其器型大多显得柔和圆润。青花纹饰多为花卉、禽鸟，也有部分描摹场景，刻画人物的组图。

早期的永乐青花器型较小，厚薄适中，风格偏于纤细秀美。宣德青花器型较大、制作精良，风格上以敦厚凝重为多。在纹饰刻画上，永乐青花多直接从自然百态中取材，其纹饰流畅生动、简洁明快而一改前朝繁缛之风。宣德青花的纹饰取材更广，画工笔法一变，不仅笔法酣畅、潇洒、多变，而且展现出一股不羁的自由之气。从纹饰布局来看，宣德瓷比永乐瓷更加繁密，粗细兼备。中期的成化瓷偏好小件，少有大件，造型上注重线条的圆润感，其多为规整精细、玲珑俊秀之作。在纹饰方面，成华瓷多用薄釉，采用工笔勾染的画法，注重构图上的精当，选材上多选择富有诗意和情趣的生活场景进行细致描摹，显得清新脱俗，富于情趣。晚期的嘉靖瓷造型主要是继承宣德青花的浑厚敦实风格，变化不大。其纹饰的画风多为写意，讲究自由肆意，有生活气息，题材则涉猎广泛，极为丰富。可见，明代青花画风的演变是一个往返回复的过程，其历经繁复到疏朗，又从疏朗到繁复。嘉靖时的画风重新变得富丽繁复，但是笔力不足，缺少前期的厚重感。万历青花瓷在品种上可以说是最为丰富的，其器型最为多样化，几乎包括所有日常用品和陈设品，厚薄大小皆有。纹饰题材极为丰富，在画面和着色上虽然有一定的创新元素，但是总体成就不及前期。

四 明代青花瓷的取材

相比传统瓷器的取材，青花瓷的取材显示出鲜明的时代特色。明晚期青花瓷取材更为多样，情节更加细腻，场景描绘更精细，人物刻画更细微，展现了多样的风貌。明晚期青花瓷常常取材于当时流行的小说戏曲，比如《三国演义》《西游记》《钱塘梦》《西厢记》等作品。另外，明代内有朝纲不振，外有满人屡犯边疆，整个社会可以说是危机重重。在内忧外患中，明代文人一方面迫于统治高压，不得不走向"出世"；另一方面明末的社会现状又迫使他们思考"入世"，这在青花瓷题材上，就体现为"文王求贤""苏武牧羊"和"伯夷叔齐"的故事。部分青花瓷虽然不是直接表现"文王求贤"的故事，但常常描绘朝廷官员躬身鞠迎山野农夫，这是古代士人"朝为田舍郎，暮登天子堂"理想的体现，也是人们对朝廷"选贤与能"的渴望。"苏武牧羊"和"伯夷叔齐"故事纹的流行，表现了忠于朝廷、决不背叛，尤其是不向异族屈服的气节，与明代边疆屡遭侵犯的时代背景相呼应。

五 明代青花瓷的审美风格

在审美风格上，对比元代青花来说，明代青花具有自己独特的时代特征。

　　1. 富有自然神韵。明代青花引入绘画题材，青花瓷取材上出现大量花鸟纹、庭院婴戏纹等，其取材注重传达情感，其中庭院婴戏图中可见孩童的嬉闹玩耍，风格自然，富有意趣。正是因为这种融入情感色彩的图案的加入，青花瓷的图案设计变得不再呆板，而是显得生机盎然，富有世俗情趣。

　　首先，明代青花瓷鸟纹绝大部分为人们所常见，特别是为江南地区所常见。因而青花瓷绘画工匠们往往寥寥数笔即可传形达意，尤其是各类小山雀绘制得最为精熟，体现了青花工匠们对大自然的观察与热爱。其次，明代青花瓷鸟纹的构图注重与自然场景的和谐共在，在场景的安排上富于真实性，鹭鸶、鸳鸯等会配以莲池，雉鸡之类则以山石丛木为背景，雀鸟、喜鹊之类常常见于各类折枝上，其构图设计都是对真实自然生态的呼应，给观赏者以身临其境的感觉。最后，明代青花瓷的禽鸟纹大多着重展现其动态，少有呈直挺僵硬形象的，或是两鸟对鸣，或是于莲池中嬉闹，或是振羽飞翔，或是枝头觅食，画面生动活泼之极。

　　明代青花瓷鸟纹在表现技法上大约有三种，都重在表现动物的神韵。第一是工笔绘法，其笔法讲究细节描摹，用笔工整，细腻展现禽鸟身体的每个细节，渲染即"分水皴"一丝不苟，淋漓尽致地展现鸟的精神气质。第二是写意绘法。以明末天启、崇祯民窑青花瓷鸟纹为代表。其用笔粗率挥洒，不求形似，注重在简洁明快的线条中勾勒鸟的神韵，笔力遒劲，有的甚至达到大写意境界，以中国的形神观来看，这一类艺术境界更高。第三是兼工带写类，以明中期青花瓷鸟纹为典范。既有细节的精细刻画，又有写意手法，从而形成工写兼备的风格，笔法细致而不刻板，刚劲潇洒，可谓形神兼备。

　　2. 蕴藏文人旨趣。文人意趣对明代青花瓷的题材选择与艺术表现有明显的影响。比如在青花鸟纹装饰上，明显可见其对文人花鸟画的模仿和借鉴，许多都与文人花鸟画意颇为相似。宋代磁州窑瓷器上已经有对文人花鸟绘画的模仿。但是元代瓷器多模仿唐宋工艺美术回旋式构图的花鸟纹，少见文人风格的花鸟绘画装饰。明代自永乐年间开始，在青花瓷装饰上开始复归宋代传统，出现了大量带有文人花鸟画风格的瓷器，其代表是成化瓷。这一时期官窑青花瓷上的花鸟画图案数量最多，其成就也最高，后来逐渐减少，但是并没有消失。直到万历朝，青花瓷上仍然可见各种富于文人气息的花鸟绘图。

　　文人对青花风格的影响表现在多个方面。一是青花的构图布局，包括式样、形态、笔墨的使用，处处可见文人画的影子。明代早期青花瓷花鸟纹注重形式，常常是严谨有余而神韵不足，这和当时沉闷的文坛气象是相呼应的。晚明民窑青花瓷审美特征为之一变，其风格变得自由随意、不拘一格，这与当时的思想解放思潮合拍。而这一时期瓷画的艺术表现力活跃，显示出自由奔放的风格，表现了普通人的生活情趣，与晚明社会的思想解放潮流同步。

　　二是部分青花直接取材唐宋诗词的意境。它们显示出对于传统的精英文化的吸收及着意表现，或描绘文人雅事，或弘扬儒家思想。成化时期开始，青花瓷上多现文人隐士，多刻画文人隐士的趣味爱好，展现其怡然出世的审美情怀，其中多是历史上有名的隐士，包括陶渊明、周敦颐、林和靖等人。明晚期的青花瓷更多地展示群像，著名的有"竹林七贤"图。另外在青花瓷上还多展示明代文人所热衷的各种园林雅集活动。

　　明代青花瓷艺术越是往后发展，其文人气息越是浓郁。其主要原因之一是青花的主要消费者是有着较高文化素养的文士阶层。为满足他们的需要，青花瓷画匠们自然要到文人画中吸取营养，而自诩高雅的文人对民间气息浓厚的青花瓷花鸟画自然是不大有兴趣的。二是明代青花画匠社会地位低下，其文化素质普遍比较低，文人显然在各个方面都是他们的表率，青花匠模仿文人画自然是水到渠成的。三是明代印刷事业尤其是当时刻版技术的成熟，使得工匠对文人画的复制刻版变得容易，自然也促进了青花的发展。

　　3. 风格晶莹明快。元代瓷器整体的造型风格是体大、胎厚、质重，但是宣德以后，小件器皿占据了器物体量的主体，因为其更符合中国人日常使用习惯。元代流行的大型大口（盖）罐，自明代永乐时期开始出现了"缩微版"，这些大口罐只能称为"小罐"，在体积上变小很多；宣德、成化年间多出小罐，有的甚至和小碗一般大小。明代青花中也多见形状似盘的小型瓷碟，这在宋代即有，但是数量很少。在小件的碗、盘的基础上，还生产了更为小巧精致的，包括以碗的造型为依托，略加变形的盅、杯等。成化时期生产的青花杯，与花鸟画、高士图等题材相结合，用于饮茶、饮酒之需，称为"茶钟"或"茶盅"，其造型似碗但体量更小，其作用相当于宋代的茶碗或茶盏。明代高濂在其《燕闲清赏笺》中曾盛赞此类器皿："宣德年造……小壶，此等发古未有。他如妙用种种，惟小巧之物最佳，描画不苟。""成窑……各制小罐，皆精妙可人。"青花在器型上的变化也是当时饮茶、饮酒等生活文化习俗变化的反映，对后世影响深远，其造型沿用至今。

明晚期青花瓷充分发掘钴料的蓝色之美，用色上讲究"墨分五色"，着色从淡到浓，从浅入深，层层递进，细腻自然，呈色丰富。明晚期青花瓷上的暗花装饰也一改繁密、喧哗而显得细腻含蓄，其边饰常作简洁化处理，其花纹纤巧秀美，于白釉底色中暗暗透出，富有含蓄婉约的雅致情趣。

明代青花在绘图上体现了自由洒脱、富于变化的线条和趣味，这得益于对毛笔优势的重新发挥。首先在线条上更加变化多端，注重表现线条的流动感，重视色彩的对比，点、线、面的和谐统一。出于对传统水墨画的渲染之法的借鉴，其画风透出清新空灵之气，显得雅致脱俗，这与传统中国绘画的审美旨趣是一致的。其次在装饰上将重点放在细致入微的描绘上，比如在龙、凤等动物的绘画上，龙的角、须、鳞片、节爪，凤的冠、甸、羽、绒，件件齐备，而且姿态灵动，栩栩如生，并且具有明显的即兴创造的艺术效果，其用笔简洁、点染错落有致。如绘制山水，往往只是在山坡和小溪中点缀零星杂树，却带出一派秀丽静谧的大自然美景。再如婴戏图中小孩的绘制，仅以浓料绘制小孩的头部，其五官发眉完全不见笔墨，却能展现孩童天真活泼的神韵。另外匠人常常借鉴绘画中的散点透视法，在平展的画面上展示繁杂的风景和人事，中间衬以象征吉祥的"八宝"图案，画面简洁明快，又不乏深意。在展现园林风光上，注意点、线、面的巧妙结合，近处可见楼台亭阁、花鸟树林，远处隐隐呈现平波荡舟、层峦叠嶂，给人以"白浪青峰非人间"的审美享受。

青花瓷艺术的发展在中国陶瓷史上具有重要意义。青花瓷的发展代表了中国古代在彩绘瓷上的突破。在此之前，中国陶瓷大部分是以刻、画、印等装饰为主，艺术家追求的是"如冰似玉"的单一效果，青花瓷作为一种彩绘，比起具有古典美的色釉瓷来说，它更能清晰地记录一个时代的政治经济文化信息。它既能表现纤细入微的花鸟虫鱼，又能描绘气势恢宏的山石波涛，同时还展示了当时的宗教、戏曲、人文等内容，展现了明代文化的精致富丽。青花瓷的成功使中国瓷器发展进入一个新的历史时期，自此青花瓷成为中国瓷业的主流，成为中国陶瓷艺术的一个重要发展方向。青花瓷具有庄重、典雅、明快的东方文化色彩，其强烈的民族性，使其成为中国出口海外的主要产品之一，深受世界人民的喜爱。

第四节 景泰蓝：繁缛多姿

一 景泰蓝的得名与兴起

景泰蓝是明代一种著名的金属工艺，其正式学名是铜胎掐丝珐琅。珐琅本为搪瓷的旧称，起源于日语，又称为佛林、佛郎、发蓝等，是以石英、瓷土、长石、硼砂以及一些金属矿物为原料粉碎成珐琅粉并加以熔炼，用时涂饰在器物上的一种玻璃质釉料，其经过熔炼后略带浅蓝或浅绿，近乎透明的玻璃。珐琅器有三种加工形式：一是用铜丝在铜胎上焊出种种花纹，然后填以各色珐琅彩料烧成，谓之"铜胎掐丝珐琅"，简称"掐丝珐琅"。二是于铜胎上直接镂刻出种种花纹，再填以彩料烧成，谓之"錾胎珐琅"。三是既无掐丝也不錾刻，乃用彩料在铜胎上直接作画烧成，谓之"铜胎画珐琅"。景泰蓝是指第一种，即"掐丝珐琅"，其制作工序十分复杂，一般要经过制胎、掐丝、点蓝、烧蓝、磨光、镀金等多个过程，其中以掐丝、点蓝为最复杂、最重要，烧蓝往往要在80℃中反复烧三四次。

景泰蓝最初流行于古代埃及，后来传入古罗马和拜占庭帝国，公元6世纪以来迅速发展成为拜占庭王朝最具代表性的艺术品之一。公元12世纪前后，铜胎掐丝珐琅技术传入阿拉伯地区，受到当时穆斯林人民的欢迎，在当地发展迅速。自13世纪蒙古铁骑西征到元朝建立，整个西亚的穆斯林地区都在蒙古人的控制下。作为宗主国，蒙古帝国和伊斯兰世界一直有着密切的政治、经济文化交流，自然流行于当时伊斯兰世界的掐丝珐琅技术传入中原是迟早的事。虽然至今未曾发现元代生产的珐琅器，但是在当时已经有关于景泰蓝的零星描述，比如元末吴渊颖有一首咏赞大食珐琅瓶的诗："西南有大食，国自波斯传，……素瓶一二尺，金碧璨相鲜，晶莹龙宫献，错落鬼斧镌。"可见当时在市面上是有这种外国器物艺术流通的。

进入明代，明人曹昭所著的《格古要论》是一部公认的权威工艺美术著作，其成书于明初洪武二十年（1388），但是书中未见关于掐丝珐琅的记录。成书于明代中期的《新增格古要论》是明人王佐在《格古要论》的基础上编撰而成的，这可能是最早详细描述掐丝珐琅技术的著作。在卷七《古窑器论·大食窑》中记载道："大食窑出大食国，以铜作身，用药烧成五色花者，与佛郎嵌相似。尝见香炉、花瓶、盒儿、盏子之类，但可妇人闺阁之中用，非士大夫文房清玩。世又谓之鬼国窑，今云南人在京多作酒盏，俗呼曰鬼国嵌。内府作者，细润可爱。"

当时盛行于伊斯兰世界的掐丝珐琅器虽然在元代就有记载，但即使在明代初年也未见流行，这可能是《格古要论》中完全未见记录的主要原因。到王佐编撰《新增格古要论》，已是明代的景泰年间，可以推见，直到明代中期以后，这种新的具有异域特色的艺术品才得以广泛流传。这种新的工艺的发展与郑和下西洋所促成的中国同阿拉伯世界的密切交往分不开。郑和及其率领的船队长达数十年的海上外交不仅带动了明代海外贸易的繁荣，同时促进了天朝同南亚各地的友好关系。当时位于印度西海岸的古里国，占据印度洋的交通要冲，因为其得天独厚的地理位置，古里国是当时伊斯兰地区与印度、中国物资交流的中心，是当时郑和船队进行海上外交的中心之一，古里国与明王朝有着频繁的经济文化往来，其在永乐、宣德年间常有朝贺。据《明史·成祖记》与《明史·宣宗记》载，古里国永乐三年、七年、九年、十三年、十四年、十九年、二十一年，宣宗八年遣使来贡，仅仅在永乐、宣德之间短短的28年内，其朝贡就达到8次。其中古里国的贡物常有"宝石、珊瑚珠、琉璃瓶、琉璃枕、宝铁刀、佛郎双刃刀等"。其中"佛郎"即为"珐琅"。鉴于两国的频繁往来，其输入的珐琅器为数不少。其流行对明朝的工艺美术的发展不可能没有影响。永乐、宣德两朝是一个相当稳定、开放的时代，尤其是当时海外贸易的兴盛，使得本土工艺美术作品往往会大量吸收外来的流行元素，因而这是一个最适合产生新事物的时代。宣德初年，融合外来元素，又具有自己独到之处的中国版掐丝珐琅的诞生也就不足为奇了。而这种掐丝珐琅在中原的流行还得益于宣宗的喜爱，加之这种工艺作品所体现出来的豪华艳丽、金碧辉煌的风格，自然深受宫廷的欢迎。当时民间珐琅器的流行首要的要数云南。云南地处边疆，一方面是中外陆上交通的要道，另一方面是伊斯兰教徒集中居住的区域。其特殊的地理文化环境使得这里成为珐琅在中原最先发展起来的地区。

景泰蓝的得名虽然与明景泰年号有一定的联系，但是明代并无景泰蓝这个名字，关于"景泰蓝"命名的官方记载最早出现在清宫造办处档案中。雍正六年《造办处各作成做活计清档》中记录："五月初五日，据圆明园来贴内称，本月初四日，怡亲王郎中海望呈进活计内，奉旨：……珐琅葫芦式马褂瓶花纹群仙祝寿、花篮春盛亦俗气。今年珐琅海棠式盆再小，孔雀翎不好，另做。其仿景泰蓝珐琅瓶花不好。钦此。"

一般认为明代景泰年间是掐丝珐琅技术的鼎盛期，其在质量和数量上都是景泰蓝艺术的极盛期。因为其多盛行于景泰年间，且这一时期的作品最有代表性，加之其主要以蓝色调来上釉色，故而掐丝珐琅也被称为"景泰蓝"。明末清初的文献《天府广一记》中有"景泰御前珐琅"的称谓，但是这一名称一直到清朝都没有被广泛使用，清代内务府更多使用"铜胎掐丝珐琅"这一称谓，清宫物品入库时所拴的黄色签条上也多是标注这一名称，因而一直有学者认为，这一词汇是辛亥革命前后才使用的。景泰蓝虽然并非始创于景泰年间，但是此项技艺在我国明王朝的景泰年间成熟，且盛行于市，目前我国尚能见到的景泰蓝最早的制品是珍藏于北京故宫博物院和沈阳、承德博物院的宣德年间（公元1426—1435）的实物。

二 明代景泰蓝的发展

明代的景泰蓝正是以宣德、景泰时期为代表的。关于景泰蓝的由来还有一个传说：景泰为宣德之子，他继承父亲对铜器铸冶的爱好，铸炼技术本已极高，但为了寻求突破，不得不在颜色上另辟蹊径，从而创制了景泰蓝。因为对景泰蓝颜色的钟爱，其御用陈饰皆为景泰蓝制作，自然种类繁多，凡是瓷料所能制器的，都囊括其中。成化朝景泰蓝制作仍然处于兴盛期，其后经历弘治、正德、嘉靖、隆庆四朝，景泰蓝制作虽然仍在进行，但大多因循成规，少有创新出彩之作，其质量难以和景泰与成化年间相比。万历以后，其出品已极少，只是偶有烧制，景泰蓝的复兴要等到大清王朝了。流传下来的景泰蓝佳作大多为明宣德年间（1426—1435）所制。这是景泰蓝工艺的成熟期，其风格特征已经基本形成。这个时期景泰蓝的品种极为丰富，包括瓶、盘、碗、炉、圆盒、香熏等，后来出现了鼎之类的专供欣赏的制品。景泰蓝制作的材料主要采用金、铜两种，其纹饰多选择具有富贵象征意义的图案，比如蕉叶、饕餮、狮戏球、西番莲和大明莲等纹饰。其釉色相对其他瓷器来说更为丰富，包括天蓝、宝石蓝、浅绿、深绿、红色（鸡血石色）、白色（车渠色）和黄色等多种色彩，其制品往往色泽饱满、颜色鲜艳、釉质坚实。

三 繁缛多姿的审美风格

作为皇家最富代表性的工艺作品之一，景泰蓝具有特殊的审美艺术特点。

宣德年间的器形多以仿青铜器的尊、舰和仿瓷瓶等为主，大部分被用作宫廷、庙宇、道观的祭祀器物。景泰年间，此技臻于鼎盛，产品渐趋实用，且大小均有。如小有盒、花插、花盆、脸盆、蜡台等；大可至人高的大花觚以及二三尺高的熏尊、垒等，做工粗犷雄伟、纹样富实饱满，装饰上增添了菊花、蕉叶、缠枝人物、动物、花鸟、果品等写实内容，益发精美多彩，丰富了产品种类。景泰年间亦是一个创新与完美的时期，其时釉料无论纯度还是亮度、色质均堪称神品，是其他时期无法比美的。镀金技术也是在这一时期达于高峰，显然它是与厚重的黄铜胎骨相结合的，至今仍保持着其时晶莹明丽的光辉。

1. 雍容华丽的皇家气势。景泰蓝艺术长期以来都没有大规范生产，一是因为其在当时制作工艺十分复杂，原料昂贵，难以形成较大规模的生产和流通。二是由于景泰蓝是作为"禁院珍品"而专供宫廷的，其创作与生产为内廷所垄断，明清宫廷都专门开设了珐琅作，其专门负责向宫廷供应珐琅器，景泰蓝的制作工艺进入民间要等到清代末年。由此可见，宫廷用器涵盖了景泰蓝的基本属性。首先就用色来说，景泰蓝釉色有天蓝、宝蓝、赭、鲜黄、红、浅绿、深绿、羊脂白、葡萄紫、翠蓝和紫红（玫瑰色）等十多种。它们又多以天蓝色为地，故而俗称"景泰蓝"，纹饰有龙、凤、宝相花、狮子戏球、菊花、葡萄、云纹等，而多以缠枝宝相花为母题。其掐丝之娴熟整齐、磨光之细润、色彩之柔媚光亮，实为明代艺术之代表。嘉靖、万历以后花纹趋于繁缛，也有把浅蓝地改为豆绿色地的器物出现。造型上，明代的掐丝珐琅多仿古尊、壶、瓶、觚、鼎及碗之类，但却能做到仿古而不泥古，极少附加饰件，镀金的边口、足、纽、棱脊也都朴素无华，是铜胎的延长，和谐而自然。由于景泰蓝外观的华美艳丽，在明代文人、士大夫中间并不受欢迎，认为其不够清雅，格调不高，而主要为妇女闺阁和宫中的珍玩。因此，掐丝珐琅在明代由御用监专门负责烧造业务，以供皇家贵族使用。既然是作为御用的器物艺术，景泰蓝在设计制作上自然要展现皇家的雍容气度，其制作精巧，装饰显得繁缛多姿，具有富贵逼人的艳丽风格，造型上讲究典雅和寓意，其品种丰富，涉及后宫日常生活的各个方面，充分体现了皇族尊贵奢靡的审美风格。

景泰蓝富丽华美的审美风格，源自其原产地伊斯兰地区对繁复富丽风格的热爱。明代景泰蓝的胎体多选用厚重的紫铜胎，造型上多仿古，其釉料主要是天然矿物质料，其中大多还存有砂眼，色彩上以深沉厚重为主。明代景泰蓝的造型变化较少，大都为历代陶瓷及青铜器的传统造型。其装饰纹样选材比较单一，主要选用大明莲图案，也有少数串联花卉和青铜器纹样变形的装饰；色彩上以蓝色为主色调，辅以少量的其他色彩，色调统一；线条上讲究粗细结合，重点突出，和谐统一。

景泰蓝常用的釉料多达数种，包括蓝、红、绿、黄、白等，在用色上首先重在色彩的搭配与调和，中间复合色的釉色是比较少的，颜色如果搭配不当就很难得到完美的色泽。为了产生鲜明跳跃的色彩效果，珐琅工匠们创造性地使用艳丽鲜明的钴蓝和天蓝作底色，大面积铺陈，而在其上辅以小面积的红、黄、绿等色彩，既能突出底色，又可以互相对比衬托，同时用来勾勒线条，展示图案，强烈鲜艳的色釉和掐丝的简洁明快互相呼应，形成冷与热、工笔与写意的和谐共存。另外，珐琅工匠还擅长利用釉料进行烘染，以表现山川河流、花草树木的层次感和立体感，使表现对象生动传神。

景泰蓝工艺集合了我国传统工艺美术中造型、色彩、装饰的完美结合，尤其是在色彩表现上。景泰蓝的釉色多以天蓝色作底，配有宝蓝、鲜黄、红、浅绿、深绿、葡萄紫、羊脂白、翠蓝等十多种，加以纹饰，主要是龙、凤、宝相花、狮子戏球、菊花、葡萄等，经过打磨和镶金后更是磨光细润、色泽华丽、图案繁缛多姿，为明代金属制品的代表。

2. 图案装饰上的繁密华丽。景泰蓝的纹饰具有自己的独特之处，其风格有别于当时民间的各式瓷器和漆器。

首先，景泰蓝纹饰具有较强的规范性。景泰蓝有其特殊的工艺流程，多采用锦地纹饰，这种纹饰有利于呈现景泰蓝饱满、繁密的审美特征。锦地纹饰使用的线条比较复杂，往往要求各种曲线、直线以及圆形、几何形以组合的方式出现，这些线条不是小面积出现，而是大面积的成片使用，几乎不留空白，空间设计力求做到紧密严实，从而营造出饱满繁密的审美效果。

其次，景泰蓝结合了金属工艺和珐琅工艺。为了追求风格上富丽堂皇的效果，镀金工艺是景泰蓝工艺中的重要一环，所以景泰蓝在制作上，除了在主体纹样上要用锦地纹样填充空白处，使釉料与金属紧密结合外，还要经过镀金工艺，从而使得制品具有金光灿烂的富丽效果。

最后，景泰蓝制作注重骨架的紧密结构。先要确立主体纹饰的基本骨架，然后再加以扩展以形成整体纹饰。我们以景泰蓝中常见缠枝莲纹的制作为例。其在主体纹饰基础上进行多级分割，由大到小，一步一步细化表现主体纹饰，自然会给人一种宛转繁复的审美感觉。景泰蓝在纹饰的用色上，也有自己独到的特色，其色彩达到十多种，可以说达到前所未有的地步，其釉料质地优良，色泽透明，极具光滑度，并且为了迎合皇家的需要，出现了以金色为着色剂的"粉红"釉料，这是珐琅釉的独特色彩，极具创造力。正是因为明代景泰蓝制作工匠在釉料色彩上的革命性贡献而极大地增强了景泰蓝艺术的表现力，其展现的审美艺术在明代器物发展中可谓是独树一帜。

3. 题材的丰富多彩。景泰蓝表现的题材丰富，布局繁密。尤其是万历年间掐丝珐琅器在风格上更是刻意求变。在器物造型、釉料颜色、色彩的运用以及图案设计等多个方面，景泰蓝都展现了不同于前代的独特之处。其釉料的颜色更为丰富多彩，用色上出现了同一件作品同时使用两种或以上的珐琅釉色作底色，这是以前的制作工艺难以达到的。图案装饰选择更为多样化，除了缠枝莲纹外，出现了龙凤纹、山水人物纹及具有宗教象征意味的八宝纹，并且出现了文字和图案的结合。其中最具代表性的是缠枝莲纹。"缠枝莲纹"又称大卷叶缠枝勾莲纹，它遍及各种造型的景泰蓝器具。这种纹饰深受欢迎的主要原因，一是它具有庄重华丽的艺术效果，很适合景泰蓝所要展示的贵族气派。二是花叶造型适合在各种形制的器身上任意延伸，不留空白，既可以美化器物又能固定釉料，可以说其功能既是美学上的，也是技术上的一种需要，所以景泰蓝艺术从流行之初一直到清代的鼎盛期，缠枝莲纹都颇受重视，其构图讲究均衡与严谨，图案常以花、叶定位，用枝蔓加以连接。为了在繁复的装饰中显示出和谐性来，工匠们采取了多种措施，包括向心、循环、放射、旋转等，并且为了突出主题，常常使用重叠式构图，即画面布局讲究以次托主，器物的中间常常是整个构图的主体，用多达六到八层的图案衬托其主体。由于对秩序的强调，繁复的构图不会显得杂乱无章。

明代作为景泰蓝艺术发展的重要历史时期，其独特的艺术风格在崇尚复古运动的明代是一道独特的风景线，也是世界工艺美术史上不可多得的瑰宝。明代景泰蓝的发展为清代景泰蓝的繁盛打下了坚实的基础。到清乾隆年间，景泰蓝艺术在明代基础上取得了长足进步，成为清代宫廷工艺品的主要代表。到晚清，景泰蓝艺术更是走出宫廷，走入民间，走向世界，成为当时中国对外贸易的主要产品之一。

第五节　文房清玩：小巧雅致

一　明代清赏之风的盛行

明代一方面由于专制制度的空前加强，文人士子纷纷由入世转向出世，他们醉心于对生活进行精致化、艺术化的经营。另一方面明代中叶以后经济的迅速发展，也为文人的闲雅生活提供了雄厚的物质基础。文人对雅致生活的经营主要表现为以金石考古和文房清玩相结合的"清赏"活动，这在经济最为富庶、文化最为发达的江南地区尤其盛行。对于文人对清玩的爱好，明代高濂在其所著《遵生八笺·燕闲清赏笺》中引用南宋文人赵希鹄在《洞天清录》里的一段原文："吾辈自有乐地。……明窗净几，焚香其中，佳客玉立相映，取古人妙迹图画，以观鸟篆蜗书，奇峰远水，摩挲钟鼎，亲见商周。端砚涌岩泉，焦桐鸣佩玉，不知身居尘世，所谓受用清福，孰有逾此者乎？"[①] 高濂想要表现对这种人生态度和生活方式的极大认同。晚明人沈春泽在为《长物志》所作的"序"中表现了对这种生活理念及其具体实践的热烈呼应。说："予观启美是编，室庐有

[①] 高濂：《遵生八笺·燕闲清赏笺》上卷《叙古鉴赏》。

制，贵其爽而倩、古而洁也；花木、水石、禽鱼有经，贵其秀而远、宜而趣也；书画有目，贵其奇而逸、隽而永也……诚宇内一快书，而吾党一快事矣！"①

中国历代文人都对文房清玩有收藏、品鉴之好，宋代是一个重要时期，宋代金石学著作《宣和博古图》标志着宋人对古器的收藏与研究达到了一个新的层次，对文物的品鉴已经有了一套比较系统的理论。明代则可以说对收藏与鉴古的爱好遍及各个阶层。引人注目的是，这股流行风尚的主体转到民间，尤其盛行于富庶的江南地区。与之相应的图书出版市场也跟着火爆，当时有大量的收藏、品鉴类作品出版，著名的有高濂的《遵生八笺》、文震亨的《长物志》、屠隆的《考盘余事》等。古物赏玩可以说是当时文人生活的重要主题之一。明代李流芳出仕前曾对钱谦益感叹说："吾两人才力识趣不同，其好友朋而嗜读书则一也。他日世事粗了，筑室山中，衣食并给，文史互贮，招延通人高士，如孟阳（程嘉燧）辈流，仿佛渊明《南邨》之诗，相与咏歌皇虞，读书终老，是不可以乐而忘死乎？"钱谦益亦答道："善哉！信若子之言，予愿为都养，给扫除之役，请以斯言为息壤矣。"② 可见，出处之际，江南士人非无犹疑，而文房、书斋对他们来说既是人生的初始，也是心灵的最后归属。

二 雅俗之辨

生活在浓厚的商品经济氛围下的江南文人对书斋清玩生活的刻意投入还意味着对本阶层文化身份和阶层归属的认知，因而对书斋古玩之好文人有雅俗之辨。文房清玩对江南士人来说，首推文化气息。其清赏文化追求古朴典雅之风，家居陈设也力求展示名士做派，讲的是文人的雅趣，至于金银珠宝之类的俗物，自然是不登大雅之堂的。因而董含引何良俊之语道："士君子读书出身，虽位至卿相，当存一分秀才气，方是名士。今人几席间往往宝玩充斥，黄白灿陈，若非贾竖，则一富家翁耳。"③ 董含也

---

① 高濂：《遵生八笺·燕闲清赏笺》上卷《总说》。
② 钱谦益著，钱曾笺：《牧斋初学集》，上海古籍出版社1985年版，第1138页。
③ （明）董含：《三冈识略》，辽宁教育出版社1983年版，第62页。

提出:"士大夫陈设,贵古而忌今,贵雅而忌俗。若乃排列精严,拟于官署;几案纵横,近于客馆;典籍堆砌,同于书肆;古玩纷遝,疑于宝坊,均大雅之所切戒也。"①

而书斋的布置也以古雅为佳,万历年间文人王士性有记载:"姑苏人聪慧好古,……苏人以为雅者,则四方随而雅之;俗者,则随而俗之。其赏识品第本精,故物莫能违。如斋头清玩、几案、床榻,近皆以紫檀、花梨为尚,尚古朴不尚雕镂,即物有雕镂,亦皆商、周、秦、汉之式。"②

与之相对的,文人对商贾惟求华贵的堆砌之风是多有批评的。文震亨就指出:"今人见闻不广,又习见时世所尚,遂致雅俗莫辨,更有专事绚丽,目不识古,轩窗几案,毫无韵物,而侈言陈设,未之敢轻许也。"③陈继儒也谈到:"书画鉴赏是雅事,稍一贪痴,则亦商贾。"④又谈到:"文房供具,借以快目适玩,铺叠如市,颇损雅趣。其点缀之注,罗罗清疏,方能得致。"⑤可见,江南文人迷恋的是清赏中透露的清雅、古朴、恬淡、自然的文人意趣,这使得他们甚至对书斋中文物展示的数量、位置等都加以苛求。对于在使用器物上,他们也崇尚朴拙的审美风格。对于不同风格的,都被贬做"恶俗""不入品""俗不可耐""俱入恶道"等。

比如明人谈香炉之用:"三代、秦、汉鼎彝,及官、哥、定窑、龙泉、宣窑,皆以备赏鉴。……惟不可用神炉、太乙,及鎏金白铜双鱼、象鬲之类。尤忌者,云间潘铜、胡铜所铸八吉祥、倭景、百钉诸俗式,及新制建窑、五色花窑等炉。又古青绿博山亦可间用,木鼎可置山中,石鼎惟以供佛,余俱不入品。"

论铜镜之饰,"秦陀、黑漆古,光背质厚无文者为上;水银古花背者次之。有如钱小镜,满背青绿,嵌金银五岳图者,可供携具。菱角、八角、有柄方镜,俗不可用"⑥。由此可见,明清文人对文房古玩的"赏闲"和"逸乐"是排斥低层次感官享乐的,更多的是着眼于精神、审美境界

---

① (明)董含:《三冈识略》,辽宁教育出版社1983年版,第62页。
② (明)王士性:《广志绎》,中华书局2006年版,第219—220页。
③ 文震亨:《长物志》卷七《器具》。
④ 陈继儒:《小窗幽记》。
⑤ 同上。
⑥ 同上。

上的体验，寻求的是与古代贤人的精神对话。所谓闲雅逸乐是在貌似悠闲世俗之趣中，投入"雅"的情怀，是要"化俗为雅"，强调的是审美提升，要化世俗为优雅，要在世俗的社会中营造优雅的人生意境。

三 对闲雅生活的追逐

"赏闲"在唐代讲究"适意"，宋代讲究韵味，明清重在赏闲。明人将各种恋物癖好都视为高雅情致的体现。张岱曾在《陶庵梦忆》中骄傲地宣称："人无癖不可与交，以其无深情也；人无疵不可与交，以其无真气也。"明人认为"癖"是人的真实生命感受的体现，明人对清玩的迷恋在明代任情尚真的文化背景下，是其快乐"尚闲"生活理念的展示。政治险恶、仕途坎坷，而向来有着隐逸山林传统的文人自然会常常生出退隐林下的念头，寄情山水、宴饮园林、痴迷书画、清赏古玩，对这种闲雅的艺术化人生境界的追逐，是他们用以平衡政治失意的灵丹妙药。但是古老的山林隐逸的传统不是明代文人的主流选择，他们不再企图用"原始"对抗"文明"，而是发展出一种"闲雅"的生活模式，并且对这一生活模式展开了极为繁复丰富的文学论述。他们建立了一套雅致的生活美学，并以此鄙夷市井人生的粗俗，以对文化制高点的占据来对抗占据财富优势的商人阶层。明代文人要的是在繁华人世打造出一个逸乐异境，既不需要放弃尘世的享受，又不会污了儒士的高洁。对物质生活的沉溺，使得他们自然不会像魏晋名士那样选择穷居山林，精神上的洁癖让他们也不愿与世同污。明代文人的隐逸文化是大隐于市，既要超脱于世，又不愿放弃世俗之乐，在自家书房、文人雅集之地赏鉴清玩被看做实现这一理想的完美形式。沉湎其中，既能超脱于世俗规范，又能享受人生之趣。

明代的器物赏玩审美精神的共性在于对文人雅致生活的追求。明代文人不屑于将赏闲逸乐生活停留在低层次的感官享乐上，企望在与器物的精神沟通中体会优雅人生的情趣，明清文人选择在世俗人间构建起闲雅逸乐的独有空间。他们留恋世俗烟火，所以不会像魏晋士人那样隐居山林；他们眷恋红尘，所以不会像宋代文人那样大隐隐于市，他们企图在坚守形而上的内在品格的同时，又享受形而下的感官声色，渴望"孤标贞骨，逸气风雅"，希望在雅俗之间自由出入。他们虽然接纳物质文化成分，但是渴望通过隔离世俗的生活美学和生存观，传达传统道德的理想。他们选择在精心打造的清玩世界里重新建构一个优雅的充满诗情画意的世界，从而开辟出文人自己独树一帜的生命空间。他们将这种理想生活设想成为："书斋宜明净，不可太敞。……斋中长桌一，古砚一，旧古铜水注一，旧窑笔格一，斑竹笔筒一，旧窑笔洗一，糊斗一，水中丞一，铜石镇纸一，左置榻床一，榻下滚脚凳一，床头小几一，上置古铜花尊，或哥窑定瓶一。花时则插花盈瓶，以集香气；闲时置蒲石于上，收朝露以清目。或置鼎炉一，用烧印篆清香。冬置暖砚炉一。壁间挂古琴一，中置几一，如吴中云林几式佳。壁间悬画一。书室中画惟二品，山水为上，花木次之，禽鸟人物不与也。或奉名画山水云霞中神佛像亦可。名贤字幅，以诗句清雅者可共事。……盆用白定官哥青东磁均州窑为上，而时窑次之。几外炉一，花瓶一，匙箸瓶一，香盒一，四者等差远甚，惟博雅者择之。然而炉制惟汝炉，鼎炉，戟耳彝炉三者为佳。大以腹横三寸极矣。瓶用胆瓶花觚为最，次用宋磁鹅颈瓶，余不堪供。……法帖，真则《钟元常季直表》，《黄庭经》，《兰亭记》。隶则《夏丞碑》，《石本隶韵》。行则《李北海阴符经》，《云麾将军碑》，《圣教序》。草则《十七帖》，《草书要领》，《怀素绢书千文》，《孙过庭书谱》。此皆山人适志备览，书室中所当置者。画卷旧人山水、人物、花鸟，或名贤墨迹，各若干轴，用以充架。斋中永日据席，长夜篝灯，无事扰心，阅此自乐，逍遥余岁，以终天年。"[①]"自乐"与"逍遥"，其实质就是中国美学所追求的自然天然之乐，也即"天人合一"之乐。

　　人与自己的生存环境之间具有一种相通同一的关系。所谓"地久方知地有权"，"地"也有"权"、有"力"，居住时间久了才能够体验得到。的确，日常生活中任何一件小事与细节都有吸收、转化能量的"权能"，特别是作为生存空间的环境，有一条看不见的"权能"链，通过人的心态，于无形中积淀于人的心底，又与人时刻相处的生存环境的"权能"相互联系、相互关联、相互呼应，从而在无形之中，对人产生影响，物我同舟，物我一体，物我互动，物我交融，人天合一，"权能"互相感应，人创环境空间，同时又受制于空间。这是"天人合一"的规律所致，

[①] 高濂：《遵生八笺·起居安乐笺》上卷"高子书斋说"条，第199—200页。

宇宙间包括人在内的万事万物尽皆如此。所以说，万事万物都有"道"的存在，即"有物有则"，即便是书房的陈设，也如理如法，令人辗转相随，无法僭越。即使是"书房"，仅仅一隅之地，在高濂的笔下也盈盈有趣，令人心驰神怡，神往不已。"无事此静坐，一日如两日，若活七十年，便是百四十。"由此也可见出，明代文士书房陈设讲究空间要有深邃感，地要有气，地有生气才能养人；要大小适中，宅大是一虚，宅小不可期。不能过于狭小逼仄，一定要适中。适中才能聚气，才能养人，才有活力和生机，才有情感和温度。书房空间的布局陈设，要保证疏朗有致。太密则显得压抑，太疏则空旷。书房中一般摆放书桌、椅子、书柜、几案、盆景、植物等物件，一定要令其错落有致，次第相迎。即如李渔《闲情偶寄》所指出的："安器置物者，务在纵横得当，使人入其户登其堂，见物物皆非苟设，事事具有深情。"书桌所在，应该右高左低。《纬略·宅经》云："西高东下，名曰鲁土，居之富贵，当出贤人。"并且忌讳中空、三角形、八字形、四方等形制，宜水曲和品字形，物件也切忌烦冗。在家具上的陈设，款式、结构、色彩等也要相得益彰。植物适宜在门口处或书桌旁摆放，房间的东南处也是不错的选择。植物要充满生机、茂密，如文竹之类的；忌讳有刺、露根。有刺者，是非难平；露根者，令人被动。诸如金虎、仙人掌之类的所谓"辟邪"之物，最为大忌。要避免干花，干花放在室内，最为伤肺；还会产生燥气，令人火气陡增。一个本应鲜活的植物，却变成了一个失去水分的生命物象，就势必会令人躁进乖张，缺少调柔。盆景，则要注意露根的植物和乖张不润的山石。否则心中抑郁难解，纠结广布。

喜欢把玩器物的文人雅士，其思想意识往往表现出一种相对的独立性，有些与众不同。作为文人雅士，必须要博学，要有文化修养，行为举止、谈吐气质、审美享受诸方面都有些超凡出众。就形态身姿看，是青衫儒巾，器物把玩则琴棋书画、文房四宝、金石题跋、古籍版本、儒佛相杂、竹林茅舍，醇酒清茶，样样精通；美食要吃出文化，美女要陪伴夜读，说话要慢声细语，用词要古意盎然，色彩要淡，布局要疏，装饰要素，自家不洁视而不见，扫清六合志在必得。凡此种种，合成文人情趣。而情趣则是精神气质差别的背后所隐藏的一种身份的表现，社会地位的表达。文人情趣，究其实，都是要刻意强调独特的身份。他们可以和怪石为实友,名琴为和友,好书为益友,奇画为观友,法帖为范友,良砚为砺友,宝镜为明友,净几为方友,古瓷为虚友,旧炉为熏友,纸帐为素友,拂尘为静友,就是不太愿意和人打交道。常来往的人屈指可数,决不滥交,能进家门的人,都"不尚虚礼""随分款留,忘形笑语,不言是非,不侈荣利。闲谈古今,静玩山水。清茶好酒,以适幽趣。臭味之交,如斯而已"[1]。一般文人都自视甚高,喜欢孤芳自赏。文人不讲出身,无论豪门骄子、书香麟儿、郊野草根,只要博览群书,能够咬文嚼字,都有资格进入这个圈子。文人隐居乡间,仍然要"采菊",要"悠然"。可以躬耕,可以淡泊。不能像商人那样逐利寡情。要迥别于依权仗势的官僚。所谓"布衣"身份,既是自我清高,也是鄙视官僚,看不起官场中作威作福,贪污腐败,结党营私,媚上欺下,尔虞我诈,争权夺利的污浊。分割的结果是形成雅、俗之别。文人卓立不群,在日常生活休闲、习惯兴趣爱好等方面追求"雅"。文人狷介孤傲,他们玩的也不是情调,而是身份地位。金石古董,文人把玩之余,得意的是考证题跋,值钱多少则非关注焦点。而当今古董热,则以市价高低,捡漏大小为荣,与文人情趣相去万里,毫无雅致可言。即如陈继儒所指出的,"山栖是胜事,稍一萦恋,则亦市朝;书画赏鉴是雅事,稍一贪痴,则亦商贾;诗酒是乐事,稍一徇人,则亦地狱"[2],就是这个道理。"雅"与"俗"是文人学士与上层、下层社会的对立,看似水火不容,彼此歧视,实际上二者又是相互渗透,相互转化的。"雅人"不乏欣赏"俗"的事例,"俗人"更是羡慕"雅"。"雅人""俗人"也不可能断然划分,"雅"中有"俗","俗"中有"雅","雅"可化"俗","俗"也可转为"雅"。如果"雅人"一心向"俗"靠拢,多半是出自一种叛逆心理。"俗人"向"雅"靠近,则大多是一种争夺的欲望。在很多情况下,"俗"出于内心深处的嫉妒与怨恨,潜意识中往往有以颠覆"雅"为快的意念。

---

[1] 陈继儒:《小窗幽记》卷七《集韵》。
[2] 陈继儒:《小窗幽记》卷一《集醒》。

参 考 文 献

龙文彬:《明会要》,中华书局1956年版。
(清)谷应泰:《明史纪事本末》,中华书局1986年版。
(清)夏燮:《明通鉴》,岳麓书社1996年版。
吴晗辑:《朝鲜李朝实录中的中国史料》,中华书局1958年版。
(清)计六奇:《明季南略》,中华书局1982年版。
[美]牟复礼、[英]崔瑞德:《剑桥明代中国史》,中国社会科学出版社1992年版。
万国鼎编:《中国历史纪年表》,中华书局1981年版。
杨国桢、陈支平:《明史新编》,人民出版社1993年版。
(清)张廷玉等:《明史》,中华书局1974年版。
文渊阁《四库全书》电子版,上海人民出版社。
(明)黄宗羲:《明儒学案》,中华书局1985年版。
(清)章学诚:《文史通义》,商务印书馆1934年版。
郑振铎:《中国俗文学研究史》(上、下),上海书店1984年版。
[日]吉川幸次郎:《中国文学史》,四川人民出版社1987年版。
谢桃坊:《中国市民文学史》,四川人民出版社1997年版。
李泽厚:《古代思想史论》,人民出版社1985年版。
[日]青木正儿:《中国文学思想史》,张仁青、郑樑生译,台湾开明书店1966年版。
徐复观:《中国艺术精神》,春风文艺出版社1987年版。
张岱年:《中国哲学大纲》,中国社会科学出版社1994年版。
余英时:《士与中国文化》,上海人民出版社2003年版。

葛兆光：《中国思想史》，复旦大学出版社2009年版。
谢国桢编：《明代社会经济史料选编》，福建人民出版社2005年版。
张秀民：《中国印刷史》，上海人民出版社1989年版。
赵园：《明清之际士大夫研究》，北京大学出版社1999年版。
左东岭：《王学与中晚明士人心态》，人民文学出版社2000年版。
傅衣凌：《明代江南市民经济试探》，上海人民出版社1957年版。
龚鹏程：《晚明思潮》，商务印书馆2005年版。
陈宝良：《明代社会生活史》，中国社会科学出版社2004年版。
《李渔全集》，浙江古籍出版社1992年版。
傅惜华：《明代传奇全目》，人民文学出版社1959年版。
周贻白：《明人杂剧选》，人民文学出版社1953年版。
（明）徐渭：《徐渭集》，中华书局1982年版。
陈多、叶长海注释：《王骥德曲律》，湖南人民出版社1983年版。
（明）王思任著，任远点校：《王季重十种》，浙江古籍出版社1987年版。
徐朔方笺校：《汤显祖全集》，北京古籍出版社1999年版。
汤显祖著，徐朔方校：《汤显祖评传》，南京大学出版社1993年版。
魏同贤主编：《冯梦龙全集》，上海古籍出版社1993年版。
张建业主编：《李贽文集》，社会科学文献出版社2000年版。
左东岭：《李贽与晚明文学思想》，天津人民出版社1997年版。
钱伯城笺校：《袁宏道集笺校》，上海古籍出版社1981年版。
方祖猷、梁一群、李庆龙等编校整理：《罗汝芳集》，凤凰出版社2007年版。
容肇祖整理：《何心隐集》，中华书局1960年版。
高洪钧编著：《冯梦龙集笺注》，天津古籍出版社2006年版。
冯梦龙编纂，刘瑞明注解：《冯梦龙民歌集三种注解》，中华书局2005年版。
叶长海：《中国古代悲剧喜剧论集》，上海文艺出版社1983年版。
邹元江：《汤显祖的情与梦》，南京出版社1998年版。
苏国荣：《中国剧诗美学风格》，上海文艺出版社1986年版。
吴毓华：《古代戏曲美学史》，文化艺术出版社1994年版。

王增斌：《明清世态人情小说史稿》，中国文联出版公司1998年版。

[美] 夏志清：《中国古代小说史论》，江西人民出版社2001年版。

吴圣昔：《明清小说与中国文化》，南京大学出版社1991年版。

胡胜：《明清神魔小说研究》，中国社会科学出版社2004年版。

孙克强：《雅俗之辨》，华文出版社1997年版。

陈大康：《明代商贾与世风》，上海文艺出版社1996年版。

（清）张廷玉等撰：《明史》，中华书局1974年版。

（清）黄宗羲撰：《明儒学案》，中华书局1985年版。

孟森：《明史讲义》，中华书局2006年版。

吴承学、李光摩编：《晚明文学思潮研究》，湖北教育出版社2002年版。

傅承洲：《明代文人与文学》，中华书局2007年版。

赵园：《明清之际士大夫研究》，北京大学出版社1999年版。

傅衣凌：《明代江南市民经济试探》，上海人民出版社1957年版。

罗宗强：《明代后期士人心态研究》，南开大学出版社2006年版。

夏咸淳：《情与理的碰撞——明代士林心史》，河北大学出版社2001年版。

周明初：《晚明士人心态及文学个案》，东方出版社1997年版。

俞剑华：《中国绘画史》，上海书店1992年版。

王伯敏：《中国绘画通史》，东大图书公司1997年版。

王朝闻主编：《中国美术史》，齐鲁书社、明天出版社2000年版。

黄惇等：《中国书法史》，辽宁美术出版社2001年版。

徐复观：《中国艺术精神》，华东师范大学出版社2001年版。

樊波：《董其昌》，吉林美术出版社1996年版。

樊波：《中国书画美学史纲》，吉林美术出版社1998年版。

杨耀：《明式家具研究》，中国建筑工业出版社1986年版。

李泽厚：《美的历程》，中国社会科学出版社1983年版。

赵春林主编：《园林美学概论》，中国建筑工业出版社1992年版。

刘敦祯：《苏州古代园林》，上海三联书店2000年版。

王毅：《园林与中国文化》，上海人民出版社1990年版。

田自秉：《中国工艺美术简史》，浙江美术学院出版社1995年版。

陈江：《明代中后期的江南社会与社会生活》，上海社会科学院出版社2006年版。

（明）高濂：《遵生八笺》，巴蜀书社1985年版。

（明）胡应麟：《少室山房笔丛》，中华书局1958年版。

（明）谢肇淛：《五杂俎》，中华书局1959年版。

（明）叶盛：《水东日记》，中华书局1980年版。

（明）文震亨著，海军、田君注释：《长物志图说》，山东画报出版社2004年版。

陈从周：《扬州园林》，科学技术出版社1983年版。

（明）董其昌：《画禅室随笔》，《四库全书》本。

冯先铭：《中国陶瓷》，上海古籍出版社2001年版。

杭间：《中国工艺美学思想史》，北岳文艺出版社1994年版。

（明）计成著，陈植注释：《园冶注释》，中国建筑工业出版社1988年版。

（明）凌濛初：《拍案惊奇》，上海古籍出版社1996年版。

（明）张岱：《陶庵梦忆》，上海古籍出版社1982年版。

（明）张瀚：《松窗梦语》，上海古籍出版社1986年版。

冯保善：《凌濛初研究》，人民文学出版社2009年版。

陆树仑：《冯梦龙研究》，复旦大学出版社1987年版。

陈宝良：《明代社会生活史》，中国社会科学出版社2004年版。

余英时：《士与中国文化》，上海人民出版社2003年版。

宗白华：《美学散步》，上海人民出版社1981年版。

朱大可：《聒噪的时代》，湖南文艺出版社1998年版。

南炳文、汤纲：《明史》，上海人民出版社2003年版。

孙一珍：《明代小说简史》，山西人民出版社2005年版。

赵树功：《闲意悠长——中国文人闲情审美观念演生史稿》，河北人民出版社2005年版。

索　引

A

艾略特　83

B

白话短篇小说　111,172,173,211

百科全书　207-209

百姓日用是道　30,40

柏拉图　153,156

《拜月亭》　105,155,164,165,167

版画　250,252,254,255,273-276,298

悲剧　120,121,151-156,190-192,194

悲喜互现　120

北宗　270,272

本色　40,42,45-47,51,64,72,114,115,160,162-169,176,239,242,244,275

"本色"论　5,168,169

本心本性　7,8,15,17,18,20,22,23,29,31-34,36,39,45,46,49-53,80,126-129,131,235,236,238,240,242,244

比例　118,274,284,299,300,302

比兴　83-85,226,240

边景昭　257

编年体结构　189

变而贯　294

表现　4,9,10,15,20,32,34,38-40,42,48,49,52,55,60,63-68,70,72-79,81-83,85,89,90,99-104,107,108,110,111,114,116-119,121,126,127,129-154,157,160-163,168,169,172,177,179,180,182,184,187-191,194,195,199,201,203,206-208,212,213,215-218,220-222,224-226,228,230,231,233,236,238,242,246-250,253,255-262,264,265,267,268,270,272,275,279-284,286,289,292-296,299,304-308,313-315,320

C

彩绘　258,303,308

曹操 152,157,159,181,187-192,196

曹昭 310

插科打诨 152

茶陵派 108,218,219,221,228,231

禅宗 12,40,74,124,224,236,270,272,279

禅宗六祖慧能 62

缠枝莲纹 314,315

长篇历史章回小说 110

《长物志》 95-98,100,107,298,315-317

场上时间 143

超人化 195

陈复 17

陈洪绶 250,251,254,255,275,276

陈继儒 176,254,256,269,297,317,321

陈献章 46,47,223,231-233,239

陈子龙 225,226

程朱理学 2-16,19,20,25-27,33-38,41,42,47-49,52,55,65,67,69,71,77,80-82,87,90,114-116,118,122,129-131,136,218-221,223,224,229,231,233,236,239,245,253,285-287

赤子之心 28,29,38,39,123,236

冲突 9,16,125,129,133,136-138,143,152-154,162,189,191,218,260,290

崇高 152,180,202

抽象世界 12

出之贵实 138

传奇 53,68,69,97,103,105,108-110,112-119,121,126,134,135,137-140,143-146,149-151,155,164-169,171-173,175-181,184,192,193,195,198,199,203,210,211,254,273,275

纯粹美学思想 25

存理去欲 36,37

存天理,灭人欲 3,5,19,36

D

达观 124-126

大航海时代 57

大人 7,111

大我 7

《大学》 14,22

大众审美鉴赏者群体 16

大众审美意趣 4

大众文艺 4

戴进 251-253,262-265

道器 8

道心 21,34,35,90,123

道者文之根本,文者道之枝叶 14

德性 7,8,34,82

地理大发现 57

帝后肖像 258

第三人称视角 189

典范 109,118,190,192,227,229,269,302,306

典型环境下的典型性格 196

典雅庄重 229

董含 316
董其昌 94,97,173,204,251,254 – 256,269 – 273,279,280,291
独到与创新 3
杜丽娘 69,89,119,126,129,130, 134 – 137,141,145,146,148
多元化 105,106,303

E

《耳伯麻姑游诗序》 124,131
二王书风 282
二元对立 22

F

发明本心 19,235
《法华经》 61
反功利主义 289
反身而诚 18,26,27,36 – 38,127
范允谦 92
方献夫 24
坊廊户 56
仿古瓷 304
分析思维 153
丰腴温润 284
丰腴妍媚 285,287
冯梦龙 5,55,68,89,92,104,106, 111,116,138,171,175,176,178, 184,210,216
《佛光大辞典》 61
复古运动 108,221,222,224, 235,315
复社 108,225

G

感性本体 110
高标士气 269,271,272
高镰 97
《歌代啸》 104,153,156,161
"格调" 221,222
格调论 81
《格古要论》 310
格物穷理 37
个性化 33,41,132,188,195,198, 241,252
工商皆本 60,63,64
公安派 5,79,80,82 – 84,86,104, 108 – 110,158,218,224,225,237, 238,241 – 245
宫调 112,165,167
宫廷画派 250
古代中国"人的发现"的时代 33
古雅 99,100,270,317
"观物"说 74
官方话语 3,227
官窑 294,295,302 – 304,306
馆阁文风 234
归有光 42,46 – 48,88,222
郭绍虞 82
郭思 94
郭熙 94,257
国家土地所有制 72

H

何良俊 164 – 167,289,296,316

何心隐 25,30,40,55,90,91,223
"和熙圆融"的艺术境界 15
华亭派 251,254,269,270
华严宗 12
滑稽 141,151,152,154,156,182,201
话本 90,105,135,171-174,181,186,188,189,198,200,205,209,217
黄应光 275
回旋式构图 295,306

J

几社 225,226
计成 97,100,101,107,297,302
继承新变 88
嘉定三朱 100
嘉兴派 254,256
贾仲明 114
简约原则 299
鉴赏的主体 290
江夏派 251,252
姜立纲 283
僵化的教条主义 49,52
讲会 17
讲史小说插图本 274
蒋嵩 252,263
焦竑 88
焦竑 25,237,238
阶段性 280
借怡于物 291
金石考古 315

禁欲主义 4,12,69,70,122
禁院珍品 312
景德镇 292,294,295,302,303
景泰蓝 296,309,311-315
竟陵派 108,218,224,225,245
居敬穷理 7,26,34
具象世界 12

K

康海 86,87,116,150,157,221,233,234
《考槃余事》 95,107
空故纳万境 101
空台艺术 143
《狂鼓吏》 152
"狂者"人格 29,40
昆腔 117,164,165

L

兰陵笑笑生 88,204,205
蓝瑛 251,254,263
类型化 180,190,198
李东阳 80,81,108,219,221,222,228,233,235,239,278
李开先 88,115,150,157,164,169,173,205
李贽 93,193,195-197,199,200
李流芳 251,297,316
李梦阳 78,81-85,108,221,222,233,235
李日华 177
李思训 75

李维桢　240

李贽　5,16,25,29,40,49-53,55,
　　62,65,80,87,88,90,91,93,102,
　　104,105,108-110,115,116,118,
　　122,124,127-129,135,138,165,
　　166,171,172,174,175,194,195,
　　197,201,210,213,223,224,236,
　　237,242,279

俚俗化　293

理气　8,80

理趣　77,92,231

理生于心　31

理想主义　133,201,221

理性本体　110

理学　5,8-12,17,55,62,65,71,72,
　　76,77,81,87,103,105,108,129,
　　131,216,219,223,233,239,280,
　　286,289

理一分殊　8,12-14

理欲之辨　36

历史真实　176,184,198

恋物癖好　318

良知　17-19,22-24,27-29,34-
　　38,43-49,52,55,72,102,223

林冲　140,146,148,197,198

林良　251,257

临川派　117,169

临川四梦　89,122,133,134

凌濛初　104,111,165,167,171,184,
　　211,275

刘备　174,187,189-192,196

刘基　220,229,233,234

刘俊　257,259,262

刘尚信　237

刘鳃　82-84

留心损益　191

柳梦梅　69,89,130,135,137,141

六义说　156

龙套写景　146

鲁迅　120,185,196,200,201,
　　206,209

鲁智深　193,195-199

陆九渊　4,17,19-21,123,223

吕天成　117,118,155,166,167

伦理本位　110

轮班匠　295

罗贯中　67,111,186-188,190,191,
　　193,194,198

罗汝芳　25,28,29,87,123,124,236

M

毛宗岗父子　188

美刺　151,156,179,180

孟称舜　118,141,142

孟子　22,23,28,47,50,79,123,229,
　　234,240

"梦幻"性　134

"妙悟"说　74

庙堂之体　285

民窑　293,295,298,302,303,
　　306,307

闽粤王门学派　24

明初三子　78

明代前后七子　78

明道　77,78,219,220,229,236,239
明式家具　97-99,107,298-302
明天理,灭人欲　11
莫是龙　254,269
墨分五色　99,308
《牡丹亭》　68,69,88,89,104,115,
　　118-120,122,124,126,128-130,
　　133-138,141,145,146

N

"南方"的王阳明门人一派　24
南戏　112,113,115,154,164,
　　165,169
南宗　272
内圣外王　6
内省　11,17,46,111,218
倪端　257,259,262
拟话本　104,172,183,209,217

O

欧阳修　73,228,233,235
《琵琶记》　104,112,139,164,165,
　　168,275

P

平面构成性　289

Q

七分实事,三分虚构　198
七情　9,89,141,203,215,240
气　1,2,8,14,19-21,23,24,28,33,
　　34,45,49,51,60,64,65,67,70,
　　73-75,77,80,81,83,85,86,89,
　　93,94,96,98,101,104,106,107,
　　110,114,118,122,123,126,130,
　　132,141,142,145-149,152,154,
　　160,162,163,165,169,175,176,
　　178,187,190,192,195-197,199,
　　201-203,209,212,214,216,218,
　　220-234,237,238,240,241,244,
　　247-249,252-256,258-260,
　　262-267,269,271,272,274-276,
　　284,289,290,296,299,301-305,
　　307,308,311-314,316,318-320
气一分殊　8
气质　9,20,45,80,107,196,202,
　　203,243,260,275,302,306,320
器物艺术　288-295,297,298,302,
　　309,313
器物之道　302
钱谦益　231,296,316
青花瓷　98,99,293-295,298,
　　302-309
青花五彩　296,303
清赏　96,97,107,290,297,308,
　　315-318
清雅闲适　245,246
情感本位　110
情理兼顾,情理交融　9
情胜于理　128
曲终而奏雅　120
趋新为美　289
趣　3,4,8,15,16,48,55,61,64,65,
　　67,68,71,72,74,75,77,82,91-100,

102－109,111－115,117,118,126,
133,134,141,149,155,160,163－
166,173,174,176,178,180,181,183,
186,187,199－202,204－206,213,
217－221,224,225,231,233－235,
238,240,241,243－246,248－250,
255,256,260－268,271－274,280,
281,288－290,293－296,298,299,
305－308,316－318,320,321

全汉昇　58

全知视角　189

R

人理　7,11－14,19,21,31,163

人情物欲　40

人人可以成尧舜　17

人文之道　302

人物画　250－252,254,257－260,
262－264,268

人心　4,7,10,11,14,19－21,23,27,
34,35,37,38,44,55,66,86,87,91,
102,105,106,121,135,166,169,
172,175,181,184,187,201,204,
206,208,212,223,225,226,236,
249,260,320

人性　9,10,12,27,28,30,31,33,37,
40,41,49,52,55,63,70,80,88,
110,122,124,129,135,136,163,
174,175,184,195,196,201－204,
209,231,236,239

人欲　3,11,12,19,24,27,30,31,
33－36,40－42,70,90,91,129,212

"仁"之域　6,26

日用瓷　304

日用即道　25,62,63,65,102

日用伦理之情　89

儒家经典　16

儒家伦理审美诉求　4

润笔　106

S

三大传奇　115

三"大全"　2

三纲　10,229

三教合一　61,72

三言二拍　104,171,183,209,210,
215,217,274

三袁　5,78,88,91,224,236－
238,279

山林诗　231－233

山水花鸟画　98,99

商喜　257,260,262

"尚真""任情"观　5

社会伦理美学思想　25

社会审美时尚　16,173,212

身份　14,37,50,63,66,98,195－
197,228,230,234,290,297,316,
320,321

深得其味　15

神魔小说　110,183,184,201,203,
204,274

沈春泽　315

沈德符　105,205,292

沈度　277,281,283－287

沈璟 116,117,132,166,167,169
沈士充 251,254,256,269
沈周 251,253-256,266-269,279,280,283
审美超越 7
审美创作 2-4,14-16,26,31-33,35,42,44-49,51-53,67,68,71,74-78,80,93,103,127,132,133,135,140,161,163,171,175,177-179,206,217,221,223,229,238,241,242,245,246,299
审美教化 35,219
审美境域 6,15,45,133,168,181,244
审美诉求 1,3,4,6,14-16,19,27,30,33-35,53,54,65,67,69,71,74,76,77,87,90,98,99,102,103,109,112,134,136,165,171,172,175,176,187,206,212,218,220,226,231,234,235,240,246,249,250,252,253,255,261,268,269,272,277,283,288
审美意识 3,12,16,21-24,54,55,68,69,71-75,77,87,88,98,108,109,120,154,174,233-235,288
生机感 99,295
师物 75,77
师心 74,75,77,78,86,238,241,242
诗化 157
诗文三大家 229
史家笔法 188,189
世俗化 40,41,65,66,68,87,102,183,201,212,246,256,265,268
世俗人情 206,212,274
市井文化 69,102
市民文化 4,109,110,124,173,174,273,289,295,296
市民意识 54,55,60,65,68,162,163,174
抒情性 15,99,255,282
顺应自然 25,31,32,39
司空图 74,149
四大奇书 171,184,185,200,202,204
四大声腔 113,117,148
"四端"之"心" 23
"四民皆本"说 61
《四溟诗话》 84,222
松江画派 269
松江派 250,251,254,256,269,270
宋江 186,193-195,198,199,275
宋濂 78,86,219,220,227,229,233,234
宋旭 254
苏轼 73,74,272,283,291
苏松派 250,251,269
俗的雅化 102
"俗"文体 103,105
孙临 92

T

台阁风气 77
台阁体 81,82,104,108,219-221,226-231,234,235,238,277,

279 – 286

泰州学派 3,17,24,25,62,122,123,223,236

谭元春 224

汤沈之争 116

汤显祖 5,53,55,68,69,88,89,108,110,115 – 119,121 – 138,159,163,166,175,176,205,210,279

唐顺之 42,45,47,48,88,173,222,235

唐宋 44,75,84,109,173,175,222,263,272,285,293,303,306,307

唐宋传统 268,294

唐宋派 5,42,104,108,110,218,222 – 224

唐寅 65,66,251,253,256,266 – 269,279

《陶庵梦忆》 94,95,247,297,318

"体物"之心 8

体系性 107

体用 8,34,43

天理 3,5,7,9 – 13,17 – 21,23 – 25,27,28,31,32,34 – 38,42,44,45,55,72,80,90,102,123,128 – 130,136,137,212,215,223,235

天人一体 5 – 9,19,26

天台宗佛教伦理"治生即道"思想 61

帖学 280

通俗化 103,169,293,294

铜镜 317

铜胎掐丝珐琅 309,311

"童心"说 5,91,93,110,174

屠隆 88,94 – 96,107,205,239,298,316

"外向型"经济 57,59

W

外展 111

晚明美学思潮 33

晚熟 280

汪光华 275

汪肇 252,263

王骥 25,30,236

王艮 24,27,30,40,62,91,123,236

王国维 107,120

王衡 118,150

王畿 3,29,39,40,43,44,87

王骥德 117 – 120,138,141,149,150,159,163,165,167

王九思 116,150,151,157,221,234

王履 251,253

王慎中 42,45,46,88,173,222

王世懋 239

王世贞 48,65,66,70,78,108,115,155,173,205,221,222,232,234,238

王思任 89,141,225,248,249

王维 75,149,255

王仲玉 251

为情作使 89,125

为仁由己 6,8,26,33,37

唯情主义 88

伪学 12,52

文道合一 14,72

文道两元 72

文房清玩 310,315,316

文化与艺术传播 2,3

文皆从道出 14

文人画 94,250-256,264-269,271-273,296,307

文人杂剧 156,157

文心匠意 88,94,97

文以载道 4,15,26,35,77,162

文与道同 14

文徵明 94,251,253,255,266-268,279,280

无画处皆成妙境 101

吴承恩 111,181,200,201

吴道子 75

吴凤台 275

吴江派 117,132,169

吴宽 228,235,279,283

吴门派 250,251,253,254,256,266,267,278

吴门四家 266,267

吴派 255,256,266,268,269

吴伟 251,252,262-265

吴与弼 223

五常 10

五性 9

武进派 254,256

武林派 251,254,256

舞美设计 147

舞台美术 119,138,145,147,149

务必端楷 283

《西厢记》 89,91,105,108,133,164,165,255,275,305

《西游记》 89,104,110,111,114,171,174,181-183,185,200-204,206,207,293,305

X

"洗涤心源"说 45,46

喜剧 120,121,151-157,161,169

夏芷 251

《闲情偶寄》 97,107,139,298,320

闲雅 220,290,292,296,297,315,318

线条 99,199,259,261-263,265,284,287,293,295,299-302,305,306,308,313,314

香炉 298,310,317

享乐主义 40

消费主义 40

小道 109,146

小品文 93,94,225,245-249

小说家笔法 188

笑乐 154

笑料 152

"写实"小说 195

写意 143,147,149,150,246,250-254,257,262-265,267,271,289,302,305,306,313

谢环 251,257,260

谢肇淛 139,173,175,176,178,205

谢榛 78,84,92,221,222

心即是理 17-19

心灵儒学　17
心灵时间　143
心外无理　17,18,21,24,30,40,49
心学　4,5,17,19,20,26,27,33,36,
　　42,48,51,77,87,88,115,122,123,
　　156,201,218,221,223,231,233
新儒学　5,16
新生受者群体　4
形而上下　8
"性灵"说　5,91,110
性气诗　81,82,231
性情　4,8,16,21,34,78,80,81,84,
　　86,93,98,109,131,132,152,158,
　　196,201,222,223,228,231,233,236,
　　239,240,248-250,254,256,285
"性"与"命"　10
修史　2
虚实相生　100,138,143-145
徐贲　65,251,252
徐复祚　118,139,155,165,167
徐渭　5,53,66,68,75,88,89,91,104,
　　115,116,118,122,150-153,157-
　　163,165,168,225,251,254,279
徐祯卿　78,86,221,222,267
叙事声音　189
《宣和博古图》　316
薛富兴　93,94
薛侃　24
薛瑄　80,81
薛碹　223

Y

雅的俗化　102,103

雅集图　257,260,261
雅俗共赏　104,187,268
雅俗混杂　296
雅俗交融　88,102,103
严羽　74,84,87,149,169
"言志"观　179
颜钧　25,223
阳明心学　3-5,16-19,21-26,
　　28,30-33,35-38,42-48,55,59,
　　60,62,71,75,87,88,102,108,124,
　　212,218,235,246,250,253
杨骥　24
杨讷　114
杨溥　220,260
杨荣　2,220,260
杨慎　78,80,81,150,232,233,239
杨士奇　220,227,228,230,233,234,
　　260,282,284,286
叶朗　133,177
叶盛　284
伊斯兰文明　294
以唱写景　146
以极近人之笔写极骇人之事　177
以礼为美　289
以实而用实　138,139
以俗为雅　68,69
以文学为诗,以才学为诗,以议论为
　　诗　26
以喜显悲　150
以虚而用实　138,139
以虚纳实　101
义理　10,12-14,19,21,25,31,34,

48,77,227,285

艺术瓷 304

艺术的真实性 138

艺术商品化 106

亦喜亦悲,悲中显喜 151

异端 25,30,41,42,53,55,62,102,219,224,279

意境 72-76,100,140,141,147,148,253,255,267,268,271,284,293,307,318

意、趣、神、色 132,133

意蕴 15,48,68,69,72,76,78,79,109,132,134,148,222,233,234,246,280,293

意在画外 255

因情成梦,因梦成戏 89,133-135

"因情命思"说 86

因事以造形,随物而赋象 142

庸愚子 175,185,188,191

用之贵虚 138

游目骋怀 142

有法之天下 130,133

有情之天下 130,133,137

娱乐化审美诉求 4

寓意于物 72,74,291

寓庄于谐 161,182

豫章社 225

元四家 271

《园冶》 97,100,297

袁宏道 48,55,66,67,79,80,91-93,102,109,110,126,158,162,175,204,210,224,225,238,240-246,249

袁无涯本《李卓吾评点忠义水浒全传》 93

袁于令 142,176,178

原初域 5,7,10,12,13,17-20,22,24,25,37,124

院体 250-252,255,257-259,262,263,265,266,277

越礼逾制 41

云间词 226

韵外之致 107,149

韵味 15,72-76,99,246,265,271,280,293,318

韵文学 111,137

杂剧 53,97,104,105,108,109,112-116,118,139,144,150-157,159-162,165,166,169,178,193,198,200,275,277

再现 111,140-142,148,149,172,177,181,187,190,204,206,212,303

在时空架构 202

Z

湛若水 47,233

张潮 89

张岱 91,94,95,225,247,249,297,318

张宏 254

张彦远 94

张羽 66,277

赵孟𬱟 272,278-280,282

赵左 251,254,269
折扇 281
浙派 250-252,255-257,262-266
整体思维 153
正心诚意 7
郑和七下西洋 299,300
郑至道 60,61
知行合一 18,22,23
知性 8
至情论 55,89,122
至情人 89
致君泽民 4,35
致良知 18,22-24,27,35-37,43-47,49,52
智者大师 61,62
中国贸易 57,58
中和之美 154,301
中节 9-11,241
中书舍人 277,281-283,286
忠义 53,93,113,190,191,194,195,255,274
忠义传奇 192,193
钟嵘 74,83,238
钟惺 224,245
重农抑商 60,61
重商之风 212
周汝登 25
周坦 24
周位 251
朱恕 25
朱熹 3-5,7,8,10-13,15,19-23,26,34,35,37,129,216,223,233,285-287
朱彝尊 113,233
朱有燉 114
诸葛亮 50,180,181,187,188,190-192,259
蛛网结构 207
"主情""贵情"说 78
主情论 81
主情尚趣 87,88
"主情"说 5,87
住坐匠 295
专制性 3
砖末写景 146
庄昶 231-233
庄园土地所有制 72
装饰 4,98-100,107,146,250,261,262,267,280,285,288,289,293-295,298-301,303,304,306,308,312-315,320
装饰美学 107
追宗晋唐 280
"自得"与"独见"之说 46
自明本心 26,36,37
自为化 33
自主化 33
遵生 96,107,297,315,316,319
《遵生八笺》 95-97,107,298,316
左派王学 3,102,162,212
做功写景 146

后　记

本书致力于对明代的审美诉求以及一些重要美学家的美学思想及其思想在当时应用于实施的经验与现象进行考察与研究，以总结和阐释其当代意义。应该说，包括明代美学思想在内的中国古代美学是与整个中华文明史联系在一起的，五千年的中华文明创造了一个有着鲜明民族特色的一套理论和范畴体系。作为中国古代美学史的重要组成部分，明代美学史不仅是中华美学思想的一个部分，而且是中国文化的一部分。其思想生成自然与当时的经济文化的影响分不开。特别有明一代为中国封建社会发展进程中的末期，这时期，资本主义因素开始萌芽和发展，各种社会矛盾日趋尖锐，各种新的社会思潮也相继涌现，心学的兴起，促使有明一代的文化与思想更加生动化和多元化。

儒、释、道三家思想学说的融会，比以往更强烈。受理学心学的影响，这一时期的美学思想既融合了大量儒释思想，又给予儒、释以很大的影响，美学思想在哲学思想领域内表现出强大的影响力。

但有明一代的美学思想更加精微。其时中国古代士人的思想强调大道之美。劝人断舍爱缘，看破功名富贵，将学道修仙、长生不死看成真正的"至美"，由此也产生了独特的生命美学观和人文美学观。明代新兴的市民阶层具有相当可观的经济实力，他们在自然审美与人文审美活动中提出了相应的要求。其时，"享乐化""平民化""世俗化"的出现是市民经济发展的产物，其间所体现的生活美学也反映了当时的审美取向与审美意旨。如在园林建筑、人文景观建造方面，其时的美学思想核心是以人为主体，按照人的需要来设置一切景物及亭台楼阁，连人文景观中建筑的设计，都要便于人观景。建筑是人与自然相通的中介，人在里面要能"兴适清偏，贻情丘壑。顿开尘外想，拟入画中行""幽人即韵与松寮，逸士弹琴于草里""行云故落凭栏""爽气觉来倚枕""眺远高台，搔首青天哪可问；凭虚敞阁，举杯明月自相邀"。人文景观之美讲究有山有水，有书有画，亭台楼阁，这样才能营造出闲静清雅的自然与艺术之趣。

应该说，此种闲雅、清静、自然之趣，也正是中国古代士人的美学趣味。庄子说："夫恬淡寂寞，虚无无为，此天地之本，而道德之质也。""虚无恬淡，乃合天德"，《太平经》曾经指出："上古之时，人皆学清净，深知天地之至情，故悉学真道，乃后得天心地意。"人文景观不仅可居也可观，它既有世俗的一面，又有超尘的一面，这就充分满足了那些既羡隐逸，又恋红尘的士大夫的审美需求。这也正是中国古代士人既超然世外又极为重视现实人生的审美态度在造园艺术中的体现。"夫借景，林园之最要也""借者，园虽别内外，得景则无拘远近"，即建造人文景观要将零散之景构成有机整体，使它们之间互相借光，相得益彰。其时，特别强调整个人文景观的总体规划要"得体合宜"，即设计时要从人文景观原有的地理条件出发，巧妙、充分地利用这些条件。对具体的景物也是如此，"取其坚者、简者，自然变之，事事以雕镂为戒"，即顺其本来之性，而略加斧斤，则"人工渐去，而天巧自呈矣"。这正是贯穿中国古代美学的审美原则，即"道法自然"在其中的生动体现。

但中国古代美学所推崇的自然审美意识与人文审美诉求的最高境界还不在此，而是要从有限空间进入无限空间，使个人在对当下景物的审美中领略到人生与宇宙博大精深的审美意味，心灵得到升华与超脱，人与宇宙进入一种天人合一的境界。这就体现了天地造化之大美才是美的最高形式，如庄子所说"天地有大美而不言，四时有明法而不议，万物有成理而不说。圣人者，原天地之美而达万物之理，是故至人无为，大圣不作，观于天地之谓也"。同时，有明一代的人文审美诉求以朴素淡雅的色彩，朴拙以及随处可见的曲线为美，这也反映了当时美学思想对人文审美诉求艺术的影响。

可以说，有明一代的美学思想是以中国古代士人的审美思想为核心的，而中国古代士人的审美思想也在那些景色迷人的自然环境与人文审美诉求中得到世俗化的体现。辽、金、元、有明一代，中国古代士人的美学思想通过俗文学的宣传，采取大众所喜闻乐见的形式来教化大众，进一步渗透于社会文化生活之中。话本体中国古代士人小说的代表"三言""二拍",章回体中国古代士人小说的代表神魔小说《封神演义》《西游记》、神仙小说《韩仙子全传》、志怪小说《聊斋志异》、世情小说《金瓶梅》《红楼梦》等,里面的故事有表现道人生活、演绎神仙故事、度人成仙或修道成仙、道人除妖、灵怪故事、鬼蜮世界、文人逸事、借中国古代士人力量惩治人间恶人等内容。充满瑰丽想象力的中国古代士人给这些文学作品增添了色彩缤纷、绚丽奇诡的意象群,如神仙意象、仙境意象、鬼魅精怪意象,它们使得那些诗歌与小说更加摇曳多姿、神奇动人。同时,本来不可见不可言的至道之美得以用最美的文学语言来描述、展示,"道"的仙真之美就成了可见、可言之美了。其次是中国古代美学思想所推崇的"至善"即为"至美"的审美观在有明一代的文学作品中也得到较完善的表现,如女仙到世俗社会帮助善良男子的作品,还有对因果报应故事的讲述,对天堂、地狱的描写,都将中国古代士人济人利物、扬善惩恶的教义渗透、表现在对善的赞美与弘扬以及对恶的揭露和批判之中。还有的是将代表邪恶的鬼妖与体现正面价值的神仙融为一体,成为既美且善的狐仙或鬼女,仙趣与艳趣在一个新的层面上交相辉映,中国古代士人的审美趣味与世俗人情融合在一起,折射出明清美学思想所提倡的审美趣味。如在戏剧《邯郸记》、小说《红楼梦》等作品中,富贵豪华的人文审美诉求展示正是为了衬托当时世俗生活所普遍追求的"宗族茂盛""家用肥饶"等审美理想。

当然,这些美学思想对社会的影响并不限于文化思想方面,对其他领域也有广泛而深刻的影响。因此,本书的研究不仅可以使人从中认识到有明一代美学思想的重要内容,而且对探索中华民族美学思想文化渊源、梳理和弘扬优秀传统文化都具有重要意义。

总之,有明一代的美学思想不但是美学思想史的重要组成部分,而且是中国文化史的重要组成部分。对其进行研究,是很有意义的"古为今用"的实践和探索。其中以真、善为美的审美要求、自然审美意识、提倡生命的灵性美等,都可以成为今天建立具有民族特色美学思想的基础和借鉴。